後六十種曲

第七册

朱恒夫 主編

復旦大學出版社

目　　録

玉蜻蜓（傳奇） ……………………………………… 清·佚　名　1

第一折 ……………………………………………………… 5
第二折 ……………………………………………………… 5
第三折 ……………………………………………………… 6
第四折 ……………………………………………………… 8
第五折 ……………………………………………………… 10
第六折 ……………………………………………………… 12
第七折 ……………………………………………………… 14
第八折 ……………………………………………………… 16
第九折 ……………………………………………………… 16
第十折 ……………………………………………………… 19
第十一折 …………………………………………………… 22
第十二折 …………………………………………………… 23
第十三折 …………………………………………………… 25
第十四折 …………………………………………………… 28
第十五折 …………………………………………………… 28
第十六折 …………………………………………………… 30
第十七折 …………………………………………………… 32
第十八折 …………………………………………………… 33
第十九折 …………………………………………………… 35
第二十折 …………………………………………………… 38
第二十一折 ………………………………………………… 39
第二十二折 ………………………………………………… 41

第二十三折 …………………………………………… 46
第二十四折 …………………………………………… 47
第二十五折 …………………………………………… 49
第二十六折 …………………………………………… 51
第二十七折 …………………………………………… 53
第二十八折 …………………………………………… 54
第二十九折 …………………………………………… 56
第三十折 ……………………………………………… 57
第三十一折 …………………………………………… 59
第三十二折 …………………………………………… 61
第三十三折 …………………………………………… 63
第三十四折 …………………………………………… 66

夢中緣（傳奇） …………………………… 清·張 堅 69
第一齣 笑引 …………………………………………… 73
第二齣 幻緣 …………………………………………… 75
第三齣 遴才 …………………………………………… 79
第四齣 痴尋 …………………………………………… 83
第五齣 題帕 …………………………………………… 86
第六齣 雌反 …………………………………………… 88
第七齣 餌姻 …………………………………………… 90
第八齣 誑脫 …………………………………………… 92
第九齣 報警 …………………………………………… 95
第十齣 奇逢 …………………………………………… 97
第十一齣 訪悮 ………………………………………… 99
第十二齣 拾帕 ………………………………………… 102
第十三齣 帕訂 ………………………………………… 105
第十四齣 敗陣 ………………………………………… 107
第十五齣 假謁 ………………………………………… 109

第十六齣	起師	111
第十七齣	見妹	115
第十八齣	送茶	118
第十九齣	蓮盟	121
第二十齣	巧逐	125
第二十一齣	夜別	130
第二十二齣	姑餞	135
第二十三齣	回探	136
第二十四齣	醋詩	138
第二十五齣	媒阻	139
第二十六齣	勸順	142
第二十七齣	許姻	147
第二十八齣	讐陷	148
第二十九齣	復寇	150
第三十齣	途散	151
第三十一齣	緝悞	154
第三十二齣	庵留	159
第三十三齣	脅賣	161
第三十四齣	美合	164
第三十五齣	瞽首	167
第三十六齣	閨敘	170
第三十七齣	代拘	173
第三十八齣	賜元	176
第三十九齣	窺宴	178
第四十齣	靖亂	183
第四十一齣	鬧審	187
第四十二齣	訊假	192
第四十三齣	牝綱	194
第四十四齣	代迎	196

第四十五齣　後夢 …………………………………… 201
第四十六齣　戲圓 …………………………………… 208

轉天心（傳奇） ……………………………… 清・唐英　215
轉天心樂府序 ………………………………………… 219
轉天心樂府序并詩 …………………………………… 221
轉天心自序 …………………………………………… 223
第一齣　開場 ………………………………………… 224
第二齣　豆因 ………………………………………… 224
第三齣　題壁 ………………………………………… 226
第四齣　丐因 ………………………………………… 227
第五齣　換胎 ………………………………………… 230
第六齣　算命 ………………………………………… 233
第七齣　瞰祝 ………………………………………… 235
第八齣　丐敘 ………………………………………… 240
第九齣　拾鈔 ………………………………………… 245
第十齣　還鈔 ………………………………………… 247
第十一齣　謀劫 ……………………………………… 249
第十二齣　義援 ……………………………………… 251
第十三齣　戲譴 ……………………………………… 254
第十四齣　奸竄 ……………………………………… 256
第十五齣　贈劍 ……………………………………… 258
第十六齣　驛洩 ……………………………………… 260
第十七齣　山叛 ……………………………………… 264
第十八齣　拿問 ……………………………………… 266
第十九齣　棄母 ……………………………………… 267
第二十齣　殛逆 ……………………………………… 271
第二十一齣　代孝 …………………………………… 272
第二十二齣　劫留 …………………………………… 275

第二十三齣	鬻子	276
第二十四齣	代償	278
第二十五齣	誣審	281
第二十六齣	盜圍	283
第二十七齣	閨憶	285
第二十八齣	雪誣	286
第二十九齣	丐婚	290
第三十齣	勸戎	296
第三十一齣	夢勇	297
第三十二齣	投軍	301
第三十三齣	賊壽	303
第三十四齣	合謀	305
第三十五齣	滅寇	308
第三十六齣	降證	310
第三十七齣	豆圓	310
第三十八齣	豐登	317

冬青樹（傳奇） …… 清·蔣士銓 319

第一齣	提綱	324
第二齣	勤王	324
第三齣	畫壁	326
第四齣	留營	327
第五齣	寫像	331
第六齣	急遁	332
第七齣	納款	333
第八齣	辭宮	334
第九齣	賣卜	335
第十齣	發陵	337
第十一齣	收骨	338

第十二齣　局逃 …………………………………… 340
第十三齣　得朋 …………………………………… 342
第十四齣　疑逐 …………………………………… 343
第十五齣　題驛 …………………………………… 346
第十六齣　航海 …………………………………… 347
第十七齣　私葬 …………………………………… 348
第十八齣　夢報 …………………………………… 349
第十九齣　開府 …………………………………… 351
第二十齣　轉戰 …………………………………… 352
第二十一齣　厓山 ………………………………… 353
第二十二齣　和驛 ………………………………… 354
第二十三齣　生祭 ………………………………… 355
第二十四齣　抗節 ………………………………… 357
第二十五齣　守正 ………………………………… 358
第二十六齣　小樓 ………………………………… 359
第二十七齣　浩歌 ………………………………… 360
第二十八齣　神迓 ………………………………… 362
第二十九齣　柴市 ………………………………… 362
第三十齣　却聘 …………………………………… 364
第三十一齣　遇婢 ………………………………… 365
第三十二齣　餓殉 ………………………………… 367
第三十三齣　碎琴 ………………………………… 368
第三十四齣　野哭 ………………………………… 370
第三十五齣　歸櫬 ………………………………… 371
第三十六齣　庵祭 ………………………………… 372
第三十七齣　西臺 ………………………………… 374
第三十八齣　勘獄 ………………………………… 376

文星榜（傳奇） ………………………………… 清·沈起鳳 379
第一齣　天榜 ………………………………………………… 383
第二齣　愠報 ………………………………………………… 385
第三齣　聞雋 ………………………………………………… 388
第四齣　科諢 ………………………………………………… 390
第五齣　勸迎 ………………………………………………… 394
第六齣　迎覯 ………………………………………………… 397
第七齣　憐才 ………………………………………………… 399
第八齣　露情 ………………………………………………… 404
第九齣　戲洩 ………………………………………………… 406
第十齣　拒冒 ………………………………………………… 409
第十一齣　失帕 ……………………………………………… 412
第十二齣　商祝 ……………………………………………… 415
第十三齣　悮戒 ……………………………………………… 418
第十四齣　宴拏 ……………………………………………… 421
第十五齣　冤陷 ……………………………………………… 425
第十六齣　憨懲 ……………………………………………… 429
第十七齣　賺姻 ……………………………………………… 433
第十八齣　驚悔 ……………………………………………… 438
第十九齣　夜詰 ……………………………………………… 441
第二十齣　窘認 ……………………………………………… 444
第二十一齣　援合 …………………………………………… 448
第二十二齣　投首 …………………………………………… 452
第二十三齣　巧試 …………………………………………… 457
第二十四齣　彙計 …………………………………………… 460
第二十五齣　罵婚 …………………………………………… 464
第二十六齣　疊賺 …………………………………………… 469
第二十七齣　反勸 …………………………………………… 472
第二十八齣　串譖 …………………………………………… 475

第二十九齣　鼓捷 …………………………………………… 478
第三十齣　道喜 …………………………………………… 480
第三十一齣　奇奏 ………………………………………… 484
第三十二齣　鼎圓 ………………………………………… 486

寇萊公思親罷宴(雜劇) ………………… 清·楊潮觀　493

玉蜻蜓

（傳奇）

清·佚名

【作者簡介】作者佚名。

【劇情概要】全劇共三十四折。劇作據有關明代名臣申時行身世的傳聞敷演而成。據《明史》卷二二七列傳一〇六申時行本傳，申時行，江蘇長洲（今蘇州）人，嘉靖四十一年（1562）廷試第一，榜姓徐，後復本姓，官至大學士。蘇州盛傳申時行其家貧微，其父與一庵尼私通，並為眾尼所昵，後死於庵中，時行生母實為庵尼。明代馮夢龍《醒世恒言》卷十五《赫大卿遺恨鴛鴦縧》和《情史》等小說，清代彈詞《玉蜻蜓前後傳》以及小說《呼春野史》、鼓詞《桃花庵》、寶卷《玉蜻蜓》等皆附會此事。劇寫明代蘇州書生申嗣芳新婚，妻子張氏性格剛烈。友人沈廷銓邀請嗣芳遊法華庵，庵尼吳氏法名志貞，美而多情，見嗣芳而愛之。偷兒貝從我有意撮合此事，便以吳尼之名作偽書邀嗣芳來庵相會。張氏歸寧，沈廷銓強邀嗣芳遊覽虎丘，嗣芳尋機脫離，獨往法華庵赴約，與志貞墜入愛河。志貞與庵中諸尼共留嗣芳住下，不使還家。後嗣芳因縱欲過度而死於庵中。志貞產下一子，因庵中不便撫養，無奈棄於道路，襁褓中置放嬰兒的生日和當初嗣芳所贈送的玉蜻蜓。其子後為蘇州郡守徐鋐抱養，取名時行。張氏失夫，遣人到處尋夫，無果，遷怒於沈廷銓，索要沈子為己子。徐鋐後攜時行離開蘇州返回原籍。時行長成後，赴京科考，高中狀元。沈廷銓子亦參加同榜考試，中得探花。時行此時已疑自己非徐氏所生，又聞玉蜻蜓之事，便赴蘇州探訪。經過一番曲折，得與志貞相認。後陪生母志貞還家，與嫡母張氏相認，自己恢復申姓。

【版本流傳】《玉蜻蜓》現存四種版本：一、吳曉玲藏鈔本，《古本戲曲叢刊五集》據以影印；二、張玉森古吳蓮勺廬鈔本，國家圖書館藏；三、梅蘭芳綴玉軒鈔本，國家圖書館藏；四、程硯秋藏鈔本，題《芙蓉洞》，未詳歸所。今以吳氏藏鈔本為底本，參校古吳蓮勺廬鈔本整理。由於鈔本齣目不全，故整理本統一不標齣目。為呈現底本面貌，原底本中的異體字、俗體字、簡體字不作改動，但明顯的錯別字及前後牴牾之處則據文意改正。

【演出情況】該劇問世後，不時演出。滇劇、閩劇、婺劇、常錫滩簧、黄梅戏、越剧等有同名剧目,豫剧、评剧的《桃花庵》、汉剧的《法华庵》、泗州戏的《金锁记》、川剧《盘贞认母》亦是据此剧改编而成。

(孙书磊)

第一折

（末上）吳下申郎，法華庵内，迷戀尼僧。遣僕尋蹤問跡，終揣飄零。行囊竭，耽延數載，復命回程，長鬚客姑蘇遇友，水路弄精兵。　　色病纏難療，就蓮花座下，埋骨安灵。分娩羅衫包裹，置巷啼声，幸黄堂夜遇，延宗嗣撫育成名。掄元日皇恩諭祭，会合玉蜻蜓。來此申桂升是也。（下）

第二折

【高陽臺】（生上）姿貌潘何，文章班馬，增重南金声價。累葉簪纓，中衰不覺堪訝。賢達，蘋蘩主饋刑於美，羡琴瑟和調風雅。偏我囊螢映雪，怎偷閒暇？

五陵裘馬自輕肥，騰達飛黄且待期。燕爾新婚方遂意，三更灯火五更雞。小生申嗣芳，字桂升，南直姑蘇人也。原係春秋時申包胥之後，祖父官居宫保，科甲聯翩。小生學貫三坟，難繼祖父；胸藏二酉，未博儒冠。緣種藍田，已獲其人如玉；姿稱粉面，清語有賦金声。這也不在話下。新娶妻房張氏，態度幽閒，性情嚴謹，成親未經匝月，就着我苦志下帷。家中大小事情，就着院公王定掌管，不許小生干預。又着書童文旦緊緊跟隨，三飡傳遞而進，不容放蕩。多虧北濠沈君欽常來講究，幸不寂寞。《毛詩》有云，燕爾新婚，如兄如弟。我想起來，有甚新婚之樂？可恨文旦這狗才，聽了娘子号令，也是這等催發，甚為可惡。

（丑上）墨潤水紋筆，香消囊字魚。相公為倽發惱？

（生）文旦，你也該放鬆些。

（丑）我是着實放鬆個，你自家勿在行。

（生）胡說！

（丑）自然哉。謝子大娘子，用勿着我哉。

（生）你秉大娘娘規矩，拘束得我了不得，虧沈三爺常來瞧我。

今日若來，必要同他出去遊玩一遭。
（丑）且讀讀書再耍，裡向勿聽見响，又要問哉。
（生）不要你管。三爺若來，即忙通報。
（丑）是哉，你且快點讀書，勿要害我淘氣，我去泡好茶來。（下）（生）

【懶畫眉】你看汗牛盡梁似張華，就遍覽窮搜歲有涯。幸帖括操觚興轉餘，正是困人天氣難禁架。（丑上）大爺茶來俚，看你個意思，有点困來哉。（生）却不道遣睡驅魔一盞茶。
（末上）以文长會友，惟酒自成憐。小生沈廷銓，別號君欽，昨約桂升同往法華庵遊玩，來此已是，不免逕入。
（丑）三爺來哉。
（末）桂升兄。

【前腔】今日個惠風和暢好尋花，昨日蒙兄相約，小弟今日特來同往，你暫輟牙籤興便加。（生）那裡去好？（末）我倒忘了。我與你同行攜手去訪法華。（生）若到法華庵，小弟是不去。（丑）師姑丟去做倖？（末）兄又道學起來了。（丑）我俚大娘子曉得子，勿好説話個噱。（末）文管家傳大娘知道，説我同去，旦暮同回也不妨。兄吓，你去香閨告一個閒遊假。（生）休得取笑，文旦，你進去説，待山紫夕陽便返家。
（丑）當真去倖？讓我關子書房門，跟你丟去白相。
（末）家住橫塘獨扇扉，
（生）炉煙嫋嫋勝游絲。
（末）白蓮社裏好相問，
（生）春光尋到武陵溪。（下）

第三折

【鳳凰閣】（貼扮尼僧上）皈依三寶，學做僧伽腔調，假焚修參禪悟道。欲海愁城，受諸苦惱，雨和雲巫山夢遙。鬖齡懺劫綠雲鬢，四大威儀得自閑。覽鏡頻頻窺色相，依然眉際若春山。小尼俗家吳氏，法號志貞，姑蘇人也。生既聰明，棄女紅而誦佛号；長而妖豔，縷釋典而厭儒書。雅著丹青，筆下看三毫欲活；喜耽翰墨，腋間摹八法皆神。只是華蓋纏定，孤星照命，慮椿萱之刑尅，聯手足之傷殘。剃度為尼，焚修苦行，果然情趣六入，氣茂三明。本來非黃面之僧，不匀粉黛；疇昔是綠鬢之女，且掛緇衣。來此法華庵中，已是十年之外。雖係圓頂方袍，偏露伶俜之態；也學持齋把素，偏添豔丽之容。可厭庵主普禪，欲念未消，邪心頓起，時常被他打動春心。咳，普禪普禪，看你日後如何結果。天色已晚，不免打起報鐘，等大衆隨堂夜課。正是月到上方諸品靜，心持半偈萬緣空。（虛下）

（衆內）堂上打報鐘了，我們上堂夜課。（付上）

【引】畫徑禪房人不到，葷和素極樂風騷。（老正、小生、丑上）苦海沉淪，愛河迷戀，不見個沙彌摟抱。

（見介）（付）貧尼法華庵住持普禪便是。列位師弟，堂上已打報鐘，不免夜課則個。

（衆）說得有理。（走介）志貞師父。

（貼）衆位師兄，各執法器。（打介）南無蓮池海會佛菩薩。（三遍）

【梧桐樹犯】清幽法磬敲，閃爍神燈照，暮鼓晨鐘，課事如何了？彌陀海會同声叫，八百金剛轉一遭，吱波羅蜜膏糧飽，惟願救苦慈悲，早遂麒麟來到。

（衆）差了，出家人怎麽生起兒子來？

（付）勿是，我是保佑十方優婆姨早生貴子。

（衆）這便纔是。

【浣溪紗】樂鏗鏘，香繚繞，散名花天外逍遥。心持半偈誰知道，佛号經声魚子敲。（付）我的共命鳥，跨鳳乘鸞修不到，怨双親枉自劬勞。

【劉潑帽】常言削髮除煩惱，守清規立志堅牢。隨堂大衆休推調，月已束昇，夜課須完早。（衆念佛下）

（淨暗上）偷雞是本分，壁洞作生涯。自家貝從我便是。性喜穿窬，業精搯摸。飛檐走壁，行蹤不讓一枝梅；吊狗偷雞，伎倆高於鼓上蚤。命裡犯子賊星,生成個樣賊相。偷來悟多,輸得精光。南濠街上個星人家,纔偷到哉,也要留点渠丟收養收養。有數說個,賊手脚,偷勿着。學生家母,來丟法華庵裡做佛婆。尼姑丟到有一場興偷,庵裡個星路道我纔是熟個,今夜頭趁個樣月亮,做一帳有何不可?

【秋夜月】只為賭本消,地賊星偏逃。梁上君子從來号,坐坊應捕常常要。寺昏黃靜悄,法華庵到了。

(作狗洞進介)(下)(付、貼上)

【東甌令】攜纖手,搂細腰,權當申郎把春興掃。(貼)那個申郎?(付)敢是前日子沈三爺同來的?(貼)吓,他們愛惜連城寶,肯與你顛和倒?(付)你勿曉得,少年王孫興必高。(貼)住在哪裡?(付)家住在南濠。

(付)今夜我搭你一房困子。

(貼)就是一房何妨?

【金蓮子】只怕你真自勞,眼前饑渴難医療。(付)我烈火騰騰遍體燒,且與你共衾稠,效鴛鴦,兩兩碰金鐃。

(下)(淨背包上)

【尾】捲衣包,收拾了,聽洞口犬声如豹,我且逃出疏籬次第跑。且住,方纔兩個尼姑並子一房困哉,不拉我捲得精光。听得唧唧噥噥,思量個南濠申大爺。犯子乾相思,難道得勢丟?我既然偷子渠個末事,就替他撮合何妨?不免央人,寫子一封情書,只说請他到庵一會,只是門上個老王拉俚肯送進去,吓,有理哉。等打听渠丟來往個鄉紳出名,暗藏情意,内裏事體,門上拉俚曉得自然送進去了。正是盜彼衣和被,權將撮合酬。(走介)阿呀勿好哉,巡夜個來哉。(急下)

第四折

【引】(生上)閒房燕笑賦雎鳩,荇藻參差我好逑。瑟弄琴調彈未歇,双宿双飛何處说?雞鳴昧旦正相投,於今忽作新婚別。

小生申桂升，新娶妻房張氏，成婚兩月，今日特將歸寧，已着王定備酒，與娘子餞別。未知可曾完備？

（外扮院子上）（淨隨上介）畫廠層樓曲院深，齊眉舉案一番新。住着。

（淨）是。

（外）啟大爺，鎮江馬大爺差人下書。

（生）取上來。（看介）法華庵。過來，賞來人五錢銀子，打發他去罷。

（外）曉得。過來，大爺賞你五錢銀子，隨我來。（同淨下）

（生）且住，前日沈君欽同我往法華庵遊玩，庵中都是尤物。今日書來，約我隨喜，怎奈今日娘子回去，怎麼處？咳，娘子歸寧，左右空閒，就去便了。王定，請大娘上堂。（外傳介）（旦上，丑暗隨上）

【引】唱隨伉儷樂優遊，言告言歸婦道修。（貼扮芳蘭老乳娘隨上）肅肅抱衾裯，彩鳳丹山佳偶。

（見介）今日娘子歸寧，聊備水酒一杯敘別，看酒。

【梁州新郎】梁鴻舉案，長卿琴奏，相對豔陽春晝。歸寧父母，雙星隔水牽愁。（旦出扇介）（生）請問娘子，扇上繫的是何玉器？（旦）此乃玉蜻蜓也。聖上賜與家君，家君轉賜與奴家。（生）妙，晶瑩可愛得緊。（旦）既然官人見愛，芳蘭，連扇兒送與官人。（貼送介）（生）此玉端的可愛。不知出於何處？（旦）聞得家君說，唐朝太宗皇帝曾遣元奘法師往五印度取經，遇了紅孩兒之難，元奘用此玉蜻蜓降妖。（生）原來如此，可是人工製琢的？（旦）這是天生奇巧，地孕精靈，雕琢非人手。皇恩欽賜也出螭頭，國寶家珍莫亂投。（合）八簋饌，三行酒，上涵花影紅光溜，轉相贈鳳鷟儔。

（外上）啟上大爺，張府輿從到了。

（生）留他前廳用飯。（外應，下）

（旦）相公，奴家回去之後呵，

【前腔】望郎君業紹箕裘，方無忝簪纓華胄。（生）藉蘋蘩內助，承前啟後。（旦）王院公，你要紀網眾僕，筦鑰多端，縱放難辭

咎。文旦，你追隨常伴讀，莫遨遊。（丑）相公要白相，我也無法。（旦）倘有過犯，家法鞭笞綻血流。（合前）

（外）請大娘上轎。（俱虛下）（淨掌禮，小生、付院子，雜合夫擡轎，貼老絆轎，旦上）

【節節高】鸞輿罩綠油，壓肩頭。嫦娥登殿休馳驟，深簷覆，珠翠兜，簾兒扣。高擎華蓋先奔走，双環簇擁男隨後。（合）行行且止望門樓，听仙音一派雲璈奏。（下）

（丑隨生上）

【前腔】尋思女比丘，好風流，仙源何處胡麻遘？（丑）大爺走差哉，個边來。（生）不走差。（丑）張府是個边去個。（生）不要你管。（丑）方纔大娘娘教我管你個。河東吼，藜杖抽，誰來救，從今不放襟衣袖。（生）出言無狀難輕宥。（合前）

（丑）有人麽？大爺到門。（小生院子、淨掌禮上）

【尾】賓朋滿座皆恭候，擺設着嘉肴旨酒。（生）今夜裡為雨為雲等未休。（下）

第五折

【步步嬌】（付扮院子隨末上）大塊文章陽春景，曉夢鶯啼醒，晴絲百尺輕，尋個酒侶詩朋，共遊芳徑。小生沈君欽，趁此豔陽天氣欲邀申桂升遊春，不知他在家否？（生內噭介）（付）哪，前頭來個正是申大爺。（生上）悄地訪多情，向禪房夜不消清淨。

（見介）（末）桂升兄。

（生）怎麽又遇着他，請了。

（末）尊嫂歸寧，莫非兄要往令岳那边去麽？

（生）正是。

（末）可見燕爾如兄如弟。

（生）休得取笑。

（末）若是令岳那边去，倒不如遊虎丘去罷。

（生）小弟有賤冗，不得奉陪。

（末）值此春光，正要相請，幸爾途次相逢，何乃固辭見却，一定要與兄同遊。

（生）咳，怎麼處？

（末）請。

【醉扶歸】暖溶溶花氣熏遊興，巧關關鶯囀動春情，响錚錚堤上佩環声，蕩險險牆內秋千影。向山邨水窟漫同行，誦詠而歸去題佳景。

（末）沈芳，你回去取幾錢銀子來，我在可中亭等你。（付應下）

（生）法華庵尼僧相約，怎生發付他。

（末）請。

【皂羅袍】兩兩追隨覓勝，看遊人如蟻，茗戰旂高。山塘多少賣花声，貞娘墓上添詩興。（生）我且躲在樓下，看他如何過去？向樓前躲避，莫教眼睜。（末）桂升兄，桂升兄，向人叢遍覓，莫教遁形。在這里了，從今攜手穿芳徑。（下）

（丑）大爺尋不見，主母命難違。張府裡各位老爺，專等大爺上席，勿知奔子拉俚去哉？咦，個可中亭上，是沈三爺，等我問個一声，阿見我俚大爺？

（末）你家老爺麼，與我同遊到此的。

【好姐姐】方纔分襟俄頃，頻注眼從勞引領。（丑）那間拉俚去哉？（末）春山無伴，區區獨自行。（丑）那哼對你説子來去個。（末）他登東廁，教人立盡梧桐影。申兄申兄，你背地潛歸好駭驚。

（丑）個没那處。

（末）文管家，我和你在此，等也無益。你往這條路上叫，我在那條路上尋，或者尋見，也未可知。

（丑）有理個。倘然尋勿着，原要三爺身上還我大爺丟。大爺，大爺！（下）

（付上）時已過亭午，忙來接主人。

（末）你來了麼？

（付）來哉，申大爺呢？（末）同我遊了一回，他假意出恭，撇我而去，他家老亲又來尋他。

（付）我也要尋他歸去。
　　（末）肚中饑了，怎麽處？
　　（付）前面新開爿麵店，且去吃一碗再處。（丑上）
　　【尾】東張西望無蹤影，三爺你到那里去？思量撇卻我俺。（末）可見麽？（丑）勿見。（末）咳，甚麽氣求相應！（丑）我勿管，要在三爺身上，还我俚個大爺個！（末）你家大爺怎麽要在我身上還你？（丑）方纔說過個，那問螞蟻釘子螺絲脚，入地登天也要一路行。（下）

第六折

　　（淨上）遊俠從來莫與儔，罡銀擊築總庸流。懷冤反覺乾坤窄，但記人間恩與仇。咱吕胡，本貫涿州人也。藏名酒肆，溷跡屠沽。撚斷數莖鬚，熱血有時化碧；提來三尺劍，雄心何日成灰？赤手空拳，生平伎倆。綠林魯莽，混世行藏。只爲俺腰大十圍，鬚長三尺，江湖上豪傑多稱咱是吕鬍子了。自昨日來到南方，做些勾當，延攬英雄，來此已是姑蘇虎丘了，肚中飢餓，前面有酒望子，不免前去吃一頓，再作道理。
　　【端正好】越水溪，吳門道，步山塘散慮逍遙。好笑俺没處尋同調，要賺俺英雄老。快拏酒麵來吃。（付内應介）
　　（内）麵來。
　　（付）來哉。
　　（淨）快些拏來。
　　（内）這里來。
　　（付）來哉。
　　（淨）怎麽不拏來？
　　【叨叨令】這壁廂尊罍滿泛相傾倒，杯盤狼藉爭歡笑。快些拏酒來！快些拏酒來！睜睜饞眼偏生惱，空空腸腹何時飽？（付上）折臂頻收碗，當壚自數錢。爲俺唔個個人，只管亂嚷！（淨）爲何不拏酒飯咱家吃？（付）個是我俚個規矩，先來個先吃，後來個後吃。

你看多位客人,坐來丟,还勿曾到口來。(淨)如此先拏酒來吃。(付)麵是店裡做個,酒是要另外數銅錢買個。(淨)如此數錢去。鈔袋多掉了。(付)好鬼話,生了一嘴賴鬚,銅錢無得來身邊,大驚小怪要吃麵,請兩便了罷。兀的不惱煞人也麼哥,兀的不惱煞人也麼哥,好教俺笑空囊,坐呆呆,枉自見多喧鬧。

(付)那間勿要坐來個苔哉。
(淨)咱偏要坐!
(付)既没銅錢吃麵,出空檯子,我俚生意。
(淨)打這狗頭。(打付介)
(付)勿要動手動脚。
(末上,丑隨上)海内存知己,天涯若比鄰。為甚麼喧嚷?
(付)個長鬚客人,銀錢亦無得,亦要吃麵,亦要吃酒,倒要打人。
(末)原來如此,你看那人,好一部鬚也。過來,你打一壺酒來,下些麵來。
(付應)(下)
(末)客官請了。
(淨)請了。
(末)小弟萍水相逢,備些酒麵,與兄共飲何如?
(淨)怎好叨擾。
(末)豈敢。
(付上)酒來俚。
(末)放下,取麵來。(付應,下)(末、淨吃介)
(末)老兄好美髯也。(淨)

【倘秀才】道俺是美髯公驚人儀表,滿臉胡鬚覆環繞。(付上)客人麵來里。(丑)看渠那哼吃法。(淨)俺自有吃法。只看俺掛金鈎吃麵条。(吃介)(末)原來這樣吃法。(付)直頭是強盗哉。(淨)就是俺呷羹湯,也無碍長鬚撩。(末)可还吃得麼?(淨)还吃得。(末)再拏來。(付)吓。(下)(淨)濟了俺渴與飢,費了恁錢和鈔。(付上)亦是麵來俚。(末)請。(淨)却喜遇海内英豪。

（淨吃介）

（丑）我也去吃子碗麵介。（下）

（淨）

【脫布衫】喜得個貪饕果腹掀髯笑，也不過萍水相遭，真個是天涯何處尋芳草。（末）不敢。（淨）雖然是班荊予食，感得一飯也難消。告別了。

【尾】請問恁姓名表号，也算得邂逅今朝訂久要。（末）小弟沈廷芳，字君欽，排行第三。（淨）如此説沈三哥了。説不得銜環結草，投桃報瑶。（末）豈敢，請問尊姓大名。（淨）在下叫做呂鬍。仁兄日後在洋子江中，倘有不虞，把呂鬍高叫三聲，俺自與兄相會。倘遇着履險瀕危，叫一声呂鬍莫忘着。請了。（下）

（丑上）三爺慢点走，还了我俚大爺介。

（末）怎麽要我还你家大爺？

（丑）方纔説過個，尋勿着拉三爺身上還我個，吃得你一碗麵，就賴起來哉。

（末）什麽大事賴起來，要尋也待明日。

（丑）就是明朝，原要三爺去尋個嘘。

（末）容易，且待明日。（下）

（丑）好笑大爺尋勿見，白吃一頓三鮮麵。娘娘立等要回音，必定尊臀打竹片。（下）

第七折

【一江風】（生）訪精藍，故把良朋賺，注眼頻流盼。小生申桂升，來赴尼庵之約，不料君欽途次相遇，被他纏住了多時。小生假託出恭，撇了沈兄，一徑行來，前面已是了。法華庵竹裡双扉，匾額華而莞。天色將晚，欲待不叩門，虛度來此一番；欲待叩門，未知意下如何？明霞隔水殘，煢煢形影單，怕銅環輕叩遭人言。

我且輕輕叩他三下，看裡面有何動靜。（貼上）

【前腔】坐蒲團一簇純陰伴，二六時長歎。天將傍晚，不知何人叩門？看夕陽斜,試啟瑲琅,是哪個來青盼？原來是大爺,裡面請坐。郎君俊俏顏,(生)優尼俊俏顏。師父,相逢舊識顏,(貼)喜逢光降天隨願。

(生揖介)乍睹仙姿,僅作升堂之客。

(貼)垂臨玉趾,將為入幕之賓。大爺光降,有何見諭？

(生)小生不知進退,有話奉聞。

(貼)請教。

(生)小生只為家務冗忙,欲借寶庵靜養,未知可否？

(貼)小庵書房雖有,只是要奉過庵主,方可允你。

(生)全仗姑姑玉成。吓,師父,

【金絡索】我抒誠禮佛庵,你作意繙經案。(貼)便是便得的,只怕竹院閑過,瓜李猶非伴,蓬壺咫尺間,女禪關。(貼)大爺為何有興前來？(生)賴有驛使梅花信一函。(貼)可是普禪約你來的？(生)也差不多。真如實際身非幻。(貼)又怕花笑,空來客便還,難留挽,怕只怕人言傳語沸声殘。只為天色闌珊,人語刁譖,又恐怕遭欺慢。

(生)如此,小生去了。

(貼)待我喚他們出來。師兄們,申大爺在此,快來！

(付、老、小生、丑上)來了。

【三換頭】珍饈滿前,伊蒲供饌,孤陽獨聳,城攻衆攢,誤入桃源難返。(貼)申大爺在此,有事相商。(衆)妙吓。他那里誇獨占,我這里相思撒漫。大爺,同在雕闌下,賞花一例看,奉告郎君,法雨均沾不憚煩。

(貼)申大爺説要在此庵中靜養,不知可使得？

(付)阿呀,有啥使勿得？書房偌多,就是小尼個臥房,也可以看得書個。

(老、小生)倒是我房內清淨。

(丑)还是我房裡好。

(付)勿要亂拖。

(丑)個便寫子鬮子,拈着為實。

（付）比方請到子一個大和尚，坐子方丈，自然要出堂規，派子執事，然後隨堂吃食。大家勿可偏私受用個。申大爺是志貞接個，今夜頭自然讓志貞同臥，何消性急。

（老、小生）有理。明朝派定輪流值宿，今夜權留在他房裡。（下）

（付）大爺說沒是介說，個志貞还是個黃花女，勿如到我房裡去，我也勿差偕。

（丑）哈，陰溝水大家灑灑。（下）

第八折

【点絳唇】（淨上）海建瓊宮，江翻蛟洞，環瀛拱，駕坐艨艟水國干戈動。少小離家遇綠林，腰懸寶劍動星文。嘍囉殺氣沖旌旆，飛上青天作陣雲。俺呂鬍雖不能圖王定霸，也可掠地攻城。有左有右有中，河山壯色；如墨如荼如火，甲冑增威。官使消魂，兵民側目，為此整頓兵事，先打淮陽一帶，當可覘覬青齊。眾頭目，听吾分付：一不許奸人婦女，二不許擄掠人民，三不許殺人放火，四不許語笑喧嘩，五不許臨陣畏縮，六不許私自逃回。今日黃道吉日，就此發兵前去。（眾應介）

【玉環清江引】浪湧濤驚，艨艟接艦行。干櫓相銜，帆檣高聳燈。操練水岸軍，人人驍與英。搧鼓鳴鉦，吶喊雷震轟。翻江攪海雄風競，五旂乱影，頭目似豺狼。寨主中軍令，指日裡破齊唱得勝。（下）

第九折

【賞宮花】（付上）半路出家，帽光光面点花，闍黎背地招來睡，枕上一對大西瓜。和尚頭是圓的，尼姑頭也是圓的，豈勿像一對西瓜？我只顧眼前圖快樂，那管死後帶長枷。血湖千尺浪，欲海萬重波。難免輪回苦，何必念彌陀。我普禪心裡，一向想個申大爺，十分難熬,搭志貞同臥,權消欲心。囉哩曉得吃個瘟賊捲得精光,正在昏悶之間,勿知囉個做好事介,冒寫情書去,約申大爺到庵一會。前夜頭一踱踱到子,我拏賊偷個腥氣,撇一邊。囉曉得個申大老爺先搭志貞,説好個到庵養靜,頭一夜就勿養起哉。志貞還是原生貨,兩個你珍我愛,三兩日勿出房門。我想起來,雖然如此,渠也勿該独占,今日等我請他出來,弄到我房裡去,有理個。志貞,請大爺出來白相相。

【引】(生上)恍疑身到大羅天,坐臥閒房小院。(貼上)萍水結良緣,悟向三生石畔。(付)大爺真正養靜得極。(生)為何?(付)三日未出房門喲。(生)休得取笑。(付)請大爺出來,非為別事,請到各處白相相。(生)使得。行過了香積廚,便是觀音院。

【忒忒令】紫竹林慈雲現前。(貼、付)請大爺禮拜。(生)投五體莫辭勞倦。咳,小生不是了,犯了淫戒,污穢伽蘭了。(付)個是佛菩薩勿管個,樣閒事個,就是菩薩也是娘養個。他低眉垂眼,也勿是天生變。(貼)是吓,我裡三個,就在佛前同立些願如何?(生)這也使得。(同)須索要天長久,情海深,石同堅,也殼得平生願。

(生)不是小生取笑,除了我,難道再無別人來的?

(付)勿瞞大爺説,我裡尼庵是雄蒼蠅飛勿進一個的嘘。

【嘉慶子】禪門緊閉人迹鮮,就是大爺,也只為衛玠風姿美少年,誰人敢輕敲門扇?(生)小生好僥倖也。想種玉已藍田,願今世駕青鸞。小生意欲返舍數日,即就來此。(貼)再住幾日。(付)啥個?你再想歸去,早來。志貞,領渠間壁來。(生)哪裡走?(貼)行過梧桐徑。(生)花開粗葡林。

【玉交枝】回廊路轉,暗中行螺螄畫線。(付)晨昏行樂無人覷。(生)空是色,何用參禪?小生想起來,在家女子與出家菩薩,總是一般粉面油頭,倒多了幾根頭髮。(付)正是。大爺,動人情處腰下邊,烏雲反惹郎君厭。(合)解風流不須再傳,解風流不須再傳。

(淨佛婆上)當家師父哪裡?

(付)來俚,你收供居來哉倰?

（淨）正是。

（付）外頭阿有倽説話？

（淨）外頭倒無倽説話，只是本庵個星師父，纔要歸俗家去哉。

（付）為倽了？

【六么令犯】（淨）道是太行獨占，惹同袍嘵嘵有言。（付）不必説了，有法子個。（生）他們為甚麼嘵嘵？（付）大爺你勿曉得，前日子俅到個時節，許大衆會起無遮，雨露均沾。（淨）大衆等勿得，道公子歸期有意，時日虛延。（付）見親娘，你去對他們説，今日就讓，漫把醋瓶拈，今夜里鳳鸞倒顚。

（淨）個設我去對渠丟説。（下）

（生）請問寶庵共有幾衆？

（付）十來個。

（生）按師父説來，難道不論老少盲聾、禿癩癡顚，當要與他結緣麼？

（付）個個自然，纔要托俚拉渾水裡叉叉，使渠丟開勿出口，然後吾里三人，可以天長地久哉。

（生）只是小生色力平常，怎麼處？

（付）勿番道，我有藥來俚不你吃，還有一件物事來俚，助你個興致。志貞，大家來看嘘。

【江兒水】説法全身現，（貼做羞介）（付）勿要怕羞，來嘘。（扯貼介）來參無字禪。（貼）不要看。（生）偏要你看。（付）十洲春意摹麈戰，畫圖陣勢休辭倦。（丑暗上）咄，倒好看。（付）你來了幾時哉？（丑）半日哉，不一張我看看。（付）少請申大爺做來你看。（丑）真個倽，介没參湯來裡，參湯滿飲精神健。（付）你自去。（丑）介没今夜頭我要看個嘘，我也初次嚐新歡怀。（下）（付）就是個個了頭，也要知渠個張嘴。他情竇初開，反笑光頭靦腆。

（生）待我今晚就去收他。

【尾】無邊梵网多留戀。（付、貼）讓你羣陰交戰。（生）明日裡依舊三人品字眠。（下）

第十折

【引】（旦上，貼隨上）心鬱鬱，意愁愁，一朝雛鳳失嬌鸞。妾身張氏，得配申郎，日敖日房，儆良人於昧旦；如兄如弟，詠秀女於思變。兩月綢繆，已得畫眉之樂；百年好合，曾無反目之憂。妾身非鬼子鳩槃，官人豈龍川居士？前日歸寧父母，同我瞻拜。次日親族開筵，不料官人出外，即着書童文旦遍處尋覓。文旦回報，説北濠沈君欽拉往遊玩。今已一月，尚無消息。家中無人料理，妾身只得回家。曾着王定同衆家人，打至沈君欽家，要在他身上還我官人，那王定竟不回報。芳蘭，喚王定進來。

（貼）是，曉得。王院公，大娘子喚。

（外上）堂上聞呼喚，階前听使令。芳蘭姐，喚我做甚麼？

（貼）大娘娘説你，不知回報，如今惱得緊在那里。

（外）怎麼處？芳蘭姐，我有白銀十兩，送與芳蘭姐買果兒吃，凡事幫襯則個。

（貼）要我幫襯，只得這些麼？

（外）下次再送些罷。

（貼）多在我處。大娘娘，王院公喚到了。

（旦）着他進來。

（外應介）王定叩頭。

（貼）院公免禮。

（外）大娘娘有何分付？

（旦）我前日歸寧時，道你是老人家，何等囑咐？如今大爺出外，一月有餘，你全不在心上。叫你到沈家去鬧，又不回報，是何道理？

（貼）大娘請息怒，容他講來。

（外）大娘在上，听老奴一言分剖。多蒙大娘擡舉，老奴豈不知道？那日大爺同大娘轉拜張太爺府時，自有文旦跟隨，與老奴無涉。

（旦）喚文旦。

（外）是，文旦快來。

（丑）听得叫文旦，連忙走來看。王伯伯叫我做啥？

（外）大娘喚你，大娘惱得緊在那邊。

（丑）自然個哉，勿見子大爺，自然要惱我個哉。

（外）不要閒說，隨我來。

（丑）文旦磕頭。

（旦）文旦，我着你跟隨大爺，如今大爺呢？

（丑）前日到張太爺府上去，我只道大娘娘留在內房，小人哪里曉得？

（旦）王定掌嘴。

【風入松】秦綱管領衆三千，筦鑰皆伊司典。（外）大娘娘擡舉，老奴份內之事。（旦）門庭照管雖勞倦，（外）也是老奴份內之事。（旦）吓，家主就是分外之事麼？須提防何方遊衍。（外）那日大娘回去，到次日就不見的了。（旦）海山使憐你暮年。（外）實是與老奴無干。（旦）難道尋不得的？休得要輕息足，故仔肩。

【前腔】（外）東君何處遠留連，遍覓遊蹤難見。（旦）難道死了不成？（外）說哪話？或者登臨選勝高懷遣，佳山水偶然心戀。（旦）文旦，你說那日沈君欽同到虎丘去的，如今到沈家去要人。（丑）沈衙內也曾登門鬧喧。（旦）明日同了衆僕，再去吵鬧。（丑）吓，遵闊命敢違言？

【急三槍】（貼）你們去，明日去，忙尋覓。不見大娘如此發惱？休推故，莫遲延。

（丑）明朝再去尋。

（旦）一向在那里做甚麼，明日再尋。明日若尋不見，打死你這小狗才。

【前腔】那時節，尋不見，休怪我。就着王定施刑，施家法，受鞭箠。

（外）曉得。

（旦）難道除沈家，那僧房道院、楚館秦樓，同了這些狗黨狐羣，賭錢酗酒,嫖妓宿娼,也未可知。

【風入松】五陵裘馬正翩翩,楚館秦樓繾綣,呼廬道院到僧院。(丑)勿瞞大娘娘説,元都館治平與虎丘元墓山田雞浜才尋到個哉。(旦)多尋到的麽?(丑)还有一處未去。(外)為甚麽不去?(丑)自要我自家去的。(外)甚麽所在?(丑)龍陽館。(外)你哪裏曉得?(丑)多滋味後庭方便,大爺呵,與文旦晝高共眠。(旦)狗才,家主不去尋,反在那裡放肆。你使巧計,逞花言。

(貼)王院公,平日大爺,蘇州城内,還有何人往來?

(外)這些年家故舊、至親戚友,多是有正經的,就是北濠沈三爺路次相逢,同往虎丘,也不是没正經的。

(旦)遠處可有人來?

(外想介)老奴想着了,大娘歸寧這一日,早上有人遞書一封,説是鎮江馬老爺的。(旦)可知書中之意麽?

(外)老奴送與大爺,大爺拆看,一時就藏過了。老奴哪裏曉得?

(旦)好,好一個老管家,不問一個來歷麽?(外)

【急三槍】只見江南使,郵筒遞。(旦)那下書人可曾見面?(外)没有見面,付了酒錢已後,大爺呵,同轉拜,赴華筵。

(旦)如此,你到鎮江馬老爺那里,去問個明白。

(外)老奴要在家料理,叫文旦去罷。

(旦)文旦,你明日合聚衆僕,再到沈家吵鬧,回來然後發給盤纏,到鎮江馬老爺處一問。若是鎮江尋不見,那瓜州、揚州二處,都要尋一尋。

(外)大娘娘分付你。

(丑)是哉。(旦)

【前腔】明日裡,傳衆僕,同尋鬧,急把行囊整,速行舡。(同下)

(丑)王伯伯,方纔大娘娘分付,拏一百兩銀子給我做盤纏。

(外)怎麽要這許多。

(丑)大娘娘吩咐個,瓜揚二處纔要尋到個,或相公少子盤纏,也是少不得的。

（外）這也有理。

（丑）銀子來。

（外）明日打了沈家，回來付你。

（丑）既是介，勿要忘記了吓。

（外）我曉得。（丑）

【風入松】白金百兩付盤纏，尋到繁華地面。倘然見子大爺，缺少盤纏，區區自有，那歸程貲本何曾欠？（外）你倒有些見識。（丑）勿敢欺。（外）你到鎮江馬老爺處，問個明白。餘下銀兩，要交還我的。（丑）自然，見勿見就居來個銀子來。（外）明日還要沈家吵鬧，回覆了大娘娘，然後交銀子與你。（丑）有理個，明朝合齊子墻門裡衆弟兄。忙整備加餐飽飯，思報效爭功競先。王伯伯，明朝我俚去，另有一樣打法。（外）怎麼樣打法？（丑）哪，齊擦掌，盡摩拳。（下）

第十一折

【步步嬌】（雜舡家、付書童隨末上）日落金焦銜山黛，風緊征帆快，孤蓬雨打來。小生沈君欽，奉父母之命，着我到京應試。自離家鄉，金焦在望了，分付舡家，連夜而行。（付）三爺，天色夜哉，況且揚子江中勿是好行個。（末）這也不妨，不過是劍匣囊琴，扁舟穩載。（內吶喊介）（末）听何處鬧咳咳，中流無數持凶械。（小生、外嘍囉上）

【江兒水】輪動刀和斧，囊中獻寶來，霎時齏粉休停待。（末）望大王饒命休加害，乞憐搖尾深深拜，資斧行囊都在。且住，我記得山塘麵店中，遇個長鬚漢子，說道揚子江中，高叫三聲吕鬍，即來救我。叫喊虛空，看有何人遮蓋。（叫介）

（老丑嘍囉引淨上）刀下留人！

【川撥棹】輕舟快棹江心一字攦，吕鬍名呼喚奇哉，吕鬍名呼喚奇哉。（末）吕鬍。（淨）呀，原來沈三哥。請過舡來。（揖介）是故人相逢水涯,嘍囉,吩咐快去備酒,壓驚酒須快擺,洗塵酒須再開。

（衆應下）（淨）請問三哥,為何黃夜到此?

（末）小弟呵,

【前腔】棘闈試期黃夜來,不意江中遭虎豺。幸恩人救我飛災,幸恩人救我飛災,喜相逢纔開我懷。（合前）

【尾】（淨）盤桓請到荒山寨。（末）小弟,試期將近,不敢淹留停待。（淨）如此明日擺酒餞行。願你高步蟾宮,使我望眼開。（下）

第十二折

【引】（貼上）恣意歡娛難盡,誰料懨懨忽成一病。

我志貞得遇申郎之後,情投契合,一言難盡。不料染成一病,懨懨不起,我已着貝媽媽到醫生家説病贖藥,今已取回。一面着貝媽媽煎煮去了,不免扶申郎出來,略坐一坐。大爺,這里來。（生上）

【引】肌肉消磨,鬚眉削盡,朝露溘然非命。咳,只道歡娛夜未央,崚嶒瘦骨僅支床。

（貼）忍心不顧人憔悴,雲雨巫山枉斷腸。

（生）志貞,小生一時差見,被假書賺到庵中,已經一載。那當家普禪,恐我去了,下這毒手,竟把我披剃了,使我出頭不得。身羈尺地,有如囚虜之形;體掛袈裟,竟似闍黎之相,你道恨也不恨。

（貼）我再三勸你保重,你却身不由己,被他弄得這樣光景,如何是好?

（生）我要回去見妻子一面,死也甘心。

（貼）你在我房中時,幾番要放你回去,又道我寡情寡意,更加庵主再三叮嚀,若放了你回去,恐怕洩露風声。非惟美貌郎君,不能久戀,且怕法華庵亦遭封閉。小尼故爾中止,不料下此毒手。

（生）我那志貞呵,我與張氏成婚兩月,轉拜張府時,我娘子贈我玉蜻蜓一枚，你可着人送去，叫我娘子來見我一面，就死也瞑目。

（貼）吉人天相，不致於此，請自寬心調理，自能痊可。只是懷孕數月，倘然生下一男半女，也是你家後代。

（生）咄，我好恨也。

（貼）敢是恨我麼？

【小桃紅】（生）我病心疾首恨摩登。（貼）摩登是誰？（小生）摩登是普禪，早被那機關算也。這樹風生，便教一刻定還驚。戕賊呵，我是葛牽藤，害得我痰兒滯，氣兒吁，血兒放。（吐介，貼驚介）（生）把我的身軀送也。好恨，削髮也做尼僧，生逼做披緇相，送人歸枉死城。

（貼）待我煎藥你吃，自然好的。

（生）不能够了，只這玉蜻蜓送去，張氏妻房，想必來見我一面，我死也甘心了，我那妻呵。

【下山虎】蜻蜓信物，傳示賤荊。便飛向粧臺去，覿面分明。（貼背介）且住，此事不要與普禪知道了。他病入膏肓，枉了我煎參煎苓，怎忍見分離死與生。（生）志貞，（貼）在這里。（生）妻吓，約到此重歡慶，劍合延津兩唱鳴。（吐介）我要去了。（貼）我那申郎呵。（生）你腹中的也要保重。（貼）這是你的骨血，不消吩咐。（生）多因是難逃命，愁懷轉增，鵬鳥相催夢不醒。（死介）

（貼）阿呀，死了，師兄快來。

（付、淨、丑、老上）為啥了亂嚷？

（貼）申大爺去了。

（付）半夜三更，到哪裏去了？

（貼）回首去了。

（付）有介事，等我來看，勿妨得，人没死子，此物還是硬個來。

（貼）啐！

【蠻牌令】看手足冷冰冰，心坎熱騰騰。（貼）我那申郎呵。（付）勿要响，觀音叫救苦，切莫哭高声。（貼）他有信物在此，叫人去請他大娘來見一面，只说病在庵中的。（付）活個當然使勿得，那間人才弄殺哉，張氏大娘好勿利害。（貼）如今怎麼處？（付）趁此夜深人靜，收拾屍首，方為上策。（貼）棺木難道不要的？（付）要啥棺木？掔開子佛座，埋來地裡，十分乾淨。（貼）你不猶太狠麼！（付）這也顧不得哉。斷送了丰姿妙齡，再不得繾綣陶情。大家快點動手。用畚鍤掘地形，侵土三尺，也算得牛眠吉地作佳城。（眾扶生下）（貼）

【尾】三升血嘔難逃命，只為三昧焚燒此身，竟不得薄殮桐棺，教人兩淚傾。（哭下）（淨又上）你也搶，我也搶，如今大家沒得弄，只好夢裡搶。（下）

第十三折

（外上）聞有觀枚術，行來仙觀中。我王定奉大娘娘之命，去到元妙觀請拆字先生，問取大爺消息，此間便是。謝先生有麼？

（丑上）來了。

【光光乍】利口實堪誇，觀枚數不差，空囊一任走天涯，如今弄得光光乍。請問大叔，是哪裡？

（外）我是南濠申府，要請先生去問數。

（丑）門首生意忙，囉哩有功夫？

（外）勞金重些便了。

（丑）如此就走，行行走走，走走行行。

（外）這里是了。芳蘭姐，拆字先生請到了。

（貼）大娘有請。

【引】（旦上）空向鬼門頻卜卦，問良人何日還家？

（貼）拆字先生請到了。

（旦）請簾外坐。（貼通白介）

（丑）請問大娘娘要為啥事？

（旦）行人。

（丑）說一個字來。

（旦）覓字。

（丑）若是啞謎之謎，是言傍一個迷字，這是為言所迷；機密之密,這是密勿通風;若是蜜蜂之蜜,這是正來甜頭上,還脱身勿得來。

(旦)尋覓之覓。

(丑)若是尋覓之覓,竟勿好。

(外)何以解説?

(丑)直頭勿見。

(旦)芳蘭説個天字。

(貼)天字。

(丑)大娘個夫主。

(貼)正是。

(丑)夫乃婦之天。那問天勿够出頭,便那處。

(旦)如今在哪一方?

(丑)報字來。

(旦)坤字。

(丑)啥個坤字?

(旦)乾坤之坤。

(丑)乾為陽,坤為陰,不來一處陰人纏住來丢,個人來西南方,直待逢申動土,終能見面。

(旦)可有回來之日?

(丑)報字來。

(旦)就是回字。

(丑)一個口字來中間,四面纔圍住來丢。不能起死回生。

(旦)難道有些不利麼?

(丑)小子依字而斷。

(旦)再詳平安的安字。

(丑)啥用?

(旦)家宅。

(丑)好個,箬帽底一個女字,個是女掌男權。

(貼)家業如何?

(丑)報字來。

（貼）四季的季字。
（丑）好，一年有一千八百兩利息進門。
（外）怎見得？
（丑）一撇一畫一豎，是個千字。下底是個八字，包有一千八百之數，子乃利息也。
（貼）我每大娘，可承繼接嗣得麼？
（丑）報字來。
（貼）吓。
（丑）隨口説來。
（貼）姓李的李字。
（丑）好，十八歲上，就該承繼一子，數內有二子，前頭説季字有一子，那間説個李字，也有一子。
（旦）哪有二子？
（丑）季字乃假子，李字乃真子也。
（旦）哪有真假之分？
（丑）只有人叫木子李，那有人叫禾子李？
（旦）再詳一個九字。
（外）九字。
（丑）啥用？
（旦）问寿元。
（丑）好，八旬之外。
（外）怎见得？
（丑）大娘娘说九字，你亦说一個九，岂非九九八十一之数。
（旦）我相公呵，

【三學士】攜朋春晝閒遊耍，杳茫茫不見回家。（外）都因是笙歌迷戀紅樓月，（旦）蘭麝流連楚館花。無端輕別多牽掛，疑困頓在天涯。

【前腔】（丑）遐齡九九非虛話，掌男權二字無差。（旦）我尋夫好似波心月，望夫主還如鏡裡花。（丑）理存乎數難詳察，西南地柱尋他。

【尾】（旦）觀枚妙理堪驚詫，（丑）邱堯夫新傳妙法。（旦）教我盼望悲啼泪似麻。
（下）（貼）王院公勞金在此，打發他去罷。（下）
（外）先生，勞金在此。
（丑）少哉。
（外）問不多幾件。
（丑）勿論多少，要看人家起個。
（外）你剛纔説大爺回來自然重謝，説了不回來，自然少了。
（丑）我是依字而斷，若謊説就勿準哉。
（外）果然應麼？
（丑）那啥勿應？
（外）可惜當年浪蕩遊，
（丑）觀枚神數細推求。
（外）婦天必是夫為主，
（丑）天字於今不出頭。（下）

第十四折

【點絳唇】（小生張仙抱子，二天將、金童玉女上）孝友名聞，麒麟司胤鍾英雋，香氣氤氳，咫尺仙遊近。
　　萬丈金光射斗紅，文星今夜降庵中。百齡護送臨盆慶，天樂遥聞响碧空。我乃張仙是也，奉上帝敕差文曲星臨凡，投入法華庵吴志貞腹中，今夜子時三刻誕生。就此送文曲星下降。（衆應行介）
【神仗兒】金鐘前導，鏗鏘仙樂，瑞雲縹緲，一路紅光繚繞。文星今下降，臨盆坐草。他日裡奮青霄，他日裡奮青霄。（下）

第十五折

【引】（貼上）懷胎十月知非少，鎮日裡耽着愁悶。我志貞自與申郎交合，爭奈衆尼攢聚，不肯放他回去。普禪又將他披剃了，他欲歸不得,精神日憊,一病身亡。我懷孕數月,經期已絕,這兩日四肢無力,頭暈眼花,想是分娩在即了。

(淨上)當權若不行方便,如入宝山空手回。三師父,催生丹來俚,先生説吃了就養下來了。

(貼)有勞你。

(淨應介)(貼)

【五更轉】我憶那年逢英俊,普禪機海樣深。(淨)正是普禪師父勿好,拏渠個頭剃下子了。(貼)將他削髮披剃心何忍,害我申郎一朝命殞。我身漸重,髮漸高,心煩悶。(淨)佛吓,明朝是觀音生日,罪過個嘘。(貼)尼姑那曾識耽孕,腹痛難禁,望天憐憫。

(淨)像是快哉,我去燒苦草湯來。(虛下)

(貼)阿呀!阿呀!

【鎖南枝】天不應,地不聞,驚魂蕩魄難自存。生死兩離分,拆腸尤難忍。(淨)包漿水下哉。(生子介)(張仙等圍下)(貼)沖惡露,血染茵,佛善拂,救勞頓。幾乎喪了這條性命。

(淨)頭一遭了,第二遭就好哉。

(貼)你曉得什麽,申郎與張氏纔成得兩月夫妻,不想闖入庵中,喪了性命,我不忍服藥,絕他後嗣。

(淨)也是你的好意。

(貼)你與我連夜送至申府門首,好待張氏收留,抱來我看嘘。

【前腔】看豐綵,八字分,頭平額闊形自存,笑兒耳垂肩,的是申郎孕,待寫年庚月,煩你走一巡。繫着玉蜻蜓,待他好相認。

(顛介)汗衫包裹玉蜻蜓,父是申郎母志貞。記取年庚尋骨血,直須抖亂法華經。嘉靖丁酉年二月十九子時建生。親兒吓,此去不知可有再見之時了?

【哭相思】親生骨肉分離去,不知何日再相逢。父喪娘離凄涼際,更深夜靜上天街。(淨抱子下)

第十六折

（付上）夜夜天旋地轉,流成玉液瓊漿。淮南仙製最為良,要算湖州無上。油脚必須要用,石膏擂碎沖漿,燒來花滾點盈缸,廿七斤加八兩。小子湖州余二官便是。豆腐專門,粉皮妙手。油參腐條條勿斷,豆炙餅個個囝圖。索粉長而且細,麻腐甜而勿粗。黄村乾还湯脱壳,醬油乾五味馨香。閒話少説,只為年岁荒亂,本地活勿得性命,到蘇州做客身。做子三五年,積得工錢就討子一個阿媽。日裡出去唱唱書,夜裡相幫牽子豆腐。勿上一年,牽出一個小男來,阿媽做子產母,起身勿得。今夜禃把豆來丢,等我問個一声。老阿媽。

（丑）啥了？

（付）今夜牽得牽勿得？

（丑）要牽就牽末哉。

（付）有趣,今夜要牽。阿媽,你竈門溏那牽呀？

（丑）天殺個,過得三朝就要牽。

（付）勿是,我思量要牽個磨子。

（丑）那了。

（付）個豆腐磨竟像公婆兩個來。

（丑）那了,像公婆兩個？

（付）我來上頭動,你來下底頭動,亂動亂動,動出瓊漿玉液來。

（丑）亂話。天旋地轉,玉液瓊漿是吃個物事,那好弄個豆漿比起來。

（付）勿差。

（丑）那了個磨心,倒來上頭個。

（付）像你倒爬一樣。

（丑）啐,亂話,牽起來。（牽介）

【黃鶯兒犯】水磨兩爿牽,釀瓊漿,瀉玉液,一心兩好團團轉。（付）和你肝腸湊連。（丑）為甚陰陽倒顛？古人製器多方便。（付）

阿媽娘,你日裡出去唱書,夜裡幫牽豆腐,真真虧殺子你,三更半夜,何曾愛眠?(丑)和你半斤八兩,一心愛錢。(付)賴娶妻借力終成店。

(內作兒哭介)(付)小男覺哉,你去喂子奶再牽。(丑應下,淨抱子上,生扮神隨上)

【憶多嬌】更亂傳,步緊前,小鹿兒心頭忒忒然。(兒哭介)雜種勿要哭,可怪呱呱声又喧。(內喝道介)勿好哉,只好就丟來間邊哉。拋棄中途,拋棄中途,慌忙回轉。(下)

(小兒哭介)(付)阿媽娘,為啥喂倦子小男奶,只管放渠哭?

(丑)困着子半日哉。

(付)啐,門外頭小男哭,等我開門來看。咄,啥人家私男?阿媽娘奶多,等我養大子牽牽豆腐,也是好個。(放煙火介)勿好哉,有鬼吓。

(末、小生小軍引外上)

【鬥黑麻】宴罷歸來,酒闌人倦,深夜無人,問誰關鍵。(放煙火介)望前途紅光現,直上重霄,金蛇掣電。想是民間失火,衙役看來。(眾)啟爺,是一個私生子,有汗衫包裹。(外)是個私男,抱回本府,各各有賞,打道回府。(眾應介)啼声泪漣,預卜門楣頭,傳諭前驅,傳諭前驅,悄然回轉。眾衙役們不可洩漏,雇一名乳娘進來。(眾應下)

(外)夫人哪里?

【引】(老旦上)夫君回署傳呼喚,剔起銀燈相聚。

(見介)相公手中抱的何物?

(外)夫人,下官拾一寶物在此,你且看來。

(老)吓,這是新養的血孩,是何處來的?

(外)下官適纔赴席回來,路至後廠,見紅光十丈,直透雲霄,只道是民間失火,叫衙役看時,原來是此子。

(老)如此說來,是大貴之相了。

(外)夫人,你我年將耳順,並無男女,今將此子撫養成人,也繼書香一脉。

（老）相公之言，正合妾身之意。

（外）待我看來。（念詩介）

（老）既有詩句，倘日後有人認取，如何是好？

（外）夫人，詳他詩句，是尼姑所生，我日後回籍山東，那有人來認他？

（老）只是妾身無乳，怎麼處？

（外）下官已着衙役，雇乳娘去了。

（老）這却便好。

（外）厥声載道實堪誇，標寫年庚定不差。若得此兒身長大，當年絕勝賈長沙。（下）

第十七折

（淨上）日間不作虧心事，夜半敲門也不驚。我貝佛婆為何道此兩句？只因南濠申大爺，迷戀庵中，送子個性命。個志貞養個私男，挐個汗衫，寫了年庚八字，並玉蜻蜓包裹好了，教我送到申家門首，等個申大娘娘收留。看看將到後板廠，遇見官府喝道來哉，我着了急，就丟來余豆腐門前了。今日申大娘娘要到我庵裡來薦拔亡夫，我想蘇州師姑庵甚多，那了偏要到個邊來，不要此事覺着哉。吓啐，當家師父勿着急，關我啥事？道場擺完哉，請他每來做法事。（付、丑、貼、末、小生尼裝上）

【清江引】經文薦拔多情兒，來趁瑜伽會，受盡苦煩緣，懺却風流罪。我們念一回，拜一回，敲一回。（見介）

（付）志貞，個申大娘娘要到庵中薦拔亡夫，事有可疑，大家小心一點。

（淨）做起法事來。（念贊介）爐香乍爇，法界蒙熏，蓮池海會悉遥聞，隨處結祥雲，誠意方目諸佛現前身，南無香雲蓋菩薩摩訶薩。（三遍）

（旦上，老抱子隨上）

【引】分飛久，禮懺法華，薦亡拔救。

（淨報，衆尼接介）衆尼迎接，請大娘娘上香。

【集賢賓】（旦）只為良人蹤迹成浪游，奈三度春秋，遣發青衣空出走，料客死終非丘首。阿呀丈夫吓，（貼作出神哭介）（旦）只望天長地久，倒做了釵分鏡剖。（衆）頻衷叩，佛菩薩慈悲拚受。

（淨）大爺個神位，設來個客堂裡，請大娘娘上香。

（衆念佛同下）（貼）

【二郎神】牽兜兒嬰孩懷抱，叫我提心在口，這根蒂何方明白剖？待我問他乳娘就明白了。吓，媽媽走來。（老上）听唤声頻促，回廊步轉双鉤。（貼）請問媽媽，手中小官人，還是大娘娘親生的，還是血抱？（老）這是北濠沈夫人所生，過繼我家大娘的。只為沈老爺未發之時，同我家相公出遊不歸，我家大娘日日與他吵鬧，因此把公子過繼來的。嗣續相公箕裘裘，方脫免是非爭鬪。（內）乳娘快來。（老下）（貼）呀啐，我只道此子就是，原來又是一個。不知貝媽媽將我孩兒放於何處？貝婆婆，貝婆婆，你好謀而不忠也。教我泪珠流，多因把我孩兒，委壑填溝。

（衆上）（念準提咒完介）

【貓兒墜】道場完滿，法駕返龍樓。彼岸先登般若舟，亡灵直上九蓮遊。（合）哀求，惟願求罪花凋謝，福海長流。

【尾】關情背地抛紅豆。（旦）望超昇全資經咒，倒做了魚水夫妻一筆勾。（下）（衆送介）

（付）咄，介一個志貞，雲端裡跪馬，露出馬脚來哉。（下）

第十八折

【引】（外上）榮登郊牧年方耄，歎暮景無兒伯道。老夫徐鉉，山東青州人也。官居蘇州刺史，宦囊雖薄，宗人覦覬頗多，所少者一子。前晚赴宴回衙，於後板廠經過，拾一血孩，詳他詩句，是尼姑所生。下官抱了回衙，與夫人商議，撫養成人，日後回鄉也好掩族中耳目，已着人尋覓乳娘，怎麼還不見回報？

（生扮院子同付、丑上）

（丑）保母為囊空，羞澀頻遮袖。
（付）一步不思離，今日輕分手。
（小生）你在外邊伺候。
（付）是哉。（下）
（小生）啟爺，乳娘喚到了。
（外）着他進來。（小生傳介）
（丑）小妇人叩頭。
（外）不消行禮，听我道來。

【繡衣郎】為夫人胎息劬勞，産後元虛脉欠調。（丑）幾時哉？（外）辛壬癸甲，為滂乳全無饑欠療。（丑）四朝还勿曾有乳吃。（外）全賴汝就濕推乾，还望伊止啼陪笑。（丑）勿知要雇幾時？（外）待三年方離襁褓，待三年方離襁褓。院子領了進去。

（小生）吓。這边去。（下）
（外）他乳公可在？
（小生）在宅門。
（外）喚進來。（小生喚介）
（付上）大老爺，小人叩頭。
（外）起來。听你声音，不像本地人。（付）

【瑣窗寒】異鄉人生計蕭条，投止為民藉本苕。（外）原來湖州人，做什麼生意？（付）豆腐店也算四遠名標，今日拋妻棄室，只圖錢鈔。（外）本府也不虧你，每月呵，給白銀二兩可溫飽。（付）二兩一月，一年廿四兩。（外）先付他四兩銀子。（付）多謝大老爺。（外）休焦，撫育念功高，三年乳哺酬勞。去罷。

（付）小人還有一句話，要求大老爺。
（外）有何話？
（付）話是有一句，勿好说得。
（外）本府知道了，每逢朔日，你親到宅門上，領你妻子回去，相敘相敘，次日就送進來。
（付）多謝大老爺哉。
（外）果然保母止兒啼，

(付)乳哺三年是滿期。
(外)休戀故鄉生處好,
(付)受恩深處便拋妻。真正青天大老爺,体貼人情。(下)

第十九折

【引】(淨上)桑榆暮景,無閒事秋風興濃。白髮蕭蕭已滿頭,囊無子美半文羞。朝來忽發秋風興,桂棹松舟去出遊。老夫姓陳,字復禮,別號勿高。名登兩榜,曾任劍南兵備道,休致在家。大孩兒久文,現任京堂。二孩兒久武,由武探花欽授山東提標副將。老夫終日詩酒陶情,林泉娛樂。坐來屋裡,一点閒事全無,銅錢銀子無處尋。近日操江生日至哉,個是我個世弟,要去拜壽個。況且司道府們,方是年家世兄世弟門生。借此拜壽為名,順便打打秋風,弄千把銀子歸來,受用受用,走一個來。

(付)小人來俚。
(淨)你到埠上去,催一隻舡。
(付)催舡做倽?
(淨)到南京去,替操江拜壽。
(付)老爺亦費鈔哉。
(淨)無奈何,你去對埠頭說兩個月往還,舡價要讓点。
(付)南京往还不過十來天,做啥要兩個月?
(淨)順便打打抽豐。
(付)罷哉,旧年出去打抽豐,害我鋪蓋方當子,至今勿曾贖來。
(淨)啐,捉風要個利市。說這樣敗興話!快点去。
(付)介没拏定錢來。
(淨)拏去。
(付)錢把銀子,那哼拏得出手?
(淨)定錢要幾化介?勿要落我個銀子吓。
(付)錢把銀子,勿來我心上。
(淨)眼望眼望,耳聽耳聽。(下)

（付）行行去去，去去行行。阿有拉個來俚？
（末上）交易十洲三島客，往來四海五湖人。大叔是何府？
（付）我是陳勿高老爺丟，要僱舡到南京操江衙門拜壽，兩個月往還，舡錢便要讓点。
（末）不知要多少隻數？
（付）就是個隻大花罷。
（末）如此講定了好寫舡票。
（付）我是在行個。
（外上）不爭三個步，咫尺是舡家。哦，方舟。
（末）王伯伯請坐。
（外）你好言而信！前月你所欠下的埠頭錢，約定數日就還，今已過期，並不見拏來。如今又是該月了，分文不見，是何道理？
（末）不瞞王伯伯說，生意淡薄，官差又多，故此拖欠下來。請王伯伯再寬幾日，一并送來。
（外）家主母今日是要的。
（末）哪裡來得及。
（外）不相干，今日要的。
（付）走來個是啥人，火气能重。
（末）申府王伯伯，為討埠頭錢的。
（付）啥叫埠頭錢？
（末）我們蘇州三十六個埠頭，多有規例的，到了該月就來取了。
（付）每年常例有幾化銀子？
（末）共有頭兩子銀子。
（付）何弗投到我陳府裡來？
（末）歷來是申府管的，我怎好主張？
（付）那間渠丟是廢紳哉，怕渠作啥？
（外）呔，你說什麼？
（末）沒有說什麼。
（付）我說個個埠頭，我裡要管一遭個哉，勿勞費心。

（外）你是哪一家？

（付）陳勿高老爺丢。我俚太老爺現住在家，大老爺現任京堂，二老爺現任總戎。你丢個樣廢紳，且替我丢過一边。

（外）放屁，這埠頭歷來申府管的，你敢奪占麼？

（付）皇帝個江山，还要改子，何況埠頭？我里陳府，與頭劈拍，你丢大娘娘是繩尾巴個，还要想埠頭生意做啥？

（外）狗頭。

（付）我搭你差勿多，老入娘賊。

（外）放屁。

【撲燈蛾】出言太傷人，出言太傷人，好把拳頭認。（付）管埠人家管，何用廢紳強占也。（末）王伯伯勿要打，（外）陸方舟，你欠下埠錢，反引陳家人打我麼？無端勾引，頓教人激怒生嗔。（末）與我甚麼相干？（付）要管也勿難，叫你大娘娘自家來。（外）呋，語多不遜，拼一個你死我生莫逃奔。

（末）王伯伯，是我勿是，明朝拏子銀子，送到府浪謝罪。

（付）勿許作你個臭准。

（外）看手段起。

（付）我到是勿怕個。

（外）我認得你。

（付）認得那哼。

（外）少不得尋到陳勿高身上。

（付）我少勿得尋到你大娘娘身上來。

（外）你説什麼？

（付）打你老毬養個。

（外）吓。（下）

（付）啥意思丢，哈老方，個真打起來罷，覺着有点興頭。

（末）全虧大叔，不然他今日坐定要個。

（付）我且歸去，對老爺説子，奪了埠頭到南京去。

（末）如此説，舡票且不要寫，倘然奪了埠頭，到南京個回生意，就白載子何妨？

（付）就是，區區也要叨惠個。
（末）何消説得。
（付）寄語順風舡上客，明朝未必是东風。（下）

第二十折

【剔銀燈】（貼隨旦上）鏡臺前青鸞羞影，香閨裡綠雲慵整。望夫有苦心馳騁，哭世業式微堪驚。支撑，喜埠頭有成，賴蒼頭忙催取盈。

（外急上）忙將奇異事，急去報香閨。大娘不好了！

（旦）為何如此驚慌？

（外）老奴奉大娘之命，為埠頭陸方舟積欠常例不清，今日去取討，他勾引陳勿高家人，把我打了一頓，翻要奪我家埠頭。

（旦）你為何不打他？

（外）我是老人家，哪裡打得過他？故此回來，報與大娘知道。那陳勿高兩個兒子，一文一武，現任為官，他必要爭奪的了。

（旦）這也不怕他，你可曉得這埠頭來歷麼？

（外）怎麼不曉得？這埠頭蘇州三十六家鄉宦管的。太老爺那時官居極品，三十六家不是門生故舊，定是親戚至友，不是明讓，定是送來，故此我家獨管。每年常例，好不興頭。

（旦）陳家若來奪時，打他落花流水。

（外）他还罵我家縉紳，是絶代的人家，还管什麼？

（貼）大娘娘，這是他來欺我，偏要管！

（旦）偏要管！

（貼）偏要管！

（旦）我曉得，漸不可長。

（貼）申府界墙倒不得。

（旦）私下相打，當官告狀。

（外）私下相打，當官告狀，願出死力。

（貼）明日就打。（旦、貼）

【六么令】傳齊壯丁,毀家私登門造庭,連朝辱罵不住停,誇雄猛,休教你入人陷穽,得勝回來賞不輕。可怪陳家壓女流,
（外）占謀世業豈甘休。清平不出閨門話,事到頭來不自由。
（外）打便去打,告狀要緊。
（旦）須索性到都堂衙門去告,是我爹爹門生,不怕他不護我。
（各下）

第二十一折

（丑上）埠頭惟靠勢,勝敗總無干。自家松江埠頭周悦凡便是。好笑南京埠頭陸方舟,竟搭陳家里管家説好子,拏申府王伯伯一頓臭打,説道要奪管個哉,個申家裡勿屈気,竟告來都堂衙門。陳家亦到各埠來叮囑,説道今後埠頭錢勿要送申家裡,我俚要來拏個哉。陸方舟輕事重報,竟出了傳單,傳齊各埠頭,到陸方舟丟去会议。本待勿去,覺道同行中面子勿好意思。去介,亦要抛來渾水裡。個没那處,且等魯楫公來再定奪。
（淨、生上）世情看冷暖,人面逐高低。
（淨）自家常州埠頭魯楫公。
（生）自家鎮江埠頭王君立。只為申陳二宦爭奪埠頭一事,為此前來同议。我想周悦凡是積年老埠,且到渠丟去商量。
（淨）有理。（見介）
（丑）阿是為陸方舟一事而來？
（淨）今日個節事,我俚向申家裡,向陳家裡好？
（丑）我裡是管埠的人,東風東倒,西風西倒,搭縉紳人家,爭啥眉頭高低來？
（淨）正是,我想陳家裡搭申家裡,蘆席上,蘆席下,高也高勿多,低也低勿多。只是陳家裡,勿要一篷風個使來丟。
（丑）這申家也不是積祖撑舡個。
（淨）只要都堂老爺坐艙個坐定丟子,就好行哉。
（丑）個個陳家裡小夥子,一嘴推扳勿應。

（淨）王伯伯擋定子柁，也勿怕渠勿撐扰舡頭來個。

（丑）是吓，舡到岸勿要亂。

（淨）適纔是陸方舟弄得舡橫芦飛罨。

（生）陸方舟也有些順水推舡。

（淨）有數說個。舡頭上相罵，舡艄上說話。我個那間去要看風使篷，勿要艄公多使翻子舡吓。

（丑）舡到橋門自然直。我搭你一条跳板上人，勿要你背我背。

（淨）是吓，少不得到官塘走個。（下）（外、小生、三旦上）

【香柳娘】聚雄糾一羣，聚雄糾一羣，威風大振，飽飡戰士忙前進。（外）列位，我們此一去，見一個打一個。說陸方舟出了傳單，傳齊各埠到陸方舟家裡，那陳家人想也在埠頭家，我每迎上前去，看有埠頭可惡，先打埠頭。（衆）有理，閙轟轟到門，閙轟轟到門。（外）這裡是了。陸方舟！（末上）是哪個？（外）打。（末）奪埠豈無因？（外）巧語休廝混。（末）與我甚麼相干？（衆）問陳家那人，問陳家那人。（末）沒有來。（衆打末介）巢穴藏身，理窮辭遁。

（末）其實不曾來。（外、衆打介）

（付上）啥人能放肆？

（外）狗頭，你原在裡頭麼？

（付）來俚。

（外）走來，你去上覆你家老陳，這埠頭歷來是申府管的，你們要管，可也休想。

（付）休想吓，憑你行得通？也要存些体面，開口陳勿高，閉口老陳。

（衆）叫了。

（付）叫了麼，我也叫你丟申阿嬌。

（衆）呔，狗頭听者。

【劉滚】我每是，我每是，累世簪纓府，是祖代相傳，我家管埠。何故肆倡狂，魃來奪澫，禍到臨頭，相逢狹路。

（付）住了，我也說來你去听。

【前腔】我每是，我每是，赫赫威权府，況露天生意，諸人好做。

惡語太傷人，恁般欺侮，及早休心，饒伊生路。（譚打下）

第二十二折

【引】（末上，生、長班隨上）司李三年報最，諫垣欽取飛升。下官沈廷銓，號君欽，忝中戊戌科芳瓚榜進士，初任浙东嚴州司李，欽升為兵科給事，便道還家。不料申桂升自虎丘別後，至今尚沒消息。申家老嫂又與陳勿高先生訟庭雀角。申家竟告在都院衙門。我想為奪埠而起，也不致此。只是都堂也頗為難，回了申氏，抹却世妹之情，輸了勿高，失却京堂之体。張冡宰也不直其女，杜門鉗口。難道下官也拂袖而去？因此想出一個解劝的人來。張氏執拘異常，除非他母舅可以制服，就是蘇大來，官居通政，給假在家。昨日到彼相約，要與陳勿高講明，勿高已肯了。長隨，隨我到蘇家走遭。（行介）穿道魚蝦市，行來槐棘門。

（生）有人麼？

（小生院子上）潭潭通政府，剝蝕是何人。哪個？

（生）兵科沈爺拜。

（小生）少待，老爺有請。（付上）

【引】官居喉舌職非輕，封事肅清威柄。

（小生）兵科沈爺拜。

（付）道有請。

（末）老銀臺。

（付）老掌科，請。

（末）後學叨榮，理宜趨侍。

（付）不敢，甥婿申桂升掌科榮任後，至今未歸，這也可笑。

（末）晚生無一日不想。

（付）就是陳勿高個件事務，個個陳勿高也有点欠通，舍甥女执拗異常，家姐丈張拱維，雖然埋怨阿愛，必竟父女之情。若勿高也勿肯到門，就調停勿來哉。

（末）要陳老先生到門，多在晚生身上。

（付）承掌科要學生出來解劝,非是渠出來就罷哉。
（末）豈有不來之理？
（付）今日舍甥女叫王定老老,領子多人到陳勿高丟去相打,倘然出子門就收拾勿來哉。
（末）事不宜遲,就請同行。只因一着錯,滿盤都是空。（下）

【醉花陰】（旦上,貼隨上）巾幗鬚眉氣偏憤,裙釵難離閨閫,顧不得出乖露醜造伊門,豪奴恶语伤人。芳蘭,傳王定喚衆人進來。（貼）王院公,大娘娘分付,傳衆人進去。（外、生、小生、老上）歡騰飽飯後,簇擁護肩輿。（外）大娘娘,衆人多齊了。（貼）听大娘娘分付。（衆）吓。（旦）快快的上前行緊,一個個賽凶神。須索要揭地擎天,狠狠的待他没頭奔。
（衆）小人們理會的。

【畫眉序】勇健集英多,膂力方剛形似虎,更鉄圈杴棍,袖中藏護。（旦）你們怎麼樣打法？（衆）到他家擲瓦飛磚,登堂上踢門打户。（旦）也不算狠打。（衆合）這回掃盡鄉紳體,奴輩料無折挫。
（旦）再尋幾個去幫打纔好。
（衆）多雇在外边了。
（旦）你們听我分付。
（衆）是。

【喜遷鶯】須教他門楣塗糞,須教他門楣塗糞,污衣冠臭秽難聞,只這驚人,豁喇喇匜聯敲損。那些鄉里來看的,不要亂打。休得要逗凶頭壓衆鄰。（衆）我們只打本家便了。（旦）過來,你們搜秘室你可也傾翻骨董,向深閨碎裂衾裯。
（衆）我們就去打便了。
（末、付上）欲釋深仇夙怨事,同為排難解紛人。
（付）王定,你丟哪里去？
（外）奉主母之命,到陳府廟打。
（付）慢点,待我見了大娘娘,然後去打。说声我同沈老爺拉俚。
（外）是。衆人不要散了。啟大娘娘,蘇太爺同沈老爺拉俚。

（旦）請進來。
（外）吓。請二位進去。
（付）外甥拉囉俚。
（旦）母舅。
（付）外甥,兒子沈伯伯。
（末）大嫂,小兒在府好麼?
（旦）是平安的,請坐。母舅此來,莫非作說客麼?斷斷不听的嘘。
（付）做娘舅個,今日個節人情,是要說個哉。就是沈伯伯也要緊上京,為子個節事情,到耽擱來俚,哪說勿听?就是我做娘舅個,也有点勿歡喜渠,阿有倒為外頭人個理?
（旦）如此,要這老狗纔上門的。
（付）在我,況沈伯伯耽當個,也勿怕渠勿來。
（末）處和了,老嫂不致屈公庭。

【畫眉序】説客學隨何,釋怨消愁非迴護,免閨中弱質,訟庭匍匐。（付）切莫要覓釁尋端他們侮,招災惹禍。（衆合）這回掃盡鄉紳體,还要負荊請過。

（付）还有一説,少間渠來個時節,原要不個点體面來渠。
（旦）這個且再處。
（丑隨淨上）要為匿怨求名士,且做吞声忍气人。走來,看蘇老爺、沈老爺阿來丟來。
（丑）吓。
（外）你是陳家的人,到此怎麼?
（丑）我裡太老爺,要會蘇老爺、沈老爺個。
（外）陳勿高到了。
（付）到哉啥,我搭你出去。勿高拉俚?
（淨）老先生。
（末）裡面請坐。
（淨）個使勿得。
（付）既來之,則安之。有啥使勿得。請了。

（旦）老陳，你來了麼？

（付）勿要是梗！

【出隊子】（旦）我看你皤然兩鬢，怪貪饕專攫金。（淨）我搶子渠丟啥銅錢銀子？（外）搶奪埠頭不是？（付）老王不許。（旦）恰便是沐猴兒强要上冠巾。（淨）拏我比了猴獮。（付）女流之輩，勿渠啥准？（旦）倚靠着好兒郎威權大，赤緊的少不得到公庭，與你叨叨爭論。

（淨）那人家兒子纔養勿得個，譬如你養勿出。

（旦）這一句真刻毒吓，老陳你不要説這滿話。

（淨）二公，勿是學生誇口。

【滴漏子】漫説道豚兒濫叨天禄，膝前頭現有諸孫擁簇，老境康寧多福，無端涉訟庭，早向撫君瀆。（付）都堂衙門，我去收拾。（旦）母舅使不得。（付）出來調停事体，要兩邊費銅錢，就勿是哉。（淨）但是一説，親叩庭除，為何兩遭斥逐？此來差矣，此來差矣。

（付）來也來哉，懊悔渠做啥？

（旦）吓，你要與我比家勢麼？説與你听者。呀，

【刮地風】銓部天卿掌選君，是奴家庭内嚴椿。老渭陽出納司权柄，親密迩渙污下絲綸。（付）俗勢勢個，託通政司説渠做啥？（旦）就是祖公啊，也是包胥遺統，复楚世勳，一任你這壁廂，那壁廂，把家業查問。（淨）查渠做啥？（旦）我對你説，魏千歲就是我家姑夫。沐聖恩，魏王孫，早憑着一封書密致軍門。憑你甚麼大人請求。

（淨）勿要説哉。竟讓了你如何？

（末、付）好。

【鮑老催】（淨）情傷親故，息詞片紙消案牘，申家仍舊收方埠。（丑）太老爺，既然埠頭讓子，來説渠做啥？（旦）打這狗才。（衆）吓。（末）不要動手。（丑）打麼？（外）非但打你，還要打這老。（丑）老啥個？（衆）老不死，老厭物。（淨）反哉！反哉！（末）請息怒。（衆）門自開，主難行，僕將躲，環圍休放逃生路。（淨）無端狂吠遭輕侮，今番鬱勃何時吐？

（旦）老陳你住了。

【四門子】你縱豪奴橫暴聲名振，強謀奪，辭無遜。你罵咱廢紳，欺咱女人。託狐假虎威難逃遁，攘取要津，湊積藏金。呀，莫能爭，徒資笑哂。

（淨）那也罷哉。

（旦）王定，你對二位老爺說，埠頭是我家要管的，还要前日動手的狗才，到門叩頭，方纔甘休。

（丑）難道家主公拉俚，倒當勿得啥？

（旦）打這狗才。

（付）勿要，勿要。

（淨）拉個要你多嘴，小价因為怕打拉勿來。

（末）老年伯在此，何用他來？勿必，勿必。（末、付）

【滴滴金】東君已在低檐坐，憲洪勿播小人過，大家體統休輕墮。（外）人怕落湯，譬如上門去打。（衆）罩天羅，難逃躱，關門掩户，打個落花流水威風大。（付）你丢説個多哈哈？看他喪氣垂頭，威風折挫。

（外）要打的。

（付）哪還打？

（旦）王定，看蘇太爺、沈老爺面上，叫衆人散去罷。（衆應下）

（旦）母舅，叫他不要怪。

【水仙子】他他他，強奪吞；覷覷覷，女子無能，岼易尋。我我我，控公庭，忙投奔；擠擠擠，黷質對逡巡；恁恁恁，請行成親到門。（淨）拉個來請行成。（付）勿要説哉。（旦）看看看，恁看我僕散如電。勞勞勞，謝你耽延沈大人。聽聽聽，舅爺嚴命當從順。羞羞羞，殺你老兵巡。王定，問二位老爺，今日陳勿高到此怎麽？

（外照傳介）

（付）啐，做了半日文章，倒忘了題目。科掌要是介請個罷。

（末）自然。不然，此酒為何而設？吓，老年伯。今日到此講事已完，起身時大家見一個禮。

（淨）要我唱喏，寧可殺子我頭，勿相干個。

（付）亦是一折。

（末、付）來，來。

【雙聲子】能強項，能強項，勸你休耽誤。（末）大家作揖，請了。略頓首，略頓首，從此消愆過。（淨）個是二位捉弄我，頭可斷，心偏怒，喪盡声名，有日相逢狹路。

（旦）常將冷眼观螃蟹，看你橫行到幾時！（下）

（淨）倒说我，可惡可惡。

（付）勿要可惡勿可惡，我就叫你舊號哉嘸。

（淨）叫我啥？

（付）勿叫你勿高，竟叫你鼻高哉。

（淨）好形容罷。

【煞尾】霎時間一天訟獄消弭盡，（末）纔顯得一片熱胸襟。（淨）我平生仗气倒輸他。（付）輸與哪個？（淨）雌光棍。（下）

第二十三折

【引】（貼上）孽債從今斬盡，恩情中道離分。雲雨高唐夢已非，好持半偈悟禪机。予心已作沾泥絮，豈逐東風處處飛？我志貞自從分娩之後，即將申郎遺下汗衫，題上詩句，並玉蜻蜓包裹血兒，央貝媽媽連夜送到申府門上，使張氏收留。不道張氏來到庵中，追薦申郎，那乳母抱一孩兒，我只道就是此子，豈知是北濠沈老爺家過继與他的。申郎這点骨血，不知墮落何處，好傷感人也。目今申大娘娘，三十齊年，各庵俱誦經祝壽，小尼無敬，不免畫一行樂圖送去。且住，難道申郎的遺像到不要畫了？咳，申郎吓申郎，我與你共枕同衾，已將一載，笑貌声音宛然如在。

【漁家傲】羨煞你倚玉丰姿秋水神，誤投入錦陣花臺，慨慨瘦損。草稿從來虛空打，仍旧是儒家身分。栩栩的動頰三毫，記得那年还是春景，豔春形漢履唐巾。他雖被普禪披剃，難道畫僧尼不成？说甚麼金粟如來是後身。

（想介）吓，有了。

【剔銀燈】描不盡煮香茗勾肩並飲，描不盡擁連衾同窩同枕。声音笑貌曾親近，易臨摹天然風韻。傷神，潸然泪痕。申郎申郎，只少喉間三寸氣了。怎能勾吐成雲煙喉气伸？申郎的香容，已描完了，不免畫張氏行樂圖。

【攤破地錦花】俏娘行，憑着些朱和粉一點點唇，傾城貌，鬢渲烏雲。穿甚麼衣裳好？不過翠繞珠圍，繡襖湘裙。漫相尋，还有紅蓮步剛三寸。

（淨上）到處遍尋顏料店，歸來原到法華庵。志貞師父，顏色來俚。

（貼）放下。

（淨）哪，一包石青，一包赤珠，一包藤黄，個是申大爺吓？

（貼）你看可像麼？

（淨）直頭像，單少一口氣，好手段。個是申大娘娘行樂圖，拏沈大爺個兒子也畫上，有点景致。

（貼）有理。

（淨）生日快哉，畫完子，等我拏去裱。（下）

（貼）他夫妻二人，合在一軸纔是，只是我庵中所畫，於理有妨，各人一軸罷。那貝媽媽説要畫他過継兒子在上，難道我生的倒失了不成？存亡雖未知，不免也畫上。

【麻婆子】螟蛉螟蛉，清然笑非親，却是親骨肉，骨肉何處隱？非真却是真。這兩個孩子，斑衣五彩配來因，龐兒宛真驚相認，恐怕泪漬，泪漬忙收搵。正是原畫夢中人。天色已晚，明日完了罷。正是畫圖省識春風面，何日歸來月下魂？（下）

第二十四折

【金錢花】（丑上）我本申府書童，書童，尋覓家主無蹤，無蹤。白銀百兩手兒鬆，消費盡，有何功，拼吃打，腿兒紅。我文旦，自從拐了王定一百兩銀子，到鎮江去尋大爺，影也沒有，又到揚州去尋，看見子星女客，騷性發作，一百兩銀子嫖完哉。那間勿是文旦，直頭是阿四來里哉,流落外頭,尋思無計,不如原到蘇州。若是大爺居來了,自然收留我個;倘然勿曾歸來,個個大娘娘雖然凶狠,拼了一頓打,哀求哀求,想亦收留我個。(外嗽介)咦,前面是王定,等我候上去。

(外上)主母生日,要去買大紅封。吓,你是文旦吓。

(丑)正是,勿認得我哉?王伯伯多時好?

(外)有甚麼好?大爺不見回,騙了一百兩銀子去,累我受氣,同去見大娘娘!

(丑)怕見也勿歸來哉。

(外)芳蘭姐説一聲,文旦回來了。(貼內應介,旦上)

【引】膏沐孰為容,石化堪期刀環無夢。

(貼)文旦回來了。

(旦)喚進來!

(外)喚你進去。

(丑)阿呀,大娘娘吓。

(旦)唾!我着你尋覓大爺爺,一去幾時,杳無音信,今日纔回!王院公与我打!(外打丑出板介,外)這是甚麼東西?

(丑)尋大爺個招帖印板。

(旦)王院公看來。

(丑)個張是招紙。

(外)立招帖:南直蘇州府吳縣南濠申府書童文旦。老奴眼花看不見,芳蘭姐你來念念罷。

(貼)今有家主申桂升,年一十八歲,面白無鬚,於本年三月間遊春出外不歸,頭上官巾,身穿元色夾縐紗道袍,脚穿大紅石公履,手持金扇,繫玉蜻蜓一枚,身邊並無財物。如有四方君子收留在家者,謝銀三百兩,來報者謝銀一百兩,決不食言,招紙是實。來報信者竟到南濠申府主管王靜庵便是。萬一家主看見,作速還家,以免闔家懸望。文旦再懇。(旦、貼、外、丑齊泪介)

(旦)説到此處,你這狗才略有些本心,且饒你打。

(外)這一百兩銀子,是要着落個。

（丑）日脚長遠子用完哉。
（旦）院公，可在他名下消算便了。
（外）是。
（旦）文旦，你可曾到鎮江去麼？
（丑）小人一到鎮江，那馬老爺呵，

【尾犯序】數載斷飛鴻問信，使何人書郵傳送？小人听見子個句說話，就曉得個封信是假個哉。那時呵，急赴揚關，恐他倚翠偎紅。（外）揚州尋不見，就該別處去了。（丑）追蹤，免不得穿州過府，豈自悔遭欺受哄？徒奔走天涯海角，何處覓恩东？

【前腔】（旦）枉費梓人工，生死難期，虛勞魂夢。（外）他跨鶴揚州，變作囊空。（旦）怨痛，料應是花柳斷送，端不為江長漢永。（合）凝眸處，望空化石，無計訊歸鴻。

（旦）院公，家中少人，原收了文旦罷。吩咐管家婆，增了飯米便了。

（丑）多謝大娘娘。

【尾】（旦）無端分散雙飛鳳。（衆）奴婢輩如癡如夢。（旦）何日裡鏡合釵明得再逢。

　　青衣今日故鄉回，不覺心傷珠淚垂。
　　夜靜水深魚不餌，滿舡空載月明歸。（各下）

第二十五折

【引】（老旦上）瑤池冰雪守孤貞，喜今早星現長庚。（生上）芳年簪萸，好景稱觴，拜母來相慶。

（老）老身陳氏，夫君沈君欽，名登黃甲，職任兵科。只因未發之前，為与南濠申桂升出外無蹤，道是我家同出去的，終日著人來鬧，為此將孩兒過繼與申家為子，方得解釋。今孩兒取名為上達，蒙他恩勤撫養，今已多年。兒吓，今日是你繼母生辰，特備壽禮，我同你去稱慶。院子，

（末）有。

（老）壽禮完備了麼？
（末）完備了。
（老）西望瑤池降王母，
（生）東來紫氣滿函關。
（末）有人麼？
（外上）是哪個？
（末）北濠沈夫人同公子特來拜壽。
（外）少待，大娘娘有請。
（旦）道有請，姆姆請。
（老）嬸嬸請上，妾身有一拜。
（旦）妾身亦有一拜。
（老）金風瑟瑟送微涼，黃花晚節香。
（旦）滿城風雨過重陽，堂前繡幙張。
（生）母親。（揖介）
（旦）多時不見，一發長成了。
（老）今日領來膝下，特奉壽酒一杯。
（旦）豈敢。有何好處，何以克當？
（生）母親請上，待孩兒稱觴拜壽。
（旦）不消。

【刷子芙蓉】百拜祝松齡，為登堂先腆，難報恩情。（旦）妾身不過承繼一番，有何好處？（老）三年懷抱，卵翼恩勤，無以為報，膝下承歡，趨庭戲綵趨承。（旦）這一發當不起。（扶生起介）螟蛉，撞煙樓楂梨難稱，慚庸保恙豚堪並。（合）曠疏溫清，待今朝三千桃熟祝長生。

（淨持軸上）

【普天朱奴】離雲堂，來仙境，賷壽禮，聊申敬。這裏是哉，等我叫一聲。阿有拉個來俚？（貼）是哪個？（淨）是我來送壽個？（貼）原來是貝媽媽，這裡來。（淨）是吓大娘娘。沈夫人也拉來俚。（旦）貝佛婆，到此怎麼？（淨）三師父送個壽禮，來替大娘娘上壽個。（旦）三師父為何不來？（淨）來丟庵裏拜药師懺，保佑大娘娘百年長壽,明朝來補壽哉。(旦)多謝他。(淨)等拜了壽介。(旦)不消了。(淨)法華庵儀禮輕微,老婢子泥首中庭。(旦)這是甚麼畫?(淨)就是三師太畫個大娘娘行樂圖,等我掛起來看。(掛介)(旦)芳蘭,留貝佛婆裡边吃壽麵,回禮不可輕了。(貼)曉得,貝媽媽,那边去吃壽麵。(淨應下)(老)好,這就是志貞師父畫的畫像。(貼)畫上前边這位官人,竟像沈夫人的公子。(旦)果然廟像。(老)後面這個小官人,好像徐太守的公子。(生)果像徐老師家世兄徐時行。(老)一些也不差。(旦)哪個徐老師?(老)就是前任太守徐公。(旦)姆姆哪裡曉得?(老)那徐公因扳荒田地,奉旨革職,追補冒銷錢粮。我相公在京公幹,寄書回來,教上達孩兒,拜他為師,徐公祖的家眷,多住在我家。(旦)原來如此,畫上兩個孩兒,有兩個相像,我所不解。(貼)那年測字先生,說數中有兩子,一假一真。(老)原來如此。(旦)說便這等說,難道應在這畫上不成?還須省,問求寧馨,從今後端相認。

(老)嬸嬸不必悲傷,妾身同上達孩兒,在此過晚便可。

【尾】(合)繡閨中烹香茗,畫圖活現誰來證?今夜裡想像臨摹夢不成。

　　　　酒近南山獻壽杯,如何鯉也入庭闈。
　　　　相思相見知何日,只恐城南畫角催。(下)

第二十六折

【引】(外上)兩袖清風,一腔愁气,歸身匿影孤蓬。更隱東吳二十年,思家未得賦旋歸。居家只酌廉泉水,劉寵當時受一錢。老夫徐鉉,只為扳荒田地,被按院糾參,奉旨革職,在任追補錢粮。多虧撫君回護,開銷十分之三。內有掌科沈君欽與六部調停,將他駁下,並將在事人民,賠補三分。又虧蘇鄉紳士庶,仗義樂輸,已完銀二千餘兩,其餘部議勘查家產有無奏銷覆旨。如今老夫擬回青州原籍,明日便要長行,不料閧動滿城百姓,多要脫靴把盞,結綵送行。我想革職的官,有甚興致。

【引】(老旦上)未審鄉關何處,扁舟泛。(小生)效趨庭椿萱緊隨。爹媽拜揖。

(外、老)罷了。

(老)相公行期已定明日,為何今日就行?

(外)夫人有所不知。那些百姓們,香亭鼓吹,置酒脫靴。下官想來,並無好處及於百姓,何苦多此一番?因此今日開舡,以免應酬勞苦。

(老)原來如此。

(生)孩兒稟爹爹,那乳公乳母要來與孩兒話別,略等一等便好。

(外)如此下了舡在舟中等罷。

(末)請老爺下舡。仙侶同舟晚更移,

(老)塞鴻何事更南飛?

(小生)離情更比江州遠,

(外、老)老大徒傷未拂衣。

(末)打扶手,老爺下舡來了。(淨上接介,外、老、小生下舡介)

【賀新郎】琴轎囊空,歸來勞人塵夢。問臣心深慚覆疎,便道得先休教問楚弓,蕉田園喜歸故隴。(合)年已邁,罪已重,效鬱林載石把妻拏控,三徑樂共陪奉。

(付、丑上)

【引】三年乳哺來相送,今朝話別語匆匆。前頭舡裡,阿是蘇州府徐老爺個舡?

(末)正是。

(付、丑)我是余乳娘夫妻,特來送老爺夫人,要見公子。

(末)待我稟了下舡來。(照稟介)

(外)公子要見乳娘,所以停泊在此,快請下舡來。

(末)老爺請你們下舡。

(付、丑)是哉。

(丑)公子來囉俚。

(小生)乳娘哪裡?

（丑）我個兒子吓，你吃我個乳，還只得三四朝來，那是十二歲哉。
（付）我們夫妻兩個，靠三靠四，只靠得那那那間山東去哉。
（丑）我個公子吓。
（小生）我也放你不下，故爾在此等你話別。
（付）啐，太老爺、太夫人個頭还勿曾磕，只管哭！
（外）起來，不消行此禮，我今日長行，還要贈你夫妻些東西。
（付）多謝太老爺、太夫人。
（外）下官官囊清苦，無甚相酬，止有湖帛一斤，白銀二兩，拏去做些生意。
（付）多謝太老爺。
（丑）公子，阿有啥不点拉我，我好睹物思人，就是着個舊衣裳也罷哉。
（小生）待我去取來。（下）
（付）吾俚拜謝了好上岸。

【瑣窗繡衣】拜深深挾纘恩洪，天寒時好禦冬，賴白銀資本，苦策經營。（小生上）汗衫折贈，臨期怨痛，玉蜻蜓搜來箱籠。（合）睹物懷思情重，睹物懷思情重。

【尾】送陽關珠泪湧，不堪回首夕陽中，何日浮萍得再逢？
（付、丑上岸介）（外、老、小生下）
（付）阿媽，方纔公子給啥來你。
（丑）足見是男兒，一件旧汗衫，还有血來個，亦是一隻玉蜻蜓。
（付）倒好白相個。
（丑）等我出去唱門市，掛在扇子上做扇墜。（下）

第二十七折

【引】（旦、貼小軍引生上）虎鬭龍爭，領雄兵須把元凶靖。烽火照山城，心中自不平。飛章方係健，早晚檄書成。下官陳久武，姑蘇人也。父親勿高，曾任道員，退歸林下。哥哥久文，職任京堂。

下官由武探花現任山東提標副將，鎮守登、萊等處地方。今有巨寇呂鬍，占據狼山長江嘯聚，始則進攻淮、慶，今又圍困青、徐，如今浮海而來，逼近登、萊界上，為此帶領鐵騎三千迎敵。大小三軍，殺上前去。（衆）得令。

【四边靜】金戈鐵馬誅鴞獍，螳臂難舒逞，須教山左寧，管取淮西靜。（外、老小軍引淨上）來將通名。（生）我乃提標副將陳久武，你就是呂鬍麽？（淨）然也。（生）咦，你這反賊，今聖明在上，萬國來朝，八方獻貢，汝乃無知小醜，敢自跳梁，早早投降，當可留延性命。倘若執迷，立刻梟首示衆！（淨）陳久武，你且听者，俺呂鬍本非賊寇，只為朝廷賞罰不明，听信奸邪，為此聚義興師，你若知理，開放一路，待俺殺入京中，戮盡奸臣，然後退駐狼山，耕屯自守，誓不騷擾，稍有遲延，殺你片甲不回。（生）放馬過來。（殺介，生敗下）（淨）陳久武敗走，不必再追，連夜殺入京中去。（衆）將他囊資分盡，官軍無剩，乘勢上登、萊，破竹取全勝。（下）

第二十八折

【引】（小生上）苦志螢窗，何日裡鵬程直上？不如意事常八九，可與人言無二三。小生徐時行，跟隨爹爹回籍山東，不道族中叔侄兄弟，多說道小生不是爹爹骨血。我在任所生，年紀幼小，哪裡曉得是不是爹爹骨血？幾次要向人詢問，難以啟齒。兩日神思昏昏，甚是疑心。（付廚婆上）

【梨花兒】油鹽醬醋滿身香，終日搬茶掇飯忙。臉兒淨洗光，胭脂共粉粧，餘功又要洗衣裳。公子吃飯罷。

（小生）來得正好，你且住在此。

（付）住在此麽？

（小生）這裡來。

（付）做甚麽？

（小生）這裡有人來，那裡去。

（付）小小年紀，思量那話兒了。

（小生）我且問你，

【鎖南枝】我身輕弱在幼齡，（付）不論身子，只要看那話兒的，況且你又聰明又伶俐。（小生）休誇伶俐與聰明。（付）不要閒話，幹起正經來便了。（小生）父母產孩嬰，何年方絕孕？（付）不妨，老娘自有打胎葯。（小生）你講些甚麼？要問胎和產，何所憑，為甚把閒言亂語听？問你胎產，何年便不養兒子了。

（付）像公子這樣，老娘還養得出，若再老些，也養不出了。

（小生）你且說來，

【前腔】（付）男女合，纔構精，陽施陰受方得形，点点似月明。到了三個月的時節，形似桃花了。子定宜守靜，從胎教，樂暫停。到了十月滿足，好不害怕哩，直待臨盆纔得生。

（小生）總是不明白。我且問你，方纔說老了養不出，還是男人老了養不出，還是女人老了養不出？

（付）今日不管明日事，你啥要緊，只管問老不老？（小生）

【前腔】听他語，愁思縈，問伊家胎產須是明。你每婦人。（付）我是婦人。（小生）不是，華髮已星星，可知能受孕？（付）個是不能彀了。（小生）你明以告，莫住停，休的話偏長，多待等。

（付）我對你說，男子十六歲精通，到六十歲而精閉。

（小生）女子呢？

（付）女子十四歲而天癸生，到七七四十九歲上，天癸就絕了。

（小生）甚麼叫天癸？

（付）經期。

（小生）甚麼叫經期？

（付）月信。

（小生）甚麼叫月信？

（付）污血。男女交合，全在父精母血，然後成形。

（小生）是吓。

（付）婦人過了五十，

【前腔】天癸絕，怎受形？婆婆坐草真未曾。男子或者遇了少婦，就養得出。陽壯火還增，老陰不發生。（小生）去罷。（付）好一個自在性兒,方纔領我到這裏來,怎麼樣一個求告,如今竟說去罷。(小生)還不走!(付)吓,公子,我共你做了炭與冰,只道上陽臺,可也掃他興。(下)

(小生)據那妇人說來,女子五十以外,斷斷不能生育的。我今年一十五歲,爹爹七十有三,五十九歲上生下我來,或者有之。只是母親,只是母親只小爹爹三歲,今年七十平頭,難道五十六歲上,還養得孩子出來,豈有此理。小生斷斷不是母親養的。只是我的身子從何而來?怪不得族中有這些議論。待我就去問個明白。且住,爹爹奉旨回籍,勘沒未明,反去添他煩惱,且再作道理。正是:混濁不分鱔共鯉,水清方見兩般魚。(下)

第二十九折

【引】(外院子隨末上)不戰屈人兵,指顧江淮靖。軍壘曾無一矢遺,祁山六出未為奇。全憑片紙招降詔,果是賢於十萬師。下官沈君欽,賢掌兵科都諫。曾在山塘遇一豪俠呂翳,見其髯長三尺,意欲窺其飲啖,遂與酒肆一談,許我有難相救。不想在揚子江中,幾遭陷害,連叫呂翳三聲,他就飛棹而來,救我性命,留在狼山歇宿,與他別後,幸中高科。不想呂翳招兵買馬,騷擾江淮,朝廷欲加征剿。下官想來,此恩未報,為此密陳一本,奉旨就着下官招安,封為總兵之職,已曾受詔。今日必來參謁,就在臺門設宴相待。左右,呂爺到時,即忙通報。

(旦、貼、老、生引淨上)

【引】萍蹤早結歲寒盟,納款遵王命。
(末接介)下榻狼山,相報患難。
(淨)摳衣虎帳,賴釋兵戎。
(末)請坐。
(淨)科掌在上,末將不敢坐。
(末)夙昔知交,還求脫略。
(淨)告座了。

(末)恭喜賀喜。

(淨)皆出三哥之賜也。(末定席介)

【山花子】(合)旗門綮戟軍容整,望風革面輸忱。喜投戈烽煙罷停,想當年萍水交情。(合)感提攜天王聖明,兵权已釋杯酒傾。星馳羽書傳帝廷,維揚淮海歡躍生靈。(下)

第三十折

(付上)朝朝牽磨急巴巴,如今又要背琵琶。

(丑上)若非彈唱為活計,只好家中吃豆渣。

(付)阿媽娘,北濠沈老夫人,只為公子中了探花,今日請南濠申大娘娘吃酒,五日前就來定生意,鄉紳人家早點去。

(丑)我正要問你,狀元道是山東人?

(付)就是徐太守個個公子,你勿信買一張試錄看看,正叫徐時行。

(丑)謝天地,我為子徐公子,眼睛纔哭瞎哉。

(付)勿是,你終日彈唱文詞唱瞎個。

(丑)亂話,個探花叫啥?

(付)沈上達,過继來申大娘娘個。

(丑)亦是介了。

(付)到哉,有人麼?

(末院子上)侯門深似海,不許外人敲。女先生來了麼?

(丑)正是。二官,你夜頭擎灯籠來接我。(付應介,下)

(末)梅香,女先生來了,領了進去。

(淨應,領丑下)(貼隨旦上)

【引】愁莫展,折簡相邀消遣。(老上)喜得孩兒名中選,邀賓故里設華筵。

(淨扶丑上)來見子。

(丑)太夫人。

(淨)見子申大娘娘。

（丑）申太夫人。
（旦）為何也稱太夫人？
（丑）勿差，探花老爺是大娘娘過継個，當然是太夫人哉。
（老）花間小飲，不敢虛誇了。
（旦）好説。
（淨）女先生吃盅酒。
（丑）吓。（合）

【玉枝供】高高小院，蘭麝香飄，隔斷塵喧。談心乘暇晷，選勝樂韶年，深閨賞心開玳筵，迎賓細草茵如剪。（合）鶯声調巧舌，柳如煙，花飛点綴鬢雲边。

（丑）待我先唱隻壽曲，然後開正書。

【前腔】要听新詞一段，喜笑孜孜，調和冰絃，行雲声遏响，蘇郡獨爭先，惟願福星壽綿綿，年年此日杯頻劝。（合前）

（丑）吃子兩盅酒熱起來哉，等我扇扇介。
（旦）這扇墜是玉蜻蜓。芳蘭，你去取來我看。
（貼）吓。
（丑）啥人挐我個扇子？
（旦）呀，一些也不差。吓，女先生，這玉蜻蜓是哪裡得來個？
（丑）是前任徐太爺個公子，吃我個奶大個，個拉不來我個，還有件血汗衫來丟。
（旦）這是我贈與官人的，如何又在徐公子處？芳蘭，事有可疑，問他可肯賣麼？
（丑）賣是肯個，倘然徐公子來要，叫我挐啥來渠？
（旦）若是徐公子要，叫他到我家來。
（丑）個也使得。
（旦）汗衫一發取來。
（丑）大姐，对我俚二官説，床橫頭破皮箱裡，挐子個件汗衫來。（淨照傳介）（付下）
（旦）芳蘭，向太夫人借十兩銀子，送與女先生。（貼照傳介，淨應介）

（老）丫頭取十兩銀子出來。

（丑）玉蜻蜓没賣子，扇子原還子我。

（旦）自然。姆姆，這是我家故物，官人想有下落了。

（付上）大姐，汗衫來俚。

（淨）外頭等等，汗衫來俚哉。

（旦）取來我看。（念前詩並八字介）呀，一發不消說了。明明這汗衫、玉蜻蜓是我官人的了，只是《法華經》三字不解。這血跡是胎產所染。問此兩件，我官人就有着落了。女先生，銀子使得了，要還我一個明白。

（丑）勿番道還你個明白是哉。（合）

【川撥棹犯】心驚戰，玉蜻蜓可為驗，汗衫上詩品昭然，汗衫上詩品昭然。（丑）待相逢尋問根源。（旦）覩物傷情，不見去的人面。告辭了。

（老）有慢。

【尾】淺斟低唱杯頻勸，反惹出一天愁怨，只待西風泣杜鵑。

（旦、貼下）（老）打發女先生，送他出去。（下）

（淨）女先生，個是十兩頭，申太夫人個，個是我俚太夫人的賞封，個是饅頭果子。

（丑）多謝大姐，你進去謝声罷。（淨下）

（丑）二官來囉俚！

（付）來俚走來。阿媽娘叫我拏汗衫做啥？

（丑）個隻玉蜻蜓，說道是申大娘娘個。

（付）難道天下世界只有一隻？

（丑）竟出子十兩銀子，搭個汗衫，纔買子去哉。

（付）老阿媽，虧殺你胸前兩隻大生瓶，換了十兩雪花銀。（下）

第三十一折

【引】（外上）鬢髮蕭疎，喜綸音寬宥。（老上）何日裡棠封如舊？

（外）下官只為拓荒田地，欽案未完，奉旨勘沒，因此回到山東。多蒙上臺寬縱回覆，又值孩兒上京應試，得中狀元，特陳一本，將下官復還原職，部文到下，着往旧任核算奏銷，然後原官起用。故此同老荊來到蘇州，昨閱京報，孩兒奉旨省親，不日就到了。

（淨、生小軍，末院子引小生上）

【不是路】千里英駒，不是当年素服儒。（末）小爺回府。（淨、生下）（小生）爹媽請上，孩兒拜見。（外、老）罷了。慚孩孺，定袍戲綵過庭趨。（外、老）喜驪珠，榮旋二老流名譽。（小生）百拜難酬問起居。（合）同歡聚，西山日暮全資汝。（小生）爹爹母親，何須憂慮，何須憂慮。（丑上）

【前腔】差遣馳驅，賫禮來尋舊日廬。有人麽？（末）哪個？（丑）我是南濠申府大娘娘送禮來太夫人個，禮單在此。（末）少待。忙傳語，玄纁羔雁滿庭除。稟爺，南濠申府大娘娘，差人送禮夫人，禮單在此。（老）申大娘娘與我們無交，怎麼送起禮來？（外）便是。（小生）吓，孩兒同榜探花，是申氏继子，又是孩兒同窗，故此送禮。（外看介）鼎爵聯管牙筋十全，金扇十把，玉蜻蜓一枚。吓，怎麼也有玉蜻蜓？過來，你去説，先取那玉蜻蜓過來。（末）吓，管家，禮單上開寫玉蜻蜓可在麽？（丑）來俚。（末）老爺，玉蜻蜓在此。（外、老）呀，那瓊琚豈是成靈，翅活能飛去？（小生）惹我雙親泣向隅。（外、老）這是我家箱籠之物，如何在申家？（小生）告稟爹媽知道，前日回籍長行，孩兒贈與乳娘的。（外）还贈他甚麼？（小生）还有汗衫一件。（外）可曾見那汗衫甚麼來？（小生）倉忙之際，不曾看得。（外）叫那管家進來。（末傳介）（丑）太老爺、太夫人，小人文旦磕頭。（外）起來，我且問你，你家玉蜻蜓哪裡來的？（丑）主母的玉蜻蜓失去已久，近日方得贖回。説是太老爺府上的，特差小人到來，專請狀元到主母處去，面問根由。（外）怎麼處？夫人，如今瞒不過了。罷，我兒過來，你就同這管家到申府去，一則拜謝年伯母，二則問一個明白。（小生）孩兒正有此意。添愁緒，撥開雲霧天方曙。（外）管家，就煩你多多拜上，禮物不受，你同狀元到府，面見你主母便了。孩兒過來，你疾忙趨赴，疾忙趨赴。

（小生、丑下）

（外）夫人，倘然孩兒見了汗衫詩句，認起嫡親父母，如何是好？

（老）相公，就是他認了嫡親父母，我和你撫養他一十八載，教訓他中了狀元，難道就忘了不成？

（外）咳，拾得掌珠原是假，歸來戲綵恐非真。（下）

第三十二折

【引】（旦上）舊物玉蜻蜓，飛到堪為證。事不關心，關心者亂。妾身張氏，自從繼子上達得中探花，北濠沈夫人設宴相招，叫一瞽目婦人彈唱文詞，見他扇上繫着玉蜻蜓一枚，不覺驚駭，因此贖取回來。問那婦人，他說徐太守公子所贈，他回籍山東，又中今科狀元，料想今生不能明白。那知徐太守仍到蘇州，妾身心生一計，繼子上達與他同年，就以送禮為名，單上開着玉蜻蜓，看他見了故物如何回答，就知我官人下落了。怎麼這時候還不見回來？

（小生、丑上）

【引】衣錦乍歸來，反覺縈心緒。

（丑）狀元爺請少待。

（旦）文旦回來了麼？

（丑）是，回來了。啟上大娘娘，那狀元亦為玉蜻蜓一事未明，同在門外，要見大娘娘。

（旦）快請進來。（丑請介）

（小生）年伯母請上，晚生有一拜。

（旦）殿元光降，豈敢有勞。

（小生）登堂拜母，友道之常，豈有不拜？

（旦）為此妾身也有一拜。

（貼）殿元的面龐，與我家姑爺一樣。

（小生）乳臭黃童，獲瞻慈範。

（旦）蓬茅綠鬢，快覩丰姿。

（小生）令郎年兄，託晚生多多拜上。他在尊公沈掌科處，尚有兩月纔回,不久也就省親了。

（旦）殿元請坐。

（小生）告坐了。

（旦）請問殿元,年庚多少了?

（小生）伯母聽禀,

【榴花泣】年華二九,典謨尚粗疏。（旦）休得太謙。還是長在家中的,還是生在任上的?（小生）隨父任,産東吳。（旦）令堂春秋幾何?（小生）頽齡七十逼桑榆。（旦）難道是正夫人所生的?（小生）這疑團總是模糊。（旦）這玉蜻蜓是府上的麽?（小生）返青州故都,我那乳娘呵,執手陽關路。要晚生贈他的東西,因此把儒衫做贈,繫玉蜻蜓送別征途。

（旦）殿元,這玉蜻蜓是我家故物,妾身歸寧時,贈與我拙夫的。

（小生）不該唐突年伯母,難道天下只有一隻麽?

（旦）殿元有所不知,此乃稀世之寶,天下所無,朝廷賜予家君,家君賜予妾身。

【前腔】歸寧宴別,解佩贈兒夫。（小生）先夫幾年了?（旦）十八載音信全無,那日在余乳母手中見了,珠還劍合事相符,好傷情淚眼幾枯。（小生）那乳娘怎樣說?（旦）把事情問渠,道郎君返家歸東魯。（小生）那玉蜻蜓為何又在年伯母處?（旦）貸金錢贖取蜻蜓,更相逢血污羅襦。

（小生）這汗衫可在麽?

（旦）那汗衫上寫的,可是尊造麽?

（小生）晚生倉忙之際,贈與乳母,不曾看得,如今倒要借與晚生一看。

（旦）文旦,送與殿元。

（小生念詩介）好奇怪,這是下官年庚,難道我是申家所生不成?母志貞,志貞像尼姑名字,難道我是尼姑養的麽?

【催拍】汗衫上年庚合符,況題詩名標父母,不孝堪乎?不孝堪乎?倒不如跪乳羊羔,反哺慈烏。文管家過來,這里可有什麽法華地名?（丑）有個法華庵。（小生）庵內可有志貞尼姑。（丑）有個。(小生)庵內多是尼姑?(丑)都是尼姑。(小生)如此,年伯母待晚生將玉蜻蜓並汗衫帶往法華庵,問取志貞,就知明白了。(旦)殿元,你可敝服而去,不可驚動他們。文旦,隨了殿元去。(合)尋取爹爹,問取姑姑,待水清魚現委曲,日後里見根株。

(小生、丑下)(貼)大娘娘不要說別的,面龐就是一樣的。

(旦)便是。

【尾】機關露迹信然乎,二九相離會有數,故物重歸人不殊。(下)

第三十三折

(丑隨小生上)飛來飛去玉蜻蜓,十八年前夢未醒。木本水源何處是,姓徐名却喚時行。下官奉旨省親,出京回籍,不道爹爹又至吳門,下官星夜趕來,多蒙申家伯母送賀,禮單上開着玉蜻蜓,爹娘見之甚駭。下官想來,那玉蜻蜓是申家的,如何又在我家?我正為生身不明,時刻在心,諒來爹媽年老,不是他所生,下官分明是申氏之子,尼姑所生。為此敝服而來,要與志貞面問根由。文管家引路。

(丑)是。(小生)

【新水令】更衣變服,去訪女招提,要問那玉蜻蜓那椿奇異。你看那松筠環一水,薜荔覆雙扉,曲徑幽溪。(丑)前頭就是法華庵了。(小生)法華庵在那邊矣。(同下)

(淨上)

【步步嬌】寂寞禪關三摩地,收供歸來憩,乘間補衲衣,想是檀越光臨,籬边犬吠。青天白日,個星尼姑,纔困丟來,待我叫渠丟出來。喚醒苾蒭尼。(小生上,丑隨上)欲訪蜻蜓事,來尋不二門。(丑)開門,開門。(淨)來哉。急忙莟應把双環啟。阿呀勿好哉,鬼出現哉。

(丑)勿是鬼。

(淨)面孔是大爺,那勿是鬼?

（小生）婆子，快喚志貞出來。

（淨）阿呀，勿關得志貞事。你吃個普禪，拏你個頭髮披剃子，合庵師父受用送子性命。我是年紀老子拉，你是用我勿着個哉，搭你一点相干也没得，勿要尋着我。（小生）

【折桂令】那虔婆口吐真奇，白日青天，道俺是鬼怪侵迷。（淨）怕吓。（丑）個是徐太爺個公子。（淨）我勿信。（小生）雖然他**話到蹺蹊，情同夢囈，事出驚奇**。（丑）老爺，個裡説話，有点來歷，單問渠玉蜻蜓個事務。（小生）婆子，你可曉得玉蜻蜓的事務麽？（淨）是我經手的，那了勿曉得。（小生）你且説來。（淨）其年啊，有俚志貞師父，養了私男，就拏漢子個私男，連夜送到申府門上，好等張氏大娘娘收養，囉哩曉得，一走走到半路，只听得官府來哉，我忒着子急子，我丟來余豆腐丟門前哉。（丑）張氏大娘娘，分明是我俚主母，再問你玉蜻蜓阿認得？（小生）那汗衫、玉蜻蜓你可認得？（淨）拏來我看，實頭勿差，你丟是啥人？（丑）前任徐太守個公子。（淨）為啥了搭死個申大爺一樣個？（丑）是介説來，難道大爺果然死哉？（淨）既勿死，我説他是鬼？（丑）阿呀，大爺吓！（小生）官府來，撇在半路，就是徐公收留我的了。文管家，我心上明白了。（丑）我也明白哉。（淨）我也明白拉俚哉。（小生）此事有幾年了？（淨）介十七八年哉。（小生）呀，**聽他言涣釋狐疑**。（丑）快点請志貞師父出來。（小生）**見其人參透禪机，想是貪戀優尼，身被牢繫，問伊行，何先輩容顏，與陬生一樣容儀**？

（淨）志貞師父快點來！

（貼上）來了。白雲本是無心物，又被清風引出來。

（淨）你個尾巴來俚。

（丑）此位就是哉。

（淨）正是。

（小生）阿呀，親娘吓！

（貼）我是出家人，哪有兒子？

（淨）便是個點奇了。

（小生）父是申郎母志貞，難道就忘了麽？

（貼）有何為證？

（小生）汗衫、玉蜻蜓為證。

（貼）二物可在？

（小生）在這里。

（貼看介）如此說你果是申郎骨血了。（哭介）

【江兒水】撞個文魔士，逃禪被色迷。（淨）個是普禪作孽，以致到你房裡來了。（貼）閉關得病相偎倚，懷胎十月相拋棄。（小生）以後便怎麼？（淨）分娩了，就教我送到申府門上去了。（貼）汗衫包裹胸前繫。（淨）個是我勿是，丟你來余家門前個吓。（丑）一丟倒丟出好來。（貼）果是申郎遺體。（小生）如今爹爹在哪里？（貼）隨我來，這佛座蓮臺是汝父葬身之地。

（小生）阿呀，爹爹吓，

【雁兒落】空對那死椿庭百拜遲，負了俺生萱堂千重罪，却不道產空桑伊尹奇，倒做了武帝履平林棄。呀，分明是遺腹背生兒。爹爹呵，你葬在此處呵，三尺土起難期。（貼）媽媽，你到我枕邊，取了靈位，箱內取了真容來。（丑）靈位來得容易個，真容啥人畫個？（貼）是我自己畫的。（丑）個也奇。（淨上）靈位、真容來俚哉。（小生）只聞得靈位上旃壇氣，只見得畫圖中筆墨儀。（丑）老爺，我俚請子牌位居去罷。（貼）管家，你該稱公子，怎麼稱老爺來？（丑）你勿曉得，中子狀元哉！（小生）淒其，枉自負登高第。（小生）母親，本待今日就接你回去，恐有不便。（貼）且慢。（小生）思維，寄空門暫別離，寄空門暫別離。

（丑同小生下）（貼）咳。

【僥僥令】看見身垂綠綬，母孽纏緇衣。申郎申郎，虧我做尼姑的，留你這点骨血。幸有箕裘申門寄，須信道認私胎萬不移。

（淨）三師父恭喜。

（貼）休得取笑。

（淨）勿是取笑。快点受起頭髮來，做個太夫人。（下）（小生、丑上）

【收江南】呀，又誰知認他人父母呵，念鞠養怎輕離？端只為生身骨血又難移,恨終天罔極好然啼。這啼痕濕衣,這啼痕濕衣,只落得灵均楚些望魂飛。

（丑）大娘娘快來。（旦上）

【園林好】甫於妇慈親結褵,賦思妥良人畫眉。（丑）大爺歸來哉。（旦）在哪裏?（丑）哪。（旦）先夫桂升申公之灵位。痛那日分襟輕棄,十八載宿草萋萋,十八載宿草萋萋。

（小生）母親請上,待孩兒拜見。

【沽美酒】夢泉臺路已迷,夢泉臺路已迷。（旦）你果然志貞養的?（小生）是。（旦）阿呀,兒吓。（合）存骨血比丘尼,化轉歸來是也非。（外上）大爺在哪裏?阿呵大爺吓,老奴王定在此,先老爺在日,只生大爺一人,指望書香一脉,耀祖榮宗,不道誤陷尼庵,損傷性命,好苦吓。（合）見灵牌來至,畫兒裡睹容儀。（小生）快整備鼎牲陈祭,受父母髮膚身体,念孩兒親生苗裔,拜父母垂慈周庇。恁呵,為甚麼音稀信稀,枉魂迷夢迷。呀,好教人痛心酸鼻。

（旦）兒吓,你今夜就住在此罷。

（小生）繼父母不可冷落了。少不得急陳一本,改姓歸宗,就是庵身生母,也要請來的嘘。

（旦）這個自然。（小生）

【清江引】（合）男兒空負昂藏志,今日知遺体,慈親兩地分,嚴父重泉遊,少不得奏君王守三年廬墓禮。（下）

第三十四折

（淨）從來勿見希奇事,尼姑養出狀元來。區區貝從我十八年前,愛賭身貪,思量無計,到法華庵裡去偷点啥,只聽得個尼姑來房裡思想個南濠申大爺。我就假寫子個一封情書,騙渠賞封脚錢。個申大爺,就賞五錢銀子。囉俚説起,個申大爺竟踱到庵里,個星尼姑,就如餓虎攬羊,拏個申大爺竟弄殺子。阿彌陀佛,個是我個作孽,害子渠一条性命。虧個志貞替渠留子点骨血,養了一個私男,身上挂了玉蜻蜓,叫我俚阿娌,送到申府裡大門上,好待申大娘娘廝認。看看走到半路,有啥官府來哉,先拏個男孩,丟拉余豆腐丟門前子。徐太爺抱去,撫養成人,竟中子一個狀元,七叉八叉到蘇州來,個個申大娘娘,認起玉蜻蜓來,叫渠到法華庵里去,搭志貞認子生母,方曉得狀元是志貞養個。京裡沈三爺,渠上子一本,狀元奉旨省親,就來庵裡開喪守孝。有數說個,三年一小變,五年一大變,十年一總變,區區貝從我,竟變子一個土工。昨日申府,教我佛堂底下一掘,掘出一個和尚來,面不改色。你道個和尚是啥人?就是申大爺哉!志貞說道,個是普禪拏俚披剃個,要絕他歸去個念頭了。我想個個尼姑,好不利害。狀元拏個楾枋棺材盛殮了,亦說道有啥欽差官來諭祭、諭葬,等了半日,勿見到來,待我去吃点啥再來。(下)(旦上)

【引】釵分鏡破添哀怨,開黃壤,驚相見。

(外上)有人麽?

(貼上)是哪個?

(外)大娘娘到了。

(貼)太夫人。

(旦)賢妹吓,虧你留此骨血,忝中狀元,往事不必重提,今後姊妹相稱便了。

(小生上,丑扶上介)

【引】執杖披麻,《周禮》、《壇弓》旧典。二位母親,朝廷遣沈君欽年伯諭祭,不日到吳了。今日孩兒致祭,二位母親主祭。

(旦)阿呀,丈夫吓。

(付禮生上)

【泣顏回】血泪滴重泉,一日腸回九轉。寢苦枕塊,新冠裳,縗經三年,歸寧袂牽,倒做了鏡破難相見。(外眾)大爺吓,三尺土佛座香埋千金体,林下長眠。

(小生)王院公夫婦,家中料理。

(外、老應下)

(小生)文旦,你在廠中料理。(生上)

【前腔】冕班隨父奏君前,衆讓喜,邀榮顯。(丑)探花老爺到。

（生）生芻一束，椒漿澆酹瓊筵。（拜介）母親請上，孩兒拜見。螟蛉偶然，賴存亡一例叨恩眷。（小生）這是生母，誰知道鹿苑獅林，倒做了宛臥牛眠。

（丑）徐太夫人到。（外、老上，外）

【引】雁老庭前，水清石見。（老）西山日落堪怜。

（付）上香。（拜介）

（內）圣旨下。（衆伏介）

（末）聖旨已到，跪听宣讀。詔曰：朕惟移孝作忠，存禮莫隆於報本；光前裕後，守義莫重於存孤。兹有翰林修撰徐時行，據兵科給事沈廷銓疏稱，時行覓父骨而安葬，尼僧吳志貞，保遺孤而守志，均有足嘉。敕行禮部覆議相符，贈申嗣芳為儒林郎，頒御祭一筵。張氏封為宜人。志貞乃時行生母，封為淑貞法師，法華庵改為孝義庵，以作申生墓道。其恩父徐鉉夫婦，加祿有差。徐時行准復本姓，奪情起服，即赴本衙門供職，欽哉謝恩。

（衆）萬歲萬歲！（各見介）

（付）上香。（拜介）

（末）我那桂升兄吓，自山塘一別，遂致於此。管家，如今可知我不是同去的。

（丑）那間勿要説哉。

（旦）請問徐大人，怎麼樣拾取我孩兒？

（外）老夫十八年前，赴席回衙時呵，

【剔銀燈】見半空中紅光騰焰，听陋巷啼声不斷，我夜光拾取忙回轉，羅衫上腥血點染，胸前玉蜻蜓可驗，十八載勞心枉然。

（下缺）

夢 中 緣

(傳奇)

清·張 堅

【作者簡介】張堅(1681—1763),字齊元,號漱石,別署洞庭山人、三崧先生。江寧(今江蘇南京)人。少負雋才,多奇氣,舉於鄉,屢試不第。雍正初,受知於江西布政使鄂爾泰。後因窮困出遊於齊、魯、燕、豫間,隱而為人捉刀。曾作《江南一秀才》歌自嘲,因號"江南一秀才"。乾隆十四年(1749),應九江關監督唐英之邀,入其幕。十五年至二十一年(1750—1756),僑居浙江。後客死陝西漢中,年八十三。工詩與古文辭,諸體悉稱其妙。所撰傳奇四種:《夢中緣》、《梅花簪》、《懷沙記》、《玉獅墜》,時人稱為"夢梅懷玉",合刻為《玉燕堂四種曲》,今存。唐英《夢中緣序》評云:"結構新奇,文詞雅豔,被諸管弦,悅耳驚眸,風流絕世。"

【劇情概要】全劇共四十六齣。劇寫姑蘇書生鍾心與同窗賈俊才在虎丘僧舍讀書。鍾心才名遠播,翰林學士昆山人文岸辭官寓居金陵,欲為其女媚蘭擇婿,看中鍾心。恰媚蘭夢見鍾心,心許之。而鍾心亦夢見一美人,心嚮往之。文岸託吳縣縣令楊縠向鍾心議婚,鍾心不知所議即夢中美人,遂拒之,並外出尋訪夢中美人。至京江,左軍都督蔡節慕鍾心之才,欲以其女如花妻之。鍾心聞如花奇醜,亦拒之。文岸親自到吳地尋訪鍾心,賈俊才冒名允婚。文岸起官,約賈生進京。鍾心訪至金陵,在郊外遇到掃墓的媚蘭,二人皆驚喜地認出對方即夢中人。鍾心入文府花園,拾得媚蘭所遺詩帕,和詩題之以還,媚蘭囑其入京。鍾心途經淮安,謁姑丈右軍都督陰紅。陰紅女麗娟與鍾心私訂終身,鍾心留下媚蘭所贈詩帕為憑後赴京。值山東崆峒公主作亂,騷擾淮安,鍾心便中途折返探看姑母。適遇崆峒公主戰敗昏倒古廟,鍾心勸降。公主允之,裂戰袍,作血書,託鍾心送至山寨勸其兩位妹妹率眾投降。鍾心將血書交給陰紅,陰紅遣裨將將血書送往崆峒山寨。蔡節因鍾心不娶其女而遷怒鍾心和陰紅,在截獲陰紅裨將之後將其殺掉,匿下血書,又偽造陰紅私書,誣奏其通賊。詔下逮陰紅入獄,通緝鍾心。賈俊才至京,被媚蘭識破,媚蘭婢女輕雲設計將其驅逐。賈俊才逃至杭州,不知鍾心已被通緝,依然冒稱鍾心,結果被逮下獄。陰夫人偕麗娟避難,相互失散。陰夫人投尼庵,庵主即崆峒公主。麗娟被歹人賺賣到文岸府中做侍女，得與媚蘭相識。二位佳人交談後方知她們都曾與鍾心有婚約，便結為姊妹，發誓將來共侍鍾心。官府令文府交出罪人之女麗娟，輕雲慷慨代行。鍾心易名齊諧，考中狀元，奉命平崆峒得勝，發現蔡節之罪，便查抄蔡府，搜出所匿血書，將其正法。鍾心遇見賈俊才，將其放掉，但令其娶蔡如花以為懲罰。鍾心還朝，輕雲遇赦，賜婚鍾心。鍾心遂同時娶媚蘭、麗娟、輕雲。清楊恩壽《詞餘叢話》卷五評云："《夢中緣》排場變幻，詞旨精緻，洵為昉思後勁，足開藏園先聲，湖上笠翁不足道也。"

【版本流傳】《夢中緣》初以鈔本流傳，乾隆十五年（1750）刊刻。現存兩種版本：一、清乾隆間刻《玉燕堂四種曲》所收本，署"金陵張漱石填詞，同里楊古林評點"。前有唐英、楊楷、徐孝常、陳震、吳定璋、韓緙、朱奕會、金門詔序，作者自嘲、自序、自記《江上女子》。張廷樂、姚瑩、劉紹庭、白德馨、焦逢源、鄔升恒、姚孔銶、王洛、曹涵、淩鎬、張管敘、管霈、張霖、王彭、王嘉會、夏綸、顧弘、馬德和、張沂、鄭袞、潘敘揆、柴才題詞。王魯川跋。二、清昇平署鈔本，北京圖書館藏。今以清乾隆間刻《玉燕堂四種曲》所收本為底本整理。

【演出情況】《夢中緣》曾被呂公溥改為十字調梆子腔《彌勒笑》。

（孫書磊）

第一齣 笑　　引

【西江月】(末扮布袋和尚笑上)情種無生無滅,因緣是色是空。一靈咬住不銷融,枉被天公磨弄。　　世事漁歌樵唱,浮生暮鼓晨鐘。呵呵大笑悟無窮,今古情場一夢。吾乃姑蘇虎邱寺內一尊彌勒古佛是也,俗稱布袋和尚。一生好笑,因以喜作佛事,得成正覺。自從南朝建寺以來,數千年法身不壞,這殿後邊塑有五百尊阿羅漢,雖則胚胎土木,却也採受精華,多歷歲時,頗通靈慧,因此長在寺中,和他遊戲。今夜月白風清,正好到彼灑落一番也。(下)

(雜扮衆羅漢舞上坐介)

(末笑上)

(雜)彌勒師笑甚麼來?

【南呂一枝花】(末)俺笑那開天的枉自勞,闢地的非為巧,弄得東南多缺陷,西北不堅牢,引的那痴情漢愁種心苗,真認做石成五色填來妙,生盼殺女媧窰,扯不住兔走烏飛,拗不過天荒地老。

(雜)彌勒師,則怕你笑不得許多呢。

【梁州第七】(末)俺不笑弄虛脾唐虞事業,俺不笑沒結果湯武勳勞。那笑他長城萬里秦難保,又不笑漢晉的日月、唐宋的山河,都止似浮雲過了。大古來幾個昏朝。(雜)你端的笑着誰?(末)笑笑笑楚重瞳忍不住虞兮淚落,笑笑笑漢赤帝救不得人彘冤消,笑笑笑李三郎踐不的長生密約,還笑那後庭花歌來渺渺。帳中魂望裏飄飄,更堪憐塞外琵琶青草,反不如長門買賦耽煩惱,拚熱淚英雄吊。恩愛當年沒下梢,只落得千載恨滔滔。

(雜)想他肉體凡胎,怎當得情字苦惱。何不擺脫了人間魔障,早尋個天上逍遙呢?

(末)你道天上的神仙無情,俺說與你聽者。

【牧羊關】有一個漢女貽仙珮,有一個天孫駕彩橋,有一個衙城洞裏玉清逃,有一個採藥仙郎把天臺路遶,有一個杜蘭香被謫下雲霄,有一個害相思張果老,説不盡天上蹊蹺。

（雜）還是俺釋門中清淨。

（末）你道佛祖無情，俺說與你聽者。

【罵玉郎】却不道觀音鎖骨連環套，他也曾離水月度塵嚚。又不道紅蓮冤債前生造，守着那月明來把柳翠招。笑笑笑，笑殺他輪廻果報。

（雜）既具人形，囙非情類，除是萬劫成空，一靈俱渺，那時方可斬斷情根也。

（末）咳，人無情而不生，鬼有情而不死。

【哭皇天】不見那粉骷髏埋荒草，兀自個鴛塚上連理交。有幾個向冥中偕燕爾，有幾個誓泉下續鸞膠。笑笑笑，笑着那再生再生奇巧，似漢宮人重出塚，離魂女得更招。一般的煙凝露合，影動胎牢，還有那移屍借體斷魂飄。數不盡龍宮鬼府，只多少月怪花妖。

（雜）自古道天地絪緼，萬物化生，男女搆精，萬物化形。可知天地間都是這情根種滿呢。

（末）咳，天下都是般蟲蟻兒蠢動，鍾情的能有幾人？

【烏夜啼】休休休，休提那薄情兒枉自把風情鬧，轉關兒漾李尋桃。那顧他千金白璧無價寶，且過今宵，莫管來朝。這個牆頭一任野花飄，那個路人硬把蕭郎叫。霎時間翻雲覆雨，那些個似漆如膠。

（末哭介）

（雜）彌勒師，方纔大笑，忽又大哭，却是為何？

（末）想古來多少有情人，做下那無情事，好心傷也。

【煞尾】休道俺慣嬉嬉不住的逢人笑，但提起千古傷心哭漸高。不由得人痛鶯鶯，悲燕燕，惜真真，憐小小。更有那水心亭西施弔，天門街蓮花落，都一樣無情有恨，枉替他淚盡腸焦。（末大笑介）（雜）彌勒師，方纔大哭，忽又大笑，却是為何？（末）笑笑笑，笑一個初上場的傀儡又輪到了。

（雜）誰？

（末）便是這殿旁讀書的秀才，倒是個真情種。他一生的分緣，俺已慧眼兒覷定，待說與你聽着。

【沁園春】吳下鍾心,緣生夢裏,忒煞情痴,竟訪遍金陵,奇姿果遇。香羅手帕,叠和新詞,釁結京江,投親淮上,玉鏡乘機誓自私。錯中錯,奸徒假冒,好事偏遲。　　堪悲,忠因讒陷,又斷送嬌娃兵燹離,幸賺入朱門,惺惺共惜。侍兒代禍,姊妹同帷,更姓登龍,改妝調鳳,就裏機關儘教疑。淒涼煞,禪堂再夢,醒後難追。

夢易醒,醒又夢,夢醒不辨。
真當假,假冒真,真假難明。
姊救妹,女裝男,皆由俠氣。
帕作媒,花設誓,總是痴情。
天已大明,俺們各自歸位。那鍾心早出來也。(齊下)

第二齣　幻　　緣

【中呂引子‧滿庭芳】(生儒服丑隨上)浩氣淩雲,雄才捧日,風流不讓蘇仙。音希調古,白眼待嬋娟。早是春深庭院,長安遠花看何年。滿懷着千般幽怨,都付與霞箋。

【集唐】鵬鶚程期在碧天,豈容華髮待流年。孤高堪弄桓伊笛,壯志仍輸祖逖鞭。舊事悠悠不可問,春愁黯黯獨成眠。榮枯盡寄浮雲外,願做鴛鴦不羨仙。小生姓鍾名心,字青士,姑蘇洞庭山人。忝宦室之後裔,作黌門之領袖。班香宋艷,學飽千箱。曾瑟顏瓢,家餘四壁。雖到不得真風流,却羞為那假道學。審時觀變,羨蘇眉山竊喜談兵;感遇興悲,歎陸劍南不非射虎。只是小生還有一種痴心,嘗想伉儷之間,實我輩鍾情之地。怎奈佳人難得,目見雖多,心賞絶少,寧教雙足空留,不覺華年虛度。邇來為避塵俗,與同窗賈俊才,讀書虎邱僧舍。昨昆山文老先生,有文到縣觀風。因縣令楊公,乃其會試取中門生,是以託彼代考。那楊公又與我世誼交好,送題在此,不得不做。賈兄那裏?

【引子‧菊花新】(副淨上)青氊刺股怪相連,辜負春光在眼前。(背指生介)你便三載不窺園,甚來由將人冤絆。學生賈俊才,被鍾青士拉來虎邱僧舍讀書。原不過名色而已,誰知這書獃,認真價詩云子曰起來,好不可厭！鍾兄請了。

（生）賈兄,觀風題目在此,趁今天氣晴和,正好搆思。小弟已將筆硯安排候教。

（副）兄又來取笑了。小弟何曾幹過這般把戲？這是你們做名士秀才的觀風月課,都要觀光。案發之時,搖頭擺腦誇口道,某名士,某秀才,又蒙某大宗師,考取首卷了。小弟其實不耐煩,小弟其實不耐煩！

（生）這是何話？大家同做,方纔有興。（丑磨墨,生強副淨同做介）（副作苦態諢介）

【過曲·好事近】（生）精理發名言,肯畫臙脂供他時眼,漫道韓潮蘇海,也自把鐵硯磨穿。（副偷下）（生）賈兄賈兄,原來不做而逃了。且自由他。咳,那有才之人,譽滿天下,何足為奇？除是閨閣中得個知己,如古云彈琴對文君,春風吹鬢影,纔算得千古風流。所以小生常常想來,館中做課,怎比得帳底談文；枕上聯吟,煞強似社壇分韻。今日這兩篇文字,不知那文老先生可是識貨的,怕不枉費心機也。何年投至得關關相應,要知音除是雙鴛。生凝盼謝庭香艷。卷子做完,似此寂寞春光,好難消遣。且聽那斜陽亭外,小鳥啼烟。信步踏來,又到彌勒殿前了。你看這笑和尚,張着口再也合不攏。怎俺窮秀才,慼着眉再也放不開？

【前腔】看他今古笑容閒,信極樂西方來不遠。彌勒佛呵,你手中布袋,不知裝了古今多少老骨董,則怕還抵不過俺這一袋愁煩呢。說甚麼囊兒雖小,把乾坤載入寬然無邊,怎不將去我窮愁貯滿,教書生耽病年年。空目斷慈雲冉冉,盼不到天龍八部,喜殺枯禪。一時困倦起來,且歸到書房,憩息一會。正是：入眼好書讀易盡,困人天氣日初長。（睡介）

（丑）相公做了半日文章,無聊無賴,不覺盹睡去了。我且乘空寺外一戲,有何不可？正是：由他春夢長和短,任我頑皮忙也閒。（下）

（末扮布袋和尚笑上）夢裏孰知身是幻,痴來誰解念生魔。適見秀才,向我金身,絮聒了一會,回到書齋,竟自沉沉睡去了。我看他日後婚姻,雖有兩番奇遇,一個是翰林院學士文岸之女文媚蘭,一個是淮揚總鎮陰紅之女陰麗娟,但可惜姻緣簿上註定淺薄,止有三生一笑之緣,難免百折千磨之苦。今已一點情痴,墮入魔境,不免略示靈奇,成其好事。先將他夢魂引入金陵秦淮堤畔文小姐園中,使他二人歡會也。

（末引生魂遶場立介）

（隨引旦魂上）

（末下）

（生）好一天風景也。

【雙調過曲·忒忒令】聽鶯聲吹來半天,遶玉砌水流花泛。這好似昔年科舉的貢院前邊,秦淮堤畔了。一座花園,門兒半掩,不免挨身而進。（見旦驚介）呀！四顧無人,一個女子在此,好不標緻也！喜名園獨自,恁如花美眷。（生揖,旦羞避介）（生）看他廻蓮步,整花鈿,嚲香肩,溜波眼,半晌還覥睍。

（生扯旦,旦笑推,覷生低問介）秀才那裏來？

（生）小生姓鍾名心,今與姐姐相逢,豈非天乎？

【江兒撥棹】【江兒水】你看草細鋪茵頓,待來前,與你輕鬆鸞帶尋歡忭。（生摟旦,旦不語介）嬌羞側過芙蓉面,纖腰倚定香雲散,風過處翠裙微綻。【川撥棹】兩下裏水兒般潑新鮮,這滋味破題兒異樣甜。

（丑扮地方官領從上）

（旦避下）

（生驚介）

【臘梅花】（丑）是誰驀地到文園,攜雲握雨花臺玷。（捉生介）甚麼人？（生）生員。（丑笑介）此時還說甚生員呢？（打介）你生員那值錢,俺輕輕贈老拳,一般捉賊並拏奸。

（老旦扮內官雜捧冠帶隨上）

【園林好】報風流天恩狀元,齊捧着花冠耀眼。休得無禮！（雜打丑衆下）（老）請狀元冠帶。（生冠帶介）原來是報錄的。請問公公,這冠披因何而來？（生）俱是聖恩所賜,留待君妻。（生）這等美人有封誥了。且住,一個美人,為何有兩副花冠?難道錦重重喜逢雙豔?(老)狀元快赴宴去。(生)待尋他美翠娟,催赴宴且揚鞭。

(生走馬下)

(老)看他竟自去了。正是:夢短夢長俱是夢,年來年去是何年?(俱下)

(末引生魂上臥介)

(末下)

【引子·玩仙燈】(小生冠帶領二從上)召父清廉,數不到洛陽花縣。下官吳縣縣尹,姓楊名穀,字令修,京畿人氏。昨奉座師文老先生之命,觀風吳下。因這學中有一名士鍾心,與下官舊有年誼,送題與他,諒已做就。聞他近在虎邱僧舍讀書,特來一訪。此間已是,左右外廂伺候。(二從下)

(小生入介)

(生夢語介)美人那裏?

(小生笑介)這也可笑。鍾兄醒來。

(生驚醒揖介)不知大人駕臨,有失迎迓。

(小生)弟聞大禹聖人,不寶尺璧而惜寸陰。吾兄呵,

【過曲·二犯五供養】【五供養】殘篇斷簡,正當映雪吹藜。曉夜鑽研,休花柳迷情轉,鶯燕惹魂牽。(生)領教了。(小生)今早有報,小弟蒙恩行取,只候新任交代,便要與吾兄相別了。(生)恭喜榮陞,尚容趨賀。(小生)這也不消。只是潭水桃花別淚漣,望你公車北上重相見。長安雖望遠,着先鞭。【月上海棠】莫悵離情,賓鴻音斷。試卷就否?

(生)在此請教。

(小生閱介)字字珠璣,待小弟袖回,一同解送。告辭了。文章千古事,燈火十年心。

(二從上引小生下)

(生)呀!小生方纔朦朧之際,恍忽到一園中,遇見一個美人,相與歡會。正在情濃,不想被人驚散,受了許多惡氣。恰好報中狀元,又待尋那美人,誰知楊公到來喚醒,竟是一夢。天那,想起這夢

來,好不僥倖也。

【懶畫眉】恰朦朧何處覷名園,剛見花點風廻似眼前。喜天臺夢裏遇神仙,將情兒打熱心兒戀,好會臉搵香腮摟定肩。想夢中兩副花冠,明明道小生當有二美,為何那時又止見一個?

【前腔】這個虛飄飄雲影夢來牽,那個待夢邈雲山在那邊。怪鸞顛鳳倒會難全,怎花冠兩副分明現,何日了却蟻媒兩處緣。咳!就是這一個美人,此時亦不知何處也。

【沉醉東風】空對着影雕欄紅深翠偏,牡丹臺春護芽兒淺。夢兒裏人已天邊,暗想像還記起多嬌艷。(做摹擬介)是恁般帶笑含顰羞面,是恁般頓綿,是恁般輕喘,好着我黯消魂不可言。一時想像起來,怎一時又忘記了?

【前腔】正思來龐兒儼然,再思去緣何不見。也罷,待小生一面想像,就一面描寫出來。時時相對,豈不強似這空裏摹擬!(欲描又止介)咳!又怕這塵世丹鉛,兀的把仙容輕玷,似飛瓊名落人間賤,那更我心懸意懸,怎描得他神全貌全,痴痴的想去誰知筆倒拈。止好伏在几上,再去夢他一會便了。

【川撥棹】剛閉眼,早玉人立地生香艷。呀,美人來也。(急起視介)是分明環佩躚躚,是分明環佩躚躚。呸!原來是風敲畫簾。聽花宮梵語傳,透禪燈一點圓。我想今日此夢,甚非偶然。小生走遍天涯,必要尋着這夢中人為配纔罷。

【尾聲】問天天何處與人方便,且把這没打算的相思病暗添。美人呵,知你可惹春愁也向紗窗半晌眠?

夢回春色自飄揚(劉滄),靜掩書齋覺晝長(王昌齡)。
神女忽來容易散(許渾),飛花依舊斷人腸(蘇　頲)。

第三齣　遴　才

【仙呂引子·小蓬萊】(外)懷淡金章紫綬,忤當朝愛卜山幽。典衣沽酒,攜琴放鶴,拽杖調鷗。

【集唐】白髮如絲日日新,不親權勢正因循。塵冠却掛渾閒事，野鶴高飛避俗人。下官姓文名岸，字樂川，本貫昆山人也。原任翰林學士，只因劉瑾亂政，疏乞歸來，為愛金陵秦淮之勝，別構一園，僑居於此。不幸夫人去世，未得奔喪旋里，就在南郊普德寺後山，卜地淺葬，已過三年。單單遺下一女，名喚媚蘭，貌同花艷，才並雪妍，下官最所鍾愛，只思得一佳婿，足慰餘年。但必須呼鳳之才，方可稱乘龍之配。久欲歸至里門，大開屏選。因有聖旨，仍召還朝，雖覆表求終放，未奉綸音，行止不定。恰好有一門生楊令修，現任吳縣縣尹，前已託他代為季考，借觀人才，且等試卷解來，細細遴選。道猶未了，女兒早出來也。

【引子・番卜算】（旦上）夢裏識春愁，夢斷魂廝耨。（貼隨上）小姐，這幾日懨懨不自由，怎忘了花開候。（見介）

（外）我兒，你看天氣晴和，庭前文杏大放，不可不賞。院子看酒！

（末暗上稟介）酒筵齊備了。

（貼）請小姐把盞。

【過曲・皂羅鶯】【皂羅袍】（合）燦爛屏開錦繡，正輕寒輕暖，日淡風柔，入盞惟聞暗香浮，開簾怕逐東風瘦。【黃鶯兒】倒金甌，笑無端九十，都只為春愁。

【前腔】歎百歲烏飛兔走，要逢場歡笑，遇景清謳。屐齒何須覓山邱，封庭前花發如逢友。醉方休，人生樂事，何必定封侯。

【前腔】（外歎介）提起教人眉皺，歎伶仃膝下，誰續箕裘。似伯道無兒自生愁，喜倉公有女還聰秀。俺只願得一佳婿足矣。（旦低頭介）（外覷旦笑介）選鶯儔，何日把乘龍快婿，招贅在秦樓。

【前腔】（旦）乘覷千金嬌幼，似珠憐玉惜，寶愛無休。爹爹，你鬢點星霜莫添憂，孩兒呵，願瞻依膝下長相守。（淚介）俺那母親何處呵，淚珠流，白雲幾處，何處盼荒邱？

（雜捧文卷上）埋頭幾見讀書子，瞎眼難冤考試官。大叔有麼？

（末出問介）

（雜）蘇州楊老爺差人送觀風試卷在此。

（末稟介）

（外）來人重賞遣回，卷子留下。

（末應同雜下）

（外）我兒，這是我託楊令修觀風，送來考卷。酒酣無事，正好和你遴選一番。

（旦）謹領爹爹嚴命。

（外）撤過酒筵。輕雲，安排筆硯過來。

（貼）小姐，筆硯在此，俺且看房中去也。自言行樂朝朝是，願得如花歲歲看。（下）

（外、旦同看卷介）

【一封羅】【一封書】（外）晴光掛碧鈎，影湘簾試卷稠。不須月下紅絲爭繫耦，單看簾內朱衣暗點頭。【皂羅袍】翻來覆去，出乖露醜，才疎學淺，胡思亂謅。問誰筆尖花能入英雄彀？

（旦笑介）果然這些秀才也沒有一箇通的。

【一封歌】【一封書】文章一筆勾，笑窮經，枉白頭。陳言刺不休，料雄才豈易求？（見生卷驚介）呀，此卷甚好。則見他筆吐西川雄八斗，這纔是價重南金第一流。（送外看贊介）清新雋逸，兼參軍開府之長，我兒賞鑒不差。且看他是何名姓？（啟彌封介）吳江縣學廩膳生員鍾心。（點頭介）原來就是此人。（旦背驚介）呀！果然有個鍾心。爹爹，此人是誰？（外）此當今少年才子，楊令修曾向我講來。細觀其文，果然名下無虛。且聞他擇配未娶，真可為吾佳婿矣。【排歌】才難量，學獨優，妙手堪修五鳳樓。放過一邊，再看別卷便了。（旦背坐不語介）（外）你看文千卷，遜一籌，方信壓倒羣英，他居最上頭。如此文者，竟無二卷，真奇才也。就修書託楊令修為媒，有何不可？欲得王郎為坦腹，獨教宋玉擅才華。（下）

（旦痴坐介）

（貼上）露濃香徑和愁坐，風惱花枝不耐煩。老爺已進去了，小姐怎獨坐在此？

【賺】四寶纔收，誰被仙娥許狀頭。小姐，卷子看完，還在此作甚？閒清晝，趁日長宮線還添繡。便春滿蘭房好覓鈎，怎眉輕皺？全非是盈盈不解愁如舊，敢來相叩。（旦）漫來相叩。

（貼笑介）小姐不言不語，倒像有甚心事的。
　　（旦）輕雲，我正要對你說。那日偶然午睡，得了一夢，好不稀奇。
　　（貼）小姐，夢有甚麼稀奇呢？
　　（旦）我夢到花園遊玩，忽然見一書生。
　　（貼）哦，見一書生。妙嘎！小姐可知道他是誰？
　　（旦）他說叫甚麼鍾心。
　　（貼）叫甚鍾心？
　　（旦）方纔閱卷，果然有個秀才叫作鍾心。
　　（貼驚介）果然有個鍾心。如此真個奇了！小姐，他文章好麼？
　　（旦）許多卷子，獨有他好。老爺甚加贊美。
　　（貼笑介）如此說，老爺一定要招他為婿。小姐，你怎倒先夢見他來？
　　【天香滿羅袖】【皂羅袍】信道姻緣天授，原來把鍾郎名姓夢裏先留。【桂枝香】小姐，你見他時怎的開言？醒將來可記得那人肥瘦？（旦）想龐兒那般，想龐兒那般，眉清目秀。（貼）他見了小姐便怎麼？（旦笑介）這話提他作甚？（貼笑介）小姐，又沒一人在此，便說與輕雲知道何妨？【皂羅袍】（旦低唱介）那書生呵，倚着他風流旖旎，言輕語柔，一會家迷離沒亂，眉挑眼丢，不由人芳心脉脉情微逗。
　　（貼笑介）後來？
　　（旦）痴丫頭，羞人荅荅的，還要問。（做羞態下）
　　（貼笑介）呀，小姐！（住口介）
　　【羅江怨】怎知你偷趁高唐雨不收，審分明誰把這情緣叩，恁痴魂先引起幻中由。怕柔腸乾惹下相思白，還愁。你嫩蕊嬌香，早倦倒巫山岫。虧殺你盼書生臉怎羞？會情郎心怎投？可也破瓜時，一霎兒難禁受。我想那個不做夢，誰似他夢的這般活現來。
　　【二犯滴滴金】閒拖逗，睡魂中委實風流，雖則是空裏綢繆，問蜂黄而今在否？還不曾有交親比目和同，誰信這沒指證鴛鴦交媾？則問你枕花陰怎不把金釵溜，倒蒼苔怎不把湘裙皺，搜腰肢裋不下芙蓉袖,揣酥胸擺不脫丁香扣。任眠花藉草把雨雲羞,還嗔鶯怪燕怕風情漏。有一日燭影搖紅配好逑,少不的漫凝眸,看可是夢兒中那人依舊。

（內喚輕雲介）

（貼）來了。

【尾聲】多情何事通媒媾,止索一枕遊仙偕鳳友,還比那影兒裏的情郎得自由。

謝朓新裁錦繡成（李　郢），何時開閣引書生（錢　起）。

夢中無限風流事（劉言史），難得金閨記姓名（司空曙）。

第四齣　痴　尋

【字字雙】（副淨上）呼盧醉酒欠成人,廝混。錢財費盡買衣巾,撐棍。讀書提起便頭疼,沒分。一心止想俏佳人,同困。學生賈俊才,連日看花吃酒,不曾得到書房。今日無事,且去少做周旋。鍾兄那裏?（連呼不應,笑介）平時專慣說嘴,一般悶不過,頑去了。（翻書介）這個沒牢坐天殺的,幾日不見面,歪詩歪文益發的多了。

【剔銀燈引】（生帶丑上）底事悶懷如穿,怕綠鬢暗更明鏡。夢裏花冠,意中紅線,甚國色堪來冒領,拚教成病,止把這不着實的東床坦定。

（副淨見,驚介）鍾兄,幾日不見,這般清減了。

（生）小弟連日神思困倦,茶飯無心,不知為何?

（副淨）待我猜一猜。

【過曲・剔銀燈】莫不是看花早曉風寒禁,莫不是愛夜月衣單露冷?（生）不是。（副淨）前日做文勞神了。莫不是錦囊佳句嘔得心肝罄,莫不是效鑿壁神疲力逞?（生）也不是。（副淨）閒評,一定為緣慳晉秦,因此上傷春病成?

（生）都猜不着。

（副淨）都猜弗着罷哉。且問兄從何而來?

（生）楊縣尊行取入京,前去一送。

（副淨嚷介）兄忒勢利得緊，帶其病而送其行，可謂通聲氣而走名之極乎。
　　（生）小弟豈是這般人。只因楊公要替小弟執柯，小弟不允，親去覆他。甚麼走名，甚麼聲氣？
　　（副淨）做媒是極妙的事，為何不允？且問是那一家？
　　（生）就是前日觀風的昆山文老先生。
　　（副淨頓足介）可惜！小弟不曾抄得兩篇文字同送去。單單便宜了兄，做了翰林院大學士嫡親親、簇新新女婿。恭喜恭喜，造化造化。
　　（生）賈兄倒休如此勢利。這親事小生已經回絕了。
　　（副淨）謊也，謊也。這是甚麼意思？
　　（生）賈兄，隨他甚宦家小姐，怎比得俺那……（住口介）
　　（副淨驚介）難道兄竟相交了個知心人不成？
　　（生）豈有此事！
　　（副淨）方纔明明說"怎比得俺那……"，請問那人者何人也？
　　（生笑不語，副淨催介）
　　（生）不瞞兄說，小弟曾夢見一箇美人。
　　（副淨）夢見箇美人？（笑介）兄，像這等春夢，小弟一夜也不知多少，怎麼認起真來？活跳跳的美人替你做媒，反推辭不允，豈不可笑！
　　【前腔】（生）賈兄，休說是化蝴蝶飄飄無定，恨不得棲鸞鳳沉沉不醒。怎能肩兜舁轉烏衣徑，重把這春風盟證。小弟還要尋着這夢中人為配纔罷。（副淨搖頭笑介）獃了，獃了。（生）盈盈，天然媚生，思量起愁懷頓增。
　　（副淨）閒話休講。今日文期，拈個題目做做。
　　（生）那個耐煩。
　　（副淨）不做文。講書。
　　（生）也沒心講。
　　（副淨）這等倒是都來做夢罷。
　　（生）小弟正有一言奉告。那淮揚陰都督乃是家姑父，昨有書來接我,意欲趁此盤纏,尋訪那夢中人一個下落。無論翠館紅樓,窮山幽谷,邀天之幸,倘得相逢,方不負此一段奇緣也。這些書籍並詩文拙稿,煩兄代為收存,就此告別。

(副淨)這話是真是戲?一個夢中人如何尋得見的?不久宗師要考,不是當耍。

(生)咳,有了俺夢中美人,這一個窮秀才值得些甚的?

(副淨)阿呀,怎麼一時說起這樣瘋話來?

(生)主意已定,頭口都僱下了。書童就收拾行囊,隨我前去。

(丑)天色已晚,明日起行罷。

(生)休得多言。

(副淨)好笑得緊。這是甚麼意思?

(生出門上馬介)【集唐】迢遞尋芳路已迷,出門腸斷草萋萋。此時愁望情無盡,欲駐殘陽怪馬蹄。你看一望茫茫,從何處尋起,則索信着馬兒行去也。(生加鞭,丑背包隨下)

(副淨做留不住介)轉來,轉來。(笑介)好阿獃,好阿獃!一個夢中人,竟認真去尋他起來,豈不真個的夢了?且住,這些詩文稿子,倒要替他收好。趁此三春麗景,我也去白相白相,再做道理。只是好笑老鍾那阿獃,出得門去,頭也不回,揚着鞭兒,哼哼唧唧一聲道,你看一望茫茫從何處尋起,則索信着馬兒行去也,則索信着馬兒行去也。(笑下)

【雙調新水令】(生帶丑行上)一任俺喚真真流血似啼鵑,怪難將香魂叫轉。美人呵,你雙輪應熱透,我十指掐來遍。待打個鴛鴦笞在那邊,見只見鎖山河愁一片。

【駐馬聽】日影晴川,綠浸扁舟人去遠。春廻野店,紅深幽谷鳥聲閒。那顧得橫波問渡雨連船,懸崖策馬風吹面,縱饒他客路三千,怎敵俺愁腸一線。

【攪箏琶】想當年十二巫峰遠,他可也朝朝暮暮雨雲偏。纔博得小梁清謫下天曹,怎便教董雙成輕歸月殿,只落得捕風影向天邊。且住!前日楊公做媒的文小姐,雖一時回絕了他,倘或就是我夢中美人也未可知。我如今倒有些放心不下了。怕就是夢中人錯過當前，況夢中許我二美，或者那小姐呵，也則是石上三生分明現，同註就好姻緣。

【沉醉東風】只為他嬌隱幃中不見，怎怪我絲留幕底難牽。雖則是假意兒，滯雨尤雲，少不得真個去尋芳覓艷。怕還是夢中神女容窺面，難叫那玉天仙降下人間。行了一會，到底往那一處去是好？心如箭，不覺又遲遲勒馬難前。想那夢境中仿佛似金陵秦淮一帶風景，如今竟先到那邊，有何不可？

【鴛鴦煞】分明是秦淮煙水迷離現，怎能夠蓮花托出觀音面。難道眼睜睜紫玉化為烟，枉了我急孜孜鐵鞋踏遍。茫茫似針撈大海，搖搖般月捉沉淵。怪只怪痴魂未斷，夢西樓真是冤牽。呀！便做道武陵源，也拚着撞蹺蹊入地鑽天，定把那夢兒中人兒都尋見。

踏遍蒼苔入徑深（司空曙），碧雲初斷信沉沉（劉禹錫）。

可知劉阮逢人處（許　渾），不辨仙源何處尋（王　維）？

第五齣　題　帕

（場設鑪瓶、筆硯、妝臺、幃幔，旦暗上臥介）

【集唐】（貼上）珠箔輕明出玉埠，數教鸚鵡念新詩。流蘇帳曉春難報，正是女郎眠覺時。奴家輕雲是也。俺小姐自閱卷之後，以為夢裏書生果有其人，十分思慕。不意老爺前託楊爺作伐，那生反以寒薄為辭。難道小姐夢見那生，那生竟不知有小姐？幸喜老爺雅重其人，今又親自訪他去了。只是小姐這幾日來，精神恍忽，宴起遲眠，又增得許多情態，比往常大不相同了。

【商調過曲・山坡羊】雖則慣慢騰騰曉妝心性，幾曾恁悶懨懨貪眠怕醒。一任他韻悠悠烏弄金鈴，早則是顫巍巍曉日移花影。（旦帳中呻吟介）（貼）夢初驚，鶯聲寂又輕。（開帳介）看他含潮粉暈紅偏潤，堆枕香雲綠更明。小姐起來罷。（扶旦起復坐介）待睜，昏迷迷眼倦睜。待行，頓臺臺步懶行。

（貼）請小姐梳洗。

（旦起介）

【集唐】滿眼春愁倚象床,武陵何處訪仙郎?侍兒扶起嬌無力,洗盡鉛華隔宿妝。

【前腔】對紗窗明羞日影,畫春山愁拖青鬢。(貼)看他意沉沉燕懶鶯慵,兀自嬌怯怯柳倦花如病。(旦梳頭又止介)(貼)梳又停,翠鬟權代整。小姐,怎麼忘點了臙脂?(旦)罷了。(貼)想怕粉脂掩却天然俊,不如本色梨花柳黛青。琮璜,花簪八寶橫。輕盈,湘裙八幅輕。

(旦執鏡左右照介)

【集賢聽黃鶯】【集賢賓】(貼)看他菱花斜托態娉婷,似花枝招颭簾旌。小姐,恁地風流,不知那夢中人,可消受得起?(旦)噤聲!道甚麼閨閣風流都占盡,舞青鸞俏影低橫。怎知我一聲長歎,早不覺暈生明鏡。【黃鶯兒】影兒呵,和你艷妝成,怕紅顏對惜,只似我和卿。

(旦悶坐介)

(貼)小姐,這般沒情沒緒的怎好?

【鶯啼序】(旦歎介)那留人好處只暫停,倒不如幽夢無醒。想着那片刻溫存,倒做了百種淒清。空對着冷冥冥梨花弄影,靜悄悄竹梢風定。(貼)這般身子不快,請個大醫看看罷。(旦)心自省,誰參透這腌臢病。

【攤破簇御林】【簇御林頭】(貼)你三春病,一點情。【啄木兒】似醉如呆叫懶應。小姐針線慵拈,看看書兒消悶者。(旦)誰耐煩看他。(貼)往常間愛檢牙籤,怎今日呵,對瑤編愁悶偏增。這般情思無聊,何不吟詩一首,稍遣悶懷?(旦)我則怕染霜毫鼓不動臨池興,展霞箋攄不盡傷春詠。也罷,取一幅花箋過來。(貼)那要甚麼花箋,就題在這羅帕上倒好。(旦舉筆歎介)咳!俺文媚蘭縱有新詩好句,止落得自吟自詠也。【簇御林尾】韻拈成,笑塗鴉自賞,說甚麼詩對會家吟。(寫介)香閨寂寂奈何春,不見花前夢裏人。底事含羞輕未吐,斷腸名姓卷中真。昆山文媚蘭感題。

(貼)小姐,你又為那夢中人傷感也。

【黃鶯兒】你好忒痴情,早又吐春愁,把好夢吟,欵惺惺沒個惺惺應。不知那夢裏秀才,可常來相會兩遭兒?他不怕花陰月明,又不管星前吠聲,可飛來枕畔常相並。(旦)那有此事!(貼)難道悄難憑,似虹橋鵲影,一片彩雲沉。小姐且早膳去來。

【尾聲】(旦)則怪俺塞饑腸愁味先如梗。(貼)若要他精神掙挫呵,除非風流人療風流病。小姐,將這帕兒袖好了。(旦袖帕長歎介)天呵,怎能倩誰把香羅寄那生?

(旦)驚回好夢一聲鶯(王維),(貼)猶憶喁喁細語情(崔塗)。

(旦)吟罷倚闌倍惆悵(韓偓),(合)海棠時節又清明(和凝)。

(旦)正是清明已近,欲往夫人墳上走遭。老爺又不回來,如何是好?(淚介)

(貼)小姐不必悲傷,祭掃大事,便着老院子同去一走何妨?

(旦)且到那時再看。(同下)

第六齣　雌　反

(場設山形上書"崆峒山寨",衆脚色循環扮兵將排隊走馬從山洞出遶場下)

【雙調引子·夜行船】(三旦戎妝出洞上)花面魔王雄莫比,排營陣暗合兵機。任是男兒,休誇伶俐,難出我崆峒險地。雉尾貂翎絕點塵,戰裙低簇錦袍新。身輕漫道能馳馬,不數當年掌上人。

(貼)自家崆峒公主是也。

(旦)自家賽百花是也。

(小旦)自家勝木蘭是也。

(貼)俺家本姓陳氏,曾祖友諒公公,與明朝爭奪天下,大志未遂而終。那時友諒公公有一愛妾,因鄱陽戰敗,懷藏金寶,逃匿此山,遺腹生子,取名難兒。長大多材好勇,招集四海流亡,潛據於茲,已歷三世。父親崆峒大王,無子早喪,生俺姊妹三人,並坐稱雄。真個掀翻日月,叱咤風雷,好威武也!

(二旦)二妹不知此山起自何時,望姐姐告我知道。

(貼)聽我道來。此山名為小崆峒,一拳結穴,兩股分沙,胎自福州，脈通齊下。巒頭豐厚，芃芃草木常青；洞口巉巖，活活泉流不竭。點點滴滴，青溪一線接桃源；窈窈寘寘，赤壁千重通鳥道。柳營緊閉，誰能深入不毛來；蓮幕分開，豈懼雄兵鏖戰進？

（二旦）此山天然險塹，俺姊妹得此非容易也。

（貼）咳！你看俺髮束銀冠，貌比觀音尤麗；那知俺腰懸寶劍，行同羅刹還凶。好笑那男子漢上陣時搖戈躍馬，敵不過娘子軍下場頭輭骨酥勔，直弄得壯士魂消，端的令英雄胆丧。連日大開圍場，演武比試，且喜各隊頭目、大小嘍囉都已武藝精強，止有隨身三千女子兵，尚須簡練，就此開操。

（三旦上坐）

（衆女兵從洞中上，舞刀比試介）

（二旦）練兵如此，真可勇敵萬夫。姐姐真女中英傑也！

（貼）我意欲以借糧為名，先往鄰近州縣，擄掠一番，觀其動靜，察其虛實，一面買馬招軍，共圖大事，以復先人之志。不知二妹意下如何？

（二旦）姐姐言之有理。

（貼向鬼門傳令介）今乃黃道吉辰，大小嘍囉，就此起兵，殺出山去。

（內吶喊應介）

（三旦領女兵行介）

【過曲·二犯江兒水】愁雲四起，昏慘慘愁雲四起。虎為軍，龍作騎，更憑着險窟天成，奇巒地湧，一片稱雄壘。翠影掛旌旗，長川馬闘嘶，喊得天低，叫得風悲。密扎扎斧和槍刀共戟。金笳亂吹，响嗚嗚金笳亂吹；常山合圍，齊攢攢常山合圍。逞雄威，則待搶江山方是美。

【清江引】風流女帥天然麗，寄語須廻避。梨花槍漫搖，偃月刀齊起，算你好男兒也困在垓心裏。

軍中殺氣傍旌旗（岑參），一劍橫當百萬師（王　維）。

盪海吞江制中國（張鼎），安能辨我是雄雌（韋元甫）？

第七齣　餌　　姻

（外扮院子上）踏破鐵鞋無覓處，得來全不費工夫。自家京江左都督蔡老爺衙中院子便是。為何道此兩句？只因當今有個名士鍾心，姑蘇人氏，老爺聞其少年才美，欲招為婿，着俺齎了金幣，聘請前來。不期訪到虎邱僧舍，偏又不在寓中。說也可笑，竟為夢見甚麼美人，不知何處尋訪去了？原來天地間竟有這般痴子。及至回報老爺，又不肯信，着俺四下找尋，定要知他下落。誰知事有湊巧，那鍾心恰又來到京江，寓於甘露寺內，方纔得知，不免報與老爺，憑他作主。咳！我想那秀才既恁痴情，一定嚴於擇配，怎奈俺小姐儀容醜陋，則怕落花有意隨流水，流水無情問落花。（下）

【大石引子·烏夜啼】（淨冠帶四雜隨上）虎帳談兵坐，幾年價威福偏多。奸雄舉動難窺破，縱貪婪笑罵肯由他。一鎮京江數十秋，不輸騎鶴上揚州。雨雲翻覆真閒事，反道英雄足智謀。下官姓蔡名節，字南山，七世祖京，曾為宋朝太師，與楊戩、童貫，赫赫一時。下官乃其嫡派苗裔也，官拜左軍都督，出鎮京江。所喜地饒民富，足飽私囊，未免民困兵驕，難逃公議。下官目不識丁，胸偏有甲，雖則官非權要，也須廣布腹心。只因見薄儒流，恨不重興黨禍。一向正室久虛，單生一女，名喚如花。因無膝下之駒，愛比掌中之玩。現成金屋，人都道顏愧阿嬌；選就玉堂，俺偏要快稱佳婿。聞得吳下有一才子鍾心，少年擇配，前差院子具禮去請，說他夢見甚麼美人，竟往各處尋訪，不知去向。（笑介）既然有此癡情，正好行我詭道。若果浮踪可得，何愁好事難成？已着院子各處訪求去了。待他回報，自有道理。家丁，吩咐中軍官，今日不坐大堂，可將各路文書，彙送內衙。後堂備宴，擊雲板請小姐上堂。

（雜應請介）

（小丑扮蔡如花，老扮家婆，副淨扮梅香隨上）

【引子·醜奴兒令】一天醜福鍾於我，面刺蜂窩，色似燒鵝。粉動斤稱不勾駝，身如橄欖偏褾襪。胸兒張羅，背兒支鍋，珠翠叢

中掩拙多。（見介）
　　（淨）我兒，看你鬢雲散亂，黛粉橫流，又在何處頑耍來？
　　（小丑笑介）在後樓打鞦韆來也。
　　（淨）那後樓三面淩空，外人窺見不雅。此後切宜少到。
　　（小丑）孩兒乃千金小姐，誰敢失眼瞥見，採到樓中，剝去衣服，將皮鞭緊緊抽起，腦箍套上幾套，夾上幾夾，叫他腦漿似鼻涕長流，沒口的叫饒纔罷！
　　（淨）胡談！
　　（小丑使性背坐介）
　　（淨）我兒，今日衙中無事，且和你宴飲一番，多少是好。
　　（老）請小姐把盞。
　　（淨）坐下了罷。
　　（同飲介）
　　【過曲·念奴嬌序】畫堂春晝，見晴雲飄渺。東風下半垂簾幙，九十芳菲傳杯斝，莫把好景耽閣。如昨，香露銀屏，烟絲曲檻，梨花低映秋千索，須念取繁華如夢，及時行樂。
　　【前腔】〔換頭〕領畧，嫩陰如削，倏飛花墜舞筵前。鶯聲似諾，虯尾香濃。闌杆外，青一縷晴波燕掠。重酌，舞遍霓裳，莫教春去，楊花糝徑櫻桃落。須念取繁華如夢，急時行樂。
　　（外上）佳婿從天降，深閨待月圓。（叩見介）小人奉命尋訪鍾秀才，事有湊巧，那秀才為訪夢中美人，剛來到此。寓在甘露寺內，離老爺衙中不遠。適纔探得下落，特來稟知。
　　（淨喜介）有此巧事？莫非天賜姻緣也。我想那生如此痴情，若非夢中之人，焉肯為配？有計在此，老家婆過來。
　　（老）小婦人有。
　　（淨）你可同院子前去講親，只說小姐夢見書生姓鍾名心，老爺艱於子嗣，只生一位小姐，為此留心尋訪，欲招為婿。適聞相公名姓相同，特遣小人前來作伐。哄進衙中，自有道理。
　　（老）小婦人理會得。
　　（淨）你二人聽我吩咐。

【插花三台】道夢裏書生會合，喜註就天緣不訛。享百年華堂富貴，配千金小姐婀娜。（看小丑愁眉介）我的兒忒也醜的凶。那秀才腹兒中錦繡山河，不敵你臉兒上斕斑邱壑，只要他莽頭兒没的推託，鍾生呵，也是你太痴狂惺惺自魔。

（小丑瞅淨做惱介）好爹爹，左也説俺醜，右也説俺醜，俺不是你娘爺養的嗎？不要理他，且往後樓中耍去。

（唤梅香先下）

【前腔】（外、老）承鈞命權充媒妁，敢停留兩脚似梭。這機謀休教識破，管姻緣一言定妥。（背介）縱憑俺口若懸河，還仗他心如夜壑，肯不肯堂前在我，合不合房中聽他。

（淨）小苑西齋為客開（李郢），（外、老）明朝修刺孔融來（劉禹錫）。
（淨）共歡天意同人意（王維），　　（合）託乘還招鄴下才（賈　曾）。

第八齣　誑　脱

【越調引子·霜天曉角】（生病容丑扶上）美人何處，身共愁魔住，懊恨窮途因病阻。天！這没影兒的相思害殺吾。回首巫山枉斷腸，一帆春水抵丹陽。無端旅病添愁重，欲訪秦淮恨路長。小生為尋夢中美人，一水之地，先到鎮江。本欲就往金陵，不意途中感冒，一病經旬，只得權寓甘露寺内。日來雖覺稍痊，尚難行走，又不知那夢中美人端在何處，好不煩悶人也。

（外同老上）莫道堂前無采喝，管教月下有冤伸。來此已是，不免竟入。（見介）相公恭喜。

（生）你二人何來？

（外）聽稟。

【過曲·祝英臺】鎮京江左都督，現掌着兵符。（生）原來是都督府中，差你到此何幹？（外）為年老嗣艱，一女如珠，共君家喜偕鸞卜，真豪富。（生）小生已有親事，不敢有勞了。（老笑介）相公，怎忘了夢裏鵷鶵，生賴做野鴛為侣。（生訝介）呀！這一句猜頭兒料非無故。媽媽，你説話有心，甚麽夢裏鵷鶵，快告我知道。

（老低語介）此話止可相公知道。俺小姐呵，

【前腔】〔換頭〕偷渡，漏春光來夢裏，良夜同牛女。（生）你小姐想做甚夢來？（老）俺小姐夢見書生姓鍾名心。（生驚介）住、住了，你、你小姐夢見書生姓鍾名心？（老）俺小姐夢見書生姓鍾名心，因把他夢裏姓名念綻櫻桃，險些兒害殺嬌姝。（生狂喜笑介）妙哉妙哉，謝天地！原來夢中美人就在這裏。媽媽，小生便是夢裏書生，姓鍾名心，特為尋訪小姐而來。（老）俺老爺也為相公各處尋訪，適聞相公到此，十分之喜，快請同進衙中，婚姻可望。作主，把千金許配才郎，說道這姻緣天注。（生）奈小生一介寒儒，無物為聘。（老、外）不消多慮，俺老爺情願倒賠妝奩，與相公成其好事。（生）小生明早便往衙中進謁。（外、老）相公不可錯過，休將這錦片般前程耽悞。

（生）小生却為何來，焉肯錯過？

（外、老）既如此，告退了。一番巧說合，兩地錦團圓。（下）

（生笑介）小生這病體早輕健也。那媽媽明明說，小姐夢見書生姓鍾名心，這小姐不是俺夢中美人是誰？書童，快將我大衣打點停當，明早往蔡都督府中求親去也。

（丑）相公，不知那都督幾位小姐？

（生）方纔那媽媽說，艱於子嗣，單生一女。

（丑）如此說，敢怕相公夢的美人還不是他。

（生）難道小姐夢的書生也不是我？

（丑笑介）若是那位小姐，不知相公夢中如何便看上了？

（生）狗才，那小姐容貌蓋世無雙，你那裏知道？

（丑）相公，夢中美人，書童不得知道。若是都督小姐，書童早騙相公見過了。

（生）又來胡說！

（丑）那都督衙中後樓，三面淩空，緊在寺後山旁，小姐每日必到樓中戲耍，故此書童得以窺見。

（生急問介）你既然看見，那小姐容貌如何？

（丑）那小姐容貌果然蓋世無雙。只是美人二字，却當不起。

（生呆介）有這等事？

（丑）相公不信，等那小姐上樓，潛去一窺，便知分曉。

（生）說得有理。你快去守着，等小姐上樓，便來報我。

（丑應下）

（生悶介）

【前腔】〔換頭〕惆悵，不由人愁思如麻，依舊自潛吁。想那一種丰神，切切親親，夢兒中領畧偏殊。無據，怪溫柔鄉內浮踪，早隔斷南柯仙路，喚不出他印板似龐兒對證在一處。

（丑急上，招生低喚介）小姐上樓來了。快去快去。

（生急行介）山前遙望紅妝滿，樓下偷窺綠樹藏。

（內笑語聲，小丑帶衆婢上樓介）

（生望介）許多婦女，不知誰是小姐？

（丑指介）那些都是梅香打扮，這滿頭珠翠，倚窗而立的不是小姐是誰？

（生見驚介）呀！這、這就……（住口介）

（丑低笑介）就是夢見相公的小姐。

（生不語回身急走介）（呆坐介）

（丑漫行見介）相公，大衣打點停當了。

（生）那個還要大衣？（歎介）呀！呸！我那夢中美人何等標緻，那是這奇醜女子？一場空喜，好沒來由也！

【前腔】〔換頭〕驚阻，險冤殺夢裏嬌姝。被他擲果污潘車，莫不是愁魂渺渺誤入鄭都，莫不是為情癡惹動妖魔，莫不是色眼瞇睽辨不出西施嫫姆？書童，真虧了你也。孽緣除，且把你探鬼窟奇功親注。

（丑）自古道，牆有風，壁有耳。相公為了夢中美人，各處奔尋，叫不絕口，以致都督窺見癡情，做成圈套。如今親口許下姻親，如何退悔？

（生急介）正是。那媒人明早逼我進衙，怎生是好？咳！蔡都督，蔡都督，你此計坑殺小生也！

【憶多嬌】你好事圖，我何罪辜，就裏機關九尾狐。比那秦政坑儒禍有餘。(丑)相公不須着急。三十六着,走為上着。(生)也說得是。待我寫下一書,留與寺僧,回覆那兩個媒人。只說淮揚陰都督是我姑父,差人來接,連夜開船去了。婚姻之事,再做商量。就是都督知覺,止知往水路追來,我却從龍潭句曲直到金陵,便可無慮。(丑)事不宜遲,待書童收拾起行李來。(合)投餌驚魚,投餌驚魚,避冤親如同債逋。

【前腔】(生寫書介)俺計不疎,他願已虛。留下辭姻一紙書,枉了魚目無端混入珠。(合)急便登途,急便登途,那怕他追兵夜呼。

(生)書童將此書交與寺僧。

(丑向內語介)(起行介)

【尾聲】(生)好笑俺多情反做無情婿,拚把夢裏良緣一席虛,怎肯缺了青天將石補。

　　惱人情事在高樓(丁仙芝),匹馬今朝不少留(張謂)。
　　東去伯勞西去燕(岑　參),春山無伴獨相求(杜甫)。

第九齣　報　　警

【中呂引子·青玉案】(淨)青年才子風魔慣,喜不外吾成算。門近乘龍光彩煥,玳筵酒美,玉爐香篆,早備下留甥舘。下官留意鍾生,欲招為婿,畧施小計,果叶良緣。聞他今早來謁,已着院子去請。待他來時,自有道理。

(外急上)一夜婚姻陡變,嬌婿作逃不見。幾乎笑破朱唇,還怕嗔生鐵面。禀老爺,鍾秀才不、不見了。

(淨)怎麼講?

(外)鍾秀才不、不見了。

(淨驚介)不、不見了?你昨日説甚麼來?

(外)那秀才昨日親口許下來見,方纔審問寺僧,説淮揚都督陰老爺是他姑父,差人來接,連夜開船去了。留下一書,奉上老爺。

(淨拆書看介)婚姻之事,再做商量。這分明辭親之意。(惱介）咳！鍾心鍾心，你此行好無理也！

【過曲・念珠子】細思量堪憤懑，小覷我擁纛分藩。做門楣只為你千軍才冠，斗胆敢輕人如卵，識破這機關，便西江掬盡，怎洗羞顏。我今手握重權，不能得一窮酸為婿，反留此話柄遺笑於人，焉肯甘心便罷？不免自領親兵五百，趕去拿回，倘或不從，就問他個夢兒中風流罪過也不為枉。衆家將，速駕輕舟，隨我前去。（衆將上駕船趕介）

【前腔】〔換頭〕風帆，走洪波巨湍，日影江心亂，早飛過數點尖山。廝趕，俺這裏鷹呼鶻搏，他一似驚鴉竄。肯輕輕放過，薄福窮酸？

（末扮報馬跑上）

【駐雲飛】馬奔江干，船中老爺是誰？急轉輕舠接羽翰。（淨住船問介）報何事的？（末）海上崆峒叛，野外黎民亂。嗏！炮响震天關，旌旗在眼。（淨）山澤小寇，何事驚惶？（末）那三員女寇，猛烈非常，業已反出山東，逼近徐州地界了。密邇隣災，固守焉能緩，免胄回軍衆志安。（跑下）

（淨望介）又一起報馬來也。

【前腔】（丑）殺氣迷漫，反出崆峒海上山。（淨）岸上報馬何來？（丑）反了崆峒山草寇也。唇齒罹災患。老爺請回。犄角休遲慢。嗏！烽火野烟繁，羽書飛汗。要會東南，莫使人心渙，保障江淮急早還。（跑下）

（淨）軍情緊急，不免回船。我有道理，只說營中缺少參謀，竟將一角文書，到淮安陰都督處，坐名要這鍾心，諒他也不能回我。衆家將且轉船歸去。

【麻婆子】報道報道干戈起，連天顰鼓寒。轉船轉船風力緊，長帆落下難。烟波渺渺夕陽殘，愁雲低壓濤聲晚。惟願妖氛靖，依舊保平安。

【尾聲】則怪他書生輕薄羞生汗，教我倚棹中流去住難，少不得月下長絲遠繫還。

　　　北海陰風動地來（常建），黑山峰外陣雲開（張子容）。

非關使者徵求急（杜甫），自有西征作賦才（孫　逖）。

第十齣　奇　逢

（末上）主人甘隱遯，院子也清閒。自家文府中老院子是也。俺老爺吳門訪婿未回，今已清明，小姐要往夫人墳上祭掃，着俺備了祭禮同來。車夫們，快些走動！

（旦、貼乘車，雜挑酒果同行上）

【仙呂過曲·皂羅袍】林樹嬌鶯鳴清晝，遶橫塘曲澗，水帶花流。撲面芳塵景清幽，提壺挈盒人馳驟。香車駿馬，紛紛陌頭，王孫公子，翩翩勝遊，望墓頭青草孤雲覆。

（末）已到墳前，請小姐拜奠。（車夫下）

（旦哭拜介）我那親娘！

【前腔】當日個翠閣珠帷消受，痛而今晨風暮雨，三尺孤邱。問你穩睡泉臺可心憂，撇下失慈哺弱質怎廝守？頻頻哀叫，雙雙淚流，草隨腸斷，香和怨浮。娘呵！怎再不來紗窗午課勤教繡。

（末叩頭，貼跪哭介）夫人那夫人，你在生時節，與小姐寸步不離，止願他招一個好姐夫，誰知你一去呵！

【羽調排歌】盼不着喜婿過門，嘗不着執羔獻酒。可聽得一聲聲傷情弱女啼紅袖？夫人有靈呵，向陰空保佑他諧佳偶，便泉路寬心得瞑眸。（末）請小姐焚帛。（合）椒漿奠，淚共流，紙飛蝴蝶掛松楸。堪歎生如夢，不到頭，落得淒涼地下獨含愁。

（末）安童收過祭禮。

（雜撤酒果下）

（旦哭，貼勸介）小姐休要過傷，看損了身體。

【前腔】（旦）有幾個寒食沉烟，幾回來清明薦酒？白楊花落空回首。（末）此地幽僻無人，小姐請慢慢遊玩一會。小人們山下等候便了。（末先下）（貼）小姐，那一帶綠柳依依，俺耍子去來。（同行介）原來淒涼古徑也春光透，一般花自芳菲水自流。松徑窄，鶯帶鈎，蜻蜓飛上玉搔頭。人語靜，鳥聲幽，遠山殘翠未全收。

（旦扶貼下）

（生上）花面微紅柳眼青，旅愁春恨兩難禁。早知今日醒難夢，翻悔當時夢易醒。小生前因蔡都督哄就婚姻，幸而知覺，逃至金陵，將一座秦淮堤踏破，也不見夢中人一些形影。今乃清明佳節，郊外士女如雲，好笑這些遊玩女子，却也比蔡小姐都差不遠。我想佳人淑女，大都性厭繁華，情耽幽靜，天臺洛下，何必不在人間？須是水盡山窮，別有洞天仙境。且檢冷僻之處，慢慢尋將前去。

【香遍滿】青郊遊遍，早望見長干塔影圓。過了長干里，又是普德禪林，且轉到後山一望。剛遶過梵王鐘鼓琉璃殿，只見青山數點尖，水流花放遠。（旦、貼上）腰細病同纖柳綠，黛殘愁共遠山青。（做見生避下）（生驚介）呀！垂垂綠樹邊，驀忽的雲英現。峰迴路轉，忽睹奇姿，人耶仙耶？

【懶針線】【懶畫眉】好一似若耶溪畔遇神仙，不由人痒入心窩魂半天，似曾相識漫俄延。（點頭驚認介）呀！兀的不就是夢中美人來！【針線箱】分明夢中偷識春風面，覷嬌姿風流越顯。淡梳妝掩映霓裳淺，又不是出現蟾宮雲彩偏。空林畔，却怎生霞光籠定，兀的不引得人眼花旋。待小生再近前去看他如何。（虛下）

【劉袞】（旦、貼上）絳紗遮，絳紗遮，怕見生人面。（覷生驚認介）呀！這分明夢裏書生恁般活現。（貼驚介）呀！原來小姐就夢見這生。（笑介）真好俊秀人兒也。可知你鎮朝昏印來心坎。今日呵，又不是幻影成橋，恰雙雙魂飛野墅。小姐，待輕雲問他一聲姓鍾不姓鍾。

（旦）痴丫頭，被人看見成甚模樣？老院子等急，快下山去罷！【集唐】薄暮空潭曲，清明烟火新。

（貼笑介）小姐，你相看兩不厭，俱是夢中人。

（旦回顧同貼下）

（生上）那美人好不留盼小生也。

【大勝高】【大勝樂】美人呵，不記得夢兒中半晌歡眠，為甚麼顧仙郎還覥腆？看他眉間隱約春如線。【節節高】嬌又靦，俏偏妍，香還艷。秋波轉處開紈扇，翩躚雅態驚鴻燕。（內）請小姐上轎。(生望介)呀！看、看他竟、竟自上轎去了！怎生發付小生也？只見長松鴉噪夕陽烟，武陵一座登時變。美人美人，我為你費盡神思，找尋到此。剛剛相遇，不能够如凌波仙子遺珮江皋，怎一似藐姑山人潛身雲外。叫我寂寂空山，茫茫離恨，不知何地再得與你相會也。

【東甌蓮】【東甌令】遙天暮，芳徑閒。美人呵，到又撇下相思事半天，反不如夢中歡會多留戀，終無奈謊桃源。莫不今日還是夢呢。這分明穿花鶯燕影翩翩。【金蓮子】一陣陣麝蘭香飄送遠，蓮步草芊芊。且住，美人淡妝素服，必因祭掃而來。看上面一座墳塋，並無碑碣。天色已晚，且到明日詢問土人，這是誰家墳墓，便可知那美人下落了。

【尾聲】尋歸路足倒顛，今日呵，不枉把空花盼殺眼兒穿。謝天天，那夢模糊怎敵得今番這一見。

　　　　閨中環珮度空山(戎　昱)，幾許幽情欲話難(魏扶)。
　　　　陌上相逢遽相識(盧照鄰)，碧桃何處更驂鸞(薛逢)。

第十一齣　訪　悞

【南呂過曲·一江風】(外執鞭淨隨上)霧空濛含露朝如蓋，人影移天外。下官因愛鍾心文才，前託楊令修作伐，那生竟以寒薄為辭。為此益加敬愛，親自前來，看他如何人物，怎般抱負？只是楊令修業經行取，如已進京，就當面一言為定，諒那生也難固却。來此丹陽地面，好一派春景也。破烟霾，只見野杏山桃，夾道青帘，早望見毘陵界。憐他紙貴才，憐他紙貴才，揚鞭洛下來，馬蹄聲雜着花聲賣。前面來的好似楊令修。

【前腔】(小生執鞭丑隨上)望宸京一騎紅塵邁。呀！原來是文老師。(同下馬見介)(外)聞賢契行取榮陞，想就此北上了？(小生)門生早離吳門，因常州謁見撫臺，候領諮文，方纔就道。適在途中見報，老師仍起任宗伯，何不打點進京，却來到此？(外)學生耽于泉石，無復功名之志。前又具表陳情，懇恩終放。(小生)老師原來不知聖上已有旨不准辭官了。（外）却是為何？（小生）竊聞寧藩久蓄異謀，又兼東南海岱，盜賊橫行，逆瑾授首，朝內空虛。故此聖上追念老臣，以圖致治。老師呵，補袞功難貸，詔親裁。要你架海金梁，整頓乾坤，堯舜中天再。（外）學生只為鍾生姻事，親訪前來。打從華陽道上，一路覽勝尋幽，出門已久，尚不知有此命。如此說，回去也要打點進京了。但不知那生家在何處，可能一會？（小生）此生家住洞庭，近在虎邱僧舍讀書。向日蒙委姻事，不知何故執意堅辭，有方尊命。今又蒙不棄，親訪前來，此生可謂非常之遇了。這是書生福分該，書生福分該，紅絲親繫來，笑我蠢冰人只從旁喝聲采。

（外）學生此去，就携他一路進京，少不得還仗賢契為媒。

（小生）一到京中，自當領命。但今欽限已迫，不得奉陪，如何是好？

（外）既知其地，學生自會尋訪。就此分路去罷。莫將別淚彈青陌，

（小生）且把丹心共紫宸。

（分下）

【香柳娘】（副淨上）聽宗師發牌，聽宗師發牌，魂飛不在，這頭巾可得牢牢戴？好笑好笑，昨日宗師牌到，小鍾不見回來，單剩學生忐慄。我老賈這箇秀才，原是半典半租的，如今宗師要考，少不的兩件事，第一件保等，第二件抱佛脚。（笑介）且住，有了第一件，學生之事到已無憂，只是小鍾早也是夢中美人嘎，晚也是夢中美人嘎，誰知為訪美人，一去無踪。如今一箇臨場規避，這實丕丕的秀才，豈不斷送在這虛飄飄的美人身上了？這也由他，且自料理場事要緊。（向內諢介）（外上）訪春風靜齋，訪春風靜齋。深徑蝶飛回，小鳥鳴花外。一路問來，此間已是。（敲門，副淨出見介）老先生何來？（外）學生姓文，昆山人也，為訪鍾兄到此。（副淨背介）那竅兒來也。老先生可是尋鍾青士諱心的麼？（外）正是。（副淨）尋他有何見教？（外）為聞名到來，為聞名到來，羨他冠世雄才，風流可愛。

（副淨背介）恰好鍾心不在，何不冒認下了，或者天緣湊巧，亦

未可知。

（外）請問鍾兄何在？

（副淨打恭介）晚、晚生便、便是。

（外驚介）尊兄便、便是？

（副淨）便、便是。

（外背介）怎麼那等奇才，如此陋相？楊令修還道是貌比潘安，今日見甚麼來？

【前腔】把儀容暗猜，把儀容暗猜，丰姿何在？却不道車填瓦石投張載？待我再考他一考。鍾兄前讀佳文，足徵宿學，想詩賦一定兼長，都要請教。（副淨背介）小鍾的文稿詩稿都現存在此，一發借他用用，有何不可？（取送，外看贊介）好！看新詩句裁，看新詩句裁，仿佛謫仙才，老杜焉能邁？（背介）此生貌雖不揚，才實難得，異日必當大魁。便招為婿，也不辱没俺女孩兒。鍾兄，學生一女待字，前託楊年兄作伐，吾兄何見棄之深也？（副淨）一介寒微，恐辱大人門第。（外）吾兄世家子弟，具此英才，定當高發。就此一言為定，不知尊意若何？（副淨喜揖介）如此多謝大人！（外）快簫吹鳳來，快簫吹鳳來，女貌郎才，天緣有在。學生蒙恩起用，意欲約兄同到京中。大小登科，總在學生為兄完備。

（副淨）小子何幸，深荷栽培，候過場期，自當晉謁。

（外）學生舟次揚州，隨差人來接便了。正是緣分不乖終有分，真才難得解憐才。（外下，副淨打恭送介）

（副淨笑介）這是那裏説起？那老兒一進門來，我就道有些竅頭。誰知弄假成真，把小鍾一頭現成親事，生辣辣揪將過來。好燥脾，好燥脾。

【前腔】這姻緣快哉，這姻緣快哉，將人喜壞。道旁苦李倒把甜桃代。笑盈盈美懷，笑盈盈美懷，羊肉自天來，狗口張開待。小姐，莫嫌我蠢材，莫嫌我蠢材，相貌雖歹，那風情自在。且住，我既假了小鍾名字，少不得費些手脚，且替他告一遊學，將名留住。但文公約我進京，設或那楊令修看出破綻，如何是好？我有道理，一到京中，便催他擇吉日完姻。那時小姐到手，便辨出真假，也不怕他了。

與君相見便相親(王維),不遣蜂媒暗度春(許渾)。
李杜才名真忝竊(杜甫),依稀分得夢中身(崔珏)。

第十二齣　拾　　帕

【雙調引子・花心動】(生上)擬犯仙庭,奈槎迴碧落,雲歸翠嶺。遙望見花影沉沉,燕語生生,野卉疎葩,點朱門寂靜。小生自昨遇見美人,果與夢中不差半點。細細訪問,誰知就是文府小姐,清明祭掃,遊戲山間。原來文公祖籍昆山,僑居省會。則怪楊公前日為媒,不知細底,辭却婚姻。如今他又行取進京,無人作伐,如何是好?小姐小姐,我和你有緣夢裏相逢,怎生又當面錯過?兀的不是好事多磨也。來此秦淮堤畔,這是文府花園。你看門兒半掩,寂寂無人,不免進去一看。呀!這園中景致,就與俺夢中所見一般,好奇怪也。看曲檻朱闌相遮映,似重過羅浮仙境。(內)小姐,你看門關靜院飛紅雨,簾捲空階冷綠苔。(生驚介)這嬌滴滴聲音,莫不是小姐出來了?隔院聽,想向花陰幾處,款款閒行。

(生尋下)

(旦、貼上)

【過曲・風雲會四朝元】【五馬江兒水】(旦)重臨青鏡,蘭房午睡醒。怕熏香獨坐,怎奈閒行又悶,香羅愁淚縈。輕雲,那秀才好不活現也。(貼)呀!那裏秀才?(旦笑介)便是那!(住口介)(貼)那?(笑介)小姐真個有恁般活現的夢!只是那生現在此間,不知老爺又往何處去尋來?(旦)正是。老爺辭官不允,昨有報到家中,依然起用。今往吳門訪他不着,回來就要進京,可不兩下又不能彀相值了。(貼)小姐放心,那生如果就是夢中之人,今既尋到此間,自有道理。(旦歎介)這也由他罷了。【桂枝香】(旦)想丰神無異,想丰神無異。【柳搖金】枉自向空裏尋思,還則待天外遊偵。那知這邯鄲盧生,重現在荒郊野徑。【駐雲飛】看他對面遙覷定,嗏!一似夢裏笑龐迎。則怪風蕩閒雲,抓不住巫山境。【一江風】(貼)

小姐,你姻緣一夢生,想他夢中也知情。【朝元令】怕不愁牽恨惹,思思想想也教成病。

(仝下)

(生隨上,覷旦呆介)呀,妙也!

【前腔】玉容妝靚,對春輝越艷增。一番相見,一番魂不定。看他蘭杆幾處凭,似柳欹花嚲,似柳欹花嚲。半晌嬌癡,無限春情。這滿擔兒相思,想你也分些承領,欲待還親近。嗏!怪他侍女傍肩行,不與我偷得空閒把夢裏盟重訂。小姐回身來了,不免躲在假山石後,飽看一會。他娉婷遶砌行,我潛身定情睛。任領畧花嫣柳媚,嬌嬌滴滴,今番獨勝。

(旦貼上)

(生轉身顧旦慢退下)

【前腔】(旦)櫻桃紅映,池塘春草生。燕泥點砌,蛛絲墜井,風飄蜨翅輕。恨都來眼底,恨都來眼底,添得春愁,搖漾心旌。(貼笑介)小姐可記得夢中和那生歡會是那答兒來?(旦歎介)提他怎麼?你看冷落花堦,単則見砌臙脂香露冷。(貼)欲把風情證,嗏!花鳥定知情。則怕芳草香泥,印下鸞釵影。(合)蒼苔一片青,香魂何處停,怎這雲踪雨跡,清清冷冷,風流無剩?

(旦遺帕介)

(扶貼下)

(生上)

【前腔】彩雲無定,蘭香草際生。(拾帕介)一方手帕,香氣襲人,想是小姐方纔遺下的,上面小字數行。(念介)香閨寂寂奈何春,不見花前夢裏人。底事含羞嬌未吐,斷腸名姓卷中真。昆山文媚蘭感題。(驚喜介)原來小姐也為夢中之事有感而作,真好香奩佳句也。小姐小姐,只道你容顏嬌倩,那知你才思秀穎?這帕呵,都是相思淚染成。謝提心在口,謝提心在口,一字中含萬種幽情。(一面吟哦,一面贊介)(貼上)倦遊纔共歸香閣,覓帕重來繞翠苔。小姐園中遊玩,將一幅香羅帕兒不知遺落何方?因上有題詩,怕人瞧見,命俺尋取。(見生驚介)呀!恰好那邊一人拾去了。(細認介)這便是郊外那生,敢又做夢來也?(連喚介)秀才何人?到此何幹?(生藏帕驚揖介)小生吳下鍾心,久慕名園,斗膽輕造。(貼驚介)呀!你果然就是鍾心!(生笑介)如何得假?(貼)罷了。小姐方纔遊園,遺下香羅帕兒,適見相公拾得,快乞見還。(生)帕兒在此,但小生有緣拾得,甚非偶然,必須小姐自來。待小生雙手親自奉還,還有話說。(貼)相公是何言語?他是相府千金。語和言,須三省。(生)既如此,小生告退。(貼)且住!還了帕兒再走。(生)小姐帕上之詩,原是贈小生的。小生對此羅帕,便如對小姐一般,焉肯還你?(貼怒介)秀才如此胡言,倘小姐知道,稟過老爺,決不和你甘休。(生)小娘子不必過慮,小姐已曾會過小生來,必不見怪的。(貼)只怕是做夢。(生笑介)夢是夢,却夢的有些不同。(貼)咳!笑你癡狂甚,嗏!賣弄那春情,有影無形,落個空僎倖。相公既係鍾心,俺老爺已到吳門奉訪,但前日楊爺作伐,為何不允?(生頓足介)小生那知小姐就是夢中之人,還止一心痴守,不肯別聘,特地尋訪前來,幸而相遇。今欲先與小姐面定鸞盟,隨後進京重託楊爺作伐,望小娘子轉達。(貼背介)此言雖則有理,但小姐睡夢中也罷了,青天白日裏如何肯出來廝會?設或佯羞假怒道:"小賤人,小賤人,這是甚麼話?在我跟前胡說來!"那時呵,秋風劈面迎,由他假撇清。(生揖介)此事全在小娘子身上,作成小生,不忘大德。(貼)呀!看他深躬淺唱,謙謙者者,恁央承叫人怎應?也罷,你將帕上和詩一首,待俺送與小姐,看他有何言語,隨機替你轉達便了。

(生喜介)多謝姐姐。

(貼)隨我到玩花亭上來,筆硯在此。

(生寫介)何幸尋春得遇春,天涯同是夢中人。巫山有約今重訂,緣合何須問假真。洞庭鍾心敬和。(生遞帕,貼接介)

【尾聲】(貼)則見他賣弄才高倚馬成,端的好聯吟,夜永鴛幃興。此時園門已閉,管園的老院子吃醉睡去了,你且坐此亭上,少刻就來回覆你。(生)全仗姐姐!俺盼佳音,只把你撮合山姐姐來專等。

(生)丞相門闌不覺深(杜　牧),(貼)誰知才子忽相尋(李　端),

（生）縈回謝女題詩句（劉禹錫），（合）遠隔天涯共此心（李商隱）。

第十三齣　帕　　訂

【正宮引子·喜遷鶯】（旦上）玉梳斜掛,倚紗窗獨坐。媚柳烟濃,鐵馬叮咚頓簾風送,禁春寒杏子衫紅。（貼上）盡着俺梅香説合,管教那佳婿乘龍。這帕呵,料想他箇中人一見,心兒自懂。（見介）

（旦）輕雲,你怎恁時纔回?

（貼）小姐,羅帕兒被人拾去了。

（旦驚介）這却怎了?

（貼）你道是誰?

（旦）是誰?

（貼）便是那。

（旦）那?（不語介）

（貼笑介）

【過曲·玉芙蓉】他尋來香暗通,巧被風吹送。一霎時風魔贊歎,險些兒膝屈腰躬。（旦）他看了道些甚麼?（貼）道小姐聰明自負無人共,道和他一樣傷心染淚紅。小姐,他果然姓鍾名心也,夢見小姐來。（旦驚介）有這等奇事!（貼）真同夢,早博得半宵陪奉,可知似司空見慣把情鍾。

（旦）不知老爺之意他為何不允?

（貼）我問他,道來,

【前腔】向巫山覓舊踪,肯弄玉聯新寵?那知這簫聲夜月,正是他雨窟雲叢。（旦）這生好不情痴!（貼）説起來還情痴的緊。拏着一方羅帕,便如活寶一般。對我道"必須小姐自來,待小生雙手親自奉還,還有話説",又道"小生見此羅帕,便如見小姐一般",抵死不肯放手。小姐呵,你道這叨叨絮絮成何用?誰憐他惺惺枉意濃?少不得生斷送這多情孽種。他又將帕上不知寫些甚麼,不由人蛩蛩,筆下走蛇龍。被輕雲奪將過來一看,原來是一首和詩。小姐且看他做的如何?

（旦念前詩介）字字清新雋永，鍾郎鍾郎真才人也！真情人也！

【朱奴插芙蓉】【朱奴兒】羨他詩思敏，還香凝墨濃。一字字訴說情衷，不由人一點靈犀暗已通。（貼）他還在花園，要等小姐回話。（旦歎介）也說不盡心頭萬種。止叫他多珍重，莫相忘夢中。【玉芙蓉】（貼）小姐，要知心，除非還憑彩筆寄詩筒。

（旦）也說的是。（展帕寫介）聞道瓊林宴早春，夢中人是看花人。題橋若遂相如志，博得鸞鳳自有真。媚蘭再和。輕雲，你叫他努力功名，婚姻之事，在此無益，老爺已到吳門奉訪，快去還求楊爺一書到來為媒，不可有悞。我自在房中，等你回話。正是眉黛不開山淺淺，星河無夢夜悠悠。（旦下）

（貼接帕行介）便將此手帕，乘着月色，再到花園走一遭也。亭上靜悄悄的，秀才那裏？

（生上）風飄玉笛梅初落，月上青林人未眠。姐姐信人。

（貼）鍾郎怎樣謝我？

（生）金銀玉帛，姐姐那裏稀罕？若小生有緣得侍小姐，異日小姐而外，少不得就是姐姐了。

（貼笑介）既如此，快跪了迎接聖旨。

（生笑介）小姐有何話說？

【傾杯賞芙蓉】【傾杯序】（貼）他轉和新詞意更濃，寄語多珍重。怕你惹恨耽愁，日暮途窮，為這怨粉愁香，誤了繡虎雕龍。【玉芙蓉】有一日名題雁塔袍新綠，休教他夢冷鴛幃燈不紅。盼泥金莫將人作俑，只望你天街遊罷喜重重。（遞詩介）就此一方羅帕，訂就百歲姻緣。你休等閒覷了也！

（生接帕向月下讀前詩介）小姐如此錯愛，小生當奉為至寶。

【尾聲】詩更和，韻疊通，這絞綃兩下幽情共。（貼笑介）休忘了拜謝良媒花與紅。

（生笑介）小生怎肯忘姐姐！

（貼）俺老爺辭官不允，昨已報到家中，奉旨起用。今去吳門訪你，你又在此流連，不能相遇，只怕回來就要進京，你快求楊爺一書到來為媒，不可有悮。

（生）楊公也行取入都，我回到吳門，恐遇你老爺不着，不如徑到都中，去尋楊公為媒便了。

（貼）如此甚好！待我開了園門送你出去。

（生）且住，講了半日話，不曾請問姐姐芳名。

（貼）我叫做輕雲。

（生）原來是輕雲姐姐。小生夢裏與小姐相會時，怎沒見姐姐來？

（貼笑介）傻秀才！你要想夢俺還早呢！夜深了，回去罷。

（生）天遣多情不自持（韓　偓），詞中有誓兩心知（白居易）。

（貼）好攜長策干時去（譚用之），莫遣佳期更後期（李商隱）。

第十四齣　敗　　陣

【黃鐘引子·玉女步瑞雲】【傳言玉女】（淨領衆戎妝上）冉冉征雲，旋得眼花生暈。【瑞雲濃】久不到牙門排陣。將軍最喜太平時，閒抱歌兒醉玉卮。今日潢池聞盜起，只愁斷送老頭皮。自家左都督蔡節是也。只因崆峒反叛，直犯中都，奉旨命下官領兵進討。前曾差人下書淮揚帥府，去請鍾心，一來為小女姻事，二來就聘入幕中。只望資其謀畧，助我軍功。怎奈陰紅那廝，只回鍾生未到彼處，不肯放還。好生可惡！今喜有個投軍莽和尚，自稱住居杜陵州小佛寺下，生得蛇頭蛙口，紫色烏鬚，身纏數條青蟒，頭上常戴一個箍兒，天生只得一隻眼，因此名為獨眼龍。果然本事剛強，慣能鏖戰，只是疲頓之時，不堪任用。須是當場激動他那火性，一霎時挺身暴跳起來，睜怪眼，豎虎鬚，真個誰能奈何得這條鐵漢也！適已喚在轅門，不免授以先鋒之職，就此交兵。左右喚獨眼龍帳前聽令！（喚介）

（丑扮獨眼龍垂頭聳肩、拖杖慢行上）來也！

【北黃鐘點絳唇】玉筯長垂，雄心未退。（伸頸挺身介）昂臧起，百煉餘威，火首金剛體。小僧稽首。

（淨）崆峒女寇，抗拒天兵，今授爾先鋒之職，去奪頭功。可將你本事，細述一遍，與俺聽者。

（丑）聽俺道來。

【混江龍】俺雖曾摩頂受偈，把嬰兒姹女配來奇。羞說那參禪入定，削髮披緇，有時節似屈蠖無能甘跨下，有時節似神龍得勢躍天池。你道俺怪刺刺形骸蠢，鏖戰果羆雄。那知俺骨淥淥腦漿寒，不顧頭皮碎。但肘後先鋒印掛，管洞中女帥魂飛！

（丑殺下）

（淨）先鋒已殺上前去，俺自領大軍隨後接應便了。

（齊下）

【越調過曲·水底魚兒】（三旦戎妝上）草澤稱王，他年做女皇。要求歡暢，多招美少郎。

（貼）俺自反出崆峒，殺過山東地界，直至中都。探得京江都督蔡節，奉旨迎敵。那先鋒乃是一個莽和尚，名為獨眼龍，最能耐戰。今與交鋒，不可輕敵。俺有一計在此。

（二旦）姐姐計將安出？

（貼）我聞此間不遠有一三岔路口，四面高峯，中間低陷，名曰"毛兒嘴"。此地草木叢生，最利於火。俺自帶領隨身女兵三千，備下火車火炮，埋伏其中。二妹可領兵交戰，引他深入。那和尚雖能久戰，怎經得烈火熬煎？怕不筋酥骨化也！

（二旦）此計甚妙！

（貼）大小嘍囉，速分兵迎敵前去！

（眾喊行介）

【前腔】〔換頭〕烈火乾柴，英雄到此埋。嘴兒低隘，誰能出得來，誰能出得來？

（淨領眾上調陣，丑跳上，二旦次第交戰伴敗下）

（淨）賊已敗逃，先鋒可追上前去。

（行介）

【前腔】拚命頭陀，深深入賊窩，穿心直過，顛狂奈我何？

（旦突上交戰，淨驚走先下，四雜扮女兵推四火車上，遠場圍

丑介)

(旦下)

(场上烟火炮响,丑败走焚死下)

(三旦上)獨眼龍已經焚死,蔡節敗逃,窮寇莫追。俺且收兵回寨,再做道理。

【前腔】〔換頭〕任爾英雄,怎當烈火烘。和尚斷送,誰憐獨眼龍,誰憐獨眼龍?

(三旦領衆下)

(淨領殘兵急上)俺中計也!俺中計也!可憐先鋒獨眼龍陷陣身亡,三軍折其大半,戰守兩難,如何是好?不免一面奏聞求救,一面仍到淮揚陰都督處,坐名兵敗,立候參謀,務必將那鍾心請至幕中,再做道理。

【尾聲】修書再向淮揚下,陰紅陰紅,你莫使盡長風喬做衙。鍾心鍾心,你親事不願也罷,難道這參軍一席,也不屑相就?好笑你富貴婚姻總見差。

風急天高猿嘯哀(杜甫),自來征戰幾人回(王翰)?
青山盡是朱旗繞(王維),日暮沙場作劫灰(常建)。

第十五齣　假　謁

【商調過曲·吳小四】(副淨上)性兒刁,嘴又嬈,白眼花言舌帶鍬。偷得才名尖又巧,現成落個貴妖嬈,姻緣事落地桃。(笑介)我賈俊才恁副不作人嘴臉,湊着這一竅不通的肚腸,莫說才貌佳人,今生不敢做此好夢,便是畧有幾分聰明顏色的,料想也難下顧了。不想竟有一椿送上門來喜事。如今小鍾一去無踪,文公又差人來接,説他舟泊揚關相候。更可喜者,聽得楊父母一到京中,隨又出使寧藩,無人辨識真假,有甚難題考我?又有小鍾救命詩文,不免大了胆子,竟往前去。全憑竊玉偷香胆,學做雞鳴狗盜人。(下)

(内鳴鑼吹打,二雜開船上)

【商調引子・繞地遊】（外上）君恩未報，又買朝天棹，盼東床甚時方到？（旦、貼上）春歸恁早，問江上落紅誰掃？映香腮梨花帶潮。

（末上稟介）江都縣迎接大老爺。

（外）請回。（末回介）

（外）已到揚關，分付水手住船。

（末分付，內鳴鑼吹打住船介）

（二雜下）

（外）我兒，我已差人去接鍾生，約定在此相會，但前在吳門，見其詩文俱絕，可謂名下無虛，止恨人物中平，才勝於貌。

（旦、貼相顧暗驚介）

【過曲・貓兒墜】（外）他東吳名盛，俺僧室暫知交。羨文似江湖筆吐潮，奈風流人物欠風標。休焦！敢效他感賦《登樓》，棄才取貌。

【前腔】（旦背唱）流連白下，吳下怎相邀？怕五柳門前悞認陶。況妍媸迥別豈分毫！（貼）正是。且等他來到呵，偷瞧，是誰什詠江東有才無貌？

（末稟介）岸上鍾相公到了。

（旦、貼避下）

（外）就請上船。

（副淨上）胆怯最憂行步亂，心虛尤懼禮儀疎。（上船見介）晚生葑菲陋質，大人閥閱名門，幸辱絲羅，感同泰岱。

（外）足下獻賦才高，弱女紉針技淺，得諧伉儷之歡，實切門楣之慶。

（旦、貼暗上窺見驚介）（暗下）

【前腔】（副淨）深蒙作養，提挈上青霄。（外）此去千里宸京，得兄同舟拑韻，一大快事也。（副淨驚介）不敢！風雨途中慰寂寥，漫雲山觸景賦登高。虛勞，布鼓雷門，向大巫貽笑。

【前腔】（外）暫辭林下，同上玉京遙，詩酒江湖有定交。便雙星還待鵲成橋，飄蕭，似伊家坦腹高懷，奚輸逸少。

（末）禀老爺，桃源驛徒夫換縴。
（外）就此開船。
（內鳴鑼吹打開船，副淨、外、末齊下）
（旦、貼上）馬腳露時難自檢，獸頭藏處被人窺。輕雲，方纔簾兒之下，窺見那廝，果非鍾郎，但不知何人假冒來此。怎生是好？
（貼）小姐，看他鬼頭鬼腦，好不可厭殺人。

【紅衲襖】（旦）則見他蠢書傭鬼面焦，不由人百忙中驚一跳。那裏是兩情濃締就詞中巧？那裏是宿緣深和他一夢交？而今老爺已被瞞過，聞得楊爺又出使寧藩，真假莫辨，設落奸人之手，惟有一死而已。（淚介）只落得被人前淚暗拋。不能夠向爹行言輕告。爹爹，你平日最善物色人材的，怎如今也這等大意了！他便咬文兒扭捏做名流也，那裏是逞風流意氣豪？

【前腔】（貼）小姐，休為他愁瘦了楊柳腰，休為他憔悴了梨花貌。俺這裏轉秋波渾如秦鏡皎，那怕他逞狐形全憑色膽高。幾曾見莽天臺錯把阮郎招？管把那賈平章笑得葫蘆倒。怕有時隱身符破現出山魈也，枉了他巧琉璃碎不牢。

（旦）除非思一良策，破其奸謀纔好。
（貼）且到京中，再做道理。
（旦）賈生才調更誰倫（李商隱），（貼）何意飄飄託此身（杜甫）？
（旦）映竹認人多錯誤（皮日休），（貼）獨余無語淚空頻（項斯）。

第十六齣　起　　師

【黃鐘引子·點絳唇】（末冠帶四雜執刀擁上）一片丹誠，數莖白髮承恩大。坐擁貔貅，政肅軍民化。

【集唐】騂弓在臂箭橫腰，惟有捐軀報聖朝。青海只今聞飲馬，夜來沖斗氣何高。下官姓陰名紅，字君奭，諸暨人也。少以武科出仕，現任右軍都督，奉旨加英武大將軍，出鎮淮揚。夫人鍾氏，子嗣維艱，女兒麗娟，年方待字。有一內侄鍾心，少年才美，頗擅文名，聞他尚未議婚，意欲效溫家故事。前曾有書去接，原說不日就至，可怪京江都督蔡節又差人到此，請他入幕，說他已從鎮江起身前來，如何久不見到，未免掛懷。又聽得蔡節奉旨進討崆峒，正在徐州拒敵，連日未見捷音，已着人打探去了。且看今日陞帳，有甚軍情。

（副淨扮中軍持文書上）（送末看介）禮部一本，奏為聖教宣明，人才蔚起，奉旨鄉會場外，特啟恩科，毋論舉監生員、山林隱逸，凡有奇才宿學，俱赴禮部投名，照例取用。行令文武衙門，示諭軍民，一體遵照。

（末）此真洪恩曠典，多士之幸也。出示曉諭。

（副淨應介）

（丑報門上）京江都督府差官進。（叩見呈書介）

（末看驚介）呀！原來先鋒獨眼龍被賊火攻焚死，官軍大敗，賊勢倡狂！如何是好？但要聘請鍾生參謀軍務，怎奈鍾生並未來此，前已有書回覆，如何又差人來？

（丑）俺帥主呵，

【過曲·玉抱肚】只為先鋒火化，震軍心怎生彈壓？待參謀借着前籌，道儒生智畧堪誇。求將軍早發鍾生前去，念同袍一樣為天家，莫教師中望眼賒。

（末怒介）哇！你道同袍一樣為天家，難道本帥有甚私心不成？

【前腔】狂言絮聒，激得人沖冠怒發。那鍾生知留戀何處天涯？教本帥呵，怎生捏形兒捉影償他。（丑）俺帥主道，秀才言行必端。說在將軍此處，一定不謊。（末）哇，難道本帥到謊？敢道俺虛言慣把口皮喳？（丑）若是沒有鍾生，小官也不敢回見帥主。（末）咳，莫不叫本帥替你回話去？似恁抵死胡纏語益差。左右，將這廝亂棍打出。

（衆推丑下）

（內吹打掩門，衆下）

（末轉堂坐介）

【引子·海棠春】（老旦上）華堂富貴春無價，伴嬌女晨妝纔罷。（小旦上，淨扮奶娘隨上）欲待出深閨，又把眉兒畫。（見介）

（老旦）相公今日退堂，為何怒容滿面？

（末）還為蔡節那廝聘請鍾生，前已有文回覆，今又差官前來，出言不遜，好生可惱！

（老旦）妾聞蔡節為人奸險，只須好好回他，何必與他動氣。但他說鍾生業已前來，為何久不見到？老身倒也為此憂心。

【過曲·江兒水】一水程途近，三旬人影遐。莫不是孤舟濤浪耽驚怕，莫不是隻身宵小難禁架，莫不是少年風月來牽掛？欲放此懷難下。（末）適見部文，朝廷特起恩科，想早聞知北上了。（合）便赴京華，為甚音稀信寡？

（副淨急上，傳梆介）

（外扮院子上問介）

（副淨）有緊急軍情報到？

（外稟介）

（末看報介）兵部一本：奉聖旨，崆峒反寇猖狂，前著京江都督蔡節，領兵進討，先鋒獨眼龍被賊火攻焚死，朕心驚恐。今著淮揚都督陰紅，移兵合勦。部文一到，立刻起師，不許違誤。（末驚介）軍情緊急，聖旨森嚴。院子分付中軍，傳諭各營將校，齊集教場聽點，明日五鼓祭旗起師，不得有違。

（外分付介）

（副應下）

（老旦）只願相公此去，早早得勝回來。

（末歎介）夫人。

【二犯五供養】軍聲正譁，我只待掃盡妖氛，肅靜天涯。（老旦淚介）相公晚歲興戎，叫妾身那裏放懷得下？軍馬紛如織，矢石亂交加，便晚來枕戈還臥甲。（小旦哭介）爹爹保重，似你星星兩鬢怎支架？提起沙場事，淚如麻。夢遶魂驚，目斷雲遮。

【川撥棹】（末）休憂詫，把丹心敢自誇。便捐軀為國忘家，便捐軀為國忘家，做微臣心安意愜。猛拚着委塵沙，只愁伊受波渣。設或淮城有警，你可同女兒竟回諸暨。

【前腔】〔換頭〕（老旦）我漫整歸裝輕似霞，順清淮駕小槎。怕伊行怒鼓頻撾,怕伊行怒鼓頻撾,老殘生雄心更奢。(末)受皇恩敢違差。(老)洗干戈早還家。

(末)下官就此告別。

(老旦、小旦同哭介)

【尾聲】這的是君王命,不宿家。夫人、女兒,你覷方便莫把征人掛。(老旦、小旦)只望你得勝旌旗返舊衙。(分下)

(四雜戎妝上)西望愁雲障碧天,將軍勒馬定中原。兵強虜騎飛難渡,好笑淮陰壘未堅。奉元帥之令,祭旗起師,在此伺候。

(末戎妝領衆行上)

【六么令】大纛旗先掛,花腔鼓後撾。聽將軍傳令嚴裝罷,一隊隊軍行寂不譁。

(四將打恭接介)

(末)壯氣橫秋舊姓班,陣雲移處日沉山。君恩欲報情難盡,不斬樓蘭誓不還。下官陰紅,今奉聖旨,進討崆峒,你看甲兵鮮耀,步伍森嚴,衆三軍好不揚威也。

(將稟介)吉時已至,請元帥祭旗。

(丑扮禮生上贊拜介)

(末)大小三軍,聽吾號令!吾今奉詔討賊,誓必掃蕩崆峒,廓清宇內。爾等將士,各宜戮力王家,違令者斬!退縮者誅!賞不爾吝,罰不爾寬。若食吾言,有如此酒!(灑酒介)就此起師。

(衆吶喊行介)

【紅繡鞋】刀紋影漾明沙,明沙,貂翎箭插狼牙,狼牙。騰虎豹,走龍蛇。排一字,槃六花。過疎林驚起鳴鴉,鳴鴉。

【尾聲】繡旗飄紗紅雲掛,聽刁斗聲連應暮笳。(末)衆三軍我的兒,則要你奮勇爭先,切莫輕縱他。

分麾三令武功宣(駱賓王),江上旌旗拂曉烟(李　白)。
天子金壇拜飛將(賀朝清),何時返斾勒燕然(劉長卿)。

第十七齣　見　妹

【引子‧意難忘】(生帶丑上)水遠山長,為香羅情重,匹馬奔忙。夢魂翻跨鳳,醒眼誤求凰。今日個繫人腸,客底更堪傷,一任俺崢嶸壯氣,撐不起這空囊。

【集唐】落花飛絮正紛紛,人向秦淮兩處分。恨是一帆江上客,夢來何處更為雲。小生為文小姐姻事,急欲進京,重懇楊公作伐。誰知昨在金陵見報,楊公一到京中,隨即出使寧藩,不知幾時復命回來?好生焦躁!只得順到淮揚,一來探看姑母,二來借些盤纏以作都門之計。方纔離了夜行船,登岸前來。你看天還未曙,趁此月色星光,趲行幾步。(歎介)天那!似此客況淒涼,長途寂寞,只得文小姐一方手帕,伴我孤征,好不悽惶人也!

【過曲‧勝如花】將他隨身帶,貼肉藏,權當作柔滑香肌相傍。嗅輕綃儼接幽芳,詠新詞似聆清唱。好教人難丟難放。想夢中許我二美,若像他如此才貌,便一個也盡够了。恨孤窮蕭條異鄉,盼多嬌迢遙一方。舉目淒涼,思量起滿懷惆悵。何日裏名題天榜,早雙雙花燭蘭房,早雙雙花燭蘭房。天已大明,望見淮安城郭了。

【前腔】村雞唱,野鶩翔,見林際紅輪初上。客帆聯浪拍天高,樹烟低濤隨堤長。且把這障淮陰戍樓遙望。小生一路行來,豈無所見,雖不盡是蔡家醜女,那再有似文小姐那般美貌來?映珠簾晶晶寶妝,拂青樓翩翩袖長。粉艷脂香,論本色都非停當,方信道玉人無兩。願天天早結鸞凰,願天天早結鸞凰。來此已是都督衙門,書童可上前通報一聲。

(副淨扮中軍上)雪戟流光天欲曙,翠旗遮影日常昏。

(丑)敢煩通報,蘇州鍾相公求見。

(副淨)俺老爺奉詔出師不在衙內。

(丑)俺相公乃老爺內親,要見夫人的。

(副淨)如此且請轅門少坐,待傳梆稟入後堂,自請相見。

(生)多勞了。整衣欲肅堂前禮,拂帽先除陌上塵。(同下)

【引子·宴蟠桃】（老旦上）冷署淒涼，故園遙望，陣雲飄處牽腸。相公出師半月，喜得報到平安。適纔外面傳梆，稟說鍾生已到。分付院子去請，想必便來。

（外領生丑上）親從雲外至，喜自畫堂生。

（生）姑母請上，待侄兒拜見。

（老旦）常禮便了。

（生拜介）久別慈顏，時形夢寐。今喜頤養沖和，侄兒不勝欣慰。

（老旦扶生起介）昔猶總角，今喜成人。得敘骨肉之情，又動家園之感。看坐！

（生告坐介）

（丑）書童叩頭。

（老旦）起來罷。前日京江都督移文在此，要聘賢侄入幕，說賢侄已到淮安，不知何處羈留？叫老身好生懸念。

（生）說也可笑。那蔡節有一女兒，儀容醜陋，欲招侄兒為婿，只得託言探看姑母，逃奔前來。後又遶道金陵，途中耽擱，是以來遲。

（老旦）原來賢侄果然擇配未娶，且問你一向在家好麼？

（生）姑母聽稟。

【正宮過曲·刷子序】家園盡荒，空守定遺書數帙，讀向螢窗。（老旦）讀書之暇，消遣如何？（生）問水尋山，無非是酒債詩償。思量，每對雲山疊疊，憶慈顏有路茫茫。恭喜姑父、姑母呵，鎮淮陰羞說韓侯，輔皇猷固保金湯。

（老旦）俺二人呵，

【前腔】春月秋霜，歎桑榆冷落，蘭桂淒涼。你姑父呵，薄福鳶肩，空落得白首從王。思量，一樣雲山悵望，家園遠骨肉情傷。且喜賢侄英年偉器，少不得占秋闈桂子攀高，奪春元杏苑尋芳。

（生）麗妹別來數年，不知可好請出一見？

（老旦）奶娘服侍小姐出來。

（內）小姐不曾梳妝。

（老旦）至親兄妹，見有何妨？

（內）來了。

【引子·夜行船】（淨扶小旦上）學試新妝雲再綰，聞低喚步出蘭房。翠帶香飄，珮珠聲顫，怎教我羞顏相向？

（生起更衣，見驚介）呀！我則道天下止有一個文媚蘭，誰知此地又有一個標緻似他的。俺鍾青士相思又索害也。

【過曲·不是路】瞥見紅妝，偏不讓帕上題詩窈窕娘。如天降，鶯尖緩踢金蓮穩，蟬鬢輕籠玉笋長。（淨扶小旦拜，生答拜介）低聲唱，他那裏嬌羞無力肩難起，我這裏撩亂多情手易忙。倩誰掌腰如弱柳風前漾，許多情況，許多情況。

（老旦）孩兒陪哥哥少坐。

（生）我死也。

【前腔】仔細端詳，作止風流態自莊。雖未敢凝睛望，早則見青拖柳黛羞萱草，紅入桃腮妬海棠。難親傍，這本是蓬萊仙子離塵地，怎不做南海觀音救苦場。魂飄蕩，銀屏宛對如天樣，又遭魔障，又遭魔障。

（老旦）院子，取鍾相公行李，送在花園內安歇。看酒筵中堂伺候。

（外）酒筵齊備了。

（老旦）奶娘伏侍小姐回房。賢侄隨我中堂筵宴來。

（生）多謝姑母。

（生回顧隨老旦下）

（小旦起身不語介）

（淨笑介）小姐平日只聽說鍾家相公，原來果生得一表人材也。

（小旦點頭微笑介）

【九廻腸】則見他掛儒冠神清氣爽，着春衫骨秀年芳，更堪憐雙瞳轉滑把人偷相。看他舉止清狂，言談俊雅，絕非流俗之人。少不得長染翰侍君王，一聲雷動騰龍榜，萬里風摶起鳳翔。（淨笑介）看來鍾相公竟與小姐一般樣標緻。（小旦歎介）女兒妝，怎比他玉堂人物風流樣。（淨）但不知可曾聘親？（小旦）管他怎麼？怕沒有占河陽果擲潘郎？（淨）老爺擇婿多年，若鍾相公不曾定親，與小姐真好做一對兒，待老身與你做媒如何？（小旦）休胡說！怕籠中鸚鵡言輕吐，對樹上荼蘼春自芳。早回到香閨裏，悶無言，一任他蝴蝶舞雙雙。

衛玠風流性自強（韋渠牟），知親筆墨善文章（令狐楚）。

再三憐汝非他意（白居易），計日應追鴛鷺行（錢　起）。

第十八齣　送　茶

【引子・風入松漫】（丑扶生醉態上）重重奇遇喜非常，奈添得思量。問天天可遂今生望，捫琴心再去調凰。方應道夢裏雙鸞先兆，花冠兩副輝煌。（痴坐介）

（丑送茶，生不理介）

（丑連喚介）相公，茶在此。

（生）誰送來的？

（丑）夫人分付當值的送來。

（生吃茶不喜介）這茶不中吃，可換好茶來。

（丑）此時衙內人俱安寢，那討好茶？

（生）既如此，取過罷。

（丑下）

（生）咳，小生為文小姐姻事，恨不得插翅飛入京中。怎奈來到此間，又撞着個嬌滴滴引人魂的妹子。我想楊公出使未回，此時去京無益，何不少留數日？如果機緣湊巧，竟合着夢中二美之兆，也未可知。只怪他瞥然一見，便爾潛身，使小生望眼將穿，痴魂欲化！天那！那席上既没俺妹子在坐，小生有甚心情筵宴來？

【過曲・解三酲】我則道恁烹龍庖鳳都謊，對瓊筵怎慰饑腸？問可餐秀色人何往，因此上愁進酒強持觴。想着他遞來眼角含情遠，空教我筴入心窩斂恨長。說不盡風流況，千般嬝娜，百合幽香。麗妹麗妹，我和你既有緣相逢，你何不也似文小姐先來夢中會我一遭兒？

【前腔】〔換頭〕怎夢中故把閒雲障，不與我並識春風一樣狂，相逢恨晚增惆悵。今夜呵，少不得憑好夢到伊行，只慮他重門靜鎖魂難度，好着我半枕虛留月自涼。驚回想，怕已有香偷韓掾，眉畫張郎。

（淨捧茶上）月上一窗煎正好，風生兩腋味偏濃。鍾相公，老身送茶在此。

（生）有勞！媽媽可是小姐乳母麼？

（淨）正是。

（生）這等失敬了。

（淨）好說。

（生吃茶介）如此好茶，那個叫你送來的？

（淨）相公猜一猜。

（生）想是夫人。

（淨）不是。

（生）就是媽媽的美意。

（淨）也不是。

（生笑介）難道是？（住口介）

（淨）是那個？

（生低語介）是，是小姐。

（淨笑介）着，猜着了。

（生喜介）猜、猜着了，竟、竟是小、小姐。（狂笑介）呀，妙嘎！

【前腔】說甚麼竹爐風響，分明是玉液瓊漿，感多情念我炎宵況。（淨）這茶葉兒都是小姐親手自下的。（生嗅介）我道為何這般香的緊。可知道經玉指越生香，相如渴病雖能減，宋玉相思更覺長。還痴想，怎能勾紅綃翠袖，試從他手內親嘗。媽媽，你小姐受聘不曾？

（淨）還早。

（生）為何？

（淨）只為老爺夫人呵！

【換頭】似明珠無價時擎掌，怎捨得白璧拋同瓦礫雙，甚如龍得把蟾宮傍。（生）必須何等人材，方纔中意？（淨）若像相公才貌，自然中意的。（生）休得取笑。（淨）相公不知，老爺夫人猶可，那小姐語言之際眼力更高。從没有堪掛眼俊兒郎。便潘安還笑説村難掩，縱子建偏嗤他水易量。鍾相公，今夜此茶，非同容易。若不是心相賞，怎得這金莖玉露來慰你月寂雲涼？

（生）小姐如此用心，叫小生怎生消受這茶呵！

【前腔】本閨中易安清況，偏憐念陽羨他鄉。這葉兒好似妹子，愛他玉芽金縷向春風長。小生怎得似此水呵，有日烹同雪怨伴清香。媽媽，你替我多多拜謝小姐，道添來午夜神開爽，潤去三焦齒沁涼，好一似甘霖降，叫我越貪越愛，這滋味偏長。

（淨）老身理會得，告辭了。窗前人一個，樓上月三更。（下）

（生）據纔奶娘之言，妹子仍然待字，有此機緣，焉肯錯過？咳，麗妹麗妹，

【換頭】誰叫你千嬌百媚人無兩，怎怪得選貌量才配少雙。小生呵，也怕凡胎未敢把仙娥傍，剛一面福難償。就是那文小姐，模糊夢裏酣春態，急遽花前覷遠龎。怎似這親親切切把盡嬌模樣。饒俸煞一杯香茗，越添得萬種思量。

【前腔】那姻緣尚成虛誑，這孽塊又掛柔腸，魂銷不盡重飄蕩。文小姐，你須恕我太顛狂，休道是奇貪溺愛情偏濫，則怕也並寵相憐妒轉忘。只是世間尤物，得一尚恐難消，薄福書生豈可更生他望？心悒怏，問可得奇葩並植異蕊聯芳。

【換頭】得隴又蜀雖痴望，怎當他絕色如今竟有雙，少不得相思續起從前帳。有日與文小姐同在一處呵，好着我費評章。這個如脂琢就還多韻，那個似雪團成別有香。空成想，獨對着晶簾夜月，怎耐這冰簟銀床。

輕盈嫋娜占芳華（劉禹錫），可許仙郎又汎槎（靈一）。
深荷良宵慰憔悴（譚用之），一甌香沫水煎茶（韓偓）。

第十九齣　蓮　盟

【南呂引子·步蟾宮】(小旦上)香腮悶托鶯新瘦,深院靜蟬聲翠柳。捲珠簾雙燕踏銀鉤,早一點癡情微逗。

【如夢令】春去落花飛片,夏木黃鸝聲變。風靜午香清,蕉影涼生冰簟。誰見,誰見。獨擁新愁無限。奴家陰氏,小字麗娟。盈盈一貌羞花,淡淡雙眉妒月。疎刺繡而喜親筆墨,薄脂粉而雅重丹鉛。雖不敢比絕代佳人,也自希為女中學士。前日鍾家哥哥到來,看他風流倜儻,自是太白、相如,一流人物。想爹爹為我擇配多年,得婿如此足矣!但不知我兩人緣分何如耳?(悶坐介)

(淨上)每伴看花起早,常陪玩月眠遲。小姐今日心下好些麼?

(小旦)也不見得。

(淨)夫人問小姐端得是甚麼不好?

(小旦歎介)咳,我曉得是甚麼不好?

【過曲·梁州序犯】【本調】幽懷自遣,奈日長清晝,景撩人觸處生愁。(淨)便是鍾相公在此,也只叫不好?(小旦)知他因甚病懨懨也自多憂。一任沉腰瘦損,潘鬢成絲。這客底誰相叩?(淨笑介)方纔老身對夫人說,小姐與鍾相公倒好一對兒。誰知夫人正有此意。要等老爺回衙便議及此事了。(小旦羞介)誰叫你說來?夫人還說些甚麼?(淨)夫人請小姐寬懷。(小旦恚介)咳,恁般話好沒來由,難道俺驀地傷懷驚鳳儔?【賀新郎】偶然間放不開眉兒皺,值甚麼尋瘢索綻生疑竇。【本調】總是你胡開口。

(淨)老身說甚麼來?這是夫人記念小姐之病,還說道花園內並頭蓮開了數朵,叫老身伴小姐消悶去。

(小旦)原來如此。我和你去看來。

(淨)請行。

【漁燈兒】(小旦)遶過這雕闌畔翠竹丹榴,早望見斜陽外柳岸花溝,果然的香馥馥蓮開並頭。此花托自靈根,天生情種,奴家最所鍾愛。奶娘,你與我好好摘來,養在房中賞玩。(淨)曉得。(摘介)(小旦)呀,剛驚起一對對鴛鴦棲宿,不由人悄心兒自覺含羞。

（淨取花付小旦介）小姐自漫漫消遣一會。老身且回去看看夫人,就安排下花瓶淨水便來。

（淨下）

（小旦倚闌執花長歎介）

（生上）相思吃盡愁中苦,好合安能錦上花？小生自與麗妹相遇,看他眉目之間,大有留情之意。天那,這復爐的相思病好不害得我益發凶惡也！書房獨坐無聊,不免花園閒步。呀,那荷花池畔,倚闌而立的,正是麗妹！且喜四顧無人,兀的不是天賜機緣也。

【前腔】則見他倚闌杆萬種風流,獨自個撚花枝似笑如愁。一會家玉臂斜舒枕鳳頭,側湘裙微露凌波瘦,渾疑是洛川前神女私遊。

（見介）賢妹拜揖。

（小旦）哥哥何來？

（生）特來看並頭蓮。

（小旦）小妹已摘得在此。

（生笑介）小生最喜的並頭蓮,原來賢妹亦有同心。可喜可喜！

（小旦笑介）兄如鍾愛,小妹何惜此花,不以贈兄？

（小旦遞花,生接花笑介）呀,妙也！

【喜漁兒】他把這嬌花贈與偷花手,情兒厚。（揖介）妹子呵,多謝你賜同心許結雙頭。（小旦羞介）呀,小妹無心之贈,哥哥休得多疑。（生笑介）那些兒參不透,遞春心總在秋波溜。儘調戲褻語輕投,意綢繆,分明是因蓮得耦,不由人魂兒被勾。妹子,草木尚且有情,可以人而不如物乎？今日這一枝並頭蓮,便是你我兩個了。

（生摟,小旦輕避介）哥哥休得無禮。（叫介）奶娘奶娘！

（生背介）我死也！

【錦漁燈】恰纔個偎粉頰櫻桃微逗,百忙裏搜纖腰頓觸雞頭。（小旦淚介）（生）則見他淚珠流。（揖介）妹子呵！謝唐突求將好願酬。（小旦不理,走介）（生攔介）妹子少留。（小旦怒介）哥哥是何道理？（生背介）妙嗄！便是這帶微嗔含薄暈越嬌羞。妹子息怒。

（小旦）小妹自以哥哥讀書君子，十分愛敬，不意顛狂一至於此！倒是小妹不知人了。

（生慚謝介）一時狂惑，望勿介懷。但小生自見賢妹之後，生死已不復知。今幸天假良緣，豈肯當面錯過？不識賢妹何以發付小生？

（小旦不應介）

（生）佳會難逢，良緣不再。賢妹不肯見憐，定索我于枯魚之肆矣！

（小旦）妹雖女流，頗知禮法。青蠅白璧，關係終身。兄若有援琴之挑，妹則效投梭之拒。負兄深情，惟有赴清流以謝耳。

（生慌止介）既蒙正喻，頓釋邪心。但小生一點痴情，無由上達，何不借此太湖石上，與賢妹坐談片刻。倘蒙鑒納，鄙衷死亦瞑目。

（小旦）哥哥可言則言，何須言重？

（生）念小生呵，

【錦上花】三冬富，萬卷優，懷珍寶，待遇投。須有日平登天闕占鰲頭。（小旦）哥哥曠代奇才，妹所夙仰。（生）怎奈年虛度，二十秋，傷孤寄，作浪遊。《關雎》吟罷夢河洲，輾轉動人愁。

（小旦）却不道書中有女顏如玉？

（生）賢妹所言雖是，但自小生看來，大凡才子佳人，相逢不偶，必有一番投合至情，幾許風流韻事。所以一言一動，千古皆飾為美談。小生嘗讀《崔徽記》，不覺神移屢日。今小生雖非君瑞之才，賢妹實有鶯娘之貌，豈可泛泛相逢，貽笑于崔、張輩也。

（小旦）鶯娘含羞自薦，見絕於人，妹所深痛。張生始亂之而終棄之，此豈復有人理？哥哥奈何齒及？

（生）然則賢妹之意何取？

（小旦）若依小妹之見，必須慎始慎終。一言為定，千金不移。何必鑽穴踰牆，致譏流俗。情果特鍾，天必從願。緣如終吝，之死靡他。則名教之中，自有風流樂地。不識哥哥以為何如？

（生）賢妹見教極是！何不就趁今日，定下鸞盟？待小生僥倖成名之後，隨向姑父姑母求親。不識賢妹肯容納否？

（小旦）垂愛如此，妹之願也。但婚姻之事，大節攸關，非同兒戲。

（生）也罷！待小生對此花前，發下誓來。（跪介）天呵，小生鍾心與陰氏麗娟前世緣深，今生情重。以心膠心，如蜜拌蜜。不願為假兄妹，但求做真夫妻。誓花並蒂，生死不移。有踰此盟，身隨花滅。皇天鑒之。（扯小旦同跪拜介）

（淨暗上窺介）

【錦中拍】攜素手把香肩漫勾，也似這花開並頭。齊拜倒對天稽首，惟願得早偕婚媾。咳，奈歡娛未酬，怕相思更稠。捱不盡更長漏長，耽不了花愁月愁。客館雲流，紙帳風颼。這淒涼怎獨守。

（淨暗笑下）

【錦後拍】（小旦）定驚情，整雲鬟，暈難收，悄結鸞盟自含羞。哥哥，願痴情共守。（生）願痴情共守。（合）莫忘了今日裏憑肩私呪，把相思撇下玉京遊。名成就，博一個天長地久，比着那竊玉偷香情不朽。

（小旦）聞朝廷特啟恩科，哥哥具此鴻才，何不進京應試？

（生）小生實有此意。但與賢妹幸會不久，何忍遽別？

（小旦）功名早遂，大事方成。何必做此兒女之態？

（生）如此待秋凉擇吉起身便了。

（小旦）那時小妹還要與哥哥一話。

【尾聲】則望你上林花看罷歸來驟，長對着這並頭蓮相聚久。（生背介）還願那夢裡花枝也並頭。妹子，盟已定矣，早早成就小生吧！

（小旦正色介）哥哥又來了。

（生）待小生跪求。（生跪介）

（小旦佯驚介）快些，那邊奶娘走來了！

（生慌起望介）在那裏？

（小旦急走避介）

（生低叫介）轉來，轉來。

(小旦回顧,搖手下)

(生歎介)小生又是一番僥倖也!不意天地間竟有這般靈夢。只是文小姐得知,如何是好?如何是好?

(生執花欲下,淨攔上諢介)鍾相公做得好事!怎一朵並頭蓮,竟被你想着了。

(生驚揖介)望媽媽遮蓋,小生不敢相瞞。此花實乃小姐所賜,又蒙親口許下姻親,還求媽媽在夫人前幫襯。

(淨)夫人已有此意。若相公得中回來,待老身做媒便了。

(生)豆蔻花紅十二春(陳陶),鴛鴦怕捉夢難親(白居易)。

(淨)莫憐幽會心期阻(高適),金榜高懸姓字新(袁　皓)。

第二十齣　巧　逐

【引子·臨江仙】(旦上)曾記年年三月病,而今綠已成陰。(貼隨上)惜花無主為花疼,生憎鶯亂啄,閒繫小金鈴。

(旦)輕雲,那廝假冒鍾郎,無人辨識,喜得老爺到京,就為崆峒反寇猖狂。朝廷多事,無心理及婚姻,但恐終落奸徒圈套,如何是好?

(貼)小姐,輕雲早躊躇定了。乘今夜老爺宿朝不歸,就將他哄進中堂,取笑一番。着眾丫鬟扮作家丁,將他做賊拿住。待我再用幾句言語,打發他遠走他方,有何不可?

(旦)設或弄出事來怎了?

(貼笑介)漢家自有調度。

(旦)如此須要小心。人安香餌皆求釣,我設繒羅只用驅。(旦下)

(貼)別過小姐,到書房走一遭也。

【過曲·水紅花】蘭湯浴罷整香雲,露如銀輕調薄粉。染纖纖和月搗金盆,閉重闈銅壺漏緊。悄悄行來,書院款款叩聲門。只見射窗紗燈影未全昏也囉。

(貼叩門介)

【前腔】(副淨上)玉人咫尺隔重闈,黯銷魂欲眠不穩。聽輕輕誰個夜敲門，漏疎痕薇花月影。我賈俊才自從隨文公到京，恰好楊令修出使寧藩。冒名之事，鬼也弗知。只無奈文公朝政少閒，婚姻耽閣。未免害些木邊之目，田下之心。炎夜難寐，隱隱似敲門之聲，不免開來一看。（開門見介）呀，原來一位小娘子。（貼萬福，副淨答禮介）（貼）請問相公尊姓？（副淨）小子賈。（住口，背驚介）（貼）假甚麼？（副淨忙介）姓鍾姓鍾，只道小娘子問我的家，故此說家。（貼）相公尊諱，可是鍾心？（副淨）不差。小娘子何以得知？（貼笑介）當今才子，誰不知名？（副淨）豈敢？才子到是真的，並不敢假冒。且住，聞得小姐身邊有個輕雲姐是個妙人，不知可是小娘子？（貼）正是奴家。（副淨）久仰久仰。輕雲姐寅夜而來，必有妙事。請裏面坐。（貼）俺奉小姐之命，特來奉請。（副淨喜介）原來小姐請我，益發妙了。輕雲姐，我說小姐也等得弗耐煩哉。（貼）休胡說！一去便知。（副淨）說的是，便去便去。（背介）且住！誠恐小姐作怪，有甚題目考我，不免把小鍾詩文帶兩本進去，有備無患。（做急藏詩文介）（貼催介）（副淨）來、來了！輕雲姐，我為小姐呵，**捱不過沉沉清晝，獨宿怕黃昏。想今宵歡慶定生春也囉。**

（貼）來到內堂，相公且住。待我稟小姐一聲。（下）

（副淨）看此光景，一定有些竅頭，一定有些竅頭。

（貼上）未識佳人面，先磨俗子心。鍾相公，小姐道久仰大才，這花箋上有詩，請教和韻一首。筆硯現成在此。

（副淨背笑介）何如？被我預先算着了。輕雲姐，小姐要我做詩，何不出來一會？

（貼）小姐身子欠安，不能出來。

（副淨）小姐不能出來，待我進去便了。

（貼）休胡行！詩成了，小姐自然相會的。

（副淨笑介）如此說，小姐有甚欠安？不過試試我真才實學，纔肯約我進去成親。這不難，你站開些，讓我好搆思。

（貼）我在此也無礙你事。

（副淨）我做詩是要獨自靜靜思想的，走開走開。

（貼遠立諢介）

（副淨背介）小鍾的詩文帶着了。（取出偷看，驚介）呀，這兩本都不像是詩！咳，屋內昏暗，又被他催的慌忙，單單摸着兩本文稿帶來，怎處怎處？（叫介）輕雲姐，我帶了出去做來罷！

（貼）小姐分付就在此做。

（副淨沉吟，忽作肚疼介）不、不好了！恭急的緊，出去出了恭就進來。

（貼）出恭也就在此院牆邊，外面門俱上鎖了。

（副淨急介）有這等事？（背介）咳，我只道進來有些好處，誰知竟弄這累頭來磨我！如今抄又没的抄，怎麼好？

【金梧繫山羊】【金梧桐】裙釵主試尊，欠學檀郎困。侍女監臨，防範風簷緊。待我要他一要。輕雲姐，做完了，拏去罷！（遞箋介）（貼接看介）這還是原韻，你和的在那裏？（副淨）也在上面。（貼）好笑！在那裏？（副淨白眼賴介）明明交在你手中，是你接過就掉落哉！（貼）花箋現在此。（副淨）想是寫弗牢，單落子個詩哉。（貼笑介）那有寫在箋上會落的？搗這樣鬼話！（副淨笑介）是哉！那有寫在箋上會落哉？（想介）哦！有了！我與小姐做夫妻，原是分拆不開的，想是詩也馱在一處了。（貼）休胡說！快些和了韻，我好回話去。（副淨）且住！方纔說要做詩，如今又說要和韻。請教還是做詩，還是和韻？（貼笑介）呀！和韻便是做詩了。（副淨）和韻便是做詩，這等說做詩也便是和韻了。益發請教明白，還是從上面和了下去，還是從下面運了上來？（貼）怎你讀書人，連和韻也不曉得？（副淨）你不知做秀才的最怕分心，只曉得個八股。書生善屬文，詩賦原無分。待我把小姐的詩哼一哼，引他出來。（副淨念別字，貼笑介）咳，我們這名士眼都是近覷，月下看不分明。輕雲姐老在行，就煩念念我聽罷！（貼念介）小窗人靜杜鵑啼，風護嬌紅月已西。寄語顛狂蜂與蝶，休思權借一枝棲。（副淨背介）一字弗懂，便照樣寫他一首，還有許多難字寫弗來。怎了怎了？這筆似千金，只好做没字碑同譚。雖然如此，還要假意思索思索。【山坡羊】如蚊，亂搖頭眼欲昏。如焚，怕機關露與人。小子平日也極有興做詩的，為何今日的詩興都不見來了。

（貼催介）

（副淨佯怒介）咳，纔想起一字，又被你攪亂了。

（貼）是個甚字？

（副淨笑介）是，是一個詩字。

（貼）啐！（背介）想那有才之人，提起筆來，何等風流瀟灑。這無才的便做出恁些醜態來。

【前腔】笑伊枉費神，曳白何須問？一會家爪耳撓腮，一會家默默如雷震。（副淨）且住！只管想到甚時是了？（嚷介）輕雲姐，你請我進來，原說與小姐相會，為何小姐不見面，反將這詩來作弄我？這詩可是強人做得的？（貼）呀！你不會做詩，怎到會耍騙？（副淨）不是耍騙，天下豈有妻子要考起丈夫來之理？（貼）羞也，羞也！（背介）看他言談出口村，面目天生蠢，做作安排，難掩喬身分。斯文，怎許他冒名兒硬入彀。佳人，怎許他恃機謀強結姻。

（副淨陪笑介）輕雲姐不要見怪。大凡做詩要有興，如今小姐不見，便弄得沒興在此。你引我到小姐房中一走，那詩便乘着興頭骨淥淥一總溜將出來了。

（副淨欲進，貼攔介）好胡說！小姐臥房尚遠，你站在此處不許動身，待我回過小姐便領你進去。

（副淨）你莫進去不出來，我便自己進來了。

（貼）休胡行！

（副淨）轉來，若小姐不肯，就是你來替小姐一弄兒也罷。

（貼）少胡說！（背介）事不宜遲，不免喚衆丫鬟出來，將他拏住再做道理。（叫介）有賊有賊！衆家丁快來快來！

（貼下）

（內喊介）

（副淨慌介）為何一時喊起賊來？輕雲姐，快送我出去！（望介）不好了！那邊人都走來了！且躲在這花臺底下，讓他過去。

（四丫鬟男扮執棍上）忽聞梁上客，驚醒被中人。那花臺傍邊，有個人影閃過。快去尋來。（衆拏副淨，捆打諢介）

（副淨叫介）莫打莫打！是我賈，是、是鍾、鍾、鍾！

（眾作看介）既是鍾秀才，為何在此？

（副淨）説不得。一時眼花，失足在此。

（眾）胡説！這是内宅裏面，誰許你失足進來？俺只綁你在此，候老爺回府發落便了。（眾譁下）（副淨叫苦介）

（貼上）鍾相公！鍾相公！

（副淨）輕雲姐快來，我在這裏。

（貼見，笑介）怎麼這樣嘴臉？

（副淨）晦氣！被眾家丁做賊拏住，綑打了一頓！快來救我！

（貼）原來賊走了，倒將你拿住。則怕你的罪還比賊重呢！

（副淨）怎麼説？

【春瑣窗】【宜春令】（貼）又不是穿簾燕，怎比得入幕賓，誰許你潛身内堂向夜昏？少不得送官司詳問。（副淨）若問我時，便招出你來！（貼）噤聲！那有與人相約，又叫人拏他之理？縱花言巧語誰來信？（副淨）我是他女婿，也不好難為我。（貼）好女婿嘎！（羞副淨介）那顧你没巴鼻嬌客怎禁，現把這有對付赤繩繫緊。【瑣窗寒】還思忖甚麼好姻親，問乘龍體面何存？你放心，到明日受罪時，我再來看你。

（副淨慌介）輕雲姐轉來，救我一救！

（貼）我怎麼救你？

（副淨）我自好端端坐在書房，是你哄我進來的。

（貼）你還埋怨誰？

【前腔】你若詩早成，豈但禍離身？此會呵，好向巫峽陽臺行雨雲。（副淨）小子也不望此，只求姐姐放我出去罷！（貼）我若放了你，明日眾家丁稟知老爺，可不連累我？這事兒教人難隱。少不得潛逃私放，做知情論。你不知而今法律，寅夜入人家打死勿論。他倚着泰山威，待斬草除根，你捱着至公堂，受三推六問。生嗔，苦打要招陳，縱饒伊有口難分。

（副淨）咳，你老爺縱不難為我，我也無面相見了。姐姐，只當救人一命。放了我，我自會他方逃避。

（貼）看你苦苦央求，却不道惻隱之心，人皆有之？也罷，我將

繩頭放鬆，則道你掙脫逃去。只要躱得乾淨，休連累我。（放副淨起喚痛介）

（貼）休作聲，待我送你打後門出去罷。

（副淨隨貼行介）好了，已出得後門。輕雲姐，替我拜上小姐一聲兒。

（貼）不消。你到好生埋頭縮頸別處去利市利市罷！

（副淨譚下）

（貼笑介）這廝竟自愴惶而去了。俺回房說與小姐呵。

【尾聲】則落得綻朱唇一場閒笑哂，全虧我七擒八縱著功勳，須信道才子佳人自有真。且待天明老爺回府再做道理。（下）

【引子·顆顆珠】（外退朝上）紫閣帶彤雲，罷朝歸第，檢點露痕新。（坐介）

（貼上）禀老爺，昨夜三更時分，小姐聽得中堂響動，只疑有賊，喚起衆丫鬟，四下照看，並無影響。天明時，只見書房門開，鍾秀才不知何往。

（外大驚介）有這等事？（沉吟介）小姐不曾着驚麼？

（貼）小姐着了一嚇，心中不快，尚未起來。

（外）且服侍小姐去。

（貼下）

（外歎介）這是下官一時悞認，只愛其才，未窺其品。後來細細相對，見其舉止言談頗不慊意，不期果然如此。想必一時妄意胡行，又恐無顏相見，故此遠遁。（想介）還怕外人聞之不雅，就是楊令修回京，倘然提及為媒，也不便說明其故。只渾淪一言回絕他便了。至於女兒姻事，且待來春恩科榜後再做道理。

　　　玉釵思合兩無緣（劉禹錫），靜想文章亦枉然（張謂）。
　　　欲了向平婚嫁事（白居易），帝城春榜謫靈仙（許渾）。

第二十一齣　夜　　別

【大石引子·碧玉令】（生上）相逢難把佳期盼，為功名又成抛散。害相思兩次三番,這別離愁到不曾經慣。小生自與麗妹訂盟,又早新秋。想楊公出使將回,誠恐文小姐姻事遲遲,或生他變。就是麗妹這邊,亦望我早奮龍頭,好求鳳侶。恩科期近,今早已禀明姑母,擇於明日起身。又蒙麗妹相約,今夜親到書房與我話別。麗妹麗妹,不料你多情如此,叫小生如何割捨得去?也只是媚蘭小姐之事,幾遍欲對他講明,又恐他一時着惱,親還未做,怎麽到使他吃起醋來?今宵臨別,益發不好提起。只好等成親之日,向他們兩個大大的請罪便了。你看花間月上,萬籟無聲,已先打發書童去睡,不免掩上書齋,靜候則個。正是:今宵有約嫌更永,明日將行喜漏遲。(下)

(小旦上)虛閣涼生月到遲,紅顏薄命自驚疑。年年亦有傷秋意,不似而今怨別離。奴家自與鍾家哥哥相遇,私結姻盟,不知月下老人,果肯撮成其事否?恩科期近,聞他明日起身,為此私備一罇與他餞別。只是不好對奶娘説的。適纔着他問候母親安寢去了,待他回時,再做區處。

(淨上)珠袚珮囊三合字,寶釵橫髻兩分心。小姐,夫人安寢了。

(小旦)奶娘,你可知鍾相公明日起行?

(淨)老身怎麽不知?(笑介)小姐,你那日在花園雙雙發誓,老身早已窺見。我看夫人亦有聯姻之意,只等老爺回來作主。小姐,何不乘此靜夜,潛往一別?就叮嚀他早去早回,以圖大事。

(小旦羞不語介)

(淨)小姐,你日間備下酒果,正好攜了同行。

(小旦歎介)你言雖善,只是女孩兒家怎好靜夜與他相見?

(淨)有老身相伴,何妨?

(小旦不動介)

(淨催介)前後靜悄悄的,快些去來。

(小旦行介)

【北仙呂·八聲甘州】轆轤聲斷,見月影橫窗,惹動愁煩。烏雲罷綰,插金釵懶拂雙鸞。秋到碧梧人未寢,露滴銅壺夜已闌。無語出蘭房,寶鴨香殘。

【混江龍】銀燈還燦,玉鉤簾下掩雕闌。相思萬種,又怎經離恨千般。苔冷繡鞋清露濕,香消羅袂晚風寒。遶花陰人影宿鵑啼,步芳叢月過流螢暗。悄悄的徐開朱戶,輕輕的怕拽響金鐶。

【油葫蘆】俺為甚月下行來心自慘,又不曾共鴛幃相親慣。不由人背地淚偷彈,比着那夫妻一夜還難分散。問天公肯把佳期判,知他可盟抱堅。我枉自意未安。怕則怕今生難作鴛鴦伴,空結就恨漫漫。

（淨）鍾相公書房門兒虛掩在此。

（生上）雲影似從天上至,珮聲疑向月中來。（見介）

（小旦）哥哥明日登程,功名大事,不好相留。聊備一樽,少伸心曲。

（生）小生何以克當。

（淨）這是小姐送的盤纏。（生謝介）

（小旦）奶娘取酒過來。（同飲介）

【天下樂】仔聽得四壁蟲聲燭影殘,闌也波闌,夜氣清寒。掩朱扉,把金樽對面談。（小旦送生酒介）我把這一巵權當梁鴻案,却原來酒未斟時先淚滿。怕飲下還成淚,又涓涓不斷彈。

【元和令】他日個杏苑香濃把御酒乾,暢好是休忘了這番。不愁你而今去,只問你甚日還。猛然間防人看,只落得低頭無語潛吁欷,涕淫淫泣損羅衫。

（淨）你二人深敘一敘,待老身書房門外打一個盹去。（淨下）

（小旦）哥哥此行,小妹別無他囑,高第科名,係君囊中之物。只願早去早回,共圖大事。切莫耽悞盟言,致生他變。

（生）小生一有寸進,即便來此求姻。但恐小生去後,姑父將妹另許他人,却將奈何？

（小旦）既蒙不棄,定當誓死相待。只是哥哥此去,亦不可別有所娶,使妹悔前盟之多事也。

（生）小生豈敢？縱使事非得已,異日珠冠霞帔,少不得一樣相看的。

（小旦驚介）呀！

【鬥鵪鶉】你是必休提起一樣相看。俺只願一絲牢繫，怎許你重牽彩線，別趁巫山。你却休背盟言將人閃，惹恨多端。自古道一隨一唱，幾曾見匹馬雙鞍？

（生背介）文小姐那事怎處？

（小旦）妹有一言，望君垂聽。我二人既有一拜之盟，自當金石不易。若肯早惠佳音，前盟得踐，妹之願也。若謂盟言可棄，何難另選高門，則今宵一別，後會無期。妹即飲恨終身，亦不復見於君前矣。（淚介）

（生為小旦拭淚介）小生焉肯背盟？賢妹何必如此淒慘？益令人衷腸欲斷也。

【石榴花】（小旦）但願你名魁蕊榜唱金鑾，早成就誓蓮花那椿公案。雖不曾衾裯學抱陪宵旦，休等做陌路相看。若是哥哥見棄呵，怕不做蓮房露泣悲零亂，心比秋蓮心更苦，拚向那黃泉下月冷烟寒，任愁魂化做啼鵑喚，少不得覓君家帶血遶江干。

（小旦哭介）

（生淚介）賢妹，不必多疑。只是數旬虛度。一旦輕離，便是鐵石為心，亦難堪此。

【小梁州】（小旦）雖則相廝守依然怨影單，煞強似這離別悲酸，透羅襦點點非紅汗，都則是血和淚相拌影潸潸。兄有所帶瑤琴，待妹撫成一曲，聊代新詩，贈君遠別。

（生）如此甚好！

（生取琴付小旦鼓介）

【么】我這裏纖纖漫把瑤琴按，說甚麼流水高山，都則是淚萬行，愁千段。那知操縵，只多少別恨指頭間。

【上小樓】一字字猿啼鶴唳，一聲聲露冷風寒。休猜做鳴雉朝飛，莫認做孤鳳求鸞。單則是三疊陽關，那更意兒煩，心兒懣。又不覺宮商錯亂。呀，則落得撥冰絃，這柔腸俱斷。

【琴歌】秋宵漏永兮玉繩低，別酒未斟兮別淚垂。兩情私誓兮不敢語，君不歸來兮長別離。銀塘水竭兮並蒂萎，鴛鴦何時兮得雙棲。一心皎皎兮能終古,此恨漫漫兮無盡期。

（生）哀音繚繞,更益悲涼。小生縱欲一和,怨不成聲。賢妹且罷彈者。

（小旦放琴起長歎介）

【滿庭芳】曲罷一聲長歎歎,宵光何限,共倚雕闌。到明朝蒹葭霧鎖雲程斷,空對着影珊珊月映琅玕,慘淒淒樹咽秋蟬,冷颼颼落葉聲殘。淚眼孜孜相看,頃刻裏離愁兩地,何日接幽歡。

（小旦再奉生酒介）哥哥再飲此一杯殘酒。

（生）小生心領。

（小旦吁介）

【耍孩兒】我便打精神含淚擎金盞,怎能勾狼藉杯盤,料想他水漿未入愁先絆,從今後都備着廢寢忘餐。（生）小生去後,妹子好尋消遣,莫過愁煩。（小旦）你叫我有甚心情去消遣？一任我香消繡壓肩難起,塵掩妝臺鬢自殘,捲珠簾倚遍南樓看,見只見殘楊敗柳,愁只愁綠水青山。

（小旦移坐近前介）哥哥,須博個狀元及第,回來拖帶奴家者。

（生）託賢妹之福。

【五煞】（小旦）且把雲宮桂早攀,休憂繡幌絲遲綰。你與我下心機定把鼇頭占,那時呵,明偕金屋情偏永,強似這偷渡銀河胆自寒,顯得俺識透英雄眼。仗着你錦心繡口,值甚麼玉馬金鞍？

（淨上）小姐,好時候了,請回房去罷！

（小旦不語介）

（生）賢妹可還有甚話,説與小生？

（小旦）叫俺説甚的是好？

【四煞】情深話轉難,未語魂先斷。哥哥,你只莫另求凰,別向隣西絆。（生）妹子放心,決不到負你之情。（小旦）非是俺只管疑你,比不得姻成六禮心難悔,我則怕盟結三生口易乾。你人兒伶俐風魔慣,此去呵,朱樓翠閣,少甚麼玉貌花顏。

（生沉吟介）小生有手帕一方,留與妹子,權為表記。妹子,你聰明人自不用小生細説。只是寬懷相待,切莫煩惱。

（生背取帕遞小旦袖藏介）

【三煞】你將來淚已紅,我接着啼痕染,香羅一副愁千萬。從今呵,我這裏霜寒雁足無書寄,你那裏月暗雞聲有夢還,兩下裏一樣肝腸斷,還慮你此去,比不得俺在家裏,我兀自有人調護,你莫更自己摧殘。

（淨催介）小姐快回房去罷！怕夫人醒來曉得。

（小旦）哥哥,小妹不能久留,你路上好生保重者。

【二煞】你心兒休為我愁,咳,我容兒自因他減。哥哥,向前途強自加餐飯,斜陽古道秋風冷,野店孤村夜月寒,趁雞鳴早起衣須暖。要小心朝行暮宿,休大意涉水登山。

（生）我送妹子一步。（攜手行介）

【一煞】樹白星移户,天青月轉闌,聽空庭螪蟀吟聲亂。來時節,玉階茉莉香初放。到歸去,金井梧桐露已殘。步兒留戀心兒懶,閣不住淚盈秋水,推不去恨壓春山。

【結尾煞】靜悄悄門半關,冷清清深夜還。（淨）鍾相公請回罷。（小旦住介）最銷魂兩下難分散。（低語介）哥哥明日起身之際,恐怕悲傷被人看破,我到不敢相送。止此為別便了。（生點頭共淚介）（小旦）一任你馬首西行,我自藏淚眼。

（小旦掩淚同淨下）（生）是別離的好苦也！自與媚蘭小姐相遇,也不曾受過這般淒慘。你看天已漸明,不免喚起書童,收拾行裝,拜辭姑母去也。

　　兩心婉轉夜燈前（王佐）,牢落星河欲曙天（張泌）。
　　丹桂一枝年少事（許渾）,夜蟾寒沼兩嬋娟（薛逢）。

第二十二齣　姑　餞

【雙調引子·秋蕊香】（老上,淨隨上）靜夜砧聲纔罷,晨光迥雲拌朝霞。一片清秋真無價,知何處柳陰調馬。奶娘,鍾相公今日起程,儀酒可曾備下?

（淨）備下在此。夫人,你愛上鍾相公人才,要將小姐許配,他若京師得第,怕另有人家議親。何不趁今起行,一言定下,多少是好。

(老)婚姻大事,須待老爺回來作主。我今只微露其意,叫他御試一中,隨即來此便了。

【引子·謁金門】(生上,丑隨上)囊裝罷,看紅日已穿簾鏵。一夜離情難盡話,懶將鞍馬跨。(見介)

(老)恭喜賢侄此行,定膺高選。些少盤纏,就請收下。

(生謝介)

(老)取酒過來。

【過曲·玉抱肚】匆匆命駕,餞榮行只有這香浮綠罳。愧清貧宦篋無餘,不能夠助行裝客路風華。願你冲天寶氣鑒無差,此去長安好看花。

【前腔】(生背介)淚珠偷洒,再難逢玉人一話。怪催人馬弄金銜,只得強低頭拜別登車。妹子,怕你傷心遥憶馬蹄賒,別淚也應濕絳紗。

(老)賢侄,恭喜一中,即便來此。你姑父還有話説。

(生)侄兒領命。

【尾聲】(老)休得意戀京華,待他歸別有衷腸話。(生)俺怎肯久別慈顏惹歎嗟。

(老)明朝相憶路漫漫(賈至),(淨)文似相如貌勝潘(崔峒)。

(生)韞櫝自擬珠待價(錢起),(合)不思身便入長安(雍陶)。

(老仝淨下)(丑挑行李隨生分下)

第二十三齣　回　探

【引子·玩仙燈】(末戎妝領衆上)戈戟林森,料山澤螻蟻敢近?下官陰紅,奉詔與蔡節合勦崆峒。奈彼自遭戰敗,觀望不前。下官聞徐州失守,率衆來援,賊寇胆寒,堅壁不戰,只得兩壘相拒,不覺夏去秋來。昨又差細作探其虛實,待他回時,自有分曉。

(雜扮探子上)銅牆鐵壁身能入,鬼計神謀探得真。已到轅門,

夢中緣　137

不免竟入。(見介)探子叩頭。

(末)探得賊情虛實若何？

(雜)帥爺聽稟。

【過曲·六么梧葉】【六么令】俺宵行晝隱，把崆峒虛實，探得分明。他無心對陣逞輸贏，移兵暗向淮城進。(末驚介)賊人潛兵赴淮是欲使吾有內顧之憂矣。如今城中還有何人？【梧葉兒】(雜)空城靜，不過老弱凋殘夜守更。

(末)他兵向何路而進？

(雜)他揚言兵返崆峒，却遠道膠州出洋，直趨淮安城下。

(末)去有幾日了？

(雜)方纔兩日。

(末)知道了。領賞去罷！(雜謝下)

(末)且住！賊人若陷淮城，夫人女兒必遭其害。雖下官義不顧私，亦非兵家之得也。想他海道紆回，風波險阻，未能按定時辰。我這裏飛報日行五百里，由山僻小路而去，不須兩日，可到淮城。一面修書寄與夫人女兒，叫他改妝出城，竟回鄉土；一面檄令守關將吏，固守城池，我自回兵與他接戰，斷其歸路。一鼓可擒。(修書介)左右，喚轅門飛報伺候。

(丑上)計日千程近，追風萬里遙。飛報叩頭。

(末)限你一晝夜，將此書投到淮安衙內。自有重賞！不得違悞！

(丑)曉得！(丑下)

(末)眾將官連夜回兵去也。(行介)

【前腔】饒他計精，俺旌回斾轉，倍道兼程，爭先依舊據淮城。叫他師勞掠野屯難定。揚鞭迅，正紅滿千山萬馬鳴。

【尾聲】兵機神速渾無定，崆峒崆峒，怎知俺警報淮城備已成？且看俺這斷後追擒一枝生力兵。

萬里烟塵昏戍樓(張子容)，漫勞旌斾夜悠悠(許渾)。
更催飛將追驕虜(嚴　武)，鐵馬橫行古渡頭(高適)。

第二十四齣　醋　詩

【憶王孫】(小旦上)病起纖腰力不支,王孫秋草半天涯,蓮花贈罷贈將離。笑情癡,又縮新愁到兩眉。奴家自與鍾家哥哥話別之後,只為夜聞風露,又值感傷,一病經旬,臥床懶動。今早雖覺少痊,強起梳頭,又覺精神厭倦。天呵,從來秋氣爽人,怎我陰麗娟偏生恁地無聊也。

【北粉蝶兒】纔綰青螺,又伏定繡衾偷臥,待朦朧盹不到這愁魔。推枕起,重拂拭妝臺清閒坐,簾兒外秋意偏多,贏不得愁城一個。前日鍾家哥哥別時與我一方羅帕,因連日臥病,藏過一邊,趁此無人,不免取出一看。

【脫布衫】對着這頓絲絲一幅幅香羅,怎奈他遠迢迢越歷山河。未展開涙珠已多,都是些離愁包裹。帕上小字數行。(念介)香閨寂寂奈何春,不見花前夢裏人。底事含羞輕未吐,斷腸名姓卷中真。昆山文媚蘭感題。呀!這不是鍾家哥哥所作,倒像是個閨閣中女娘口氣。

【小梁州】那裏是字挾風霜老句磨,則揣那小名兒,一定是閨閣吟哦。多管他夢情人唱不出情人和,比俺這愁和恨不差多。(又念介)何幸尋春得遇春,天涯同是夢中人。巫山有約今重訂,緣合何須問假真?洞庭鍾心拜和。呀,好奇怪!

【么】女喬才只合香閨作,秀才家有甚干科,怎等閒間能拾着?廝和得這般停妥,又遞與儂怎麼?(又念介)聞道瓊林宴早春,夢中人是看花人。題橋若遂相如志,博得鸞鳳自有真。呀!這首又是那女娘所做?咳,我曉得了!

【上小樓】原來他悄向人間別有嬌娥。瞞着我藍田先種,騙的我赤線重牽,顛倒把新詩早和。就是如此,何不對我說明?這猜來知他是麼?何妨言破?多管怕添得我涙珠偷墮。怪道與我手帕之時,對我道"妹子,你聰明人,不用小生細說。休要煩惱。"又說道"縱使事非得已,也勢必一樣相看的"。這句句都已有意了。(涙介)

【么】他將這甜話兒將人籠絡,啞謎兒要人猜破。咳!我枉自對他唶多話說,再休提花前相誓,燈前相訂,星前相託。叮嚀他莫情多,休行錯,又把那閒花偷臥。那知他恁心邪早勾了別個。

【四邊靜】思量起羞難躲,悔不了輕託終身事果訛,反無端疊個愁窩,料從今好事成耽擱。鍾生,鍾生,你把這美前程結果了他,兀的不場頭撇開了我。

(老旦持書同淨急上)羽書一騎飛來急,故國千程望去遙。

(小旦急袖帕起見介)母親何事這等慌張?

(老)孩兒不好了!那崆峒潛兵來取淮安,你爹爹着飛報寄書前來。叫我們作速收拾出城,扮作民間婦女,竟回家鄉。事不宜遲,奶娘快快收拾同行!

(小旦驚哭介)有這等事?孩兒病體纔痊,如何是好?

(老旦哭介)兒,這也說不得了。

【結尾】(小旦)聞言不覺魂驚墮,滿路裏干戈怎躲?天那!休道俺薄命女生小合流離,怎教你為官婦到老還遷播。

(老)孤城落日鬭兵稀(馬適),(淨)賺得佳人出繡闥(元　凜)。
(小旦)怕是有家歸未得(杜牧),(合)明朝應做斷蓬飛(王之渙)。

第二十五齣　媒　　阻

【南呂過曲·懶畫眉】(生上,丑背包病容隨上)兩擔愁緒一肩挑,一點癡魂兩處飄。那廂含醋這廂焦,宮花何日分頭報,做個品字吹簫把鳳招。小生前與麗妹相別,見他無邊愁緒,只怕我負彼蓮盟另婚他姓。所以文小姐之事,不便明言,只得將那香羅帕兒留為表記。料他明人自解,以為異日兩全之地,但未知別後醋意何如耳?且喜到京,訪問楊公出使已回,文公起任春官,一同在此,豈非姻緣輻輳乎?來此已是楊公私宅,門上有人麼?

(雜上問介)

(生)小生姓鍾,江南到此,敢煩通報。

(雜)老爺有請。

（小生上）彈冠莫道無人慶，倒屣須知有客來。誰在此？

（雜）江南鍾相公求見。

（小生）快有請！

（雜請生入見介）恭喜大人出使皇華，君言不辱。只是莫非王事，我獨賢勞。

（小生）弟乃職分當然，何勞過譽。而今恩科特啟，吾兄宿學奇才，此來定膺高選矣。

（生）這還在次，到是文府姻親，一時狂悖，辜負盛心。還望始終玉成，必當厚報。

（小生）正要問兄，昔年文公親來奉訪，相待如何？

（生）那時小生已往淮揚探看姑母，未曾會面。

（小生驚介）這又奇了！

（生）大人為何如此？

（小生）文公前在毘陵，途遇小弟，還託為兄作伐，所以回京即向提起。誰知後來呵，

【仙呂過曲‧桂枝香】把卦來變了，反心煩意惱，好姻緣一筆勾銷，惡語言將人譏誚。（生驚介）有這等事？且問他譏誚些甚麼？（小生）道吾兄有才無行，却又不肯明言。怒冲冲太驕，怒冲冲太驕！難參難料，敢怕中蓁菲舌巧。（生沉吟介）（小生）吾兄具此雄才，豈無佳配？任妝喬，待你千金賦獻添榮耀，少甚百寶粧賠果富豪。

（生背介）文公如此光景，莫非夢見中香羅事發也？

【前腔】怎把這空花幻泡，真認做鸞顛鳳倒。休道俺太癡狂罪業難消。小姐，還慮你素清白名兒污了。小生此事除天知地知，止有小姐自知。不過把新詩訂交，把新詩訂交，盟言先照，又不曾夜走臨邛道，太蹊蹺。我恨沒崑崙技把紅綃盜，文公文公，豈不聞賈午香應韓壽招。

（小生）當初文公託我為媒，吾兄再三推辭，如今文公不允，又何繫情之深也？

（生）事已至此，不敢相瞞。小生向曾夢一美人，結為夫婦。醒

來一點癡情，必欲求得夢中之人為配。所以不敢漫結姻親。致方尊命，後來尋到金陵，剛剛得遇文府小姐，誰知竟是我夢中美人。

（小生）不信有這等奇事！

（生）大人還不知道，那小姐也夢見小生。

（小生）這更奇了！且住！小姐之夢，吾兄如何曉得？

（生）那文府花園就在秦淮堤畔。小生偶見門開步入，恰好小姐園中遊玩，只見一副香羅剛剛落下。小生拾來一看，帕上題詩一首，就為夢見小生有感而作。

（小生）這也湊巧，那小姐見兄如何？

（生）小姐已歸房去。只見一侍兒出來，尋取羅帕，小生因和詩一首，求他寄與小姐。小姐又疊前韻，轉贈小生，就將香羅為記，定下鸞盟。

（小生不語想介）哎呀！據兄所言，難係才士不羈，亦非學人所重。文公含怒不言，莫非稍稍知覺？這婚姻竟難再提了。

（生）如果其事不成，小生即情願終身不娶以報小姐此情便了。（淚介）

（小生）兄且莫悲，小弟還有一計在此。

（生）計將安出？

（小生）文公東床之選尚未有人。如今恩科之詔，不論舉監生員、山林隱逸，一體收錄。吾兄何不棄此譽門，改一姓名。小弟現任禮部郎官，替你入冊赴考，大魁之後再去求親，諒無不允。

（生喜介）此計甚妙！就改姓齊名諧，連籍貫亦改入金陵便了。

【前腔】蒼天暗禱，願青雲步早。那夜與麗妹相別時節，止愁金屋小，難貯雙嬌，姊妹行多生妒惱。又誰知漲藍橋水高，漲藍橋水高，火焚祆廟。怎心灰罷了，恨難消。且待禹門雷動騰三級，少不得銅雀春深鎖二喬。請問御試準在何時？

（小生）旨意原在冬間，如今又改在明春了。

（生）為何？

【前腔】（小生）為崆峒兵擾，怕山河失保。待蒼茫麟閣功成，權耽擱鳳池春老。（生）崆峒小寇，已有蔡、陰二都督提兵合勦，自然不日奏功。為何朝廷如此震恐？（小生）吾兄原來不知。那陰紅向徐州進發，誰知崆峒不與交戰，潛兵暗襲淮城，故此淮揚告警，聖主憂心。（生驚介）呀！淮城一破，陰都督家眷定陷入賊手矣！（小生）這還未見報到。（生）陡教人暗焦，陡教人暗焦！他安危難料！這禍災非小。我想文小姐之事，此時在京無益，若麗妹遭此亂離，焉可坐視？繫心苗，屢屢弱質怎經慣，脉脉驚魂未可招？大人，試期尚早。今姑母現困淮城，意欲到彼一探，方纔放心。

（小生）亂軍之中，如何可去？

（生）小生自會相機而行。只是書童一路來，感受風寒，未能隨往，意欲權留大人身邊，未知可否？

（小生）這却何妨？小弟冬間府道兼掣，不久也要出京，就叫他住在我家，候兄回京便了。

（生）如此甚好。

【尾聲】烽烟警，至戚遥。（小生）莫悞了臚頭高唱誇街早。（生）大人，還留心割斷紅絲與我再續膠。

（小生）可是漂漂愛浪遊（鄭穀），知君兩地隔離憂（權德輿）。

（生）自緣今日人心變（鄭穀），結得同心又種愁（李　益）。

第二十六齣　勸　　順

【黃鍾引子・點絳唇】（末戎妝領衆上）殺氣橫秋，黃塵掩日，寒風嘯。矢志精忠，何日除腥臊。

【集唐】日日風吹虜騎塵，隔河征戰幾歸人。胸中別有安邊計，虎鬭雄雌勢已分。下官回兵淮上，恰與賊遇。喜得夫人女兒得信東歸，城池固守無恙。下官就在城外扎營，以為犄角，連交數陣，未見輸贏。昨又打下戰書，約定今日會戰。左右將官，聽吾號令！

（外、小生、淨、丑上）衆將打恭！

（末）左營將官聽令，你領一支人馬，青盔青甲，青馬青旗，按左青龍埋伏簷東，遇賊攔殺，不許放過。違令者斬！（外應下）

（末）右營將官聽令，你領一支人馬，白盔白甲，白馬白旗，按右白虎埋伏路西,遇賊攔殺,不許放過。違令者斬!

（小生應下）

（末）前營將官聽令,你領一支人馬,朱盔朱甲,赤馬赤旂,按前朱雀埋伏路南,遇賊攔殺,不許放過。違令者斬!

（淨應下）

（末）後營將官聽令,你領一支人馬,皂盔皂甲,黑馬黑旂,按後玄武埋伏路北,遇賊攔殺,不許放過。違令者斬!

（丑應下）

（末）大小三軍,排成陣勢,就此交兵!

（三旦戎妝領衆上調陣介）

（小旦、旦戰敗先下）

（末、衆圍貼,貼破圍殺奔下）

（末）賊已敗逃,可追上前去。

（末、衆下）

（貼奔上）好殺也!

【北醉花陰】正撞入地網天羅似銀牆架。小么兒分開兩下,俺雖是一捻腰叉,但比着男兒漢沒的爭差。（內鳴金喊介）（貼）呀!一時間金鼓連天炸!你那裏點三軍列似麻,俺可也據征鞍全不怕。

（末、衆上。貼交戰敗走。末追下）

（生背包行上）

【南畫眉序】沒時多,滿目干戈生奇禍,為癡情不下,敢憚奔波？蹈虎口探看姻親。走羊腸尋覓嬌娥。一路問來,果然兵打淮安。猶喜城池未破,但不知麗妹如何驚惶？好生憂念。過了黃河渡口,已近淮城,怎敢亂進？看閛環疊石似層巒錯,料人情險窄也無過。

（生下）

（外上）奉元帥之令,埋伏路東,果見賊人來到也!

（貼上交戰,外攔住鬼門下）

（貼望介）呀!

【北喜遷鶯】一字兒鐵錚錚明盔亮甲,一片地亂篩篩怒鼓哀箭,一會家叫喳喳兩邊伏發,好教俺血路冲開日已斜,坐下馬,腰下鷲弓掛,血淙淙劍染霜花。

（貼下）

（小生上）奉元帥之令,埋伏路西,果見賊人來到也！

（貼上交戰敗走,小生追下）

（生行上）

【南滴滴金】路迢遙趕不上紅輪墮,籠西山幾處愁雲鎖,遠孤村一帶寒烟抹。（內喊介）（生驚介）呀！忽聽得吆吆喝喝,唬得我潛潛躲躲。驀地裏驚魂着地摩,是何方兵到也難生活。（急奔下）

（貼奔上）呀！

【北刮地風】殺得俺氣冲冲怒轉加,刮喇喇走石飛沙。說甚麼惡狠狠牛頭夜叉,威凛凛鳥喙獠牙,便是這槍挑得拖開兩下,刀斫的剁作三花,也不讓催命判勾牌夜發。只見那一個個披肩帶臂,一聲聲覓子尋爺,好叫俺染征袍血點淩波襪。作不得假慈悲低眉的女菩薩,也不比慣猙獰怒目的母羅刹。

（貼欲下,淨上攔介）賊婦休走,俺奉元帥之令,在此等候多時了。

（貼不答,交戰敗走,淨追下）

（生奔上）

【南滴溜子】猛然間,猛然間,干戈齊作。滿路裏,滿路裏,屍橫血潑。叫我前難進,後怎脫？趁黃昏轉過亂山坡,舉目烽烟,何方住託？（急奔下）

（貼、丑對殺上）

（貼）來將何人,擋我去路？

（丑）俺乃陰元帥麾下後營將軍,等在此取你首級！快下馬受死！

（貼）休得饒舌,放馬過來！

（貼戰敗,丑擋住鬼門下）

（貼）呀！

【北四門子】自從日初昇到月又斜,殺殺殺,殺得來體倦麻,頓酥酥難將寶劍挈。金蓮小怎將雙鐙踏？柳腰酸怎把雕鞍跨？透征衫香汗和塵洒，喘吁吁背上盤龍掛。（內吶喊，貼急望介）呀！他那裏殺騰騰旌旗四野變龍蛇，俺這裏急茫茫單人獨馬來山下。

（末、外、小生、淨、丑齊上圍貼，次第交戰介）

（雜扮彌勒佛上，引貼下）

（末）呀！一霎時狂風大作，走石飛沙，四處黑霧迷天，崆峒走脫，不知去向。且各自收兵回營，再做計較。

（眾齊下）

（生急奔上）

【南鮑老催】何方住託，何方住託？此間一所古廟，且進去將門掩上。上面一位金身，黑暗中不知是何神佛，則願佑庇些個。（拜介）念書生怎慣這閑兵火，叩尊神早脫離奇災禍。（貼奔上）好殺也！不期今日敗陣，二妹不知下落，止俺一人一騎，冲鋒而逃。方纔狂風大作，黑霧迷天，前面一道金光，現出一條大道，俺便隨着光亮，直逃到此，原來是所古廟。（作推門入介）呀！上面一尊彌勒佛！（拜介）原來我崆峒多蒙佛力慈悲，脫此大難。異日重修廟宇，再塑金身。（做倒地困睡介）（生出張見驚介）（又四望，復回看，點頭歎介）這，這分明戰敗逃來，困倒在此。看他打扮妖嬈，青春年少，喜得霧開雲散，月色微明，待俺仔細一看。（細視介）原來是員女將！聞得謀反的，正是甚麼崆峒公主，自然是個女人。思麼，女元戎飛來不錯！咳！月光之下，一表非凡，是好一個女子，怎造下這彌天罪孽來？看他臉桃花，星眼朦朧合，血模糊鶯帶纖腰鎖。此時若遇官兵，有誰憐惜？早斷送女英雄無結果。

（貼醒見生驚起，拔劍欲殺介）那漢子漫來！

（生急避搖手介）女將軍不必動手。小生避兵在此，並非歹人。

（貼）原來是一秀才。

（生）女將軍莫非就是崆峒公主麼？為何隻身至此？敢是臨陣失機了？

（貼）然也。

（生）咳！我看你容貌端妍，英風卓犖，若能歸順朝廷，何愁富貴？奈何兵弄潢池，身投法網？況今天兵雲集，一騎潛逃，倘被擒拿，有誰憐惜？還須三思。

（貼背介）這生真有情之言也！方纔昏睡之時，若遇他人，必遭擒害，吾命休矣。

【北水仙子】呀呀呀，非是他閒磕牙。險險險，險斷送臂似輕猿貌似花。幸幸幸，幸金光接引到水雲家。歎歎歎，歎殘生已撞剛留下。秀才姓甚名誰，何方人氏？（生）小生姓鍾名心，姑蘇洞庭山人。不瞞你説，那淮揚帥府是我姑父，你若果投降，我可一力保全，不失富貴。（貼歎介）秀才句句良言，但大明與我祖父敵國之讐，奚忍反顔臣事？況纔重圍之内，若非佛力慈悲顯現，金光引我至此，焉得保全性命？還想甚人間富貴？不如跳出紅塵，脱離色界，天涯海角了此殘生，却不是好？俺俺俺，悔從前一念差。你你你，似菩提點化咱。也罷！我還有兩個妹子，他不知我存亡，必然負固不服。我今將戰袍割下半幅，咬破指尖，血書數句，與你帶回淮揚帥府，不必興師動衆，只消遣一偏神將此斷袍血書送到我崆峒山寨，交與二妹。彼必率衆歸降。只要秀才一力保全，切勿傷其性命。（生）如此甚好。（貼割袍咬指寫書付生介）再再再，再不教螳螂逞臂怒當車。早早早，早戰被蘸血把降書寫。你看這寺中，有僧家遺下現成衣帽在此，待我改換衣妝，分途去罷。笑笑笑，笑收場結果一領舊袈裟。

（貼改妝介）鼙鼓厭聽聽法鼓，戎衣不着着緇衣。秀才請了。（下）

（生）呀，看他竟自去了！好一個血性女子！不免收拾了戰袍，往姑父營中去也。

【南尾聲】從今後崆峒裏干戈罷，則被俺片言規正女嬌娃，直教他收拾心猿和意馬。

甲兵無處可安居（郎士元），終見降王走副車（李商隱）。
天子預開麟閣待（岑　參），不知功業是誰書（高　騈）。

第二十七齣　許　姻

【仙呂引子·番卜算】(末領衆上)半壁作藩籬,慚愧郊生壘。將軍八面仗天威,怖得妖氛退。下官昨日一陣,賊人將次就擒,又被單騎逃脫。今早探子來報,賊已由海退歸崆峒,淮城圍解。本欲移會左軍都督蔡節,一齊乘勝,搗其巢穴。奈猶未知虛實,且我軍屢戰勞疲,未可輕進,只得收兵進城,權且休息,別作良圖。

(外扮中軍上)稟元帥,城外有一秀才,口稱姓鍾名心,有機密事求見。

(末)快請進來!

(外引生上)兵戈密密深如海,炮石層層吼作雷。(見介)

(末)恩科期近,已聞賢侄上國觀光,淮城危地,忽睹文旌,令人驚喜交集。

(生)前番侄兒晉謁,正值姑父奉詔出師,蒙姑母留住署中,及至拜別赴京,不意恩科又改在明春了。

(末)却是為何?

(生)只為淮城受困,聖主憂心,故此暫停文試,期奏武功。

【仙呂入雙調過曲·四塊金】待把勤王策施,曠典權中止,侄兒呵,天涯遠思,冒險輕來此。黃昏震鼓鼙,潛身避古祠,只見一員女將,戰敗逃來,口稱崆峒公主,侄兒大着膽子,竟將幾句言語,説他投降,他忽省悟前非,改邪歸正,情願出家雲遊,又將戰袍割下半幅,咬破指尖,血書數句,叫侄兒送上姑父。不須興師動衆,只消遣一偏裨,將此送至崆峒,叫他兩個妹子率衆歸降,但求保奏朝廷,赦彼之罪。(末)如今崆峒安在?(生)他見廟中僧家遺下袍帽現成,隨即改換衣裝,不知何往。(末)有這等事!(生呈戰袍,末看介)這血書果然寫得懇切!我今就差一裨將送至崆峒,一面奏明請旨招安。賢侄之功不小矣!雖是他轉意回心,須得你伶牙俐齒。好言詞抵過文章博得金紫。

(生)淮城被困,姑母妹子未免受驚,願求一見。

（末）我前探知賊人潛兵赴淮，隨着飛報來此，叫他們自回家鄉去了。

（生驚介）侄兒一路來，聞得江南盜賊橫行，他婦女如何行走？

（末）我亦甚是掛懷。

【前腔】只為披堅在兹，怎遂寧家志，遭時亂離，遠望多愁思。（生）也罷！待侄兒一路打探前去，徑到諸暨，看他回與未回，省得放心不下。（末）如此關切，足見至情。我一向欲將麗娟孩兒與你為配，只因王事在躬，無從議及。今欲就此軍中，一言為定，意下如何？温家前事師，良緣訂在兹。（生喜介）若蒙錯愛，生死不忘。侄兒還有一言，敢先向姑父請罪。（末）但説不妨。（生）侄兒昨到京中，已蒙宗伯文老先生許及姻親。但求姑父破格垂慈，容侄兒兩存其美。姊妹相稱，並無差別。（跪介）（末）罷了。一言既出，駟馬難追。只是日後休要虧了小女。（生）若有異心，皇天不佑。姑父請上，待侄兒拜謝。（拜介）蒙異日許納雙媛羨，今日叨居半子。喜孜孜，親上加親，美中遇美。

【尾聲】（末）風流果是吾家婿。（生）喜公私兩件俱全美。（合）方信道一語強如十萬師。

（生）山川龍戰血漫漫（胡會），楚水吴山道路難（賈至）。

（末）少婦不知歸未得（盧弼），憑君傳語報平安（岑參）。

第二十八齣　讒　陷

【黄鍾引子·玉女步瑞雲】【傅言玉女】（净上）怒種心頭，起殺機不禁眉皺。【瑞雲濃】略洗却當年顔厚。畫虎未成君莫笑，安排牙爪好驚人！下官蔡節，奉旨與陰紅合勦崆峒。昨探得陰紅一陣，殺得崆峒大敗，只剩一騎而逃。恰遇秀才鍾心遊説，他便割袍血書為誓，交鍾心送與陰紅。差人到他山寨，招服餘從，一并歸降。那公主早已不知去向。又聽得鍾心陰紅已有婚姻之約。想起前情，可羞可惱。況今彼既有功，我豈無罪？為此心生一計，已着心腹家將，帶領輕騎趕上，將他差官殺了，斷袍取回藏過，再假作陰紅私書一封，說他與賊勾通。斷袍為誓，暗獻淮城。一面飛報朝廷，一面將陰紅拏問，連鍾心一併煆煉成獄，方可出俺之氣也。且待家將回來，自有道理。

【過曲·三段子】（丑扮家將領衆背包上）風馳雨驟，奉親差神機密謀。星飛電流，逢狹路人驚鬼愁。（見介）小將奉令，兩日兩夜，將陰紅差往崆峒偏將一員趕上殺了，取得首級，並血書斷袍呈上。（開包呈上首級、斷袍介）這是淋漓一顆差官首，這是斷袍半幅襟和袖，血字親書一併投。

（淨喜介）幹得好！快當！可將斷袍藏過，首級埋了。就着你為前部帶領人馬，和我同到淮城，將陰紅拏下，回來一併領賞。

（丑）得令！（行介）

【滴溜子】陰紅的，陰紅的，通連反寇。奉聖旨，奉聖旨，拏來嚴究。這機謀休教洩漏。都只為前讐，將沒作有，有隙堪投，怎甘罷休？

（衆）已到淮城，陰都督快出城迎接！有聖旨到！

（末領衆上）

（淨）聖旨已到，跪聽宣讀。詔曰陰紅奉旨討賊，乃將就擒賊首，縱令潛逃，又令女婿鍾心，來往勾通，斷袍為誓，暗獻淮城。大逆已極！着左都督蔡節將陰紅、鍾心立刻拏問！家屬監禁候旨！其右都督印務，即着蔡節兼理，謝恩！

（衆拏末上刑具介）

（末）聖上聖上，俺陰紅赤心報國，怎說與賊勾通？兀的不屈殺微臣也！

【降黃龍】自總兵戎，念皇恩未報，此志無窮。誓長繩繫虜，不戰成功，奈天朝不察愚忠空空。出師未捷，先禍到，英雄堪痛。（淨）鍾心安在？（末）久已不在此間。（淨冷笑介）如今奉旨拿人不比聘請入幕，怎說個不在便罷？（末背介）這廝前讐未忘，吾命休矣！這冤家相逢狹路，拼一命血染青鋒。

（衆哭介）軍士送老爺！

（末淚介）衆軍士呵！

【前腔】冲冲再休題劍倚崆峒,和你們同甘共苦汗馬論功。(衆)老爺忠心貫日,猶被奇冤,我等衆軍,尚有何望?(末)生死自有大數,你們都要盡忠報國,切莫以我為念。休念我含冤負痛,須博得閣上麟封。(淨喝衆軍下)(淨)家將過來!鍾心既已在逃,可即畫影圖形,沿門搜捕,並提追陰紅家屬,監禁候旨。(丑應介)(末歎介)下官猛拚一死,以報國恩。只是連累夫人女兒無辜也!斷送怨魄淒魂,向夜月西風含痛,説甚麼命夫命婦,怕不做囚首飛蓬。

(淨)左右,將陰紅上了囚車,帶回京江,再行勘問。

(衆應行介)

【黃龍滾】檻車坐在中,檻車坐在中,四面兵戈擁。巡視謹提防,這是通連反案休寬縱。只見滾滾風悲,冥冥雲瞢,霎時間印綬解,兵符送。

【尾聲】平生志,一旦空,歎英雄到此成何用?直教人回首恩讐心暗恐。

輸贏須待局終頭(白居易),讒謗潛來起百憂(翁綬)。
無罪見誅功不賞(王　翰),丈夫不合等閒休(楊牢)。

第二十九齣　復　　寇

【商調引子・遶地遊】(小旦、旦同上)風飄雁影,挫得雄威罄,小崆峒無人定鼎。拚把窠巢再整,只怕他天涯亡命,但思來教人淚零。

(旦)吾乃賽百花。
(小旦)吾乃勝木蘭。
(旦)三妹,俺們前被陰紅一陣殺得大敗虧輸。大姐忽然冲散,未卜存亡。我二人逃得性命,帶領敗殘人馬,由海道遁歸崆峒,連着嘍囉打聽大姐消息,並無影響。如何是好?
(小旦)二姐,俺昨又着嘍囉打探去了,待他回來再做道理。
(旦歎介)俺想姊妹們起兵以來呵,

【過曲・貓兒墜】崆峒雖小,據險可揚兵。(小旦)便是那莽和尚恁般耐戰，也教烈火烹來一命傾。誰知前日一敗，好不羞人。（合）這番鏖戰幾曾經，魂驚，只落得喚死聲聲。險些兒頓兀剌昏迷不醒。

（雜扮嘍囉上）天地未開留殺氣，朝廷多暗損元勳。禀上二位女將軍，小人奉令，直至淮安。周圍五百里內細細打聽，並無公主下落。到探得一樁喜事，特來報知！

（二旦淚介）姐姐並無下落，這却怎了？探子，你探得甚麼喜事，快快說來！

【黃鶯兒】（雜）只見飛旨到淮城，把元勳一旦傾。（二旦）難道陰都督奉旨拏問了？為着何事？（雜）道他與俺通同叛逆，暗獻淮城。就教蔡節將他拏問，統領其軍。（二旦）這又奇了！莫非就是蔡節忌其功勞，將他讒害？喜干城自損兵難勁。那蔡節知何舉動？（雜）聞他奏明朝廷，只教固守城池，不可輕動。絕闤闠鼓聲，冷遙遙旆旌，再無人敢向崆峒境。（旦）三妹，陰紅既去，蔡節是俺手下敗將，不足為慮。你可領兵由海道直打淮安，我由陸路攻掠徐、揚，兩路打聽大姐消息，同會金陵便了。（小旦）二姐言之有理。（合）漫潛形，養精蓄銳，磨刀再相爭。

【尾聲】分兵去，會秣陵，還待尋則天皇帝把乾坤定。蔡節蔡節，則叫你敗將聞之吃一驚。

　　干戈未定各為君（張子容），北望衡陽雁斷羣（沈佺期）。
　　休說艱難但酣戰（杜　甫），漢家自失李將軍（李　祐）。

第三十齣　途　散

【南呂引子·一枝花】（老旦、小旦、淨背包同上）自憐生命蹇，兵燹罹災變。風餐並水宿，誰經慣覆地翻天。步步心驚戰，迢迢行路遠。夢到家園，又被野樹西風叫轉。

【踏莎行】（老）亂離時，深秋節，人到衰年，難把關山越。（小旦）狼狼一身愁萬疊，回首爹行，已是閒雲隔。（淨）草初黃，霜漸白，似雨如烟，四野風悲咽。（合）最怕黃昏人影絕，戍鼓頻催，鬼魅聲相接。（老）孩兒，我和你自離淮城，一路兵馬紛馳，侍從逃散，只得奶娘一人，相隨不捨。行了月餘，走不出儀、揚地界。但聞盜賊益發倡狂，總不知你爹爹消息，真是一日千思，寸腸萬斷。

（小旦）母親，孩兒想起爹爹晚歲興戎，杳無音信，看着母親衰年行路，難替艱辛，心緒千廻，愁腸百結。（抱哭介）正是：當年那識生離苦，今日方知行路難。

【過曲‧二犯香羅帶】（老）寒山衰草連，愁雲幾片，刺骨秋風冷更尖。孩兒，你嬌羞從未出人前也，今日拋頭面，受苦煎，摧殘弱質向誰言？（合）早不覺形疲力倦，空只把淚珠彈。破雲烟，何處是家鄉故園？

【前腔】（小旦）花容只自憐，行行氣喘，再休題嬌養從來在畫閣前。母親，你殘軀病骨早衰年也，待我相扶襯，足危顛，時乖一樣受迍邅。（合前）

【前腔】（老、小旦合）漁陽鼙鼓喧，柔腸寸剪，怎放下戎馬沙場一老年？聽風聲鶴唳早心懸也，盼不着凶和吉，信音傳，干戈何日靖狼烟。（合前）

（內喊殺介）

（老、小旦、淨齊望驚介）呀！前面喊聲大震，一隊人馬殺來。向何方躲避是好？（抱哭介）

【前腔】兵戈來半天，風沙撲面，骨頓筋酥步不前，同拼一命葬平原也。魂和魄相依戀，身無兩翼怎生全。（合前）

（雜扮逃難男女亂奔上）

（老、淨、小旦沖散各相叫齊下）

（旦領兵上）吾乃賽百花，自聞陰紅拏問，依然反出崆峒，分兵南下，直至丹陽。孩兒們快前進也。（殺下）

（老哭介）我兒那裏？

（淨哭上叫小姐介）

【仙呂過曲‧長拍】（老）人馬喧闐，人馬喧闐，孩兒不見，向人深處都尋遍。兒，只愁你鞋弓襪小，怎生教摩領盤川。那知道拆散無邊，落後與奔前。教我前難進，退又難轉，叫得來氣短喉乾悲自嚛。猛聽得喚娘聲在那阡，急跟尋盼不着嬌兒面。只落得愁腸慽慽，血淚涓涓。

【短拍】母子零丁，母子零丁，怎生割遣？兒，閃下你流落荒原，何日尋伊見。痛此去山遙水遠，望天涯存亡未保，到不如我先一命赴幽泉。

（老叫兒，淨叫小姐，同哭下）

（小旦哭上）

【仙呂入雙調‧嘉慶子】鬧炒炒兵戈來不遠，急茫茫逃生勢湧泉，亂紛紛失散慈親面。心兒墮，淚兒懸，纔顧後，又瞻前。

【尹令】娘！我和你手兒相攣，我和你衣兒相牽，剛擠脫影兒不見。天昏地暗，兩下分離痛怎言。

【品令】風催雲捲，人亂語聲喧。叫娘千遍，知他在那邊？料他行也難聽見，那更路途行不便。腰肢酸又頓，慌的來打個磨旋。蹴損金蓮，一霎時不辨東西跌向前。

【江兒水】只見霧鎖疎林暗，起暮烟，凄凉四野風兒旋。待棲身投向誰家院，怕孤身撞着男兒面。娘嗄！你那裏尋兒兒不見，望眼連天，怎奈我呼娘又遠。

【川撥棹】空嗟怨，漫行來怯又單。呀！遙望見野水平川，遙望見野水平川。獨自個女孩家怎生進前？且住！我今獨赴前途，倘逢強暴，如何是好？（哭介）罷罷罷！不如在此河中尋個自盡罷！要全貞一命捐，莫時乖錯上船。

【前腔】〔換頭〕欲赴長流心自轉，痛從此爹娘暮景單。現凄其膝下誰憐，現凄其膝下誰憐？只一個女孩兒枉然。便是鍾家哥哥呵，料今生難再圓，要相逢是夢邊。

【倒拖船】（丑女扮背包上）維揚人氏家緣蹇，家緣蹇。為媒度日生涯遣，生涯遣。衣包獨背逃兵變，天已暮，足快前，趕村坊，投古院。呀！哭聲兒何處恁淒然。老身姓嚴，揚州人氏。因兵荒逃難出來，遠聞啼哭之聲，原來一位小娘子在此。

【園林好】隱隱的容嬌貌妍，相生來定非貧賤。端的是誰家宅眷？因甚的恁顛連？身痛倒在河邊。

【前腔】(小旦)念奴家名門淑媛。(丑)是小姐,請問尊姓芳名。(小旦)奴家陰氏,小字麗娟。父親現任淮揚都督。(丑驚介)為何在此?(小旦)母子們家園共轉。(丑)令堂為何不見?(小旦)人亂裏分離去遠。(丑)可憐可憐!請問小姐家在何方?欲投何處?(小旦)奴家諸暨人氏。(哭介)媽媽,身獨自怎歸旋?拼自盡在沉淵。

(丑)小姐不須啼哭。老身姓嚴,也是逃難到此。小姐如慮孤身,何不同老身一處,此間瓜州地面,聞賊兵已過江南,小姐歸途有阻,不若沿江北去,待干戈平靜,送你回家。意下如何?

(小旦)若蒙攜帶,感若重生。

(丑)天色已晚,且向人家尋宿去。

【尾聲】(小旦)謝相攜,恩不淺。(丑)看寂寂林間燈火燃。(小旦哭介)痛今宵拆散俺娘兒兩下眠。

(小)角聲孤起夕陽樓(杜牧),(丑)歧路空歸野水流(司空曙)。

(旦)今日亂離尋不得(杜甫),(合)烟波江上使人愁(崔　灝)。

第三十一齣　緝　悮

(淨、外同上)官府作事威,書差個個肥。官兒清寡辣,衙役都饑殺。自家杭州府快手是也。這新任太爺姓楊名穀。到任以來,刑寬政簡,那些當門戶的,白不能討得一差。今日忽然發下天大一件公事,奉旨緝拏通連反寇同謀欽犯一名鍾心。拏獲者官給賞錢五十貫。哥不知可有這造化呢?

(外)你不知道天下十三省都有榜文圖形緝訪,怎合巧在你杭州城?

(淨)正是。昨日太爺吩咐,拏到時先送內衙審問,不許聲揚。又不知甚麼意思?

(外)管他鳥事,將告示張掛起來。在此坐地便了。(做張示虛下)

【商調過曲·山坡羊】(生雨傘背包上)白漫漫雲深樹杪,亂紛紛風狂雪攪,寒颼颼背折腰駝,急茫茫不顧頭和腦,吼松濤,難撐破傘梢。(跌介)原來堤深雪積堆難掃,石裂冰寒凍不消。蕭條,比似俺戰兢兢僵臥到。多嬌,虧殺你冷侵侵怎打熬。

【浣溪紗】柳絮迎風着地輕,六花飛出碧天明,碎瓊踏處玉留痕。　作客經年如斷梗,尋人終日等浮萍,却愁無路覓多情。小生因放麗妹不下,自淮城別過姑父,追趕前來,到了諸暨,訪他舊宅。只見重門封鎖尚未歸家,必是行路多艱,途中有阻。只得取路回來,沿途細訪。又遇一天大雪。(歎介)咳！怎知文小姐婚姻陡變,麗妹又遭此亂離。兩椿現成親事,如今都音信茫茫,好心憂也。說話之間早是西湖之上。

【前腔】我只見雪霏霏西湖白了,似褪紅妝衣來素縞。古人云,若把西湖比西子,淡妝濃抹也相宜。小生今日看來,果與我兩個美人,一種皎潔容光,不相上下。儼秋波瀲灩含嬌,似粉黛朝來剛淡掃。黯魂飄,遲遲過六橋,寒潮一抹湖光耀。野霧千層寺影遙。心焦,覓佳人音信杳。非喬,甚心情問濁醪。這雪越下大了。且在這官亭上躲避片時,再做理會。(見告示介)杭州府正堂為抄奉部文事。照得犯官淮揚都督陰紅,通連反寇,已奉旨拏審在案。其同謀女婿鍾心一名,在逃未獲,通飭一體嚴緝,等因到府。(住口呆介)這、這是那裏說起？莫非朝廷不准招降,因而見罪,到是俺陷害姑父了。

【三段子】你冤怎了？望丹宸愁高怨高。我災怎逃？對蒼天魂消魄消。聖上聖上,你枉將伊霍為奸操,枉將夷惠為凶盜,徒壞了萬里長城誰障保？

(淨、外暗上見介)這人看了告示,大驚小怪,一定知情。(鎖生介)

(生驚介)為何拏我？

(外)你就是通連反寇的鍾心,在此自言自語。敢說我們不知道？

(生冷笑介)我自姓齊名諧,是個飽學秀才。恩科御試禮部册上現有名字,我和你官前去講。

（淨、外慌介）阿呀！原來是位相公，快放去！（去鎖。生不伏介）

（淨）小人有眼不識，求相公恕罪。

（生）罷了。若同到官，該問個凌辱斯文，也不為過。（去鎖介）

（外）哥，我到底還有些疑惑。

（淨）罷罷罷！相公是惹他不得的，一窩蜂專會放賴騙人。休淘氣，且往村店中嗑酒去。（同諢下）

（生）唬殺我也！喜得都哄退了，路上行走不得，不免回到京師，左右姓名籍貫已改，倘恩科得中，便可白此奇冤了。

【歸朝歡】形和貌，形和貌，怕他認着，疾忙去潛身住了。名和姓，名和姓，誰人得曉，單指望傳臚唱早。少不得策終再上陳情表，新恩定把沉冤掃。那時再來我尋麗妹下落。便是文府姻親，亦可成就。兀的不合奏秦臺雙鳳簫。

（生下）

（副淨上）

【引子·遶地遊】出乖露醜，好事難成就，但提起相思依舊。學生賈俊才，自文府出醜逃歸，在家存留不得，流到杭州，無可度日，喜得那晚帶了小鍾兩本文集在身。却也作怪，但到處都知道有個才子鍾心。若是他詩文，求之不得，被我依舊假裝做他，將文出賣，又恐人當面識破底裏。益發做個名士派頭，杜門謝客，但有來求文字者，一兩一篇，頗能獲利。雪中無事，且到西湖之上沽飲一壺，少搪寒色，有何不可？

（淨做醉態上）夥計擾擾了。

（外內應介）漫漫行，等我算了賬一路走。

（淨）夥計，我團團止見青天轉，腿硬行高地上頓，長街直豎我胸前，帽兒鞋兒都不管。（撞副淨跌介）

（副淨）跌殺哉！跌殺哉！

（淨揪副淨，滾地介）

（外急上）叫你慢慢走，只待要撞倒人。（扶副淨起介）

（副淨嚷介）了弗得，了弗得！撞子我鍾相公一跤哉！叫地方！

（淨慌亂爬介）罷了罷了，又撞着相公了。

（外背介）且住！這人方纔明明稱甚麼鍾相公，聲音恰又是吳縣人。

（與副淨賠禮介）相公休怪。因此間有個才子鍾心，本府太爺要聘做西席，命俺二人訪他寓處，天寒飲了一杯。行路匆忙，多有得罪！

（副淨喜介）你太爺要訪那鍾心做西席，此話可真？

（外）怎麼不真？相公如果相認，指引小人，謝儀一定均分的。

（副淨）多少束脩？

（外）一百二十兩，還有四季衣服。

（副淨揖介）學生便是！敢煩大哥引進。

（外）太爺自請那有名的鍾心相公，誰要你？

（副）學生正是那有名的鍾心。

（外）怕假？

（副）秀才無假，現有文章發賣。

（外）慚愧！五十貫錢到手了！（鎖副淨介）

（副淨背慌介）不好了，文小姐家事發了！大哥為何拏我？

（外）同到府中，便見明白。

（淨起，笑介）夥計，這五十貫賞錢是我一頭撞倒拾着的。

（同譚下）

【前引後】（小生上）關心良友，偏不效沿門儉走，頓教人心中暗愁。下官楊穀，自禮科給事出任杭州府正堂。到任未久，可怪前日奉到部文陰紅反叛一案，內中竟有鍾心同謀！適纔衙役來回，已經緝獲在外。咳！鍾生鍾生，好端端不在京御試，探得好親，惹下這場大禍，如何是好？（尋思介）有了！那鍾生為文府姻事，改名齊諧，又入了金陵籍貫，係下官代為入冊，那報名日期，好在未經犯事之先。不免喚入後堂，叫他只認齊諧名字，不認鍾心，便好作主，與他分剖脫禍了。

（淨、外帶副淨上）

（小生背驚介）呀！這人那是鍾心，只是面龐好生廝熟。是了！

他名叫賈俊才,俺曾在鍾心齋中會過一面,不知何故竟做鍾生拏來?

(副淨偷見小生暗驚介)呀!原來就是楊父母陞任來此!益發是那事發作,還有何顏分辨?只俯伏認罪便了。

【過曲·啄木兒】(小生)這機關怎參透,看他無語低頭甘忍受。左右,這鍾心如何獲着的?(外跪介)他自稱有名的鍾心,還有文章發賣。(小生背介)是了,此人素行不端,一定假冒他名字,盜刻他文章。我如今將他竟做鍾心,解到問官處,那鍾生倒可鬆脫了。(喝介)鍾心,你知罪麼?(副淨叩頭介)生員自知有罪,只求大人開恩!(小生)你休要呆裏裝呆,我也待縠中藏縠。本府且不動刑,待做下文書,解你到承審衙門勘問便了。左右,這事關重大休疎漏,敢狗私賣放同拏究,少不得回到官前受一秋。

(小生退堂下)

(外、淨喝介)死囚走動着。

(副淨)大哥,此處官府不發落,難道還解到京中文老先生那裏去?

(外)那個文老先生?這是京江都督蔡題參陰紅反叛一案,你不見內中同謀女婿鍾心,奉旨就發京江都督,同巡撫會審。你直到鎮江府堂上,受些刑法去。

(副淨慌介)呀!此事我一些不知道。大哥,

【前腔】我將文章假,詩賦偷,抄賣人間權度口。(外)這廝真像要做西席的謙起文字來。(副淨)便是這鍾心名字呵,止借他竊玉偷香,肯替他披枷帶杻?(淨)這賊都説些甚麼?(副淨)煩大哥再替我回聲,小子還有分辨。(外)你當堂自認下來,誰敢代回?胡賴時,到承審衙門,一頓拶指夾棍,不怕你不招。(副淨哭介)怎了怎了?正是花星打脱災星透,癡情未了冤情湊。一定是小鍾狗骨頭做的事,如今不知逃去那裏了,反叫我弄假成真不自由。

(淨)死囚搗甚麼鬼話?

(副淨)大哥我當真不姓鍾。

(淨)不姓鍾姓鼓?

（副淨）我自姓賈。

（外）這廝方纔自稱有名的鍾相公,怎麼又得假?

（副淨）大哥,你不知而今這些名士相公都是假的?

　　故着浮槎替入舟（杜　甫）,無端歡喜却成愁（元稹）。
　　鴛鴦有伴誰能羨（女郎咸）,空戴南冠學楚囚（趙嘏）。

第三十二齣　庵　　留

【引子・玉蓮蓬】（貼道扮上）三千法界,三千色界,總是空無礙。問佛何在,便屠兒刀頭堪解。

【集唐】數聲雞犬白雲中,似隔仙源無路通。此外俗塵都不染,心持半偈萬緣空。自家崆峒公主是也。從那日戰敗,感蒙佛力慈悲,逃得性命,又虧書生良言勸說,省悟前非,屏除殺念,來至滁陽萬山之中,結就一菴,焚修懺悔。近聞亂信,轉覺猖狂,莫非二妹不聽吾言,依然反叛?但我一心持戒,外事絶不與聞,這也顧他不得了。且喜每每入定之中,便見一笑和尚手攜布袋念珠,向我現身點化,因而萬慮皆空,頗有慧悟,故此題為彌勒菴,法名慧空。昨日入定,又見彌勒道今有忠臣之婦到菴,叫我好生留住,以結後來一段未了公案。且看有誰到此?正是:迷途一綫行難出,慧業千層悟即通。（下）

【引子・顆顆珠】（淨扶老旦哭上）嬌女掛心懷,重重奇禍,痛極病難捱。奶娘,我自小姐亂離,痛心如割,又聽得紛紛傳說,老爺為通同反寇,奉旨挐問,還有我家侄兒同謀,在逃未獲。這場冤禍,不識因何而起?兀的不痛殺我也!（哭介）

（淨）夫人且莫悲傷,此事不知是真是假,那鍾相公業已赴京,那有此事?又稱甚麼女婿,豈不奇怪?

（老旦）只怕就是蔡節記念前譬,故將他們謀害。如果事有不測,我還要此性命怎麼?（倒介）

（淨）夫人醒來!咳!你連日感冒風寒,病體十分狼狽,怎經得起這等傷心?且勉強撐扎一程,再做道理。（扶老旦起介）

（老旦）咳！我其實行走不動，尋個宿頭歇了罷！

（淨望介）夫人，方纔行路失迷，錯過宿頭，竟走到山谷之中，天色已晚，並無歇店，如何是好？

（老旦望介）前面茅簷數間，像是人家。且扶我到彼，借宿一宵也罷。

（淨扶老旦行介）呀！一座茅菴。上面有字"彌勒菴"。如此更好。（叩門介）

（貼上）松風為梵語，曇月作禪燈。（開門見介）二位何來？小尼稽首了。

（老旦）原來一位女師父。老身因逃兵難，迷失路途，欲求寶剎，借宿一宵。

（貼）如此請進。

（淨扶老旦進坐介）

（貼）看你言談舉動，不似小戶人家，這般落魄，卻是為何？

（老旦）姑姑聽稟。

【雙調過曲·孝南枝】遭時亂，值運乖，女孩兒中途生拆開。（貼）原來失散了令愛。（老旦）年老更龍鍾，一病多狼狽，實難佈擺。月黑山深，驚起上方休怪，可憐氣喘噓噓，恕我深深拜。（貼）咳！看你容顏悲戚，神色驚惶，想來還有別情，乞道其詳。（老旦哭介）姑姑，你休相問，教人實愴懷。我自吞聲總是無之奈。

（貼）你若果有別情，何不對我說明？就在此菴中權時避避也好。

（老旦）若得姑姑相留，恩當重報。如今只得實說了。老身丈夫，便是淮揚都督陰紅。不知為何朝廷說他通連反叛，奉旨拏問。好不冤枉殺人也！（哭介）

（貼驚介）原來就是陰夫人！如何都督忽然有此一變？請問夫人還有個秀才鍾心，如今安在？

（老）那鍾生是我侄兒，聞得也為此事在逃未獲。

（貼淚介）原來如此。

【前腔】思往事，實可哀。果然忠臣身受災。（老旦）姑姑為何下淚？又怎麼曉得鍾生？（貼）夫人，俺非別人，即崆峒公主是也。（老旦驚介）為何出家在此？那作亂的又係何人？（貼）夫人不知，那日俺因戰敗，一騎潛逃，到一古廟，遇見那生，虧他良言勸順，俺便悔悟前非，又感佛光顯化，情願出家，不敢再反。因將斷袍半幅，寫作血書，交那生呈上都督，差人送至山寨，叫我兩個妹子一併歸降。俺就雲遊到此焚修了。罪業猛除開，便富貴何心愛？因此上僧冠忙戴，雲水逍遙，早脫離頓紅塵外。（老旦）這也難得。想是侄兒聞亂依舊回來，今日同遭此禍，一定朝廷不准招安，因而見罪。（貼）如此說來，到是俺害了他們也！（老旦）這是邪佞相讒，暗把忠良害。（貼）咳！都督雖被奇冤，聖明在上，諒有敢言之士，代為剖白。夫人且在小庵住下，慢慢打聽他們消息便了。要回天須得敢諫才，一陳情自把奇冤解。

（老旦）多謝姑姑！

（老）雙袖龍鍾淚不乾（岑　參），楚天極目恨漫漫（司空曙）。

（貼）經聲夜息聞天語（沈佺期），獨閉空山月影寒（顧　況）。

第三十三齣　脅　賣

【雙調過曲·普賢歌】（小丑扮瞽目上）天生瞽目強摩挲，講命為生沒奈何。子平談的訛，五星差的多，年老孤貧無結果。小老姓十，雙名由人。本是尤者過也，只因講命為生，常言道由命不由人，遂順口叫了這倒甲之由了。祖籍姑蘇人氏，進京投親不着，流落多年。這斜對門便是禮部尚書文府，因是同鄉，和他府中人講命談星，往來甚熟。昨日有個嚴媽媽，帶着一位甚麼官家小姐，也是下路人，兵亂回家不得，來到京師。租我後邊半截空房同住，已經半月。今日打點，向他要些房錢。天色尚早，且往街上走遭回來再講。正是：萬事不由人算計，一生都是命安排。（下）

【南呂引子·小女冠子】（小旦上）隨風飄絮驚魂墮，傷弱體，受奔波，親骨肉不見依誰個？天涯獨坐愁難破。

【荷葉杯】又是惱人時候，春晝，回首故園非，異鄉花鳥總堪悲，愁鎖眉。奴家自與母親失散，幸遇嚴媽媽挈伴同行，聽得賊兵已過江南，歸途有阻，因念鍾家哥哥在京御試，來到都門。怎奈一時尋訪不着，只得權且住下。喜得房主人年高瞽目，獨自一身。今早除下一股金釵與嚴媽媽糶些柴米，尚未回來。(歎介)想我千金之軀，一旦流離至此。爹媽何處？奶娘何處？好傷感人也！

【過曲・太師引】吃緊的歸路賒，又拆散娘親夥。痛乳燕啾啾離窠，每日價影隨形伴，到晚來夢少愁多，將淚洗殘妝界破，還說甚鬐綰青螺。(淚介)爹娘嗄，知你的安危若何？可怎生天南地北拋開我？前着嚴媽媽打聽，恩科正在此時，怎麼鍾家哥哥杳無音信？不知是京師地廣，難以尋求，又不知是為那題帕之人，他方留戀？咳！則怕他功名得意，也未必屬意於我。我這番打聽，好沒來由也。

【紅芍藥】羞殺人並頭訛，貪他甚折桂朵。則怕近天杳別，自有嫦娥，反叫我相思咫尺如天濶。前日若非嚴媽媽相遇，已不知死在何方，料今生也不能和他相見了。算來算來，此事難存活。假若是途路裏有些差錯，鍾生呵，怎知俺一堆怨骨委荒坡，縱死恨難磨。

(丑急上)身孤災更至，心急步偏遲。小姐快開門。

(小旦開門見介)媽媽何事慌張？

(丑)你每日叫俺尋甚鍾心秀才？幾乎惹出禍來了！

(小旦急問介)有甚麼禍事？

(丑)老身纔往市中糶米，見一出場相公，扯住問他，場中可有個蘇州鍾心秀才。那人"咄"得一聲道："這婆子好大膽，你不見那邊掛着告條麼？"老身吃了一驚，果見十字街頭，一張告示，許多人看。有的念道"淮揚都督陰紅"，正是你家老爺名字。

(小旦慌介)俺爹爹便怎樣？

(丑)原來通連反寇，奉旨拏問了！

(小旦驚哭介)有這等事，俺那爹爹嗄！(痛倒介)

(丑)小姐蘇醒！

【大石過曲・催拍】(小旦)痛爹行無風起波，矢忠誠竟都成禍。誰把奇冤代剖，奈煢煢弱女，阻隔山河。(丑)如今正在出示緝拏家眷，小姐休要聲張，不當穩便。(小旦哭介)爹爹既已被禍，奴家何用生為？縱遜緹縈，敢讓曹娥？恨不得同葬泉窩，忍獨自求生活？且住！此事與鍾心有甚相干？

（丑）告示上寫的明白，同謀女婿一名鍾心。原來就是小姐尊夫呢！

（小旦驚介）這等益發奇了！鍾生如何不在京御試，反去俺爹爹軍前？又稱甚麼女婿？這等禍根由，竟不知為着何事？

【一撮棹】聽說罷叫人越驚呲，這壁廂鼇頭上奪巍科，那壁廂虎口內忿干戈。怎拖牽一謎裏陷冤河，當日輕分手，何時東床臥？難猜度，只落得淚如梭。

（丑）小姐且住啼哭，莫要使人知覺，連累老身！

【尾聲】（小旦）媽媽！似這等慘嗑嗑弔下全家禍，料不定流落天涯事若何。天，怎不把薄命奴身代折磨。

（小丑上）要知心腹事，但聽口中言。小姐不須傷悲，老爺暫時受屈，久後自明。只是目今要挈家眷，此處房卑屋淺，難以藏身。小老有一兄弟，在相府中做些勾當，除是那邊可以暫避。不知小姐意下如何？

（小旦）奴家一介女流，焉有借住人家之理？

（丑）急難中怎說此話？況有老身作伴，不必多疑。

（小旦）如此全仗媽媽。

（小丑）小姐快請收拾，待小老同嚴媽媽前去說明，便好同去。（小旦哭下）

（小丑扯丑介）先生怎麼說，捏手捏脚的起來？

（小丑笑介）有一宗財物要和你商量。

（丑）財物在那裏？

（小丑）小老那有甚兄弟，倒聽得文府中要討個精細丫鬟，說了許多，都不中意，據你常說，這小姐人物齊整，諸般伶俐，何不將來賣與他家？一則得了銀子，二則脫了干係，却不是很好？

（丑）則怕使不得。

（小丑）甚麼使不得？事成之後，和你逃往他方便了。

（丑）既如此，我先安伏下他，你自往文府講價便了。正是：翻

手為雲覆手雨,兩人歡笑一人愁。(丑下)

（小丑）行行去去,已到文府門首。怎靜悄悄的?(聽介)

（淨上）朝內三公位,門前七品官。這是卜瞎子,在此何幹?

（小丑）原來是李大叔。聞得官府內要討丫鬟,小老倒有一個,十分精細,相煩大叔作成,自當重謝!

（淨）要便要,却是難得中意。

（小丑）這是包管中意的。

（淨）多少銀子?

（小丑）但憑吩咐。

（淨）銀子不少與你,竟是一個元寶,除下十兩做我的謝儀。

（小丑）再除十兩,也存大叔這裏。

（淨）為何?

（小丑）是小老偏手。

（淨笑介）這瞎子倒是積慣。

（末上）關防無字入,笑語有人來。瞎子亂撞些甚麼?

（小丑）小老有個丫鬟,煩李大叔賣入府中。

（末）老爺主試入闈,關防嚴緊,如何使得?

（淨）這是老爺一向吩咐過的,值甚恁大驚小怪?

（末）吩咐不吩咐,怎偏偏要在此時?既如此,不許聲張,夜晚悄悄領來,送進府中便了。

（小丑）這等一邊交人,一邊領銀罷!

（淨）使得!

（淨）偷人須從月下移(吳　融),(小丑)浮雲流水自相隨(朱放)。

（末）院門晝鎖廻廊靜(李商隱),　(合)若問旁人那得知(崔灝)。

第三十四齣　美　　合

【仙呂引子‧黃梅雨】(貼上)懊恨弓蛇,反把多才棄,又風影天涯愁繫。怎得他杏花紅狀元及第,更博個小登科雙賀喜。奴家輕雲是也。自用計驅逐那假鍾生,原待那真鍾郎成其好事,誰知老爺始既認假為真,後復以真當假。前日楊爺出使回京,提及為媒,老爺反對說鍾郎有才無行,怒而不允,所以小姐十分憂慮,無計可施,又聞淮揚都督陰紅反叛一案,內有同謀一名女婿鍾心,竟認作鍾郎,捨此另婚,並罹其禍,益發驚疑未定,愁悶轉深。老爺今為恩科主試,奉詔入闈,只得輕雲和小姐二人相對,百般勸慰,難解真愁。天呵!兀的不斷送人也!說話之間,小姐出房來了。

【引子‧鵲橋仙】(旦上)淡月初斜,輕寒欲退,又早是撩人天氣。(貼)小姐,你傷春滋味慣些兒,怕不似這番憔悴。小姐,方纔院子來說,買了一個丫鬟,少刻便送進來。

(旦)由他罷了。

(貼)今日好月色呵!小姐何不向階前一步,少遣悶懷。

(旦)咳,你好不曉我心事也!

【過曲‧勝如花】嗟緣斷悲禍隨,平日地風波疊起。眉堆着萬種深愁,都變作兩行珠淚。點兒心寸,絲兒驚碎。(貼)鍾郎之事,虛實未知,你好好恁般愁悶,豈不負此良宵?那嫦娥敢笑人也。(旦)咳,這衷腸良宵怎題,暗傷懷嫦娥自知。鍾郎此間失望,自然另結朱陳,叛案牽連,未知虛實,這聯婚陰氏一定無疑了。薄倖人兒,他只顧紅絲別繫,誰想陷鴛鴦羅畢,羞殺人訂前盟枉自心癡。

(貼)小姐,天下姓名同的盡多,安知不就是假冒那廝?若據我看,那鍾郎呵,

【前腔】心如醉,意似癡,一靈兒咬定這良緣夢裏,縱鼠牙雀角難逃,忍燕侶鶯儔重覓。你何須蹙愁眉死臨侵地。那晚輕雲付他手帕之時,他說隨即進京,尋楊爺作伐。既有恩科之便,豈不靜候御試,反去淮揚兵火場中,做甚麼來?怎放着鳳凰池輕輕遠離,反陷入虎狼穴惺惺自迷。莫恁驚疑,他是個多情班輩,假饒你化夢裏望夫山石,枉了他守陽臺半世孤幃。

(淨帶丑同小旦上)隨我這裏來。

【正宮引子‧縬山月】(小旦)事急且相隨。媽媽,昏夜裏去投誰?(淨丑耳語介)(小旦)他瞞神唬鬼,我心自疑。(丑暗下)(淨)輕雲姐,新來的姐姐在此。領見小姐去。(小旦驚介)呀!這聲息

不好也！嚴媽媽那裏？（貼出暗驚介）好個標緻丫鬟！過來見了小姐。（小旦萬福介）（旦見驚介）是好一個女子！你既賣入府中，為何不知規矩？（小旦）啊呀！俺為避禍而來，怎說賣入你家？快叫嚴媽媽問他！（叫不應哭介）痛時乖又罹奸計。（旦貼相顧驚介）原來被人拐賣的，喚院子過來！（淨）小人在此。（旦）這女子被拐來的，快着原人帶回。（淨）稟小姐，那原人已經得銀去遠了。（旦）休胡說！快去趕來！（淨佯應下）（小旦背哭介）只落得孤身無主，血淚空垂。

（旦）那女子且自耐煩。看你言詞舉止，非係下賤之人。方纔說避禍而來，端的為着何事？

（小旦哭介）小姐，

【過曲・雁過聲】衷腸事怎提？（住口介）（旦）但說不妨。（小旦）為兵荒途路慈親失。（旦）那嚴媽媽是你何人？（小旦）他鄉邂逅相依倚。（旦）你家鄉何處？（小旦）望諸暨有翅難飛。（旦）姓甚名誰？你父親何等樣人？（小旦）暗吞聲欲言又已。（旦）你若有甚冤情，諒我相府之嚴，豈難相庇？快快說來。（小旦哭介）罷！罷！不如索性說明，與俺爹爹同死一處罷！小姐，奴家陰氏，小字麗娟，父親曾任淮揚都督。進討崆峒，不知為何奉旨拏問？（旦貼驚介）（小旦）說將來腸斷矣。他行素係忠良輩，誰料丹心遭禍危。

（旦起介）原來就是陰都督小姐。快看坐來！（同拜坐介）

（旦）請問小姐這案內有個同謀女婿鍾心，想必就是小姐尊夫了。

（小旦背介）這女婿二字竟不識何從說起？

（旦背介）呀！看他含羞不語，此事益發無疑了。

（貼）待輕雲細問他一問。

【前腔】聽啟，那鍾生家居那裏，生何業農工未知？（小旦）洞庭人是舊門第，吳江學試屢魁。（貼）年紀多少，人物如何？（小旦）論儀容年方二十，端的是風流人物美，則怕天涯淪落多憔悴，不似當年那整齊。

（旦貼背驚介）如此說來，果然竟是鍾生了。

【前腔】(旦)堪悲!似公冶包羞忍恥,枉教儂背糙臺暗卜佳期。枉教儂盼殺早折蟾宮桂。小姐,你和他何時會甚日離,定然是做夫妻恩情滿美。(小旦)奴與鍾生,中表兄妹,自去秋一別,直至於今,並不知有婚姻之事。(旦)説那裏話?誰管他輕狂忒浪子,既是你天緣註定成佳配,又何事人前佯未知。

(小旦)小姐再三詢問,不知何以認得鍾生?

(旦面紅不語介)

【前腔】(小旦)堪疑!和他甚瓜共蒂,直恁的關心事頻將口提。更聲聲似有含酸意。奴家一時昏昧,不曾請問小姐貴姓芳名,大人官居何職?(旦)奴家文媚蘭,父親忝任禮部,現今主試恩科。(小旦背驚介)呀!那帕上題詩的正是甚麼文媚蘭。聽他語言大是有心,原來就是此人了。怪道他淚偷垂,話兒裏藏頭露尾,原來是有心人同一會。我待把情詞勘出風流罪,少不得贓坐香羅未許推。且住!我今初次相逢,不知他如何情性。設或含羞不認,豈不弄出事來?況我一身落難,且自消停。

(貼扯旦背語介)難得陰小姐來到府中,設或鍾郎日後事定,竟有異心,先將他留下做當,豈不是好?

(旦點頭介)小姐,你今孤身遇難,何不權在此間一避,待令尊事體平靜,送你回家,意下如何?

(小旦)多謝小姐!

【尾聲】難途中幸遇蒙恩庇,(旦)且寬懷不棄相依倚,(小旦背介)我也待就便乘機冷眼窺。

(小旦)只緣恐懼轉相親(杜　甫),却恨橋頭賣卜人(李商隱)。

(旦)薄倖兒郎芳信斷(王之渙),大家相對各沾襟(劉長卿)。

第三十五齣　瞽　　首

【縷縷金】(小丑瞽目急行上)雙目瞽,黑似陰。行行都不辨。夜深沉,逃出荒郊外,由他是怎?天教老運發多金,落個人同寢,落個人同寢。俺卜由人哄了陰小姐,賣與文府兑了三十兩雪花官銀,還有十兩偏手,在家不敢停留,隨同嚴媽媽連夜出城。行了四五十里,嚴媽媽拖在後面,想放子水哉！我想我是鰥的,他是寡的,倒好做對老夫妻,且等他上來,挑撥幾句,看他如何。

【前腔】（丑急行上）憑瞽目,昧初心。冤愆輕擺脱,獲多金。暗想豪門内,知他是怎？一邊行路一邊驚,噴嚏難廝禁,噴嚏難廝禁。卜先生,卜先生。

（小丑應譚介）

（丑）行了一夜,東方漸漸白了。這裏鄉村僻靜,一個土地廟,進去歇歇。

（小丑）罷哉！（同進坐地介）

（丑）銀子在那裏？取來分了罷！

（小丑）喏,一大包在此。但是有句話,冲撞媽媽,休見子怪。小老今年八十八,媽媽今年七十七,你無夫我無婦,倒好一對老夫妻。這銀也弗用分開,和你攜往他方,做起人家,却不是好？

（丑）休得取笑！

【駐馬聽】（小丑）話説知心,和你老做夫妻共枕衾。（丑）這老兒瘋了！老身不知見過了多少,怎老來偏看上個瞎子？（小丑）咳！這是補鍋鍋補,端的蓋合油瓶,恰好瑟瑟琴琴。你婆婆不似海棠陰,休怪梨花壓得些時塺。（抱丑摸介）憑着咱瞎搗深深,呀！早摸着濕淋淋老蚌把襠兒浸。

（丑叫介）

（小丑放手介）媽媽,老自老,到還是水的。

（聞介）啐！是方纔放子個溺哉！

【前腔】（丑）老賊癡心,笑你上眼難將下眼尋。只好頭鑽褲底,鼻對陰聞,口被毛侵,怕不龍鍾跌倒在牆陰。問穴中窺得些兒甚,便是那些話兒,癱瘓痳淋,一似公雞打水多寒噤。

（小丑笑介）媽媽倒像經過小老手段的,恁般打趣盡情哉！

（丑）呸！（背介）這老兒不是好人。不免哄得銀子到手,將他撇下,竟回家鄉。卜先生,你要俺做夫妻,俺一日要早魚晚肉的享用,你可依得麽？

（小丑）依依依！做那銀子弗着儘子你吃罷哉！

（丑）俺一身要夏羅冬絹的穿扮，你可依得麼？

（小丑）依依依！做那銀子弗着儘子你穿罷哉！

（丑）俺們老自老，一夜三次要會戰，不許你掛免戰牌，不許你上陣便求饒，你可依得嗎？

（小丑）依依依！拼這老命弗着個儘子你弄罷哉！

（丑）既如此，你脫了衣服。

（小丑脫衣弔銀介）

（丑）甚麼響？

（小丑賠笑介）這是小老的弗是，打子個偏手。如今送與媽媽做見面錢，好麼？

（丑）也罷！神前一領破拜蓆，你放下銀子，先去睡下，待我關了廟門，省得有人看見不雅。

（小丑）媽媽老在行弗差個。（睡介）

（丑）大小兩包銀子，都取來放在腰裏。此時不走，更待何時？正是：俺便宜得來千個喜，直叫他奸謀使去一場空。（丑做扣門下）

（小丑催介）（叫不應介）

（披衣起聽慌介）弗好哉！走哉走哉！（摸介）大小兩包銀，都被拏去哉！活氣殺哉！活氣殺哉！

【越恁好】財爻一夢，財爻一夢，失去好傷心，一天好事難成就，枉貪淫。憑咱瞎呼瞎叫瞎跟尋，將人撒吞，渾身氣得如冰禁，渾身氣得如冰禁。

（小丑撞門不開叫屈介）

（生、老扮校尉上）靴白慣如鷹爪利，巾紅常得虎頭懸。俺們錦衣衛堂上校尉，奉令出城公幹。這是土地廟，裏面何人叫屈？（開門見介）是個瞎子。你被何人所騙？這般叫屈。

（小丑）列位爺，我瞎子姓卜，有一個婆子姓嚴，拐帶了陰都督女兒來京，央我賣與禮部文府。

（生、老）這是奉旨緝拏的欽犯眷屬，如今那婆子何在？

（小丑）他許我同做夫妻，誰知來到此間，將我撇下，銀子盡行拐去。氣他不過，要到官前出首，煩列位攜帶則個。

（生、老）這拐賣之事，一定是你同謀，又老沒廉恥，思量勾搭那婆子，反被那婆子所騙了。

【前腔】笑伊短見，笑伊短見。作拐望分金，小騙逢大騙。無珠眼被欺侵，貪財戀色枉勞心。不曾落甚，快公堂出首憑官審，快公堂出首憑官審。

（老）夥計，趁早將那婆子趕回來便好。

（生）那裏去趕？依我説陰紅的女兒倒要緊，不可走洩風聲。將瞎子帶到錦衣衛堂上，回過本官，去文府提人！倒是好大一差呢。

（老）説得有理！

【尾聲】這是招魚餌度線鍼。（小丑）俺情願自首免罪把仇譖。（合）休教他驚鳥聞風竄遠林。

（生、老）鬢毛白盡興猶多（司空圖），（小丑）白口相思可若何（李商隱）。

（生、老）得意事爲失意事（杜　甫），（小丑）春風還爲起微波（温庭筠）。

第三十六齣　閨　叙

【引子·帝臺春】（旦上）梨花夜月，堆起一簾春雪，挑盡了殘燈燼，恨擁翠衾難貼。（小旦上）紅粉飄零如斷梗，親骨肉生離死別。（貼上）看他一種愁腸，兩下都千廻萬折。

【青玉案】（旦）年年青草王孫路，怕目斷，芳塵去，憔悴春華誰與度？（貼）雲開翠野，月明朱户，盡是傷心處。（小旦）此懷畢竟憑誰訴，痛殺萍蹤相與聚，不為多情便多醋。（合）無聊心事，無邊愁緒，各把金錢卜。（貼）夜色已闌，二位小姐安置罷。

（旦）夜長難寐，你可烹些茶來，我還與陰小姐燈前一叙。

（貼）如此待輕雲就去。銀蒜押簾春寂寂，銅壺滴漏夜沉沉。

(下)

（小旦）小姐，奴家身在難途，幸蒙恩庇，情同骨肉，犬馬難酬。但日來細看小姐神情，不住長吁短歎。古人云，春宵一刻值千金，怎對此花陰月色，歡無半點，愁有千般，却是為何？

（旦歎介）咳！我心上有事的人，怎比得你來？

（小旦）呀！小姐，你反說了奴家呵！

【過曲・三仙橋】一自關河播越，似絮隨風，遭磨滅。萱堂撇下，那更嚴親冤未雪。歎異鄉風景劣，便是這睡夢裏魂難帖。苦，苦不過我生離別；痛，痛不過我罹冤業；愁，愁不過我虛颺颺一身孤又怯。怎比得宰相你親爺，向羅綺叢中共歡悅，少甚麼狀元郎，須有日一雙雙同住在鴛鴦舍。

（旦）小姐，止知其一，不知其二。

【前腔】雖則你時乖運拙，偶然間被拋撇。須有日重逢骨肉，聖明冤易雪，吃緊的好夫妻歡愛別。你道我華堂中愁來較可些，怎知我恨茫茫無休歇，思悠悠不斷絕，急煎煎這衷腸對着誰說。（小旦）奴家交淺言深，你我女孩兒家有甚說不得的話？（旦）說將來和你有干涉，怕不是女孩兒家勾當也。（小旦）小姐，這話好不明白。（旦）你休絮叨叨問分明，越教人撲簌簌淚珠惹。

【前腔】（小旦）看他話在口又藏舌。小姐，我猜來非為別。（旦）猜甚麼？（小旦）有個人兒是伊心罣惹。（旦驚介）有甚麼人？（小旦）他姓鍾，是我中表雁行列。（旦急介）呀，此話從何說起？（小旦出羅帕介）小姐，你看這是甚東西？（旦呆介）（小旦笑介）這供狀分明瞞不迭，則問你詠香羅是何時節？圖好夢有誰幫貼？小妹妹情願讓你做姐姐。（旦背介）這事兒叫我癡呆絕，羞答答對着他怎說？小姐，此事果是瞞你不得了。但你說不曾與他成親，這帕兒如何得到你手中來？若還是兄妹們比夫妻隔，知情話怎說的恁親熱？

（小旦羞不語介）（旦歎介）我想這方羅帕，當初付他之時，何等珍重，只道他謹慎收藏，始終如一。誰料好事多磨，徒留話柄。彼既棄之如遺，我亦何顏苟活？想起來好恨人也。（泣介）

【越調過曲・憶鶯兒】羞不迭，悲自咽，這事兒如何人前輕漏洩？好似路柳思攀旋棄絕。菱花被跌，鸞釵竟折，料難破鏡重圓釵再接。非饒舌，你夫妻着痛熱，只休將醜名兒把我下鍬钁。

（小旦）小姐休要多疑，我和他也只私下一盟。其實聯姻之事，連我也不知是何緣故。這帕乃臨別之時，他不好將小姐之事明對我說，遂將此羅帕付我，叫我細看便知，意欲兩全其美。想他為小姐費盡心機，安忍拋棄？你真個錯怪了他也。

【前腔】你休怨別，他心用絕，這香羅遞來費委折。莫把春占枝頭埋怨妾，腸牽影蛇，姻聯夢蝶，多情一樣同多缺。（旦點頭歎介）原來如此。（合）雲山疊，心灰淚血，誰把安危諜。

（小旦）奴家感小姐相待之情，生死不忍背負鍾郎。事體一明，自是同偕所願。倘遇禍生不測，相見無期，即當以死自誓，為女終身，不知小姐意下如何？

（旦）我和他形雖未接，夢已相親。若使永拋琴瑟，安忍另結鸞凰？今你我既有同心，則和你長守閨中，做一對無伴仙姑，逍遙一世，却不是好？

（小旦）既然如此，我二人何不就今宵一拜盟心，結為姊妹，生死不離？

（旦）說得有理。請問小姐青春多少。

（小旦）奴家一十七歲，七月初五日子時建生。

（旦）奴家也是一十七歲，四月二十六日酉時建生。

（小旦）這等小姐居長。姐姐請上，妹子有一拜。

（旦）愚姐也有一拜。（仝拜介）

【鬪黑麻】拜倒雙雙，星前誓設，從今後心腸，休教各別，生一室死共穴，願早遇才郎，同心並結。花殘月缺，蘭房甘寂滅。繡佛長齋，繡佛長齋，塵緣斷絕。

【前腔】（貼捧茶上）花影頻移，泉香正熱。見窗下喁喁，把情腸細說。二位小姐，你愁一縷，情千疊，莫姊妹談心把梅香硬撇。方纔梅香聽得多時，既是二位小姐情願共守鍾郎之盟，永無異志，輕雲亦願服侍二位小姐終身，不知肯容納否？（旦）你與我自幼相隨,焉肯離你?(合)餐冰茹雪,柔情堅似鐵。遙憶天涯,遙憶天涯,驚魂暗掣。

【意不盡】(合)烹泉閒話春庭月,早香爐羅幃清漏徹。(小旦)姐姐,你和鍾郎相遇的事情,妹子還不知其中詳細。(旦)咳,若提起此事根由,待枕上和伊悄悄說。

(旦)愁雲怨雨盡成羞(魚玄機),(小旦)萬事風波一葉舟(李商隱)。
(貼)舊恨新愁相接續(戴叔倫), (合)雙雙孤夢擁香簫(李　端)。

第三十七齣　代　　拘

【越調過曲·水底魚兒】(四雜扮校尉帶小丑上)令出威嚴,錦衣堂上籤。窩藏眼點,知情有瞽瞶,知情有瞽瞶。俺錦衣衛堂上校尉。這瞎子出首了陰紅的女兒,賣在禮部文府,奉令特來拘提。此間已是,門上有人麼?

(末上)絕異門如市,真同雀可羅。列位何來?

(雜)你府中收藏着犯官陰紅的女兒,俺錦衣衛奉旨來拘。快去通報!

(末驚介)俺老爺主試入闈,關防嚴緊,誰曉得甚麼陰紅女兒!

(小丑)大叔,便是前晚那丫鬟,婆子拐了來賣的。如今小老出首了。

(末)呀!那丫鬟便是這瞎子引進,俺府中曉得甚麼陰紅不陰紅?他今反行出首,莫非要圖騙俺府中不成?(打小丑介)

(雜攔介)這是奉旨的,動手不得。快喚那女子出來便罷!淘甚麼氣?

(末)既如此,列位少待,俺喚他出來便了。

(雜)這個纔是。(帶小丑下)

(末)咳,那晚不聽吾言,果然弄出事來。則怕老爺出場,許多埋怨。這且休題,且去報知小姐,喚那女子出來,交與來差帶去,再做道理。輕雲姐,快請小姐出來,院子在此稟事也。

(內)來了!

【越調引子‧霜天曉角】(旦上)花飛萬點,紅淚妝臺染。(小旦上)愁的來翠裙寬展,(貼上)心內事,上眉尖。

(末)小姐,不好了!前日買的那女子,竟是犯官陰都督小姐。如今那瞎子出首了,錦衣衛奉旨來拘,請小姐速速作主!

(旦、小旦、貼齊驚介)呀!這等如何是好?

(小旦哭倒介)

(旦、貼扶起喚介)妹子蘇醒!

【過曲‧繡停鍼】(小旦哭唱)禍事頻添,唬散驚魂血淚淹,這場冤恨誰憐念。爹爹嗄!到不如困守窮簷,圖甚麼蕭曹貴顯,反做了絳灌髡鉗。可知道功名世路風波險,到而今摧殘骨肉盡冤沾,拚同向黃沙命掩。

【前腔】(旦)聖旨森嚴,待把他抄沒全家老少殲,奇災忽下如飛焰。(哭介)妹子,你弱質孅孅,怎經得無情枷鎖?生斷送柳頓輕春筍尖,伏公堂無計遮羞臉,好叫我心如刀刃淚空潛,怎捨得將伊拋閃?

【望歌兒】(小旦)猜嫌,我和你萍水相遭沒半點,實指望寂寞蘭閨,同了却今生荏苒。從此分離難再覿,身投深塹。(哭介)姐姐,你妹子此去,決無生理。異日鍾郎之事,若蒙恩赦,你二人永遂前盟,可對他說道,妹子今生不能報他之情,倘死而有知,願以來世,但願他覓歡娛共你諧久遠,切莫要廢寢食把我來悲念。

【前腔】(旦)情黏,我若待由伊去,心兒痛轉添。若待要救你安全,又無計將伊遮掩。父在闈中,俺女孩怎扶危濟險?院子,可有甚麼計策,打發那公差回去?(末急介)小姐說那裏話?這是叛案家屬,收留在家,還怕與老爺有碍。早早把陰小姐送到官前,保得無事便好。怎反要回起那公差來?(旦)這等如何是好?那壁廂怕爹行驀生生冤罪染,這壁廂為姊妹痛煞煞心情欠。

(末催介)

(小旦哭介)罷罷!奴家便到官前也是一死,不如早早尋個自盡罷!

(小旦撞地旦抱哭介)妹子,且休要如此。

【亭前送別】看他氣息已奄奄，功令又炎炎。（小旦哭介）姐姐，我今生生望少，泉下反甘甜。我那爹爹嘎！冥途渺渺兒先占，到省得血染鋒銛。

（旦哭介）妹子，我和你前盟未遠，今值此危難，莫能相救，有何顏面立於天地之間？況你我事同一體，你若決意自盡，不如與你同死罷！

（小旦哭介）姐姐，我死是當然，你着甚麼來？

【前腔】（旦）妹子，我和你義重更情兼，共死有何嫌？忍堂前歡會寡，拼泉路怨魂添。淒涼燕塚同時殮，好齊諧地下鶼鶼。

（旦、小旦抱哭各欲投地介）

（末慌止介）小、小姐，這、這個斷然使不得！

（貼慌抱旦跪哭介）小姐，不必尋此短見，待輕雲替了陰小姐去罷！

（旦哭介）雖是你一片好心，只是我怎生捨得你？

（貼哭介）輕雲自幼相隨，蒙小姐恩養，名雖主僕，情若同胞。小姐今願捐生，輕雲何敢畏死？輕雲此去，一則可救陰小姐之危，二則可以全小姐之義。但求小姐開恩割愛便了。

（末點頭歎介）難得輕雲姐如此仗義。且喜那婆子在逃，瞎子不知真偽。小姐，就依了輕雲姐也罷。

【道和】（貼）念奴命輕如塵點，幼把恩沾，每日價待湘簾同將鍼線拈，更閒話清宵對夜蟾，眉颦色笑都無厭。忍教你輕生一命殲，坐視多危險。（小旦）輕雲姐，我的事情如何累你？這個斷然不得！（貼）小姐休如此說，但願二位小姐同心共守鍾郎之盟。輕雲棄此微生，死而無怨。（末催介）事不宜遲，小姐快依了輕雲姐主意去罷。（旦抱貼哭介）也罷！我今日將你割捨，實非得已。你此去好覷方便，等老爺回來少不得設法救你。（合）要重逢何處也？從今後晚妝成，再不見你扶花艷；夜香深，再不見你陪孤焰。愁只愁離魂冉冉，願早遇清廉，叫你早離冤塹。

（貼）小姐請上，待輕雲拜辭。

（貼拜旦扶起同哭介）

【包子令】珠淚盈盈千萬點,千萬點,情難割捨握蔥尖,握蔥尖。(小旦)輕雲姐,你是我恩人,請上受我一拜。(貼)說那裏話。(同拜介)(小旦)羨你雄稱巾幗無遺欠,叫我死生啣結將伊念。(末)輕雲姐就隨我出去罷!(貼行介)(旦、小旦上前末攔介)二位小姐不消出來了。(旦、小旦、貼相望叫哭介)只落得分離兩地恨重添。

(旦、小旦哭下)

(四雜小丑上諢介)

【尾聲】(貼)朱門辭出罹艱險,笑天壤義俠裙釵占,怎能似去燕重歸語畫簷。

(四雜鎖貼帶小丑同下)

(末)原來陰小姐和俺小姐結為姊妹。如此相投,虧了輕雲姐一段俠腸。這也難得,這也難得!

　　有感中來不自由(杜　牧),安危須共主分憂(李商隱)。
　　堪為烈女書青簡(劉禹錫),不啻秦人怨隴頭(胡　宿)。

第三十八齣　賜　　元

【雙調引子‧謁金門】(外上)文星聚,同會五雲深處。萬里鵬程齊振羽,鼇頭誰獨步。下官禮部尚書文岸,奉旨恩科主試,考選天下奇才,進呈御覽。今乃三月良辰,御筆親點狀元,大開金榜,不免就此俯伏。

(內)階下俯伏何官?

(外)禮部尚書奉旨恩科主試臣文岸謹奏。臣考取那士子呵,

【過曲‧鎖南枝】羞藏匱,待價沽。天人奏來真大儒。(內)誰可狀元?(外)選得金陵士子齊諧,宿學鴻才,可魁天下。微臣不敢擅專,伏乞聖恩面試。東海獲遺珠,荊山豈埋玉?(內)中式還有何人?(外)微臣謹體聖意,務得經濟之才,不取浮靡之士,僅得一十八人,一同進呈,候旨裁奪。螢窗下都曾讀異書,侍經筵正合瀛洲數。

（內）聖上有旨，即宣金陵士子齊諧冠帶入朝見駕！

（外）領旨！（向鬼門傳旨介）

（生冠帶捧笏上）策隱懷中扶聖世，雲生足下步天衢。金陵草莽臣齊諧見駕！願吾皇萬歲萬萬歲！

（內）聖旨道來！朕聞明君必賴良佐，爾乃南國奇才，東吳名士，可將治國安邦之策一一奏來。

（生）臣聞木從繩則直，人從諫則聖。又曰槃圓水圓，槃方水方。若上有堯舜之君，下有皋夔之佐，惟願聖上親賢遠佞，則國泰民安矣。

【前腔】那些都和咈，都是**古鏡模，修齊治平有萬卷書**。（內）方今賊勢倡狂，生民塗炭，治之之術，何者為先？（生）臣啟陛下，崆峒反寇，不過女子三人，烏合之衆。只緣承平日久，民不知兵，輭弱者望風而靡，豪強者乘間作橫。今惟一面征討，一面招降，不順者臨之以威，就撫者綏之以德。則亡城可復，賊勢自孤。**逆命顯天誅，投誠要招撫**。賊平之後，急須招徠流亡，使安故業。**憐顛沛須觀鄭俠圖，謀治安須讀賈誼疏**。

（內）聖旨道來，朕覽齊諧對策，言言經濟，果是奇才！欽賜狀元及第，即就館職，餘着分送各部觀政。量材授官，欽哉謝恩。

（生）萬歲！

（丑上）殿上袞衣明日月，階前幟影走龍蛇。錦衣衛臣陳方，奏聞陛下。今有陰紅之女，即鍾心之妻陰麗娟，被人拐賣文岸宅中為婢，經臣拏獲。現在朝門，請旨定奪。

（生大驚介）有這等事？

（外急跪介）臣適奉詔入闈，並不知情，望陛下恕臣失於覺察之罪。

（內）恕卿無罪。陰麗娟即發錦衣衛審明收禁。

（生急跪介）臣啟陛下，陰紅忠義素著，鍾心文學知名。今反形虛實未定，伏乞聖主寬仁，還當宥其妻女。

【前腔】昆蟲化，草木蘇，古來罪人都不孥。臣今孑然一身，並無家室。情願捐軀報國，乞假臣兵三萬，誓必掃蕩妖氛，以贖二人之罪。倘不成功，同甘斧鉞。臣曩曉誦孫、吳，他逆豎心應怖。（內）聽旨。齊諧文武全才，以身許國，朕心嘉悅。今仿漢朱買臣、司馬相如故事，即命巡按江南，兼督各路總兵，進討崆峒。賜與尚方寶劍，敕書一道，將印一顆，便宜行事，功成另敘。陰麗娟免發錦衣衛，即交司禮監暫養內廷，俟叛案審明之日，仍賜鍾心為配。齊諧年少未婚，該部議擇大臣之女以定好逑。欽哉謝恩！（生）萬歲！（外）臣啟陛下，臣有一女，年方待字，合配狀元，伏乞聖恩准奏。他年和貌，恰相符，臣敢冒天顏，求作主。

（內）准奏！齊諧賜婚文氏，先行拜允，奏凱完姻。欽此，退班。

（外）萬歲！

（生喜揖介）多謝恩師岳父大人！

（丑）狀元喜也！文老先生，聖上主婚，帶挈下官做個副媒如何？

（外）這個當得！

（生）那陰麗娟即求早早釋放。

（丑）一時送入內廷，交與司禮監公公便了。

（外）狀元且請遊街，明早拱候。纔瞻旭日辭金殿。

（丑）又引春風入玉堂。

（外、丑先下）

（四雜執瓜旗上）請狀元爺上馬！（行介）

【前腔】遭逢異，遇合殊，天邊御香新惹裾。春色滿皇都，馬頭杏花路。這狀元何足為榮，只可喜文小姐竟御賜為婚，又救了麗妹之禍。好僥倖也！那羨金鑾上榜開龍虎圖，喜得翠幃中締結鴛鴦譜。

策名飛步冠羣賢（劉禹錫），又泛駕鴦水上天（王　維）。

報主獨來須盡敵（胡　浩），藍田日暖玉生烟（李商隱）。

第三十九齣　窺　宴

【雙調引子·新水令】（外上，末隨上）驚心瑣事勾消罷，喜佳婿門庭先踏,綵結垂鴛瓦,準備着獸爐香,沸沸笙歌迓。下官為誤買陰紅之女為婢,事發被獲,幸蒙聖上寬仁,及歸細問其詳,竟係輕雲妮子,代被拘去。此事益發聲張不得,只好將麗娟認為己女。若鍾心事體得明,請旨完配,那時對他説知,連輕雲也一併歸他便了。(笑介)可喜者,狀元女婿門生益加親熱,又是天子主婚,非常榮遇,真不枉吾一向擇婿苦心也。今他一來進謁,二來拜允,已吩咐備下鼓樂酒筵。院子,狀元到門,即便通報。(末應同下)

【引子‧海棠春】(旦上)孽緣天賜頻驚詫。(小旦上)怪鸞帖偏訛月下。(合)心事對誰言,淚滴香羅帕。

(旦)妹子,我爹爹好沒分曉,忽求聖上為媒,將我賜婚甚麼齊狀元。你道此事如何是好?

(小旦)姐姐,那齊狀元不知與我們有甚相干?竟將輕雲姐救下,又肯捐軀赴敵,代贖我爹爹和鍾郎之罪,我心中倒有些疑惑起來。

(旦)那狀元素與令尊、鍾郎交好,亦未可知。如今聖上既有寬仁,異日輕雲回來,那姻緣少不得還你正主。只是我孽緣強合,辜負前盟。倘事不諧,惟有一死。(哭介)鍾郎,鍾郎,我和你既恁無緣,便不該做那好夢,既做那般好夢,為何又恁地無緣也?

(小旦)姐姐且免愁煩。

【過曲‧錦堂月】(旦)愁淚如麻,怪良緣夢裏,真變作南柯虛話。鍾郎,一幅春紗,可記得芋蘿山下?我猛拼着玉碎香消,你肯守定鸞孤鳳寡。妹子,奴甘罷,放着恁蕭郎,讓你鸞姝獨嫁。

(小旦)姐姐說那裏話,妹子受姐姐大恩,就是鍾郎有日相逢,怎敢偏背姐姐。

【前腔】非假,俺怎肯銀河獨駕,也拼向空門祝髮,同消受紙帳梅花。等那狀元到來,且和姐姐偷去一看,再做道理。(旦)看他怎麼?(小旦)看他,象簡烏紗,雖則是荷衣欣掛,問何如夢裏人兒,出落的風流俊雅。(旦)妹子此言益發好笑,便風流俊雅待怎麼?(小旦)姐姐,閒遊耍,且休要覓死尋生,痛腸無那。

(旦哭介)

（小旦勸下）

（丑上）書童年紀雖小，奴婢隊裏為高。自幼相隨伴讀，挑燈洗硯勤勞。服侍他登科及第，早把俺帶挈風騷，革退了書童舊號，簇新新大叔銜標。自家非別，新升大叔，仍管書童事是也。自相公淮安探親，留我在京，楊老爺又已外轉，我在他家住下。前日聽得陰老爺反叛案內，竟有相公同謀，老大吃驚。誰知他竟逃回來京師，改名御試，中了狀元。那皇帝老兒主婚，又將文府小姐，賜與為配，恰好是他夢中之人，豈不是轉禍為祥，天從人願？今日一則遊街，二來拜允，命俺做個頭導，先往文府中投遞喜帖，好不興頭！你看相公隨後早到也。

（生簪花騎馬領四雜執瓜旗上）玉鞭嬌馬踏香塵，簇簇宮袍柳染新。記得嫦娥相贈語，夢中人是看花人。下官改名齊諧，恩科欽賜狀元，遊街三日，且喜麗妹得蒙恩赦，暫養內庭，文小姐又欽賜為婚，數載相思，一朝如願。今者一來拜謁老師，二來登門謝允。明早就往江南赴任，進討崆峒。倘得成功，辨明冤枉，請旨將麗妹迎歸，與文小姐一齊完配，可畢我生平之願矣。左右，就打道往文府走一遭也。

【紅林檎】桃花浪暖魚龍化，只聽得一聲頭踏，向御街攔縱，委實風華。下官姓名已改，那兩位美人如何知道？誰料這黃卷青燈，早換過紅纓白馬。且住，麗妹見我羅帕，已知道有文小姐，偏又被拐賣入他家，不知如何氣苦？若文小姐窺破麗妹之事，可不也要撚酸？不知彼此相共，情性如何？意如麻，知他可一見相憐，那醋意爭差？

（到門丑投帖介）

（執事下）

（內鼓樂，末隨外上迎生介）

（生拜介）忝為桃李，兼辱絲蘿，皆大人再造之恩，實小子三生之幸。

（外）狀元英姿卓越，文學淵深。小女何能，得親箕帚？看坐！

（生告坐介）

（外）狀元奏對天廷，條晰當今時事，明畫周詳，不意衡文之士，又善談兵，可愛可敬。

（生）門生識陋才凉，過蒙老師相栽培，私心感戴，抱愧殊深。

（末跪稟介）酒筵齊備了。

（外）狀元請花廳少坐。

（內細樂，外攜生手下）

（末隨下）

【前腔】〔換頭〕（旦、小旦同上）堪嗟！問天公何故推聾啞，既是姻緣寡，又何必魂牽夢惹。（小旦）花廳上鼓樂之聲，想必狀元已經上席了。咳！狀元呵！桃源咫尺，怎知他哭哀哀懶飯胡麻。姐姐，這也怪不得你。説不得薦香衾幻若朝霞，怎辜負新詩羅帕？（合）如戲耍，難道浪蕩雲頭又飄別峽。

（內吹打，旦、小旦內窺介）

（小旦驚指介）呀，你、你看那席上坐的那分明就是鍾家哥哥，那見甚麼齊狀元？

（旦驚介）果然就是鍾郎，好奇怪！

【醉公子】見他，暗地裏彩鸞偷跨。莫非相貌相同，隔簾看不明白？（小旦）姐姐，再細細看個明白。據妹子想來，鍾郎因事在逃，一定改名赴考，故此爹爹被他瞞過，况此齊諧二字分明寓意於你我二人，不必多疑了。（旦笑介）這也想得有理。你看他今日呵，玉帶低橫，金花斜插，越顯得風流煞。（小旦笑介）更氣吐眉揚，料不似夢裏偷從花徑踏。（旦）妹子又來取笑。（小旦）姐姐，恭喜賀喜！方纔個彈珠淚，一會家改笑開顔，憂愁畢罷。姐姐，如今你事已成，妹子還不知如何結局呢？

（旦）鍾郎既已得志，你還愁怎麼？

【前腔】（小旦）淚灑，他怎知俺在銀屏這答。（旦）正是。只認你果在內廷呢。恨不得紅葉傳情，向御溝題罷。（小旦）牽腸煞，更累他受怕耽驚，恁弱怯書生，怎去親戎馬。（合）但願早奏凱歸來大家歡洽。

【集唐】（小旦）天緣種就豈尋常，（旦）春望逍遙出畫堂。（小旦）閨閣不知戎馬事，（合）一般離恨繫心腸。
　　（旦）妹子請回房去罷。
　　（小旦）姐姐請。（同下）
　　（內細樂，外攜生手，四雜隨上）
　　（生背介）方纔飲宴時，那繡屏後似有女子行動，莫不就是小姐？
　　【六么令】偷將眼斜，似風飄環佩，香透窗紗，只恨珠簾掩映繡屏遮。小姐呵，可知天臺還是劉郎踏，懷怎達，空對着一樹紅梨日影斜。
　　（外）狀元何事自言自語？
　　（生驚介）門生醉後失儀，望老師恕罪，告醉了。
　　（外）說那裏話？院子就移樽花下，與狀元盡此一日之歡。
　　（內細樂，安席坐飲介）
　　【八聲甘州】（衆）亭臺靜雅，涼雨過潤荼蘼香生滿架。翠禽飛下，疊青錢已發蓮芽。風吹游絲捲落花，畫舫烟波浸晚霞。堪誇，宴瓊筵人物風華。
　　【前腔】〔換頭〕偏佳，春光贏繡榻，把金尊痛倒，酒泛流霞。陽春雖溥，饒他富貴人家。玉鉤閒珠簾長不掛，惟有風點梨花香亂灑。堪誇，宴瓊筵人物風華。
　　（老扮內官捧旨急上）一封丹詔啣來急，萬里金城寇起多。（做闖入介）狀元快接聖旨。（生跪介）
　　（老）聖旨道來。崆峒兵困金陵，羽書緊急，即着狀元齊諧馳驛赴任，尅期進師，毋得遲悞，欽此謝恩。
　　（生）萬歲！
　　（老）聖旨嚴切，狀元作速起程。咱家自回旨去也。人間歌宴罷，天上使星回。（下）
　　（生）門生就此告別，
　　（外）左右掌燈，送狀元歸第。
　　【尾聲】（生背介）提兵去歲月賒，怕冷落香閨人盼嗟。（外）狀元，只望你奏凱歸來錦上花。

（生辭下）

（外）下官一向意中止有一個鍾心，却又有才無行，果然弄出事來。誰知這狀元更高十倍，後來楊令修提及為媒，喜得不曾依允。不然，豈不到錯過這文武全才的風流佳婿也！

相如擁傳有光輝（武元衡），才德雄名遠近知（張籍）。

年少功成人最美（楊巨源），和鳴雙鳳喜來儀（蘇頲）。

第四十齣　靖　亂

【引子·燕歸梁】（旦戎妝領衆上）金陵鼙鼓震天寒，聞內警，且回山。（小旦戎妝上）獨踞崆峒緊閉關，疲癃卒，入來難。

（旦）三妹，俺二人分兵兩路，齊打金陵，聞得朝廷差了狀元齊諧前來征討，直取崆峒，只得回兵到此。想他一介書生，焉知兵法，必料我遠歸疲頓，彼自不設提防，只消夜劫其營，必獲全勝。

（小旦）二姐言之有理，就此分兵兩隊前去。（同殺下）

【引子·破陣子】（生戎妝領衆上）四子兼通七子，將壇換却文壇，投筆班超年末老，掛印淮陰鬢豈斑，軍中也號韓。

【集唐】天塹長江勢若分，那堪青海漫生塵。書生亦有平蠻策，欲斬樓蘭報國恩。下官奉旨巡按江南，兼督各路總兵，進討崆峒草寇，探得賊兵圍困金陵，我却兼程倍道，直取崆峒，此乃伐魏救趙之計也。前已檄令諸將，來此會戰，中軍傳諸將進營相見。

（雜扮四將上）風吹鼉鼓山河動，日掩龍旂草木昏。衆將打恭。

（生）賊人已歸巢穴，金陵圍解。想彼狡猾異常，必料我因其遠歸疲頓，不設提防，今夜定來劫寨，可分兵四面埋伏，只聽軍中炮響連珠，伏兵盡起，須多設金鼓火炬，駭亂其軍，則賊衆一鼓可擒矣。

（四將）元帥之言有理。

（生）衆將官聽我吩咐。

【北醉太平】趁星明夜闌，把將伏兵安。聽連珠炮響震天關，齊殺出沒遮攔。（衆）得令。（四將下）（生升高坐介）（內發喊火起介）（生）呀！果見賊人來到也。俺機謀謹把孫吳按，他癡迷竟把空營犯,掩旂息鼓漫偷看,料功成在這番。

（旦領兵殺上）

【南普天樂】陣雲高,西風晚,馬枚唧,人甲袒。提刀鐧,提刀鐧,斬落重關。管書生夢膽生寒。呀!一座空營,俺中計也。孩兒們快退!見無人壁壘,旗槍插數竿。（內炮響喊殺介）（旦驚介）猛聽得四圍喊殺,喊殺海沸江翻。

（四將扮前後左右四營,各帶燈火齊上交戰,擒旦跪介）

【北朝天子】（生）看烟明火繁,喜軍威馬閑,喊連天伏起雄兵萬,長槍大戟,似貔貅一般,小崆峒怎掛眼。賊將何名?（旦）小將乃崆峒公主之妹賽百花是也。（生）你姐姐將斷袍寫下血書,與陰都督遣人招降。你為何不早早投順?（旦）小將至今不知姐姐下落,並不知甚麼血書戰袍,也沒見都督遣人招服。（生驚介）這就奇了,且與我監下。這機關怎參,豈虛言囈談,小蠻小蠻小小蠻,怪早不牽羊肉袒,上囚車知罪晚,上囚車知罪晚。

（拏旦下）

（生）眾將官,賊兵既來劫營,必有大兵隨後。你與我按九宮八卦,擺下一個鴛鴦陣者。

（眾）得令。（走陣介）

【南普天樂】白虎分,青龍按,元武明,朱雀燦,風雲佈,風雲佈,奇正更番,甲丁排凶吉旋還,把休生傷閉驚開景死安,羨妙算神機不枉,不枉拜將登壇。

（小旦領兵殺入陣中,眾擒跪介）

【北朝天子】（生）覷花枝女蠻,旋摘離錦鞍,鴛鴦陣葬盡英雄漢,騰騰殺氣,髮森森影寒,被擒來增愧赧。（生）賊將何名?（小旦）小將崆峒公主之妹勝木蘭是也。（生）你姐姐將斷袍寫下血書,與陰都督遣人招降,你為何不早早投順?（小旦）小將至今不知姐姐下落,並不知甚麼血書戰袍,也沒見都督遣人招服。（生）也與我監下。連擒二寇,已獲渠魁,掃蕩崆峒,在此一舉,眾將官可盡力殺上前去!快乘時飽餐,望崆峒遠關,飛趕飛趕飛飛趕,入虎穴休生退懶,掃妖氛如轉盼,掃妖氛如轉盼。

（眾殺下）

（老旦、淨同上）

【南普天樂】離茅庵，下山岐，走長途，揮塵汗。赤烏行，赤烏行，火熱龍盤，更心懷疑懼多端。老身蒙姑姑留住多時，今又將我引到海濱，道不久親人相遇，骨肉團圓。說罷飄然向西而去，想他定是奇人，不免在此等候。向綠陰深處，且潛身試看，只見四圍沙白，沙白風影迷漫。（下）

（生眾上）

【北朝天子】鎖愁雲遍山，染疎林血丹，切生頭滾地如瓜剖。（四將）稟元帥，崆峒已破，賊眾悉平。（生歡介）咳，若果依了下官，招服眾賊，早早歸降，豈不免此一番殺業？可怪那血書斷袍，為何不知下落？這其間好難猜度也。思量起往事，猛教人淚彈，女英雄堪扼腕。前營將官過來，你將此令箭，傳諭各營，凡遇賊兵投降，准其歸誠，毋得恣行殺害，違令者斬。（將應下）（生）左營將官過來，你將此令箭，招撫流民，各安故業。敢有動民間一草一木者，立即梟首示眾。（將應下）（生）右營將官過來，你將此令箭，把賊人所掠男婦，一概放還，各著親人認領，不許殺害奸淫，違者軍法從事。（將應下）（生）後營將官過來，你將此令箭，把賊營輜重，分賞眾軍，敢有兼併劫奪者，綁赴轅門，請令發落。（將應下）（生）令軍中數番，曉黎民盡安，請看請看請請看，齊打疊鞭敲鐙返，歌太平免塗炭，歌太平免塗炭。

（將上稟介）稟元帥，小將奉令安撫黎民，只見兩個婦人，口稱陰紅家眷，要見元帥，現在營外，請令定奪。

（生）快請進營相見。

（將應下，領老旦同淨上）霜侵短鬢家鄉遠，草掩長戈古道荒。（將下）

（生見介）果是姑母。

（老旦）原來是我侄兒。（共悲介）

（淨）鍾相公已做了官，好造化。

（生）不知姑母為何在此？

【南普天樂】(老旦)返家園,罷兵患。(淨)鍾相公,可傷小姐中途失散了!(老旦)痛嬌兒,遭難散。(生)姑母休悲,麗妹現在無恙。(老旦)賢侄何以得知?(生)姑父招撫崆峒,原是侄兒將其勸順,蒙姑父不棄,已將麗妹許配侄兒,後因朝廷見罪,侄兒改名齊諧,恩科得中,恰遇麗妹被逮入朝,隨於駕前救下,蒙恩交司禮監暫養內廷,待侄兒破賊功成,即赦案內諸人之罪,但侄兒又蒙賜婚文氏,必須回朝面聖,將前事一一奏明,方可一齊完配。(老旦喜介)原來如此。(生)但不知姑母向在何方,怎生到此?(老旦)我因逃離迷失道途,忽至滁陽山內,見一彌勒庵,叩門求宿,有一年少女尼,說起你姑父,他便感慨悲傷,留我住下,原來就是那崆峒公主。(生驚介)這女尼今在何處?侄兒正要見他。(老旦)他將與你相遇、勸降之事,已一一對我說知。前日入定醒來,忽說道,"崆峒劫運已終,一月後當有故人相訪,但我道行將成,不便相見。"因寫下五言八句頌子,將我送至此間,說道:"大兵平定,即當骨肉重逢。"他遂飄然向西而去,不知何往了。真堪羨,真堪羨,月貌雲鬟,勝男兒義膽忠肝。(生)這女子果是奇人,頌子安在?(老旦取出,生念介)不負斷袍約,蕭然雲水中。蒲團輕似甲,錫杖便於弓。殺業隨花雨,塵緣逐曉風。乾坤都是夢,何處有崆峒。呀!此女大有根基,可惜不能重會。且住,那崆峒二妹被擒時,我問他血書招服之事,他一字不知,連姑父遣去之人,至今亦無下落,這其中必有原故。(老旦)那蔡節前為聘請賢侄,與你姑父種下冤仇,今又聽得是他題參拏問,此事益發可疑了。(生躊躇介)如此想來,必係這廝探知消息,把去人中途短下,匿起血書斷袍,故將我們誣陷。也罷,侄兒如今巡按金陵,隨將蔡節拏問,抄他衙內,如將血書斷袍搜獲,即可究出真情,奏明聖上。(老旦)如此甚好。料天王明聖,奇冤雪不難,那時節重逢骨肉,骨肉,一慰愁顏。

(生)姑母且請後營安息。

(老)罷了。

【尾聲】(生)笑雲臺畫上又添個書生扮,從今後踢倒崆峒不見山。公主呵!(老合)則問你月冷雲閒何處驚?

劍光橫雪玉龍寒（王初），談笑論功耻據鞍（羊士諤）。
儒將不須誇郤縠（薛能），萬方臣妾一聲歡（薛　逢）。

第四十一齣　鬧　審

（丑扮獄卒上）癡愚偏不入，智巧此中存。自家京江府中獄卒是也。今日督撫司道齊到都督衙門，會審陰紅一案。二鼓已發，不免帶齊人犯，到彼伺候。陰老爺走動。

【北新水令】（末枷鎖上）福堂含怨隔丹霄，仗忠誠夢魂飛告，悲風疑鬼哭，淒雨動冤號。（丑）都督府二鼓已發，還這等慢騰騰的，快走。（末歎介）失勢英豪，對提牢卒也只得低陪笑。（同下）

（淨上）欲展屠龍手段精，自來恩怨最分明。無情只為多情種，不許多情便寡情。下官參劾陰紅，因候拏獲鍾心對質。前據杭州府緝獲解來，奏聞聖上，奉旨着與巡撫司道一同勘問，又因金陵被寇，下官與巡撫領兵守城，無暇及此。今聞狀元齊諧，奉旨巡按江南，督師進討崆峒，金陵圍解，為此約定今日會審，且等衆官到來，自有道理。

（內鳴鑼呼道，雜扮執事、衙內隨衆官上）。

【南步步嬌】是是非非多顛倒，何處論公道，風波各自招。作個緘口漁翁，鷸蚌由他鬧。膽量沒分毫，葫蘆提小意把功名保。

（外）下官欽命巡撫鄧清是也。
（小生）下官按察使司金國祥是也。
（小丑）下官鎮江府提刑史古度是也。（見介）
（淨）今日之事，只須盡法嚴刑，反情自然可得。
（外）是非自有公論。
（小生、小丑打恭介）大人見論極是。（各入公案坐介）
（丑帶末報門上）犯官進。
（生帶副淨報門上）杭州府解犯人進。
（衆喝堂介）（點名介）
（外）陰紅，你身為大將，受國弘恩，為何通同反叛，今日有何分辨麼？

（末）列位大人在上，念犯官呵，

【北折桂令】荷皇恩仗節持旄，誓把這忠孝名留，清白名標，只知道陷陣衝鋒，援枹抱鼓，斬將追逃。（淨冷笑介）這不過門面話兒，你現教女婿鍾心，與賊人割袍為誓，縱令逃脫，這還不是通同反叛麼？（末）此乃招安之計。（淨）你招的安在那裏？（末）咳，便做道無計算難將敵料，有差池易把安招，也不會悞了兒曹，背了天朝，待一謎兒除腥臊，敢半點虛囂？

（外）且帶下去，叫鍾心。

（末暗驚介）如何又有一鍾心？

（雜喚，副淨不應介）

（雜喝介）老爺喚鍾心，這廝妝呆討打。

（副淨慌爬上介）小人不是鍾心，爺爺。

（外）這廝好胡說，杭州府公文上，明明的寫着自供真寔，連年貌都開注明白，如何道不是鍾心？

（淨）老先生休聽這廝胡言。

（喝介）鍾心，你今日一般也有來見我之日麼？還敢花言巧語，不說事情欠真，反道姓名都假，還似從前戲弄下官。好生可惡，掌嘴！

（雜掌嘴副淨叫屈介）

（淨）你招也不招？

（副淨）小人不知招甚麼？

（淨）不打不招。

（丟籤打介）

【南江兒水】（副淨）似鐵心難禁如爐法怎饒？爺爺！念無知入井冤誰告，便是俺鬧鶯花敢把天朝鬧，盜鶯儔敢把山河盜，冒名兒反被名兒冒。（外）這廝不知說些甚麼？（淨冷笑介）想是又來說夢話了，且待我替你醒一醒夢。左右，拶起來！（拶介）（副淨）受刑不過招了罷。（哭介）天！屈打成招，下場頭風流業報。

（外）這廝既招，鬆了刑具帶下去。

（淨）陰紅若不動刑，如何肯認？帶陰紅。

（末上跪介）

（外）陰紅，你將已獲賊人，縱令逃脫，分明通同反叛，如再不招，也要動刑了。

（末）大人在上，陰紅只因悞聽賊人，欲其全夥多歸順。若是與賊通同，便不應殺他片甲無存了。那日與他交戰呵，

【北雁兒落帶得勝令】只剩他伏征鞍一騎逃，儘教些斷頭屍埋路草。俺原待洗干戈把巨賊招，也強似仗威靈把餘孽掃。（外）如今賊人未降，你卻難以借口了，（末）咳！招降之書，去猶未回，則無奈朝廷見罪過早。假饒他始終不服呵，那怕狼子心忒浪佻，只消設機謀彰義討。（外）則怕那時又遲了。（末）便教這一靈兒陣上飄，少不得為厲鬼把君恩報。鐵錚錚寶刀，他也會斬樓蘭殺氣高；血漫漫戰袍，他也曾染腥羶把赤膽包。

（雜扮報人急上）秣馬臨郊甸，軒車近會城。按院大老爺前站，已到金陵，請衆位老爺各回本衙，料理迎接。

（衆官齊驚介）按院督兵海上，進討崆峒，捷音方纔幾日，如何來得恁快？

（雜）那按院馳驛巡按江南，好不利害。

（小丑）怎見得利害？

（雜）朝廷道他文武全才，十分寵信，賜他尚方寶劍一口，凡有貪官污吏，先斬後奏，一路來不知殺了幾千百顆首級。盡都馱了獻與皇帝。

（外）胡説，這是獻俘。

（小丑）我們都要小心些。

（小生）正是。

（外）且將陰紅、鍾心收監，另期再審。各自回衙準備便了。（役帶副淨、末下）

（外）大官供宿膳，

（小生、小丑）小吏護朝衣。（各騎馬下）

（淨）且住，按院如此利害，倘將陰紅之事，看出破綻，如何是

好?不免着緊再加嚴刑,料他受刑不過,自然成招,隨即覆旨定罪,便是鐵案難移了,我有道理。左右,單將那鍾心弔出監來。

(役帶副淨上跪介)

(淨)鍾心,你罪在不赦,我今有救你之處,你可依得麼?

(副淨叩頭介)求爺爺案下超生。

(淨)陰紅反叛,連你也是死罪,你若咬定陰紅,叫你如此這般,便分了首從,自有出脫你處。

(副淨)小人理會得。

(淨)帶陰紅覆審。

(役帶末上)

(淨)陰紅,你女婿鍾心,我已拷出真情,你還胡賴怎麼?

(末)誰是俺女婿?

(淨)帶鍾心過來。

(副淨跪上介)岳父,你叫我下書崆峒,暗獻淮城,與他斷袍為誓,我受刑不過已招了,你也快快招了罷。

(末怒介)一派胡言,誰認得你這光棍!

(淨)好笑,連女婿也不認了。

【南饒饒令】(副淨)他半幅袍親割,你一封書寄遙,許你功成定取封王號,先把小小淮城獻賊巢。

(末氣介)這光棍怎敢如此胡言!咳,我曉得了,蔡節蔡節,都是你一羣奸黨,陰謀串合,陷害忠良,氣殺我也,氣殺我也!

(淨拍案怒介)

(衆喝堂介)。

【北收江南】(末)呀!怎知你安排下巧計呵,真魍魎活山魈。(淨)死囚好大膽,拶起來。(拶介)(末)罷了罷了!為私嫌平地起波濤,把無端禍招,把無端禍招。奸賊,也不顧青天湛湛不相饒?

(淨)與我着實敲。

(役敲拶,末呼聖上介)

(內鳴金,外領兵上繞場圍下)

(役急報介)不好了,按院大老爺遣兵圍住衙門,差官進來拏人了。

（淨驚介）有這等事？

（外持令箭上）現奉當權令，來提負屈人。俺奉按院大老爺之令，提去陰紅一干人卷，並拏犯官一名蔡節，赴轅聽審，衆軍士放了陰紅手拶，將蔡節拏下。（拏淨介）

（外）蔡節，你知罪麼？

（淨慌介）小官不知罪。

（外）左右，快往內衙搜來。

（衆軍應下）

【南園林好】（外）暗難欺冥冥鬼曹，明怎避青青鏡皎。枉使盡謀奸計狡，惹火焰自身燒，惹火焰自身燒。

（衆上禀介）禀將軍，適在蔡節臥內，搜得血書斷袍在此。

（淨暗驚介）

（外）就發與陰紅一認。

（末見驚介）呀，這正是那血書斷袍，原來竟被這廝，暗地短下，怪不道賊人不即投降。且問你送書差官何在？

（淨）小官不知道。

（外）好胡說！難道這血書斷袍會飛進你衙中來？

（末）咳，將軍不須再問，那送書差官一定被他謀殺了。

（外）蔡節，你奸謀已露，此時不招，還想要受那大刑麼？

（淨急介）罷罷罷，事已至此，沒的分辨了。將軍，那送書差官，果係被我殺害，首級埋在衙後夾牆內，只求為我方便，開一線之恩便了。

（外）左右快去刨來。

（衆應下）

（末）天網恢恢，我陰紅奇冤得雪，奸賊奸賊，你下得好毒計也。

【北沽美酒帶太平令】謝神天同鑒昭，謝神天同鑒昭，奸賊，你枉自施凶暴，險教我六月冤霜向下大地飄，這一點精誠偏不杳，幾無地把冤號。今日呵，幸不做未央宮奇功莫報，風波亭精忠不保，雷州驛遭讒難料，汨羅江孤魂誰弔。俺呵，一般的天高聽高，喜愁消怨消。早博得莫須有覆盆冤照。

（衆持人頭上）禀將軍，後院牆根下，掘得一顆人頭在此。

（末）果是俺遣去神將模樣，你看顏色如生，並無損壞，真奇事也。

（外）將就斷袍首級，連蔡節一干人犯，解赴按院衙門聽審便了。

【北尾】（末）笑一場威福空囉唕，俺好似籠中鳥逝釜魚逃。罷罷罷，再莫把宿世冤讐又種牢。

（末）土埋冤骨草離離（儲嗣宗），（外）却是同袍不得知（李商隱）。

（末）只以直誠天自信（陸龜蒙），（合）莫矜纖巧鬼難欺（韓　偓）。

第四十二齣　訊　假

【玩仙燈引】（生上）儒將風流，雙印掛代天巡狩。下官巡按金陵，已將蔡節挐問，搜獲血書斷袍，並差官首級。此案情節已明，但不知如何又有一鍾心，好生奇怪。書童，快請陰老爺更衣，進衙相見。

（丑仝末上）餘生一線依塵蟻，壯氣千尋貫斗牛。

（見介）原來却是賢侄。老夫萬死一生，今乃如夢方覺矣。

（生）姑父受害，侄兒已經奏明，想不日就有旨下。但此現獲鍾心，不識又係何人？

（末）莫非蔡節買出奸黨，扶同硬證？

（生）這却未必。此係杭州府緝獲解來，那知府楊令修與侄兒舊有世誼，其中必有緣故。也罷，姑母現在後堂，姑父且請到裏面相會，待侄兒將他傳進一訊，便見分明了。

（末）原來夫人亦在此處。正是：百年塵事三生幻，萬里萍蹤一見親。（下）

（生出堂吹打開門介）

（衆役上）

（淨扮首領官捧文卷報門上）

（生）蔡節帶去收監候旨發落。將鍾心一名帶審。

（役帶副淨報門上）

（生望驚介）呀！如何竟是賈俊才？好奇怪！（喝介）欽犯重罪，不許擡頭！

（副淨爬上介）

（生）鍾心，我看你原招之內，稱冤不是鍾心，但如何被獲解來？從實招明，赦爾之罪。倘若半字支吾，看夾棍伺候！

（副淨）爺爺，小的叫做賈俊才，乃鍾心之友，是個假鍾心。

（生）為何做假？

（副淨）這原是小人不是。

（生）任你不是，總没有謀反的不是罪大了。快實供來，有我作主。

（副淨）爺爺聽禀。

【仙呂入雙調過曲・雙玉供】【玉抱肚】只為希圖婚媾，冒名兒兔羅雉投。（生）從頭細說上來。（副淨）小人向與鍾心，同在虎邱讀書。因昆山文學士要與鍾心為婚，親自來訪，恰值鍾心不在寓中，就被小人冒認下了。（生暗驚介）後來如何？（副淨）文公約我進京，到也瞞過。不料小姐眼色利害，看出破綻，和那輕雲丫頭作成圈套，將我哄進中堂做賊拏住，又作好作歹，放我逃走，親事不曾到手。誰知那真鍾心犯罪在逃，竟將小人這冒名的拏去頂缸了。（哭介）爺爺嗄！不過是小愆尤假騙私情，偏認做大來頭真賊公謀。（生背歎介）不料賈生如此奸險，怪道楊公後來為媒，文公忽有一變。得文小姐靈心俏膽，驅逐這廝，不然可不悞了大事！（喝介）鍾心，你擡起頭來，認我一認！（副淨擡頭見生驚介）呀！羞也，羞也！

【五供養】機關盡漏，悔對着真人失口。（生）賈俊才，我和你朋友交好，為何生此歹意，騙我婚姻？今有何顏面在我案下！（副淨叩頭介）好朋友老爺，念春風依舊鎖秦樓，我空竊南冠代楚囚。

（生）當初蔡節將他女兒蔡如花，假作夢中美人，騙我成親，以致搆成奇禍，今蔡節雖應正法，但他女兒無罪，我便將那假美人配你這假鍾心倒是天生的一對。去罷！

（副淨）多謝好朋友老爺！

（生退堂掩門下）

（副淨）慚愧慚愧，喜得保全性命，又得了一個美人。咳！你看他做了官，不像那叫夢中美人的模樣了。

幾許悲歡並一身（劉長卿），寵隨辱後定須勻（羅隱）。

共知世事何嘗定（張　說），不道西方有美人（高適）。

第四十三齣　牝　綱

（小丑扮蔡如花四旦扮丫鬟隨上）兩行繡棒女排衙，預整牝網待破瓜。世上若無獅子吼，男兒没命也貪花。奴家蔡如花是也。父親京江都督，只因參劾陰紅，反被按院拏問。性命難亡，家財未散。那按院年少風流，可憐奴孤身未嫁，差人傳命，教配鍾心。我想那鍾心向年夢見美人，癡心遍訪，俺爹爹屈意相招，他到底昂然而去。今雖奉行上令，畢竟非其本懷。倘若或癡情不斷，依然舊態復萌，祆廟火焚，燒不壞五靈六府；藍橋水漲，淹不殺七魄三魂。縱有緝捕軍兵，難勦滅淮安之境；豈乏風雷號令，怎禁得巫峽之雲。除非縛其心猿，必貴收其意馬。憑咱威福，制彼風魔。打麵杖權為捧喝，猶如那斷酒除暈；頂蠟臺代作傳燈，急須要識冤悔過。俺父親在日，因怕俺嫁丈夫栓不住他莽男兒胡行步履，已趁俺為女子教下些醜丫頭布作爪牙。就今日嬌婿登堂，即便使英雄入彀。為此大開營壘，須教拜伏轅門，先與他約法三章，纔保得春風一度。丫頭們，新郎到時，即忙通報。

【北紫花撥四】笑人生一味胡談，動不動佳人才子把妍媸鑑。喚不醒癡情漢夢境沉酣，怎得俺整牝網代把愁魔斬。

（內鼓樂，雜持燈，副淨簪花披紅上）

（丫鬟報介）

（小丑）喚儐相唱禮。

（淨扮儐相上贊禮，副淨、小丑交拜介）

（副淨見小丑怕介）

（雜下）

（小丑）丫鬟掌燈入房。

（小丑坐介）

（副淨背介）好一個夢中美人，這一假竟假的離格了！都是那好朋友作弄我。如今走又走不脫，怎處怎處？

（小丑喝介）丫頭們，將那禽獸綁過來，看刀斧伺候！

（四旦綁副淨大叫跪地介）小人無福，不敢服侍小姐！望饒狗命去罷！

（小丑）你如今還想要去麼？丫頭們先替我掌嘴！

（四旦掌淨嘴譚介）

【胡撥四犯】風流罪犯，可知你風流罪犯？（副淨）小人怎敢冒犯小姐？都是那好朋友作成的。（小丑）咳！呆打孩，誰知你敢也那不敢。禽獸，俺父親好意招你為婿，有何虧你？為甚麼輕薄把人彫？我待把夢中舊案從新勘問。今番何處駕雲驂，惱得俺氣冲冲惡膽，但提起老大羞慚。（副淨）這是那裏說起？必是那小鍾作的孽！又叫我頂名的受罪了。小姐，這事須不干小人之過。（小丑）你兀自口強麼？丫頭們，取我陪嫁的家法來與我細細拷問者！（四旦各取花棒上）（小丑持棒喝介）禽獸，快從實招來！夢兒中，將何動憚？夢兒中，着甚勾談？夢兒中，怎生價雲尤雨滯？夢兒中，怎慣這蝶戀蜂貪？夢兒中怎酥痕雙透，香沾蓓蕾？夢兒中，怎惺紅一點，露滴菡萏？夢兒中，誰鍼將線引的批風抹月？夢兒中，誰天和地久的證女盟男？雖然是隍中蕉鹿逢來暗，昏騰騰別樣諳。將一個沒影響兒人心上坎，將一個沒底囊兒恨肩上擔。倩誰把心猿就縛，怎教那意馬停驂？（副淨）這是那真鍾心做的夢，小人是個假名兒。此事與小人無干。（小丑喝介）有甚麼真的真假的假？誰和你爭折白，賭道字，也胡喃。（副淨背介）晦氣！當初文小姐那雙伶俐眼，教我要真不得真，而今撞着個鶻突柴，偏生要假又不得假了。小姐，小人叫賈俊才，並不敢做甚麼胡夢，求小姐詳察。（小丑怒介）這廝初會，便恁調謊，欺哄老娘！丫頭們，與俺着實打者！（齊打副淨叫屈介）（小丑）呀！一聲聲雖冤喞怨喞，一心心實魂貪夢貪，虛飄飄風月把人耽，道是你瘓也不瘓，憨也不憨，笑殺人鬼病把朱顏減。便富貴呵憎厭，縱好色呵難甘。也罷！俺也不管你是真是假，你既入我之門，便當守我之法。自古道妻綱不整，夫行易邪。俺已定下科條，禽獸你跪過來，聽俺吩咐者！天天天，你且去按刑名把三千條新律從頭覽，今日個逢恩赦將一萬重往業大包含。你若是重犯，重犯也難堪。（副淨）拙夫謹遵條約，不敢有違小姐妻綱，但求饒恕！（小丑）則見他謹遵依，謹遵依，收拾起如天膽，收拾起如天膽，再莫效吐絲終老自纏蠶，急早把楚天雲影函。諳也不諳，袪魔君蜜樣甘。你今既然猛省呵，我和你紫簫吹青鸞並驂，噤着口往事丟談。再餓眼休貪，涎口兒休饞，對秋靜寒潭。望雲起山嵐，覓海上香楠。向天外優曇，似合掌間參，投至得死灰不燄。止水波涵呀，那時節憑慧刀纔把這愁根盡斬。丫鬟放了綁！請姑爺起來相見。

（副淨起揖謝介）謝小姐不殺之恩！

（小丑攜副淨手賠笑介）鍾郎！

【賺尾】有造化好夫妻儘自兩情耽，沒下梢假姻緣莫把天公憾，要曉得畫餅難圓不療饞，現放着家常茶飯休嫌淡。

（副淨）小姐吩咐極是！

（副淨）粗糲亦足飽我饑（韓愈），長年方悟少年非（韋　莊）。

（小丑）我叱奴人解其縛（杜甫），朝朝相守莫相違（白居易）。

第四十四齣　代　　迎

【引子·憶秦娥】（末冠帶上）封章上，天顏喜動恩光盝，恩光盝，撥雲覩日，孤忠無恙。下官陰紅，虧鍾家內侄翦滅崆峒，辨明冤枉。下官內陞兵部，鍾心特授翰林，崆峒赦罪為民，蔡節依律正法。真是九重湛露承恩日，萬戶昇平賀聖時。為此先與夫人一同進京，面聖之時，龍顏大悅。但不意麗娟孩兒遭此變難，暫養內廷。現奉有旨，着下官帶領鍾心引見，請旨迎親。我想鍾心業已改名齊諧，又蒙賜婚文氏，那得又有一個鍾心請旨迎親？因與夫人百般商議，漫無主張,如何是好?

【前引】〔換頭〕(外上)朝回隊隊辭天仗,絲綸閣下同歡暢,同歡暢,修文掩武,太平有象。

(役上禀介)禮部文老爺拜。

(末起迎介)

(末)小女恩蒙豢養,尚未趨謝,何辱先施?

(外)小弟一來賀年兄之喜,二來報令愛之信。乞退左右,以道其詳。

(末)廻避了!

(役下)

(外)年兄,可曉得當日奉旨查拏,今交司禮監收養的是誰?

(末)正是小女。

(外笑介)咳!那是令愛?

(末)怎麽不是?

【過曲·懶畫眉】(外)那是女中醜父走齊王,他比誑楚功勳紀信強。令愛呵!好似避秦人在武陵藏。(末)呀!難道奉旨拏時竟有人替了小女?又說甚麽避秦人在武陵藏,難道小女現藏別處?此言甚是糊塗,乞年兄明道其詳。(外)令愛一到舍間,小女即與結為姊妹,兩意相投。那日錦衣衛奉旨來拏,令愛迫欲自盡,小女不忍,遂將侍婢輕雲,代被拏去。今日呵,同心二美相依傍,若是鍾郎請旨完配,少不得鵲自還巢鳩讓將。

(末喜介)有這等事!小女蒙令愛如此周全,真乃再生之德矣!年兄可曉得奉旨迎娶小女的鍾心是誰?

(外)小弟早已見過,如何不曉?

(末笑介)咳!年兄向日見的那是鍾心?

(外驚介)怎麽不是?

【前腔】(末)那是無鹽粉飾貌毛嬙,那知施氏西村別有妝。倒是年兄今日呵,暗中摸索配鸞凰。(外)呀!難道小弟初時所見,竟是假鍾心?又說甚麽暗中摸索配鸞凰,難道聖上所賜婚的齊狀元倒是真鍾心不成?此言益發糊塗,乞年兄明道其詳。(末)年兄初到吳門訪婿，鍾心適往小弟署中。却被同窗賈俊才竊其詩文，假冒前來，年兄竟被瞞過。(外)有這等事？(末)那真鍾心因為避禍，改名齊諧，得中狀元。如今令愛奉旨賜婚的，就是此人。年兄回府，只看其中式文章，與觀風試卷，筆氣相同，便見明白。看他雄才妙筆真無兩，你莫錯認劉郎做阮郎。

(外點頭歎介)我就道那鍾心文才天下那有第二個！但是一件，鍾心改名齊諧，蒙恩十分寵信，聖上又宣鍾心面駕，更將何人承旨？誠恐種種欺君其罪不小。倘朝廷見疑，從根追究，不但年兄們辦枉除奸，總皆虛誑。就連小弟的衡文取士亦屬黨同，怎生是好？

(末)小弟正為此事，大費躊躇。

(外沉吟介)據小弟想來，如今倒要個假鍾心面聖請旨，將輕雲娶回便可無事矣。

(末沉吟介)此事豈可謀之外人？除非竟叫小女改扮男妝，前去一將輕雲迎回，隨即借言歸省，上表辭官，以滅其跡。

(外)如此甚妙！還怕齊郎回京，在路風聞此信，一時著急又要多出事來，何不就將令愛迎送上前，說明就裏，方纔十分全美。

(末)這也使得。但小女承令愛大恩，焉有占先之理？

(外)也罷！小弟既屈令愛為女，亦將小女拜在年兄膝下，就煩年兄年嫂主婚，將他姊妹二人一同送去，省得先後大小，彼此又相推讓。

(末)這却甚好。令愛大德，老夫婦亦須面謝。左右快搭轎，接二位小姐到來。

(役上應下)

(外)小弟也告辭了。

【隔尾】(合)真真假假非虛誑，敢故將疑陣誑君王，則怕那月下人兒也費審詳。

(外下)

(末)快請夫人。

【玩仙燈引前】(老旦上)奇怪文章，誰解得翻新花樣。

(見介)老身聽得多時，不勝之喜。

（末）我差人去接兩個孩兒，想已就好來到也。

【引子・風入松】（旦、小旦同上）香車相并入華堂，湘簾啟風透羅裳。朱闌贏得秋光滿，海棠低桂子飄黃，親結就一雙姊妹，同認取兩姓爹娘。

（淨出迎入見介）
（老旦、小旦各相抱淚介）
（旦、小旦）爹媽請上，待孩兒們拜見。
（末、老旦）常禮罷了！（拜介）
（旦）念孩兒幼失慈顏，望爹媽撫同親養。
（末、老旦）我孩兒賴爾周全，愚夫婦不勝感謝。
（淨）奶娘見禮。
（小旦）奶娘一向好麼？
（淨）自從小姐失散，老身與夫人那一日不哭着思量，恭喜二位小姐歸來。正是失了一個，得了一雙。
（末）閒話少說。我兒，方纔與文年兄相商，欲着你女扮男妝，前去面聖請旨，將輕雲迎娶回來。想你義不容辭，你可知道麼？
（小旦）孩兒已知其詳，願從嚴命。
（末）事不宜遲。就着姐姐替你改了妝，冠帶起來，我先與文年兄入朝接應，須要小心。正喜隆恩聯彩鳳，還思巧計釣金蟾。（末下）
（老旦）奶娘取鏡臺冠帶，送在二位小姐房中去。（老旦下）
（淨）二位小姐，鏡臺冠帶在此。
（旦為小旦改妝介）

【過曲・九疑山】（旦）我與你洗却臙脂淨粉龐，說甚麼蛾眉淡妝，把宮花斜插帽簪光。果翩翩少年勝過郎君也。（小旦）諸般可扮，只是這繡襪弓鞋，如何是好？蓮尖鶯步強。（旦）喜宮袍繡襖長。妹子，你若果個男兒，那更有如花玉女能相仿。便是那鍾郎呵，怕不也憐才貌委實心降。（小旦）姐姐休得取笑。（對鏡介）重對菱花自端詳，羞臉難將翠袖藏。（旦）妹子出重些纔好。（小旦）怕威儀全沒個男兒像，便嬌羞躲不過男兒相。（旦）你而今不怕男兒相了,則怕玉鞭孃孃銀鞍上,反惹得紅裙爭着綠衣郎。(內鼓樂花燈衆擁小旦下)(旦)你看妹子竟自去了。花燈夾道揚,爆竹連天響,樂奏霓裳,同匍匐在朝堂。只願聖主多情,早判就鴛鴦榜。就是輕雲回來呵,少不得背銀缸穩坐垂鴛帳。雙雙,只道牛女共成行,那知是女裝航代搗玄霜。(內鼓樂花燈衆擁小旦攜貼上)(旦扯小旦、貼交拜笑介)(貼背坐介)(旦)妹子恭喜,果然全璧而回了。(小旦)姐姐替妹子換了梳妝罷!(旦笑止介)你休佯,快歸洞房。(小旦笑介)姐姐,我那慣溫存絮語,蝶浪蜂狂,向燈前做盡風魔狀。(旦笑介)難道只待郎行惜玉憐香?自不會溫香暖玉權假傍,畧討些便宜供笑膓。休迂樣,良宵怎悞却風流況,麝蘭芳,管對此也魂飄蕩。快些進房去,權代鍾郎叫他幾聲妹子,看他如何回答你?

(小旦)片時遊戲何妨,只是姐姐休要見笑。

(旦)那個笑你?

(小旦笑立不動介)

(旦笑推小旦入房介)

(旦立門外偷覷介)

【東甌令】(小旦)銀河耿,夜未央,香爐羅幃入倚床。(小旦除貼蓋頭,貼低頭介)妹子,往日淒涼,今宵歡慶,對此花燭爐香,恍若蓬瀛仙境也。謝風流天子從人望。(貼不理介)(小旦)你且把愁眉放,千金一刻豈尋常?我和你同夢到高唐。妹子夜深了,請睡罷!

(貼)你且移燈過來細認一認,可是你妹子不是?不要認差了。

(小旦)不是妹子還有何人?

(貼)呀!難道除開你妹子,便没有你心上之人了?

【潑帽落金甌】怎便把良緣夢裏人拋漾。(小旦)那夢中之人,此時提他怎麼?(貼)可記得遞情詩虧殺誰行,向花陰曾許下風流帳?(小旦暗點頭笑介)下官一時忘懷了。(貼惱介)可又來甜言媚語都成謊,薄倖是兒郎。

(小旦笑介)別人的話,不要管他,且和妹子安寢罷。

(貼)那個是你妹子?你自尋你妹子去。難道連人也認不得了?

（小旦笑介）下官怎麽認不得人？倒是妹子移燈過來細認一認，可是你哥哥不是？也不要認差了。

（貼驚介）難道又一個假冒的不成？

（旦推門入笑介）妹子遊戲的也夠了。

（小旦笑脱冠帶介）

（貼驚介）原來是二位小姐。

【東甌蓮】看他除紗帽，褪紫裳，早露香雲一撮光，好似彩雲開，忽現嫦娥相。（旦扯小旦近貼笑介）待伊行先打三千杖，問可再弄虛脾薄倖輕狂。（貼羞介）小姐休要見罪。（旦）彼此遊戲，何罪之有？（合）閨閣事，恁風流，須記取輕話與那兒郎。

（貼除鳳冠介）輕雲不知此計因何而設？

（小旦）鍾郎改名齊諧，恩科及第，奉旨與你小姐定下姻親，如今又有旨着鍾心面駕完姻，怕他雙名難認，故設下此計娶你回來。

（貼喜介）原來那齊狀元就是鍾郎，怪道那般關切。二位小姐，可謂恰如所願矣。

【尾聲】可喜的金屋英皇齊受享。陰小姐，把奴婢學做的夫人相讓。（小旦、旦）少不得合璧雙輝也讓你星在傍。

（淨上）閫外功名文變武，閨中游戲女為郎。夫人請二位小姐。

（淨見貼笑介）這就是輕雲姐姐了，果然名不虛傳。

（貼）媽媽是誰？那個夫人？這所在怎不似我家？

（旦）此乃陰老爺府中。這媽媽便是奶娘。此間夫人老爺我已拜做爹媽，一同在此。

（貼笑介）二位小姐，真乃是通家侍教生了。

（小旦）珮聲歸到鳳池頭（王維），（貼）雲嶼晴花隔彩斾（徐彥伯）。

（旦）寄語世間兒女子（吳融），（合）何嘗得見此風流（李　頎）。

第四十五齣　後　　夢

（外扮和尚上）大千世界火中蓮，那識蓮花九葉全。空色色空空不辨，回頭苦岸即西天。自家景州城外淨業寺住持，法名獨醒。

此地東光驛,離京三百里,來往官員,車馬不絕。遠望塵頭起處,一隊人馬,且近前一看。(下)

(生領衆上丑隨上)

【過曲·走山眉】凱歌齊唱,凱歌齊唱,滿旗風任捲舒。正秋明別浦,打咚咚得勝鼓。早啣山日晡,早啣山日晡,聽韻悠悠隔林兒砧聲夜孤。冷清清月明,响颼颼落葉兒驚飛宿鳥,雜遝遝馬歡騰。原上嘶禾黍,望皇都將近,越逞英武。

(衆禀介)前面東光驛,天色已晚,林邊一座大寺,盡可駐扎。

(生)軍士四外扎營,俺自到寺内隨喜一番者。(衆軍下)

(生帶丑行介)竹塢一灣流水急,松陰滿地白雲多。

(外上迎介)

(生)和尚,此寺何名?

(外)乃當今敕建淨業寺。

(生)俺每日軍中勞頓,可有靜室借宿一宵?

(外)這彌勒殿后,有一養心室,幽深清靜。

(生)你自廻避。

(外)没底籃兒盛皓月,無心缽子貯清風。(外下)

(生)未脱征衣怨別離,長安門外暮雲低。夜深欲睡還無睡,坐待西林月上時。我今夜在此獨對這輪明月,想文小姐閨中和麗妹宫内也是這月。月呵,不知何時纔照俺三人同在一處也。

【引子·步蟾宫】掛疎槐寒月昏黄吐,聽沉沉雲堂暮鼓,怪天邊一個團圓,怎照掩愁分三處。

(老旦扮内臣捧旨上)十里芙蓉金勒馬,一營楊柳木櫸軍。聖旨下。

(生跪接介)

(老旦)跪聽宣讀。詔曰:爾江南巡按掛大將軍印齊諧,掃蕩崆峒,廓清宇内,功莫大焉。朕心嘉悦,今遣司禮監内臣,齎奉玉音,郊迎三百里,仍敕駐師郭外。朕將親率諸王大臣,文武百官,燕勞南征諸將士,晋伊侯爵,親迎入朝,以著凱旋之盛,欽哉謝恩!

(生)萬歲!(起見介)

（老旦）君侯文武全才，舉朝欽服。

（生）天恩如此，微臣何以克當？請問公公，那陰麗娟自內廷好麼？

（老旦）那陰小姐已經翰林鍾心請至迎去了。

（生驚介）公公此言何來？怕此時還沒得鍾心來迎娶。

（老旦）怎麼沒得？就是前月十五夜，聖上親御五鳳樓，傳旨着鍾心面駕，迎去成親。轟動了合京城，人人喝采，連萬歲爺龍顏大喜。便是俺內裏三宮十六院也沒個似新郎那般標緻的，與陰麗娟天生一對美夫妻。

（生急介）此話可真？

（老旦）怎麼不真？這陰麗娟就係咱家收管，親自交他迎去的。

（生背氣介）有這等事？且住，那陰都督在京知也不知？

（老旦）就是陰都督帶着女婿引見的，怎麼不知？

（生大驚介）這等益發奇了！

（老旦背介）怎麼聽了此話大驚小怪？且自由他，聖上立等回旨，告辭了。

（生不語打恭送介）

（老旦）月明解彎弓留影，風冷挑燈劍落花。（下）

（生呆介）呀！聽那公公之言，不知是真是假？如果係奸徒假冒，怎麼引見的就是俺姑父？這其中緣故，好難猜度也。

（丑上為生更衣介）

（丑下）

【過曲·懶畫眉】（生）好一似晴天霹靂震人蘇，教我閉口含冤沒地呼，盤旋無定如蟻行盂。咳！假使麗妹果有此變，俺便棄此功名，拼了性命，少不得見個明白，與這廝勢不干休。怎肯把並頭密誓來辜負，枉了他死怨琵琶別調孤。（歎介）俺鍾青士為這兩個美人，不知受幾番磨折，歷幾遍風波。怎如今好事將成，還有這傳聞怪變。天嘎！兀的不作弄殺人也！

【前腔】也待紅塵撒下見真如，怎奈鬼病纏身未許迕。思量淨業業偏餘，便養心怎絆得心猿住。（欲睡又醒介）甚麼響？呀，原來

鐵馬敲風和木魚。（睡着介）

（內打更生魂起介）好一天月色也。

【仙呂油葫蘆】葉落霜紅點翠臺,掩清秋一夕晚風催,冷晶晶銀月橫金界。想文小姐和麗妹此時呵,多應是靜悄悄睡眼欹衾側。還怕也悶懨懨獨坐無聊賴,對一天星斗漫疑猜。靜夜長街,早驚起臥花陰小犬吠人來。信步踏來,已是文小姐花園門外。你看裏面好不熱鬧也!

【後庭花】為甚的懸燈結綵?為甚的仙音一派?（丑扮儐相上）牽絲憑月老,撒帳待冰人。今日文府招贅狀元,還不見到。且往裏面討碗酒嗑去。（下）（生）方纔那人明明說文府招贅狀元,想知我奏凱而回,準備在此。念書生離別情懷,早成就一宵歡愛。覷着可憎才,兀的不活觀音般頂戴,鋪陳下鴛衾鳳枕,翠繞珠排。投至得九天玉女下瑤階,臉搵香腮,汗貼酥懷,美融融笑整金釵。你看這銷金寶帳垂,好一似擺下風流寨。呀!一行人馬鼓樂前來,且上前一看。

（副淨簪花披紅鼓樂花燈入內介）

（生驚介）呀!這、這、這分明是賈俊才騎着馬,插着花,竟入文府去了。待我快打上前去。

（末上喝介）誰人大膽?在相府門前這般胡鬧!

（生）我且問你,下官奉旨與你小姐成親,今日你家為何招贅了賈俊才?莫非差了?

（末）一些不差。這是俺老爺親向吳門訪來的。誰認得你來?

（生怒介）這是何話?

【青歌兒】聽說罷魂飛魂飛天外,把婚姻霎時霎時胡賴,烏鴉鸞鳳爭相對?小姐,你只顧合卺杯酒自篩,那知俺對孤檠苦自捱。頓忘了香羅帕上盟言在,路阻天臺,春隔陽臺,月冷秦臺。早難道硬喚蕭郎陌路來,真無奈。

（內叫院子末下）

（生）我鍾青士顛來倒去,無非為這兩個美人。如今兩處婚姻一處也不能成就,好緣慳也。

【鴛鴦煞】那一個連理暗移開，這一個比目明分拆，滿肺腑愁堆怨塞。再休題花下情懷，月下詩懷。拼一個淚滴心灰，只落得冷清清月射書齋。傷情處聽幾聲寒雁帶秋來，歎今生分乖，信前生業該。罷罷罷，莫種下孽冤牽，還留與再生捱。

（生大哭醒介）

（丑急上）老爺好好睡在此，怎大哭起來？

（生）陰小姐被人娶去，文小姐又改配他人，好心傷也！

（丑笑介）說那裏話？想又在此做夢哩。老爺呵，你只為當初一夢，惹恨至今，怎麼還作不醒來？

（生不應復睡介）

（丑）又睡着了。難道定要作個好夢醜纔罷？老爺老爺，只怕你夢到好時，醒來依舊成空也。

【清江引】歎人生逃不出華胥界，管甚麼成和敗。愁從夢裏來，夢醒愁還在。倒不如不做夢的不把閒愁買。天色尚早，且由他睡睡，俺也再去困了罷。正是：不到雞鳴呼不醒，黃昏都是夢遊人。（下）

【集唐】（小旦上）陽臺無路可追尋，閒踏宮花獨自吟。終日相思却相怨，斷絃收與淚痕深。一徑尋來，此間已是。（叩門介）

（生魂起介）誰？

（開門見驚介）原來是麗妹。你在那裏來？

（小旦）俺被那廝假冒你的名兒奉旨迎娶，虧我矢志不從，被他拘禁。今聞你奏凱回京，故乘此靜夜，逃出重關，和你廝會。想起來好傷感人也。

【得勝令】好笑你統雄兵百萬來，顧不得途中一女孩。誇竊玉被竊轉移開，慣偷香反被人偷在。

（生）下官少不得與這廝見個明白！

（小旦）你可知我的心兒？

【得勝令】我為你夜難將鴛枕捱，我為你朝不到妝臺側，我為你沿路兒問破人前口，我為你順風兒踏綻鳳頭鞋。喘噓噓到來，你與我靜悄悄把門兒帶；急瀼瀼情懷，我和你笑吟吟會晚齋。

（小旦指介）你看這一池好花，中間開着一朵並頭蓮，正合着俺定盟時佳兆。

（生見喜介）當日定盟，並頭花放，今宵相會，花又重開。豈非天乎？（摘玩介）

【雁兒落】（旦上）恰纔個晚妝罷離鏡臺，早來到草披離荒郊界。冷冥冥白露點蒼苔，鬧吟吟促織鳴秋籟。

（生、小旦笑語介）

（旦立聽介）

【得勝令】呀！聽嬌音何處美人來？硬抵着門兒在，好叫我漫徘徊着意猜，瞥眼兒驚還怪。裙釵，廝陪着不志誠薄倖才，怎該，止不住怒紛紛恨滿懷。

（推門入見介）

（生、小旦驚起介）

（生）原來是文小姐。小姐一向好麼？

（旦不理介）

（小旦）那個文小姐？

（生笑不語介）

（小旦嚷介）我曉得了，必是那帕上題詩的文媚蘭，俺正要和他講話。

（旦）鍾郎，你既有你妹子，便不該又定妾身。今日反叫我做小不成？

【收江南】呀！不記得詠香羅盟定呵，怎教我白頭吟就愴心懷。但說着伏低做小未曾該。鍾郎，（生）小生有。（旦）快將他拆開，快將他拆開！好和你雙雙鴛侶自和諧。

（小旦急介）怎到說將我拆開？哥哥，當初和你說甚的來？

【前腔】呀！你道硬將俺拆散呵！却不道花間曾誓並頭來，說不得伏低做小我偏該。哥哥，（生）小生有！（小旦）快將他拆開，快將他拆開！好和你雙雙鴛侶自和諧。

（旦奪花擲地碎介）這是甚麼好東西？羞也不羞？

（生慌介）呀！好一枝並頭蓮拆散了，可惜可惜！

（小旦怒介）你那羅帕兒倒不羞人！（取帕撕碎擲地介）
（生慌介）羅帕兒也扯碎，怎了怎了？
（二旦各背泣介）
（生向旦揖介）小姐且休煩惱。
（旦不理介）
（生向小旦揖介）妹子忍耐些罷！
（小旦不理介）
（生作忙介）怎麼樣處？
（貼上）好事一天早，堂前雙吼多。
（生）輕雲姐來得正好。二位小姐在此合氣，你替我勸勸轉來。
（貼笑介）可知是要氣也。小姐呵，

【雁兒落】雖然他另重婚玉鏡臺，但提起你和他情原在，少不得不偏背事共諧，也不索使性子將人怪。（向小旦介）

【得勝令】我這裏謹躬身禮數該，你休得背銀燈全不採。姊妹行休氣乖，惡心頭須善解。喬才，自將您兩下裏齊眉待；休呆，怎使得一人兒生拆開。鍾郎都是你不是，你過來跪着，我吩咐你。
（生笑不肯介）
（貼扯生跪介）

【收江南】呀！總是你兩三番忒弄乖，要從今兩下同恩愛。切莫心偏惹出是非來。（向旦介）把憂愁放懷。（向小旦介）把憂愁放懷。好夫妻姊妹共相諧。
（旦、小旦笑扶生介）
（老旦扮內臣捧冠帶上）奉聖旨，狀元與二位夫人冠帶成親！
（內鼓樂齊冠帶同拜介）
（老旦指介）不好了！狀元快走！那崆峒山兵馬又來也。
（老下）
（內鳴金雜扮三女帥領兵繞場下）
（旦、小旦、貼齊下）
（生驚介）小姐、妹子，快些逃難去呀！一個人也不見。四面林木高山，早則是崆峒險地，如何是好？

【殿前歡衮】猛然間喊如雷,兵戈重疊殺奔來,纔轉眼幻出崆峒界。(末扮布袋和尚急笑上)鍾生還往那裏走?(生)呀!一位老師父。不知我兩個美人今在何處?望師父指我前去。(末)咳!那前邊的路去不得了,快隨我轉來。指你一條大路去罷!(末引生行介)使不着威凜凜掛印登臺,見只見淒慘慘雲暗連天黑。鬧炒炒士馬喧林外,急孜孜快逃出重圍一帶。霎時間匹練如銀天一色,險些兒戰兢兢唬甩人魂魄。師父,好景致也!

(末)豈不聞蘆花兩岸雪,江水一天秋。鍾生此時不醒,更待何時?(末笑下)

(生叫介)師父,師父!

(內鳴金,生驚醒呆介)呀!

【離亭宴帶歇拍煞】俺則見天空露潔流光彩,助人愁秋聲無賴。(歎介)咳!你看滿地霜華,半窗殘月。小姐何處?妹子何處?天那,怎生俺三人止不過此夢中之緣也!怪不得夢中彌勒笑人呆,錦前程鏡花水月,巧姻緣海市蜃臺,枉墮落情淵孽海,論鍾情豈在形骸。縱無緣情根自栽,從今後任晨鐘敲破魂遊界,猛驚回俺眼慵開。韻悠悠雞聲林外,碧熒熒曉色盈階。俺呵,攄愁腸宮商漫排,添一種新聲可愛。問知音來也不來,只落得倩雪兒歌出沿門賣。

(丑上)老爺醒了!天已大明,就請起來梳洗罷。

(生起介)

(生)方丈蕭蕭落葉中(戴叔倫),秋波不動簟紋融(韓　偓)。

(丑)浮生已寤莊周夢(張　泌),得喪悲歡盡是空(溫庭筠)。

第四十六齣　戲　圓

【引子‧雨中花】(貼男扮冠帶領從上)遊戲那論真共假,幻中幻行來堪詫,留與人間酒闌燈炧一段風流話。奴家輕雲是也,奉二位老爺之命,跟隨二位小姐送親到此,與狀元説明就裏,完結婚姻。本是怕其驚疑,又生他變,誰知二位小姐來至中途,翻要別顯神通,試其心志,方與成親。因此,又着奴家扮作假鍾心,如此這般,落得借此遊戲取笑一番也。聞他駐扎淨業寺中，此間已是，不免通報一聲。

（末扮中軍上）

（從傳貼介）御賜翰林鍾老爺要見。

（末）老爺有請。

（生上）九曲腸廻千水直，兩眉愁重萬峰低。

（末傳貼，生看介）通家弟鍾心頓首拜。（驚介）呀，這便是假冒的鍾心。下官正待訪拏，他却自來送死，左右快與我綁進來。

（末出欲綁貼，貼喝介）俺乃御賜翰林，誰敢動手。

（進見介）齊老先生請了。

（生怒介）呀，你是何方光棍，假冒鍾心，做得好事，還敢親來見我，左右快與我拏下。

（貼）住了，下官王命在身，老先生不可造次。（貼背立介）

【過曲·五供養】（生）好教人心頭怒發，看你鬼魆行藏，鼠竊無差，也不顧打碎連環玉，拆散並頭花，無端射影類含沙，如天色膽包身大。陡地相逢處，恨轉加，還敢逞現狐形，全然不怕。

【步步嬌】（貼）俺是御筆親除隨龍駕，不在詞林下。（生）便是這翰林也是假。（貼）那些兒假一苕，現自紗帽籠頭上直輪金馬。你道俺欺君，老先生却不自道你罪犯更逃加，兀自鬼名兒冒考欺君大。

（生急起介）呀，這廝益發胡言，且問你將俺陰麗娟拐去那裏了？

【江兒水】只要合浦珠無恙，休教于闐玉有瑕。麗娟呵，則怕似銀瓶入井葬黃泉下。光棍，你好好還俺一個陰麗娟便罷！（貼）你要見他也不難。左右，請過二夫人轎來。（雜擡小旦上出轎介）哥哥，別來無恙。（生驚介）呀，你、你、你難道竟失身從賊了？（小旦笑不語介）（生氣介）罷了罷了。可怪你文姬忍辱把單于嫁，全不顧文園渴倒癡魂化，反教我羞顏無那。妹子妹子，你好不負心也！狠意嬌娃，枉了俺十分情一字兒抹殺。光棍，你好好將陰麗娟留下還我，饒你性命去罷！

（貼）這是皇上賜我的二夫人，怎麼還你？

（生）呀！甚麼二夫人？敢是你已娶有妻，竟將他為妾不成？

（貼笑介）下官的大夫人到與兄有些瓜葛，乃禮部文老先生令愛，也是不久奉旨成婚的。

（生急介）益發胡言，可惱可惱！

（貼）老先生想還不知道，因你贅了蔡節的女兒蔡如花，文老先生聞之大怒，所以奏明聖上，將媚蘭小姐一併賜與下官為妻了。

（生嚷介）豈有此理！那蔡節之女，下官主婚，現配與賈俊才，如何冤在下官身上？就是你這廝故肆讒言，那文老先生豈無洞鑒？如此胡言，可惱可惱！

（貼）老兄不信，也與你見個明白。左右，將二夫人擡回，請大夫人轎來。

（雜擡小旦下，復擡旦上）

【園林好】齊擁着巍巍寶車，清路的把遊人盡打。大夫人到！（貼）揭起簾兒。（揭簾旦坐不動介）（貼）老兄，漫端詳晨光簾下，可是伊舊渾家，可是伊舊渾家？

（生望介）呀！果是文小姐，氣殺我也！（倒椅昏介）

（貼）左右擡回轎去。老先生蘇醒，還有喜信相報。

（雜擡旦下）

【玉交枝】（生）神昏體麻，氣得來如冰拔爪。噓噓斗戰言難話，叫不轉子規立化。（貼）下官兩個家姊，與媚蘭、麗娟一般才貌，意欲配與仁兄，將功折罪，業已請過聖旨，所以小弟今日特來送親，仁兄且請寬懷，包管如意。（生）咳！你止還了俺文媚蘭、陰麗娟便罷！誰希罕你來送親！（貼）仁兄雖不希罕，聖旨實難違背。左右，將兩位新人送入齊老爺公館，喚儐相伺候。（生）住了！俺只要牡丹重續舊根芽，豈容你閒花野草沿階插？光棍，我拼個你死我活，少不得一同面聖。你來得就去不得了，做冤家怎生放他？做冤家怎生放他？

（衆持花燈鼓樂，擁旦、小旦蓋頭上）

【桃紅菊】擺花燈簫鳴鼓撾，簇香輿人趨馬踏。鬧炒炒一場戲耍,鬧炒炒一場戲耍,到團圓管教興賒。

（貼）送入洞房。

（旦、小旦各坐介）

（貼）仁兄且請成親,小弟再來奉賀。

（生攔介）光棍那裏走?

（貼笑介）小弟既來之則安之。若是要走,便不敢來了。但仁兄且請成親,不要違了聖旨。小弟在寓專候仁兄之教便了。正是：恩怨一時白,悲歡片刻分。（硬下）

（生）呀!看他竟自去了。中軍,看這光棍寓於何處,將兵前後守定,不許放他逃走。待俺寫成奏章,和他面聖。

（末應下）

（生氣介）咳!罷了罷了,這光棍將我兩個美人生生騙去,還弄這樣虛脾前來見我。好不大膽,好不可恨!

【川撥棹】真奸詐,敢公然奚落咱!這不知何方村婦,分明取笑於我!待我看他一看,追究一個明白。（揭旦蓋頭見驚介）呀!你、你不是文小姐麼?好奇怪!見燈前一貌如花,見燈前一貌如花,夢中人毫釐沒差。待俺再看那一個。（揭小旦蓋頭見驚介）呀!這、這竟是麗妹!益發奇異了!猛看來一似他,細看來果是他!且住!方纔明明白白見那光棍將文媚蘭、陰麗娟一總娶去,如何又有一個文媚蘭、陰麗娟在此?莫非我見鬼不成?（怕介）

【前腔】〔換頭〕莫、莫不是月怪花妖托現他,敢、敢來這萬馬千軍調弄咱。（喝介）你、你是人是怪?快快的吐露根芽,快快的吐露根芽!休、休得要推聾做啞。咳!你看他們都低容似玉,吐氣成蘭,異香滿室,光彩照人。分明是我兩個美人,那裏是甚麼鬼怪?待俺再細細的一看。（將燈照旦介）呀!左看來一似他。（照小旦介）呀!右看來又似他。

（笑介）俺鍾青士聰明一世,懵懂一時。細想方纔那少年,舉止翩翩,不似奸邪之輩。既將我兩個美人一齊送來,必有原故。待俺細問麗妹,便知其詳了。妹子,那少年實系何人,為何送你到此?快與我說個明白。

(小旦笑下)

　　(生)呀！你看麗妹含笑不言，竟走過一邊了。問文小姐。小姐，那少年實系何人，為何送你到此？快與我説個明白。

　　(旦笑下)呀！你看小姐含笑不言，也走過一邊。呀！我曉得了，那少年呵，

　　【隔尾】定是個崑崙士、古押衙，細想他柔情媚質偏奇俠。倒是下官一時急躁了，可怪盛怒當前錯過他。須是請他轉來，陪個小心，細細一問，便知明白。中軍那裏？

　　(末上應介)

　　(生)快將那鍾老爺請來有話。

　　(末)已候在此。

　　(生)就道有請。

　　(末下請貼上)緣到多從離處合，情癡翻令喜生疑。狀元恭喜了！

　　(生迎揖笑介)小弟有眼無珠，多有觸犯，但仁兄如此舉動，小弟實在夢中，快乞明示，以釋疑團。

　　(貼)狀元聽稟。只因文小姐與令妹小姐呵，

　　【中呂過曲・尾犯序】一見便相親，忽禍起無端。奉旨提人，逼得他姊妹傷情，一時間兩分。那文小姐呵，不忍聽他去拋頭露面，聽他去罹災受困，因此上將侍兒代禍，他名字喚輕雲。

　　(生驚介)好一個輕雲姐！難得難得！原來當日下官駕前救下的竟是他。想傳聞奉旨迎娶這輕雲就歸於仁兄了。

　　(貼)非也。令岳陰老爺奉詔回京，面聖之時，聖上道卿女現在內廷，可宣鍾心到來引見，御賜完姻。只因老先生改名得中，那時陰老爺奉旨遑遽，好不作難？

　　(生點頭驚介)

　　【前腔】(貼)分身，無術兩承恩，比不得微疵小過，片語欺君。還則怕寵極生疑，觸當朝至尊。(生)這也慮得甚是。後來怎麼樣處？(貼)那陰老爺着急，與令岳文老爺相商，就心生一計，又虧令妹小姐呵，紅粉，改扮做紫衣金帶，竟去效山呼瞻天仰聖，早哄説鍾

心才子,奉旨自迎親。

(生喜笑介)妙哉妙哉,原來有此一段奇事。好一個陰麗娟女扮男妝,有趣有趣。小弟正在着急,喜得仁兄早來到此,險些兒又要多出事來。但不知仁兄又係何人?敢與家岳有甚親誼麼?

(貼笑不語介)

(生疑介)

【前腔】細審,為甚無語笑生春。且住,那輕雲姐如今在那裏?(貼)問他怎麼?(生)據兄說來,他是俺們大恩人了。況小弟向日與他也有一言相訂。今二位小姐到此,如何不見他隨來?(貼笑介)你果要見他,他遠在天邊,近只在你面前。(生驚認介)呀!莫非仁兄就是輕雲姐扮來作耍小弟的?(貼笑介)(生喜介)咳!當日月下看不分明,況而今冠帶起來,儼然一位美男兒,叫下官一時如何認得出來?待我除去烏紗,露出香雲,果是當年那多情可人。(揖介)思忖,敢忘你傳消遞息,敢忘你扶危代困。快換去梅香打扮,屈你做第三位小夫人。

(貼笑下)

(丑上稟介)陰老爺、陰夫人到!

(生)快請!

(末、老旦、淨同上)星前雙駕鵲,月下並棲鸞。

(生拜見介)

(末)借此禪院,權做洞房,吉時已至,就請新人。

(副淨扮儐相上贊禮介)伏以因從想結萬緣生,無想無因夢不成。漫與癡人重說夢,千秋二美自鍾情。

(生冠帶,旦、小旦冠帔,貼紅衫隨上拜堂介)

(末、老旦)送入洞房!

(末、老旦先下)

【前腔】(合)氤氳註就鳳鸞羣,為一點情癡,幻出前因。滿室笙歌,對雙雙玉人,誰肯,活地獄受了些愁牽恨惹,死工夫守待那波平浪靜。今日把相思勾罷,不是夢來親。

(生)下官當日在虎丘寺彌勒殿旁得夢,示我以二美之兆。今日小姐與賢妹雙雙受了封誥，豈不應着兩副鳳冠？恰今花燭良宵，又在這彌勒殿後，何不且與二位夫人同去拈香一拜？

（二旦）説得有理。（攜行介）

【尾聲】因緣自古無憑準，則借他空門喚醒夢中人，惟願似一笑千愁化作塵。

繡衣行處撲香風（章　碣），步步猶疑是夢中（令狐楚）。
取次花叢懶回顧（元　稹），東方吐月滿禪宮（錢　起）。
又詩
一曲狂歌入醉鄉（韋　莊），才名長帶粉闈香（韋渠中）。
不逢野老誰聽法（皮日休），擬託良媒只自傷（秦韜玉）。
如夢如仙忽零落（韓　琮），花開花謝總淒涼（鄭　谷）。
欲知此恨無窮處（杜　甫），地角天涯未是長（李商隱）。

轉天心

（傳奇）

清·唐英

【作者簡介】唐英（1682—約1755），字俊公，一字雋公，又字叔子，別號蝸寄居士，又號陶人，人稱古柏先生，奉天（今遼寧瀋陽）人，隸漢軍正白旗。自幼天資聰穎，嗜好讀書，十六歲入清廷内務府充任供奉，扈從康熙二十餘年。雍正六年奉使出宫監督江西景德鎮窯務。乾隆元年至二十一年，分别任淮安、九江、粤海三關稅關權務並兼領窯務。乾隆二十一年奏請解任，並於同年去世。唐英為官清正，深入民衆，以精業恤民為己任。他督窯多年，在管理瓷務和製瓷方面頗有心得，著有《陶冶圖》、《陶成紀事碑》等，景德鎮瓷窯在他指導下燒造了大量瓷器精品，享名於世，世稱"唐窯"。唐英博學多才，在戲曲、繪畫、篆刻、詩詞等方面具有非凡的成就，著有詩文集《陶人心語》、《陶人心語續編》、《可姬傳》，字典《問奇典注增釋》。他還與當時的戲曲名家張堅、蔣士銓、董榕等人往來切磋，自備戲班演出。唐英撰有傳奇劇本十七種，刻本總集名《燈月閒情》，人稱《古柏堂傳奇》，其中創作劇本四種：《笳騷》、《傭中人》、《虞兮夢》、《轉天心》；改訂增補前人傳奇三種：《女彈詞》、《長生殿補闕》、《清忠譜正案》；改編地方戲十種：《蘆花絮》、《梁上眼》、《梅龍鎮》、《面缸笑》、《巧换緣》、《英雄報》、《三元報》、《十字坡》、《雙釘案》、《天緣債》等。在中國戲曲史上，唐英劇作的出現有着特殊的意義。清康熙以後，花部勃興，昆曲頹衰，和一般輕花部重昆曲的士大夫不同，唐英自覺地從地方戲中吸取營養，為日漸僵化的昆曲注入新鮮血液。一方面，他的劇作突破了政治教化與才子佳人的陳舊格局，吸收了地方戲多姿多彩的題材内容；另一方面，他借鑒了地方戲生動活潑的表現形式，創作出舞臺性强、雅俗共賞的劇作。他的嘗試，開創了昆曲通俗化的道路，又提升了地方戲的藝術水準。

【劇情概要】該劇共三十八齣，是唐英劇作中最長的一部。故事取材於明末清初艾衲居士的小説《豆棚閒話》之《小乞兒真心孝義》。劇寫湖廣黄岡縣書生吴明滿腹詩書却屢試不第，窮困潦倒之際，心生怨氣，題詩玉皇廟壁，聲言或作忘榮忘辱的乞丐，或作至尊至貴的玉帝。其狂言招致天譴，玉帝怒罰他投胎於其妾腹中，定下乞丐人生的命運。出世後其妾遵夫臨終所囑，為幼子取名定兒。後來定兒果然孤苦無依，母子二人以乞討度日。然他持心守正，乞討奉母，母病故後，更守廬三年。一日祭拜後，吳定兒拾得一包銀子，却不貪匿，而是苦苦守候，如數歸還失銀客商胡楚生，並堅辭酬謝。在兩位過路公人勸説下，他方收取一錠二兩小銀。之後吳定兒又義救遭二歹徒劫持的弱女孟窈娘，送她平安回家，亦拒不受謝，苦辭不過，亦收二兩小銀。黃岡縣二品官員何時賢，因大肆搜刮民財，民怨沸騰，為逃避彈劾，以終養老母為由上疏回鄉。風聲過後，何時賢復官心切，在老母仍然在世的情況下，假報丁憂，虛報服滿，得以復官。事敗後他被革職回鄉，但仍不思悔改，埋怨老母拖累官運，將其推入亂葬坑中，幸被吳定兒救出供養。何時賢因大逆不道，觸怒玉帝，被雷神擊斃。黃岡縣細民裴泌被刁惡債主所逼，只得賣子還債，吳定兒取所得四兩謝銀相助，反遭債主誣陷。知縣包明查清真相，深服吳定兒大義，親自做媒，將孟窈娘配與他為妻。粉天王羅玉珮起兵造反，圍困德州，朝廷徵兵解圍，時吳定兒已獲玉帝諒解，在妻子鼓勵下前去投軍，上界劍仙授其劍術，使其一舉成功，蕩平賊寇。吳定兒衣錦還鄉，一門皆受朝廷賞賜旌表，野老們擡送"行轉天心"匾額齊來祝賀，南斗星君指明前因，點醒吳定兒。豆花使者率衆豆神翩翩起舞，共慶豐登。

【版本流傳】北京圖書館藏有清乾隆、嘉慶間唐氏古柏堂刻本，有十七種本、十五種本、十四種本、五種本，《續修四庫全書》據北京圖書館藏清乾隆唐氏古柏堂刻增修本與古柏堂刻嘉慶增修本影印而成《燈月閒情》十七種。另，上海圖書館有清鈔本《轉天心》，《明清鈔本孤本戲曲叢刊》亦收入《轉天心》鈔本。本書以《續修四庫全書》古柏堂刻增修本為底本，以《明清鈔本孤本戲曲叢刊》中所收鈔本為校本，其字詞不一致處，擇善而從。

【演出情況】未見有關該劇舞臺演出的記載。

（石　芳）

轉天心樂府序

蒼蒼大圜，一轉輪也。

元運無一息之停，樞機無一毫之滯，橐籥無一絲之盩，杓衡無一髮之差。轉斯為天，不轉則非天也。顧談天者率言"天體"與"天氣"耳，而言"天心"者，則見之《易》。《易》曰："復其見天地之心乎？"蓋天以生物為心。人得是生生之心以為心，所謂善也；反是為惡，猶陽之反為陰也。陰盛為"剝"，剝極而"復"。陰之轉為陽，猶人心之惡轉為善。惟有此轉而天心見，惟有此轉而人心始合於天心。張燕公詩曰："講《易》見天心。"易即轉也。有變易以為轉者，有移易以為轉者，有互易以為轉者，更有不易以為轉者。轉之時義大矣哉！蝸寄先生《轉天心》樂府之作，其精於《易》者乎！觀吳明之題壁傲慢，是亢龍之有悔也。亢極則變，故換其胎，純陰之際，一陽復生，吳定即碩果之僅存也。所謂"卦無定象，爻無定位"者，斯其見端歟？當困於幽谷之時，而指點循環消息者，為注生之南斗，坎陷互離明矣。丐而孝母，以需郊之樂，為頤養之貞，孝篤天經，幹蠱之高風也。得金矢而堅貞，不使旅人喪其資斧；遇少女之蒙難，返厥歸妹脫於寇弧。合之代孝、代償，老老幼幼，廣及於人。善不積不足以成名，猶彼惡不積不足以滅身。積不善，必有餘殃。如此積善，得不有餘慶乎？自此人心轉而天心亦轉矣。剛健粹精，得天之健，即得劍之說也。待時而動，時尚潛也。一旦乘時利見，炳為虎變，剛中而應，行險而順。師出以律，立執三禽。開國承家，極錫命之榮焉。由大困轉而為大亨，此非天轉之也。實有所以轉乎天者，則在此改過遷善之心轉之而已矣。而此能轉者誰也？即剝極復生之人為之。《易》所以取象於碩果也，則豆因豆果之義，不更彰明較著也哉？吾不知作者拈毫時如何落想，而第見其文與事無之而非《易》也。固知其生平閱歷，究心於盈虛消長之機，悔吝憂虞之故者甚深，是以有取於改過之義而為此書也。若徒曰"筆如轉環，轉法華不為法華轉"，是猶操觚家及釋氏之膚譚也。或曰邵子詩云"冬至子之半，天心無改移"，移者，轉也。果爾不又有無轉之説乎？夫轉而無轉，即易有不易之義。所謂種豆得豆，萬古此豆者似之乎？或又曰："善《易》者不言《易》。"作者學精象數，姑現化於詞場，實能移風易俗，使人回心而嚮道，允希聲之太音也。而子顧沾沾擬議耶？余聞之爽然無以應。時南山吐雲，天宇清穆；豆籩薦節，玉杓北指。正乾隆昭陽作噩之歲長至日也。溧陽董榕題於舒嘯臺次。

轉天心樂府序并詩

原夫茫茫今古，榮枯幾閱春秋；納納乾坤，蜉蛤皆由變化。秉鈞播物，栽者斯培。發軔登程，運之即轉。蝸寄先生本懲勸意為傳奇，現宰官身而說法。新聲菊部，如聞吳市吹簫；閒話豆棚，可代迺人警鐸。何來齊丐，炙冷羹殘？絕類魯儒，規循矩蹈。卦當否極，積功漸滿三千；神降泰逢，彈指何須二十！福緣心造，善使天回。此如弄叔子之金環，前塵不昧；按鄒生之玉律，寒谷能融者矣。嗟乎！滄溟萬頃，殊少衆生乘坐之船；因果三生，曾無大覺光明之鏡。椒塗鐶上，銹鑰誰開？彌戾車中，飈輪不動。人心頑頓，佛淚滂沱。憑將豪竹哀絲，散作晨鐘暮鼓。君如不信，請看傀儡登場；予復何言，且待轆轤汲井。

　　芥菜粒中藏世界，藕絲孔裏避刀兵。何如種豆南山下，後果前因歷歷明。

　　乞徒氣槩壓朝紳，未遇英雄有用身。如唱盛明新雜劇，伐燕處室一齊人。

　　太乙雌雄百鍊餘，雙丸持贈意何如？空空妙手非非想，敢笑荊軻劍術疏。

　　人心天意兩相通，不用三千八百功。剝復機關吾默會，只爭方寸轉移中。（以上四首題《轉天心》）

　　曾與匡君證夙因，九奇五乳解迎人。窟中雲霧重來變，不及先生面目真。

　　問年已並喬松古，觀象方知碩果貞。結習莫嫌香雨浣，超凡仙佛總多情。

　　但論齒德是吾師，兼有元和以後詩。持較醉吟身更健，底須鸞駱遣楊枝。

　　百年藝苑滿荊榛，隻手能扶大雅輪。水綠山青無恙在，主人畢竟屬陶人。

淡中滋味靜中功，習氣都從道氣融。拈取君詩書座右，樂天翁是信天翁。

鶴髮堂前方益算，鳳毛池上又承恩。一官落落難拋棄，不戀江山戀至尊。（以上六首題各種樂府）

甲戌蕤賓令節寶意商盤

轉天心自序

　　《轉天心》詞填甫竣，有客索覽，覽竟，卒然問曰："天有身乎？"余曰："無之。""人有身乎？"余曰："有之。"客咨嗟正色而數之曰："甚哉！吾子立言之誕，而自相矛盾也。天無身，何有心？天無心，何言轉？豈若夫人之有身有心而可言轉者哉？至於福善禍淫之機之理，無倖獲，無苟免，作於內而應於外，古今之實事定論也。故聖賢有正心，有放心，有求己自反之訓，彰明較著。責之人心之轉，亦至當而已足矣。而釋老因果報應之教，吾儒者概無道焉。子乃詭奇炫異，刱搆幻想，委諸空空洞洞、無身無心之天，下此轉語，使蒼蒼者何所任受？而蚩蚩者何所稽考乎？子縱非儒者，嚮曾頗見讀書，何至憒憒廼爾耶？"余憮然久之，亦復咨嗟正色，唯唯否否，而謝曰："余傖而迂者也。天之外無所信，心之外無所守。守其心以信天，信其轉以驗守。聖賢之訓，何肯自外？釋老之教，亦難妄評。惟即其事以揆理，即其理以揆心。心與理洽，而人心轉矣。理與事宜，而天道合矣。夫人為天之所生，而身心即為天之身心。身心為天之身心，而人心之轉不即為天心之轉乎？此區區鄙陋之見也。至若傖迁之人，齊東之語，原非操觚自命著作名家，不過於燈明月朗、塵緣紛雜之餘，偕即墨、管城諸君，搬演一棚無聲無形傀儡，聊自娛悅，非敢持贈世人也。脫必欲加以'離經叛道'、'詼諧荒唐'之咎，則有豆棚下閒話不通之老人在。"

　　乾隆昭陽大淵獻之歲桂花令節蝸寄居士識。

第一齣　開　場

（末上）

【西江月】來看豆棚閒話，今非紙上空談，有聲有色有波瀾，演出當場活現。　貴賤窮通有命，前因後果由天。怨天拗命定招愆，劫數輪迴可欺！

其二

暴逆貪癡遺臭，忠誠孝義芳傳。請看功過再生緣，神目昭昭似電。　齋瓮邊旁玉帝，蓮花落裏英賢。天堂地獄存心間，心格天心即轉。

妄誕書生詩縱好，考不中玉皇大帝。
孤貧乞丐行既善，解得脫孽報卑田。
貧官逆子，平地裏一聲雷，名傳今古。
野老豆棚，扯淡的幾句話，喚醒人天。

第二齣　豆　因

（外、末、副、丑扮豆棚野老、邨童上）

（場上先設豆棚一座）

【西江月】（外）瑟瑟金風驅暑，豆園簇簇開花。（末）豆花落盡又舒芽，豆子有如梅大。　（副）遍地香風弄影，煮來味比枇杷。（丑）日長閒坐泡新茶，試聽豆棚閒話。諸位，請了。我們乃本村的幾箇野老，靠耕種為業。前臨綠水，後傍青山，消受些雞犬桑麻，村醪野菜。當此夏秋之交，雨足禾田，風清菜圃，日長無事，就是我們幾箇野老在這豆棚之下說些閒話，吃個煮豆東道，倒也瀟灑清閒。

（丑）伯伯，今日輪到你說故事了。

（外向末介）昨日你說的是那一家故事？

（末）我說的《大和尚假意超昇》。

（外向副介）你前日說的是件甚麼新聞？

（副）我說的《首陽山叔齊變節》。

（外）雖是閒話，也要說些忠孝節義的事，使人聽了做箇榜樣纔好，那些不經之言，說他怎的！

（丑）伯伯，果然他們二位說的不甚好聽。你今日講箇忠孝節義，我們大家聽聽。

（外）既如此，你把那豆棚上頂大的豆兒摘下些來，煮與我吃，我便說與你聽。

（丑）這箇容易，待我摘來。

（作摘豆介）呀！好奇嘎！昨日這豆棚上有一半是乾癟的，怎麼一夜都飽滿起來了？

（外）這有甚麼奇處？這些時微旱欠雨，所以豆兒乾癟，昨夜三更雨過，故爾一箇箇飽滿起來。此亦物理盛衰、天心轉動之意。也罷！待老漢就說箇《轉天心》與你們聽聽。

（末、副）怎麼叫做《轉天心》？

（外）當日呵！（唱）

【駐馬聽】有箇落拓書生，未遂科名志未伸。想為玉帝，要做貧兒，詩侮天尊，將他謫罰做貧人。他力行大義回天運，頭角崢崢。

（丑）這叫做什麼？

（外唱）《小乞兒孝義終身全本》。

（丑）頭角崢崢？難道乞丐竟做了官不成？

（外）竟做了官，還立了許多功業。

（丑、末、副）那有乞兒都會做官立功業之理？我們有些不信。

（外）你不信麼？這件事就出在這黃岡縣地方，我們都是耳聞目睹的，已自流傳書史。如今那些文人名士，又填成詞曲，被之管絃，今日要從頭搬演，早已鋪陳下箇大大的排場。諾，你看那壁廂小乞兒早已出場來了。

（衆）我們大家坐在一旁邊，耐着性兒看他慢慢的搬演這段新聞故事者。（同下）

豆有根兮豆有萁，豆生豆落豆棚知。
等閒幾箇棚中老，話到天心見轉移。

第三齣　題　壁

（生上）

【鳳凰閣】青衫潦倒，烏兔催人容易老，滿懷悲憤首頻搔。常把古今憑弔，憂心悄悄，問天天何事虛嚚？

【鷓鴣天】劍氣光茫射斗牛，文章端不讓枚、鄒。十年未遂科名願，半世空勞書卷憂。　　虛歲月，負春秋，一腔心事問東流。寧為雞口無牛後，不到烏江不盡頭。小生吳明，字朗然，湖廣黃州府黃岡縣人也。父祖累代簪纓，門第原稱舊族。青年入泮，三十年戴老頭巾；白眼驕人，千百人誰堪入目？筆落千言，風雨飛來紙上；詞傾三峽，經綸貫滿胸中。爭奈時運不濟，命運多舛。窮年株守，壯志天高。荊妻賈氏，已赴仙樓；小妾珍珍，共甘酸苦。腹內雖懷六甲，膝前尚欠寧馨。我想，天下讀書人幼學壯行，原為功名事業，似我這半老頭顱，方剛志願，縱得箇微末職員，難免大吏搜求。即使寄任封疆，也要受官常拘制。似這等昂昂藏藏，辜負了天地生我的本意，轉不如作一箇忘榮忘辱，最低賤乞丐之流；再不然竟作一箇操死操生、至尊至貴的玉皇大帝。惟此兩途，方合我志。今當正月初九日，乃上界玉皇降誕之辰，不免到玉皇廟中隨喜一番，有何不可？（唱）

【皂羅袍】非我一生驕傲，奈功名蹭蹬空抱牢騷。清風兩袖興粗豪，閒吟且向春風道。桃含新雨，柳絲漸嬌。早春時候，輕寒未消。片時已到玄穹廟。（白）來此已是。廟祝那裏？

（丑扮廟祝上）地占江山勝，神靈廟祝尊。居士是進香的？請！

（生）你看，廟貌威嚴，神威顯赫，不免展拜一番。嗄，大帝嗄！（唱）

【前腔】堦前虔誠拜禱，念書生老大、困守蓬茅。文章不遇枉呼號，此生不想登廊廟。官卑祿薄，犬馬苦勞。腰金衣紫，模稜怕嘲。想來竟是天尊好。（白）大帝，大帝！看你默默無言，受萬方之香火；呼求不應，享四序之名禋。似我經濟滿胸，文章蓋世，何不將此座兒暫且交代與我,你看我賞罰何如?廟祝,取筆硯過來,待我小吟題壁,以寫悶懷。

(廟祝白)敢是寫緣簿麼?

(生)你不要管。(寫介)

(雜扮值日公曹暗上椅,看介)"胸羅星斗冠羣英,稽首堦前叩帝靈。造化權衡無感應,玉皇從此讓書生。"哈哈哈!好箇"玉皇從此讓書生"!

(祝白)相公,你難道不怕罪過麼?今生侮慢了天尊,來世要託生叫化子的呀!

(生)咳!老道,老道!(唱)

【尾聲】神明之理真堪笑,任人間是非顛倒。倒不如我這餓醋窮酸比上帝高。(下)

　　　　玉皇乞丐非非想,後世前生了了因。
　　　　試勸胡塗亂抹者,漫將筆孽侮天人。

第四齣　丐　因

(雜扮城隍上,唱)

【點絳唇】善惡專司,陰陽無異。(雜扮土地上)坤為地,協掌幽司。(日值功曹上)察勘人間事。淡月疎星遠建章,仙風吹下御爐香。侍臣鵠立通明殿,一朵紅雲捧玉皇。吾乃黃州府忠佑城隍是也。

(土地)吾乃黃州府都土地是也。

(日值功曹)吾乃日值功曹是也。

(同白)今當正月初九日,乃玉皇上帝降誕之辰。本郡玉皇廟中供奉上帝,恐有遠近神祇叩祝聖壽,吾神輩只得在此伺候。

(功曹白)啟上尊神,小神方纔出巡,見一書生係本郡人氏,名喚吳明,在上帝殿前狂吟題壁,俱是褻瀆之詞,甚為不敬。特此報聞。

(二神白)有這等事,待吾神看來。(念前詩介)呀!好箇不知死活的狂生！荒詞侮聖，罪犯天條，理合奏明，候旨定奪。話猶未了，上帝升殿也。

（雜扮四靈官、侍從眾神，金童玉女執旛隨，小生扮玉帝上）

【前腔】萬象樞機，包羅天地。參玄諦，妙相威儀，造化功無際。（白）三十三天天外天，百千萬劫證因緣。死生不是尋常事，萬物皆操掌握權。吾乃昊天金闕玄穹上帝是也。權衡天地，掌萬象之璇璣；操握死生，秉九天之予奪。三才判世，功稱元始天尊；六合統宗，世號玉皇上帝。居高聽卑，賞善罰惡。試看那風雲雷雨，運動處生化有靈；年月日時，查勘裏絲毫無爽。正是：清虛無上真靈位，今古長居極樂天。今日乃朕躬降誕之辰，各路神祇都來叩祝，下界黎庶盡至祈靈。殿前神將！

（眾應介）有！

（帝云）肅整威儀者。

（眾）領法旨！

（東嶽上）

【前腔】職列天齊。（太白金星）庚方居位。（南斗星君）操生煞。（北極上）北極玄機。（同唱）齊叩玄穹帝。

（東嶽）吾乃天齊東嶽仁聖帝君是也。

（金星）吾乃太白金星是也。

（南斗）吾乃南斗星君是也。

（北極）吾乃北極星君是也。今乃玉帝降誕之辰，需上殿叩祝者。

（合唱）

【混江龍】祥雲瑞氣，靄香煙霧雨霏霏。一行兒嵩呼拜禮，一行兒舞蹈踏天墀。（帝唱）願人天雨暘，時若鴻鈞，運參造化，覆庇羣黎。宗泰岱神居震嶽，樞北極端拱無為。司南斗生生不息，長庚星燦燦居西。真箇是萬方有感通呼吸，全憑着轉動無私運化機。（眾唱）聖壽天齊！

（帝白）眾神平身。

（眾）圣壽無疆！

（城隍上）啟上大帝：小神乃黃州府城隍是也。今有本郡狂生吳明，在上帝殿庭揮詞侮聖，罪大難容。特此奏明，請旨定奪。

（帝）可將詞句奏來。

（隍念前詩介，下白）陰陽無二理，天地有循環。

（帝怒介）嗄！好一箇無知的狂生也！（唱）

【油葫蘆】怪着他無禮狂生忒不羈，平白地侮神明是何緣起？那裏知天條法律不容伊，一味價搖脣鼓舌翻新句。說什麼星斗列胸中，又說什麼書生要坐玄穹位，全不怕冥法追。怎免得斷喉拔舌酆都罪，早發敕地府墮阿鼻。速召冥府判官查此狂生善惡者。

（副扮白鬚老判見帝介）上帝有何法旨？

（帝白）可將黃州府狂生吳明善惡款跡，前後查來。

（判白）領玉旨。（唱）

【天下樂】細把那犯死狂生罪惡稽，可也麼奇！沉淪自着迷，忽拉巴將逆語題。望靈霄把大寶窺，墮輪迴罪不移。孽臨頭却怨誰？則把他一樁樁翻詳細。（白）查得黃州府黃岡縣生員吳明，青年入泮，放浪不羈。本年本月本日本時，執筆搆詞，侮慢上帝。平時無多善惡，今日筆孽昭彰；妄思比擬上帝，狂言叫化卑田。固係文字之過，實由侮慢之心；雖無實行之惡款，已犯不敬之天條。據實奏聞，伏候玉旨。

（副下白）果報從今始，輪迴轉眼看。

（帝唱）

【那吒令】聽奏明罪跡，撲騰騰怒起！把神明戲嬉，笑瘋魔蠢癡。若不振天討威，將何懲狂僥輩？俺把他發陰司受劍樹刀山，歷苦惱有油鍋鋸硠。方顯得報應無私。

（南斗白）啟奏上帝：吳明狂言罪大，例應不赦。但造詞褻慢，尚屬下愚無知，口筆過犯。還祈格外開恩，以表好生大德。

（帝）既如此，他既有卑田乞兒之願，可着冥司追其魂魄，改頭換面，存性投胎，出世受貧，流為乞丐，以證果報前因。令其再生修省，若能改過自新，據實奏明。天恩浩蕩，自有善報之日也。

【寄生草】生向卑田院，沿門做乞兒。少衣缺食居無地，形容枯槁身憔悴。持竹梢牽犬為生計,殘羹破衲療寒饑。則教他證因緣醒悟前生事。眾神各自歸位者。

（合唱）

【煞尾】好戒那癡人守命莫胡思,讀書人更要牢牢記。試看這號天哭地化錢人,盡都是劣衣冠怨地嗔天輩,到此日悔恨方遲。（下）

緣有緣兮因有因,卑田院裏豈無人。
教忠化義銷前劫,到處蓮花證後身。

第五齣　換　　胎

（旦扮珍娘上）

【謁金門前】充箕帚,仰望百年依守。君子無端膺重疾,深鎖眉峯皺。（白）甘抱衾裯敢怨天？清貧夫主病相煎。熊羆縱有同心夢,不及沉痾早霍然。妾身傅氏珍珍是也。小星備位,侍衾枕於清流；敬戒自持,仰終身於君子。怎奈我相公才高性傲,久困青衿,每每恨地怨天,形於口筆。前在玉皇廟中隨喜,回來染成一病,如狂似醉,乍熱乍寒,連日藥石不效,求禱無靈。奈我又懷胎十月,將近臨盆,官人平日兄弟情疏,親朋闊絕,倘有不測,教妾身如何料理？幸有左鄰張媽媽,每日常來相伴。今日乃是上元佳節,張媽媽回家去了。不免把官人扶到中堂坐坐,有何不可？

（下,扶生上）

【謁金門後】巾欹花開如繡,肥笑藍衫油透。二豎偏同窮鬼遘,死不呼天救！（白）白眼冰心傲世人,常搖椽筆慢靈神。任他二豎相搬弄,生死彭殤命信真。我吳明才高運蹇,悲憤無伸。前初九日,在本郡玉皇廟中,偶觸心懷,小吟題壁。歸來染成一病,寒熱交攻,飲食不進,竟成沉痾不起了。我想生死有命,倒也不在意中。嘎！珍娘,只是你懷胎十月,臨盆在即,我平日弟兄無靠,親友情疏,只有族叔吳其仁稍有關切之情。我若倘有不測,此人還可照顧一二。昨日隔壁張媽媽在此,今日為何不見？

（旦）今日乃上元佳節，他回家料理料理就來的。嗄！官人，你好端端在玉皇廟中回來，為何得此病症？

（生唱）

【高陽臺】我只為學富三冬，胸藏二酉，半生泮水淹留，因此上怒地嗔天，常把神明怨咎。（旦）差謬，功名顯晦皆前定，還仗取神天默佑。到今日染沉疴，文章難療，良劑誰投。

（生）嗄！珍娘，我今病症已入膏肓，料無起色。你若生下箇女兒，聽你處分；若生下箇孩兒，可名為"定兒"，以明我"人定勝天"之意。（唱）

【前腔】今後，倘墓草宜男，兒名吾志，證此定靜無求。咳！管不得四壁蕭然，一任他隨緣輻輳。（作呻吟介）（旦接唱）誰救？看神昏氣短聲似吼，瞬息間生死關頭。應召賦瑤樓，妾隨君後，怎顧箕裘？

（生作昏伏桌上，鬼卒牽魂繞場下）

（老旦上）

【前腔】鄰右，貧病交攻，郎危女幼，特向蓽門伴守。（白）嗄！娘子，吳官人病體如何了？（旦哭，急應介）方纔昏暈過去，多應不濟事了！（老旦）嗄！娘子，只愁你影隻形單，又正逢熟瓜時候。（生作甦醒介，白）你是張媽媽？嗄！張媽媽，我病體沉重，料然不保。奈我家無次丁，倘有不測，可煩你送信與我叔父吳其仁，叫他來料理我的衣棺後事。又因小妾珍娘臨盆在即，也望你照顧一二。（唱）情厚！憐生恤死終始託，我一靈在黃泉叩首！（生作痰壅介）（鬼卒繞場下）鬼風颼，眼光落地，竅脫魂遊。

（旦、老旦扶生下）

（雜扮鬼卒追生，跌撲，鎖拿下）

（旦、老旦上，旦大哭介）不好了！我官人氣絕了，撇得奴好苦也！

【憶多嬌】你蝶夢遊，我鵑血流，半世恩情一旦休，盼盼棲無燕子樓。地慘天愁，地慘天愁，拚得箇命隨魂走。

（老旦）娘子，官人已死，你懷孕在身，保重要緊。

（旦）嗄！張媽媽，我官人已死，諸事未備。我又腹中攪痛，只怕就在此刻要分娩了。啊喲！啊喲！（作肚痛介，唱）

【前腔】我腹似揪，汗雨流，體戰肢搖手足抽，十月懷胎已滿週。兩手摸揉，兩手摸揉，想是亡人有後。

（老旦）待我扶你進去。（同下）

（副扮土地上）生生死死輪迴劫，是是非非報應天。吾乃本郡土地是也。因有狂生吳明，吟詩題壁，罪犯天條。上帝開好生之心，命其改頭換面，投彼妾胎，出世受貧，流為乞丐，視彼後行，以證前因。今吳明陽魂已奉勾到此，有催生老母送彼投胎入竅。呀！你看，吳明來也。

（丑扮催生老母帶生魂上）

（丑白）改頭換面妄為母，賤丐寒生夫作兒。吳明過來，見了土地公公。

（生見土地，跪介）

（副）嗄！吳明，你今番入世為人，再不可志大言狂，自取罪戾了。我有偈言數句囑咐，你聽者："志傲眼饞難得飽，窮到乞兒真苦惱。得方便處濟顛危，未必善人皆餓莩。叫化銅錢容易討，乞丐聲名難得好。漫愁汝輩不成名，近日衣冠人物少。"速入竅者！（各下）

（內作兒啼介）

（老旦在內介）呀！娘子，你生下孩兒了！（上）這也奇怪，吳官人剛剛氣絕，他娘子竟生下一箇孩兒！吳秀才今番有後了。但諸事未備，不免送信與他叔父，着他來料理衣棺後事。早晚再來伴他娘子，也是好事。哎！吳娘子，吳娘子！

【尾聲】你兒生夫死悲歡驟，不幸中墓生接後，我且去報與他親人作生死謀。（下）

　　　　玉皇大帝終無分，叫化卑田已有雛。
　　　　生死日時同父子，悲歡妻母對兒夫。

第六齣　算　命

（末扮南斗星君上）

【浪淘沙】誰解這天機？母子夫妻。怕他依舊墮癡迷,指點循環消息也,天地慈悲。（白）

【如夢令】玉帝座前爭位,乞丐行中逐隊。父子換胞胎,轉劫銷除前罪。難昧,難昧,後果前因鍼對。吾乃南斗星君是也。只因黃州府狂生吳明在玉皇殿前題詩侮慢,上觸帝怒,欲令其永墮輪迴,受諸苦惱。本官奏免,上帝開恩,即着投彼妾胎,流為乞丐。今吳明已經轉世,名為吳定。三載以來,飢寒萬狀。煢煢母子,衣食不敷。想當初吳明乞丐之願,已看看到手了。可見因緣之理毫髮不差。但吳定之現果,係吳明之往因。本官恐他再墮癡狂,不加修省,只怕那百千萬劫再不能觳翻身矣。故爾化作算命先生,在此鬧市街頭,待他母子來時,指明他便了。正是：一失足成千古恨,再回頭是百年身。（虛下）

（旦扮珍娘抱子上）

【漁家傲】苦殺我寡鵠孤雛最慘悽,惸惸的孤苦伶仃,誰人靠依？夫死三年家業盡,立錐無地。

（白）妾身傅珍珍是也。吳門作妾,歷遍艱辛。指望相依百歲,不料半路分飛。恰恰夫死之時,正是子生之日。我相公家計素寒,怎當得一番死生大事？雖蒙族人越不過情理,將夫主後事草草料理,但孤兒寡婦日久無人照看,以致我娘兒兩箇,孤苦伶仃,饔飧不繼。往時還仗些鍼指度日,近來又因我雙目昏花,不能動手,弄得來粒米寸薪,俱是費力。定兒尚在襁褓,我意欲將他捨入空門,皈依佛教,妾身尋一自盡於官人墓側。我雖侍妾,要盡箇從一而終的婦道。幾度思量,一者怕我官人絕後,二者又恐定兒不是僧家之命,故爾躊躇未定。聞得市上有一算命先生,甚是有準,不免到彼處求他推算一番,以定行止。（唱）今日箇活命丹無,子和娘同餒共饑,倒不如母死兒髡兩便離。

（末算命先生暗上）

（旦白）呀，你看那先生端坐在那裏，不免上前相見。嘎！先生萬福。

（末白）嘎！婦人，你抱着箇孩子到此何幹？

（旦）妾身夫亡子幼，贍養無人，意欲將孩兒捨入空門，妾身自尋一了當之計。一則恐夫君絕後，二則不知孩兒的八字，可有些出家的根器，為此進退兩難。請先生把我孩兒的八字推算推算，如果星犯孤鸞，命居華蓋，妾身意決，好定行止。先生聽禀：（唱）

【剔銀燈】未亡人家徒四壁，欲棄孤兒怕夫君絕祀。餓寒困苦没周濟，萬般愁付與萬行血淚。我癡迷，望先生細推存和棄，請明明剖知。

（末）你可把你孩兒的八字說來，我好掐算。

（旦）我孩兒是甲申年正月十五日午時生的。

（末）待我掐來，甲申年，丙寅月，壬子日，丙午時。啊呀！四柱純陽，刑傷太重，重重沖尅，絕處逢奇。其中否泰變遷，難以盡說。我有一件東西在此，你拿去看來。你孩兒的前因後果，都在其內。（付一大匾豆介）

（旦）這是箇絕大的匾豆兒，不知裏面包藏的什麼？

（末）你且聽者：造化玄機此物中，前因後果總包籠。細將圖畫從頭看，莫認丹青筆墨工。

（旦）先生，我乃女流之輩，不能觸類旁通。先生若不說明，教我如何詳解？且此豆與世不同，長其大殼，出自誰家？望先生指明。

（末）你要問他的根本？那牆頭上不是麼？

（旦回看介）

（末）天道循環近，豆中滋味長。（下）

（旦）你看先生忽然不見，想是神人指點，教我不要拋棄定兒的意思。只是我娘兒兩箇，孤苦伶仃，怎生存活？嗳！想後思前，撫孤延祀是要緊的事，也顧不得家世門楣，只得要做那沿門乞化的勾當苟延歲月，且待他成人長大，以存我相公的一脈便了。來此已是自家門首,不免進去閉上了門,待我細細看來。此物捏去如有一物,不似豆子,不免剖開一看。呀!原來有幅畫圖在內。待我細看:上面有一書生,伏於桌上,如病臥之容,頭直上出陽神三道:一道內畫着箇少年乞丐,襤褸飢寒之狀,甚是可憐;一道內畫一人身披金甲,手執寶劍,凜凜威風;一道內畫一烏紗紅袍中年宰官,手執牙笏。後面有幾箇老人在一豆棚之下,站的,坐的,就似說話的一般。這是什麼意思?(唱)

【攤破地錦花】豆皰兒,藏着箇圖形紙。現種種人,病書生對着貧兒。見象箇烏紗,金鎧身披。費猜疑,難揣摩這底裏。

【麻婆子】畫圖畫圖參不透,前程事莫知。眼前眼前捱不過,娘寒子又饑。因緣剖決是何時?孤孀窘迫誰憐覷?只得忍恥存孤矣。(白)嗳!我還不明白喇!難道是瓜圃豆兒肥?

(下)

    嫠婦孤兒命可憐,子生父死證前愆。
    豆萁豆莢因根出,且耐寒風冷露天。

第七齣　瞰　　祝

(淨虬蒼髯袍服上)

【戀芳春】蔗境官常,無端予告,青雲有路蹉跎。試問移忠作孝,榮利誰多?堂上秋瓜熟果,戀蒂蔓過時難落。成輾軻,懶着萊衣婆娑,憶煞鳴珂。官貴財多親已榮,何須拘執孝虛名。丁艱終養誰開例?忍把烏紗如許輕。下官何時賢,字忘年,湖廣黃州府人也。名士起家,能員履任。年週花甲,位歷崇階。方思馬繼名韁,帆揚宦海,以遂我求田間舍之心,貽子孫金穴銅山之計。不料近日這些百姓們刁頑得緊,若做官的狠敲毒拶,弄得他九死一生,一般的賣兒賣女也肯出些保全身命的銀錢。及至轉背,就出怨言謗訕,弄得我這官聲不美。又有那些迂腐當道,七嘴八舌,多事糾彈。只得指着九十二歲的母親,上了箇"終養"的疏兒,暫解一時急難,僥倖蒙恩予告,纔得安穩回鄉。經今二載,從前那些謗訕官聲日久消滅，正好起復做官了。誰想我那家母竟是箇彭祖轉生，現年九十四歲，分外康強健飯，不像箇早晚黃金入櫃的光景。偏有那些不知機竅的親友，提起家母，他們便道是"有福有壽的太君"、"不老長生的仙姥"，只顧獻那沒眼色的奉承。却不想家母多做了一日人，下官便少做了一日的官。弄得下官如熱地上的螞蟻，叫我如何排遣？今日中秋佳節，天氣晴明，不免到郊外散步一回，多少是好。高昇、金印那裏？

（二雜上）一部縉紳高擱起，千層脚繭漸銷磨。（見介）老爺呼唤，有何差遣？

（淨）我今要往郊外散步，爾等在家勤打聽老太太的飲食起居，少有不爽快之處，即便報我知道。

（二雜）曉得。（下）

（淨）嗳！出得門來，你看一派荒山白水，那及得軟紅塵中的繁華熱鬧也！

【啄木兒】看山環屋，水繞坡，似這等淡水窮山怎住我？咳！只因圖名利兼收，弄得箇聲名不美。我只得脫朝衣勉着萊衣，為保官聲暫避風波。我告終養的時節，家母已是九十二歲了。只道他朝暮回首，我不過丁他二十七箇月的艱，就可起復做官了。咳！（跌脚介）誰知我銅娘鐵母無殘破，弄得我烏紗運逐流年過。咳！老天，老天！何日得生我劬勞詠《蓼莪》？（暫下）

（小生扮乞丐，執鼗鼓上）人道乞丐苦，我道乞丐樂。身窮心不窮，乾淨更灑落。天地為屋廬，風月隨坐臥。四時無閒忙，八方有飲啄。私債與官糧，不欠無人捉。空山羅漢松，古寺金剛脚。與我解炎涼，富貴奉不得。願作懶閒人，不羡金紫客。在下黄州府一箇乞丐吳定兒的便是。祖父原為仕宦，家道也算富饒，只因先人早逝，產業漸空，只剩得老母與小子二人，無以資生，求乞度日。在這本地方挨門靠户，數年來也算"叫化大行"的了，所以母子二人尚留殘喘。近因老母年邁，雙目失明。我想這樣窮苦顛連，必竟是前生業報，也不敢去抱怨那造物偏私，只是秉正了念頭，作一箇正經灑落的乞兒。每日價討得些殘羹剩飯，濁酒渾漿，供養母親，也不愧那跪乳的羔羊，反哺的烏鳥。這也不在話下。今乃八月中秋，恰是我母親的六十大壽，我已求得許多葷素零星，要作箇大慶的筵席，俱已安排在前面溪澗深處了。不免請母親出來，背負到那裏慶賀一番，有何不可？母親，有請。

（旦扮瞽目貧婆扶杖上）

【引子】負米貧兒貧也好，奔喪貴子貴如何？兒嗄！請我出來，有何話說？

（小生）今日乃母親六十大慶之辰，孩兒備得些壽酒壽筵，在前溪盤石之上，背負母親到彼，少展孩兒慶祝微忱，求母親諒情俯允。

（旦白）我兒，生受你！就此前去。

（小生背旦行介，唱）

【前腔】我貧人樂，比富多，不過除却無錢萬事妥。子和娘影不離形，強似那狀元郎蔡氏公婆。母親，請坐了，待孩兒進膳獻酒。（場設一桌，作擺破盌、壺、杯，小生送酒拜叩介）願母親福如東海，壽比南山！我懸鶉雖比斑衣破，蹁躚舞抵霓裳樂。母親，你孩兒比着那遠宦拋親的子若何？待孩兒歌舞一回，與母親侑酒。

（旦白）兒嗄，生受你了！

（小生搖鼗鼓作跳舞、唱"回回歌"介）

【回回曲】檐前滴水水點長，反哺烏鴉跪乳羊。財主高官怎如我？背上長馱不老娘，背上長馱不老娘！

（淨上）問水尋山窮快活，慶生弔死富風光。下官閒步了這半天，不惟無以排遣，倒覺得有些飢渴乏倦起來，不免回家去罷。呀！你看溪邊有箇小廝，對着箇老婆子在那裏跳舞跪拜，却是為何？待我上前看來。吒！那小廝，你與這老婆子在此則甚？

（小生）你問我麼？我且盤盤你的根腳，方好稱呼。敢問足下是箇相公？還是箇員外？

（淨）那裏有我這等一箇好相公、員外！

（小生）既不是相公、員外，敢則是箇老爹、太爺麼？

（淨）也沒有我這等一箇老爹、太爺，只怕還大些。

（小生）若如此說，必定是位老爺了？

（淨）"老爺"二字，算你說着了，只是上頭還有一箇字。
（小生）這等說，竟是位大老爺了。但不知貴姓高名，住居何處？
（淨）我姓何，就住在前村八字粉牆一帶高樓走馬大門內。
（小生）哦！原來就是本地何大老爺！久聞識荊，得罪了。
（小生拱手走，淨拉介）為何這等匆忙？我還有話問你。
（小生）何大老爺請尊便，不要誤了我的正經事。
（淨）你這人有什麼正經？告訴與我知道。
（小生回看，旦盹睡介）且喜母親多飲了幾杯壽酒，在那裏打盹兒呢！我又不敢驚動，左右閒在此，何不與他談談，也算解悶的一般。何大老爺，你既問俺，試聽我道來。我是一箇現任加三級紀錄千百家的叫化郎吳定兒。
（淨）好官銜！
（小生）那上面坐着打盹的是當今第一尊大賢德太老窮人。
（淨）呀，好封誥！
（小生）乃小子生身之母。今日是家母六十大壽，我在此奉觴上壽。又怕我母親心煩，所以不請外客。你今來得正好。
（淨）有何好處？
（小生）如今那些暴發財主，有喜慶的事必邀當道的官長，借光走動。我一箇乞兒怎敢請你來拜壽？你既來了，我也不好空慢了你，待我稟過母親，將席前的壽酒斟一杯奉敬，權當折席謝步之禮。母親，孩兒有話稟知。
（旦作睡醒介）兒阿！你與誰在那裏說話？
（小生）母親今日大壽，適逢前村何大老爺到此，大約是指名拜壽，來要借光的意思。孩兒稟明母親，將席前的壽酒徹一杯與他嗒嗒，不知母親尊意如何？
（旦）正該如此，你可斟酒奉敬。
（小生斟酒介）
（淨）你看這窮花子，如此做作，下官正在飢渴之際，且飲他一杯再講。

（小生遞酒介）請何大老爺，用一杯"百福千壽酒"。

（淨）酒罷了，為何叫這等名色？

（小生）何大老爺有所不知，這杯酒乃是幾千百家求討來的，又養着我這頂天立地一箇賽千箇的好乞兒，因此名為"百福千壽酒"。你們那些財主、做官的人，倒是難得吃的。

（淨大笑介）我想你這樣人，把箇母親的壽日如此鋪張，又説這般大話，叫士大夫們如何行事？

（小生作跌地大笑介）

（淨扯起介）你為何這等大笑？

（小生）你問我麽？我要直説了。何大老爺，你不要輕覷了人。我雖是箇乞兒，頗知些天倫孝道。你看我母子二人，相依為命，片刻不離。每日裏求討得一瓢一簞，先要奉養母親，何況今日大壽之日，怎不教我極力鋪張？難道也像你們做官的人，借父母壽日，多收些錦帳圍屏、金銀紗緞，纔為孝養不成？何大老爺，你休怪我説，近日仕宦中賢愚不等，還有那一種陳情終養的，不是規避苦缺，就是躲閃參劾。更有那一等生不溫清、死不合殮，無奈丁艱的。回到家中，對了那隔着棺木的雙親，乾眼張口號上幾聲，守那二十七箇月的孝，如坐針氈。到那服闋起復的時候，起文候缺，吏部投供，比那《西廂記》上張生跳粉牆，也沒有他那樣的高興快活！你想這樣人把父母的大壽、小壽，如何放在他心上？倒是我這叫化窮人，奉養承歡，一些不假。

（淨背伸舌介）看這花子説話靈便，倒是箇有用之人，我有道理。喂，吳定兒，看你言詞伶俐，性巧心靈，不如同你母親到我家中，吃些現成茶飯，免得你求乞供贍，我還有用你之處。你意下何如？

（小生）何大老爺，你此話越發講差了。你看，我雖是箇乞丐，無拘無束，心富身貧。若到了你家，你呢，還不至十分奚落於我，你家中那些家人大叔，他止知道豪華勢力，那裏識認得我這樣花子？不是當面嘲笑，就是背後胡談。將我這細絲粉面十足的乞丐，倒作了你家七銅八鐵減色的豪奴。似這等折本的生意，但求恩免，不勞

下顧。如若不信,聽我道——(唱)

【三段子】他輕嗔重訶,耐貧人反羞耐他。眼多嘴多,一乞兒寡難勝多。只恐進了你家門,弄得箇住不得,去不得,受那無限的苦惱。怎如我千羹萬飯隨緣過,飽閒饑討心安樂?因此上不治生產,遨遊奉母,叫化四方,願作箇將母窮兒比宦遊安妥。何大老爺,你看日已沉西,我要背母親回去安寢,不能奉陪閒談了。(唱)

【歸朝歌】娘親的,娘親的,輕扶慢馱,好回歸向草舖高臥。博一覺,博一覺,神怡氣和。黃粱夢中炊不能濟我。明朝還向長街募,殘茶剩飯充飢餓。別過你這大老官人,各自窮冗多。(背旦下)

(淨)你看這乞兒,言詞侃侃,倒也有些意思。但他乃微賤之流,那知我富貴人的行為心事!

【尾聲】我一腔心事誰猜破?貴賤從來不合謀。願只願堂上萱花風雨多。(下)

　　　　丐樂稱觴花甲母,官嫌起復九旬親。
　　　　空山今日相逢處,貴賤倫常內外人。

第八齣　丐　敘

(外扮甲長上)

【雙勸酒】卑田世家,名高齒大。牽猿弄蛇,俱咱麾下。消受些稱孤道寡,四時歌到處"蓮花"。我乃黃州府卑田院裏一箇有名的頭兒腦兒甲長的便是。身居養濟,乞化為生。因年齒過人,衆兄弟推為首領。今日乃重陽佳節。昨日已約定衆兄弟,在赤壁之下做一箇登高勝會,想此時已將來也。

(末持鈴上)有口何須說,

(副穿藍布箭衣,帶破雨纓帽,攙小旦上)無胎到處生。

(丑持磚上)磚擂搔背癢,

(淨手蟠蛇上)蛇弄化人驚。

(衆)甲長,請了。

(外)請了。

（衆）昨日大哥有約，今朝特地同來。

（末）我方纔在賣花擔上，搶得兩枝菊花在此。

（丑）我在那賣蟹的籃上，偷得兩隻肥蟹在這裏。

（淨）我在三四箇酒舖裏，討得有幾盃酒在此。

（副）方纔有箇傻漢子，想是箇外路人，看見我夫妻兩口在街市上裝模做樣，佈施了五六十箇大錢，是我買了些零星果品，算我兩口兒的兩分東道罷！

（衆）餚酒俱全，我們也該到赤壁去了。

（外）且慢。我昨日約了吳定兒，他自然也要來。

（衆）大哥，那吳定兒年紀雖小，是箇"四方鴨蛋"，極不隨和的。今日他若來時，大家數落他一番，叫他留心學我們的行徑，也長進些，不要傷了我們卑田院的體面。

（外）說的是。想他也就來了。

（小生上）佳節每逢隨分賞，菊花不會笑貧人。衆位，請了。

（衆）請了。今日重陽佳節，我們各帶酒餚在此，同遊赤壁。你帶的什麼東西？

（小生）今日乃佳辰令節，人人俱要去賞菊登高，他那裏還有心情肯佈施人？所以我今日也不曾出去討化，特特赴約而來。

（外）罷了，你年紀小些，大家算公請了你罷！就此同行。

（衆人各念一句）西山薇蕨吃精光，一起夷齊下首陽。東郭墦間逢祭者，白衣瓮底問餘香。來此已是，各把酒餚擺下，我們分長幼坐了罷！

（衆飲介）

（外）今日難得衆兄弟齊全在此，何不把大家技藝各說一遍，看你們的意趣何如？

（衆）這箇使得。那箇先來？

（末啞子）從來說得好——啞子說話最為稀罕，等我先來。

【臨江仙】我擺着銅鈴裝啞子，捱門逐戶搜求，搖頭不語淚交流。得錢歸去後，論辯壓羣喉。

（小生）我等雖是窮人，也要天真爛縵。似這般假粧哄騙，來生

怎樣勾銷？（末啞子），若説到來生，我還要強哩！（唱）

【耍孩兒】今生討化能粧啞，後世功名極品加。立朝綱不説些兒話，一任他掀翻社稷無言語，搖動江山不啟牙。貌堂堂莽玉衣冠架，做一箇紙糊閣老，伴食那垂拱官家。

（丑磚丐）如今到我了。

【臨江仙】手執金磚沿路跪，愁眉苦臉粧喬，哀聲慘切把背心敲。市人發善念，錢鈔到吾腰。

（小生）毀傷遺體，得罪於雙親；惡化銀錢，怒譴於神鬼。今生已矣，後世何堪？

（丑磚丐）若説到我的後世，我還利害哩！

【五煞】這磚兒光又滑，到來生作牙笏拿，俯金堦端拱參鑾駕。封妻蔭子，把磚為屋，月上花移磚影斜。官刑敲多半是凶抄化，自作了老爺、奶奶，求不着那萬户千家。

（副拉小旦同立介）如今輪到我了。

【臨江仙】謊説投親經貴地，拙荊途路臨盆，愁容滿面血淋淋。含羞俱是假，打動善心人。

（小生）婦女不出閨門，怎令拋頭露面，作這樣腌臢無耻的勾當？銀錢固然好使，難道廉耻天良一些也不顧？哎呀，老兄，老兄！只怕冥中震怒，後報分明。

（副）若説到後世，我還更要受用哩！（唱）

【四煞】換胞胎置美娃，擁金釵朵朵花，賣風騷準備着床和榻。似這今生苦化裩襠閉，怎比那軟套裝人利更加？再不去定心湯假向沿門化，真賺些金錢繡袴，不亞那兒冼安家。

（淨蛇丐）如今到我了。

【臨江仙】粧箇醺醺沉醉像，蛇盤手內驚人，敲門拍櫃發高聲。人愁驚買賣，急急送錢文。

（小生）蛇為凶物，避之惟恐不及，忘命化財，財輕命重。況這等樣蠻求惡化，只恐難免陰誅。

（淨）嚇！那裏管他什麼陰誅陽誅！聽我道：（唱）

【三煞】弄蛇人敢自誇，似金剛手內拿，膽氣粗聲勢人人怕。

蛇能添足成龍去,我還向雲裏翻身把禿尾搊,那時節方顯威風大。弄得他力能吞象,我作箇牙客行家。

（小生）你們這些伎倆,不過為"吃穿"兩字,何苦造這等無窮罪孽!（唱）

【二煞】弄磚的把肢體殘,搖鈴的粧做啞,閉口不說良心話。挈妻哄騙真無恥,蛇弄當場惡狀加,毒攻疥癩如蛇甲。這都是般般惡貫,猶兀自極口矜誇。

（衆）我們老江湖的武藝,你道件件不好。你是怎麼樣討法?也説與我們聽聽。

（小生）既如此,待我説與你們聽者。（唱）

【一煞】富貴貧窮浪裏花,今生磨難須禁架,也只合隨緣討化無欺詐。受人點水思泉湧,輕易人家飯與茶,須知粒米有須彌大。似你我無功受禄,感人天覆庇無涯。

（衆）聽你之言,竟不像箇討吃的,倒像箇道學先生,好不令人肉麻也!（唱）

【煞尾】談一派迂闊言,説不盡癡獃話。似我等乞兒們,管什麼頭上青天,則看那世間人婢膝奴顏誰認假?

（小生）衆位寬坐坐,小子告別了。叫化教不得,卑田卑不高。（下）

（衆）你看吴定兒,越覺得迂闊不長進了。既然已去,我們倒覺眼前乾淨,何不痛飲一回?來,來,來!我們划拳。（作划拳介）

（外白）衆位,不必划拳。左右天色尚早,何不把大家技藝搬演一番,一則消酒,二則花串,有何不可?

（衆）甚好!那箇先來?

（丑磚丐）我先來。我拿着這塊刮金板,裝作瞎子,走向街坊,在那鬧市中跪下,把這根竹子夾在屁股後頭,我就喊道:"老爺,奶奶,相公,大爺,有錢賞我花子一文,修你的好兒好女,福壽綿長!"（作打磚介）阿唷!阿唷!打死我花子了!

（衆）果然好!

（丑磚丐唱）

【清江引】把磚兒照背心輕敲下,倒像真真打。騙得米和錢,吃箇光光乍。世間人不做乞兒真是傻!

(末啞丐)如今等我來。我左手拿着銅鈴,右手拿着打狗棒,走在人叢中跪下。(跪作啞勢介)

(衆)果然像!

(末啞丐立,唱)

【前腔】假裝憨並不是真癡啞,鈴響郵亭馬。哄動善人來,錢米傾囊捨。世間人不做乞兒真是傻!

(副扯旦立介)如今我做來你們看。我這討法比你們新樣,我攙着我老婆,抱着這帶血的娃子,要打一口湖州鄉談,在大戶人家門首坐下。我站在一旁,寫下一紙苦楚求化的情由單,放在這扇子上。

(外)待我念來。

(外念介)上面寫着:"具稟:湖州難民艾虎嗎,帶着家眷投親不遇,路經貴地。因妻子身懷六甲,適纔在前村路途生產下來。可憐血身婦人,店家不容住歇,囊中盤費用盡,只得告求仁人君子,大發慈悲,周濟還鄉,功德無量!窮途無奈,哀哀上告。"

(外)這情由寫的甚好!

(衆)也做一做我們看看。

(副)也要做一做。(扯旦坐地介,打湖州鄉談介)嗳!可憐我夫婦二人,乃湖州人氏,因投親不遇,路過寶方。妻子身懷六甲,今在途中產下孩兒。血身婦人,店家不容住歇,又斷了盤纏。可憐新產的婦人,連口定心湯也無處討得,特特在此求化。過來過往仁人君子、太太、奶奶、姐姐、娘娘,大發慈悲,施捨盤纏,待小人將妻子帶回故鄉,今生不能補報,來世犬馬填還。

(衆)好嘎!好嘎!連我們也要認做是箇真的了!

(副扯旦立起介)何如?可是另一箇新樣麼?

(衆)果然好!

(副唱)

【前腔】喬裝產婦在門牆下。烘動梅香姐,急急報夫人,慫恿錢財大。世間人不做乞兒真是傻！

（淨蛇丐）説不得我也來做做看。我把蛇盤在手中，裝做箇大醉模樣，在人家店鋪門首，敲着他的櫃檯討化。他若是與我錢便罷，他不肯與，我把這蛇兒望他櫃裏一丟，不怕他不屁滾尿流銀錢捧出！

（衆）也做一箇大家看看。

（淨蛇丐裝醉介）來了！"錢龍到門庭，家財萬事興。買賣多順利，日進斗量金。"財主老爹們，賞賞罷！

（衆）也好！

（淨蛇丐唱）

【前腔】弄蛇弄慣無驚怕，專把他人嚇。佈施大銅錢，吃箇光光乍。世間人不做乞兒真是傻！

（衆）何不把蛇舞一回看看？

（淨蛇丐）使得。（舞蛇介，作蛇鑽入褲中，衆扯出大笑介）

（同唱）

【前腔】重陽赤壁霜天下，各敘心田話。歸臥月明中，醉倒茅蓬下。世間人不做乞兒真是傻！（下）

　　　　蓮花落盡菊花天，垢面蓬頭又一年。
　　　　赤壁鏖兵尋往跡，奇才絕技各爭先。

第九齣　拾　　鈔

（生扮客人，雜扮舟子搖船上）

【六么令】來從漢口，負貲囊輕帆下游。老漢胡楚生是也。家居漢口，貿易江湖。今往淮海一帶販賣海貨，回楚發賣。且喜開船二日，風正帆懸，好利市也！乘風逐浪為蠅頭，天際遠，水悠悠，見雲山低映垂垂柳，雲山低映垂垂柳。（下）

（小旦扮客子，雜扮舟子搖船上）

【前腔】祖慈衰朽，感沉疴膏肓可憂。小子胡啟真是也。老父作客江湖，離家方纔兩日。祖母偶爾感冒，危篤可憂，只得買棹下遊,追舟報父,請回看視醫療。將情報父轉歸舟,重聚首,病能瘳,承歡膝下邀天佑,承歡膝下邀天佑。前面舟中可是我爹爹麼?(生)你是我孩兒啟真,為何至此?(過船介)告爹爹得知:祖母病重,特請爹爹回家看視。(生)我出門時節,你祖母飲食如常,為何忽嬰沉疾?(小旦)祖母因冒寒染疾,甚是沉重。(生)母老病篤,自宜速歸。但此去上流水逆,恐有耽擱。我們須是棄舟起早,星夜回家,方不耽遲。船家,來此什麼地方了?(舟子)黃州府了。(生、小旦同白)船家,你們的船錢,我們已交付清楚了。我們如今要上岸起早,回漢口去了。(舟子)客人請便。(下)(生)嗄,兒嗄!我打從黃州旱路回去,你可繞道由麻城縣送信與你姑娘知道,可同你姑丈前來看視婆婆要緊。(小旦)謹依嚴命。(合唱)重聚首,病能瘳,承歡膝下邀天佑,承歡膝下邀天佑。

(下)(小生攜羹飯上)

【江兒水】痛抱終天恨,腸枯血淚流,三年廬墓西山右。我吳定兒,不幸母親亡故,虧得各家資助佈施,薄具衣棺,葬於黃州西山之右。我就在墓旁結下一箇草棚,朝夕相伴,整整三年。今日乃母親週忌之辰,討得些葷素東西在此,不免在墓前哭祭一番。嗄,娘嗄!一自瑤臺棲鸞後,我夢魂常繞娘衫袖。今日呵,又逢着斷腸時候。討得些素酒清羹,望慈靈略嘗一口。祭拜已畢,不免將祭餘用完,閒步閒步。(唱)

【玉交枝】且收羹豆,趁微曛向山隈玩遊。見霜楓紅染胭脂透,聽茂林飛鳥啾啾。果然萬物怕經秋,看蕭蕭落葉黃花瘦。見溪頭,涓涓水流,斷橋橫,潺潺不休。呀!什麼東西絆我一跤?待我看來。呀,原來是一布包。裏面沉沉重重,外面緊扎密縫,上有圖印三方。捏捏,大小錠塊,自然是一包銀子了。(狂笑介)哈哈哈哈!我吳定兒好造化也!(轉介)且住。我想此宗銀子落在我手,固是可喜,但不知什麼人不小心遺失在此。我若隱匿不還,此人他若是要緊血資,必至財命兩空,豈不是"我不殺伯仁,伯仁由我而死"?這心是斷斷昧不得的,還是物歸原主的是。噯!銀子,銀子,你今日幸落在我吳定兒手裏,纔得箇物歸原主。若是遇了別人,只

怕就化為烏有了。料失物之人必來尋找，我不免在此守候，待他來時，交還與他便了。（唱）

【川撥棹】專心守，待他來親授收。想那人萬苦千愁，想那人萬苦千愁，那知我守金人望穿兩眸。一般兒得失憂，一般兒得失憂。

【尾聲】看斜陽已掛溪邊柳，想今晚不來尋究。你看天色晚了，等到此時，並無人來尋找。且回去供奉母親晚膳，明日再來等候便了。且去向墓畔黃粱侍母遊。（下）

世上錢財百計求，得來猶恨不長留。
點金不動窮樵子，只要仙人一指頭。

第十齣　還　鈔

（生急奔上）

【不是路】汗雨如澆，三百兩松紋付水飄。魂飛掉，半生積攢枉勤勞。我胡楚生前因攜本離家，江湖貿易，在黃州界上，得母親病危之信，棄舟由旱路而回，一時倉徨促迫，不知在什麼所在，將三百兩一包血本，竟失落去了，及至到家，方纔知覺。今母親病體稍安，特特前來找尋。急呼號，是何人拾取在羊腸道？癡望那古道還金的陰騭饒。（小生上）見愁容貌，想是那人尋訪溪邊鈔。（扯生介）且休焦燥，且休焦燥。

（生唱）

【前腔】不必嘮叨，我意亂心煩似火燒。你是箇乞兒？嗄！你自去向他求告，我何心佈施爾分毫？（小生）非求討，我是拾金完璧來歸趙，望斷雙眸夜復朝。（生）休嘲笑，難道是大義卑田勝名教？請君直告，請君直告。

（小生唱）

【解三酲】憶前朝夕陽古道，五侯鯖醉飽遊遨。過前川宛轉清流抱，欹仄路，斷溪橋，見資囊橫臥將橋靠，因拾起深藏候客招。（生）如今此物在那裏？（小生）你不要性急。我且問你，是什麼顏色的布包？（生）是箇青布包，上有圖印三方為記。（小生）如此説來，果是你的原物了。我因怕人知覺，諾，是我埋在母親墓傍。**深深窨**，怕的是**漫藏誨盜，動火人瞧**。（取上介）你看此包可是你的原物？若不是，不可冒認，待我再訪失主；若是，請收去。

（生）正是，正是！請問義士尊姓大名？請上先此拜謝，再容奉酬。

（小生）小子黄州吳定兒。些須小事，何勞拜謝！（同拜介）念我胡楚生呵！（唱）

【前腔】愧同君交非管鮑，風塵裏窘迫英豪。似這還金高義從來少，請君分半代酬勞。（小生）你**珠還合浦循天道**，我只可**盏米文錢没福銷**。查收好，從今後資裝慎密，無人處檢點頻瞧。

（生）受君家還金大德，老漢生死銜恩。但義士高誼清操，老漢心實不安，願奉五十金以為君壽。

（小生）喂，老客，我若要你謝，又不在這裏等你還了！我乃徹骨貧人，暴得此物，恐致災殃。罷，罷，罷！各安數命，老客切莫害我。

（二人推讓介）

（雜扮二公人上）

【前腔】奉公文是縣衙差皂，為催糧把村裏週遭。見二人推讓如爭較，情切切，語嘵嘵。你二人是什麽人？手中持此布包，交頭接耳，敢是歹人在此分贓麽？（生）二位有所不知，老漢三日前在此地遺失本銀三百兩，是這位義士拾得在此。老漢今日找尋，這義士慨然將原物交還。老漢因感他的高情，要分一半謝他，他斷不肯受。老漢如今以五十兩相謝，他又不肯受，所以在此推讓。（雜）原來有這等奇事！你看他這樣一箇窮苦的乞兒，財帛看得如此分明，比世上那些官員財主們大有不同。（生）如何比到官員財主上去了？（雜）你們有所不知。那作官的敲打着要錢，只恨不多；那財主們折算着索債，分毫不讓。倒是這乞兒呵！你看他蓬頭垢面形枯槁，比還帶當年裴度高。（小生）**休烘鬧**，我急思歸去，墟間約剩酒殘餚。（作走介）

（衆）義士且慢。如今有箇道理，你還金却報，古道可欽。（指生介）你反璧思酬，人情天理。我們替你想箇道理在此。老客，可隨意取銀一錠出來。

（生取銀一錠介）此一錠只得二兩。

（雜）拿來。嗄，義士，這一錠銀子，算我們衆人公同相送，作一茶之敬，你須收下，不必推辭了。（將錢入袋介）

（雜唱）

【前腔】敬君家肝腸雪皎，覷橫財輕等鴻毛。孤貧不受黃金報，微領意，好開交。（小生）衆位，不是我吳定兒矯情，只為我不耕不織無營造，消不起這國寶源流怕命不牢。（衆）這二兩銀子，算我們衆人公送，是一定要收的。（小生）既如此，待我權收在此，與君等作福便了。權收好，留他日周貧恤困，作福捐銷。

（雜）義氣直沖雲漢，

（生）高風可格天心。

（小生）只愛清風明月，不貪白鐵黃金。

（合下）

　　　　　非劫非偷不用爭，道旁拾取亦人情。
　　　　　還金不昧空千古，說到乞兒更可驚。

第十一齣　謀　　劫

【字字雙】狼情虎性肆貪饕，強暴。捕風捉影又裝喬，胡鬧。人人叫我"鬼頭刀"，沒鞘。好賭貪嫖又愛嚼，少鈔，少鈔！自家朱以壯是也，乃麻城縣一箇破落户。無營無業，愛賭貪嫖。年過三十無妻，半世迓凶撒潑。新近結識一箇兄弟，姓楊名庚，綽號"沒藥銃"。我二人氣味相投，性情如一，這也不在話下。離城三里有一孟居鄰，所生一女，甚是可人。我與楊庚屢屢打從他門首經過，見他嬝娜娉婷，甚是標緻，意欲勾搭上手，作箇癩蝦蟆大嚼天鵝肉的意思。怎奈他閨門整肅，不能近身，這兩日聞知他父親往漢口探親，家中不過母子相依，正好下手。不免到楊兄弟那邊去商量計較,弄他到手,多少是好!須索走遭。呀!遠遠望見楊兄弟來了。不免閃在一旁,聽他説些什麽。

(丑上)

【前腔】奇凶怪狠似鴟鴞,惡少。沒藥銃火也能高,雅號。狐羣狗黨死生交,同道。安排香餌釣金鰲,窈窕,窈窕。

(副暗上)兄弟,怎麽叫做"安排香餌釣金鰲"?"窈窕"是什麽意思?

(丑)原來是朱大哥!我這事也是你知道的,就是前日你我看見的那孟家女子,我心裏甚是放他不下。欲以計圖,成其好事。

(副)原來為此。我在這裏也甚是着魔。今日打聽得他父親遠出,家中止他母女二人,何不黑夜劫之?此事易如反掌。只是一件,我們兄弟二人,他只一箇女子,還是嫁你?還是嫁我?

(丑)哥哥,且待到手時,你我好弟兄,再作商量便了。今晚更深人靜,我二人扮作強人,劈門直入,一定成功。

(副)極妙,極妙!正是:計就月中擒玉兔,謀成日裏捉金烏。(同下)

(老旦、小旦上,唱)

【一江風】暮雲飄,黃葉秋風掃,山紫烟光裊。老身胡氏,幼適孟門,住居湖廣麻城地方。並無子嗣,止生此女,名喚窈娘。丈夫孟居鄉,因至漢口看視我母親病症,去了已經數日。嗄,兒嗄!你爹爹也該回來了。他去連朝,為我母抱沉疴,去探慰年殘老。你爹爹身當半子勞,身當半子勞,難辭跋涉遥,聽晚鐘聲動穿林杪。(同下)

(副、丑持械火同上)

【風入松】面塗紅黑手持刀,多只為深閨年妙。謀成劫搶權為盜,可遂我洞房歡好。那怕他重門閉牢,豈知明月下不是二僧敲。

(丑作打門介)

(老旦白)我兒,想是你爹爹回來了,前去開門看來。

(小旦開門,丑背下。副推老旦跌地下)

(老旦唱)

【前腔】平空禍起可憐宵，嚇得我魂飛魄掉。我女流無力擋強暴，他弄刀戈火光明燎。掌中珠向空江浪拋，我凝淚眼自哀號。（白）半夜三更，不知什麼強人將我女兒劫去？我女孩兒素性貞烈，料不失節。但飛花浪影，無處追尋，丈夫又不在家，且待天明鳴官緝捕便了。

【尾聲】夜深靜掩重門悄，惡東風教人難料，可憐他蠻雨梨花何處嬌？（下）

　　　　美色誨淫兼誨盜，穿窬思鈔更思春。
　　　　崑崙行徑奸貪手，黑夜難欺天上人。

第十二齣　義　援

（小旦上）

【新水令】無端風雨妒嬌花，起蕭牆，禍如天大。黃昏人靜悄，狼虎向山家，陡起波查，我不開船任風掀浪打。我孟窈娘，深閨弱質，忽遭黑夜之風波；古寺窩藏，未卜奸心之善惡。母單父遠，腸斷魂飛。且待二賊到來，相機而動便了。

（副、丑同上）

【步步嬌】略施小計把人驚嚇，跋扈黃昏夜，明珠已歸掌拿。（各背唱）只是齊楚爭雄，讓誰成霸？（副）楊兄弟，佳人已得，自然年齒讓兄。（丑）巧計成謀，還是勳勞歸我。（同白）爭讓兩傷義氣，何不同問嫦娥？（同向旦唱介）心事問伊家，我二人在此，問嫦娥立意將誰嫁？

（旦唱）

【折桂令】二位差矣！怪伊們言語訛差！須知道配夫相女，宜室宜家，奴本是待字閨娃。（背唱介）看他們如鷸蚌相爭，怎得箇保全的漁父奢遮？（向副唱）可知道馬雙鞍從無齊跨？（向丑唱）女孩兒不吃雙茶，休得喧嘩。望英雄再覓佳人，各護持一朵奇葩。

（副）一女雙夫，果然不雅。

（丑）孟姑娘竟讓你，此地村南有一女子，雖不知他姓名，也竟有十分姿色,半月前我曾看見。你今晚須相幫我前去劫來,共成好事。豈不是兩雙四美?

(副)既如此,今晚讓我與孟姑娘成了親去何如?

(旦)將軍,婚姻大事,必須擇吉成禮纔成,人道夫婦之始。今兩男一女,混亂難分,如此苟且潦草,奴雖女子,頗知禮義,若恃強相逼,有死而已,決難從命。

(丑)這也説得是。大哥,只需把寺門緊鎖,明日大家成親,倒覺得有些興致,更顯得你我義氣同心。

(合白)如此甚妙!我們也該去準備了。正是:欲圖雙綠髻,再作兩黄巾。(作鎖寺門下)

(旦)你看,二賊已被我三言兩語賺去了,但恐明日來時,怎生躲避?噯,天嘎!但願他事敗被擒,我孟窈娘方得苟延殘喘。(虛下)

(小生上)

【江兒水】覓食天涯路,江湖到處家,逢州過縣沿門化。我吴定兒自從黄州還金之後,不多日又到麻城縣地方了。昨日在城中求討,今何不到鄉堡搜羅?問水尋山把椰瓢掛,愛清幽又把鄉村下,討幾箇麨餅饃饃粗大。只為着飽肚充饑,把這些村牛叫化。

(小旦叫苦介)

(小生)呀!此聲何來?似在這古寺之中,不免細聽則箇。

(旦唱)

【雁兒落帶得勝令】奴本是守閨門烈女娃,持節操連城價。遇強徒黑夜拿,弄刀戈將飛殃架。呀!想嚴親遠隔在天涯,母啼兒何處家?怎知道無端豺虎橫相壓,奴怎肯玷青蠅作敗柳花?奇葩,總不許疾雨狂風灑。無他!拼一死硬柔腸血染沙,硬柔腸血染沙!(作自縊介)

(小生打門入,救下介)小娘子,你方纔的話,我俱已聽見了。但不知你家住那裏?姓甚名誰?

(旦)小奴孟氏窈娘,住居麻城縣外孝義村中。

(小生)聞得孝義村離此有四十里之遥,今晚不能前去。但此古寺既係強人窩踞之所,斷不可存留。東去二里,有一土神廟。我與你到彼權坐半夜,明早送你回家便了。

(旦、小生同唱)

【僥僥令】離了藏人窟,重來叩土衙。來此已是,且閉上了門。(小生)且住。今晚男女黑夜在此,未免涉嫌。我只得破壁為光,學那秉燭達旦的故事。我只得破壁燒燈光穿射,顯你我白玉躬沒半點瑕。(作破壁介)

(旦)請問義士尊姓大名?小奴何幸,得蒙救拔重生!

(小生)小子吳定兒,黃州人氏,叫化到此,聽得悲聲,偶爾相救,何足言謝!(旦唱)

【收江南】呀!謝君家義勇世無加,返離魂,護落花,真箇是黃衫豪客古押衙。(旦)呀!不知天有什麼時候了?見參橫月落動棲鴉,想椿庭那答?想萱親那答?不由人寸心悲喜亂交加。

(旦作哭泣介)

(小生唱)

【園林好】勸娘行不須欷嗟,料迤邐有前因不差。幸保你璧完珠價,且歸尋夢裏家,且歸尋夢裏家。呀!天已將明,須是送你回去者。走嗄!(唱)

【沽美酒帶太平令】淡疏星湛露華,淡疏星湛露華,遠峯明透早霞。見野水烟橫古渡斜,漁舟兒睡穩兼葭,露珠凝草根滑蹋,弓鞋小印濕苔沙。遙望見綠陰如畫,你呵,兀的不是這家那家?(旦)這地是我家。已到了。呀,準備着一家兒喜悲新話。

(旦叩門介)

(父母開門介)呀,原來是女孩兒回來了!好喜也!

(父母淚介)兒呀!你被強人劫去,今日怎得回來?

(旦)孩兒被強人劫去,鎖閉古寺之中。幸孩兒舌辯保身,未遭玷污。天幸遇着一位義士,冒險力救。又蒙他燒壁延光,遠嫌夜坐,今日徒步送歸。真重生恩德,絕代豪俠也!

(雜、老旦白)如今義士在那裏?

(旦)現在門外。

（雜、老旦）我們一家兒合當拜謝！

（出門見介，白）恩人，請。

（小生入介）（雜）老漢今早方從漢口回來，已將黑夜劫掠之事報縣嚴緝。何幸得遇恩人，救我女兒一命！

【尾聲】謝恩山義海如天大！（白）並無別物奉酬，備有粗布十疋，白銀三十兩，聊申寸敬。（取銀布托盤上）愧無能黃金白璧敬君家。（小生）不瞞你們說，小子向日在黃州曾還金三百兩，尚不敢受謝，何況這些須小事！（雜）原來前者那黃州還金之人，就是義士！那失金的胡楚生，就是在下的妻舅。兩家皆受深恩，益發該謝！（小生）原來失金的就是令親！既如此，有箇例在這裏。（作取銀一錠介）照例取一錠松紋替你種福芽。請了。（下）

（雜）你看，恩人只取小銀一錠，不過二兩之重，竟自去了。我們須供奉恩人長生福壽牌位，朝夕焚香禮拜，以表寸心罷了。正是：未酬義士重生德，常爇寒門一炷香。

阿嬌野寺鑱深深，欲斷屍魂萬苦吟。
強盜劫來乞丐救，一般無賴兩般心。

第十三齣　戲譴

（旦雲巾道服扮劍仙上）茫茫欲海起波濤，萬惡淫為第一條。人愛紅顏甜似蜜，那知蜜舐向鋼刀！我乃上界劍仙是也。埋名宇宙，扶正誅邪。練就雙丸，擇人指授。因幻相化為少女，隱跡南村。豈料那朱、楊二賊，既劫掠了孟家女子，今又妄起貪癡，又想到我的身上。本欲將純鉤斷首，永絕禍根，因二賊係叛犯羅案中人，還要顯戮示衆，以張國法。今日先令山魈、木客大大戲弄一場，有何不可？木客、山魈何在？

（二鬼上）山魈石化體，木客樹成形。上仙有何法旨？

（旦）今有朱、楊二賊，貪癡妄想，欲犯仙靈。本當誅戮，因有未完孽貫，暫且緩死須臾。爾等前去幻相播弄恐嚇，飽打他一頓，且不必傷他的性命。

（二鬼）領法旨。（下）
（旦唱）

【大紅袍】天道戒淫癡，閻浮囿情域。古今來沉湎無休，喚不醒中山酣醉，短盡了英雄氣。溫存套子，是勾魂巧計，是勾魂巧計。歛迷人呆盡身力，逗風騷，滅天理，名節拚虧，怎能殼瞞天瞞地？自靜裏詳思：己女己妻，護惜人何異，甘犯風流罪？嚘，抱着些粉骷髏酣睡，吃緊軟款中藏機，解繡裩色鬼剝皮。死戶生門，年少殤亡多此輩，弄得箇孽障循環無了期，試看報應誰私？海無邊回頭是。小醜奸回惡極，恣情縱慾癡愚，引逗我塵寰遊戲。（下）

（副、丑執刀、火把上，唱）

【風入松】東邊得美又尋西，為只為兩諧連理。雖然穿窬須全義，一馬兒怎馱雙轡？趁深宵親迎撞扉，端只為可人兒。（作打門入介）

（場上先設床帳，二旦在內）

（副、丑白）你看銀燭高燒，錦幃靜掩。這般光景，不像是一人，何不啟帷一觀，便知明白？

（二旦在帳內齊唱介）

【村裏迓鼓】告哥哥聽奴詳細：俺這裏一雙雙、一雙雙姣媚。掛起了羅幃，鋪疊着鴛被，掠髩云把花容拂拭。整頓着繡衣，整頓着繡衣，向將軍深深禮。你把那鋼刀插起，開懷來用幾杯，開懷來用幾杯。好趁箇三分醉，向鴛衾把軟玉偎。（副、丑）我二人在此，恰好你們也是二人，豈不是一雙兩好，天假奇緣？（二旦唱）嚘呀哥呵，管教俺姊妹們成兄弟配。

（副、丑喜介，唱）

【風入松】看你們冰為肌骨玉為姿，似海棠乍經新雨。我二人風月行經紀，做一箇聯床佳會。怕只怕雞鳴曉催，須急早雨雲飛。

（二旦）嗄！將軍們不須性急。（唱）

【寄生草】這也是前生事，天成夫與妻。驀忽的黃昏闖入深閨內，則看這枕花兒繡着鴛鴦戲，被窩中慢把新紅試。請郎君帶笑把燈吹，好辦着遇冤家受點風流罪。

（二旦入帳內介）

（副、丑白）嗄！兄弟，且喜他姊妹二人風流倜儻，俱是一般。你我不必推讓，只分箇兄左弟右，大家受用便了。方纔美人教我們吹燈，想是他們怕羞，我們就依他吹了燈，作箇昏天黑地的夫妻也好。（二人作拱手介）各便了。（吹燈，各入帳介）

（二鬼從帳內打出，擒住二人，跌撲。每鬼將繩一根，各縛二賊一手一足仰地。二鬼舞跳下）

（副、丑作醒，扯起，各跌介）啊呀！好怕人也！分明是朱顏綠鬢，怎變作惡鬼夜叉？

（丑）適纔見錦帳香閨，怎變成荒烟蔓草？好奇怪也！大哥，你見些什麼？

（副）啊唷！（唱）

【清江引】見夜叉惡鬼成雙對。你見些什麼？（丑）見一鬼首大車輪倍。你還見什麼？（副）赤髮亂蓬鬆，（丑）面黑如鍋底。（合）把我二人打得箇染房傷，青紅紫。呵唷！好怕人也！（各抱頭下）

參橫月側靜村譙，奸盜狂且夜帶刀。
慾火兩腔撲不得，來尋木客與山魈。

第十四齣　奸　寃

（末扮社神，雜扮鬼隨上）

【窣地錦襠】朝迎旭日暮霞紅，烏兔催人西復東。察人善惡社村中，報應無差今古同。（白）吾神乃本地社神是也。糾察善惡，奏報天庭。兩日前，有朱、楊二賊擄一女子，藏於本寺，勢逼謀奸。虧那女子百計推辭，纔得保全名節。二賊又生歹意，要劫那南村女子，他不知南村女子乃是上界劍仙幻化，早知賊人奸計，令山魈、木客播弄驚嚇，飽打了一頓。這也不在話下。今有黃州吳定兒，身為乞丐，心地光明。在吾神殿前，力救孟氏出寺，逃避土神廟中，破壁為光，深宵不亂，送歸其家，使他們團圓骨肉。似這等義風俠舉，感動人天。吾神職司保障，凡有善惡，相應奏聞天府。皇天無親，惟德是馨，自有一番善報。正是：但行好事終須好，莫問前程後勝前。（下）

（丑巾扎頭帶兜手，面作傷痕上）

【普賢歌】一粒明珠握掌中，再向南村奪麗容。人面已成空，桃花遍體紅，為那一女兩命幾乎送。（白）自家楊庚是也。因與朱大哥同謀劫得那孟家女子，藏於古寺之中。只因一女雙夫，難於配合，前見南村女子不亞孟姑，也欲劫來，作箇兩雙佳偶。誰想好事多磨，前夜到得南村，不知那女子往何處去了，反遭鬼迷，將我二人痛打幾死，將天大的一場高興化為雪水。兩人昨朝狼狽而回，各回家去將息了一夜。今日已是辰牌時分，只得闖閨起來，看看朱大哥身體如何，不免前去，勉強拉他起來，同到寺中，看那孟家女子。既不便一女雙夫，何不與朱大哥商量，將他賣了，大家分幾兩銀子用用，也是好的。轉過前街，又到後巷，來此已是，嗄！朱大哥開門！

（副同丑扮，傷痕上）

【前腔】現成合巹未交鐘，一女雙夫礙友朋。機謀總是空，傷痕紫與紅，時衰鬼把人來弄。（白）是那箇叩門？

（丑）是我。

（副開門介）原來是兄弟。哎呀！兄弟，你怎麼弄得箇這樣狼狽？

（丑）我看兄比我也差不多，這纔是難兄難弟。朱大哥，南村之女不知去向，這也罷了。倒被那魔鬼播弄了一夜，打了箇臭死。真真是可恨、可怕，這是你我的月令災晦，也只得付之無可奈何罷了！只是那古寺中劫來的女子，一女雙男，你我又不肯傷了和氣，要他何用？不如大大的價值，將他賣往他鄉，你我得銀分用，豈不是好？

（副）此言甚是有理，就此同行。（行介，唱）

【駐雲飛】志和謀同，失却西隅尚有東。不想鸞交鳳，只要青蚨用。（推開寺門尋介）嗏！古寺不通風，門無隙縫。好奇怪！寺門大開，佳人不在，往那裏去了？（丑）哦！前去二里有一土神祠，何不前去看來？（走介）纔離村社寺，又到土神祠。呀！看壁破灰飛，不見風流種，人去祠空鈔也空！

（副）哎呀！兄弟，你看灰燼跡存前夜火，行蹤難覓此時人。好端端一箇女娘，費了多少心力，不知被那一箇沒天理的放走了。可惱，可惱！（副）哦！是了，想是他父親回來，報明縣官，追緝至此，將女子救回去了。

（丑）若如此説來，你我在這麻城縣地方，也不能安身了。聞得衡州地方衡山上有一頭領，自號"粉天王"，姓羅名玉珮，在那裏招軍買馬，要圖大業，我們何不前去投他？做箇狐假虎威，享受那下半世的富貴。

（同白）有理，有理！就此同去。（合唱）

【四邊靜】綠林自古多英猛，機謀須出衆。他兵甲既稱雄，你我屈膝將他奉。槍刀弩弓，般般盡通，不去報王家，要逞萑苻勇。（同下）

　　　　盜色色魔身染色，頭紅面紫體青黃。
　　　　穿窬轉入萑苻隊，得意心應傲窈娘。

第十五齣　贈　　劍

（旦仙服扮劍仙，雜扮二童捧劍隨上）

【點絳唇】煉就雙丸，飛虹掣電。扶良善，果報因緣，看方寸天心轉。小聖乃上界劍仙是也。混跡塵凡，遇緣授術。要殺盡天下奸雄，度遍人間豪傑。前在湖廣麻城縣外南村寄跡，有朱、楊二賊妄想貪癡，意圖劫掠。因二賊乃首惡元凶的牙爪，應劫混世，孽貫滿時自有重殛顯戮，此時暫且留他們的性命，止着山魈、木客播弄了他們一番，以示薄懲。今遊行來到九江溢浦地方，照得那乞丐吳定兒，因前生侮慢上帝，罰他轉世投胎，折磨受罪。因他身異性存，行端心正，感動天庭，不日就要赦罪錫福，還有許多功名事業。我欲將此雙丸贈他，以助日後立功剿寇、濟世榮身之用。不免化作老嫗，前去指明相贈便了。（作扮老嫗介）童兒且自迴避。

（二童下）

（旦唱）

【懶畫眉】光芒直射斗牛寒，神物誰知一彈丸。休言天道海無邊，癡人未舉超凡念，舵轉頭回岸在前。（下）

（小生上）

【前腔】窮忙口累一心閒，破襖隨身且耐寒。我吳定兒，自送那孟家女子歸家之後，離了麻城縣，來到九江府。你看廬山近日，潯水連天，好一派大氣象也！見山光靄靄水清漣，琵琶亭上遊人滿，待叫破劉寵慳囊趙壹錢。（小生下）

（旦上，唱）

【前腔】丹成是劍劍成丹，鑄煉陰陽水火間。（小生上，白）老婆婆，你賣的是什麼東西？（旦白）我賣的是彈丸。（小生白）你這彈丸有什麼好處？（旦白）此物縮則成丹，伸則成劍。殪虎屠龍，忽隱忽現。（小生）不信有這樣奇處。（旦）你不信？我試與你看。（取丸變劍，內彩火介）（小生）阿唷，果然是件寶貝！（旦唱）封侯拜將助奇男。（小生白）我是箇叫化乞兒，那裏用得着此物？只怕我身貧氣短因緣淺。（旦白）小哥，我看你氣宇昂藏，將來必有用着此物之日。所以我今日呵，願送你這未遇的英雄結大緣。（小生白）蒙婆婆贈此寶劍，怎奈我窮筋餓骨，不能運用，豈不同於廢物？（旦白）不妨。待你那命通運轉的時候，自有人來傳授你添筋壯骨之法也。（小生拜謝，白）就此拜謝婆婆，謹此領受。（小生唱）

【前腔】已蒙指示破愚頑，收向隨身破袋間。他年若得斬樓蘭，銘心刻骨深恩感，恐不得拔幟搴旂立將壇。

（旦白）小哥，你看那邊又來了一箇賣劍的。

（小生看介）

（旦閃下介）

（小生回看，驚白）呀，怎麼一煞時老婆婆就不見了？好奇怪！莫不是上仙可憐我，指示迷途？我且將此寶劍收藏，待時而動便了。雙丸不比殘茶飯，難向人間討得來。（下）

半世瓢簞無長物，雙丸投贈有精神。

從今斬斷窮根柢，落盡蓮花證往因。

第十六齣 驛洩

（淨上）

【夜行船】接木移花須有竅，枝節巧根出心苗。慈侍真魔，活憂假報，不種北堂萱草。仕宦升沉總在人，衣冠心口問誰真。當年終養今開復，寧止生身用老親？下官何時賢是也。家多黃白，心逐利名。前年因仕途險刻，只得告終養歸林。及後靜極思動，宦興復濃。怎奈家母這老東西，越老越健，九十四歲比前更覺精神，我那裏耐得他過？只得用了幾兩銀子，買囑本縣縣官，假報丁憂。捱過了二十七箇月，葫蘆提將服滿文書報部，又在吏部打點，竟以原官起用了。可見天下事宜假不宜真，只要有錢料理，何愁呼應不靈？指日補陞美缺，再飽私囊，怕他少了我那萬倍之利？只是這老東西不便隨去，是我將他安置在後園，將園門封鎖，着一老嫗相伴。每日價薄粥兩餐，不怕他不早昇仙界，好讓我放心大膽作他幾年高官顯宦，豈不是好？近日這些親友，因我起復進京，也有送賀禮的，也有饋贐餞行的，漸漸的又熱鬧起來了。我已吩咐管門的家人，凡有送水禮吃食的，一槩不收。只要乾折程儀，纔領實惠。雖然尚未登程，已覺囊中豐富，這就是宦途中的利市興頭了。從此寶進千鄉，財招萬里，冠蓋中我也算得箇上考官聲的了。院子那裏？

（末扮院子上）來了！子求起復親須死，主報高陞僕更勤。老爺有何吩咐？

（淨）各親友家送的程儀，共有多少了？

（末）小的算來，現在已有八九百兩，恐將來還有送的，只怕千金不止。

（淨笑介）你老爺此時是"韓信用兵，多多益善"。你用心在門上等候接受，切不可使他們錯過遺漏了。

（末）老爺在上，還有親家花老爺前日送些水禮，是雞、魚、米、麵之類，是小的仰體老爺天心，璧謝了，又婉轉達之以意。花老爺因手頭窘廹，聽得他將房契在外邊質當銀兩，少不得也就要送來的。

（淨）他為什麼棄起產來？

（末）老爺，人情時事盡皆如此。那花老爺因老爺起復進京，將來仕途上靠定了要老爺照看，他那裏還顧得棄產不棄產。

（淨）原來為此。真所謂"識時務者呼為俊傑"，這纔是我知情識趣的好親家。可敬！可愛！還有一事，我前日吩咐你辦的新紗帽、新圓領，須要照時興的款樣。我們財主官兒，不比那些後進書獃，寒酸野樣，華麗是要緊的。

（末）已經齊備，裝入箱內了。

（淨）再那些新收的長隨，都送過禮了麼？

（末）是小的吩咐他們，都送過了。

（淨）看你辦事能幹，將來到任上，那堂官自然是你的了。

（末叩頭介）多謝老爺！

（淨）你可吩咐跟隨人役：旗仗要鮮明，衣帽要齊整。前已着準備人夫，隨我今日從西路旱道進京。

（末）俱已齊備了。

（衆進介，衆人役叩頭介）

（淨）吩咐就此起程。（行介，唱）

【朝元歌】旌旗擁道，紛紛映日飄。青衣大帽，威風在牙爪。聒耳鑼聲，振天喧鬧，驚鄉村雞犬鳴嗥。舊官新陞，朝天僕馬興也豪。任你讀書高，權變還須巧，誰似我榮華炫耀？轟轟烈烈，寒酸難效，寒酸難效。（下）

（外扮鄭御史，衆隨上，唱）

【前腔】欽承天詔，難辭道路遙。薦忠旌孝，要把綱常表。下官鄭明是也。湖廣黃州府人氏，官拜江南道御史。特奉君命，巡察江右等處地方。職司擧劾，性稟剛強。既蒙委任之專，敢蔽聖明之聽？來此已是山東地界了。左右，須是趲行前去。方正賢良，席珍世寶，法嚴奸宄貪饕。體天道人心，代行擧錯敢憚勞？民不犯秋毫，頹風整薄磽，這的是替天行道。山山水水，無心瞻眺，無心瞻眺。

（丑扮驛丞上）山東濟寧州康莊驛驛丞迎接大人。請大人暫駐公車。

（外）既如此，吩咐就在驛中安置。（虛下）

（淨同衆上，唱）

【鎖南枝】穿州縣，無暮朝，人騎大馬金鐙敲。左右，來此什麼地方了？

（衆）山東康莊驛了。

（淨）為何驛丞不來迎接？

（末）或者因老爺是起復進京的，無有勘合，又管他不着，故此不來迎接。

（淨）哈！雖無勘合，難道我這二品的大員，也比得別箇麼？叫那驛丞來見我！

（末）驛丞有麼？

（丑上）來了！送迎循舊例，呼應看新銜。什麼人？

（末）我們是進京起復的何大老爺。到你驛前，為何不來迎接？

（丑）老兄之言差矣！我們驛中只伺候那些現任的大人老爺們。那些起復候補的，來千去萬，那裏迎接得這許多？況且驛中現有欽差大人在此駐劄，那裏有工夫迎接你們？

（末）你來見我們老爺，當面回話。

（丑作見不跪介）

（末）啟老爺，驛丞在此。

（淨怒白）我乃起復進京的官員，你這芝麻大的官兒，為何怠慢，不來迎接？

（丑）我們驛中是伺候那些來往現任大人老爺們的，你們這些起復候補候選的，那裏應候的許多？

（淨）放你的狗屁！與我打這廝！

（末打丑介）

（丑喊介）反了！反了！騷擾驛站，毆打命官，我就和你上京去面聖揭奏，把你我的狗官狗命拚打了罷！

（外上，接唱）

【前腔尾】你看古驛郵亭，匝空枝投暮鳥。誰囉唣肆咆哮？着查明，從實報。
　　（小生差官）什麼人在此喧嚷？
　　（丑）不知那裏來的什麼官，並無勘合，不知真假，在此毆打小官，强索供應。
　　（小生）你們什麼人在此吵鬧？
　　（末）我們是湖廣黃州府何大老爺。服滿進京，路經此地，要在驛中駐剳。驛丞放肆，不迎送供應，又不容在此住宿，所以着我們打他。
　　（小生）住了，待我稟明大人。
　　（稟介）稟明大人：外面是湖廣黃州府一位何大老爺，是服滿進京的。路過此處，要在驛中住歇，驛丞不許，故爾吵鬧。
　　（外）且住。黃州府止有箇何時賢，他是告終養在家的，並不曾聞得他有什麼親喪之事，怎麼忽然服滿進京起來？這事好不明白！
　　（小生）稟老爺：一月前，小的奉差到黃州府，聞得他太夫人在堂，安健無恙。今日這何大老爺怎麼說服滿進京的話？其中必有緣故。
　　（外）有這等事？待我相會時，就知明白了。說我出來。
　　（小生）老爺出來！
　　（外見介）嘎，何老先生請了！
　　（淨）原來是鄭老大人在此。大人請。（進介）
　　（外）久別尊顔。
　　（淨）常懷渴想。
　　（外）下官有一拜。
　　（淨）下官也有一拜。
　　（外）同是皇華道上人，
　　（淨）相逢却喜原相識。
　　（外）請坐。（坐介）
　　（外命小生送茶，外、淨吃茶介）
　　（外白）請問老先生，太夫人安否？

（淨作倉皇，茶杯失手落地介）
（末在淨椅後作咬指伸舌驚駭介）
（淨白）大、大、大、大人，問、問、問家母麼？（作拭淚假悲悽狀，唱）

【前腔】聽言告，血淚拋。我先慈不幸萱已凋。（外）原來太夫人仙逝了。果是真麼？（淨）我三年風木號，今服禫欲向皇家效。驅車馬，不憚勞，問君家何事皇華道？

（外唱）

【前腔】膺簡命，擁節旄，愧代天巡狩恩重叨。逢君服闋早，朝天臣子全忠孝。（淨作不安介）（外）邂逅間何事歡笑少？哦，是了！莫不是為下官在此攪擾了行館麼？我讓郵亭，安置好。老先生不必吃惱，待下官移寓別館，請老先生寬駐行旄何如？

（淨）豈敢！大人奉欽命而來，豈敢驚動？下官別有些心事，實非為此，老先生不必多疑。

（對末白）過來，吩咐從人，我們另覓歇店安置。就此別過。

（起，別介）相逢重話舊，心事各人知。

（末隨下）

（外對小生白）過來。看他語言恍惚，舉動倉皇，其中必有隱情。就差你星夜往黃州府，訪明他母親有無，速回報我。

（小生）曉得。（下）

（外）若是他母親果然亡故了便罷，倘有虛假，下官必據實參劾他一本。正是：渾濁不分鰱共鯉，水清方見兩般魚。（下）

　　　　一天高興服新開，誰喚巡行御史來？
　　　　聞到令堂安健否，耳邊先起一聲雷。

第十七齣　山　　叛

（副扮朱以壯戎裝上，唱）

【點絳唇】戰馬咆哮，鋼刀出鞘。（丑扮楊庚上，唱）今非盜，化外興朝，誰敢把當年笑？（白）昔時為竊此時強，放火殺人勢莫當。

同靠冰山窺大寶,阿誰識得老朱、楊?

(副)我乃朱以壯是也。

(丑)我乃楊庚是也。只因弟兄合志,投奔衡山,在羅天王麾下作兩員牙將,蒙大王待以腹心,圖謀大業。兵精馬壯,指日興師,好不齊整! 話猶未了,大王陞帳也。

(淨羅天王,衆隨上)

【前腔】智勇兼高,軍威撼嶽。衡陽道,海沸山搖,飲馬向潢池鬧。(白)玉彎金鞍揀樣騎,黎民如粉客如薑。山林盤踞非吾願,指日干戈到帝畿。吾乃粉天王羅玉珮是也。起自綠林,每懷大志。擁兵楚地,聚義衡山。近因嘉靖皇帝信任奸邪,臣民嗟怨,我欲趁此機會,擁兵十萬,直取神京。北面稱尊,吾之願也。二位將軍以為何如?

(副、丑)大王乘時而動,馬壯兵強,小將等願隨鞭鐙。

(淨)大事若成,富貴共之。

(副、丑)多謝大王!

(淨)我前有令,操練籐牌、火砲,不知可曾熟習否?

(副)操練已熟,候大王發令。

(淨)衆僂儸,離此二十里有一北山,地方曠闊,就此起兵,到彼操練一番者!

(衆)得令! (起行介,唱)

【泣顏回】金鼓振林臯,擁貔貅十萬咆哮。風沙蔽日,赴空山布陣開操。刀槍劍戟,一樁樁搬演奇門奧。等閒間馬到功成,看九重天上非遙。(吹打,登將臺介)

(淨)朱將軍,聽吾號令!

(副)有!

(淨)即着籐牌火砲軍操演者!

(副)得令! 衆將遵令:操演籐牌火砲者!

(衆)得令! (衆執籐牌火砲上,舞介,唱)

【上小樓】俺好似深山豹,變海騰蛟,撞着咱天關地軸也崩搖。料那些州城府縣,指破在鞭鞘。冒丁糧的隊伍,擺架勢的槍刀,真技勇在奔逃,真技勇在奔逃。把頭顱甲胄都撇掉,看鬧鬧嘵嘵,敗聲兒也那鬼叫,誰敢把正眼偷瞧?誰敢把正眼偷瞧?快投降,讓咱稱王踐號,換行頭,金王大帽赭黃袍。(舞畢見淨,跪介)

(淨)果然精熟,各賞銀牌一面!今乃黃道吉日,就此起兵前去!

(衆)得令!(唱)

【泣顏回】籐牌飛滾配撩刀,馬蹄兒撞着魂銷。還有那震天火砲,大將軍八面雄豪。爬山渡水,沒遮攔踏碎羊腸道。等閒間馬到功成,看九重天上非遥。(下)

潢池盜弄笑猖狂,螳臂擋車蟻陣長。
今日深山看蠢動,為誰擾攘為誰忙?

第十八齣　拿　　問

(末扮校尉,衆隨上)

【駐馬聽】奉旨嚴拿,為逆母欺君罪莫加。我乃錦衣衛校尉是也。忤逆何時賢,將生報死,逆母欺君,今被鄭御史劾參,奉旨拿問。全不想君親無二,移孝為忠,治國齊家。戀功名自想戴烏紗,假丁艱忘却親恩大。執法無差,犯王章遺臭千秋罵。(下)

(淨上,内作鴉鳴介)

【前腔】刮耳鳴鴉,肉跳心驚身顫麻。我何時賢進京以來,誰想皇上與那邵真人打延禧萬壽清醮,暫停揀選。這兩日淒涼旅館,轉覺悶人。今日又有些精神恍惚,心緒不寧,不知何故?想陞遷在即,功名到手,指日榮華,鼎新革故爵仍加,為什麼逼人富貴如驚怕?(校尉、衆上)執法無差,犯王章遺臭千秋罵。(打進門介)(拿淨介)

(校尉白)欽奉聖旨,跪聽開讀:"君親本無二理,忠孝豈有兩心?宜秉天真,無容詐偽。茲據江南道御史鄭明劾參:劣員何時賢,豺狼成性,梟獍為心。假報丁憂,詫稱服滿。自貪榮祿,不恤老親。子職如此,臣節可知。欺罔忍於君親,奸貪宜加刀鋸。朕因修建萬壽清醮,姑從寬典,着錦衣衛重打一百棍,枷號兩箇月,滿日解回原籍為民,永不敘用,以儆不忠不孝之輩。"謝恩!

(淨)萬歲!萬萬歲!罷了,罷了!

【尾聲】這場災禍天來大!(衆)是你巧圖成的錦上花。那知有鐵面魚頭在道路查?(下)

贓餞苛征送選人,冰山共擬復嶙峋。

一朝拿問他無恨,圓領烏紗蔟蔟新。

第十九齣　棄　　母

(老旦扮何母,蓬垢,丑扮老嫗隨上)

【霜天曉角】暮年衰耄,子不承歡笑。想作高官遭抹倒,可知天道昭昭。(丑)只要立皇朝,不顧金萱草。一任他施強用暴,眼前不爽分毫。

(老旦)老身何時賢之母,只因惡子不良,貪圖貴顯,生巴巴一箇老娘,將生報死。又將服滿文書達部,轟轟烈烈上京做官,把老身鎖禁後園,着這老婆子相伴,每日薄粥兩盆,命度朝昏。還虧他朝夕照看,不致餓死。豈知天網難逃,他竟被什麼巡方御史參劾,拿問定罪,今又解回本籍。又因他平日居鄉豪霸,那些受過他殘暴的百姓們,聞知他勢敗的風聲,蜂擁跑來,將資財房屋,拆搶一空。我那畜生,中年喪偶,六十無兒,雖有幾箇家人,都隨他進京去了,那些百姓們拆搶之時,並無一人阻擋,把家產資財盡都化為烏有。誰知這畜生惡劣性成,到家時暴殘如故,非但不來看我,還在那邊惡聲詛咒,罵我為何不死,以致累他被人參劾。哎呀!天呀!老身不死,乃是各人壽元註定,難道是我有心害你不成?只怕見面之時,還不知有多少惡狀凌逼,叫老身死又死不及,活又活不得,這便如何是好?(哭介)

(丑)太夫人,老婢子聞得老爺因無錢使用,將這座花園已賣與人了,只怕將來太夫人連存身之地也沒有了。

(老旦)他往那裏去住?

（丑）老爺因罷官回來，房產一空，又不好意思在此居住，要往東莊去暫且棲身。

（老旦）我也隨他去。

（丑）依老婢子看，老爺這等心腸，只怕不像帶你同去的光景。

（老旦哭介）嗄，天嗄！我好苦也！（唱）

【小桃紅】我命懸一息不終朝，痛衰暮將誰靠也？見人家子孝親安，還怕那親年衰老，誰似我受煎熬？你看我形枯槁，骨如柴面皮乾，快赴黃泉道也，又不敢痛哭號啕。想前世宿冤家，今世裏要勾銷。

（淨大聲喊上）老乞婆！大大的箇官兒，被你送掉了，還在那廂啼哭你的老屁！

（老旦見淨坐介）

（老旦）嗄，兒嗄，你自京中回來，我還不曾見你。

（淨）呸！老乞婆！好端端一箇二品的前程，斷送在你手裏了，你還要見我怎麼？難道連我這條性命都斷送在你手裏纔罷？（唱）

【下山虎】萬千懊惱，把紗帽輕拋。偏是你能耐老，不遊地曹！（老旦）兒嗄！你的官是御史參劾的，與我什麼相干？（淨）若提起這段情由，我心如火燒，生擦擦把功名向水飄。（白）老乞婆！你還說與你沒相干？只因你怕死貪生，我纔丁憂假報。到今日呵！弄得我真顛倒，數十年巧宦私囊，又被衆姓抄。今日無門告，作了朱門餓莩，用不着你乳哺的劬勞，請往別處號。老乞婆，我實對你講了罷，我的官星斷絕，家計成空，連一文錢也無處措置。今日也沒法了，是我將這所花園賣與人了，價銀已兌，今日讓空。你這老貨也該請出，讓我好將這空園交代與人。

（老旦）嗄，兒嗄，我年過九十，朝不保暮。你是我親生的，尚且不容我，那家肯照顧我這待死的人？你千萬將就我一年半載，使我終其天年，不致填於溝壑，也不枉了我十月懷胎，三年乳哺。兒嗄！你，（唱）

【五般宜】須念我抱胎時千憂萬焦，須念我三年乳疑饑怕飽。怎不顧娘保赤劬勞？怎忍把朽骨殘軀向泥途棄拋？兒嗄！權將就三朝兩朝，待我自懸梁自了。怕只怕餓犬饑烏，薄棺兒還望你討。

（淨背白）他若要死，這倒好說了，只是不要死在園中。我有道理。（背介）住了！我左右是奉旨不孝順的了，還怕那箇？索性把這老乞婆推在亂葬坑中，怕他不死？也出了我這一口惡氣，一定是這箇主意。（向老旦白）如此說，隨我來，送你一箇好地方去安置。

（老旦）兒嗄，你送我到那裏去？我是走不動的。

（丑）待老婢扶了太夫人走。

（淨）吁！不要你管！你自去！

（丑）是。（下）

（淨怒聲白）待我扶了你走！（拉老旦急走介，唱）

【江頭送別】肩兒上扶着箇匕邪鬼妖，手兒裏扯着這千年老魈，無端誤我官榮耀。來此已是。（老旦）嗳呀！如此荒僻所在，教我如何住宿？（淨白）這所在也彀你受用了！（背介）這也顧他不得了。（推介）推一跌向坑底魂招！

（推老旦，內扮鬼判接下）妙嗄！我已將這老東西推在亂葬坑中了，料無再生之理。我不免將園價收兌了，乾乾淨淨到東莊去安住。功名之念，到底放他不下。我想"世事三日無正經"，且慢慢的相機而動便了。（跌脚介）哎！我好悔呀！早施亂葬深坑計，免被糾彈作罪人。罷了，罷了！（下）

（小生扮吳定兒上）

【五韻美】剩茶飯，隨緣討，把山川風景在懷中抱，痛孤貧顧復想劬勞。我吳定兒自在九江遇那婆婆授我劍術之後，不覺又是一載，回到這黃州界上。只是我孤身奔走，對景淒涼，想當日母親在的時節，形影相依，飢寒相顧，今日母親去世，抱恨終天，對這些殘山剩水，總丟不下孺慕之心，怎能彀得我母親重生再世，讓我早晚侍奉侍奉，親敬親敬，也發洩我這點未了的孝心。怎能彀萱花重放，好讓我斑衣播鼗，盡一點終身孝報生我勞，羨當年李密為官也曾上《陳情表》。

（老旦在內哭介）好苦嗄！

（小生）你看這纍纍荒塚，聲從何來？莫非是鬼？

（老旦）我不是鬼，我是箇人。
（小生）你既是人，却在那裏？
（老旦）我在這亂葬坑中。
（小生）既在坑中，待我背他起來。（下，背上介）呀！原來是箇老婆婆！你偌大年紀，為何孤身在此？
（老旦）我被惡子抛棄在此的。
（小生）豈有此理！為了一箇人，父母之恩，天高地厚！況你如此暮年，應該奉養孝順，那有狠心抛棄之理？
（老旦）我兒子何時賢，他因指着老身假報丁憂，原官起復，被言官參劾，奉旨拿問，解回原籍。他怪我年老不死，將我抛棄在此坑中的。
（小生）且住。我記得那年與母親祝壽，有一姓何的官兒，他見我稱觴的時節還譏笑我，又叫我同母親到他家吃些現成茶飯的，不知可就是他？
（老旦）我們黃州府沒有第二箇姓何的作官，正是他。
（小生）阿唷！虧是我母子沒有到你家去，你是他生身之母，尚且如此，何況外人！（背介）我想他偌大年紀，遺棄荒郊，必無生路。我正在此思念母親，何不將他馱回奉養，似我母親一般？多少是好。嗄，婆婆，我如今要馱你回去奉養，當作我親娘一般，你心下如何？
（老旦）噯呀！若得義士如此，我之餘年，皆你所賜也！
（小生）如此，母親請上，受孩兒一拜。
（老旦）不消罷！
（小生唱）

【山麻稭】恨逆子真無道！全不想破腹開腸、罔極恩高，相抛。我欲把吳鉤殺却鴟鴞！少不得恢恢天網，明明報應，湛湛難逃。（背起介）母親，待孩兒就此馱你回去。
（老旦）嗄！兒嗄，生受你了。
【尾聲】已拚命向泉臺了，假子反行真孝。（小生）母親，不瞞你說，你孩兒是箇叫化的乞丐，你不要憎嫌。（老旦）噯！兒呀！你

説那裏話！我看你比我那富貴的親生天地高！（下）

自身保惜棄親身，活却親身死自身。
亂葬坑中蠅蚋問：馱娘纇泚是何人？

第二十齣　殛　逆

（外扮九天雷部，衆隨上）

【點絳唇】掣電驅雷，九天靈位。誅狂悖，大逆灰飛，為儆無良輩。（白）霹靂當空，人皆拱手。雨過天晴，頑心如舊。吾乃九天應元雷聲普化天尊是也。秉乾坤之正氣，司善惡之權衡。報應分明，古今不爽。照得黃州府逆子何時賢，欺君棄母，惡焰沖天。玉帝震怒，特降敕旨，命火部焚其家，雷部擊其頂。吾神奉命運行，須是率衆前去者。衆神將！

（衆）有！

（外）今奉上帝玉旨，敕誅逆子何時賢，速駕火雲前去！

（衆）領法旨！（合唱）

【玉芙蓉】乾坤理最微，大逆難逃罪。忘報本轉把生母凌欺，心如狼毒無追悔，罪犯天條沒挽回。管取頭顱碎，一聲聲怒雷，還有那祝融火馬繞庭飛。（下）

（淨上）

【香柳娘】自休官罷歸，自休官罷歸，毫無風味，向東莊隱避裝恬退。（白）我何時賢，自把那老東西推入亂葬坑中，料然已死。東莊安住，自樂餘年。莊前莊後，有腴田一千畝，盡可支持受用。只是這些佃户們道我平日狠比嚴徵，不饒顆粒，如今見革了官職，竟有些頑梗不服起來。且待秋收之後，慢慢處置他們。今日無事，不免到莊前莊後去走走。當此夏秋之交，要下些雨方好。咦！西北上起雲，有些意思了。（唱）望天公雨霽，望天公雨霽。土潤稻粱肥，秋成好收兑。（内火起介）呀！不好了！一道火光自東莊而起，莫不是我莊房失了火？見沖天焰飛，見沖天焰飛，火龍離位，嚇得我膽驚心碎。（急下。雷部、電母、衆神提淨擊死在場介）

（雜扮二農夫上）喂，親家，方纔雨驟雷轟，不知擊了什麼東西？我們看來。呀！雷擊死了一箇人在此，不知是什麼人。噯呀，就是我們田主人何大老爺，被雷擊死在此！噯！他平日不孝母親，做人刻薄，以致如此，我們將他收殮了罷。

（雜）使不得！聞得天打的人，過三日方可收屍，若收殮早了，雷還要擊。況且他前日將他母親推棄在亂葬坑中，自然是屍骸暴露的了。今日他伏了天誅，就多暴露他幾日也不為過！（合唱）

【尾聲】上天報應分明示，大惡纔知難避。但願世上人，做箇子孝臣忠天不虧。（下）

（雜扮一鬼將鎖套淨頸，拉淨不下，點手向內。又扮一鬼持紗帽、圓領，對淨招手，淨急驅趕下）

　　　　身自親生官自身，官高身貴却忘親。
　　　　順時巧宦逆親子，事反聞雷泣墓人。

第二十一齣　代　孝

（小生上）

【憶秦娥前】娘恩浩，乘鸞歸去兒悲悼。兒悲悼，接木移枝，一般色笑。我吳定兒自在亂葬坑中馱回何母之後，侍奉猶如生母，承歡不異親娘。怎奈他老人家年邁跌傷，筋骨疼痛，日夕呻吟不止。昨日求得一箇郎中，到我窰中看視，佈施了兩服舒筋活血、續命安神的藥劑。又在街市上討化了些上白的陳米，以便煎口粥湯，與母親調一調胃。服這兩劑，安一安神。若得他精神康健，也好讓我多奉養幾年，盡我這點不了的孝心，豈不是好？不免扶母親出來坐坐，以便用粥服藥。嗄，母親，今日天氣晴暖，請你出來坐坐。

（扶老旦上）

【憶秦娥後】龍鍾老憊遭顛倒，有生沒奉悲無靠。悲無靠，得遇恩兒，克承奇孝。嗄，我兒，我被逆子拋棄，蒙你救歸，奉養朝昏，過於親母。聞知我那惡子已被天雷殛死，此乃報應昭昭，絲毫不爽。但你乃係求討度日，一身尚且費力，那裏來這些餘茶餘飯贍養到我？古語說得好："寧添一斗，莫添一口。"況我身體受傷，每日呼疼叫痛，豈不有累於你？倒不如我早早入土，眼閉心安，也免得你牽掛費力。

（小生）嗄！母親，你說那裏話來！從來人各有親，孝心則一。況你在何府做太夫人的時節，受用的錦衣玉食，坐享的大廈高堂，今日跟着我這樣叫化的兒子，孩兒還恐怕奉侍不到，有傷母心，怎麼母親反說出這樣話來？自今以後，求母親一視同仁，再不必提起什麼親生異養，若再提時，越添你孩兒不孝之罪了。

（老旦）兒嗄！今既蒙你這番好意，但我皮骨傷殘，遍身疼痛，況是九十七歲的人，只怕也朝不保暮了。

（小生）母親放心，孩兒求得兩服藥在此，又化得些白米，待孩兒熬些粥湯與母親和一和胃，再把藥兒服下，自然就好了。

（老旦）我兒，生受你。

（小生）母親請坐在此，待孩兒先把粥湯熬起來。（作煮粥介）（唱）

【紅衲襖】勸娘親你不須自悶焦，待兒行把粥湯兒慢煎好。並不是味濃肥甘脆餚，不過是代饔殄塞饑飽。只為你老年人胃欠調，潤一潤枯腸兒除悶擾。我還要到口先嘗也，好辨箇冷和溫，代娘親舌試勞。

（老旦唱）

【前腔】覷着你意殷勤我轉淚拋，縱親生也難似你承歡笑。又不曾懷十月胎中抱，又不曾乳三年費我的襁褓勞。（小生）請母親用些粥湯。（老旦吃介）這粥兒看你親手熬，就這點米和柴都是你沿門討。似你這苦奔波肯念我衰年也，幾度思量難受消。

（小生）待孩兒煎起藥來。（作煎藥介）這藥呵，（唱）

【前腔】配君臣離坎交，舒筋骨把勞傷療。雖沒有參苓值價高，用着些製當歸，少不了炙甘草。（低白）我母親服藥之後，好了便罷，若不好時，從此呵，我還要拜星垣叩斗杓，爇心香把神佛禱。只求算減我的年華也，增續娘親壽考高。藥已好了，母親請用。

（老旦唱）

【前腔】這藥性兒按古製炮，對着那症源兒能治療。似我這暮年人腸胃磽，怕只怕病膏肓難言效。（小生）母親請用藥，待孩兒與母親遍體撫摩一回。（老旦吃藥介）吃一口熱烘烘從喉下澆，忽覺得暖融融把心肺繞。兒嗄，吃藥下去，甚覺爽快。（小生）請母親多吃幾口。（老旦唱）那裏是藥物兒真箇靈丹也，多分你這孝心兒感開了天眼瞧。兒嗄，吃下藥去，覺疼痛頓減，經絡漸舒，想有些生機了。

（小生）謝天謝地！

（老旦唱）

【鏵鍬兒】謝得你代人行孝，秉血誠艱辛暮朝。我呵，又何曾就濕移乾，又何曾問饑視飽？你呵，溉人家閒蘐草，我這旁枝怎消？似你這情緣少、天地高，願來生做你親兒，好把這深恩答報。

（小生唱）

【前腔】娘言休道，誰不受父母劬勞？何須定破肚開腸？那定得親生必孝？再休提隔肚胞，我還恨報劉日少，且喜得母病調、身漸好。母親，請到裏面安置安置罷！還願你福共天長，壽比着南山不老。（同下）

（淨扮鍾馗跳上）璚林宴上狀元郎，天子嫌我貌不揚。身死金堦一日憤，千秋留得氣昂藏。吾乃鍾馗是也。以貌取人，狀元不中醜鬼；因心錫福，上帝收錄遺才。只因俺正直聰明，敕命遊行宇內，扶正除邪，享受那萬家香火。這也不在話下。今有黃州府劣紳何時賢之母，供吾神像多年，朝昏頂禮，香火虔誠。近因何逆棄親，已遭天殛，彼母命危將絕，有本地乞丐吳定兒義救馱回，奉如親母。吾神因念他往日誠心，且日後尚有福緣未盡，暗中時加衛護，保其殘年，豈料那吳定兒身非所出，孝勝親生。方纔照鑒他勸飱進藥，百種真誠，絲毫不假。吾神見聞既確，必須上奏天庭，以彰善類。叫小鬼！

（鬼上）有！

（淨）與我鞴上寒驢伺候者。

（鬼應下）

（淨）想那吳定兒呵，（唱）

【雁兒落】身貧品行高，義舉循天道。不虛邀那鄉黨名，爛縵天真孝。代慈親生替身，勝刻木丁蘭巧。種瓜田長豆苗，這倫常把乞丐標。凌霄，急向那天庭得這報。噯呀！吳定兒呀！只要你堅牢，到得那轉天心立看福報好。（作騎驢，小鬼隨跳舞下）

　　　　拾得人娘代本生，殘羹剩飯養精誠。
　　　　只緣不了終身慕，呼到娘聲動至情。

第二十二齣　劫　　留

（生胡楚生，雜扮二車夫推車隨上，唱）

【八聲甘州】攜本走天涯，為蠅頭蝸角到處為家。雲山萬疊，銷磨些曉風殘霞。我胡楚生，自蒙吳義士還金之後，買賣順利，生意隨心，兩年南北奔馳，頗覺囊中充裕。目今又在河南置買些貨物，往江西發賣。聞得衡山寇發，在江廣一路打家劫舍，又聲言從河南北犯神京，勢甚猖獗。車夫們，須是小心前去。烽烟滿路要犯京華，須則是悄地潛行免禍加。（內喊聲介）呀！喊聲震天，想賊兵來也！不免在小路潛躲。喧嘩，聽聲聲金鼓頻撾。（下）

（淨、副、丑、眾隨上，唱）

【前腔】風沙，黃塵白日遮，擁奇兵健卒擂鼓吹笳。眾僂儸，來此什麼地方了？（眾）河南地方了。（淨）就此沿路劫掠前去！沿途劫取，那管他雞犬桑麻。逢州過縣要搜查，愛看那血染征袍似桃放花。（眾）啟大王：前山塢裏，有客車擋路。（淨白）與我拿來！嚴拿，休輕放客貨商車。

（眾擒生上）

（淨）你是什麼人？
（生）我是賣貨客人。
（淨）他既是賣貨客商，叫僂儸與我把車輛留下，將這廝砍了！
（生）大王饒命！
（副、丑）大王在上：這漢子既係買賣之人，自然善於書算。我們營中軍馬錢糧無人掌管,何不將此人留下,着他經理,纔是謀為大事的體統,也免得大王費心。

(淨)既如此,你們問他可肯投降帳下?

(副、丑)嗄,漢子!大王要殺你,是我二人勸免。你不如投降了大王,作一箇軍營書記。

(生)待我想來。我想若不投降,立刻死於刀下,不若暫且降順,待時而動便了。願降!

(副)大王,那漢子願降。

(淨)既如此,放了綁,即授以參軍之職。

(生)多謝大王!

(淨)就請相見。

(生唱)

【皂角兒】念鯫生學疎才寡,感大王收留麾下。效微勞願隨鐙鞭,仗軍威在沿途宣化。(淨)從今後助謨猷,司書記,協同心,齊用力,切莫參差。衆僂儸,就此起兵前去!威風雄大,直抵京華,樂無涯。看位尊九五,可似那弄武山窪?(下)

不是冤家不聚頭,良商逆叛逼同遊。

他時獻首搗巢者,此日新留刀下囚。

第二十三齣　鬻　　子

(外帶旦上,唱)

【山坡羊】想當初濟燃眉誤拖豪債,運顛連家貲窮敗。到如今追呼的上門,沒奈何挈子在街頭賣。我裴泌是也,家住黃岡縣中。上年曾借本城富戶刁吉五兩銀子,只因生意蕭條,虧折血本,無力償還。如今刁吉着他家中惡僕日夜吵打,要這宗銀子。我無計可施,只得將我這十歲的孩兒領向長街,插標出賣。(旦)爹爹,你帶我往那裏去?(外)咳,兒嗄!你莫亂猜,父子從今兩拆開。爹行賣你原無奈,為欠人錢無計排。(合唱)傷懷,撲簌簌淚滿腮。悲哀,急煎煎痛怎捱?(同下)

（小生扮吳定兒上，唱）

【前腔】澹悠悠率天真的窮丐，走忙忙慣受些風吹日曬。喜歡歡馱回來的老親，美甘甘朝夕相依賴。我吳定兒，自從馱回何老娘，是我朝夕侍奉，就如我母親在生的一般，甚是相安，今日不免往城中走走。往市街，覓得些殘羹剩飯來。歸家還似我親娘在，切莫教年老啼饑損瘦骸。（外、旦上，合唱）傷懷，撲簌簌淚滿腮。悲哀，急煎煎痛怎捱？

（小生）你們是做什麼的？

（外）我是賣這小廝的。

（小生）啐！人那裏都是這等賣得的！

（外）我因欠人錢債，被債主逼勒不堪，故將此小廝賣了完債的。

（小生）欠了多少銀子？

（外）五兩銀子。

（小生）欠了五兩銀子，怎麼就賣起人來？你賣的是你什麼人？

（外）是我十歲的兒子。

（小生）你有幾箇兒子？

（外）老漢年過六十，止有此子。

（小生）嗳！你好狠心！父子至情，況且又止此一子。不過欠人五兩銀子，怎忍將他來貨賣？

（外）咳，哥嘎！聽我道：（唱）

【孝順歌】聽言告，是我不才，上年曾貸富室財。（小生）富室姓甚名誰？（外）就是本城刁吉，他為人本豪強，毒狠如蜂蠆。著家人逼催，暮打朝追，無人排解。我產蕩囊空，向何方求貸？真無奈，沒佈擺，只得到長街，領着孩兒賣。

（小生唱）

【前腔】聽伊語，淚共揩，生巴巴父子活拆開。（背想介，唱）我一事上心來，可知我有花銀在？且住。我在黃州界上還金，那人曾謝我白銀一錠，又在麻城縣救那女子，他家也曾謝我一錠，共有四兩之數，是我藏在袋中，至今分毫未動。何不取出，替此人完却前遘,使他父子完聚,豈不是好?嗄,你不須苦哀。願解君憂,且舒眉黛。我有四兩松紋,收藏破袋。(取銀出介)將銀取出,到他家銷禍胎。欠餘銀,我自會分派。你欠他銀子五兩,我有白銀四兩在此。我同你父子齊到他家,完其前欠。他若不肯,我自有道理。

(外)喲,喲,喲!我欠他人之銀子,怎敢破義士之囊金?

(小生唱)

【前腔】休推却,這也非我財。慷他人惠,慨你父子諧。骨肉得團圓,我囊空還再來。(外)既如此,義士尊姓大名?請上受我父子一拜。(小生)豈敢!小子吳定兒,乞化為生。(外、旦、小生同拜介)稽首塵埃,叩感深恩,雙雙展拜,願福比滄江,壽同山岱。(小生)不消多講了,銀子交付與你,就此同去還銀者。偕行去謁富揩,他若是動爭衡,有我相擔戴。(同下)

忍將獨子賣街坊,豪債追呼甚虎狼。
猶恨亡妻生育少,一兒身價未能償。

第二十四齣　代　　償

(淨扮富戶刁吉上)

【菊花新】家貲巨萬逞豪強,算子天平吞懦良。願得壽年長,一任我滾收盤放。從來財主是天生,再善營謀利更增。逞我精神能打算,任他雁過拔毛翎。我乃刁吉是也,黃岡縣中數一數二的財主。家貲巨富,衣食豐隆。廣放債錢,多收子利。若有短少分文,即着家人吵打,或將房產抵償,或把兒女驚賣。我只要本利無虧,那管他生離活拆。這也不在話下。本城有箇裴泌,一年前借了我五兩銀子,至今未還,算來本利共成三倍多了。前已着人催逼,家人回覆說,他家裏甚是貧寒,並無別物可抵,止有十歲一箇兒子。我昨已吩咐家人,着他速速賣子完償。今日也該來了。

(外、旦、小生同上)

(外唱)

【前腔】多蒙義士作周方,同到豪門百尺堂。(小生)骨肉免分張。(外、旦)真箇恩高義廣。來此已是。裏面有人麼?

(副上)富主盤私債,家人要小包。你是裴泌?昨日老爺吩咐,着你賣子完銀,今日你帶了兒子同這乞兒到此怎麼?

(外)大哥,銀子已備在此,要當面見老爺,完銀取契。

(副)住着。禀老爺:裴泌來了,帶着他的兒子,又同一箇乞兒在外,說銀子齊備,要面見老爺。

(淨)哈!他為什麼同乞兒前來?敢是要着那乞丐撒賴麼?難道他們不知我老爺的利害?着他們進來!

(副)着你們進去。

(外、旦、小生進介)

(外)刁老爺在上,小人見禮。

(淨)你是裴泌?呀,你欠我的銀子,今日本利俱齊了麼?

(外唱)

【桂枝香】尊官居上,容小人細講。上年間借鈔營生,覓些須蠅頭贍養。奈時乖不旺,奈時乖不旺,囊空産蕩,故爾耽遲尊項。今日裏叩高堂,白紋四兩親交上,望退當年契一張。

(淨)住了!你該我五兩本銀,今已一二年了,連本利共該十五兩有餘。你拿這四兩銀子來做什麼?(唱)

【前腔】窮坯無狀,一味裏歪纏胡講。曾借我五兩松紋,不償還屢催延抗。算從頭欠帳,算從頭欠帳,共該有一勑白鏹,怎把這些須來擋?速去再商量,算明本利清還足,免得家人吵打怏。

(小生唱)

【前腔】伊非延抗,憫奇窮非誑。(淨)你是箇乞兒,到此何幹?(小生)我雖是乞化貧兒,從不欠官糧私帳。今日呵,見他行情狀,見他行情狀,原來為抵還無項,因此上代為摒擋。諾,這四兩銀子呵,是我解窮囊。他該府上本銀五兩,望尊官把利銀讓了,先收本銀四兩,所欠一兩,待我在此一年伺候朝和晚,灑掃差排算抵償。

(淨)他該我本利共有十五六兩,你是箇乞兒,怎麼來替他討情?況且你是箇窮人,那裏來的銀子?取來我看。

(小生)銀子現有在此,請看。

（淨）這銀子是你的？

（小生）正是。

（淨）嗄，你是箇乞兒，縱然討化分文，不過是零星散碎，那裏來的整錠紋銀？事有可疑。

（小生）這兩錠銀子麽？實對你講了罷，一錠是漢口客人他謝我還金不昧的。

（淨）那一錠呢？

（小生）那一錠是一麻城人謝我救女團圓的。

（淨）胡説！一派荒談，那裏作得准？（背想介）且住。我前日典鋪中被人竊去十餘錠銀子，想必此人就是黨類。（唱）

【前腔】疑生心上，正前日失銀緝訪。料必是掏摸穿窬，一班兒狐羣狗黨。嗄，你可知罪麽？（小生）啐！我不過替他還你的銀子，有什麽罪？（淨）恰前宵竊攘，恰前宵竊攘，失却了銀子，與你這兩錠呵，分明同樣，必是你糾人梁上。（小生）呸！這是那裏説起？你家不見了銀子，與我什麽相干？怎麽好端端就賴起平人做賊來？（外）刁老爺，他是箇義士，名叫吳定兒，不要冤枉了人。（淨怒介）唉，胡説！你們分明是一黨，狼狽為奸的。我也不管，我如今着家人將你們一齊扭送縣中，用刑拷問，不怕不把你的賊贓追出。叫刁林過來！可拿我名帖，寫一呈狀，將他三人送到本縣，追贓問罪。速回報我。（副白）曉得。（小生）反了！反了！（外）義士，倒是我連累了你。（小生）你這老賊，為富不仁，誣良為盜！我吳定兒到得公堂，自然明白。但願到琴堂，青天白日憑公斷，秦鏡臺前照善良。

（副押三人下）

（淨）妙阿！是我葫蘆提將他們送到縣中，一頓拷打，不怕不把他的賊贓追出！

【尾聲】把人贓齊解公堂上，少不得用那些拶敲刑杖。我只要追出原銀，那管他身受殃！（下）

　　　　　　　千呼難得幾文錢，四兩松紋慷慨捐
　　　　　　　同類固應羣笑罵，癡兒行徑玷卑田。

第二十五齣　誣　　審

（末扮黃岡令，雜書吏、衆役上）

【縷山月】操篆蒞黃岡，怕負蒼生望。才疎愧未能，利弊須勤講。紅日初昇放曉衙，為官期不負皇家。風流甘讓河陽令，只種桑麻不種花。下官包明正是也。進士出身，蒙聖恩特授黃岡縣知縣。且喜政簡刑清，人民樂業。前因衡山跳梁盜賊蜂起，下官已頒發告示，盤詰窩藏，嚴拿奸宄，此乃杜漸防微之意。今日放告之期，叫左右！

（衆）有！

（末）可將放告牌擡出。

（衆）是！放告牌擡出！

（副刁林上）為承家主命，特地到琴堂。抱呈人進。

（衆）進來！

（副）老爺在上，小的是刁府家人，奉主人之命，有呈狀一紙，並家主名帖呈上，望老爺電閱。

（末）取上來。"治年家眷弟刁吉頓首拜，具呈人候選州同知刁吉，抱呈家人刁林，呈為現獲人贓事。"各犯俱在麼？

（副）各犯俱在頭門外，候老爺拘喚。

（末）叫左右，與我將現獲人贓事一案裴泌等帶進候審。

（衆）裴泌等進。

（衆）進來！

（雜書吏）聽點：抱呈人刁林！

（副）有。

（末）裴泌父子！

（外、旦）有。

（末）吳定兒！

（小生）有。

（末）跪過一旁。叫刁林！

（副）有。

（末）把你主人典中失銀之事，細細的說上來。

（副）老爺聽禀：小的主人呵！（唱）

【五供養】開張典當，把金銀每晚收入廚箱。本月十三日，黃昏人靜悄，竊賊踰東牆。他潛蹤滅響，撬門壁開篋傾囊。（末）失了什麼東西？（副）失去花銀十餘錠，衣物尚多贓。（末）怎見得是裴泌？（副）老爺在上，（取銀介）今日裏將銀露目，現獲雙雙。

（末）裴泌講來。

（外）小人呵！（唱）

【前腔】欠銀五兩，那刁吉着人日夜催逼，百般吵打。被追呼無計賣子填償，忽逢這吳義士，慷慨破艱囊。小人呵，同到刁門交帳，那刁吉見花銀指盜誣良。吳義士呵，他是無辜輩，仗義反遭殃。把真情直禀，望賜推詳。

（末）吳定兒怎麼講？

（小生）念小人呵，（唱）

【玉交枝】饑驅街巷，討千家殘茶剩糧。見裴家父子愁模樣，哭窮途道路徬徨。豪紳債逼似探湯，將親生兒挈賣長街上。小人呵，動悲心，情傷意傷。代完銀，搜傾破囊。小人見他父子分離，一時感動的。

（副）老爺在上：他是箇乞丐，那裏來這整錠銀子？

（末）嗄！吳定兒，你是箇求乞的，那裏來這整錠銀子？你若不招，我這裏刑法利害！

（小生）老爺在上。（唱）

【玉抱肚】事雖已往，有人知還金路旁。相酬我一錠花銀，小人呵，苦推辭不肯承當。後來呵，衆人苦勸，只得暫收藏，這是這一錠根由說審詳。

（末）那一錠呢？

（小生唱）

【前腔】叫化到麻城野曠，有強徒雙雙不良。古廟中鎖禁嬌娃，是小人救送還鄉。他父母呵，喜團圓骨肉免參商，將這一錠花銀謝乞丐郎。

（末）住了！你在黃州還金，那人姓甚名誰？家住那裏？

（小生）是漢口胡楚生。

（末）麻城救女，那人叫甚名字？

（小生）麻城孟居鄰，他女兒窈娘。

（外）老爺，這義士情節皆真。小人一面不識，他慨然傾囊相助，可知前事非假。

（副）老爺在上，家主致意，失竊情真，請老爺用刑嚴拷。

（末）本縣豈不知失竊之事須要動刑？聽他二人供詞鑿鑿，似非欺詐。哦！有了，據吳定兒所供還金救女二事，不過在漢口、麻城地方，離此不遠。本縣吩咐該房，速備關文，到漢陽、麻城兩縣，將胡、孟兩家關來一問。如果有此事，吳定兒非但不是竊賊，且大義可嘉。如有虛情，少不得用刑嚴訓。本縣呵，（唱）

【川撥棹】關文往，速提來問審詳。若還金救女樁樁，若還金救女樁樁，果情真是冰肝雪腸，挽頹風義氣揚，挽頹風義氣揚。左右，將一干人犯暫行看押，俟漢、麻兩縣人齊再審。刁林且退。

【尾聲】人情王法公堂上，民父母持平超枉。若有些任意狥私，豈不把赤子殃？（退堂，眾隨下）

　　　　　　衙門半為仕紳開，百里侯看才不才。
　　　　　　公座公堂公事件，治年家弟帖紛來。

第二十六齣　盜　圖

（副戎裝上）

【點絳唇】馬壯兵強，雄風誰擋？（丑戎裝上）鐃歌唱，唾手金湯。（合）不負同歸向。

（副）莫道男兒少壯圖，綠林大志在皇都。

（丑）棄明歸暗人休笑，也算朱楊是丈夫。

（副）我乃朱以壯是也。

（丑）我乃楊庚是也。

（副）自我二人同心戮力，歸順衡山，蒙羅天王待以腹心，共圖大事，起兵北向。

（丑）來此已到山東地方，有老將祁君榮兵奇將勇，路阻德州，不能北進。連日攻打不下，須要用一奇計破之。

（副）且待大王升帳，商量破敵便了。

（淨上）

【前腔】氣宇昂藏，雄圖初創。孤城將，螳臂稱強，笑妄想蛇吞象。（白）垂拱稱尊指日間，功虧一簣好為山。男兒有志須當奮，莫把昂藏付等閒。我乃粉天王是也。自起兵以來，攻城掠郡，勢如破竹。今兵到山東，有參將祁君榮武藝超羣，阻吾前進，連日攻打不下。二位賢弟，為我籌之。

（副）大王在上，祁君榮足智多謀，難以力敵。此去東南三十里，有一烟雲谷，何不把籮牌軍埋伏在彼，交戰之時，詐敗佯輸，引誘他軍深入重地，伏兵齊起，一鼓可擒矣。

（淨）此計甚妙。叫衆兒郎就此埋伏者。

（衆）得令！

（淨唱）

【出隊子】埋兵停當，準備擒人俯首降。方知我勇猛勢難當。他殘喘孤軍阻要疆，晝夜攻城，難容恃強。（下）

（外率衆上）

【前腔】賊兵無狀，弄武潢池自逞狂。三軍奉命把威揚，欲斬樓蘭報聖王。指日功成，鞭敲鐙響。我乃祁君榮，官拜保定營參將。今因羅賊犯順，奉命征勦。來此德州地界，連日相持，未分勝負。我想醜虜陸梁，豈容怠緩？須決一大戰，斬首擒魁，只在今日也。衆將官！就此殺上前去！（唱）

【前腔】螳車相抗，輪轂塵飛一瞬亡。狼沙烏合笑猖狂，我滅此朝食天討張。指日功成，鞭敲鐙響。

（作二軍相遇大戰，羅兵詐敗下）

（祁軍白）啟元帥：走了！

（外）就此追上前去！（唱）

【四邊靜】他望風逃遁軍魂喪,急趕休輕放。擒賊要擒魁,抖擻天兵壯。旌旗飄蕩,征塵飛颺。協力報皇家,畫影凌烟上。(下)

(淨衆上)

【前腔】山河指日歸吾掌,官兵思阻擋。妙算設奇謀,要捉英雄將。(祁軍上,二軍合)旌旗飄蕩,征塵飛颺,擒賊要擒魁,抖擻軍威壯。

(照前殺介)

(簾牌對戰,祁兵敗下)

(羅兵白)走了!

(淨)被他走入城中去了。衆兒郎,與我把德州城團團圍住者!(唱)

【清江引】千萬軍馬貔貅樣,砲火連天放。圍困德州城,要捉英雄將。衆兒郎,逞威風吾當重賞。(下)

(外、衆上)

(衆)啟元帥:賊兵凶勇,難以抵敵。

(外)你們不要驚慌,可將城門緊閉,待本帥一面奏聞聖上,發兵救援,一面招軍添將,戮力破賊便了。

(衆)得令!

(外唱)

【尾聲】封章上達添兵壯,高壘深溝且暫藏,須則是四路招軍把賊勦亡。(下)

名城防盜盜圍城,城外賊營城裏兵。

擐甲執戈多將士,待他小丐大功成。

第二十七齣　閨　憶

(小旦扮孟窈娘上)

【遶地遊】燕銜泥墮,九十春光過,轉柔腸把眉峯暗鎖。憶起前情,難言後果,問天天低呼奈何!(白)險把明珠委土沙,歸來合浦夢中家。佳人又屬沙吒利,義士重看古押衙。小奴孟氏窈娘,待字閨中，恪守母訓。上年已墮崔符，今日重圓骨肉。回思奸宄陰謀，強梁禁錮的時節，小奴已甘畢命，英雄力救無瑕。此後餘年，盡彼再造之恩也。論其行業，雖係賤丐庸流；窺彼作為，實乃冰心俠骨。椿萱大似有意，乃酬德報恩之常；義士實是無心，亦避嫌遠忌之正。爭奈奴心類死灰，願向空門學繡佛，親恩未報，且依膝下代斑衣。但秋去春來，烏啼花落，不知將來作如何歸着也！（唱）

【綿搭絮】憑欄無語，暗淚滴拋梭。有口難言，把幽懷萬般付綠蛾。憶當年，慘罹折磨。若不遇吹簫俠士，奴怎肯逐浪隨波？拚得箇殉玉埋香，任郊原風雨多。

【前腔】留將殘喘，不理嫁衣羅。稽首空門，香雲剪除羞髻螺。悟真空，跳脫劫魔。只願得椿萱齊茂，慶雙雙百歲年多。那時節證果超凡，向雲霄極樂窩。（白）不願人間作箕帚，甘投蘭若悟蒲團。（下）

　　　　男心如鐵女冰清，俠氣柔魂共死生。
　　　　報德酬恩無限意，花飛絮落不關情。

第二十八齣　雪　誣

（末扮黃岡令，雜書吏，衆役上）

【粉蝶兒】吳楚毘連，真箇是吳楚毘連。帶長江綰符花縣。牧黎民，威惠須兼。保賢良，懲惡劣，冰心鐵面。說甚麼秦鏡高懸，但願得官聲無玷。赤壁塵兵歷幾秋，舳艫千里尚東流。只今留得殘山水，對映黃州舊竹樓。下官包明正是也。令操縣篆，任涖黃岡。身慚百里之才，叨濫九重之命。操凜四知，俗美民歌五袴；刑期三宥，年豐麥秀雙岐。只求無玷官箴，不敢有邀清譽。這也不在話下。前有本城刁姓，以現獲人贓事稟呈在案，下官審訊之下，聽那裴泌感激那吳定兒代償銀兩的事，情詞真切；又聽吳定兒供出還金、救女兩事，又似屬實情。因此不便加刑，備文到漢、麻兩縣，關提兩處人來，候審對質，只待兩姓到時，自然明白。嗄，左右，漢、麻兩縣胡楚生、孟居鄒可曾關到？

(雜)稟老爺：奉關漢、麻兩縣胡、孟兩家,孟居鄒父女候質,胡楚生往外貿易未回,他兒子胡啟真帶來伺候。

(末)可將前日人贓現獲一案併抱呈人刁林喚齊聽審。

(雜)俱在頭門外伺候。

(末)帶進來！(雜喚衆上)犯人進！

(末)聽點：抱呈刁林！

(副)有。

(末)裴泌！

(外)有。

(末)吳定兒！

(小生)有。

(末)胡楚生！

(雜)貿易未回。

(末)胡啟真！

(旦)有。

(末)孟居鄒！

(雜)有。

(末)孟窈娘！

(小旦)有。

(末)叫孟居鄒！

(雜)有。

(末)這乞丐吳定兒,你認得他麼？

(雜認小生介)老爺在上,這是救小的女兒的大恩人。

(末)叫孟窈娘！

(小旦)有。

(末)這吳定兒,你認得他麼？

(小旦)老爺在上,這是在古廟中救小女子的大恩人。

(末)你且講上來。

(小旦)老爺聽稟：(唱)

【泣顏回】此事已經年,為探親父未回還,被強徒蹂躪,執兵戈劫掠喧闐。窩藏蘭若,感斯人力救無瑕玷。(雜合唱)樓暗室破壁為光,救弱女璧合珠圓。

(末)這一錠銀子,你可認得麼?

(雜)這義士救女回家,小人備有布十疋、銀三十兩酬謝他,他却決意不受。是小人一家苦勸,再三勉強,他收下此一錠銀子。

(末)呀!(唱)

【石榴花】俺把這從頭一一問根源,真箇是高義薄雲天。看不出這椰瓢破袋,叫化卑田,亭亭傑出,古道時賢。救人家骨肉團圓,救人家骨肉團圓,護嬌娃避狂且倖免,焚光破壁,義昭貞顯。似魯家閉戶奇男,似魯家閉戶奇男,愧煞那偷香行險,真箇是無慚名教事堪傳!叫胡啟真!

(旦)有。

(末)當日在黄州界上,還你父親遺金的,可是他?

(旦)老爺在上,小人雖未曾見他,每常小人的父親在家説起,當日有箇姓吳的義士,在黃州界上還金三百兩,尚未報答。想就是他。

(雜)老爺在上,那胡楚生就是小人的妻舅。還金之事,胡楚生也曾向小人説過,正是此人。

(末)胡啟真,你把前事試説一遍。

(旦)老爺聽稟:(唱)

【泣顏回】商民血本命相連,失長途欲赴黄泉。這義士呵!拾金不昧,將本齎守候歸還。小人的父親,涕零深感,把原金分半酬恩願。奈吳君不受分毫,強留銀是衆人相勸。

(末)如此説來,這一錠銀子果是你父親謝他的?

(旦)正是。

(末)叫吳定兒!

(小生)有。

(末)吳定兒,看你存心正大,財色分明。今日又償金全人父子,觸惡冤陷盜賊。乞丐中有你這樣好人,可敬!可愛!(唱)

【黃龍滾犯】苦哀哀求討長街,苦哀哀求討長街,急煎煎饑寒怎免？氣昂昂闖入萑苻，氣昂昂闖入萑苻，救出了朱顏玉面。又羨恁陌路還金，把客命全。兩家兒同受德無邊，陋巷裏古道今賢，陋巷裏古道今賢，真箇是品高人賤。叫裴泌！只因你鬻兒市上，動義士之矜憐；還債豪門，起穿窬之誹謗。若非本縣細心，你二人遭冤莫辯矣。（唱）

【撲燈蛾犯】生擦擦穿窬坐良民，活暴暴王法科當面。黑漆漆覆盆冤，惡狠狠對頭兒難辨。書吏過來，庫上支取我俸銀五兩，着刁吉具狀收領，將裴泌原契取回。（雜）曉得。（末）刁吉為富不仁，誣良為盜。王章俱在，律法難容。左右，可將刁林重打四十，權代主人責罰。本縣還要申文，褫革他的前程。（副）阿喲，老爺！那裏有打原告之理？（末）吓！你這誣告加三等的原告，只此一打還不足以蔽辜呢！拉下去！（打介）急煎煎把貧人苦陷埋，勒𤿚𤿚將雛兒售街前。一雙雙刁奴劣主，眼睜睜明欺國法暗欺天。趕出去！

（副下）
（末）叫孟居鄒上來。你女兒可曾許人否？
（雜）小人的女兒，自從吳義士救回之後，茹素持齋，情願終身不嫁。
（末）既如此，待本縣為媒，與你女兒作伐，就嫁與吳定兒，以遂你報答之心。
（雜）小的情願。
（末）嘎，吳定兒！（唱）

【上小樓犯】你受饑寒心無冤，安貧賤命信天。虧煞你救了紅妝，虧煞你救了紅妝，還了黃金，受了奇冤。本縣呵，今日裏代做冰人，今日裏代做冰人，患難恩情，結成姻眷，銷繳了貞良一案。
（小生）老爺在上，小人是乞化貧兒，無家無業，若有了妻子，不能養贍他，豈不連累了人家兒女？況且當日救他，也不過一時義憤，實出無心。今日若做了夫妻，當日之救，豈不是無私有弊麼？這箇恩典，小人決不敢領。
（末）吳定兒不必推辭，本縣自有道理。孟居鄒！
（雜）有。

（末）你既情願將女兒嫁他，可將妝奩衣物備齊，限你五日送女過門，以表報德之心。吳定兒今既作了你的女婿，你當加意照管，不可再使他求乞，方稱得箇冰清玉潤。

（雜）小人領命。

（末）胡啟真過來。

（旦）有。

（末）你父親當日受吳定兒還金之德，欲報未申，可助銀五十兩，以為吳定兒婚娶之費。

（旦）領命。

（末）這兩錠銀子，着吳定兒帶回湊用。

（小生）多謝老爺！（末唱）

【疊字犯】欣欣兩家情願，雙雙女男歡忭。草草的備粧奩，急急的修庭院，真真恰恰孟家的眉案。若不是前生宿緣，怎偏向古廟相援？怎偏向古廟相援？閨娃市丐，銜恩覿面，喜蓮花成並蒂，休唱"哩囉嗹"。

（衆）多謝老爺！（下）

（末唱）

【尾聲】這堂剖斷真奇罕，平反了人贓公案，這纔是恩報恩兮冤報冤。（下）

盜案平反節義案，龍圖端不愧宗賢。
羨他浴日撥雲手，一尺公堂一尺天。

第二十九齣　丐　　婚

（淨、副、丑、末扮四丐，持燭、酒上）

【縷縷金】卑田院，出新聞。乞兒禍變福，合天婚。縣官為月老，丈人貼聘。哩囉蓮花裏兩般人，野鶩配文禽，野鶩配文禽。請了。我們乃黃岡縣卑田院中衆乞兒的便是。只因我們同行中的吳定兒代人還債，被土豪誣告，幸遇本縣大爺秉公明斷，又審出他從前還金、救女二事，道他義氣過人，立心正直，把那土豪痛加究治，就將孟家女子斷配成婚。又命他丈人代立產業,倒賠妝奩;又命本縣人役鼓樂,水陸船轎,到麻城縣迎娶,今日到門。我們既在同行,理當去與他賀喜一番,特此相約,大家前去。再用了幾文錢,買了紅燭一對,濁酒一壺,禮物雖不厚重,只消到那裏多說些吉利言語,倒覺得天然本色。就此前去。紅鸞星照卑田院,並蒂蓮開叫化場。(內作吹打介)呀!你聽鼓樂喧闐,想是花轎將已到門。我們急急向前看來。

(眾扮鼓樂、轎夫、人役,正旦扮伴娘,小旦上)(合唱)

【園林好】昔日裏相親不親,認今宵新人故人。想不到赤繩拴定,何處討這良姻?何處討這良姻?

(外役白)來此已是。嗄,吳兄弟,開門!

(小生上)來了!黑冤逢皎日,鐵鎖變紅絲。是那箇?

(外)新人花轎到門了。

(小生)哦!花轎到門了?且慢,待我稟明母親。母親,有請。

(老旦)怎麼說?

(小生)孟家花轎到門了。

(老旦)既如此,待我來扶新人下轎。

(吹打,進門,唱禮,拜介)

(眾)新人已到,你家也該開發我們了。

(外)你們是奉公差遣,老爺已吩咐過,一應俱是孟家料理,休得囉唣!

(小生)眾位,小子備有些須薄禮,請收下,當做茶儀罷!

(眾)拿來。噯呀!太少了!罷了!看你平日做人好,我們也不爭競了,就此別過。權幫貧宅喜,又應縣堂差。(下)

(掌禮人白)請行合巹禮!(合唱)

【畫眉序】潦草結朱陳,且喜相逢是故人。本無心相救,恰似有意盟姻。願齊眉百歲相莊,對篝燈交杯合巹。一床遮蓋鴛鴦錦,同夢應兆麒麟。

(掌禮人、伴娘等俱下)

(四丐上)貧兒大聚會,乞丐小登科。來此是了。(進介)吳兄弟,恭喜賀喜!

(老旦下)

(小生)原來是列位。請!

(衆)我們衆人特備這通宵燭、長春酒,來此奉賀,請收了。

(小生)多謝衆位!

(衆)我們要先看看新娘子。(看介)好!果然標緻!唯,吳兄弟,便益你了,我們要吃你杯喜酒呢!

(小生)有酒在此。請!

(衆)我們雖粗魯,也要説些吉利話,替吳兄弟發發兆頭。現在没有銀錢果品撒帳,止有討得炒蠶豆半升。待我撒起來,大家説些吉利話兒罷!

(衆)甚好,那箇先來?

(淨)我先來。撒帳東,撒帳東,浪淘沙裏肉蓯蓉。他年產箇吳孟子,米討千鍾與萬鍾!

(副)如今到我了。撒帳西,撒帳西,山花子伴五苓脂。小登科後大得意,卑田院裏豎紅旗。

(丑)好嗄!如今是我來了。撒帳南,撒帳南,吳小四挺巴戟天。為兒為女勞身力,八女七男討俸錢。

(末)好嗄!如今到我來了。撒帳北,撒帳北,相見歡似玄胡索。四手四脚雙頭人,藕長蓮開花不落。

(衆)好嗄!撒帳已完。例不可壞,如今該鬧帳了。

(丑)依我説,鬧帳俗套,太覺粗魯,不如我們同新郎吃十大盆酒算了罷!

(小生)小子量淺,吃不得許多。

(丑)這也顧不得你。

(小生)實是吃不得。

(副)我曉得了,你恐醉了誤了正經。你若不吃酒,要新人笑一笑。

(小生)只怕不能嗄!

(淨)若不笑,我就取出蛇來,弄箇蛇鑽窟窿了!

（末）我就拿出鈴來，作箇啞巴打架了！
（丑）我就拿出磚來打老鼠了！
（副）若真箇不笑，我就叫我老婆養箇假孩子在你們床上，着你們今晚作親不成。
（小旦微笑介）
（衆）笑了！新人也是和氣的。我們痛飲一回！（飲介）
（外甲長上）今日吳定做親，衆兄弟都去賀喜鬧帳。他們是些粗蠢無賴，須得我到那裏彈壓彈壓纔好。來此是了。嘎，你們好嘎！竟瞞着我先來了！
（衆）甲長來了！
（小生）甲長請坐。
（外）吳兄弟，恭喜你！我要看看新人。（看介）好！是箇有福氣的。待我來説幾句吉利話奉贈。
（小生）請教。
（外）新娘子好像一隻大天鵝。
（小生）為何像起天鵝來？
（外）配了你，豈不是"癩蝦蟆吃天鵝肉"麼？
（衆笑介）極是！
（外）新娘子又像一箇爛東瓜。
（衆）為何又像起爛東瓜來？
（外）若不是爛東瓜，為何一肚的"子"？
（衆）好嘎！
（外）衆位，新人來路遠了，身子乏倦，竟請到裏面去罷！
（衆）也罷！就是這樣，我們大家吃杯。
（小旦下）
（外）你們也撒過帳了，我們在花燭之下吃酒，何不大家説箇"花字令"？不論常言俗語，只要有"花"字便了，待我先説一箇樣子你們聽。（指燭介）燭焰結成福壽花。到你了。
（淨）我有。我説破縣花。
（外）罰一杯！今日是箇吉日，怎麼説出"破"字來？

（淨）今日不破幾時破？
（副）到我說了。眼花。
（外）罰一杯！我要草木之花，什麼"眼花"？算不得。
（副）有來文的，我們討不着飯，餓得眼花。既然不算，我就吃杯。
（丑）我說面花。
（外）怎麼是面花？
（丑）你我經年價不洗臉，咱們臉上這些黑黑白白，豈不是"面花"？
（外）也不是草木之花，算不得。罰一杯！
（丑）就罰一杯？這不費錢的酒，樂得吃他娘！
（末）我來了。打蓮花！
（外）罰一杯，道本相。
（末）拿來我吃就是了。
（外）吳兄弟，該你說了。
（小生）小生有詩一聯在此：未結黃金果，先開白玉花。
（衆）好嘎！像箇新官人的口氣，大家吃大杯！
（外出席，扯小生白）唯，吳兄弟，今日乃你百年大事。夜已深了，你也該打發他們去了。
（小生）小子不好意思。
（外）等我來。我把他們誘出你家門，你把門閉上就是了。
（小生）多謝甲長！
（外）嘎，衆兄弟，你看外面好月色，何不出去，大家看月色，再吃何如？
（衆）也好！我們大家看看月。
（小生閉門下）
（衆）果然好月色！嘎，吳定兒哩？咦？把門閉上了！待我們打將進去！
（外）不可。他今夜乃大喜之日，你們吃酒、鬧帳過了便罷，為何還要鬧人家？使不得！

（衆）大哥，他二人熱熱鬧鬧做親，難道我們就這等冷冷清清回去不成？

（外）有了。方纔你們行令，說什麼"打蓮花"，何不趁着月光，打着蓮花回去，就熱鬧起來了？

（淨）也好。我們就把他今晚做親的光景，大家摹擬，打着蓮花回去。就從我來起。

【其一】（淨）黃昏纔到，不覺又是一鼓催，哩哩蓮花蓮花落！想新郎，除了冠，脫了衣，嘻嘻哈哈把燈吹也麼，哈哈哈！蓮花落！他二人原本是舊人兒，感恩情，見面之時不用推。哩哩蓮花蓮花落！擁抱着，溫存着，你疼我，我愛你，並着頭兒在枕邊睡也麼，哈哈哈！蓮花落！

【其二】（副）一更裏纔罷，不覺二鼓催。哩哩蓮花蓮花落！嬌花兒，嫩蕊兒，俏臉兒，嫩身兒，恨不能搓搓團團做一堆。哩哩蓮花蓮花落！這一箇感恩情，古廟中坐深宵，叫着恩哥顫巍巍。哩哩蓮花蓮花落！那一箇平日裏，求老爹，呼奶奶，告大娘，叩相公，今夜裏摟抱着女嬌娘，不住的在耳廂叫妹妹也麼，哈哈哈！蓮花落！

【其三】（丑）二更裏纔過，不覺三鼓催，哩哩蓮花蓮花落！他二人成過親，身子倦，肩並肩，腿壓腿，夢作鴛鴦水上飛也麼，哈哈哈！蓮花落！洞房裏，燈兒明，香兒薰，靜靜悄悄帳兒垂。哩哩蓮花蓮花落！不比那破窰中，草窩中，古廟中，金剛脚下睡如雷也麼，哈哈哈！蓮花落！

【其四】（末）三更裏纔過，不覺又是四鼓催。哩哩蓮花蓮花落！他二人睡醒了，又翻身，上陽臺，捱捱靠靠把身偎也麼，哈哈哈！蓮花落！不比那前番兒，含着羞，嚙着被，吁吁啼泣皺雙眉。哩哩蓮花蓮花落！嘗着了甜頭兒，好意兒，笑盈盈，點着頭，領畧這點美滋味也麼，哈哈哈，蓮花落！

【其五】（淨）四更裏纔過，又聽得五鼓催。哩哩蓮花蓮花落！新官人還在那裏悉悉索索，唧唧噥噥，還要做箇三顧茅廬不肯回也麼，哈哈哈！蓮花落！新娘子見天明了，忙起身，着衣裳，忙忙碌碌掛羅幃。哩哩蓮花蓮花落！新郎官到此時，爬不起，在床上，翻着身,打呵欠,阿喲阿喲強支持也麼,哈哈哈!蓮花落!

【其六】(副)他二人巧成雙,天作對,男精壯,女少年,鳳凰臺上把簫吹。哩哩蓮花蓮花落!偏是我們衆人行,凄凄切切,孤孤另另,手攙手兒,對着這月光之下各傷悲也麼,哈哈哈,蓮花落!

【其七】(丑)早則是露珠兒濕透了千鍼萬線,零零碎碎,單單薄薄破衲衣。哩哩蓮花蓮花落!倒不如趁星光,穿小巷,過長街,到古廟中,草窩中,伸着脚,拳着手,指頭兒上覆雨翻雲做夫妻也麼,哈哈哈!蓮花落!

(各作大醉,同扶下)

盞米文錢抵好逑,已拚孤獨老春秋。
從今丐雨乞雲后,囉哩蓮花總並頭。

第三十齣　勸　戎

(老旦、小旦上)

【剔銀燈】歎摧殘幾遊冥途,感恩男救援背負。歸來奉養無差誤,儼北堂溫凊工夫。漫說當初,此高風世無,真孝義忘却親疎。老身虧得定兒救援奉養,相待一似親娘。前聞我那惡子已被天誅,這是他自作之孽,理該如此。但乍聞此信,未免有些牽連悲痛。此時想來,還是我做父母親的癡心不了,如今也只索罷了。只是我定兒一腔孝義,見善即為,前又代裴姓還金,被刁豪送究,幸得官府廉明,將他還金救女之事,一一審明,已將刁豪處治,就將孟女匹配定兒,前已草草完姻。蒙他夫妻二人把我這老人家就似親母親姑一樣看待,老身感之不盡。但定兒一生孝義,半世孤貧,今番雖不作那叫化的生理,但無產無業,度日艱難,何時得箇出頭的日子?今聞得朝廷四路招軍,意欲勸定兒前去,圖些事業,也不負他一世為人。大娘子,你意下何如?

(小旦)丈夫義氣高深,不是下流庸碌之輩,若肯向上圖謀,必不落人之後。

(老旦)既如此,待他回來,大家相勸便了。

(小旦)是。

(小生上,唱)

【前腔】我生平原無壯圖,澹襟懷似江湖鷗鷺。前番義激遭冤苦,遇廉明湔除穢污。窮孤,累人家掌珠,怕墻間東郭瞰其夫。嗄,母親拜揖。

(老旦)你回來了?

(小生)孩兒回來了。

(老旦)兒嗄!你撲面風塵,半世吹簫於吳市;滿懷義俠,當思賣劍於長安。今聞得朝廷用武,四路招軍,似你這等俠骨冰心,為何不去效力皇家,博一箇名揚姓顯,也不枉了你人生一世。

(小生)母親,你孩兒雖蒙劍仙授術,但未得用工諳練,恐不能出人頭地,所以不敢孟浪。既蒙母親慈訓,自應勉力前去,但母親年老,家計窘迫,甘旨有虧,難逃不孝之罪。

(小旦)丈夫既有壯志,妻子願代孝心。況我父母常時周濟,夫君請自放心。

(小生)既如此,孩兒就此拜別。(拜別介,唱)

【駐馬聽】拜倒階除,不敢想榮華遠大圖。只為年過三十,一事無成,欲試錕鋙。妻持中饋勿粗疏,朝昏奉侍衰年母。(合唱)保重長途,莫辭那雞聲茅店,風雨江湖。

(小生帶劍介)

【哭相思】(小生)身帶青鋒不帶書,(老旦)功名發軔上天衢。(小旦)盼郎旋錦圖家慶,(小生)誰道卑田少丈夫?(各下)

四面八方討已平,時來招討募從征。
卑田院裏高門户,鶴立雞羣作一鳴。

第三十一齣 夢 勇

(丑扮店家上)

【縷縷金】開店面,把商招,騎馬乘車客,攜傘與挑包。入門諸色便,中伙料草。晚迎早送不辭勞,只恨來的少,只恨來的少。自家河南道上一箇店主人的便是,開張店面,住宿行人。你看我這葷酒素茶,賣的是南北東西千口飯;茅檐土屋,宿的是貧窮富貴一宵家。繩床常繞離人夢,草枕能舒車馬勞。客纔進門,少不得一呼百應;錢已到手,且憑我裝啞推聾。作的是這樣生意,你教我也不得不是如此。你看日已沉西,正是客商投宿的時候。(向內白)夥計們,將各房打掃潔淨,煮飯烹茶伺候,將次有投宿來了。正是:一分辛苦一分財,百樣行囊百樣客。(下)

(小生佩劍、行李、持棍上)

【前腔】辭故里,路迢遙,歷盡山和水,夜去又來朝。風霜經慣久,饑多飽少。見斜陽已掛柳枝梢,客逐投林鳥,客逐投林鳥。我吳定兒奉母命從戎,皇皇道途,來此已是河南地界。天色已晚,不免投宿一宵,明早再行。店家有麼?

(丑上)是什麼人?

(小生)投宿的。

(丑)原來是投宿的客人。有潔淨上房,請到裏面安宿。(同進介)

(小生)果然潔淨。與我點上了燈,有茶取一壺來。

(丑)曉得。(下)

(小生)我吳定兒半世飄零,一朝就武,將來結果,未卜何如。今夜青燈旅舍,不免將我的本事行藏,籌畫一番,有何不可?(唱)

【黃鶯兒】籌火自輕挑,計從軍本事高,四方八面曾征討。兜鍪大瓢,戎衣衲袍,凱歌聲練就的沿門叫。膽粗豪,青燐黑夜,不怕犬哞哞。夜已深了,不免盹睡片時,明早趲路。(歎介)咳!兒夫野店尋鄉夢,姑媳青燈話遠人。(睡介)

(老外扮睡魔神上)吾乃人間大睡翁,尼山曾此見周公。夢長夢短誰能覺,機動心生境暗通。吾乃睡魔神是也。今奉上界劍仙敕旨,命俺引吳定入夢,傳授法力。

(向小生介)嗄!吳定,休推睡裏,隨吾入夢者。(扶小生下)

(旦扮劍仙,金童、玉女持旛,雜扮二將隨上)

【端正好】練雌雄,雙丸妙,吐光芒直射星杓。則為着莽男兒義氣沖天表，因此上助神威將成功保。脫手成龍入手丸，海波不淬雪光寒。怪他神物無含蓄，不敢逢人掣鞘看。吾乃上界劍仙是也。上年在柴桑界上，見吳定孝義雙全，將來有無窮的福報，故此把雙丸付彼，以便日後成功。今吳定已滿往因，漸臻福果，從軍報國，指日功成。但他那殘羹剩飯養成的身體，臨陣衝鋒，難免怯弱。乘他安眠旅舍，吾特命睡魔神將他的魂魄引來，命熊虎二將壯其筋骨，傳授膂力，使他滅寇成功，以享福報。話猶未了，吳定夢魂來也。

（睡魔引小生上，見介）

（旦）嗄！吳定，你可認得我麼？

（小生）小人不認得。

（旦）你在九江界上所遇贈劍老嫗，難道你就忘了麼？

（小生）原來是上仙！自蒙贈劍之後，不覺幾載。今小人有志隨征，存心報國，不知將來事業，究竟如何？

（旦）前因後果，自然水到渠成。只要你永不改操，少不得如心遂志。但你力單氣弱，難臨大敵。今特召你前來，著熊虎二將壯爾筋骨，授爾神力，使爾一戰功成，日後自有發迹之日。你且聽者：（唱）

【滾繡毬】你半生來歷苦勞，背簞瓢沿門告。鎮日間有饑無飽，那能彀啖肥仙厚味佳餚？弄得來面皮兒似秋柳黃，肌膚兒似東樹焦。瘦伶仃倒像那沈郎波俏，怎能彀挾劍提刀？我發慈悲令虎熊助力勦凶梟，也好去博功名佐盛朝。這底是因果前招。

（小生）多謝上仙！

（旦）飛虎、飛熊何在？

（二雜扮熊、虎二將，開面，束髮，金箍，著甲上）

（虎白）拔山須虎背，

（熊白）扛鼎用熊腰。上仙有何法旨？

（旦）今有黃州府吳定，孝義感天，從軍報國。念彼力單氣弱，難以衝鋒，著爾等借運精神，付彼壯力，以便功成奏凱，證彼因緣。速現本相者。

（二將）領法旨！（下）

（飛虎上，跳舞伏地介）

（旦）嗄！吳定，你可知此物的利害麽？

（小生）小人不知。

（旦）聽者：生長深山大谷中，肋生雙翼慣乘風。吼時萬獸皆驚怖，助爾神威建大功。可與吳定運威者！

（虎招小生，以手接手，走四門，作運力介）（運畢，虎仍伏地，小生旁立介）

（旦唱）

【叨叨令】這山君神威萬壑搖，嘯空山俯視羣狼豹，吼西風振千林草木凋，怒吽吽誰敢當牙爪？有幾多狐狸假勢嗥。他視眈眈氣概吞存孝，添雙翼乘風上九霄，縱遇那卞莊强見了魂驚來便掉。兀的不怕殺人也麽哥，兀的不狠殺人也麽哥，因此上運神威助伊家功成早。飛熊何在？

（熊上，跳舞伏地介）

（旦）嗄！吳定，你可認得此物麽？

（小生）小人不認得。

（旦）聽者：渭濱入夢啓周邦，姜尚搴旗討紂王。今夜夢中傳爾力，功名指日載旂常。飛熊，可與吳定運力者！

（熊照前虎運力畢，伏地，小生仍立介）

（旦唱）

【脫布衫】這飛熊神力雄驍，氣昂藏厚背豐腰。你看他銅頭鐵腦，生雙翅能飛能跳。

【小梁州】矻矻筋皮藐劍刀，縱强弓硬弩徒勞。若教他穿山山欲搖，崖崩倒，縱鐵漢也魂銷。嗄，吳定，你可覺精神壯健，氣力陡增麽？

（小生試力介）多謝上仙！小人施展之際，覺與平時大不相同了。

（旦）威力運畢，夢魔神與熊虎仍送吳定兒魂魄入竅者。

（夢魔、熊、虎合）領法旨！（合扶小生下）

（旦向內介）嗄！吳定，吳定！

【么篇】你行兵臨陣存仁道,休得要洗勦屠抄,漫把那人如草。殺那些真盜,須檢點把生超。(下)

(夢神、虎、熊扶小生入座,拍桌一下,小生驚醒介)呀!好怕人也!原來是一場大夢。分明劍仙念我力單氣弱,難臨大敵,運借虎威熊力,此去必有好處。(作試力介)呀!果然氣力陡增,精神壯健。不免望空拜謝。(拜介,唱)

【煞尾】感這奇因緣何處討?虎熊般為軀竅。呀!天色已明。(向內介)店家,房錢在桌上,我去了。(內應介)我吳定呵,不敢望功成姓字標,但願氣吐卑田,把妖氛靖掃。(下)

蛇盤猿跳卑田武,虎猛熊威閫外雄。
虎背熊腰今日將,猿腮蛇足夢魂功。

第三十二齣　投　　軍

(末扮中軍上)紛紛殺氣罩連營,地爽天高鼓角聲。令下招軍無貴賤,從來蟻陣也能兵,我乃是保定營祁大老爺麾下中軍是也。只因羅賊犯順,屢戰不克,狂兵驍寇,圍困德州。我主帥奏聞聖上,奉旨四路招軍。故此本中軍遵奉將令,在東平州一帶設下行營,招軍募將,密送德州,助勦戰勦。此刻辰牌時分,想投軍的來也。

(投軍四人上)耕讀漁樵少出身,

(雜)槍刀弓弩日相親。

(雜)學成武藝投麾下,

(小生)要作驚天動地人。

(雜)我乃山東劉袞是也。

(雜)我乃江右章豫是也。

(雜)我乃河南趙周是也。

(小生)我乃黃州吳定是也。請了。我們俱是投軍的,來此已是轅門,就此各投花名手本者。

(末)你們是投軍的?

(衆)正是。

（末）站立一旁，待本中軍點名。聽點！

（衆）是！

（末）劉衮！

（雜）有！

（末）章豫！

（雜）有！

（末）趙周！

（雜）有！

（末）吳定！

（小生）有！

（末）你們將兵器準備伺候，本中軍繕造花名册，解送德州帳下聽用。

（衆）我等遵候。

（末）要為拜將封侯客，且作投軍效力人。（下）

（外率衆上）

【卜算子】籌畫為王家，豈料狂飆大。徵書星夜奏京華，有旨招軍馬。深謀化外驅狼虎，留意塵中募俊英。我祁君榮領兵討逆，屢月不克，奈賊勢猖獗，反把德州圍困。前已密奏官裏，降旨招軍。本帥已四路延攬，遍募雄才，各處必有解送到的來也。

（末、衆同上）今朝胯下橋邊士，他日凌煙閣上人。中軍進！

（雜）進來！

（進介）元帥在上，中軍叩頭。

（外）招募軍壯，共有多少名？

（末）有一百名先行解送帳下聽調。

（外）着他們依次而進。

（末）元帥着你們依次而進。

（衆）投軍人進。

（外）進來！

（末）聽點：劉衮！

（雜）有！

（末）章豫！

（雜）有！

（末）趙周！

（雜）有！

（末）吳定！

（小生）有！

（外）你們可把你們的武藝說上來。

（雜）元帥聽稟：小的劉袞能使大刀斬將，可誇偃月青龍。

（雜）小的章豫善開硬力鐵胎弓，箭似飛蝗還猛。

（雜）小的趙周鞭打賊人腦碎，流星疾快如風。

（小生）小的吳定練成飛劍矯如龍，欲保山河一統。

（外）吳定，你可把你飛劍的利害說上來。

（小生）元帥聽稟：（唱）

【尾犯序】奇術出仙家，採陰陽煉就金氣精華。去來伸縮，似電影霜花。無價，那怕他兵強將勇，怎擋我純鉤一下？（外）既如此，新來眾軍，帳前聽用。單差吳定，與你令箭一枝，就於今夜月明之下，悄探賊營虛實動靜，黎明回報。勿誤軍令。（小生）得令！將軍令，奉行惟謹，探取敢爭差？（下）

【尾聲】（外、眾）軍容整肅威風大，且探取敵人真假，指日功成把賊首拿。（下）

　　　　縛雞力藉千家飯，斬寇身憑一劍威。
　　　　今日轅門克壯士，天心已轉暗中機。

第三十三齣　賊　壽

（副上）

【生查子】兵將壯軍威，（丑上）主帥逢華誕。（生上）有淚只偷彈，（副、丑）且唱《聲聲慢》。

（副）將猛兵強勝虎狼，

（丑）主人福壽海天長。

（生）情知非伴權為伴，
　（副、丑）暫解征袍奉紫觴。請了！我們奉大王將令，圍困德州，奈老將祁君榮高壘深溝，一時攻打不下。今日乃大王降誕之辰，雖在行兵，不可虛度。
　（丑）前日兄弟巡營，擄掠了幾箇婦人，今日着他們出來，慢舞輕歌，與大王上壽，也博大王一笑，何如？
　（副）此事甚好。不知參軍以為然否？
　（生）悉聽二位將軍主裁。
　（副、丑）話猶未了，大王升帳。
　（淨上）
　【前腔】日月暗催人，事業乘時幹。未得坐丹宸，且作邊庭患。兵屯甲擁勢掀天，馬齒初週又一年。細柳懸弧明月掛，已忘筋骨老烽烟。
　（衆）小將打恭。
　（淨）兄弟攻城不克，前進維艱，衆將軍有何良策，共舉鴻猷？
　（副、丑）大王在上：德州城目今危如疊卵，老將祁君榮孤掌難鳴，已自糧盡兵疲，望風瓦解，毋煩大王深慮。今日乃大王千秋華誕，小將等備有壽卮，共祝南山，願增壽考。
　（淨）行軍用武，何勞置酒張筵！
　（副、丑）將勇兵强，不必深思遠慮。看酒來！（合唱）
　【畫眉序】酒進頌南山，加體黃袍天運遷。把功臣嘉宴，借識元年。看天邊紫氣青霞，槊橫歌月明星淡，草頭帝王千千歲，羣臣預上新銜。
　（副、丑、生、衆叩頭，淨大笑飲酒介）衆卿既以帝王新銜見惠，寡人也有回敬之言：願衆卿多福多壽多男子！
　（衆問介）請問吾主：多福多壽就好了，又要那多男子何用？
　（淨白）衆卿有所不知，你我君臣多福多壽固然好了，若沒有多男子，天下後世豈不是絕了賊種？
　（衆謝恩介）吾主今言，乃萬年千載之計，臣等愚不及此，謹此叩謝。

（淨白）寡人雖算不得天縱之才，這些時也有些福至心靈、久安長治的想頭了。（淨大笑介）

（丑白）啟奏吾主：臣昨日巡哨，擄掠得幾箇婦女，姿色可人，且善於歌調。欲使他們在壽筵前歌舞侑酒，聊代鈞天之樂，俯祈恩准。

（淨）久袵甲兵，不親聲色。若有妙物，深合朕意。

（丑）眾婦女走動！

（眾婦上）來了。千里烽烟遭劫火，百年苦樂任他人。大王在上，眾婦女們叩頭。

（淨）罷了，罷了！呀！你看，其中有幾箇倒也生得標緻，可好好唱上來，朕有重賞。

（丑）今日乃大王千秋華誕，須要唱些壽意的曲兒。

（眾婦白）曉得。（眾唱）

【北朝天子】壽山高據，盤列刀槍，壽筵壽，看、看曉月晨星爛。松齡自壽，促生靈壽年。壽天長，天瞑眩。壽花兒折殘，壽歌兒調翻，壽仙肯憐。人愁長壽短壽，命催風流汗。

（淨誇好，用大杯飲介）（唱）

【畫眉序】痛飲漸沉酣，為愛嬌姿似蕙蘭。把雄心按捺，且赴巫山。（副、丑）解征袍早上陽臺，漫信他未曾經慣。（向婦女介）這番承值須柔順，休辭浪險波翻。大王醉了，你們好生服侍大王歸帳者。

（眾婦應介）曉得。

【尾聲】捧觴特把紅牙按，好趁着月明花豔，那怕他鐵甲將軍夜渡關。（下）

　　　　　賊壽壽賊賊不老，天心賊逆逆天亡。
　　　　　淚隨歌落紅妝醉，枕藉將軍尸骨旁。

第三十四齣　合　　謀

（小生扮吳定上）

【醉花陰】奉令窺營行來悄，衽金革入龍潭虎島。（白）俺吳定

奉令密探賊營，須索走一遭也。俺不圖着爵顯官高，盡志力報皇朝。趁星光匍匐荒郊，劍彈丸要把那烽烟掃。（下）

（生上）

【畫眉序】賊衆已酕醄，夢擁殘花馬上嬌。我胡楚生誤陷賊營，强為參贊。思家難返，報國未能。痛無端遭陷虎穴狼巢，盼家鄉萬疊雲山，負君親千重懊惱。今日是賊首誕辰，衆人暢飲，被幾箇婦女們灌醉，臥倒營中。他為雨雲夢寐陽臺，我發長嘯星月林泉。（下）

（小生上，內吹角聲介）

【北喜遷鶯】只聽得聲聲畫角，只聽得聲聲畫角，悄無人把更鼓巡敲。蹺也麼蹺，莫不是設機謀故意藏奸狡？莫不是犒中山酒困牢？這些兒難猜難料，早只聽人語叨叨。呀！那壁廂有箇漢子，在那裏自言自語。不免閃在一旁，聽他說些什麼。（虛下）

（生上）

【畫眉序】提起更心焦，我是良民誤失脚。這欺君罪惡，大義難逃。（小生聽介）（生唱）料不能骨肉團圓，夢魂裏家鄉頻到。滿懷悲憤天公曉，望蒼蒼鑒我心苗。

（小生出劍介）看劍！

（生）休得動手！你是什麼人？仗劍夜行，莫非奸細麼？

（小生）你這漢子，我方纔聽你的言語，倒像不是本心作賊的，為何在我跟前喬張聲勢？

（生）且住。你既聽見我的言語，料難瞞你。我是湖廣胡楚生，貿易河南，被寨主劫掠，因他帳下無有識字之人，留我在營中書記。無奈苟且偷生，勉強從順的。

（小生）住了！我記得黃州界上有箇遺失銀子的胡楚生，可就是你？

（生）你怎麼知道？

（小生）難道你就不認得我了？

（生）月光之下，一時難辨形容。細聽語音，十分耳熟。（想介）呀！你莫非是那還金的吳義士麼？

（小生）不敢，正是區區。

（生）如此説來，是我大恩人了！但不知恩人怎生到此？

（小生唱）

【北刮地風】呀，若説起行藏，忒殺箇苦也勞，效當年吳市吹簫，一自在黃州界上還君寶，又向那賊穴麻城救阿嬌。（生）義士救的那孟窈娘就是我的甥女，我未出門時，已知詳細。後來便怎麼？（小生唱）為代償豪債遭冤拷，遇廉明雪冤情把縲絏超。今日裏學從戎把凶頑討，俺呵，奉將令探賊巢，從今後敘親情你是舅岳老。

（生）義士為何如此稱呼？

（小生）舅岳有所不知，甥婿只因替人償還苦債，被土豪誣陷作賊，遇着箇廉明官府，審雪真情，將你令甥女已配我為妻。你豈不是我的舅岳？（拜介）

（生）哦，原來有此情由！賢甥婿，你義氣過人，功成指日。吾之心事，你已盡知，但我身陷賊營，難逃國法，急思歸順，引進無人。你我今日無心遇合，天時人事，大有成功立業的機會。待我密授一計與你，或可銷兵滅寇。但不知可以將功贖罪否？

（小生）甥婿奉命探營，未知虛實，望舅岳指南。將功贖罪之事，甥婿定當力保。

（生）如此説來，全仗了！今日乃賊人壽日，闔營痛飲酣睡。此時擒拿斬首，惟恐一時倉促有變。此去西北，有一蕭山，乃賊人屯積糧草之所。你速回去，與元帥商議，明日暗用火具，前去燒糧，賊等必起兵前救。那時你軍齊舉，直搗賊營，推進火車，延燒賊寨，我在內裏暗中接應。一戰成功，大事可定矣。（唱）

【南滴溜子】蕭山下，蕭山下，積糧屯草。準備着，準備着，列炬延燒。賊人聞風救燎，天兵萬騎驍，把賊營直搗。一戰功成，狼烟滅掃。

（小生唱）

【北四門子】謝高親協力把中原保，協力把中原保。設奇謀教他賊首焦，準備着轟天振地焰芒硝。放幾箇連珠砲，弓箭槍刀，將士盡英豪。粉天王就拿來做粉條，肥豬火燒，綿羊用炒。呀，敘奇功順天朝鄉下老。天已將明,就此拜別。

【古水仙子】他他他自逞豪,怎怎怎怎知道有箇人兒在帳外瞧。他貪貪貪貪戰鬥滿床嬌,忘忘忘忘硬敵窩巢搗。看那蕭山積儲銷,似似似似螻蟻熱地額爛頭焦。管管管管取他楚國亡猿抱樹號,這這這火攻兵送彼上黃泉道,好好好好奏凱報皇朝。(分下)

天心已轉賊應銷,敵壘人緣會野宵。
舊義新親說不盡,搴旗斬寇訂來朝。

第三十五齣　滅　　寇

（雜扮二更夫,敲梆、鑼,唱山歌上）天上星昏月不明,可憐我們有槍無套守糧的兵,屋裏家主婆弗曉得搭啥人睏,偏我們手不停敲到五更。我們乃蕭山守糧的軍士是也。昨日大王生日,賞了我們許多的酒餚,今日還有餘剩,我們大家還要樂一樂。料想營中無事,今夜巡更,只好虛應故事罷了,何不就到裏面吃起來?(下)

（小生率四卒執火炬作燒糧草,繞一迴下）

（淨、副、丑、眾隨上）

【水底魚兒】自號天王,凡兵將怎當?眾兒郎勇猛,要奪大明邦。人強馬壯,火砲兼刀棒。將成大業,老將早該降。

（淨白）二位賢弟,我兵圍德州,將近一月,攻打不下,用何計破之?

（副）大王在上,祁君榮兵疲糧盡,今日我們分打四門,必得全勝。

（淨）賢弟言之有理。

（內火起,發喊介）

（雜扮報子上）不好了!屯燃眉上火,膽落渡頭冰。稟大王:蕭山火起,糧草都被官兵燒燬了!

（淨）有這等事?糧草被焚,焉得不救?眾兒郎!就此起兵前往蕭山救火者!

（眾）得令!（合唱）

【前腔】飛火為殃，焚薪又燬糧。起營傳令，速速去搶防。（下）

（外、小生、眾軍隨上）（合唱）

【前腔】小醜猖狂，天兵勢怎當？釜魚砧肉，齏粉醃豬羊。

（外白）本帥前夜着吳定探營，喜有楚民胡楚生降順投誠，同謀勦賊。先燒糧草，內外夾攻。眼看賊首就擒，大功可成矣。

（雜上）不施萬丈深潭計，怎得驪龍領下珠？啟元帥：蕭山賊營糧草，都被我兵燒燬盡了！

（外）再去打聽！叫眾將官就此多備火車，直搗賊營者！

（眾）得令！（推火車同行介）（合唱）

【錦纏道】焰飛狂，為皇家把軍兵振揚，矢石似飛蝗。伏奇兵，教他歧路亡羊。他只合綠林中宵行晝藏，為甚麼犯天朝把兵威鋪張？這都是非分想。血濺了征衣戰裳。眾將官，就此踹入賊營者！（殺入介）（生上介）楚民胡楚生叩見元帥。（外）你的心跡事情，吳定已經說明。功成之日，本帥自然表奏朝廷，另有陞賞。營中還有何人？（生）啟元帥，賊人俱去護糧救火，少不得還要回來抵敵。只須決一大戰，必斬賊首矣。（外）眾將官！就此殺到蕭山者！（眾）得令！空營對夕陽，奮勇前驅把狂飆撲亡，慶中原從此鞏金湯。（下）

（淨、副、丑、眾上）（唱）

【風入松】無端野火起非常，動人心鹿跳獐慌。三軍大命今無項，似當年燒屯博望。怎行軍糧空草光？人和馬飽刀槍。

（兩軍相遇，大殺三次，遇小生殺時，將背劍斬賊下。舉劍時，內場作火起。殺畢，眾軍持三首級上）

（小生）啟元帥：羅營三賊，俱被吳定斬首！

（外）記上功勞簿，眾軍俱有賞。就此班師。

【清江引】（同場）大元帥畢竟威風廣，得勝旗飄蕩。人唱凱歌回，鞭敲金鐙響。眾將軍慶太平官封爵賞。（同下）

　　　　初出卑田用火攻，朱楊齏粉霎時空。
　　　　試看爛額焦頭處，博望屯中又一功。

第三十六齣　降證

（末南斗道扮上，雜扮童子持鏡隨上。末白）善惡從來一鏡懸，寸心轉動可回天。前生後世分明照，地獄天堂在眼前。我乃南斗星君是也。職操生死，位列南天。因向日黃州吳明才偏性傲，怨地嗔天，在玉帝殿前題詞侮慢，上觸天聽，欲使永墮輪廻，受那百千惡劫。是本官念他係書癡口過，奏請恩免。上帝准奏，即着彼換體投胎，罰為乞丐，彼妾即為彼母，後生即是前生。豈料轉世之後，雖饑寒度日，性稟真誠。種種善端，難以枚舉。玉帝憐其改過自新，積功累行，諸業銷除，錫福旌賞。今已滅寇立功，官高爵顯。上帝恐他迷失性靈，再沉苦海，特着本官前去，將他前因後果指示點化他一番。這正是：存心為善，天地無權。丐子回頭，膏粱不及。須索走遭也。那吳定兒呵！（唱）

【傾杯玉芙蓉】今日把往果前因一筆勾，孽海能回首。只為他寫了荒詞，侮了高天，轉了胞胎，受了窮愁。三十年倚門臥巷擔饑餒，弄得箇柴骨蓬頭面似鳩。吃緊的存仁厚，秉初心到頭，轉天心百千魔劫變鴻庥。（下）

　　　　前身後世有誰知，指破纔驚造物奇。
　　　　吳定吳明真面目，天心轉處不差遲。

第三十七齣　豆圓

（老旦、小旦上，唱）

【步步嬌】朝聞簷鵲連聲噪，想是恩兒到。傳言功爵高，想他孝義通天，神明暗照。大娘子，你丈夫殺賊有功，不久就回來了。（小旦）謝天地！（合唱）喜氣上眉梢，也不枉當年相勸就長安道。（下）

（末扮包明正率衆役持冠帶二，分擔"教忠"、"化義"匾上，唱）

【前腔】身膺君命把賢良表，為表忠和孝，千秋義氣高。滅賊安邦,功勳不小。下官包明正是也。原任黃岡知縣,蒙上憲保舉,內轉郎官。今奉聖恩,除授山東道御史之職。只因羅賊作亂,屢征未克。有部將吳定、布衣胡楚生,同謀殺賊,參將祁君榮奏明天子,重加爵賞。那知那吳定,就是下官在黃岡時超豁的那還金救女的乞兒!下官上年曾將此事申詳督撫,督撫已經具題。下官又上一本,奏明吳定前事。皇上大喜,除授爵秩之外,又降旨意,賜區旌表,就命下官馳驛前來,開讀聖旨。來此已是黃州地面。叫左右,就此趲行前去!那惜路途遙!國家梁棟,怎敢相輕藐?(下)

(小生將巾扮吳定,衆隨上)

【窣地錦襠】北堂中饋盼幀鑣,萬戶千門帶笑瞧。從人退後。(衆下)

(小生)母親,有請。

(老旦、小旦上,老旦白)我兒,你回來了?聞你滅寇立功,甚是可喜!

(小生)母親請上,待孩兒拜見。(拜介,白)膝下久違,有缺奉侍。

(老旦)勤勞王事,遑問室家。我兒,將你滅寇立功的事,說與為娘的知道。

(小生)說來話長,再容細稟。(同下)

(生將巾扮胡楚生,衆隨上)

【前腔】已脫荊榛虎豹巢,又扳瓜葛內親叨。

(衆)胡老爺到了。

(生)嘎,賢甥婿!

(小生)舅岳大人請上,甥婿有一拜。

(生)老夫也有一拜。昔是還金客,

(小生)今為倚玉人。

(生)同舟欣共濟,

(小生)至戚不言恩。嘎,母親,有請。

(老旦、小旦同上)怎麼說?

(小生)舅岳在此,請見。

（老旦）請相見。

（生）親母請上，愚親有一拜。

（小生）舅岳在上，老母年邁，請同行常禮罷！

（小生向小旦）過來，見了你母舅。

（小旦）果然是我母舅！母舅請上，待甥女拜見。母閣心中念，夫家意外逢。

（生）荊山璞蘊玉，儀鳳更盤龍。賢甥婿，今日聖旨就到，我們須伺候者。

（末包明正，衆隨上）

【神仗兒】欽承君詔，登山渡水道路迢迢，遙望衡門已到。準備懸花綵，披宣鳳誥。可廝稱紫羅袍，可廝稱紫羅袍。聖旨已到，跪聽宣讀。詔曰：立忠行孝，勿論人品之高低；仗義建功，端在行為之誠恪。咨爾吳定，出世甘貧，持躬尚義。前據湖廣督撫合奏前來，言其勇可教忠，心堪化義。拾金不昧，救女遠嫌。代償賣子之逋，幾遭冤枉；負歸逆兒之母，儼若生身。似此孝義卑田，遠駕虛誣冠冕，朕心嘉焉。又據保定營參將祁君榮奏稱，吳定智勇超羣，挺身殺賊，特授為平寇義勇將軍，賜銀五百兩，綵緞五百足。特賜"教忠"、"化義"匾額，旌此前功，勵彼後效。妻孟氏守貞却盜，茹苦相夫，封為清白賢德夫人，以彰淑德。胡楚生名從賊穴，實報王家，身赦前愆，官加敘錄，欽授為兵部員外郎之職。母係異姓，不便同封，念其年當耄耋，特賜黃絹壽衣，以彰人瑞。欽哉！謝恩！

（衆）萬歲萬萬歲！

（生）請過聖旨，香案供奉。

（末）二位請了。

（小生）大人齎詔遠臨，多有勞頓。

（末）嘎！吳將軍，你可認得我麼？

（小生）呀！原來是包老大人！昔蒙救身于縲絏，今勞跋涉於長途。吳定恩戴二天，何以為報！

（末）昔為秉公，今係奉命，下官何勞之有？（唱）

【江兒水】柱石皇家寶，精誠姓字標。你能忠能義兼能孝，智

勇雙全能殲盜,污泥十丈蓮花俏。下官就此別過,又向長安古道。(合唱)他日相逢,訂約在天墀舞蹈。(下)

(外、雜扮二耆老、從人,擡"行轉天心"匾額上)

【玉交枝】鄉村野老,忝鄰家趨扳貴高。嗄,吳大官!(雜)該叫吳老爺纔是。(外)吳老爺!(小生)原來是列位伯伯。請了!(外、雜唱)看你門庭車馬喧闐鬧,帶烏紗身掛紅綃。我們呵,世居同井地非遙,也來敬獻把芹心效。我們鄉村野老,無別物為敬,只有這"行轉天心"四字,標了一箇匾額,是我們眾鄉鄰公議的。把因緣匾題敬標,四字中前情盡包。

(生)請問諸位高鄰,此四字因何而起?

(外)大人有所不知,我姓竇。

(雜)我姓彭。

(外)就是此地鄉民。三十年前,我們還在壯年,認得這吳老爺的父親,是箇學中朋友。因科名未遂,悲憤無伸,常懷怨恨之心。恨天怨地,滿腹牢騷。忽爾要作玉皇大帝,忽爾要作乞丐,後來生下這位老爺來。哎,可憐嗄!家無立錐,糧乏隔宿。雖生楚地,竟是齊人。我們在豆棚之下,往常談及此事,不勝感歎。都說看他如此景況,恰像是上天因他父親怨天恨地,故有此一番折罰的因果。那知他後來小小年紀,在那困苦流離中,作出多少奇奇怪怪、忠孝義勇的事來,以致今日官高爵顯,鄉黨增光。豈不是感格上蒼,幹父之蠱?所以,我等無物為敬,就大家公議,此"行轉天心"四字匾額,要他懸掛中堂,一則表白他平日之行為,二則勸鄉黨之後輩。喂,大人,你道是與不是?

(生)難得列位費心,極該懸掛的。

(老旦)列位,此話果然不差。若論天心感格,實係無虛。老身並非吳將軍之娘,乃何時賢之母。我的兒子原是箇二品的前程,只因他心毒性貪,謗言四起,無奈告了終養,回家以圖受用。後來靜極思動,又想出去作官。因老身不死,假報丁憂,以圖服滿起復。啊喲!熱熱鬧鬧竟上京作官去了,把老身撇下,鎖禁後園,滅踪斂跡。若不是管家婆照顧,幾乎餓死。那知仕途險窄,天道難容,剛進得京時，就被言官參劾，拿問削籍，解回家中。那時他要修省起來，想上天或者也還饒得他過。豈知惡心如舊，賣了園屋，將老身推入亂葬坑中。老身自揣必死，不料遇了這吳將軍，頓起憐憫之心，將我馱回奉養，如親母一般。我那惡子被天雷打死，報應昭彰。今日吳將軍功成名就，親顯名揚，豈非天意？列位，我那逆子現現成成一箇二品的官兒，只因心存惡逆，竟遭天報。吳將軍出世受貧，隨緣乞化，只因忠義根心，畢竟崢嶸頭角。可見天下的人不必講貴講賤，只要立心正大，自然龍天護佑，福祿綿長。就是兒女，也不必論親論疎，只要秉性真誠，那在那富貴貧賤。我當年在何門做太夫人，反受了多少苦惱，幾乎作了烏鴉黃犬的點心。今日在吳門，倒霑了這無限的榮耀，還得了箇好結果。可不是千秋萬古一段新聞佳話麼？（向眾介）列位，老身提起，還覺心痛！（唱）

【川撥棹】我心如攪，論恩男心太勞。可憐他陋巷簞瓢，可憐他陋巷簞瓢，奉衰年無分暮朝。一重提淚欲拋，一重提淚欲拋。什麼東西，一陣陣香氣襲人？

（小生）是豆花香。

（外）住了。想當初，在豆棚中談你父親的往因，今日又遇這豆花開放、豆莢初肥的時候，大家都來看你的福果。何不將豆兒摘些下來，煮熟一盤，讓我們老人家嘗一嘗豆中滋味，參一參豆裏因緣？

（小生）甚好！甚好！就煮上來。（合唱）

【馱環着】記昔年談道，記昔年談道，豆蕤香飄。三十年來世情顛倒，今又見豆花孃孃。總在根苗，心地即通天，善人善報。今日裏男叨榮耀表清白，女邀冠誥門庭鬧。頌聖朝，參透了豆裏因緣，豆花含笑。

（末南斗上，雜扮侍者持鏡隨上）克循天理天心轉，為甚人間人道迷？來此已是。裏面有人麼？

（雜）是什麼人？

（末）我乃南山道者。因你老爺受爵榮歸，特來賀喜。

（雜）住着。啟老爺：外面有一南山道者，來賀老爺榮歸的。

（小生）既是道者，必不是下品之人。請進來。

（雜）道長，老爺有請。（見介）
（小生）道長，素昧平生，何勞枉顧？
（末）遨遊雲水，四海知交，怎麼説"素昧平生"？
（小生）看這道長氣宇不凡，必解過去未來之事，可能為小將試一剖之？
（末）貧道一來與將軍證明一段因緣，二來取貧道的寶物。
（小生）不知小將有甚因緣可證？道長取何寶物？
（末）貧道有寶鏡在此。請將軍照一照，便知明白。要知後世皆前世，須識兒身即父身。仔細看來！
（小生照介，内扮吴明立鏡内介）鏡中是誰？
（末）是你。
（小生）我乃衣冠少年，怎變作青衫措大？
（末）那鏡中是你的前因，你今日是他的後果。
（小生）他端的是誰？
（末）他是你的父親。
（小生）我父親亡過多年，怎麼説鏡中就是？
（末）你不信問衆人。
（衆）待我們看來。好奇怪！果然一些不差！
（小生悲介）呀！我吳定今日方見我父親的真形也！
（末）不必癡迷，且把鏡兒收下。只因你父親當日題壁怨天，致干上帝之怒，令其轉胎生你，困苦流離，受諸苦惱。虧你衆善奉行，忠勇孝義，故爾轉動天心，始有今日之報。因緣證明，可將我的寶物還我。
（小生）什麼寶物？
（末）你母親在日，曾遇算命先生贈一大豆，内中還有多少兆驗，你可取出一看。
（小生）記得我母親在日，也曾言過曾遇算命先生贈一大豆。母親亡後，我又奔走四方，不曾看得。待我取來。（取豆看介）呀！豆内有一畫圖，不免展開一看。上面畫着一臥病書生，頭上陽神三道：一道是一乞丐，一道是一武將，一道是一官員。又有幾箇老人，在豆棚之下。這是怎麼解說？

（末）那臥病書生，是你父親。轉生乞丐，豈不是你當日的光景？這武將是你滅寇的情形，這官員是你今日榮歸的事跡。就是那幾箇野老，豈不是他們衆人？

（衆）連我們也在上面？這也奇了！

（小生）豈有此理？我乃平寇立功，錫爵受賞。那小小圖兒，如何作得準？

（末）你休誇大口，你若不遇那贈劍老嫗，焉有今日？昨日貧道遇見那贈劍老嫗，他道你因緣證滿，已將他雙丸收回去了。難道你還不知道麼？

（小生）呀！果然今早遍覓雙丸不見。如此看來，道長實是仙家無疑了。寶物請收。還求把小將將來之事，試一剖之。

（末）你要問你將來？你看那贈劍的老嫗又來了。

（小生）在那裏？

（末）嘎，吳定！已轉天心成後果，休迷本性昧前因。（下）

（小生）呀！怎麼一霎時就不見了？分明上仙點化，須是一同拜謝者。（合唱）

【尾聲】鏡中得把因緣照，父子們一人軀竅，轉天心一段新聞仔細瞧。（同下）

（寶、彭二老弔場）喂，老親家，我們不過在豆棚下說了一段扯淡的閒話，誰知今日竟搬演出許多忠孝義勇的事來！一日到晚，倒也醒眼熱鬧。此乃太平天子在上，萬方樂業，四海豐登，就是我們這窮鄉僻壤，談笑之間也不失於古道。不但我們野老在此歡騰鼓舞，想豆花有靈，也少不得要獻出些豐登氣象來。咦！你看月光之下，豆棚之中，或明或暗，或高或下，就像散彩的一般！敢是豆花獻瑞，應兆豐年？我們須要避一避，不要驚動他。讓那豆花大慶豐登者！（同下）

豆子花開不結瓜，善緣善慶善人家。
人心若使圓如豆，動轉天心理不差。

第三十八齣 豐　　登

（生扮豆花使者上）

【雙調夜行船】紫白青黃色樣別，舞金風花實垂結，枝蔓玲瓏，架棚清潔，忙煞那晚蜂寒蝶。（白）結實開花自有時，依籬依架幾枝枝。若能極力加培植，自有天工巧護持。吾神乃豆花使者是也。開花結實，經夏日以徂秋；盈蔓拖鬚，映晚霞而泡露。菽為總號，有豇、登、刀、豆之殊；豆種各分，別黑、綠、青、紅之色。一番雨過，花開不讓海棠；幾陣風吹，香度儼如蘭蕙。花連嫩莢，摘來鮮供烹庖；落葉枯萁，伐去用充炊爨。種種名色不同，粒粒皆資雨露。吾神職司開落，權掌生成。昨日豆棚下，幾箇野老鄉民談今說古，搬演出一段忠孝義勇的事來。言之有聲，視之有形，竟作成箇大大的排場。吾神聽聞之下，亦覺怡怡可喜。目今聖主當陽，萬方寧靖。連這些窮鄉僻壤之間，也不少言忠說義之人。娓娓精鑿，可為豆棚生色。吾神豈可不再加鼓舞，以現豐樂之象？眾弟子！遵吾法旨，各施振作，巧逞精神，共慶豐樂者。

（內應介）領法旨！

（眾執燈上）

【喬木查】見繁枝茂葉，村社畔點染柴門野。不數那杏冶桃穠把嬌媚奢。愛的是西風爽氣清，好趁着秋皎潔偏反橫斜。

【慶宣和】想當日煑豆燃萁，詩才七步捷。為着他弟兄薄劣，這是那子建曾將比枝葉。豆耶？人耶？人耶？

【落梅花】聞度曲，賞清絕。紅豆拋，齒艷雪。歎風流聲調易歇，怎似俺萁長莢實也？豐稔像萬民安業。

【風入松】一陣陣西風颯颯雨些些，斂藏了螟螣少侵囓。你看那離離枝上無枯癟，一顆顆似明珠排列。摘將來香廚治潔，不亞似那海錯烹炙。

【撥不斷】有幾箇窮鄉叟年耄耋，豆棚中翻弄生花舌。丐子回頭醜行遮，到如今天心轉動恩重疊。明朗朗感動了人天洞徹！

（生）衆弟子！大慶豐登者！（合唱）
（舞燈介）
【二犯江兒水】珠燈不夜，光燦燦珠燈不夜。華分天上月，擁冰輪皎皎，星斗欹斜。看光芒炯不滅，碧落少雲遮。豐登樂事奢，火樹銀花焰吐金蛇。盛明時歡四野萬方樂業，熙攘攘萬方樂業。孝慈忠節，願人人孝慈忠節，豆棚中轉天心閒描寫。
（大舞燈下）
　　　　　太平天子太平年，五穀豐登樂事全。
　　　　　野老村農皆向化，豆花香裏話因緣。

冬青樹

(傳奇)

清·蔣士銓

【作者簡介】蔣士銓(1725—1785),字心餘,一字苕生,號清容,晚號定甫,別署藏園居士、鉛山倦客、離垢居士。原籍浙江長興,其祖承榮在明末清初鼎革之際,流徙江西,遂為江西鉛山人。幼承母教,二十三歲中舉,三十三歲進士及第,官翰林院編修。八年後(1765年)乞假養母,僑寓南京。四十二歲時先後任紹興蕺山書院、杭州崇文書院、揚州安定書院山長,歷時九年。五十四歲時再度入京為官,任國史院纂修官。三年後因患風痹南歸,六十一歲時卒於南昌。他是清代中葉著名的詩人,與袁枚、趙翼並稱"三大家",著有《忠雅堂文集》十二卷,《忠雅堂詩集》二十六卷,《簪筆集》一卷,補遺二卷,《銅弦詞》二卷。他兼工南北曲,是乾隆時期享有盛名的戲曲家,作有雜劇、傳奇十六種。其傳世的劇作,以《紅雪樓九種曲》(又名《藏園九種曲》)最為知名。九種曲中,《一片石》、《四弦秋》、《第二碑》三種為雜劇,《空谷香》、《桂林霜》、《雪中人》、《香祖樓》、《臨川夢》、《冬青樹》六種為傳奇。時人李調元在《雨村曲話》卷下這樣評價道:"鉛山編修蔣心餘士銓曲,為近時第一。以腹有詩書,故隨手拈來,無不蘊藉,不似笠翁輩一味優伶俳語也。"稍後梁廷枏在《曲話》卷三評論《九種曲》為"吐屬清婉,自是詩人本色,不以矜才使氣為能,故近數十年作者,亦無以尚之"。蔣瑞藻《小說考證》續編卷三《冬青樹》條引《花朝生筆記》,謂其"事事實錄,語語沉痛,足與《桃花扇》抗手。先生殆不無故國之思,故託之詞曲,一抒其哀與怨"。

【劇情概要】《冬青樹》描寫文天祥、謝枋得以身殉國的壯烈事跡。據史料記載,元軍攻陷南宋京城臨安(今杭州市)後,僧人楊璉真珈發掘宋帝后陵寢,掠奪寶物,棄骸骨於荒野。義士唐珏(或作林景熙)收諸陵骸骨以葬,並植冬青樹以為標誌。明卜世臣嘗演此故事為《冬青記》傳奇。本劇《自序》云:"經曰:歲寒然後知松柏。若兩公者,即以為冬青之樹,誰曰不宜?"可見,作者是以經霜不凋的松柏冬青比擬文、謝二公的堅貞節操。劇寫南宋末年,元軍在左丞相伯顏統率下,長驅直入,徑逼臨安,宋王朝處於生死存亡的危急關頭,太皇太后謝道清下《哀痛詔》,號召各路起勤王之師。江西安撫使兼權兵部侍郎文天祥應詔盡捐家貲，入衛臨安。宋恭帝德祐二年正月，元軍進駐皋亭山，宋朝數位使節，被扣留元營。太后再以文天祥為右丞相兼樞密使元，天祥勸説元軍退兵，並面斥叛將呂文煥，義正辭嚴，尋亦被扣於元營。文天祥被押北上途中，與其隨從一行十二人於鎮江脱逃，抵達真州（今江蘇省儀征），欲與州守苗再成議振興之計。然苗再成得兩淮制置使李庭芝密書，懷疑文天祥已投降元兵，此來是賺城，因而拒之於真州城外。天祥無奈，歷經艱險，自通州（今江蘇省南通市）航海追隨不久即位於福州的端宗趙㬎，後趙昺在碙州（今廣東省碙州島）繼立，天祥奉命開府延平（今福建省南平市），進行抗元鬥爭。文天祥先是與南下元軍統帥張弘範會戰於空坑（今江西省興國縣），妻妾子女被擒；後轉戰於五坡岑（今廣東省海豐縣北），兵敗，終於被俘。天祥多次自殺未成，被送往元大都（今北京市），囚於兵馬司，嚴詞拒絕了元丞相博羅的勸降。囚居三年間，集杜詩以紀事，作《正氣歌》以明堅貞不屈之志。臨刑前，斷然拒絕了降臣留夢炎、趙孟頫送來的筵席，慷慨陳詞，從容就義於柴市。劇本還用了《賣卜》、《却聘》、《餓殍》三齣寫謝枋得堅決辭却程文海、留夢炎的薦舉，不事新朝，終於殉節的事跡。全劇慷慨激昂，氣勢凌雲，雖然反映了宋末亡國的歷史，但絕無衰頹蕭瑟之氣，讀之令人振奮。誠如梁廷枏所云：「忠魂烈魄，一入腕中，覺滿紙颯颯，尚餘生氣。」劇作人物衆多，情節曲折，然組織得井然有序、繁簡得宜。在處理歷史史實與藝術虛構的關係上亦把握得度，有時根據劇情的需要，直接取材於有關文天祥的傳記和《紀年錄》、《指南錄》等文獻；有時在枝節上進行細節的虛構，使得所呈現的人物和歷史更加真實，也更加豐滿。

【版本流傳】該劇存於《藏園九種曲》和《藏園十二種曲》中，而《藏園九種曲》現存的主要版本有：一、清乾隆四十六年（1781）紅雪樓刻本；二、清乾隆間經綸堂刻本；三、清乾隆間漁古堂刻本；四、清乾隆間煥乎堂刻本；五、清嘉慶間家刻本《蔣氏四種》等等。本書以紅雪樓刻本為底本，校之以漁古堂本和煥乎堂本。各本字詞不一致之處,擇善而從。

【演出情況】未見該劇演出的記載。民國年間,周信芳據此改編為京劇《文天祥》(又名《正氣歌》、《三盡忠》)。

(余　越)

第一齣　提　綱

【滿江紅】半壁江山,比五季朝廷尤小。誰擔荷,中興王業,偏安城堡。立馬吳山詩再詠,鏖兵赤壁風還嫋。廟堂中覆局忍尋看,棋輸了。　　垂簾後,修降表。登庸王,諸孤藐。碎金甌守無參政,戰無招討。謀國夫多難定亂,擎天柱弱終推倒。殉金湯文謝兩孤城,江西老。

謝太后晚年祝髮,趙王孫新國稱臣。
文丞相燕臺殉節,謝招討古寺招魂。

第二齣　勤　王

【正宮引子·破齊陣】(生冠帶上)半壁江山世界,一生忠孝情懷。天地難知,科名有愧,竊喜高堂健在。誰挽風雲銷戰壘,自把笙歌勸壽杯。咳!乾坤無限哀。

【集唐】管葛本時須,經綸中興業。有志乘鯨鼇,南紀阻歸楫。下官文天祥,本名宋瑞,江西廬陵人也。甫冠一載,忝中寶祐四年進士,遂叨廷對第一,例授京職。浮歷中外,今官江西安撫使,兼權兵部侍郎,不覺行年四十矣。無奈兵鋒未靖,竊位不安,所幸老母康寧,地方寧輯。院子!

(雜)有。

(生)酒席已備,請太夫人上堂。

(雜)太夫人有情。(二婢扶老旦上)

【引子·新荷葉】祿養鄉關慰老懷,封大國萊衣呈彩。(旦夫人上)花前調膳賦《南陔》,官衙畫永春如海。

(生)母親萬福。

(老旦)我兒,祖姑喪服初周,你仰承朝命,再撫鄉邦。不知日來北兵消息如何?使我十分緊念。

(生)母親且自寬懷,孩兒特具卮酒,為母親介壽。

（老旦）生受你。

（生）院子，喚家樂承直。

（雜）是，家伶們走動。（四女伶上）女伶們叩頭。（生、旦合奉酒介。雜）請上酒。

【過曲·玉芙蓉】笙簧綺席開，杖履家祥靄。正顔和觸舉，日永蘭陔。聽歌聲響遏停雲待，舞袖花移戲鶴來。（生）夫人，我愁無奈，聽貔貅漸來，怕微軀倉皇赴敵漫安排。（內傳鼓介。雜）啟爺詔到。

（老旦）撤去筵席，我兒出去。乾坤板蕩方多事，骨肉團圞且及時。（引旦、婢、伶人下。末捧詔上）聖旨下，跪聽宣讀。詔曰：先帝傾崩，嗣君沖幼，吾年衰耋，勉御簾帷。曾日月之幾何，凜冰淵之是懼。憤茲勁旅，闚我長江。乘隙抵巇，誘逆犯順。慨國步之艱危，皆吾德之衰薄。天心仁愛，示以星文而不悟；地道變盈，警以水患而不思。田裏愁歎之聲，莫知省憂；介冑饑寒之色，莫知撫慰。嗚呼！三百餘年之德澤，入人也深；百千萬姓之生靈，祈天之佑。亟下哀痛之詔，庶回危急之機。尚賴文武之臣，食君之祿，不避其難；忠義之士，敵王所愾，以獻其功。體上天垂佑之意，起諸路勤王之師。勉策勳名，不吝爵賞。詔諭所到，想宜知悉。

（生痛哭介）萬歲萬萬歲！天使少待。

（末）朝命緊急，就此告辭。（下）

（生）啊呀！不料國事竟至於此！我文天祥官樹牙旗，志存馬革，敢不戮力勤王提兵破敵也！吩付中軍起鼓，令五營四哨人馬，齊集轅門聽令。一面吩付主管，將我所有家財，以一半賞現在軍卒，以一半招募新兵，不得有違。大小三軍，就此起馬，星夜馳赴臨安者。

（衆）得令。（合）

【朱奴剔銀燈】看韓范初登將臺，把朝寧威靈擁戴。旌旗所指蟲沙駭，撼山嶽嫖姚營寨。王師在，是從天降來，笑談間把豐功偉績共摩崖。（下）

第三齣　畫　壁

　　(老旦尼裝上)一袈裟地水雲鄉,盡日攤經掃石床。俯吸湖光飲山綠,定中聞得木樨香。貧尼天聖寺住持是也。聞說今日趙王孫同管夫人到小庵隨喜,須索烹茶伺候。(下。小生王孫裝乘馬,小旦淡妝御車,奴婢隨上。)

　　【南呂引子·于飛樂】(合)御香車,乘寶馬,正紅杏枝頭春鬧。算節候清明將到。趁衣香,尋鬢影,東風猶峭。看天涯芳草,護蘋洲裙腰暗繞。

　　(小生)花信風和暖乍融,尋春天氣漫匆匆。

　　(小旦)青旛暗引王孫騎,笑向郊原踏軟紅。

　　(小生)俺乃秀安僖王六世孫趙孟頫是也。夫人,你看韶華爛漫,仕女嬉遊,風日暄和,江山清美,和你往天聖寺踏青一回,不知有此興致否?

　　(小旦)妾身正有此意,就此同行。

　　(小旦)院子,引車馬向天聖寺去。

　　(末應行介。合)

　　【梁州新郎】魚扉半啟,花幡斜颭,中有光明龍象。晨鐘纔定,栴檀細嫋晴光。(老旦)迎接王孫爺。(小生)免勞了。(上香同拜介)頂禮菩提金界,正覺因緣,稽首人天相。優曇展開處,妙蓮香,願早賜蘭閨夢吉祥。楊枝畔,鸚哥唱,報麒麟明日從天降。慈雲覆,壽無量。

　　(老旦)請夫人隨喜一回。

　　(小旦)相公,你看長廊雪壁,正宜露葉風枝,何不各染霜毫,共留墨戲,也是一番勝遊佳話。

　　(小生)夫人興會甚佳,侍兒取筆墨來。

　　(小旦)相公先請。

　　(小生)還是夫人先請。

　　(小旦)如此,有僭了。(小旦畫介)

（小生）妙呀！

【前腔】根蟠雲護，叢開煙讓，腕力千鈞難量。（背手徐行玩賞介）思移枕簟，欄陰來就新涼。（小旦）相公請畫上壁。（小生）正恐佛頭着穢奈何？（小旦）好說。（小生畫介。小旦）妙呀！只見半江楚雨，幾岫巫雲，寒引瀟湘漲。雁聲天外轉，黯斜陽，有碧杜紅蘭取次芳。愁孤客，推蓬望，記少年聽雨青樓上。僧樓夢，共惆悵。相公，好一幅瀟湘聽雨圖也。

（雜上）小人在城中打聽得元兵將到杭州，有江西文天祥領兵勤王，我們湖州只相隔百里，如何是好？

（小生）此乃天數，自有當局者任之，夫人不必介意。

【節節高】中原逐鹿場，遞興亡，籌邊樓上誰凝望？長城將，異姓王，憂時相。歎楸枰黑白無人講，五陵佳氣看猶旺。慚無弧矢射天狼，做虛堂燕雀還隨唱。院子，預備車馬回府去罷。

（老旦）貧尼送夫人。

（小旦）罷了。

【尾聲】墨花留，琳宮敞，怕彩鳳文鸞不久長，莫問他白草黃沙古戰場。（同下）

第四齣　留　營

（小生將巾武裝上）國步艱難愧請纓，勤王空自擁殘兵。枯棋一局誰料理？只恐東南半壁傾。俺天臺杜滸，號梅壑，恥作庸人，欲救王室。去臘糾合四千人，新年十三日，見制撫文公於西湖之上，今已七日。北兵駐皋亭山下，城中官弁紛紛自往納降，眼見大事已去。此時諸執政皆聚吳丞相府中議事，不知計從何出，且去探聽一回，再作區處。（下。內監策馬領小監上）受諫無今日，臨危憶古人。咱家奉宮中懿旨，特拜文天祥為丞相兼樞密使，都督諸路軍馬。孩子們，快走！正是：大廈將傾憑一木，橫流爭逝賴孤峰。（下）

（老旦上）誰能赤手捕長蛇？

（小生上）目斷乾坤作兩家。
（中淨）袖手揪枰爭一劫，
（丑上）六飛從此去天涯。
（老旦）下官吳堅。
（小生）下官家鉉翁。
（中淨）俺賈餘慶。
（丑）俺劉岊。
（老旦）我等同為祈請使，不料被唆都留在兵營，不放還朝，如何是好？
（丑）北兵已劫詔書，佈告天下州郡，各使歸附，又挾皇帝拜表獻土，天命已定，我等只好順天行事罷。
（老旦、小生）說那裏話？事果不諧，惟有一死報國而已！（內呵導介）
（老旦）唆都又來了，我們且自回避。（同下）
（中淨引隊上）虎穴取龍雛，立功如反掌。應拜黑頭公，圖像麟臺上。俺北朝大元帥唆都忙冗是也。統領大兵，駐扎皋亭山下。聞今日南朝遣文丞相來說話，左右小心伺候。
（生引仗上）持危仗忠信，却敵借言詞。通報。
（雜）丞相到。
（中淨上）下官不知丞相駕臨，有失遠迎，恕罪，恕罪！
（生）唆都請了。（揖坐介）
（中淨）久聞丞相文章冠世，忠孝傳家，今來勾當大事，得瞻風采，幸甚，幸甚！
（生）唆都，我朝與北國分掌人民，誼同兄弟。歲幣無虛，聘問不絕。何以虔劉我邊陲，荼毒我黎庶，使我九廟震驚，三宮駭異。請問來意：還是希圖爭奪江山，還是志在金帛子女？幸為明告。
（中淨）說那裏話來！南朝禮儀雖優，君臣不振。吾主此來，實欲代為整頓乾綱，挽回天步，並無取天下之心，丞相勿為過慮。
（生）既然如此，唆都當退兵平江，靜待區處，以成兩國舊好；不然，禍結兵連，恐非兩利。我乃天朝堂堂狀元宰相，只欠一死，刀鋸鼎鑊,豈足懼哉!

(中淨)左右,丞相說話,真真是個男子心!

(中淨)敢問丞相,度宗共有幾子?

(生)三子。

(中淨)皇帝第幾?

(生)是中子。

(中淨)兄弟封王否?現在何處?

(生)一吉王,一信王,大臣護之去矣。

(中淨驚介)何處去了?

(生)非閩即廣,大宋一統天下,盡有世界。

(中淨)既是一家,何必遠去?

(生)宗廟、社稷所關,豈是細事?北朝待皇帝好,則二王為人臣,若有差池,就別有皇帝出來了!

(中淨)這還了得!

(淨上)自家呂文煥。聞文丞相在此,特來一會。嘎!丞相久違了。

(生)唉!呂文煥,你尚有何顏見我?

(淨)素與丞相無怨,如何背地罵我為亂賊?

(生)國家不幸至今日,襄陽鎖鑰之地,一旦委棄,汝為罪魁,非亂賊而何?

(淨)俺守土六年,救援俱絕,不得已聊以自存,何亂賊之有!

(生)嗄呀!呂文煥,你受封疆大任,力窮援絕,一死報國可也。乃愛身命、惜妻兒,上負君德,下墜家聲,罵名萬代,不值一錢,今日尚敢巧辯麼?

(中淨)阿喲喲!男子心,男子心!呂先生你且回避了。

(淨)阿喲!愧怍青樓女,難為白眼人。(下)

(中淨)丞相,你是大有聰明之人,畢竟投降了為是。

【小桃紅】(生)我孤忠自矢節如山,到此徒悲歎也,愧不能桃花馬上斬樓蘭。操白刃,柱登壇,今日裏落樊龍困羈閑,一任你用刑誅,把我身糜爛也,誰承望苟活生還。我好恨也!恨不得飲黃龍,持天彗掃呼韓。

(中淨)真正的男子心!左右,好好將丞相交與信世昌,叫他伴送到留遠亭中酒飯。待俺向伯顏說明,便送往北方去。

(雜)理會得。(分下)

(末冠帶上)宗廟有靈賢相出,黔黎無害宋皇明。俺信世昌,字雲父,東平府人,魏公子無忌之後,今為北國太常丞。唆都令俺伴送文丞相往留遠亭筵宴,須索前去。(下)

(淨、中淨、丑同上)初斟馬湩酒,飽食大官羊。薇蕨憑他采,難言葬首陽。

(淨)俺呂文煥。

(中淨)俺賈餘慶。

(丑)俺劉岊。今日北朝宴我輩於留遠亭上,且圖灑落一回。

(末同生上)草木有知春變色,江山滿目淚沾衣。

(衆)文丞相來了,敢問可是降順了麼?

(生)你這一班賊臣,喪心辱國,蒙面偷生。我文天祥豈是草間求活之徒?何必繞舌!

(雜引二妓上)我們是伯顏丞相送歌姬來承直筵宴的。

(丑)妙極!妙極!留下,留下,我們席地而飲罷。(抱妓作醉態介)

(末)丞相請坐。

(生)咳!雲父,你難道不知我的性兒麼?

【下山虎】我雖是性肬聲伎,酒渴燈殘,虎尾春冰地,豪華盡刪。拚得個齧雪餐氈,漆身吞炭。却不道蘇武曾經十九番,待覓傳書雁,耻偷生大澤間。一劍留身畔,捐軀等閒,何必要生戴吾頭入玉關?(自刎介)

(末奪劍介)快扶丞相安息去。(同下)

(丑)獃子!捨却現前受用,要圖身後虛名。我醉了,兩位美人,扶我睡去罷!(下)

(淨)咳!國家將亡,生出此等人物,罷了,罷了!(同中淨下)

第五齣　寫　像

　　（末上）青雲貴戚玉麟兒，曾逐鑾車入禁闈。三尺焦桐千古意，黃金誰與鑄鐘期？自家汪大有，字元量，別號水雲，江西浮梁人也。曾中咸淳進士，因見天下多敵，乃棄職隱居，甘作布衣之士。平生性愛絲桐，遂以鼓琴出入宮闈，叨居師席。今日奉謝太后懿旨，命我覓一畫士，偕其族子謝皖同入禁中。道言未了，二君早到。

　　（小生冠帶上）戚裏恩深天最近，
　　（中淨畫士上）漢宮春曉畫來新。
　　（小生）汪先生，敢煩引進。
　　（末）當得奉陪，這裏來。（同下）

　　【南呂引子・上林春】（二宮娥引旦上）位正慈寧極尊養，端的是人間天上。好從風日佳時，教寫祎揄小像。北極垂慈訓，中宮正母儀。寢門馨膳日，金闕問安時。老身度宗皇后謝氏是也。賢稱脫珥，聖許垂簾。雖然海宇未寧，却喜宮庭多暇。今日命琴師汪大有，傳旨與我姪兒謝皖，覓一畫士入來，與我寫一小照。王清惠，你同翹翹到宮門上去看看，若他們已到，引來進見。

　　（小旦、貼）領旨。啟太后千歲，汪先生等已到。
　　（旦）宣進來。
　　（末）太后在上，汪大有等朝見，願娘娘千歲！
　　（小旦）平身。
　　（末）千千歲！
　　（旦）姪兒，這畫士是何處人？
　　（小旦）他是福建人。
　　（旦）翹翹，取几席來，爾等俱坐了。
　　（末等叩首介）謝坐了。

　　【過曲・繡帶兒】（丑坐理筆硯拂箋介）瞻仰後凝神注想，回眸未敢端詳。玉天仙似降瑤池，鳳鸞姿合配龍章。黃裳，坤儀母範端嚴相，靜好似天家隨唱。落伽山慈雲上方，這纔是主長秋的姬姜天人形狀。(跪獻介)御容寫完,恭呈御覽。

(旦)妙呀!

【前腔】〔換頭〕相向,似鏡裏平生模樣,朱顏漸換星霜。大都因憂國心勞,漫支持定亂身強。畫士。(丑)臣在。(旦)參詳,靈臺須借丹青狀,願你畫裒鄂麒麟閣上。(末、小生合)加一個圓明佛光,便流傳做南海的觀音供養。

(旦)宮人取黃金二錠,賞他去罷。

(丑叩介)謝太后娘娘恩賞。

(末引丑下。旦)侄兒,

【三學士】你看這鳳衰祎衣眉目朗,當時佐理垂裳。只怕龐眉鶴髮難安享,孤負這袍袴宮人掃御床。却不道儉下無終徒廣顙,念家國惟自傷。

(小旦)太后娘娘何出此言?

【前腔】雖則是戎馬中原多擾攘,金甌豈便虧傷。全仗你昇平九御三宮掌,合進這福壽千秋萬歲觴。(旦)但願如此。侄兒你且出去。(小生)是。(旦)無限心中憂苦事,一番清話又成空。(下)(小生)咳!為甚麼話到其間多悒怏?早難道離宮內蔓草荒。(下)

第六齣　急　遁

(中淨上)燕雀處堂身尚在,豺狼當道國將亡。我陳宜中賦命不辰,却做了個亂世庸臣。不料太祖一二花團錦簇天下,第一次被秦檜斷送,第二次被賈似道斷送。想我老陳在開慶年間,也是太學六君子中錚錚有名之士。不幸命中該做宰相,晚節貽羞。罷了,罷了!君子見機而作,這殘破局面我委實的弄不來,不如急早抽身,逃往永嘉,坐觀成敗,多少是好!正是:只好昇平享富貴,那能變亂任艱難。(除紗帽急走下。淨、末、丑引小旦、貼扮王子,老旦、旦扮二妃同舟上)

【仙呂過曲·甘州歌】龍舟鳳檝,掛蒲帆三丈,似掣金蛇。金甌已缺,心傷陸海沉車。(淨)我蘇劉義。(末)我楊亮節。(丑)我張全。(淨)朝廷大事已去,我們奉了楊、俞二貴妃,扈送二王逃出京師。二公,我們如今自漁浦渡江,方纔安穩。(末、丑)是極!吩付水手可向漁浦渡江去。(眾應介。合)別開生面避羅罝,另立朝綱營殿闕。(小生駕飛舟上)龍舟慢行。(淨)呀!楊駙馬來了。牙檣並,錦纜接,寒波高捲日將斜。臣駙馬都尉楊鎮迎駕,願二王千歲!(小旦)卿大勞苦矣。(小生)千歲。(合)同延佇,長欷嗟,蒼茫回首夢非耶!(同下)

第七齣　納　　款

(丑冠帶上)寧為太平犬,莫作亂離人。忠臣不怕死,怕死不忠臣。下官湖州太守塞材望,四川人也,起家黃甲,性愛青蚨。聞得北兵將到,不免打起精神來,做一個正人君子。有理,有理!左右取牌子一根來。(書介)大宋忠臣塞材望。來來來,再取我那送終本錢來。

(雜取銀上)老爺,因何把兩個元寶鑿上兩個孔竅?

(丑)取一條綾子來穿在裏面。(書介)有人收我屍首者,以此銀送為埋葬之費。

(雜)老爺難道真個要做忠臣麼?

(丑)狗才,元兵一到,我就投水而死!

(雜上)報,報,報!元兵已打破南門,進到駱駝橋下了。

(丑)阿呀呀,這却怎麼了!

(雜)聞得夏貴不聽統制王順之言,掣去沙武口、沌口二處守兵,又不准他用沙石沉舟防禦,所以來得恁快!

(丑)如今沒法了,只好拿了官銜手本,迎接去罷!

(雜)爺才說,要投水做忠臣,怎變了卦?

(丑)狗才,不過說說罷了,投在水裏,可不灌殺了!況且六君子中,黃鏞、曾唯都降了,陳宜中做宰相也逃了,靠我這個不通進士,擺個甚的架子?快去跪道伺候,若得一官半職,豈不依舊興頭起來?

【正宮過曲·四邊靜】官場花面便宜最,趨吉凶當避。笑罵任他人,吾身且榮貴。(淨元帥引兵上)(丑)湖州知府蹇材望迎接元帥。(淨)你早不獻城,此刻纔來,左右拿下砍了!(丑哭抱頸介)有個下情,只因缺了手本,方纔尋着一個,繕寫端正,所以遲了。望爺爺饒命!(淨)這也罷了,你是個知府,如今降你一個知州去罷!(下)(丑連叩介)多謝,多謝。阿呀,這入娘賊好凶!不是老蹇長於應對,幾乎把這個吃飯傢伙出脫了!道旁一跪,碼頭雙淚。遺體不曾傷,忠孝兩無愧。(笑下)

第八齣　辭　宮

(小旦、貼上)卸却雲翹改舊妝,琵琶馬上好淒涼。忍將粉黛歸新主,宰相由來鐵石腸。

(小旦)我昭儀王清惠。

(貼)我宮女翹翹。

(小旦)今日謝太后已將降表遞去北營,少頃即來搜括六宮子女玉帛而去。天那!長門永巷之苦,已過半生;黃沙白草之災,又逢今世。此時求為一田家之婦,不可得矣!(同哭介)你看全、謝兩太后,哭出來也!

【中呂過曲·粉孩兒】(老旦、旦便服同上)哀哀的叫皇天呼后土,把龍樓鳳閣,恁般離去。(哭介)謝道清呀!僉名降表輪到吾,送江山是趙氏孀孤。一班將大纛高牙,一班相高爵厚祿。

(丑武裝上)大元丞相有令,命我等預備車輦,立刻護送各位娘娘並宮人們到燕京去,請娘娘們登車。

(老旦哭介)天那!怎生是了也!(合)

【紅芍藥】催迫的,只在須臾;逼柊的,恁般狠毒。不過是柴車輪歷碌,那裏有鳳輦鸞輿。何日文姬能自贖?還怕要欺凌戲侮。說甚麼富貴神仙,現放着鰥寡孤獨。

(丑)快些上車趲路,不要誤了工夫。

【耍孩兒】告娘娘不用心悲苦,俺這裏昭陽院,點着蟠龍花燭。

伊行，伴君王一樣為夫婦，何須要偷買《長門賦》。新王后，應當做。

（老旦、旦）哎呀，聽他這等言語，不好了呀！

【會河陽】料玉潔冰清，難全故吾。上山寧復採蘼蕪？羅敷陌上桑間，且難回顧。況我是當今國母，中年怎做得他人婦，衰軀怎葬得燕支土？（小生上）

【縷縷金】聞奇變，急奔趨。（入介）太后為何悲楚？（旦）侄兒來得正好，我此番北去，不能瓦全。只有像一幀，付你收藏，倘趙氏有中興之日，你可獻上。（付像介）今後呵，寒食清明後，掛堂隅，麥飯梨花祭，哭聲姑母。料魂歸紫塞佩環俱，雙眉會顰蹙，雙眉會顰蹙。

（丑）不用勞叨了，走罷！（老旦等同上車介。小生持像隨哭介）

【尾聲】風沙滿鬢龍堆土，不及明妃出塞圖。好教他早築就一座青塚相鄰兩后居。

第九齣　賣　卜

（末蒼鬢白氈帽紫花布袍，持招牌上書"疊山演《易》"字徐行上）

【仙呂入雙調·步步嬌】一戰孤城傷殘破，單剩餘生我，飄零歎奈何。演《易》更番，天機參錯。窮旅影婆娑，問中興景運誰人佐？俺謝枋得，表字君直。自弋陽失守，官兵潰散，妻子流離，不知下落，只留下了然一身，走到建陽，在此橋亭之上賣卜度日，兼打聽中原消息。仔細想來，平生坎坷，好不痛心也！

【忒忒令】念劉賁陳書乙科，忤時宰閹人蒙禍。董槐威力，奈剛強難奪。誰念我歷艱辛，遭磨折，歎沉淪，到兵曹架閣。後來在江東漕司發策考試諸生，又觸怒賈似道，將我落秩，安置興國軍。因榜所居之門曰疊山，從學甚眾。後來賈似道屢以京職餌我，皆力辭之不赴。及提刑江東，遂貽害疆場，有乖職守。昨聞京師消息，一發不妙。天那！怎得個確信方好。

【沈醉東風】念危邦無人枕戈，中原事憑誰擔荷？把髀肉自摩挚,歎英雄流落,痛人力與天心相左。虞淵日昳,邯鄲夢過,問蒼穹不語,這興亡奈何。

（小生上）阮籍悲難解,唐衢淚不乾。巍科久無分,吾道信艱難。俺延平謝翱,表字皋羽。昨自弋陽歸閩,來此橋亭地方,你看有一卜者在彼,不免託他占我行藏,能遂大志否？先生請了。

（末）請了。敢問高姓大名？

（小生）卑人延平謝翱,先生何處人？

（末）在下江西弋陽人。

（小生）卑人方自弋陽來。

（末）噯！先生在弋陽,有何聞見？請教,請教。

（小生）謝君直守城失利,逃竄無蹤。太守將他妻子捕送建康獄中。聞他夫人李氏,甚有顏色,那廉帥遂欲妻之,自縊而死。夫忠婦節,却是可敬。

（末）呀！我那妻呀！（倒地介）

（小生）原來就是疊山先生,咳,失言了！（扶末介）先生醒。（末漸活低唱介）

【江兒水】昨賦《無家別》,今為《錦瑟》歌。夢中炊臼徵原惡。妻呀！你守志堅貞芳名播,我懷忠潦倒浮生過。讓冀缺梁鴻安妥,念夏日冬宵,同穴何時依我？

（小生）先生且免愁煩。

（末）人生如夢,況值斯時,倒也省了多少牽纏。先生要占何卦？

（小生）待小生簽來,先生判斷。（撲著介）

（末）師之遯,呀！先生亦有心人也。莫非要起義兵麼？

（小生）然也。

（末）且勿孟浪。將來有一大人勤王,你可提一旅相助,所謂《師》貞丈人吉也。然單竟無功哪！不事王侯,高尚其志,這就是你終身結局也。

（小生）咳！

【川撥棹】天生我,在人間做什麼？待從軍按劍提戈,待從軍按劍提戈,砥狂瀾中流浩歌。(末)數難期奈若何,志難全奈若何!

(小生)先生此硯甚古。向在江西,見文山先生一硯,名曰玉帶生,可以相匹。

(末)咳!他不能詠歌太平,我不能草檄殺賊,皆硯之不幸也,要他何用?先生如愛之,即以相贈。

(小生收謝介)多謝!(合)

【尾聲】唐生詹尹啼痕墜,蒿目時艱隱恨多。怎能彀露布飛馳奏凱歌。(分下)

第十齣　發　　陵

(中淨上)生人身首不能全,死鬼屍骸豈必堅?

(丑上)難怪漢皇教薄葬,免他寶氣照山川。

(中淨)小僧天衣寺住持西山是也。

(丑)小僧剡中頭陀允澤是也。只因我佛有靈,致使番僧得氣。自元朝一統中外,總制楊璉真伽甚有威勢,我等便將此紹興皇陵六座,獻於楊師。他領兵匠數百人,發掘已經七日。今早傳我二人,想是賞些金寶酬勞的意思。正是:地下黃金終出現,人間黑眼最分明。(下)(淨番僧裝,披髮大鼻錦袈裟,領兵負鍬鉏同上。)

【中呂過曲‧泣顏回】(合)東郭好晴天,芳草如茵平展。巍峨馬鬣,松楸不數祈連。俺楊璉真伽,奉旨發掘宋陵,連日完事。(中淨、丑上跪介)西山、允澤迎接楊爺。(淨)當陽運去,笑清明麥飯無人薦。填海水精衛空勞,泣空山望帝鳴冤。

(老旦內監上)你把先朝皇陵這樣作賤,天理何在?

(淨)咦!狗弟子,你是何人?

(老旦)咱乃守陵太監羅銑。

(淨)左右,將這廝重打一百。(重打介)鎖去監禁,候旨定奪。(眾押下。淨)西山、允澤,你且說這些陵墓是誰的?

(中淨)楊爺聽稟:這是寧宗、楊后、理宗、度宗四陵。

(淨)什麼光氣?

（衆）是理宗陵內放出來的。
（丑）此寶氣也。
（淨）妙呀！

【石榴花】金銀氣洩，光射寶城巓，笑枯骸怎得安眠？（雜）這理宗陵內，骷髏竟有斗大，內有伏虎枕、穿雲琴二件。（淨）顱骨帶去，鑲爲飮器供佛，其餘仔細收藏着。（中淨）這是孟后、徽宗、鄭后、高宗、吳后、孝宗、謝后、光宗、度宗九陵。玉魚金碗取牽連，寶匣珠襦莫瓦全。

（雜）孟后僅存頭髮一握長六尺，色紺碧光潤可鑒，上插短金釵一枝。高宗體骨化盡，止有錫器數件，端硯一方。寧宗剩頂骨一片，玉瓶鑪一副。徽陵得烏玉筆箱、銅凉繡管二件。高陵得真珠馬鞍。光陵得百齒梳、香骨案。楊后陵得綠玉磬。度陵得五色絲盤、黃瓊扇柄。（淨）一一收過了。（丑）這理宗骸骨，甚是長大。（脚踢介）大約是長狄僑如轉世。（跌地滾叫介）痛煞我也！（淨）西山看來。（中淨）呀！十個脚指好似剪下來的。（淨）你快背他去安歇罷。（中淨）是。（雜、丑下）（雜）發掘已完，請楊爺回府。（淨）妙啊！合計杭城內外，共掘君臣墳墓一百一所。只有林和靖那廟，塚內僅存白玉簪一枚，業竟是個窮鬼。山陵龍氣今已遷，渾不用黃金堰。待我奏過主上，將這些骨殖，雜以牛馬枯骸，搗爛和泥，建造六和浮屠一十三丈，鎮壓臨安王氣。咳！趙官家，你待占吉地，樹崇碑，萬千年，怎知魂魄化雲煙。（同下）

第十一齣　收　骨

【黃鐘過曲·絳都春序】（小生巾服上）天乎太忍，這山陵慘毒，丁何厄運？奇變稀聞，宋室諸皇何德損？摸金校尉同開壟，把列聖精靈驚遁。小生山陰唐珏，表字玉潛，年方三十有二，四壁蕭條，授徒養母。昨日變起山陵，有賊髡楊連真伽，將列聖墳墓，蕩爲丘墟，至斷殘支體而去。小生不勝憤恨，變賣傢俱，稱貸他人，共得三百金。已經預備酒食，烹宰豬羊，相約里中少年十數輩，託他們身背藤筐,手提竹筴,趁此昏月之下,收拾諸陵骸骨,標識不亂,明日私葬蘭亭山下,也表我草莽孤臣一點義氣。我滿懷悲憤,一腔怨恨,共誰評論?

(雜八人上)我等山陰農家,蒙唐相公今夜相招,只得同去。(見介)唐相公有禮了。

(小生)諸位,請席地痛飲一回,小廝取酒食來。(雜取盤餐壺碗上)列位請坐。

【前腔】〔換頭〕(眾歡叫痛飲介。合)香醑,飛觴滿引,放北海長鯨,滄溟吸盡。拇戰沉酣,脫帽當筵衣欲褪。唐相公,你是一個貧士,那得破費許多錢鈔,周旋我這一班窮鬼?(小生)諸兄且盡興吃酒,莫管他。(雜)如此,我們且吃他娘!(各浮白介)主人情重皆休問,要頭顱吾儕都肯。醉中豪氣千尋,可要尋瘢索釁?唐相公,你不說明心事,我們斷不吃了。

【耍鮑老】(小生)列兄呵!祖宗父母留根本,誰不是宋良民?(雜)唐相公,你要起義兵,我們立刻去擔了柴刀門閂來。(小生)非也。先聖諸陵,被楊賊發掘,將骸骨拋棄滿山,列位心上過得去否?(哭介)空山鬼哭情堪憫,怕豺狼狐狸損,諸公思忖。(雜)阿呀!譬如我家阿爹阿奶的骨殖,被人侵害,也要急急去告狀,一面相持打架,一面收斂埋葬。倘子,一個皇帝、娘娘的屍首,我們竟不管賬,反了,反了!(雜)不要胡鬧。如今請教唐相公,怎樣一個辦法?(小生)小弟備有藤筐竹筴十餘副,諸兄若肯出力,就此同去拾取。(雜)快擔來,快擔來!(小生)小廝取來。(眾看介)相公,這筐中已經取了骨殖來,又何用我們再去?(小生)不是。此乃牛馬豬羊之骨,帶去換了,免得楊賊明日尋究。(雜)真是讀書人,想得到。不然,這狗入娘的,他不見了這牢屍,如何肯干休?(小生)便是。(合)真偽一般難作準,真跡收藏謹。臨摹不損,比筆力,較風神,打上蘭亭印,保護昭陵本。這裏是了。(同拾介)開汲塚,築丘墳。曹瞞難識認,龍骨此中存。大事已完,我們散了罷。

(小生)且慢,小廝取過包裹來。這是謝儀,每位二十兩,明日還要奉煩,將此陵骨,歸於六個鐵函內,葬向蘭亭山上。並求移取故宮前冬青一樹,我向塚上,以為表識。

（眾）一概遵命。只是我等皆是趙家百姓,怎好受謝?

（小生）不妨,此小生一點敬意,請收了罷。諸兄呀!

【尾聲】寶城華表憑誰問,有苦雨淒風相殉。（眾）唐相公,到明年清明時節呵,隨着你破帽青衫哭墓門。（下）

第十二齣　局　逃

（外將巾箭衣上）玉籠羈彩鳳,金鎖困神蛟。俺余元慶,真州人也。跟着文丞相來到鎮江,不能脫去。幸有一舊交,為北兵管船,我許千金相謝,託覓一舟。他說:"我為大宋救得一丞相,同建大功業,何以錢為?但求批一帖,為他日進身之約足矣。"丞相已與一帖,又與白金數十兩,真義人也。但船雖有了,俺一行十二人,如何走出京口?此時丞相在河邊沈頤家安身,又有王千戶監押,半步不離。虧得沈頤把王千戶灌醉,此時不走,更待何時?喂!杜架閣,

（末上）怎麼說?

（外）王千戶已醉臥在彼,此其時矣。

（末）丞相有請。

（生上）架閣,怎生佈置了?

（末）余元慶在外,候丞相啟行。

（生）十二人一齊走動,必不妥當。我與余元慶先行,你在後面與他們陸續逃出方好。

（末）理會得。（下）

（外）丞相,趁這星光之下,快些覓船去罷。

【仙呂入雙調·朝元令】（合）星光漸稀,人影橫沙地。雞聲未啼,馬陣聯征騎。冷霧淒迷,愁雲陰翳,生怕驚烏空墜。（下）（老兵上）趕了大墟,跑了大驢;開了大湖,走了大魚。方纔在營房內嗑了四兩燒刀,有些意思起來,且回窩鋪裏去睡他娘!（末上見兵急避介）（兵）不好了,有了賊了!（末上掩兵口介）老將,是我。休嚷!（兵）耶!你是杜哥,想是要渡河。（末）沒相干,我是解手的。（兵）

噯！你跑肚阿，我要吐阿！（末）這是五十兩銀子，送老將買些解酒藥，收好了。（兵笑介）嘻嘻嘻！我的哥，我一輩子不會發這個大財，明日到我營房裏來吃燒羊肉。（末）多謝。（兵醉吐下）（末）了不得！幾乎誤了大事，丞相快來！（生、外同上）又是怎樣？（末）營兵已去，此時不妨事了，快走呀！屈曲高低，浮萍爛草甕淖泥。岸樹立熊羆，江聲咽鼓鼙。（生）顧危同濟，淒淒慘慘，偷彈老淚，偷彈老淚。

（外）好了！這是甘露寺前了。

【前腔】〔第二換頭〕（內鐘聲介。合）點點霜鐘緩擊，檣烏欲共飛，征馬自驕嘶。星流如矢，穿林露濕衣。松柏支撐奇鬼，廢堡狐狸，青燐影裏不住啼。側耳聽潮雞，擡頭看怪鴟。（生）艱危同濟，淒淒慘慘，偷彈老淚，偷彈老淚。

（外）待我覓船來。喂！水手，水手！呀！這個船竟不見了，怎好？

【前腔】〔第三換頭〕（生哭介）蒼天哪！不見停橈輕鷁，孤帆何處飛？枯蘆殘葦，斷岸危磯，買腰壺誰與攜？無語自徘徊，相看若醉癡。料羽扇無從覓，同深魚腹悲。五夜月將西，三更人正饑。（生）艱危難濟，淒淒慘慘，偷彈老淚，偷彈老淚。罷，罷，罷！文天祥今夜應該死在此地，更有何說？（拔靴刀自刎介）

（外、末奪刀跪介）嗳呀！丞相，不死於白刃叢中，却於此處自盡，豈不可惜？

（外）丞相且請在這石上少坐，待我尋船去，再來相請。（疾下）

【前腔】〔第四換頭〕（生）咳！架閣，是這等光景呵！豈是天公相戲？當場人自迷。已冷劫輪灰，難挽東流水。誰能避殺機，無力解重圍。

（外上）丞相，船在半里外，我們快去！從此天空任鳥飛。船家，搭扶手。

（雜上）請上來。

（外）扯起風帆，快些走罷！但願風送馬當磯，莫叫雷轟薦福碑。

（內擊梆喊介）忒！什麼船？
（外）是河豚船。
（內）是歹人船，趕上去拿住他！
（內）我們船淺在沙灘上弄不動了。
（生）天那！艱危同濟，淒淒慘慘，偷彈老淚，偷彈老淚。（同下）

第十三齣　得　朋

（末冠帶上）迎鑾江山建高牙，南北軍書亂似麻。喋血登陣同殺敵，無心蕭寺訪瓊花。本帥苗再成，領兵駐守真州，江防嚴密。適報文丞相到此，不免禮接。左右，請文丞相到清邊堂上來。（雜應介）

（生上）"（本詩）：四十羲娥落虎狼，今朝騎馬入真陽。山川莫道非吾土，一見衣冠即故鄉。"安撫請上，下官有一拜。

（末）丞相請上，末將也有一拜。（同拜介）

（生）丹心開府，賴公砥柱狂瀾。

（末）赤手擎天，維相肩持覆局。看酒來，丞相請坐。（對坐介）

（生）敢問安撫近來軍務若何？

（末）咳！丞相，兩淮兵力，足以復興，惜制使李公，怯不敢進，與淮西夏老，又有嫌隙，不能協力勤王。幸得丞相北來，明日與我們通透兩淮脈絡，不出一月，連兵大舉，先去北巢之在淮者，江南可傳檄而定也。

【仙呂入雙調·風入松】（生）欲禽荊楚制江黃，天子威靈堪仗。俺投鞭飲馬心原壯，怎忍見乾坤板蕩？待力挽虞淵寸光，只恐蕭蕭鬢，點新霜。

（生）安撫忠義之性，情見乎詞，令人敬服。我文天祥呵！

【前腔】慚無勁旅赴疆場，顧影累累家喪。包胥掩淚空凝望，何處有秦庭堪仰？今日得見安撫，撥雲霧神氣飛揚，賴你把奇功建，勒旂常。（末）為今之計，當先約夏老，提兵出江邊如向建康之狀,以牽制之。此則以通泰軍打灣頭,以高郵、淮安、寶應軍打揚子橋,以揚州大軍向瓜州。俺與刺史趙孟頫,挈舟師直搗鎮江,同日並舉,叫他倉卒不能相救。那灣頭、揚子橋兵俱柔弱,又有怨心,王師一到,勢如破竹,俺當於江中一面擊之,雖有智者,不能與謀。此策既定,則淮東軍至京口,淮西軍入金城,敵在兩浙,無路可出,北帥可生致矣。俺待縛中原鹿,相犄角張羅網。不怕他挺而走,管取困迷陽。今日求丞相剗致兩淮東西制府,全賴你指天日,迴川嶽,如椽筆,飛尺素,挾風霜。

（生）安撫言論,動合機宜,是社稷之幸也！天祥敢不盡心？

【前腔】盾頭磨墨氣飛揚,大義聲明天壤,王師十萬從天降,保半壁金湯無恙。（末）夜深了,請丞相歇息,明早起來辦理。（生）多擾了。定策在清邊一堂,橫鐵鎖,斷長江。（同下）

第十四齣　疑　逐

（小生、老旦武裝上）俺王都統。

（老旦）俺陸都統。

（小生）奉苗爺之命,陪伴文丞相閱城。丞相有請。

（生上）金湯原鞏固,戎馬漫蒼黃。二位都統,有勞了。

（小生）好說。請丞相登城巡視一回,左右帶馬來。（末、外金、杜暗上隨行介）

【黃鐘過曲·降黃龍】（生）則見百雉連雲,橫臥邗溝,斜抱江滸。丸泥鎖鑰,險隘提封,遮蔽淮軍。評論波濤如雪,馳水馬連山成陣。佛貍城銅垣鐵甕,古制猶存。

（二將校上）我們是苗爺差來的,送制府文書與二位都統爺看。

（小生）"南來有一丞相,乃北兵遣來真州賺城,須緊防之。"呀！元來如此。兩路分送丞相出城看看。

（二將）理會得。

（老旦）吩付門軍把小西門閉了,不許放丞相入城。

（內）關城那！

（小生）閉門防間諜，

（老旦）磨劍覷行藏。（同下）

（生）呀！為何閉了城門，兩都統不別而去？

（將）丞相不知，揚州制府有文書遞到，說丞相是北兵差來賺城的，是以拒絕。如今丞相待往何處去呢？

（生）噯呀！此話從何說起？兩路分，他如何說我是奸細？

（將）文書上說丞相乃大臣，如何脫得身？縱然逃走，也無十二人同來之理，何用多辯？

（生）他既不肯相容，我只索往揚州去罷。

（將）揚州方將要殺害丞相，怎麼去得？不如往淮西去罷。

（生）咳，死生自有天命！

（將）安撫備有船在江口，丞相登舟，歸南歸北，但憑尊意。

（生）呀！這等說，安撫亦疑我了。我斷斷要往揚州，死生已置之度外矣！

（將）實告丞相，苗爺差我們便宜行事。我等看丞相是個忠臣，焉敢殺害？你既要往揚州，那就是瓜州，只隨著買賣人的馬垛子，一直去便是西門。我們不陪，告別了。

（生）架閣，取百五十金謝二位。

（將）我們若圖財利，便殺了丞相。此去路長，留以自用罷。但前途兵馬甚多，寧可回避他為妙。（同下）

（生）咳！此輩中竟有義士，難得，難得！

【前腔】〔換頭〕逡巡，呼吸之間，白刃難逃，殘生都盡。目斷危途，芳草萋萋，寒波滾滾。（內喊殺聲介。末）不好了，兵馬來了！這裏有所三十郎廟，進去少避一刻。尊神，垂憐窮旅，鑒我平生忠信，施威力牆陰局促，屏息偷蹲。（兵馬上饒場下）

（外）好了，過去了。（內又喊殺介）

（末）兵馬又來了！前面土圍一所，但內中馬糞堆積，如何存站？

（生）不要管他，且進去躲過片刻罷。（蹲坐介。外暗下。兵馬上繞場介）

（末）呀！丞相，余元慶、李茂、吳亮、蕭發四人，各拐銀子一百五十兩逃去了。

（生）咳！這也由他罷了。

（雜二人上）丞相，呂武、鄒捷下山取水，指望覓些米菜來與丞相救饑，不料遇着賊兵拿住，只得把所藏銀子三百兩給了他，方得脫。

（末）得了性命便好。前面有個古廟，且到裏面過宿，明日再作理會。（同入廟介）

（生）噯！

【黃龍袞】黿留剝落身，黿留剝落身，壁畫銷金粉。香爐蔓草薰，紙錢灰黑炊煙冷。僧道無蹤，鐘魚皆損。靈旗爛，饑蝠飛，蛛絲引。

（雜扮四樵夫上）廟裏來，呀，你們是什麼人？

（生）我們是客商，避兵在此，饑渴難當，不知何處可以買些飯吃？

（雜）我等走了五里路，買得些炊餅在此，不嫌粗糙，便分與你們三四十個如何？

（生）多謝多謝！（收餅介）

（末）這是二兩銀子送列位。

（雜）多謝。喂！夥計，這些客人行囊甚肥，不如今夜三更發個財罷！（雜搖手點頭介）

（生）一日困乏，且席地安眠一宵者！（生、末同睡介）

（二雜起持斧介）來呀！（摸介）在這裏了！（斫介，二鬼上捺住二雜打介。雜喊介）

（生、末醒介）為何叫喊？

（雜）説不得！我們見客人行囊有餘，頓起不良之念，那裏知道這神靈肯管閒事，叫小鬼將我們痛打一頓。

（生）不消如此，這是百金奉送。只求指引高沙去路，在那一條上？

（雜）許多見賜，真是好人。這是賈家莊，哪，那邊往高沙去的，

高郵州也不遠,我們散了罷。(下)

(生)深感神明保佑,不然性命休矣!天已大明,你我快行罷!

【尾聲】驚心動魄全生遁,日夜顛危與死鄰。可憐俺皮骨猶存老瘦身。(下)

第十五齣　題　驛

(小生軍官上)娟娟上苑一叢花,催上黃塵薄笨車。却笑王嬙身獨自,無人馬上和琵琶。俺北朝總官,奉命押送宋家宮女十七人北行。頭目何在?

(丑上)有。

(小生)這是花名摺子一個,上載宮女十七名。你隨着車子,小心伺候。

(丑)爺,咱不識字。這些人的名兒,求爺念一遍,咱就記得了。

(小生)聽着:王清惠、陳正淑、黃蕙正、何鳳儀、朱靜正、葉靜慧、孔清正、鄭惠正、方好靜、翁懿淑、章妙懿、蔣懿順、林順德、袁正淑、章麗正、金德淑。

(丑)爺請前行,咱隨後來者。(小生策馬下)

(丑)車子趲上來。(或四車、六車扮宮女御車上)

(小旦)生臥穹廬月,死葬龍堆草。回望鳳凰城,一點青山小。我昭儀王清惠,同眾宮人北行。想起三宮娘娘都曾經此路而去,好不慘傷也!

(丑)車夫,趲行者。

【正宮過曲・傾杯賞芙蓉】(合)猛然間一聲鼙鼓動漁陽,陸海塵沙障。撇了魚軒,辭了龍樓,換了鸞靴,改了蠻妝。誰吹蘆葉聲悲壯,自惜花容鏡老蒼,愁眉向、關山比恨長。只怕夢魂歸無處問錢塘。

(丑)驛卒在那裏?

(雜)小人在。

(丑)打掃房間伺候。(雜應下)

（丑）請娘子們下車，暫歇驛中一夜。（眾下車入下）

（丑）俺不免喝杯酒兒歇息去。（下。內起更擊柝介）

【朱奴帶錦纏】（小旦上）昏黃月低回破窗，蕭條夜恁般情況。桐葉頻敲金井響，看迢遞星河微朗。破屋寒宵，不能成寐，只得起來閒步一回。有筆硯在此，不免題首詞兒，書之壁上；倘有知音，也博他憐憫奴家飄泊也。（寫介）拂拭壞泥牆，問何處長門草長，那裏是朦朧樹色隱昭陽。

（雜唱介）雞鳴了。

【尾聲】聽霜天曉角嗚嗚響，渾不是別苑離宮秋夜長，便做道拍破了蔡琰胡笳枉斷腸。（下）

第十六齣　航　　海

【中呂過曲・好事近】（生、末同駕舟上）駭浪接天流，雪花堆萬龍轟鬥。中原何處？乘槎遠問牽牛。我文天祥，自通州得遇曹太監及張少保，始知益王已登大位，改元景炎。少保乃與我一海船，又得台州薑船三隻，結伴飄洋，來至福州。只可惜記室金應，在我門下二十餘年，今春授為承信郎，得為正將，駐扎贛州。不料在通州病故，但買一薄棺，厝於西門雪窖中，不知何日得以返骨廬陵也。沉浮，打點御香盈袖，拜螭頭再領貔貅。重整頓南朝宇宙，佐新君匡襄廟算，恢復神州。（下）

（小旦扮新帝引宮監上）王業重開海上，鸞輿且駐福州中。朕乃景炎新主是也。童年繼統，賴聖母楊太后、宰相陳宜中輔佐。聞先朝丞相文天祥航海來朝，內侍召文天祥上殿。

（雜）聖上有旨，宣文丞相上殿。

（生冠帶執笏上）海光浮動旌旗影，兵氣銷為日月光。臣文天祥見駕，願吾皇萬歲！

（小旦）平身。

（生）萬萬歲。

（小旦）聞卿心懷忠義，備歷艱難。為今之計，當以何者為先？

卿其教我。

（生）陛下興言及此，誠社稷之福也。但願陛下上念祖宗創垂之德，下拯蒼黎塗炭之憂。臣惟有鞠躬盡瘁，收復神京，以圖再安陵廟而已。

【駐馬聽】廊廟機謀，雪恥宣威第一籌。只要君臣無逸，朝野安寧，政事操修。九重垂拱仰懷柔，三山鎮靜開堂構。（合）那時節端冕凝旒，荷香桂子，重祝親壽。

（小旦）朝儀已畢，卿等退班。（下）

（生大笑介）不料我文天祥今朝復睹天日，真乃皇家厚幸也。

【尾聲】金甌永奠朝儀舊，聽絳幘雞人報曉籌，但願得先定杭州再汴州。（下）

第十七齣　私　　葬

（旦巾服上）珠梟玉雁又成埃，斑竹臨江首重回。猶憶年時寒食節，天家一騎奉香來。下官溫州林景熙，字德暘，起家太學，釋褐郎官。目睹土崩瓦解，心傷地覆天翻。前日唐珏潛收易諸陵骸骨，我也是趙家臣子，焉敢坐視？為此變賣琴畫，助他改葬。且向蘭亭山上走一遭也。（下）

（小生領三人擔匦六個，一院子捧香酒隨上）

【商調過曲‧水紅花】（上）橋山弓劍歎成灰，鼎湖乾，龍髯無奈。趙家乾淨土堪埋，抱神牌，松楸何在？我唐珏親奉六函來到蘭亭山下。試看茂林修竹，曲水盡含哀，料無宮監進香來也啰！

（旦上）玉潛兄少待，小弟來會葬也。

（小生）霽山兄，我想當時山陵禮成，衣冠哭奠，何止千人！今日只我草莽兩臣，招魂銜土，好不傷心也！

（旦對泣介）便是。

（小生）工匠們，就啟土封瘞者。（雜拾冬青樹上栽介）

（衆）曉得。

【金甌線解酲】（合）鍬鋤破蘚苔，哇畛當乾亥。有甚來龍，萬笏朝天矮。金函次第排,莫教歪,石馬銅仙無處擺。一抔黃土荒原蓋,只有燕雀啁啾上塚來。(小生、旦上香哭拜,衆同哭拜介)樵夫拜,把冬青一樹,遮定墳臺。

(小生)大事已完,我們下山到天章寺暫借一宿,明早入城去罷。珠亡忽震蛟龍睡,軒弊寧忘犬馬情。

(旦)親拾寒瓊出幽草,四山風雨鬼神驚。(下)

第十八齣　夢　　報

【宜春令】(內扮秧歌燈上繞場下。小生上)笙歌鬧,燈月輝,耀珠宮鼇山共飛,光明不夜,星橋鐵鎖橫空際。小生唐珏,喜值元宵佳景,獨來燈市遨遊。你看香車寶馬,仕女如雲,好不熱鬧也。綻銀花火樹周圍,舞鮑老郭伶嬉戲。這天街,遺鈿墜舄,任人偷拾。行走半夜,身子困倦,且在這冷靜地方石上假寐片時。(坐眠介)

(黃衣吏持節上)唐先生起來,隨我去。

(小生)尊官何處來的?

(吏)不必細問,這裏來。(下)

(宮女羽扇引王者上)祿籍暗隨陰德注,天堂但許善人登。(坐介)

(吏引小生上)唐珏宣到。

(王)引他進來。

(小生)臣唐珏朝參,伏願聖壽無疆。

(王)唐先生平身。昨蒙掩覆遺骸,不勝感謝。但汝賦命孤寒,並無妻子,今忠義上動天心,欽奉帝命,賜汝伉儷,並賜三子,良田三頃,溫飽終身。

(小生拜介)驟蒙恩寵,今臣惝恍不知所措,謹再拜稽首以謝。

(王)先生起立一傍。傳語冥司,鎖押諸囚示觀一遍。

(吏)領法旨。冥司鬼卒,押取楊璉真伽生魂來者。

(二鬼鎖淨上)楊僧當面。

(王)業畜,你乃一介賊髡,輒敢肆行無忌,着雷神將他殛死通

衢，以昭惡報。(吏引雷電劈淨繞場下)

(王)着將西山、允澤二髡，押入無間地獄，使鐵床炮烙百遍，發生畜道，以顯冥誅。

(吏)領法旨。(引下)

(王)唐先生，

(小生)不敢。

(王)你都看見了麽？

(小生)看見了。

【浣溪紗】(王)這是天網恢，只為他人心昧，不得已輪迴相繼，似這般披毛戴角泥犁輩，枉了他負義忘恩恣所為。須牢記，休得要失人身，誤前程，漫說是天道無知。引他出去。(王領衆下)

(小生醒介)方纔睡夢中，見一王者，為我指示前因後果，好不怕人。那楊髡呵！

【秋夜月】心暗虧，身觸雷霆碎。炮烙刑誅囚十地，又酬恩為我完婚配。感佳兒天賜，謝良田天賜。

(衙役上)唐相公却在這裏，小人尋得你好苦也。

(小生)你是何處差來的？

(役)小人是治中袁爺差來相請的。

(小生)袁公素昧平生，何以見召？

(役)聽得說為相公收埋陵骨，是個義士，故爾要與訂交，且為作伐。

(小生)這也奇了！既如此，就此同去。

【隔尾】書生偶把遺骸瘞，却受官人意外知。須信道夢裏神明不我欺。(下)

【黄鐘引子・玉女步瑞雲】(末冠帶上)綵幔紅燈，夢裏良緣天定，須打疊來年湯餅。

下官治中袁俊齊，為慕唐生忠義，既資田産，更主姻盟，聘得故國公之女。今日迎接新人，敢待來也。(內彩輿上，儐相照常恭請唐生披紅簪花上，行禮並坐花筵，末側坐介。合)

【畫眉序】作合自天成，文鸞彩鳳喜和鳴。換蓮卮合巹，香醞同傾,詩偕老好並朱陳,案齊眉歡隨梁孟。充閭自此多佳氣,今宵吉夢分明。

（末）掌燈送入洞房。（繞場介）

（小生）真令人慚愧也!

【尾聲】俁紅依翠初承領,羨他名士悅傾城,這都是聖祖神宗與證盟。（擁下）

第十九齣　開　　府

（鼓吹開門,生引隊上）浮龍倚長津,參錯走洲渚。蒼梧雲正愁,初日翳復吐。我文天祥艱難航海,得依新主,不料景炎皇帝又復上昇。今衛王在厓碙州登極,改元祥興。新銜寵命,開府延平。中軍傳諸將進見。

（雜引四將上）諸將打恭。

（生）下官奉命專城,忝分節鉞。望諸君戮力王家,疆場奮勇。下官謹屬橐鞬,願隨鞭鐙。

（眾）丞相肩挑日月,手擘乾坤,末將輩敢望麟臺,誓終馬革。尚求丞相指示機宜,庶免隕越。

（生）諸君聽我道來。

【中呂過曲·尾犯序】虎士御龍驤,鐵馬金戈,長城方壯。露布交馳,立功名旂常。休讓,談笑去飛而食肉,烽煙靖歸來圖像。搔華髮,籌邊樓上,同看月如霜。諸君回營休息,靜候本帥出兵。

（中軍）稟丞相,轅門外有一謝翱,說是建寧人,帶領鄉兵數百人,來投帳下效力,請丞相定奪。

（生）真義士也!快請相見。

（中軍引小生上）丞相在上,謝翱稟參。

（生）先生少禮。下官一再勤王,愧無尺寸之功。先生勁旅相從,實乃邦家之幸。不嫌卑褻,暫屈參軍,尊意如何?

（小生）謝翱一介書生,罔知韜略。特以激於義氣,喋血請纓,尚求丞相驅策。

（生）先生聽者。

【前腔】〔換頭〕將軍，戰馬滿沙場。豎子無謀，空眷相向。玄武鉤陳，更凶連欐槍。悽愴，難得你貔貅嚴整，須料理乾坤板蕩。從今後，登壇歃血，誓與滅封狼。請到後堂小宴。吩付掩門。（下）

第二十齣　轉　戰

【仙呂引子·卜算子】（外戎裝引隊上）橫海跨樓船，不許鯨鯢吼。鳥避轅門戰馬嘶，豪氣沖牛斗。俺大元經略兵馬大元帥張弘範是也。前與文少保會戰空坑，將他家屬盡行擒獲，送往燕京。他兄弟文璧，奉母惠州居住。昨聞他母死子亡，今日趁他方寸迷亂之際，提兵轉戰五坡。大小三軍，盡力殺向前去！

【上馬踢】陰雲壓陣愁，鐵馬銜枚走。彼軍為我奔，摧枯還拉朽。漂杵投戈，殺戮連雞狗。棄甲如丘，天意甚分明，數當陽九。（下）

（生領兵上）俺文天祥，今日與元兵轉戰五坡。軍士們，奮勇殺向前去！

【勝葫蘆】再舉王師靖國仇，含笑看吳鉤。白羽馳書飛斥堠，未央報捷，管取獻累囚。

（外上，沖合戰，擒生介）

（外）丞相被執，當順承天意，弘範必為保全，不失臺輔之位。

（生）事已如此，不必多言，快快取我頭去者。

（外）說那裏話來！丞相乃一代名臣，弘範焉敢無禮？（解縛介）丞相請坐。

（生）蒼天那！

【皂羅袍】我鍊石難全天漏，歎南冠而繫，默坐低頭。（外）左右取早飯來，請丞相用些。（雜捧盤上）（生）撤去！敵存朝食面含羞，家亡苟活顏真厚。天心有待，微軀且留，人謀不遂，餘生暫偷。這樊籠束縛難消受。（雜扶生下）

（外）好個鐵錚錚漢子，且緩緩勸他便了。正是：丹衷懸日月，

浩氣凜鬚眉。(下)

第二十一齣　厓　山

　　(龍神領卒上)水晶宮闕白雲連,桂棹蘭旗列水仙。莫笑樓臺多蜃氣,又聽人海變桑田。小神東海龍王是也。宋祚已完,天潢當盡。今日乃祥興皇帝殉國之期,且向厓山會同風雨雷電諸神伺候則個。(下。旦楊太后手攜貼旦帝裝,小生、淨同駕舟上)

　　【大石過曲‧念奴嬌序】蒼茫萬里,駕龍舟漂泊,斷梗難停。維掣鯨魚,帆回處,六鼇捧舵前征。(旦)老身楊后,時丁末造,手挾孤兒。中華無處安身,海上聊開行在。張、陸二卿。(淨)臣世傑,(小生)臣秀夫在。(旦)看來大數難逃,不如早些引決罷。(淨、小生)請聖母且自寬懷,臣等誓不負國。(旦)思省,潮打空城,山圍故國,中原尺土已無剩。(淨、小生)惟願取安瀾捧日,重見昇平。(外領兵操舟繞場下)

　　(旦)呀!你看金鼓聲喧,旌旗影亂,那張弘範好不利害也!

　　(淨、小生)聖母且自寬懷。

　　【前腔】〔換頭〕(旦)馳騁,聲如沸鼎。(內)軍士們放箭。(旦哭介)看雕翎如雨。(內)軍士們放炮。(旦)火輪高下飛迸。張卿何不以矢石對敵?(淨)啟聖母,我們矢盡石絕了!(旦哭介)嗳喲!赤手空拳,難道是,磐石堅牢軀命?罷,罷!我忍死間關至此者,正為趙家一塊肉,兒呀!今無望矣!悲哽,忍教伊銜壁牽羊,青衣行酒,供他魚肉佐杯酩?(投海介)(小生)太后已死。(攜貼介)主上豈可受辱?(淨)取香來。(拜介)我為趙氏力已竭矣!一君亡復立一君,今若此,夫復何言?(內風濤聲介)陸先生,你看風濤洶湧,有何留戀?(貼哭介)二位先生救我!(淨、小生)臣等今日死得其所矣!(扶貼大哭介)蒼天那!惟願取騎鯨哭訴,列聖英靈。(扶貼投海,龍神上簇擁下)

　　(外引兵上)呀!宋主蹈海而死了。趙家基業,盡於此刻。大小三軍,就此班師。

【餘音】三宮連袂沉飛艇，海竭山崩宋祚傾，可憐他寡婦孤兒難尋夾馬營！（下）

第二十二齣　和　驛

（雜上）兩間破屋牛宮窄，一竈生煤馬糞香。自家驛卒。天色將晚，且去打掃上房伺候。（兩兵押生囚服上）

【雙調過曲·鎖南枝】邊城遠，官路長，銀鐺在身惟自傷。京國故宮亡，又聽得厓山幼君喪。疲驢瘦，蔓草荒。我似樹凋零，葉飄蕩。

（兵）請丞相到驛中住宿。驛卒。

（雜）有。

（兵）這是南朝丞相，須要小心伺候。

（雜）是。（兵去生鎖杻下）

（生）咳！

【前腔】蘆懸幔，燈掛牆，黃茆蓋屋炕代床。疲馬影郎當，戍卒梆鈴響。繁星暗，苦月黃。聽寒雞，怕高唱。這壁上有字跡在此，待我看來："太液芙蓉，渾不是，舊時顏色。曾記得春風雨露，玉樓金闕。名播蘭簪妃后裏，暈生蓮臉君王側。忽一聲羯鼓揭天來，繁華歇。　龍虎散，風雲絕，無限事，憑誰說？對山河百二，淚沾襟血。驛館夜驚鄉國夢，宮車曉碾關山月。願嫦娥垂顧肯相容，從圓缺。調寄《滿江紅》，宋昭儀王清惠題。"不免和他一首：（寫介）"試問琵琶，胡沙外怎生風色？最苦是姚黃一朵，移根仙闕。王母歡闌瓊宴罷，仙人淚滿金盤側。聽行宮，夜半雨霖鈴，聲聲歇。　彩雲散，香塵滅，銅駝恨，那堪說？想男兒慷慨，嚼穿齦血。回首昭陽離落日，傷心銅雀迎新月。算妾身不願似天家，金甌缺。文山謹和。"

【前腔】（汪上）看明月，念故鄉，胡笳聲和清漏長。誰作苦吟腔，頻敲唾壺唱？呀！元來是位老丈。（生）尊駕何來？（汪）同羈旅，裹客糧。乍相逢，恕疏放。在下浮梁汪大有。老丈高姓大名？

（生）元來是水雲先生，幸會幸會！老夫就是文天祥。

（汪）阿喲！聞得丞相空坑失利，五坡就執，忠義之聲，盈滿天地。不道此地得瞻山門！（揖介）敢問丞相，在此吟哦甚的來？

（生）哪！王昭儀有詞在壁間，偶然感觸，遂和一首，請教。（汪讀介）

【前腔】（生）看長調，觸痛腸，他人酒杯傾一觴。後死尚參詳，先生與裁量。我和你居同里，會異鄉。剪寒燈，把素心講。

（汪）後學睹公名作，不敢藏拙，也要出醜一首。

（生）甚好。（汪寫生讀解）"天上人間，醉王母蟠桃春色。被午夜漏聲催箭，曉光侵闕。花覆千官鸞閣外，香浮九鼎龍樓側，恨黑風吹雨濕霓裳，歌聲歇。　　人去後，書應絕，腸斷處，心難說。更那堪杜宇，滿山啼血。事去空流汴京水，愁來不見西湖月。有誰知海上泣嬋娟，菱花缺。"（對哭介）

（汪）丞相呀！

【前腔】愧沒有漸離俠，豫讓狂，援琴自鼓聊自傷。無計殺螳螂，只好死抱焦桐葬。

（生）先生義氣，可許同心。我們到燕都，相機行事便了。倘得飛鉛築，擲藥囊，與你白衣冠，椎博浪。夜深了，各自安息片刻罷。

（汪）請了。（同下）

第二十三齣　生　　祭

（老旦巾服上）淚因知己墮，魂為故人招。苦心期立節，痛哭染霜毫。我王炎午，字梅邊，廬陵人也。出身太學，託足清流，喜與文丞相同里。昔日丞相起兵時，我曾請購淮卒，參錯戎行，以訓江廣烏合之眾。荷蒙嘉納，便欲進之幕府，我以父喪未葬，母病在床醉之，又蒙允許。今聞丞相被執北行，自念無以為報，思量今夜就燈下草成生祭文一篇，以速丞相之死。咳！丞相之死，豈待他人饒舌，此乃盡我一片血誠耳。（展紙書介）舊太學觀化齋生王炎午，謹採西山之薇，酌汨羅之水，哭祭於文山先生未死之靈而言曰：

嗚呼！

【入破第一】大丞相可死矣。科第曾第一，又迎養追封兼被。將相年方四十，履險瀕危。誠欲鞠躬盡瘁，天日自矢，舉事無成，大節無愧。尚遲回，豈欲有為於世？舊主難拋棄，求再生，希再釋，圖恢復，憑何權勢？尺土皆無，況又君臣同執。更何為？只恐因循，志消氣餒。

【破第二】若比蘇卿，亡宋非炎室。若死他人手，不若斯時就義。苟存舊主，興亡成敗，猶難度擬。況目斷瀁池，心傷天水。

【袞第三】昔朱友貞、李光弼，唯恐遭強敵。靴刀暗藏，無瞻忌，期自斃，不失捐生明智。若涉猜嫌，聲氣定然相逼。最可悲，倘畫虎不成，則貽譏清議。

【歇拍】竊念炎午，黍公同里。可憶當時年少子，持斐牘，犯旌旗。仗劍從軍，顧戀慈親停止。感恩施，欲報仁人，風前淚垂。

【中袞第五】彼蜀昶母，晉安妃，不過裙釵輩。乞遺屍，將腐骨，蕩為灰。狐死猶然思首丘，塚累累，伏乞明公，初心不違。

【煞尾】苟引決故遲，甘作拘囚鬼。恐不免，瓜噴鼻，牆壓面，汗侵肌。伏願丞相，斟酌泰山一簣。細思維，莫待他時，空貽後悔。

【出破】幸丞相採納微言，含笑奄然逝，不枉却四忠一節存天地。恕炎午言詞狂誕，待命倉皇之至。

（丑上）俺劉堯舉，聞梅邊要做生祭文丞相文，不免過去一看。

（老旦）呀！劉兄來了，正要請教。

（丑展玩介）咳！這是——

【中呂過曲·駐馬聽】創格文章，義正詞嚴考辨詳。那丞相之死，豈待他人勸解？已辦從容就義，慷慨捐軀，永遠流芳。（老旦）我欲將此文謄寫數十本，自贛州至南昌，水馴山牆，沿途粘貼。幸冀丞相一見，庶幾不負此心耳。以見我書生志節不尋常，要他孤臣氣魄留天壤，日月爭光，精靈一點，依舊無恙。

（丑）告別了。（分下）

第二十四齣　抗　節

【黃鐘過曲‧出隊子】（中淨冠帶引隊上）書生愚陋，身入牢籠敢自由？硜硜自守不回頭，國破家亡難藉口。一個忠臣，他邦逗留。俺丞相博羅，奉命往勸文天祥降順。這書呆前過吉州，絕粒七日，竟不餓死；又吞磠子，嗑涼水，依然無恙，也算是一個頑皮。自來此地，吾主待他甚厚，公館酒筵之盛，全無感激。昨日把他移到兵馬司看守。若依俺的性子，賞他一刀，豈不爽快？却苦苦與他敷衍許多關目，令人氣悶。咳！你那個狀元宰相的架子，難道大似皇帝不成？左右，打道往樞密院去。（行介）帶文丞相上來。（押生上）白髮三千丈，丹心百煉鋼。（見中淨背立介）

（中淨）少保，我且問你，古有以宗廟土地與人，而復逃走者乎？

（生）奉國與人是賣國賊臣，有所利而為之，必不肯去；肯去者，必非賣國之臣也。我前除宰相不拜，軍前旋被拘執，既而有賊臣獻國，國亡當死。所以不死者，以度宗二子在浙，老母在廣故耳。

【啄木兒】燕雲地，十六州，白送江山誰出手？為君親一息猶存，盡忠孝平生不苟。（中淨）棄德祐而立二王，可謂忠乎？（生）社稷為重君為輕，立二王為宗廟計也。從懷、湣而北者非忠，從元帝為忠；從徽、欽而北者非忠，從高宗乃為忠也。飴甥自為宗社守，張良肯被炎劉誘。怎肯做舍義貪生繞指柔！

【前腔】（中淨）你何須拗，不用憂，達變通權臣道有。你立二王，竟有何功？（生）宗社存一日，則盡臣子一日之心，何功之有！（中淨）既知其不可，何必為？（生）父母有疾，雖不可為，無不下藥之理，求盡吾心；萬不可救，則天命也。今日天祥至此，有死而已，何必多言！（中淨）可惱，可惱！恨迂儒賣弄風流，守僻見堅持拘謬。君不見夏商伊尹能三就，齊梁孟子猶三宿，也不過身做良禽要擇木投。小番，你去向張總制說，此人倔強不服，叫他讓我收拾了他罷。快來回信。

（雜下）少保，還是降了好。

（生）咳！你未解詩書，豈知義理？食禄忠事，為國捐軀，這都是大丈夫應為之事。你要殺便殺，何必苦苦饒舌！（中淨氣介）

【三段子】（生）性天自有，背彝倫偷生最羞。堅貞自守，喪溝渠收場最優。（中淨）一般富貴，不可失了機會，後悔無及！（生）咳！恁般富貴難消受，恁般世界難迤逗。只好身跨南箕，夢依北斗。

（雜上）張爺說，文少保是世上有一無二的奇男子，不可輕慢也他。叫爺爺煩些，緩緩勸他罷了。

（中淨）咳！誰有這些耐煩來。

【歸朝歡】針和芥，針和芥，既然不投，相關意該當歇手。聲和氣，聲和氣，既然不侔，知心話該當絕口。左右，仍押他到兵馬司去。（帶生下。中淨）悶煞我也！甚男兒恁地多將就，快鋼刀却為他寬宥，才信道不是冤家不聚頭。（下）

第二十五齣　守　正

【商調過曲·金絡索】（旦上）淹留塞草隈，寂寞茆簷底。檻鳳囚鸞，出坎知無日。老身宋太后全氏，同宮眷北來，羈棲民舍。朝夕來逆耳之言，幽獨抱盟心之誓。咳！古來亡國之餘，孤兒寡母結局定然如此。蒼蒼報不虧，受人欺。怎知我鐵石心腸不改移。（小旦上）啟太后，昨夜安定夫人陳氏、安康夫人朱氏，兼小姬二人，俱自縊死了。方纔朝命，將他四人首級割下，懸在我們屋簷下，如何是好？（旦哭介）我久欲自盡，爭奈監守之人，不離左右。前車如此，夫復何言！拼得個遊魂血污隨鄉鬼，怎肯教白璧瑕侵辱帝妻。（小旦）聞得朱夫人有遺詩云："既不辱國，幸不辱身。世食宋禄，羞為北臣。妾輩之死，守於一貞。忠臣孝子，願以自新。"（旦）妙阿！斯無愧，裹殘屍猶是舊宮衣。杜鵑聲血滿龍堆，叫不應天和地。為今之計，只有祝髮為尼，庶斷一切葛藤，色空俱幻。清惠，取鏡臺、剪刀來。

（小旦）曉得。（取列介）

【前腔】(旦)曾煩白玉銚,學挽盤龍髻。簾卷昭陽,鏡滿香雲膩。(剪下哭介)念青絲萬縷齊,鬢鴉垂,一朵紅雲捧玉妃。記君王夢醒憐嬌媚,把釵鈿妝成問稱宜。取僧衣僧帽來。(換裝介)蒲團地,做蓮花座下一優尼。清惠,你也改裝做個女道士相隨罷。(小旦)正合奴意。(改裝介)便長齋繡佛何為?懺不了前生罪。(合下)

第二十六齣 小 樓

(外上)暗逐征鴻度壬門,他時不免與招魂。橐饘且盡生前意,豈等淮陰一飯恩。我張千載,字毅夫,江西人也。因文丞相被執,我暗地隨他北來。今聞他拘禁在兵馬司小樓之上,不免攜了酒食,前去勸慰一番。咳!(攜具行介)

【仙呂過曲·醉扶歸】他孤身遠陷累囚裹,妻孥骨肉盡流離。朔雪炎風有誰知?只有奚官獄吏相依倚。便羊酥馬湩強羈縻,剩雞皮瘦骨絲兒氣。有人麼?(卒上)

(外)煩通報文丞相,說有江西人張千載求見。

(雜)丞相有請。

【前腔】(生上)天涯靜度如年日,樓中頻和少陵詩。萬念皆空死何期,家人無處尋消息。頂中螺髮漸成絲,玉關自許難生入。

(雜)外面有丞相一個同鄉求見。

(生)請來。(外入拜介)丞相在上,千載拜見。

(生)張兄素昧平生,因何枉顧?

(外)丞相——

【前腔】你是個喬松戴雪向南枝,堅金入冶長生體。在下欽仰丞相忠貞,敬備盤餐,聊表野人之獻。這是西山薇蕨慕夷齊,清流不是貪泉水。

(生)深感厚意,你們收過了。(雜收下)張兄,我自空坑敗後,妻妾失散,小兒佛生及小女定娘、壽娘,聞已夭亡。但不知孫家舍妹,攜其二子肖翁、約翁,此時流落何處?小兒道生,小女柳娘、環娘、監娘、奉娘四人流落何處？

（外）再不要說起，自丞相潮陽之敗，小姐們同死亂軍中，只夫人北來，又不知棲遲何處？（生淚介）

【前腔】一家藁葬傷無地，飄飄真魄杜陵妻。張兄，我創建文山一所，花木竹石，頗具丘壑之美。當日與友朋宴遊甚樂，今日局脊小樓，夢繞家山，好生惆悵也。苑裘數畝剩荒基，鶴聲空向華亭淚。（外）暫且告別，不時要來奉看的。（生）多謝你故人情重手頻攜，還只怕這幾根殘骨貽君累。

（外）好說，請了。

（生）雲天高誼餘孫宰，

（外）塵土孤蹤憫趙岐。（分下）

第二十七齣　浩　歌

【商調引子·繞池遊】（生上）無人悔禍，委蛻猶存我。做人臣怎般結果，誰能鑄錯，節旄都脫，望中原關山奈何。俺文天祥，拘禁天涯，奄忽三載。只這土室中地廣八尺，深可三尋，單扉低小，白間短窄，兼之污下而幽暗。當茲夏日，諸氣相侵。若雨潦四集，浮動床几，是為水氣；泥塗半朝，蒸漚歷瀾，是為土氣；乍晴暴熱，風道四塞，是為日氣；簷陰薪爨，助長炎虐，是為火氣；倉腐寄頓，陳陳逼人，是為米氣；駢肩雜遝，腥臊污垢，是為人氣；圂蛆騰翻，腐鼠糜爛，是為屍氣。似這般惡氣重蒸，無人不病，我則居然無恙，豈非浩然之氣有以勝之乎？

【商調過曲·二郎神】平安我，困圍城向荊榛危坐，有糞穢相蒸難解脫。心香自爇，辟邪方丈無多。記得少年時聲伎圍身，麝蘭撲鼻，綴羅綺於屏風，列笙歌於几席，豈料今日躬膺天譴至此！又不是罪犯荒淫牽業果，罰受此拘囚墮落。御爐煙朝衫舊拖，為甚的教人淪陷屍陀？筆墨在此，不免做《正氣歌》一首，消遣片刻時。童兒，取我的古硯玉帶生過來。（雜捧硯上，放几上即下）

【前腔】〔換頭〕（生）噓呵，上為星日，下為河嶽，凝結氤氳今在我。張椎董筆,嚴頭嵇血云何。是天柱坤維資繫絡,要調理陰陽旁薄。安和,這圜扉居然安樂行窩。

（小生上）抱琴尋舊雨,對酒發狂歌。有人麼?

（雜上）元來是汪師傅,丞相爺在裏面做詩,請進去。（下）

（小生）丞相為何苦吟?

（生）我在沴濕之中,無以自遣,偶作《正氣》一歌,請教。

【黃鶯兒】（小生看介）妙呀!痛哭當長歌,是中聲,協太和。火中曾放青蓮朵。丞相不嫌鄙俚,願將此詩譜成《拘幽操》,鼓來以博一笑,如何?（生）如此妙極!（小生鼓琴介）重挑徐撥,輕移疾那,浮雲柳絮隨風墮。（生）費吟哦,冷冷餘韻,猶自感人多。

（外引貼及童攜酒上）攜將故人酒,來話異鄉心。此間已是,不免進入。水雲在此?

（小生）則堂先生同奚娘子到來。

（生）今夕何夕,得遇兩公。

（外）水雲所彈何曲?我家鉉翁謬託知音,正須洗耳。

（小生）方纔丞相做了一首《正氣歌》,我不揣愚妄,譜為《拘幽操》。

（外）妙!奚娘子你溫起酒來,我三人小飲一回,好聽汪先生雅操。

（貼）理會得。（取爐溫酒介。生、外、小生列坐介）

（生）則堂先生,外間有甚消息否?

（外）我前日將三百金為令妹贖身,已交付孫郎去了。外此則兩宮妃守貞盡節,全太后為尼,王昭儀入道矣。

（生）咳!可傷,可傷!（貼進酒介）

【貓兒墜】（生）傳來新事,展轉淚滂沱,埋骨燕雲怨鬼多,天陰雨濕影婆娑。憐他,剪紙招魂,沒個騰那。

（外、小生）告別了。（合）

【尾聲】羅浮煙雨相離合,一度冰霜一度過,倒不如丁令南歸鶴羽拖。（下）

第二十八齣　神　迓

（衆引龍王）劫盡刀兵滿，潭深日月寬。驪龍初睡醒，領下一珠完。俺乃龍神是也。廬陵文家門前冷水潭中，舊有應龍一條，以行雨得罪，謫於宋世，託生為文天祥，使歷亡國逋臣諸苦。今已限滿。為此引領雨帥、風伯，前往燕京，會同彼地城隍等神，迎取歸位，侍從們駕雲前去。

【仙呂過曲・解三酲】閃金鱗雲中一現，弄之而天上無前。只為他難馴性愛玄黃戰，督羣羊傾注招愆。眼見的，爻占有悔嗟無首，倒不如象罷飛勝利在田。休埋怨，養晦在水晶宮裏，與慶池邊。（下）

【前腔】（雷公、電母、風伯、雨師上）奉功曹捧來敕券，助風雲合會騰騫。一杯海水滄溟濺，影濛濛九點齊煙。小神等雨師、風伯、電母、雷公，奉玉帝敕旨，護從應龍歸位，就此前去。說什麼鼉皮鼓震山搖顫，試看着海鏡流水沸喧，乾坤眩。看刀鋒閃處，毅魄行天。（下）

【前腔】（城隍引杖上）駕蒸雲虹霓舒卷，吼朔風沙石迴旋。為什麼三霄色共諸神變？迓忠臣今日生天。小神朔方城隍司，為文丞相殉節柴市，特地排班迎接。他成仁取義心無怨，却不道鬼怒神嗔事怎全？好一似修羅戰，便人間君相，此際無權。

【前腔】（二昭容持節引儀仗燈籠上）金龍仗排來閬苑，御爐香吹下雲邊。因此上雙持絳節回鸞扇，引仙樂奏鈞天。我等領奉玉旨，排列天仗，迎接文丞相上昇。呀！你看人間法場，擺列耶叉厲鬼，好不凶惡也。看了他輪回暗向諸途轉，世網包羅萬命延。休迷戀，免了這上清淪謫，纔是真仙。（下）

第二十九齣　柴　市

（淨引刀斧手上）白日暗幽州，山崩海倒流。孤臣扶氣運，千古有《春秋》。俺元朝總管,奉旨今日處決文丞相。咳!看他平居百折不回,今日一塵不染。若論主持風教,正該成全他忠義之心,以勵我國臣寮之節。惜朝內無人匡諫,以致成彼高名,玷俺君德。俺一個武臣,也不敢多口了。

(雜)禀爺,午時三刻了。

(淨)快請文丞相到來。

(雜)是。(分下)

【北黃鐘·醉花陰】(劊子押生上)三載淹留事纔了,展愁眉仰天而笑。眼睜睜天柱折,地維搖,舊江山瓦解冰銷。問安身那家好?急煎煎盼到今朝,剛得向轉輪邊頭一掉。

(雜)丞相爺,前面就是柴市了。

【喜遷鶯】(生)都認做鬼門關程途幽渺,那知是俺上青雲梯磴逍遙。休也波焦,不能勾沙場自了,累伊們舉手為俺勞。只因他天不饒,差派俺邯鄲一覺,向血光中尋個收梢。

(雜)這是留丞相送來筵席,請爺用些。

(生)那個留丞相?

(雜)就是留夢炎,也是南朝來的。

(生)留夢炎那賊子的酒食,怎敢排在這裏!(踢翻介)

【刮地風】噯呀!見了這狼藉杯盤和濁醪,枉鋪陳旨酒嘉肴,可知是陰為惡木泉為盜。這其間多少脂膏。(雜)這是趙學士筵席,請爺用些。(生)那個趙學士?(雜)也是南朝來的,叫做趙孟頫。(生)咳!子昂也是一代文人,又為宗室,因何失足至此?可惜,可惜!俊王孫一代風騷,枉了他墨妙揮毫,為什麼棄先塋,忘舊族,也修降表。圖一個美官銜,學士高。全不管萬千年遺臭名標。(各神暗上)

(淨引杖上)來此已是法場,頃刻間為何天昏地暗起來?(作風雨介)

(生)蒼天,蒼天,這風雷來遲了!

【四門子】呀!倘若你真心幫助人家趙,可憐他基業飄搖。也不合厓山雷電將他鬧,做海底月空撈。打殺他元帥驕,殛死他將士梟,却不保全了宮閫命幾條。到今日鼓亂敲,鏡四招,怒轟轟和關緊要。

（淨）丞相有什麼遺言,告訴小官,少刻代你奏上。

（生大笑介）你怎知俺的就裏來。

【水仙子】呀呀呀呀你舌苦饒,俺俺俺俺與你那皇爺有甚瓜和葛。囑囑囑囑付他宵旰勤勞,切切切切莫要荒淫無道。休休休休似那前車覆轍撬,庶庶庶庶不致依然送掉。那那那那裏有千秋神器牢,算算算算唐虞到此多移調。但但但但能勾承天眷便永宗祧。

（雜）時刻已到,請丞相爺歸天罷!

（生大笑介）俺文天祥死得好明白也!

【尾煞】幸不到灰囊撲面排牆倒,須知俺萬苦千辛纔領這一刀,休笑俺個送頭顱的文少保。（押下斬介。扮一龍冲上,龍神護引下。雷電風雨繞不止,淨伏几下顫介)

（內官騎馬上）奉旨擺設御筵,將此新封官職的神牌供起來。（設祭介。生靈上立高處,風伯撒神牌送生碎裂擲下介）

（淨）不好了,神牌掣上天去扯碎了!

（官）待我啟奏去。（馳下。神遶場不散介）

（內官上）奉旨將此神牌供奉。

（淨）這上面寫着什麼?

（官）哪!是宋少保信國公大丞相文山先生位。（供介。生領神下)

（淨）呵呀!一刻天清氣朗了,嚇殺人也!正是：新朝爵秩忠臣賤,異代芳名後世傳。（下）

第三十齣　却　　聘

（末上）後死餘生又十年,歸來無處覓家園。楓林玉露凋傷後,枝葉分明變杜鵑。俺謝枋得,齒鬢已衰,梓桑初返。不料程文海訪求江南人才,將我姓名列於薦牘;留夢炎又遺書勸駕。咳!俺向來只為老母九十三歲,不敢挺身一死。今於二月二十六日考終正寢,後悔何及！豈有白頭老婦再醮新人之理？不免懇切覆書一封，答他則個。

【仙呂過曲・桂枝香】愚生再拜，平生自揣，三十一釋褐名通，五十一投簪職解。枋得先後在官不滿八月，俸祿無絲毫歸家養親，可云不孝矣。念庭闈抱怨，念庭闈抱怨，今日個麻衣苦塊，豈可墨縗冠帶望垂哀。禮云：敗軍之將，不可以言勇；亡國大夫，不可以圖存。且斬衰不入公門，今枋得不祥如此，不過是素守齏鹽慣，莫認做匡時濟世才。先朝史嵩之、賈似道，皆以奪情見薄於清議，何況其下者乎！

【前腔】評論前代，詼嘲難解，背天常清議誰容，重人爵凡情堪戒。況年齡就衰，況年齡就衰，蒲輪難載，弓旌毋屆。只恐玷臺階。能為管葛施為易，若是巢由放棄該。書已寫畢，明早著人遞去便了。正是：不仕豈能逃盛代，無才不敢累明時。（下）

第三十一齣　遇　　婢

【仙呂入雙調・北新水令】（小生背包巾服策寒上）歎飄零燕市舊遊稀，覓荊高黃鑪荒廢。騎驢幽恨迴，看劍壯心遠。小生文陞，乃信國公嗣子。自先丞相盡節以來，家室飄搖，行藏拓落。今來燕京尋訪母親下落，你看這順城門外，暮煙撲樹，畫角穿雲，呀！何處借宿一宵纔好。燈影柴扉，俺待借茆簷永今夕。店家有麼？

（丑上）相公歇店的，請裏面坐。大娘，客來了。

【南步步嬌】（小旦上）晚炊纔舉燈懸壁，何處官人至，趨承不待遲。斂袂低頭，將前還退。呀！相公可是文公子麼？（小生）你是綠荷，跟隨老夫人在何處？（小旦淚介）公子請坐了，容小奴細稟。眷屬久仳離，小奴今嫁與織綾人為婦矣，恨機絲織不盡迴文字。

【北折桂令】（小生）看青裙蟬鬢低垂，滿面塵沙，髮似蓬飛。做不出當壚舉止，賣漿聲口，倚市容儀。是吾家針箕小婢，今做了箕箒民妻。無限低回，無限悲淒，似逢他天寶宮人，不覺的相對唏噓。

（小旦）夫人被虜後，與二位小姐，皆留東宮，改了道家裝束，終日誦經。後隨公主下嫁駙馬高唐王，居大同路豐州棲真觀內。

【南江兒水】記宮禁趨承日，王姬下嫁時，歎夫人轉學青衣婢。花封誰念皇宣貴，長門空灑懷鄉淚。奉尋平明難避，把鳳鳥鸞釵典賣，聊供生計。

（小生哭介）我的親娘呀！

【北燕兒落帶得勝令】幾曾慣着青衣脚後隨，幾曾慣管茶煙牆陰立。幾曾慣捧晨餐問飽饑，幾層慣剪宵燈司衾被。呀！幾曾慣曉妝臺斂鏡支，幾曾慣夜窗櫺收香几。幾曾慣浣殘膏勻剩脂，幾曾慣飲殘杯餐冷炙。卑微，定月偃雙眉翠。凄迷，料霜添兩鬢絲。

（小旦）不但此也，柳小姐從公主下嫁趙王，在沙靖州；環小姐從公主下嫁歧王，在西寧州。

【南僥僥令】他各掩雙蓬鬢，同愁待掃眉。勉强學婢膝奴顏相趨避，但願得免鞭笞做侍兒。

（小生）痛煞我也，我的賢妹呀！

【北收江南】呀！你本是香閨繡閣上林枝，抵多少眠早起來遲。惜花愛月共嬌癡，傍妝臺待字千金體。到而今勢衰，到而今勢衰，反伴他嫁娘含淚上頭時。

（小旦）公子且免愁煩，若得上天憐念，終有相聚之日。

【南園林好】既不做皇宮愛妃，又不做豪門寵姬，總嫁在人間良配。覓芳蹤定可期，會芳容定有時。

（小生）綠荷呀！恁般世界，人海浮萍，那裏尋覓？況你我柔脆之身，亦恐不能永年耳。（同哭介）

【北沽美酒帶太平令】歎空梁落燕泥，歎空梁落燕泥，做風花四處飛，又都是衰柳鴉巢落下兒，有誰來憐惜？背人處兩行啼。思嚴父難求屍骨，念慈親難尋蹤跡，先壟在荒村古驛，故家落斜陽流水。俺呵！只落得聲絲氣噎，久心嫌人世。呀！況又是相逢今日。

（小旦）公子且請安息，不必過傷了。

【南尾聲】更闌燭照千行淚，相對猶疑夢寐。真個是腸斷天涯

遇故知。（下）

第三十二齣　餓　殉

【北正宮・端正好】（末持杖，丑隨上）晚鐘鳴，天河瀉，病身軀起坐欹斜。枉了你飯伊蒲捧缽能施捨，誰待採西山蕨。

（丑）謝爺餓了七日，你不吃飯，我煎了碗藥在此，你吃了罷。（下取藥上介）

【滾繡球】（末搖頭介）俺不肯覓盤餐度日來，又何用服參苓延壽者。聽饑腸雷霆激烈，爭粒食雞鶩暉嗟。漫誇恁廉頗健飯莫加，便費那漂母心羹當徹。又何必吞旄嚙雪，枉了這辟穀啖蔗。待禁他山連庚癸呼號切，怕甚麼日犯虛危欠缺些，莫漫傷嗟。（潑藥介）

（丑）可惜了，爺這般光景，是不要活的了！俺且嗑酒去。（下）
（末）咳，蠢才呀！

【叨叨令】怎比那程文海怎生耶？怎比那留夢炎如何也？却不見俺書成却聘走龍蛇，況沒個慈烏子燕難拋舍，趁這桑榆暮景日光斜，好去逐圍城餓鬼把陰燐結。勸你那饑方朔不用嗟，笑你那飽侏儒空自喊。兀的不喜煞人也麼哥，兀的不樂煞人也麼哥，俺到那瑜珈會上自有齋筵設。（死倒地介。眾扮斷頭鬼上）

（淨）兄弟們，我等唐朝征高麗國戰死的軍士，埋在這憫忠寺，已過了數百年，沒個依傍。今日大宋忠臣謝爺餓死在此，大家扶他起來，做個寺主如何？

（眾）好呀！（跳舞介）謝爺起來。

（末起介）你們是什麼人？

（淨）我等是唐朝征高麗死鬼，聽得爺歸天，特來皈依，要你做我們的寺主呢！

（末）好，好！你們都是為國捐生的壯士，俺便同你做個朋友罷。

【倘秀才】痛國殤野死乜邪，念京觀忠魂飄瞥。俺不能把七尺昂藏終馬革，有愧伊亡形傑斷頭烈，總結了趙官家四百年的基業。

（衆鬼扯末坐椅上擡下）

第三十三齣　碎　琴

【仙吕·北點絳唇】（末花白鬢道士裝抱琴上）燕市徜徉，金臺凝望，心悽愴恁地收場，老作西湖長。俺汪水雲，北遊十有餘年，歷盡悲涼苦楚，昨者乞恩，得以黃冠歸里。聞得南宋宮人王清惠等，今日在梁家園置酒高會，為我餞行，只得抱琴前去。（下）

【南劍器令】（小旦、老旦、旦道裝，淨、中淨、丑尼裝同上）連袂困殊方，思往事只添惆悵。羨他行獨歸田裏，臨歧斷盡人腸。

（小旦）我王清惠。

（老旦）我何鳳儀。

（旦）我蔣懿順。

（淨）我方妙靜。

（中淨）我林順德。

（丑）我袁正正。

（小旦）我等同是南宋宮人，被擄北庭，各自出家於尼庵道院，十有餘載。聞琴師汪先生今日南歸，我等置酒梁家園與他餞行，你看汪先生早則到來也。

【北混江龍】（末上）天空雲曠，俺歸心已逐雁鴻翔。記來時身輕似葉，到如今髮白如霜。列位娘子請了。（衆）先生稽首。（末）咳！看了你星冠霞帔水田衣，可憐俺麻鞋布衲塞驢韁。附浮萍聚北隅，隨斗柄又指南方。只落得天涯白首空吟望，却便是舟沉陸海，抵多少鶴返遼陽。

（小旦）先生且免愁煩，請滿飲此杯。（奉酒定席介）

【南桂枝香】（合）陽關同唱，離樽分餉，旅愁依塞草榮枯，鄉夢與江潮消長。念梧宮久荒，念梧宮久荒，若個曉隨天仗，空説露凝仙掌，漫思量那些兒宮女牽回輦，只剩你遺民哭戰場。

（末）重勞列位娘子，老夫何以克當！

【北油葫蘆】羞煞俺老戴黃冠去故鄉，抱枯桐，成獨往。只好買半間茆屋祀昭王,也則索吹簫乞食西湖上。説與他舊君王身無恙。着袈裟自合如來掌,草蒲團,這便是當時御床。把龍樓鳳閣換了個新方丈,叫人民此後莫思量。(衆同哭介)

(外僧上)汪先生,俺奉合尊大師之命,來送先生。

【南八聲甘州】他苦念舊宫牆,賦三秋桂子,八月荷香,裙腰草緑,六橋輦路應荒。有詩一首賜予先生。(末展吟介)寄語林和靖,梅花莫更開。黄金臺下客,應是不歸來。(大哭介)(外)俺大師呵!盼斷了旌旗日暖龍蛇漾,宫殿風微燕雀翔,昏黄,記暗香疏影淒涼。

(末)長老,你與我回奏大師,説俺汪大有呵!

【北天下樂】怎忍説身繋南天夢朔方,思也麽量,思量敢便忘?抵多少流水咽空堂,那德壽宫中夢草荒,聽不得南内空階夜雨涼,那裏有舞袖歌裙記曲娘,只留下水晶簾一片蛛絲網。俺有奉和昭儀娘子詩一首,聊申别意。

(小旦接讀介)愁到濃時酒自斟,挑燈看劍淚痕深。黄金臺愧少知己,碧玉調將空好音。萬葉秋風孤館夢,一燈夜雨故人心。席前昨夜梧桐語,勁氣蕭蕭入短襟。(淚介)

【南醉扶歸】這是《念家山破》難重唱,一聲《河滿》淚千行。漫説道遥望并州是故鄉,苦追思汴州明月杭州舫。勸君臨别盡離傷,只怕故人從此多黄壤。

(末淚介)今日知音永别,俺則索為列位鼓琴一曲,以酬折柳之意。

【北寄生草】三疊胎仙舞,漫天柳絮颺,便成連哭倒在君山上。師襄淚溢滄溟漲,伯牙只合江潮葬,這七條瘦玉苦低昂,俺索把金徽玉軫都抛漾。(碎琴,衆同大哭介)

(末)娘子們保重。(逕下)

(衆)先生行矣!

【南尾聲】明朝風雨西施葬,怎能勾斜抱雲和坐月光。汪先生呀!抵多少一曲《伊州》淚萬行!(下)

第三十四齣　野　　哭

（老旦上）易水纔聽變徵聲，白衣冠去送荊卿。側身天地頻搔首，獨向楓林冷處行。俺王炎午，上年攜了生祭文沿途遍貼，來到燕京，寄身逆旅。且喜丞相大節已完，了我一腔心事。今日天氣初晴，隨着秋光，散步前去。

【仙呂過曲・皂羅袍】荒草斜陽如故，趁楓林落葉，來到城隅。半堤衰柳影蕭疏，一行新雁聲悽楚。萬柳堂，這是留丞相的別業了。比不上韓園葛嶺，嬉春自娛。也算做平泉綠野，尋秋暫居。正行人不盡低回處。

（外負匣上）俺張千載，久備木函一個，前日在柴市收拾了文丞相齒髮，不免到萬柳堂中，哭拜一回。呀！足下何人，在此愁歎？

（老旦）小弟王炎午，願聞老丈姓名鄉里。

（外）原來是做生祭文的梅邊先生。老夫張千載，這匣內便是丞相齒髮，我和你撮土為香，哭拜一回如何？

（老旦）正合愚意。（置匣几上哭拜介）

【掉角兒序】愧沒有生芻一束，願丞相英魂來駐。駕白鶴應還故墟，閃靈旗試尋歸路。那裏有石人排，魚燈照，豐碑表，寶坊題，忠臣遺墓。一任他縱橫狐兔，來回麋鹿對唏噓。何處覓、麒麟翁仲，銀雁金鳧？

（淨、小生冠帶引人挑酒盒上）遣秋沽社酒，退直合朋簪。

（淨）下官留夢炎。

（小生）下官趙孟頫。

（淨）爾等是什麼人？

（老旦）我們收得文丞相齒髮，偶過此堂，借申哭拜之禮，有時回避，望丞相恕罪。

（小生）此義士也。請問二位姓名？

（老旦）我王炎午。

（外）我張千載。都是江西人。

（淨）原來這位是照管丞相飲食的張先生，這位就是做生祭文的王先生。子昂，我們與丞相都是舊交，竟將酒席致奠一回如何？

（小生）正該如此。

（淨）左右，將酒席擺上去。

（老旦）炎午有祭文一篇，請二公鑒正。

（淨、小生展讀解）咳！可謂淚溢江河、聲滿天地矣。（同拜介）

【解三酲】（合）寄楚峽猶存宋玉，弔湘江已失三閭。共張巡嵇紹回雲馭，似干將躍出洪爐。看身騎箕尾歸奎府，更光射旄頭照斗墟，寒芒注，挾長虹貫日，耿耿天衢。

（外負匣介）告別了。夜宿月當枕，曉行霜滿身。荒郊髑髏語，匣內有孤臣。（下）

（小生）王先生屈到舍下暫住幾時，細細領教。

（老旦）打擾不當。

（淨）分付打道。

【尾聲】傷心柳下無丘墓，風雨同聲一哭，怕聽他吹笛山陽淚滿裾。（下）

第三十五齣　歸　櫬

（生、老旦上）生長廬陵節義鄉，亂離經過髮如霜。雞豚社小三升酒，薺麥村連百畝桑。我們廬陵縣父老便是。我這村中，有文丞相舊府，門前一池清水，名曰冷水潭。聽得前人説，潭中舊有黑龍一條，能興風雨。自丞相生後四十七年來，靈跡杳然。前日傳説丞相已死眼睛，昨夜風雷聲中，似見黑龍歸沼，這也是奇怪之事。説他兄弟文璧老爺，今日奉太夫人靈柩自廣東惠州回來，已到府中。我們去糾合本村人戶，敬設公祭，潭前去弔奠一番則個。（下）

（外負匣上）歸來丁令骨，招到杜鵑魂。這裏是了，有人麼？

（中淨上）是誰？

（外）二兄請了。我自燕京收得令兄齒髮，在此匣中。

（中淨哭介）原來如此。呵呀！我的哥哥呀！（捧匣下即上）

（外）二兄在嶺南近況如何？

（中淨）一言難盡！

【正宮過曲‧錦纏道】自辛酸，做了個負恩人受新朝一官，天地豈能瞞？奉萱闈炎方薄祿承歡，實指望老萊衣親心自寬，又誰知皋魚血子職難完。銜恤捧娘棺，歷盡了兵戈離亂，骨肉罷團圓。慚愧他臨危能斷，猛回頭家國恨漫漫。

（外）令兄呵！

【朱奴帶錦纏】鐵錚錚孤忠自完，捱得到浮生劫滿，肯樹降旗納名款？那日盡節後，朝廷加他封爵，便將神牌擊到空中，扯得粉碎。宋丞相冰銜不換，死守舊朝官，頃刻把風雷驚竄。試看他星芒千丈，直射斗牛垣。

（中淨）請到後堂小飲。

（外）不勞了。尚有遺硯一方玉帶生，收好了，我去也。九原含笑應無憾，萬里招魂定不虛。（分下）

第三十六齣　庵　　祭

【仙呂過曲‧月雲高】（旦尼裝上）安心初地，舊夢休提起。每聽鐘魚韻，只道吹環佩。老身全太后，祝髮茆庵，世緣都盡，悟徹風幡，此是西來意。前日謝畹將昔日宮中所畫謝太后小像，送來供養。可憐謝太后，埋骨黃沙，歸於極樂。豈知老身今日，與他添水炷香來喲！並輦承恩夜，都是神仙配。轉眼滄桑遽改移，各趁驚蓬四處飛。

（小旦道裝上）太后，今日乃觀音大士誕辰，恐有香客到來，我們在雲堂款接一回去。（下）

【前腔】（老旦上）主家都尉，煙霧乘鸞婿。許給遊仙假，往赴華嚴會。我文丞相之妻歐陽氏，蒙駙馬、公主念我是忠臣眷屬，放出外間居住，月給口糧。今九月十九日，不免往大士庵中頂禮一番則個。便稽首連臺，乞懺前生罪。我想如來以太子夫婦出家，便成正果。我家相公皆因狀元宰相四字，墮落塵劫，倒不如那布衣田舍,轉得安閒。自古道宦海風波有是非,閃得人傀儡當場沒轉移。

(小旦上)居士是那裏來的?

(老旦)我乃前丞相文天祥之妻,特來拜佛的,望道姑導引。

(小旦)呀!原來是文夫人,奴家便是王昭儀。全太后娘娘也出家在此。太后娘娘有請。

(旦上)這是何人?

(小旦)這是文丞相夫人。

(老旦拜介)太后娘娘在上,臣妾歐陽氏朝見。

(旦)方外相逢,不用如此。咳!國家養士四百年,只得你文、謝兩位忠臣結局,真可傷也。

(小旦)夫人,可到雲堂瞻拜謝太后聖容去。(同行介)

(老旦)這就是聖容。(哭介)我那太后娘娘呀!想北兵到杭州時,要你僉名奉表,好不苦情也!

【皂羅歌】轟雷鼙鼓驚天地,排霜戈戟繞宮闈。豺狼共挾鬼神威,蛟龍頓失風雲勢。便把黃麻紫印,龍章鳳題,河山半壁,旌旗六飛,共金甌一統成捐棄。拋銅輦,換鐵衣,領三千粉黛向龍堆。

(小生)棋聲花院靜,旛影石壇高。這裏有個團瓢,倒也幽雅,不免進去隨喜片時。(入見老旦抱哭介)母親如何卻在這裏?尋得孩兒好苦也!(旦、小旦驚介)

【醉歸花月渡】(小生)關山踏遍無從覓,神靈杯筊總癡迷。只道重逢杳無期,何緣相見當今日。(老旦)這是太后娘娘,這是昭儀夫人。(小生拜揖介)驚疑,説是昭容紫袖垂,欣瞻大慈兼大悲。紫竹陰森,莫是潮音會?(旦)汝乃忠臣之子,可喜飄零草澤,看你一領青衫舊,便烏帽多憔悴。你如今在何處安身?(小生)小臣逆旅棲遲,萍蹤無定。此刻得了母親,即便買舟南去。(老旦)臣妾就此拜別。(拜介,各淚介。王夫人)我本欲同你跟隨太后,今不克如願,好不痛心!(小旦)夫人骨肉團圓,十分之喜。奴家惟有終老茆庵而已。(大哭介)(合)死別頻經生又離。(旦)我那有嬌兒奉母歸。

自憐子合葬崖山，　　四海無家那便還。
（老旦）阿閣凋殘鸞鳳散，（小生）可憐天姥淚潺湲。（分下）

第三十七齣　西　臺

（正旦內監便服上）空山石馬哭秋風，一片江潮尚指東。鬼唱荒墳尋故主，冬青零落夕陽中。咱家羅銑，向來看守皇陵，被楊髡這廝拏去收禁，後來遇赦放出，只得在這七里瀧邊，釣臺之下，賣酒度日。你看半江寒日，兩岸秋山，遊人甚多，在俺羅銑眼中，都是前朝眼淚也。

【仙呂入雙調・夜行船序】事去時移，甚龍飛鳳舞，尚存王氣。無聊賴，茆簷下一片青旗。低迷，衰草浮煙，遠樹粘天，蒼涼無際。追隨，寒雁隔江來，腸斷一聲漁笛。（下）

【前腔】（老旦、外同上）遊戲，白首低垂。夢杭州，湖上風光猶記。嗟流落，黃罏再過淒其。（老旦）毅父兄，此間有一小店，倒也幽雅，和你小飲三杯如何？（外）梅邊兄有此雅興，當得奉陪。酒家有麼？（正旦上）二位是飲酒的，請到江樓小坐。（登介）（外）酒家，你是內家行徑，如何到得這裏？（正旦）說也話長，小二取酒來。（丑取酒商，即下）（老旦）便同坐談談最好。（正旦）怎好取擾？（外）不妨。敢問老公名氏？（正旦）咱中官羅銑，本是皇陵守者，被楊髡拘繫，遇赦而出。重提，往事堪悲，斷碣殘碑，半山斜日。常時，燐火散郊原，野草閑花滿地。

（老旦）正是，楊髡發掘諸陵，不過利其寶物，如何將遺骨築塔江干，令人切齒也！

【黑蟆序】流涕，每遇前谿，聽塔鈴相語，不敢低回。（外）恨遺民力薄，無人拆毀。（正旦）二位不知，這塔都是豬羊骨殖造成。當年有兩個義士，一名唐珏，一名林景熙，他釀錢高會，僱人於月下換去真骨，私葬會稽蘭亭山下，表以冬青。稀奇，二士殮羣屍，諸陵共一堆。影迷離，借宮樹濃陰巍然，聊當龍碑。

（老旦、外）妙呀！

【前腔】高義，草澤扶持，歎苦雨淒風，銷盡五陵佳氣。料中興無日，若敖同餒。(正旦)國變之後，聞得有兩個忠臣，一個叫做文天祥，一個叫做謝枋得，後來不知怎生結果？(外)不要說起。休提，那文丞相呵！齒髮返江西，精靈歸故池。只有謝疊山無人收拾，掩殘屍，藁葬燕臺深藏，野寺荒基。

(正旦)二位不知，謝公子定之，亦負其父遺骸，歸葬弋陽矣。

(小生攜鐵如意上)眼中熱血同誰灑，愁外青山只自尋。這是嚴陵釣臺之下，呀！二客在此，不免相見。二位請了。

(老旦)先生高姓大名？

(小生)小生延平謝翱。二位是誰？

(老旦)原來都是文山門下之士，俺是王炎午，他是張千載。

(小生)兩公真義士也！

【錦衣香】文遍貼，存生氣；函竊負，存高義。算臨危君子之情，故應如是。(老旦)先生近在何處？(小生)小弟深慚苟活，今日寄居監簿王修竹家，又得浦陽江右方鳳、永康吳思齊，意氣相投，聊以永日。(外)我們渡過江去，向西臺一遊如何？(正旦)待我攜了酒具去。(老旦)漁翁，搖過船來。(雜搖船上)四位客人上船來，好順風呀！(合)好風七里渡江宜，羊裘老子，占斷漁磯。(到岸介)(雜)請上岸去。(弄船下)(小生)這是西臺了。回望富春山色，問桐君此意應知，列位請坐，聽我短歌請教。(以如意擊地歌介)魂歸來兮何極，魂去兮關水黑，化為朱鳥兮，有喙焉食！(大哭介)(正旦)呀！竹石一齊敲碎矣！竹石砰然碎，冷雲低委。看唾壺殘缺，共傷憔悴。

(小生)昔李白心愛謝公青山，欲老其地；我謝翱生不逢時，得葬此丘足矣。

(衆)先生且免愁煩，我輩去矣。(下)

(小生)俺謝翱到今日呵！

【漿水令】泣窮途無家靠依，歎衰年無人護持。揚州墓田留幾堆，同鄉不遠，渴葬何辭？身子困乏，不免假寐片時。(坐盹介。內奏細樂，儀仗引文、謝二公神裝繞場下)(小生醒介)噯呀！

方纔明明看見文、謝兩公，靈旗法駕，逍遥過去。排仙仗，簇畫旗，雲中宛見回雙轡。前日聞得楊髡遭暴雷殛死。可見列聖英靈震怒，昭報不爽。嚴雷電，嚴雷電，青天自知。逐魑魅，逐魑魅，庸人自迷。

【尾聲】忠臣孝子憑誰瘞？把麥飯年年私祭。莫認是一代興亡浪品題。（下）

第三十八齣　勘　　獄

【中呂・北粉蝶兒】（二雜甲冑持瓜，一吏捧冊引生天神裝上）開府瑤天，閃龍幢紅霞舒卷，掌森羅點鬼登壇。立刀山，排劍樹，銅丸鐵剪，一樁樁勘斷無偏，體天心慈悲懲勸。聰明正直死為神，鐵案如山各有因。春露秋霜自生殺，世間猶有作奸人。俺文天祥，生領臺階，死持風憲。奉上帝敕旨，勘問南宋以來奸相。該吏將各項簿冊，以次呈上，不得混亂。

（吏）領法旨。

（生）待謝文節公到來，一同辦理。

（吏）是。（二武士引末神裝繞場上）

【南泣顏回】纔下首陽巔，新拜雲霄冠冕。平反庶獄，森嚴不似人間。（到介）（生迎介）文節公，生未識荊，歿方御李，天祥有一拜。（末）枋得也有一拜。薑辛桂辣，比芝蘭氣味深耶淺？駕龍驂共步雲衢，持虎節同膺天眷。（並坐介）

（吏跪呈冊介）呈案冊。（起侍介）

（生寫牌介）提汪、黃二賊來聽審。

（吏執牌叫介）鬼使，押黃潛善、汪伯彥來。

（鬼枷鎖二犯上）汪伯彥、黃潛善當面。

（生拍案介）噯呀！二賊，你也有今日麼？

【北石榴花】你貪戀着揚州花月待把翠華遷，把祖宗陵廟一齊捐，却不道根搖葉落怎周全？將李綱排抑，宗澤拘攣。可憐那怯書生，可憐那怯書生，陳東歐徹骿守遭刑憲。僉壬登陟，忠良誅遣。

一味價用私人，公然狼狽相推薦。怎知道臺前業鏡為伊懸。鬼使，押這兩賊赴餓鬼獄去。（鬼押二犯下）

（末寫牌介）帶秦檜來。

（吏叫介）鬼使，帶秦檜來。

（鬼押檜上）秦檜當面。

（末）你這萬惡的奸賊，欺君誤國，殺害忠良，為何魂魄尚在！

【南泣顏回】當先，和議禁人言，劫制朝廷專擅。獄成三字，風波亭壓奇冤。將何格天？十九年醞釀邦家變。汴京河精衛難填，五國城青燐如爇。速將此賊一魂，永繫泥犁地獄，再將他一魂疊變豬羊，一魂疊變雞犬，使他萬劫受割烹炮烙之苦去。（鬼押下）

（生寫牌介）帶韓侂胄來。

（吏叫介）鬼使，帶韓侂胄來。

（鬼押上）韓侂胄當面。

（生）好賊子呀！

【北鬥鵪鶉】你在那玉津園選舞徵歌，玉津園選舞徵歌，把一個趙汝愚輕輕謫貶。更把那朱晦庵不許談經，蔡文定不教開卷。驀地家啟釁挑兵把殺運專，險些把錦乾坤放倒懸。更將那十六個太學儒生，十六個太學儒生，血淋淋頭顱都剪。鬼使，押這賊到無間獄去，每日睡在火床上化形三次。（押下）

（末寫牌介）帶史彌遠過來。（吏照前介）

（鬼）史彌遠當面。

（末）老賊呀！

【南撲燈蛾】惡狠狠當朝廿六年，陰慘慘一副無情面。饞紛紛僉任挨肩進，怒吽吽禁持臺諫。急煎煎擠排異己，鬧攘攘都去鑽彌遠。枉了你霜顏雪鬢，冷悠悠冰山一座玷班聯。押入黑暗地獄去。（押下）

（生寫牌介）帶丁大全來。（吏介）

（鬼）丁大全當面。

（生）賊子呀！

【北上小樓】你深藏着一顆心如墨，高仰着兩片顏如靛。赤緊的靠了閻妃，倚了宋臣，竊了朝權。叫人呼董董丁丁，叫人呼董董丁丁，凶如豺虎，毒如蛇蚖，是丁謂兒孫活現。將他押入惡狗獄去。（押下）

（末寫牌介）帶賈似道來。（吏介）

（鬼）賈似道當面。

（末）賊子呀！

【南撲燈蛾】羞答答《福華》一編，怯生生蕪湖一戰。哩哩的蟋蟀鳴，濟濟的黎民怨，急張拘諸把公田來更變，聚斂的閭閻倒懸。蔽朝廷一片雲煙，蔽朝廷一片雲煙，把一個皇華君子，囚在幽州別館，便宜你木棉庵裏血濺濺。將他押赴酆都，使他遍歷地獄諸苦。每年當蟋蟀鳴時，日間鞭鐵鞭一百，晚來吞鐵丸五十，俟蟋蟀收聲為止，萬載千秋，永著為例。

（生）文節公好處分也。（二旦持節引神官上）上帝敕旨：陞文天祥為都天總憲，陞謝枋得為九天司命星君，即當赴闕謝恩，星馳赴任去者。

（合）一霎裏——

【南尾聲】人天歡喜平恩怨，把善惡褒誅一遍，留下這孝子忠臣向法華轉。（下）

填詞擬並表忠碑，桑梓前賢事跡垂。
一點書生眼中淚，漫將長笛向人吹。

文 星 榜

（傳奇）

清·沈起鳳

【作者簡介】沈起鳳(1741—1802),字桐威,號蘋漁、蓉洲,別署紅心詞客。吳縣(今屬江蘇)人。乾隆三十三年(1768)舉於鄉,後五應會試不第。兼以夫人張靈早卒,抑鬱無聊,以感憤牢愁之思寄諸詞曲。乾隆四十五年(1780)、四十九年(1784),皇帝南巡,揚州鹽政、蘇杭織造所備迎鑾供御大戲,多出其手。五十年(1785)客惕莊全公尚衣署中,奉旨參與查勘詞曲,閱傳奇作品七百餘種。五十三年(1788)起,歷任祁縣、全椒教諭。終以選人客死都門。著有筆記小説《諧鐸》《續諧鐸》,散曲集《櫻桃花下銀簫譜》,文集《蘋漁雜著》,詞集《紅心詞》等。所著傳奇約有三四十種,雖風行於當時,然多數遺佚。現知存目者十種:《報恩猿》、《才人福》、《文星榜》、《伏虎韜》、《雲龍會》五種,今存,前四種合刻為《沈蘋漁四種曲》(又名《紅心詞客四種》);《千金笑》、《泥金帶》、《桐桂緣》、《無雙豔》、《黃金屋》,已佚。近人吳梅《才人福跋》評云:"余嘗謂蘋漁之才既不可及,而用筆之妙,尤非藏園、依晴所能。笠翁自負科白為一代能手,平心論之,應讓蘋漁。"《伏虎韜跋》云:"大抵蘋漁諸作,意境務求其曲,愈曲而愈能見才;詞藻務求其雅,愈雅而愈不失真。小小科白,亦不使一懈筆。其第一關鍵在男女易妝,令人撲朔難辨。……佳處在此,而落套亦在此。故讀蘋漁諸作,驟見其一,詫為瑰寶,徐讀全書,反覺嚼蠟矣。"

【劇情概要】全劇共三十二齣。演書生王又恭金榜題名,兼得三美的故事。第一齣《天榜》寫蕊珠宮掌書仙子吳彩鸞填寫文榜,將劇中主人公王又恭列為狀元,因名《文星榜》。事無所本,而與蒲松齡《聊齋志異》卷十《胭脂》篇有類似之處,或受之影響。清石韞玉《樂府解題四則》有評語曰:"《文星榜》,懲隱慝也。楊生命本大魁,以淫行被黜。王生士行無玷,又因其父居家嚴酷,幾以冤獄喪身。士大夫觀此,皆當自省。"吳梅《文星榜跋》云:"觀其結構,煞費經營,生、旦、淨、丑、外、末諸色,皆分配勞逸,不使偏頗。而用意之深,如入武夷九曲,《賺姻》《罵婚》二齣,非慧心人必不能作,通本遂玲瓏剔透矣。"

劇寫吳地書生王又恭,極有才學却無意於功名。自幼聘富家甘谷之女碧雲，未及娶歸，而父母雙亡，家道衰落。甘谷嫌貧愛富，有悔婚之意。翰林向詁閒居鄉間，有女采蘋，知書能詩，開朗豪爽。向詁為女擇婿，意屬又恭，遂登門訂姻，又恭以已訂婚為由辭謝。及又恭回訪，采蘋女扮男裝，以向家公子名義為妹求婚，亦被又恭回絕。有行醫者之女卞芳芝美慕又恭風度，焦道士之妻薛鶯姐有意為之牽連，未及行，又恭之友楊仲春私昵鶯姐，得知此情，乃冒名又恭，夜間私會芳芝，遭芳芝拒絕。仲春無奈，奪其手帕而返。然而手帕丟失，為無賴王六訌所得。王六訌亦扮又恭，前往卞府謀奸，被芝芳父發現，便殺芝芳父而逃，遺下手帕。芝芳見帕，據以認定又恭行凶，遂報官擒拿，又恭被逮。甘谷欲悔其親。又恭僕人求救於向詁。向詁無計可施，采蘋為避免碧雲他嫁，喬裝公子向甘谷求姻。甘谷不明就裡，答應之，碧雲是夜偕乳母遁往其叔甘守約家，途中遇向詁門生、新任理刑方魯山，被留於衙內待勘。次日，采蘋男裝懇求魯山詳察又恭一案。鶯姐誤以為芳芝父乃仲春所殺，責之。仲春為救又恭，向刑廳自首。適王六訌因所借衣巾有血跡而暴露案情，被魯山典刑正法。又恭昭雪出獄。采蘋與碧雲、芳芝合議激又恭進取。采蘋、碧雲喬結秦晉之好，又恭怒而大鬧婚典，眾人借機激之。甘守約先認芳芝為義女，再招又恭入贅。又恭發憤進取，與仲春、守約赴京應考。又恭高中狀元，仲春、守約同時進士及第。又恭奉旨完婚，兼娶采蘋、碧雲、芳芝三美。

【版本流傳】《文星榜》現存最早版本為清道光間古香林刻《沈薲漁四種曲》所收本，署"吳門紅心詞客著"。《奢摩他室曲叢一集》據之影印。今以古香林刻《沈薲漁四種曲》所收本為底本整理。

【演出情況】後世昆曲時有演出，《昆曲大全》即收《憐才》、《露情》、《戲泄》和《失帕》等齣。

（孫書磊）

第一齣　天　榜

（內烟火，淨赤面金甲舞刀扮血刃星，副淨黑面披髮扎額扮貫索星，小旦雲肩舞衣執桃花扮咸池星，末幞頭皂袍象簡橫持文卷扮官符星上）

【南宮過曲·紅衲襖】（淨）俺是個賽天蓬掌孼冤。（副）俺是個小河魁司刑憲。（小旦）俺是個惹春風買笑桃花面。（末）俺是個代秋曹奏讞執法員。（各通名介，合）任世人，圖謀萬全，總難逃神目如電。這的是善惡關頭，有個暗裡公評，也在人心自轉旋。（齊下場，設宮門一座，上懸"蕊珠仙境"扁額，內細樂，四仙女引旦翠翹金鳳雲肩舞衣扮吳彩鸞上）

【北粉蝶兒】名重書仙，位清虛蕊珠宮殿，為靈宵預定魁元，荷恩綸襄大典，先期謄繕天榜高懸，問何如籀文斯篆？繡襦甲帳本仙家，翆伴瓊臺服紫霞。自有彩毫傳絕藝，笑他新格學簪花。我乃蕊珠宮掌書仙子吳彩鸞是也。前在鍾陵，貧不自贍，每寫《唐韻》一部，獲價五千，自證仙班。上帝知妾運筆如飛，每當大比之年，輒命填寫天榜。今日吉辰，又逢大典，文郎已入朝賫冊去了。你看祥雲繚繞，仙樂鏗鏘，天榜敢待來也。

（內奏樂，二雜神將，小生、丑扮天聾、地啞。外扮朱衣神引生扮文簫騎虎捧榜上）

【南泣顔回】（合）纔下紫微天，又到瑤姬仙院，旛旌前導，遙將玉旨傳宣。（生下虎入宮介）杏林春色，笑天庭不設瓊林宴，荷恩榮先聽臚傳，比人間別開生面。（見介）

（生）夫人，天榜名冊在此，便請填寫。

（旦）侍女們展榜。

（衆旦應介，場上設臺，旦升座執筆介）我想科場一事，人間專重文章，天上全憑陰騭，那些士子只曉得在三條燭下，鬬勝爭奇，那知冥冥之中，元魁預定，兀的不枉費心機也。

【北石榴花】這纔是天開文運煥奎躔，點頭人坐後暗持權。少甚麼染衣柳汁遇神仙,芙蓉鏡下,及第爭喧。文郎,你可記得讀書未遇之時,也曾指望這一日來。(生微笑點頭介,旦)兀自想占高魁,兀自想占高魁,禹門雷動魚龍變,名繮一擲永諧仙眷。今日裡見題名,今日裡見題名,恁浮榮耀休生羨,只看那古來科第幾人傳。

(外展册念介)第一甲第一名狀元楊仲春。

(旦舉筆欲書,內烟火)

(淨、衆急上見介)仙姑,且慢填榜者。

(生、旦)呀!此乃賓興大典,我等奉敕舉行,列位星君,因何見阻?

(淨衆)衆仙有所不知,那仲春呵。

【南泣顏回】眠花宿柳夢魂牽,淫惡宜遭天譴。有文無行何堪,竟使掄元?心田陰騭,論天公善惡應分辨。休誇他射斗文光,須憑俺勘罪公言。(齊下)

(內金鼓,淨扮符使策馬急上,見介)奉文昌帝君法旨:據功曹申報,楊仲春士行有虧,本應黜落,念彼祖父陰功浩大,姑置榜末。第二名王又恭可陞補狀元,但伊父當日巡按中州,用刑太酷,合令其子先受囹圄之苦,後擢大魁,以彰果報。

(旦衆)領法旨。

(淨策馬下)

(旦)不想今科文星,重入貫索,真奇事也。(作寫介)

【北上小樓】你看貪歡的遭黜貶,嚴刑的蒙罪愆。繞地裡奪了巍科,受了官非,種下奇冤。這的是天道昭彰,這的是天道昭彰,前因後果,禍淫福善,抵多少格言懲勸。

(生)榜已填完,就此覆旨去者。

(衆應介,生捧榜騎虎繞場介)

【南尾】(合)馭罡風直上通明殿,蕊榜重標數合然。笑煞那糊眼冬烘只將文字選。(分下)

第二齣 愠　　報

（小生巾褶上）

【正宮引子·破齊陣】一片奇懷堪笑，三分傲骨偏高。鵷鷺班行，麒麟圖畫，不稱平生懷抱。要向名山傳絕業，肯賦《長門》誤彩毫，須知士也驕。人品須爭第一流，長將白眼傲王侯。文章何必留鸞掖，自有光芒射斗牛。小生王又恭，表字景仙，吳中人也。先君正儀公，曾任河南道監察御史。先慈陸氏，誥授皇封，不幸相繼去世。先君在日，已為我聘定本城甘菊泉之女碧雲小姐為配，纔當釋服，尚未結褵。小生幼負才華，長通經史，因見眼前那些讀書子弟，剿襲幾句斷爛時文、今夫套話，動不動便想登科及第，及至功名到手，把聖經賢傳，不知視為何物。咳！我想僥倖求名，不若文章壽世，因此年登弱冠，從未出來與考。好笑前日文宗科試，有箇好友楊仲春，拉我同到玉峰，被他再三相強，我一時失着，竟到場中，草草的揮了一篇文字，雖然率爾操觚，却是筆精墨彩。倘或一時取錄，豈不把我平生的志願都背謬了？因此這幾日如坐針氊，但願案上無名，便是我一生造化。

（生巾服上）偶把朝雲拋楚岫，好尋舊雨到吟壇。小生楊仲春，場後無聊，來訪王兄閒話。這裡是了，王兄在家麼？

（小生）是那箇？原來是楊兄，請坐。

（生）有坐。兄，日前捧讀佳章，真乃言言錦繡、字字珠璣，宗師發案在即，吾兄定然前列了！

（小生）咳！小弟無志功名，都是被兄強去赴試，但願文宗眼力不濟便好，倘或一時賞鑒，豈不被兄誤盡終身了？

（生）奇哉！天下那有進場不想入彀之理？吾兄也太覺矯情了！

（小生）阿呀兄吓！

【正宮過曲·玉芙蓉】我生平志願高，常把浮名笑。願名山著述，抱膝衡茅。（生）讀書人當以功名為重，怎麼講那些高尚的話來?(小生)只怪你**熱心妄想龍門跳**,致累我**冷眼偏將鎖院瞧**。(生)以兄大才,只怕宗師必然高取。(小生)噯!兄這話不是祝頌小弟,竟是幸災樂禍了。**文詞稿,望樓頭盡拋,莫將他衡才玉尺誤英豪**。

　　(末持貼上)公子,翰林向老爺差人相請,有名帖在此。
　　(小生看介)
　　(生)兄,可就是揚州向太虛老先生麼?
　　(小生)正是。這是敞年伯,前日大會吳中名士,飲酒賦詩的,就是他了。
　　(生)那日小弟亦在坐中,此老雖則年近古稀,不減少年逸興,既來相請,兄自然要去,小弟告別了。
　　(小生)兄且請坐,小弟不去。
　　(生)嘎,這却為何?
　　(小生)兄,自古翟公署門,孝標立論,小弟天生傲骨,不欲與軒冕往來。蒼頭,你去對來人說,我偶有小恙,不及趨候。
　　(末應下)
　　(二雜扮報錄人上)傳來新秀士,報與舊高門。(進介)
　　(小生)吓!你們來做什麼?
　　(雜)我們來報錄的,王又恭取中了第一名泮元,特來報喜。
　　(小生頓足介)阿呀!不好了,這便怎麼處?
　　(雜展報單,生念介)捷報貴府相公王名又恭,奉禮部侍郎提督江蘇學政趙,科試取中吳庠第一名泮元。來來來,王兄請看。
　　(雜)原來這位就是王相公,恭喜恭喜!
　　(小生)咳!
　　【前腔】**休將絳紙條,來向朱門報。把塗鴉醜筆,案首輕標**。(雜驚介)我們因是頭名,趕先來報的,沒有錯悮呵。(生)哈哈,我說你必然首拔。(小生)咻!**我著書閉户龍鱗老,怎蝸角微名誤我曹**。(雜呆介)阿呀!這是什麼意思?(小生)**心煩惱,被伊行逗挑,做無端一場笑話悔今朝**。
　　(雜)這也奇了,我們做了一世報錄的,從不曾報出人家動氣

（生）你們不要管，且到別家去報了，再來領賞吧。
（雜）既如此，我們且到別家去。哥，這到是奇文！（同下）
（生）兄，不須煩惱，你不曉得做了秀才，也有許多好處。
（小生）秀才罷了，有何好處？
（生）哪，一入黌門，便要謹守繩墨了。
（小生）嘎，難道不做秀才，便好敗檢不成？
（生）兄阿。

【前腔】你休將秀士嘲，一領青衫早。便衣冠禮法，來縛吾曹。（丑上）主人真好色，奴僕做牽頭。阿是我説相公必然拉裡王相公亢箇。（生）書童，你來做什麼？（丑）相公，姜姜焦道士亢家婆，叫我寄信拉哄。（生急掩口介）狗才，你又來胡説。（丑）奢箇介，王相公是弗碍箇。俚説道，今夜頭道士先生有生意，老老實實高吁去住夜。（生）阿呀呀！你這狗才，還不快走。（丑）咉，就去。咤！六箇弗亢説哄斯文臉檢人，當子朋友箇面前，到亢做假正經眉眼哉。（下）（小生）兄方纔説，一入黌門，便當謹守繩墨，吾兄難道不是箇秀才，為何却幹這般的勾當？（生作窘狀介）兄，風流罪過，終屬小節嘎。（小生）豈有此理！（生笑介）休猜做鄭香輕被韓郎盜，也只是玉佩私將交甫邀。（小生）兄，小弟叨在相好，敢以一言奉勸。（生）請教。（小生）兄，那青樓蕩婦，轉眼忘情，是不必説了。若是良家，不但有玷聲名，且恐禍生不測。（生）金玉之言，弟當敬佩。（小生）足見吾兄從諫如流。（生）還要請教，改日迎送，作何置辯？（小生）鼓樂旗章，本屬童兒遊戲，弟到了那日，惟有杜門謝客而已。（生）吾兄雖然脱畧，但此事必須隨俗而行。弟當為兄籌畫。（小生）此事，小弟深以為辱，不勞吾兄費心。（生）休要奇談。小弟告別了，改日專誠奉賀。（小生）不敢。（合）言談好，共文壇舊交，願休忘他山攻錯互推敲。

（生下）
（末笑上）哈哈哈，如今是好了。
（小生）蒼頭，為何這等快活？

（末）當日先老爺教公子讀書，原望一朝富貴，大振家聲。今日做了秀才，就是狀元宰相的根苗了。

（小生）咳！你不曉得那秀才兩字，不知誤了多少英雄，所以我把這一領青衫，置之度外。

（末）公子說那裡話，還是努力功名的是。（小生）

【尾聲】我泥塗軒冕休相笑，把初服平生自保。肯向那宦海塵中奪錦標。（下）

第三齣　聞雋

（淨扮甘谷上）

【雙調引子·海棠春】家貲不讓陶朱富，歎乏嗣，積金誰付？倉廩陳陳號素封，猶嫌甲第遜儒宗。承家未得寧馨嗣，有女徒誇似蔡邕。學生甘谷，表字菊泉，住拉蘇州北街上。半世辛勤，積攢點家私，開箇五六爿典當。哈哈哈，人家是着實像樣俚哉，只是今年平頭六十歲，還弗曾有兒子。安人金氏，即養得一箇囡兒，名喚碧雲，已經許配子王御史勾兒子，叫子王又恭。自從親家去世，家道竟一日弗如一日哉，雖然聽得說認真拉瓩讀書，到底學吓弗曾進箇來。我裡安人，嫌裡瓩窮子了，常常拉我面前聒噪，叫我也其實無法。咦，道猶未了，俚瓩娘、囡兒兩箇出來哉。

（丑上）

【秋蕊香】一女姻緣偏悞，貪門第自悔當初。（旦上，老旦扮奶娘隨上）謹守閨箴無怨慕，心內事難聞慈母。（見介）爹爹萬福。

（淨）罷哉，且坐子。（作告坐介）

（丑）噲！員外，聽得說新秀才是報過哉，故歇弗見響動，只怕我俚箇好女婿，亦弗局哉噓。

（淨）大都亦弗局哉。

（丑）當初纔是吓無主見，聽子阿叔箇說話，貪子裡瓩做官人家老，攀差子箇頭親事。

（淨）當初俚瓩做官箇時節，門望原是好箇，囉裡穀帳目下賊介蕭索。

【雙調過曲·鎖南枝】聯姻日，在仕途，何知此時庚癸呼？(丑)近來越是大人家徒細，越不成人。(淨)料他經史鑽研，未必加功苦。(丑指旦介)听看賊介花能勾一箇因兒，阿是捨得嫁拉箇注窮人家去受苦介。傷暮年一子無，怎肯令嬌兒作貧婦。

(旦)女兒年幼，正該侍奉晨昏，爹媽不必過慮。

【前腔】功名事，本遠圖，淹遲豈關學術疎？想因薄命文君埋沒相如賦，兒願如還哺烏。(老)安人，聽小姐說嘘。(旦)不為效于飛，厭荊布。

(老生扮老儒巾服上)冰清玉潤原佳話，璧合珠聯係夙緣。哥嫂。

(淨)兄弟。

(丑)二阿叔來哉。

(旦)叔父萬福。

(老生)侄女少禮。

(丑)二阿叔請坐子。為嗇老今日賊介興頭劈拍箇拉丑？

(老生)哥嫂原來尚未知道，你家女婿已進了學了。

(淨喜介)嘎，我俚女婿竟進子學哉！

(丑)啐！出來，進箇把學罷哉，奢箇大驚小怪。當初箇人讀書，要想書包翻身、榮宗耀祖，目今箇時勢，弗要說進學，就算中子舉人進士，也無得飯飯吃得來。

(老生作厭聞狀，向淨介)哥哥。

(淨)兄弟。

(老生)我看侄婿，才同倚馬，文勝雕龍，不久就連飛直上了。

(淨)但願賊介嘿好。

(丑)剛進得一箇學，就說得賊介好法。嘎，呷得听做箇媒人了，連忙擺架子哉。

(老生)哈哈哈，我甘守約從來不肯譽人。嫂嫂，那秀才乃功名發軔之始，你也不要看得他容易了。

(丑)噲！二阿叔听阿記得當初自家進學各時候，也賊介興頭過來勾,故歇篩五十歲哉,為奢了原封弗動,仍舊一箇癟疲秀才?

(老生怒介)嗳!功名遲早,是命中註定的,若說學問文章,自有一定的聲價,你們那裡曉得?

(丑)員外,箇是明欺吾俚外行噓。

(淨)讓裡去說希。(老生)

【前腔】〔換頭〕論文異,論數殊,儒珍有時待價沽,任教窮鬼揶揄。(丑)嗜箇到叫我俚是窮鬼。(老生)豈知鐵硯磨穿,曉夜心耕苦。(淨)說得我介箇勢利。(老生起介)咳!像我這樣功名蹭蹬之人,便由得你們嘲笑。若說你家女婿,哼,却不要小覷了他。(丑)也殼像子吘嘿住哉。(老生)嗳,他是公輔才、真鳳雛。笑你井中蛙,薄儒素。(拂袖竟下)

(老)員外、安人,二員外是去了。

(淨)那竟逗子去哉。

(丑)真正老踱頭,別人家箇事務,關得俚啥事,要俚動骨注閒嘔氣。

(淨)嗿!安人說嘿賊介說,女婿進子學,生成要做件藍衫,弄兩對彩旗,送得去應應故事乩噓。

(丑)箇是我俚箇門面,弗肯落褒貶勾。

(淨)夾嘿讓我就去置辦。

(丑)因兒,我俚裡向去罷。

(旦)是。

(丑)堪笑迂儒苦折磨,

(旦)浮榮何必羨登科。(下)

(淨)正是:酒逢知己千杯少,話不投機半句多。咳!我俚箇安人呢,說話原覺道過分,兄弟亦忑嫌來得迂氣,難張羅勾。(下)

第四齣　科　諢

(淨扮道士上)哈哈哈,看渾道士上臺哉。區區晚爺姓焦,從小領我出道。住拉富仁道院,也有家婆老小。出去道袍扁巾,居來仍舊衣帽。叫嗒在家出家，夥居就是別號。無生意常抱小幹，進觀門也輒大淘。唱灘王是我起首，雙鼓搥算我頂燥。闊口真正名工，綿帶無人蓋招。惡軟只算得晚輩，聚隆老對我哈腰。本事實在挑尖，就差脾氣弗好。落賭場慣拿衣裳捲捲，殺酒風硬拏徒弟蹦蹦。各樣毛病齊全，更兼篤怕底老。自從討裡做子晚正，弗曾一日心苗。自道面孔標緻，倒丑嫌我草包。俚倒纖手弗動，硬派我馬桶要倒。纏小脚連忙裝烟，說閒話就拏茶泡。還嫌我伏侍弗周到，時常尋生作鬧。偶然生意辛苦，上床只得隨料。當弗起俚一團騷興，枕頭邊弗揞即咬。無奈應酬弗動，只好讓裡去買俏。引箇星無塚孤魂，常拉門前說笑。假做勢兜火吃烟，挨進來叫生阿嫂。當子面一嘴正經，轉子背只怕拉丑老調。作帳捉住俚箇鵝頭，只是想弗出嗒訣竅。別人纔叫我是開眼烏龜，吾想想只好算箇扁頭烏竈。箇是念我自肚裡箇苦經。（指臺下介）老師太吪有暗病箇，聽子弗要直跳。（笑介）有心讓我拏箇道場光景，說來請教請教。人家無子爺娘，只該應認真帶孝。偏要座奢功德超度，必須我輩鈴杵搖搖。只要花鈸一響，遮堂邊就有人探頭探腦。先看單條那哼，再講堂畫阿好。耕檯子近來老倒，動鑼鼓也弗算討巧。賣橄欖粗話直噴，打齋飯嚼蛆一泡。孝堂裡非但弗哭，而且出聲大笑，倒像親筵喜事。講完對白幾套，直脚借箇做好事開心，箇樣惡習豈弗魘到？新近西街上箇勝會，正唱水鬭箇斷橋。弗殼官府私行，捉得去觀門枷號。咳！但願賊介一直頂真，只怕蘇州風俗還有日脚變好。閒話少說，今日是兩蕩生意丑。（看天介）賊介時候哉，拏子鼓搥包勒走罷。

（丑扮香伙急上）趕早收燈籠，偷忙燒素菜。咦，二師太，吪還弗曾下道場來？

（淨）我里富仁道院裡箇規矩，日頭弗直，弗下道場箇。

（丑）故歇是直脚晚頭哉嚇。

（淨）就要去哉，吪拿子燈籠先走。

（丑）阿唷！今日要忙煞箇哉。拜懺還壽生，專煉大施食。四處絆道場，只怕弄列必。（下）

（淨）噲！阿聽得我要下道場去哉，出來關好子門。

（搭旦内）阿呀，我拉里解手來嗻。

（淨）咳，怪弗道外頭人，叫吼是馬桶上西施，那説哺殺弗肯起來箇介。吾是去哉，弗要亦引箇星極門徒得來入屄打醮咭。（下）

（搭旦豔粧笑上）好哉，箇老烏龜出去哉。

【南呂過曲‧秋夜月】春暮天，輕颺蒲葵扇，可意人兒偏不見。生憎俗子難排遣，愁懷怎暫展，料難諧凤願。阿唷，我好恨吓！想我薛鶯姐，前世弗知作子嗜箇孽了，不拉千刀萬剮箇媒人婆，攛掇我里爺娘，拿我嫁拉焦道士做子晚正，年紀嘿五十歲外頭哉，夜夜倒仰子黃湯，死人能箇直倘到天亮。吼想嫁着子骨樣家公，阿要怨命箇，幸虧我小時節，搭楊家裡箇巧官同子學堂，到得世十五歲，大家愛弗過，先搭俚老調子，難間俚倒進子學哉，掉我弗落，時常溜得來搭我敘敘。故歇箇一程，弗知嗜緣故了總弗見來？咳！坐拉屋裡，實在悶弗過，且到門前去散散心介。

（生上）

【仙侶入雙調過曲‧園林好姐姐】與佳人睽違數天，赴幽期潛來這邊。（見搭作閃入，搭隨進閉門介，生）鶯娘。（搭）阿唷！我吓認子吼忘記子箇條路箇哉，今日嗜箇風倒吹子吼來哉介？（生）小生因往玉峰考試，故此這幾日不曾來看得你，休要見怪。（搭冷笑介）扯淡！弗來嘿罷哉，嗜人來怪吼介。（生）阿呀！鶯娘呵，端只為文場鏖戰。（搭）弗要拏箇註老鬼話來騙我哉。（生）不是鬼話。

【好姐姐】被一衿籠絡，此身難自專。（搭）我久已曉得吼是無良心箇嘎。（生）休埋怨，和你久要緣非淺，忍把深情付逝川。

（搭）吼也弗要瞞我，必然有嗜新相與乩哉嘎。

【玉交枝】笑伊虛言巧辯，早鶱地將人疏遠。貪花一定迷衎衎，枉教人望眼懸懸。（生）那有此事！鶯娘，休要把人錯怪了。（搭）嗳！書癡薄倖真顯然，憐新忘舊心兒變。（生）這箇小生怎敢。（搭推生介）快點去罷！弗要登拉箇搭碰箇人來看見子，倒認子有絲無線。（生）阿呀鶯娘，小生與你多年的交好，早難道一朝決絕了麼？（搭）你這樣薄情，我把前情一朝棄捐，記從今休來再纏。（背坐）

（生搓手介）阿呀！這便怎麼處？嘎，説不得了。（轉介）我的鸞娘，休要氣壞了身子，小生在此賠罪了。（跪介）

【玉交枝】憑伊訶譴，恕鰤生無心罪愆。（起抱，旦推介）呀啐！青天白日，弗要搭別人歪斯纏。（生）覷着你含嗔帶怒春生面，越教人愛極生憐。（搭）咳罷嘘！對吰説，過歇箇轉嘿饒子吰，以後若賊介是弗依箇嘘？（生）任憑責治如何？（解旦裙，旦推介）阿嗪！吰到直頭會纏虱。巫山縱教在眼前，豈容雲雨隨人便。（生）鸞娘，休要作難了。（搭）俏郎君直恁癲，惡魔頭苦被纏。

（生抱旦下）

（副淨上）小弟王六釭，蘇城大打降。氣力忒大淘，身體禿胖壯。忙來趕賭場，空子收矅浪。詐煞私門頭，吃光字背黨。全靠進益多，常拿應錢放。本縣新到任，就算光棍訪。四十大毛板，枷拉頭門浪。道兄掛招牌，門面越興旺。等到放出來，真正大響當。説嘿賊介説，幸虧官府凶，弗敢大放蕩。哈哈哈，弗要只管臭嚼蛆，我即刻戯虱巷口吃酒，看見焦道士剛走出去，隨後就有一箇小夥子溜子進去哉。俚虱箇底老，有點弗楷當勻，幾轉要想上俚一上，開口就直賴，今日倒要陪軒工夫守着里箇哉。（推門介）噫，門到關拉里，一定上子又哉，讓我聽聽看。

（生披衣，搭旦曳裙上著介）

【撥棹入江水】【川撥棹】（合）相依戀，恣風流，餘嬌喘。分明是戯水雙鴛，分明是戯水雙鴛，締同心情深愛專。（生）怕有人來，不當穩便，小生只得暫別。（搭）夾嘿吰明朝夜頭千定來子咭！（生）這箇不消分付。（合）【江兒水】兩意暫纏綿，整備來宵歡忭。（搭開門，生閃出見付驚走介）

（付）捉捉捉，捉箇瘟賊轉來。（望鬼門介）咳！可惜慢子一脚，到不俚走忒哉。

（搭驚看背介）阿呀！弗好哉，原來是王六釭箇派賴淫婦種，拉虱外頭。

（付進介）大娘娘，吰虱師太出去哉，那説到弄一箇替身拉屋裡。

（搭）啐！吘拉乩説嗜勾，箇是我俚箇表弟嚧，出門子多年，新近居來，望望我，嗜箇夾七夾八乩噴蛆亂話。

（付）嘎！親眷嘿啥看見子人要逃走箇？虧吘到還要説來。阿曉得，大凡淘渾子水，是大家要捉捉魚勾。

（搭）阿唷！到乩想吃櫵食哉，箇嘿吘只好做夢。

（付）嗜箇做夢？要做箇把米是，要箇把大阿哥撐撐門樓箇嚧。

（搭）阿吓！毪倒吘箇親娘，我嘿到弗怕嗜箇道兄勾，阿要喊破子四鄰地方，就把一場官司拉吘吃吃。各位高鄰乩。

（付驚搖手介）吓！弗要喊，搭吘摟，倒就認真哉。（出，背介）阿唷！箇箇花娘，倒賊介潑婆賴細勾。弗好，弗要幹手捏子濕豬頭，且等下轉次着子俚，收拾箇騷屄爿。（下）

（搭）淫娘種來咭，那哉。（隨出看介）嘎，跨出子門嘿倒就弗見哉。咤！一嚇就走，箇也要算嗜道兄？箇嘿鈍盡孤家老色頭乩來。（笑關門介）

【尾聲】無端惡少胡廝纏，還虧煞語言靈變。即姜幸虧得俚溜得快，弗曾不拉箇狗賊扯牢。空著我歡意纔舒怒氣填。（下）

第五齣　勸　　迎

（外白須冠帶，雜扮院子隨上）

【正宮引子·七娘子】鑾坡待詔聲華重，賦歸來林泉興濃。

【集唐】白髮如絲日日新，不親權勢正因循。塵冠掛却渾間事，野鶴高飛避俗人。下官向詡，表字太虛，邘江人氏，早掇巍科，旋登翰苑。禁中視草，每誇橐筆高才。屋外看山，忽動歸田逸興。自從夫人亡後，已將家產分授兒輩。尚有側室吳氏，所生一女，小字采蘋，貌可羞花，才能詠絮，老夫最所鍾愛。久思覓一快婿，慰我暮年，奈無吐鳳之才，尚乏乘龍之選。近因挈眷來蘇，留心擇配。前日大會吳中名士，飲酒賦詩，女兒意中，却賞識了王年侄的吟詠。此子豐神秀拔，與女孩兒恰是天生的一對佳偶。老夫已曾差人去請他到來，面談姻事，想必為迎送在即，無暇出門，今日只得親自去訪他。院子隨我到王家去。

（雜應，外）休誇行樂朝朝是，願得如花歲歲看。（下）

（下。小生上）

【前腔】青衿一領何輕重，笑儒流心高氣雄。

（末上）公子，今日乃迎送吉期，鼓樂旗章，一些没有整備，如何是好？

（小生笑介）這箇你不要管，少停隨我聖廟中去一拜而已。

（外、雜上）欲得王郎為坦腹，困憐宋玉是奇才。

（雜）這里是了，有人麽？

（末）是那箇？（見外介）原來是向老爺，少待通報。（進介）公子，向老爺來拜。

（小生）説我出迎。

（末）公子出迎。

（小生出見介）年伯大人。

（外）賢姪。

（小生）不知年伯降臨，有失遠迎。

（外）豈敢。

（小生）年伯大人請。

（外）請。（進揖介）恭喜賢姪，高擢泮元，老夫特來奉賀。

（小生）多謝年伯。小姪正為此俗事糾纏，未遑晉謁，又勞枉駕，何以克當？

（外）好説。

（小生送坐，告坐介）未知前日老年伯見招，有何臺諭？

（外）嗄，不瞞賢姪説，老夫年近七旬，尚有一女未字，却喜她儀容娟秀，資性聰明。哈哈哈，不是老夫誇口，若説才情，只怕左芬、謝蘊，却不過如此。前日奉屈諸名下賦詩雅集，原寓擇婿之意，不想小女竟賞鑒了賢姪的佳章，可見是天緣有在了。老夫在此地知交絶少，故此不揣冒昧，欲與賢姪面訂姻盟，未知尊意以為可否？

【中吕過曲·剔銀燈】羨你風裁俊年方賈終，詞章妙才逾屈宋。況昔年譜訂金蘭重，論門楣恰稱伯仲。（小生）嗄，原來年伯有所不知,小侄是從幼訂姻的喲。(外呆介)嘎,賢侄已定過姻了,請問是那一家?(小生)岳家甘氏,是先君在日聘下的。(外)阿呀呀!這等說,倒是老夫唐突了。(小生)不敢。(外)情蹤,深憋懞懂,那知月下老先曾繫紅。

(生上)胸中虹氣隨時吐,足下青雲指日生。(進見介)原來向老先生在此。

(外覷介)是楊先生。

(生)王兄。

(小生)楊兄。(各揖介)

(生)老先生,前日輕造,盛擾郇廚。

(外)捧讀佳章,不勝佩服。

(生)慚愧。王兄,你們那些貴同進,都紛紛到學中去了,怎麼此時還不把衣巾更換?

(外)原來迎送就是今日,怎麼賢侄若無其事?

(小生笑介)一箇措大前程罷了,何必作此俗態?

(外)賢侄,正所謂未能免俗,聊復爾爾。

(各笑介,生)王兄。

【朱奴兒】論釋奠宜登瞽宗,宮牆列師儒望重。自此鵬搏萬里風,扶搖上霄漢高翀。那些旗章鼓樂,小弟已代兄置辦,都在門首伺候了。(小生笑介)阿呀呀!雖承盛貺,愧不敢當。(生)兄,你承家學當如乃公,怎不把功名重?

(雜扮衆執事上)有人麼?

(末出問介)什麼人喧嚷?

(衆)執事人役,俱已齊集,伺候公子出門。

(末)候着。

(進稟介,小生)咳!楊兄,何必把小弟如此戲弄吓。

【前腔】憋末學羽毛未豐,何須炫黃虀有甕。(外)賢侄既入黌門,禮應公謁,便隨俗何妨?(生)管家,快取衣巾過來,與公子更換。(末應,與小生換衣插花披紅介)(小生自顧失笑介)近日儒冠盡素封,何曾有折角林宗?只是老年伯與楊兄在此,怎好失陪得罪？（外、生）此乃正事，何必拘拘。（合）斯文盛芹香泮宮，看俊彥人爭擁。

（小生作出門，衆授策引下）

（外）如此青年入泮，正該得意，怎麼反意興索然？甚不可解。

（生）王兄素性恬淡，全不以功名為念，方纔若非老先生相勸，還有許多推託。

（外）原來如此。老夫失陪了。

（生）晚生也要返舍。

（外）如此同行罷。

（生）請。

（末）公子不在，得罪向老爺、楊相公了。

（外、生）好說。（合）

【尾聲】明經聲望因人重，原不藉科名推奉。須信諭教從來首辟廱。（下）

第六齣　迎　覯

（貼扮卞芳芝上）

【中呂引子·剔銀燈】間向晴窗刺繡，恰又是花飛時候。朝來見遠山，鏡裡雙眉碧。小院鎖春光，去盡無尋覓。奴家卞氏，小字芳芝，生長寒微，性甘淡泊，父親託業瘍醫，老母專工針黹。今日且喜晴明，不免向窗前趁些女工則箇。

（末提藥囊上）肘後有方聊寄隱，

（老旦上）膝前無子迥含愁。我兒在此做些什麼？

（貼）爹爹、母親，女兒在此刺繡。

（末）好，我是看病去了，可把門兒閉上。

（老）曉得。

（末）杏林傳秘術，橘井著奇才。（下）

（老）我兒，你爹爹終日奔忙，你今年已及笄，尚未議及姻事，叫做娘的那里放心得下。

（貼）女兒胎髮初燥，正當侍奉椿萱，他事不須提起。
（搭旦上）嘎，到對門去説説閒話勒介。阿呀！那説吤乩開門拉里，一箇人阿弗見箇介。
（老）是那箇？
（搭進介）是我哉喲。
（老、貼）原來是焦大娘。
（搭）老娘，吤乩姐姐真好，日日伴拉房裡做生活，再弗見俚拉外頭來走走箇。
（老旦）女兒家正該如此。
（搭）今日迎秀才，街上鬧熱得勢拉乩。姐姐，我特地來合吤到門前去白相嘘。
（老）我兒，既是大娘有興，可奉陪走走。
（貼）只怕外觀不雅。
（老）自家門首，不妨得的。大娘，老身失陪了。
（搭）嗜説話，老娘娘請便。
（老）老去兒孫空目斷，貧來井臼尚親操。（下）
（搭）姐姐，虧吤終日伴拉房裡，阿要昏悶箇。
（貼）大娘，奴家呵。
【中呂過曲・榴花泣】空閨閒靜，終日下簾鉤。繡床長把彩絲抽，任他喧鬧懶凝眸。自憐弱息，無事向街頭。（搭）夾嚇吤忒老實哉，我里小娘兒箇日脚，新年裡圓妙觀裡白相相，四月十四軋神仙，五月端午看劃龍船，六月廿四荷花蕩裡做勝會，八月半看燈船，三節會是弗消説起，空閒子還要廟臺上去看戲來嘘。那時，【泣顏回】常思浪遊，記花前月下時攜手。（起攜貼手行介）學文君放誕風流，肯辜負秋宵春晝。阿唷！看迎秀才箇直頭興乩。
（内鼓樂引丑扮醜秀才上）
【花提馬】【石榴花】（合）彩旗搖颺，翠竹掛紅綢，帽檐花插擁鳴騶。書獃今日泮宮遊，揚揚得意功名就。（衆下。搭）我看箇箇人，將來倒要中箇乩。（貼）大娘那裡知道？（搭）吤看俚箇面孔，阿像箇獨角魁星老。（貼微笑介，搭）滿面浮漚，形如傀儡信奇醜。

（內鼓樂，眾引末扮老秀才上）【駐馬聽】（合）紅貼紛投，廣謁親朋汗漫遊。久困書城，乍採芹香，少慰窮愁。一生功苦此時酬，給來巾服應非久。（眾下。搭）咦，箇樣年紀，論來罷得獻世革哉。嘎，到虧里原爬到子手。（貼）大娘，不要小覷了他，當初有箇梁灝，八十二歲中了狀元。（搭）嘎，箇呷真正老運亨通哉喂。（貼）【泣顏回】羨高年得占鰲頭，泂難料寒酸耆宿。

（內鼓樂引小生上）

【駐馬玩江風・駐馬聽】（合）韶令風流，小試掄元出一頭。顏如衛玠，年似終軍，才勝楊修。（搭旦介）咦，箇是王公子，也恭喜進子學哉。（小生回頭介）忽聞笑語急回眸，無端瞥見閨中秀。（搭旦）看嗜介，隔日要來吃喜酒來。（貼作遮扇側視，小生看介）嬌容半掩，羞看一晌秋波溜。

（眾、小生下）

（搭）革位那馬子年紀亦輕，面孔亦標緻。

（貼）大娘怎麼認識他？

（搭）箇是王御史箇兒子，我里娘家搭里瓜是老鄉鄰約。

（貼點頭介）原來如此。

【駐馬摘紅桃】【駐馬聽】王謝名流，丰采翩翩莫與儔。是一時國器，千里家駒，措大班頭。（搭）我記得俚弗曾扳親箇來，咂若是中意，吾搭吼做媒人嘿哉。他採芹猶未咏河洲，與伊配合真佳偶。（笑拍胸介）只須私自把媒求。（貼作羞介）【桃花紅】教人驀地含羞，背地凝愁，諒春風綵毬早墜高樓。

（搭）吼弗要管里，包拉我身上，一說就成。關好子門罷，吾是居去哉。

【尾聲】管取絲牽月下良緣就，不藉流紅出御溝。（下。貼作關門介）只怕齊大終嫌鄭非偶。（下）

第七齣　憐　才

（正旦扮吳氏上）

【仙吕引子·小蓬萊】中饋從權主掌,慮無才不事更張。(小旦揚粧,小丑隨上)惜花起早,低窺菱鏡,初試梅粧。

【菩薩蠻】(旦)垂楊深院輕煙鎖,海棠睡醒嬌無那。雙燕拂簾鈎,啣花入畫樓。(小旦)庭陰閒竚立,苔點弓鞋碧。小鼎爇沉香,嫌他春晝長。

(旦)妾身吳氏,早適向門,老爺官居翰苑,致仕歸家。自從大夫人亡後,即將家產分授正出之子。妾身止生一女,名喚采頻,年方十七,未結絲蘿。老爺為他聰穎過人,異常憐愛,一向留心擇婿,只因維揚風俗,專尚奢華,多是些紈袴子弟,所以把姻事蹉跎了。今歲忽發奇興,挈我母女,來至姑蘇。前日大會吳中名士,飲酒賦詩,內有年侄王又恭,青年飽學,老爺十分屬意。原說親自去訪他,面談姻事,方纔回來,並不見他提起,不知是何緣故?

(小丑)夫人,我即刻送茶出去,看見老爺覷牢拉擡子上,倒像拉孔看嗜文章噓。

(小旦)母親,爹爹這般年紀,況又退居林下,還要看什麼文字?

(旦)嗄,想又得了什麼佳作,在那裡賞鑑了。女兒,我和你左右無事,同到書房中去一看,便知分曉。

(小旦)如此母親先請,孩兒少刻就來。

(旦)呸,只怕你又要弄頑皮了。

(小旦笑介)丫環,隨我來。掃眉自古稱才子,傅粉從今學省郎。(下)

(小丑)呎,曉得哉,大都亦要去開老爺箇心哉。(笑下)

(旦)這多是老爺一向偏愛,引得他這等嬌憨了,叫我做娘的怎生管束得來。且隨嬌女意,聊博老年歡。(下。外便服執文上)

【仙吕過曲·桂枝香】奇文欣賞,才思英爽。全不粘理障塵氛,堪愛煞機流神旺。我向太虛十八歲便登鄉榜,自入翰林,蒙恩主試,場中的好文字,也不知見過了多少,從不曾放在心上,不知怎麼見了王生的考作,便不忍釋手。我看他如此青年,文字却做得這般老到,可見名下果無虛士。(頓足介)咳!只可惜他已聘有妻房,若是未曾對親,與我女兒豈不是天生一對的佳偶?信郎才女貌,信郎才女貌，一時無兩，真宜隨唱。你想別樣事情呢，還可委曲周旋，婚姻大事，可是勉強得的？當不得女兒前日選中了他的詩篇，夫人又再三慫恿，我如今若對他們說知其事，非但夫人一場沒興，女兒還要異常煩惱。（攤手介）叫我如何料理？嗳！事參商，雀屏悞中由緣淺，鳳卜難諧空繫腸。

（旦上）扇影暗遮魚子縐，香風微動鳳凰簪。老爺獨自在此做些什麼？

（外）夫人請坐。恰好女兒不在，我有話要告訴你。

（小旦換巾服上，小丑扮書童上）世上儒冠真棄物，閨中偉服假名流。

（丑）老爺，我里相公拉里拜望老爺。

（外大驚介）吓！你家相公是誰，怎麼管門的不來通報？

（小旦作進介）老先生。

（外）阿呀！客已近來了，夫人快些回避。

（旦暗笑）

（小旦揖介）老先生請上，待晚生拜見。

（外）不消不消，只行常禮。

（小旦）如此遵命了。

（外扶小旦執手細看笑介）我説是誰，原來又是你這小東西，來哄我老人家。咳！作怪吓作怪。

（旦、丑共笑介）你們不要單管耍，坐下了，有正經話講。

（各坐介）

（外）女兒，你平日間頌椒詠絮，自命通才，可曉得詩詞歌賦之外，另有一種著作，諒你從來沒有講究。

（小旦）嗳！爹爹休恁般小覷女兒。憑他諸子百家，女兒都曾評閱，什麼琅函秘笈，便説不曾講究，倒要爹爹取來試試女兒的才學。

（外笑介）嘎，我拏出來，不要説做爹爹的難你嘎。

（小旦）只怕也難孩兒不倒。

（外）如此嘿取去看嘑。

（付文，小旦接看介）嗄，原來是一篇試卷。阿呀妙嗄！

【前腔】文章官樣不隨時尚，接當年瞿薛心傳，駸此日王唐伎倆。（外向旦）不想文章一道，他也通透的，這等說，又是一箇曹大家了，奇絕嗄奇絕！（小旦）爹爹，這箇不足為奇，孩兒還要據他的文字，斷他的人品。（外）怎麼就斷得出來？倒要請教。（小旦）爹爹吓，恁江花弄香，恁江花弄香，料羊車市上，瘦腰無兩。（外笑介）果然這樣箇人品，夫人，真是怪事了。嗄，女兒，你看此人日後可有些福澤？（小旦）此人後福不在爹爹之下。福難量，和聲鳴盛非虛語，竚看朝陽集鳳凰。

（外鼓掌大笑介）哈哈哈，方纔還說是曹大家，如今看起來，竟是蘇小妹了。

（旦）老爺，那作文的到底是誰？

（小旦）母親，不消問得，據女兒看來，做這篇文字的，一定就是前日賦詩的王又恭。

（外）奇吓！一些不錯，果然是他。

（小旦）我說天壤間，那裡還有第二箇才子。

（外起頓足介）咳！（背唱）

【前腔】看他似明珠擎掌，一般珍賞。奈才郎已遞絲鞭，我這裡施罄空想。（旦）老爺為何沉吟，莫非女孩賞鑑未確麼？（外）吚，這箇，倒甚屬允當。（旦）既如此，老爺一向留意真才，何不招他為婿？（外作搔首無策狀，背介）恁錦心繡腸，恁錦心繡腸，徒勞誇獎，赤繩無望。（付院子上）忽傳新秀士，來謁老詞林。老爺，王又恭相公來謝，要面會的。（外遲疑介）嗄，你只說我身子不快，改日相見罷。（付）是。（旦）住着。（付）嗄？（旦）老爺，王生既來，便好提及此事，怎反回他？（外）你不曉得，內中有箇緣故，倒是回他的好。暗推詳，詩篇怎做回鸞貼，文字難催秀閣粧。（下）

（旦呆介）嗄，這是什麼意思？

（小旦）母親，爹爹說話含糊，必有隱情在內，不如待孩兒出去會他一面，便知端的。

（旦）這箇只怕使不得。

（小旦）母親請自進去，孩兒自有主張，不妨得的。（推旦背下，轉向付介）你去對王相公說，老爺身子不快，公子出來相會。

（付）嗄，那箇公子吓？

（丑指小旦介）哪，就是箇勾哉耶。

（付）唷！這箇老奴怎敢？倘若老爺知道，責備起來，如何回答？

（小旦）不要你管，有我在此。

（丑）我里小姐說子，老爺夫人千依百順㐧來，倒要吽來打撬。

（付）嗄。（背介）咳！那有宦家小姐這般打扮出去見客的？真正是新聞了。你看夫人當了面，尚且阻他不住，不要管，竟去請他進來便了。

（丑）看來革樣子，要去撥茶㐧來。（虛下）

（付）王相公有請。

（小生巾服上）長才竊慕陶恭祖，短刺聊修禰正平。

（付）家爺身子不快，命公子出迎。

（小旦出見介）王兄。

（小生）向兄。

（小旦）王兄請。

（小生）請。（進揖介）不意識荊，幸接秋蘭襟袍。

（小旦）有懷御李，欣瞻春柳豐神。

（合）久切懷思，幸聆謦欬。

（小生）請問吾兄，尊行第幾？

（小旦）第三。

（小生）請教大號？

（小旦）賤字采蘋。

（丑上送茶介）

（小旦）王兄，小弟久慕高才，無從一晤。昨日家君將尊作袖回，捧讀一遍，使弟口頰流香，不勝佩服。

【羅袍歌】【皂羅袍】快睹雄文豪放，信班香宋豔，絕世無雙。（小生）吓！小弟才疏學淺，所著詩文，久已不諧時俗，今蒙老伯垂青,又承吾兄過譽,哈哈哈,真相賞在牝牡驪黃之外矣。金門憨未賦長楊,菲才何幸蒙推獎。(小旦)昨日家君奉候,曾有一事,未知可曾道及?(丑背介)阿唷!看里弗出,面孔直頭老擦亂。(小旦)閨中愛女,可方謝娘,目前快婿,無如阮郎,蒹葭倚玉緣心賞。(小生)昨蒙年伯美意,欲將令妹,俯結絲蘿,無奈小弟久已訂姻,故此有妨臺命。(丑)完了。(小旦呆介)嗄,原來吾兄已定姻盟。這等說,舍間親事,是不能俯就的了?(小生)便是。(小旦背介)咳!
【羽調排歌】藍橋會,玉杵霜,渴漿空自望裴航。(轉介)據小弟愚見,吾兄如果不棄寒門,尚可兩全其美。宜家慶,姊妹行,何妨佳話效英皇?

(丑背豎小指笑介)隱隱能此道纔肯做箇哉,箇句説話,是極上拆下來勾。

(小生)蒙賢喬梓雅愛,豈不知感?只是小弟忝列膠庠,怎敢有乖名教?

(丑)到底弗局。

【前腔】(小生)乞恕鯫生無狀,為嚴君在日,已定妻房。諒來尊府門楣,豈無佳婿?江東物望鄭公鄉,畫眉何慮無張敞?老年伯尊前,乞兄道達,小弟就此告別。(揖介,合)伯鸞求偶,終須孟光。嘉貞擇婿,誰如郭郎?良緣無奈成虛誑。(小生下。丑)阿唷!箇勾人直頭無竅亂嘘,小姐只顧撐上去,俚弗曉得搖攏來勾,看來無福氣做我里箇姑爺吓。(小旦)多講。這是三生事,難忖量,枉教隔座識龍驤。窺青瑣,空斷腸,難如賈午贈名香。(丑指小旦背做鬼臉笑下)

第八齣　露　情

(老旦扮甘氏上)嬌兒臥病因何故?老母關心倍覺憐。我女兒前日好端端看迎秀才,不想回到房中,竟自和衣而睡。這兩日寢食俱忘,形神若失,倒像有甚心事的,不知他犯的是何病症?不免扶他出來,問箇詳細。我兒,可勉強起來坐坐?

（貼內應，老扶貼病裝上介）

【南呂引子·臨江仙】情思懨懨心耿耿，朦朧似帶朝酲。
（老）我兒，你今日病體可好些麼？
（貼）母親，女兒是沒有什麼病喲。
（老）咳！這幾日面貌多消瘦了，還說沒有病。
（貼）母親，女兒這幾日呵。

【南呂犯曲·十樣錦】【繡帶兒】空閨內淒淒風景，春愁一枕難醒。曉窗前怕聽鶯啼，疎箔外倦看花影，難省。（老）你前日出去，不像箇有病的。【宜春令】記前朝笑語盈盈，尚兀自粧梳嬌靚。怎連日刺繡無心，抛離奩鏡？這般不茶不飯，怎生捱過日子？嘎，待我喚父親出來，與你診脈，看是什麼病症。（貼接介）女兒沒病，診什麼脈介？【降黃龍】薈騰，風透筠簾，月照羅幃，未必釀成真病。（搽旦上）嘎，無嗇做，到對過去說說閒話來介。（見介）老娘娘。（老）大娘來得恰好，我女兒身子不快，終日沒情沒緒，又像有病，又像沒病，不知是何緣故？（搽）阿呀！姐姐兩日弗見，吓嗇賊介清減哉介，怪弗道老娘娘着急。（貼）大娘，不意連朝蹭蹬，似花枝怯雨，風前低亸伶仃。（搽笑介）病源是曉得拉里哉。老娘娘，吓乩老先生是外科，箇種病症是弗會醫勾，讓我拉里說說閒話，包里就好哉。（老）這等說，我兒可與大娘少敘，待我去取茶來。（下。搽背介）看來箇光景，上子我點小當亢哉，讓我再去開開俚箇心介。（向貼介）姐姐，吓箇病，只好瞞別人，我自曉得箇嗻。（貼）大娘曉得什麼來？（搽）哪，【醉太平】多應睹春風得意馬蹄輕，戀着那衣香荀令。（貼微笑介）大娘，這幾天為何不來走走？（搽）阿是一猜就着勾。我里箇老測死勾，革一程倒日日有生意，所以無功夫出來。就是前日子箇句說話，實在弗曾搭吓說箇來。莫嫌斷綆，終期效力，兩地傳情。（貼恚介）【浣溪紗】大娘吓，你家居門須應，怎知我憔悴雲英。咳！這自我自家不達，從來戲語難憑準，莫怨對姨花倍更。（搽）我是安心要搭吓做成箇頭媒人勾，無奈吓忒性急子點老。伊家病，本只為惜惺惺，奈多嬌心裡，太急驚盟。（貼羞介）奴家蓬門陋質，想他宦室門楣，豈肯俯就？大娘說也無益。【啄木兒】我癡情枉把雲鴻倩,良緣自分空引領。(搭背介)看俚一相情願,倒認子真乱哉,弗如索性騙俚到子底罷。(轉介)姐姐,若説俚貪子富貴人家,老早扳子親哉,皆為要檢箇十足人物老,耽擱到子故歇喲。像唔能箇人品,真真千中選一,包拉我身上,一説就成嘿哉。仗冰言好事堪憑,不須愁朱陳中梗。單差前日子説得一句,唔就病得賊介哉,若是行盤送聘起來,囉哩等得及嘎?【鮑老催】伊須自評,絲蘿附喬雖易成,問名納徵難遽行。(笑介)倒弗如讓我去約里得來,私下先敘敘罷?婚姻事媒操柄,月夜先期繫赤繩。(貼)大娘,這箇斷斷使不得。(搭笑介)箇嘿番道奢介。弗瞞唔説,我里做小娘唔箇時節,直頭相與箇把箇嘘。【下小樓】(貼)只盼望央媒行聘,獲偕老無變更。夜行多露惜芳名,肯把摽梅試詠?吠厐感悦堪驚。(老持茶上)【雙聲子】兒災勝,娘悽哽,幸女伴相憐省。大娘茶在此。(搭)亦要老娘娘費心。(老)大娘,【鶯啼序】覷弱息晨昏孤另,仗你慰彼淒清。(搭)拉里對門鄉鄰,箇是容易。故歇説子半日閒話,要居去哉,姐姐,隔一日再來張唔罷。(貼)大娘慢請,得暇可來走走。(搭笑介)吠!還唔來嘿哉,唔自家保重點。(老)待我送大娘出去。閨中友朋望時親,言笑好破愁城。

(搭、老下)

(貼)據焦大娘説來,那邊姻事,十分牽穩,只不知兩下緣分如何?

【意不盡】一天好事誰管領,還愁轉輾語難憑。堪笑我影裡情郎尚目成。(下)

第九齣　戲　洩

(小丑急上)阿呀奔殺哉!咄!晦氣嘿做子碧霄堂箇香伙。今日好好能拉大街上趙家裡做道場,正是耕穭子箇時候,一箇王師太,吞子冷麻瘍居去哉。箇箇闊口是少弗得箇,故歇主行箇叫我務必要折箇人來抵缺。唔看夜亦夜哉,叫我去拆奢人好?嘎,我想闊口除子俚嘿,就算酒鬼焦頭哉,單差箇狗賊,反會扳腔勻,弗知阿肯瓸來？弗要管,且上上看。幾里是哉？開門開門。咳！弗知阿拉瓸屋裡,二師太快點開門。

（淨戴搭頭持燈上）呔！嗜人？門嘿好好能搣,阿是發擂了？

（小丑）好哉,人是拉瓸屋裡。二師太,快點開子。

（淨）奢箇事務？急急風能箇來介。（作開介）

（丑）二師太驚動哉。

（淨）吓！狗官,吪瓸今日有生意箇喲,老晏哉,到我里來做嗜？

（丑）我嘿特地來請吪哉嘘。

（淨）吪瓸是全堂名,嗜了折起人來介,要拆我幾時？

（丑）就拆吪今夜頭。

（淨）嘎,就是今夜頭,箇是急來抱佛脚哉？噲！為子嗜了？

（丑）弗瞞吪說,今日拉瓸大街上趙家裡還壽生,各樣纔過箇哉,正要絣檯子唱兩套,弗壳王師太吞子冷麻痧居去哉,所以着子急來請喲。加襯拉里,多謝吪張羅子我罷！

（淨）原來蓋箇緣故,吪去折空相咕,我嘿阿去做里替身箇。

（丑）阿呀！二師太,嗜箇做替身介？只講賺銅錢,生意交關嘘。

（淨）弗局,吪請差子神道哉。

（搭內）老測死箇,嗜叫請差子神道哉,生意上門,有嗜回頭勾？（上介）

（丑）好哉,娘娘出來哉。

（淨）阿呀！我箇奶奶,嗜老亦要吪出來監壇哉介？

（搭）哪,人家拏子現襯錢折吪,嗜老弗去,阿是怕銅錢咬子手了？狗觀,襯錢拉瓸囉裡,拿得來,單差故歇來是要加襯箇哉嘘。

（丑）原是加襯拉裡,哪哪哪,真正精光爍搭子,弗開串箇拉里,阿起看。

（搭）啐！吪箇淫婦種,也有箇多哈亂話。（接錢介）夾嘿吪先去,我叫俚就來喲。

（丑）弗要我一淘走子罷。

（淨）阿呀苦惱吓！我日日總是兩三蕩道場,趕來趕去,難得今日早居來,讓我自在歇也罷哉,再要逼我出去,箇是直脚拜送我哉喂。

（搭）吓拜送吓,依我心上嘿,直頭要大拜送吓得來。

（丑）二師太,弗要說哉。噲！大娘娘說子,總要去箇哉。

（淨）自然哉,吓請子玉皇大帝出來,生成遭得動將箇哉。咳！無法,夾嘿拿巾來換子,讓我踏罡步得去噓。

【南呂過曲・大迓鼓】生涯直恁多,纔完法事,又聘清歌。尋思柱自稱居夥,良宵不得伴家婆。（丑）弗要懊惱,居來趁熱被頭,來得及箇來。（淨）只為錢財好沒奈何。

（淨、丑提燈下）

（搭）哈哈哈,原不我逼了箇老淫婦種出去哉,我嘎認子今夜頭俚弗居來箇哉,倒約箇楊巧觀拉虱。故歇打發開子俚,放子心哉。

（生上）有緣偷折臺邊柳,無事閒尋陌上花。鸞娘。

（搭）咦,吓倒嘿嘿測測溜子進來哉,直頭胆大虱。

（生）是你叫我來的喲。你家的不在麼？

（搭）俚阿,本其倒居來箇哉,虧子碧霄堂來外拆老,亦出去哉。今夜嘿叫子天落饅頭吓箇狗造化。

（小生笑介）嘎,既如此,與你早些去睡罷。

（搭）弗要急,坐子勒對吓說。阿是王御史箇兒子,吓搭俚是朋友？

（小生）這是小生至交好友。

（搭）夾嘿吓阿曉得倒有一箇人拉虱想俚虱。

（生）嘎,那箇想他？

（搭）就是我俚對門卞家裡小娘兒,小名叫子芳芝。

（生）嘎,卞家女兒,小生曾見過的,好箇標緻人品。他與王兄有何干涉？

（搭）哪,就為前日子,我合俚出來看迎秀才哉喲。

【中呂過曲・古輪臺】挈嬌娥,同來門外看鳴珂。只因驀見安仁過,難向荊扉藏躲。（生）嘎,原來那日見面的。（搭）正是。弗壳箇小娘兒倒一相情願,看中子俚哉。一轉秋波,權當車中擲果。我看俚着子魔了,只說替俚做媒人,囉里曉得丫頭直頭肯上當了。(生笑介)嘎,那小娘子竟認了真了。(搭)非但認子真,好笑他不過邂逅仙郎,相逢道左,信奴作合定無訛。我昨日去張張里喲,他竟雙眉翠鎖,掩羅幃倦縮盤螺。(生)哈哈哈,竟害了相思病了。如此你怎生安慰他?(搭)我看俚箇樣式,倒勿好意思說穿哉,只得有心說鬼話,竟許俚約箇王公子得來私下先會會罷。吼想我箇箇鬼棚搭得阿好?(生)阿呀鸞娘!你雖然與他取笑,只是那小娘子如此認真,倘然害殺了他,怎麼處?(搭)箇也無法。我原是搭里搜搜喲,難道認真叫我寄信拉王公子弗成?(生作呆想介)嘎,王兄那邊,倒不難寄信與他,只是設或肯來,不識他家路徑,如何是好?(搭)革倒好記得勢箇。進子俚乩大門,就是一片空場,西首嘿是小娘吼箇房,俚乩爺娘住乩着東首。倘星郎赴約,銀河非遠,佳期穩妥。傳語莫差訛,花低嚲,綠窗深處隱仙娥。

(生忽起介)阿呀!不好了。小生造次出門,忘了一椿要事,待回去安頓了再來相敘。

(搭)嘎,忘記子嗜革事體,賊梗着急介?既是要去箇嘿,來纔是多餘箇哉喂。

(生)一去就來,決不負約。

(搭)夾嘿我拉里老等噱,就來子咭。

(生)這箇自然。(開門介)頓拋殢雨尤雲事,別起憐香惜玉心。(急下)

(搭關門介)阿要譚帳,剛進門革時節,革樣極法,等到別人動子火,倒奔子去哉。真正剛要做親,覷子轉筋哉。(咬裙帶笑下)故歇實在拉裡難過,亦要去哺馬桶哉乩。(下)

第十齣　拒　冒

(貼上)

【越調正曲・小桃紅】病餘消瘦怯羅衣,不知是為甚的神思異也。夜涼如水,疎欞風透倍淒淒。奴家自遇王生,不覺情難自禁。

雖承焦大娘許作冰媒，但我仔細尋思，只怕這段姻緣，終成畫餅。心内自狐疑，生怕他重門楣，鄙寒微。齊和鄭，端的是姻難締也，欺我枉自情癡。焦大娘還許我私約那生前來相會，我想仙源隔，料漁郎怎便得溯花溪。

（作假寐介，內打二更，生悄上）小生方纔因鶯娘說起那卞家小娘子，不覺勃然情動。為此假託有事，竟來冒赴佳期。來此已是他家。（推介）只是門兒閉著，怎能進去？（作摸介）嗄，這里有箇牆缺在此，不免放著膽兒，竟爬牆過去。（作爬勢，怕介）阿唷！

【下山虎】我心慌膽怯，冒赴幽期，暗地裡把龍門試跳，（作跳過介）不覺乍驚還喜。好了，且喜被我跳過來了。記得鶯娘說，他的臥房在西首，不免悄悄尋去。有女懷春，不能奮飛，怎說得瓜田不納履？方纔若非哄騙鶯娘，怎得脫身到此？（笑介）誆楚憑奇計，離却陽臺到月殿裡，幸喜他氤氳使把人指迷。噯，裡面透著燈光，一定是了。（作窺介）呀！原來房門虛掩在此。妙吓！可喜他睡在桌兒上，我且挺身而進。悄入房櫳，慢把人驚起。

（作吹滅燈輕喚介）

（貼驚醒介）阿呀是那箇？

（生）小娘子，不要高聲，小生王景仙在此。

（貼）呀！

【山麻稭】忽聽說那人來矣，教奴睡眼朦朧，不禁魂飛驚疑，因何故冒昧來花底？（生）只因焦大娘傳話，蒙小娘子錯愛，故爾不避嫌疑，特來赴約。（貼）秀才差矣，奴家仰慕君子，原為終身大事，如果不棄寒微，但須速倩良媒，向我雙親說合，何必冒險至此？休望如郵亭苟合，越府私奔，終被人譏。

（生）阿呀！小娘子嗄，小生因聞玉體違和，乃為卑人注念，故此敢來唐突嘘。

【五韻美】感芳卿心縈繫，為情鍾不能重顧禮。若依小娘子的主見，即使急倩冰媒，難免耽延時日，可不把佳期辜負了？望蓬山咫尺如千里，當前見棄，怎還想歡諧伉儷？（貼）嗄，蒙郎君垂愛，妾非草木，寧不動心，但恐一涉情私，彼此聲名有玷，望君速去，以免嫌疑。(生)呀！猛聽他催歸去,似鳥啼,怕的是人面桃花,重來門閉。小娘子此言,亦似有理,但小生今夜,業已到此,難道竟不能一握纖手,略賜歡情麼？

(貼怒介)嗳！

【蠻牌令】我既許效于飛,只合倩冰夷。(生作摸着抱貼,貼急推介)阿呀！妾身病體未痊,郎君幸勿粗魯。我病餘方氣怯,何得恁相欺。(生抱貼跪求介)阿呀！小娘子吓,小生自睹芳容,長形夢想,今幸得親玉體,豈肯空入寶山,但求片刻之歡,早踐三生之約。欣遇着雲期雨期,求速賜片刻雙棲。(拉貼裙,貼急掙介)阿呀！何來惡少,決非王生也。文人行,何太奇？蝶狂蜂浪,情有蹺蹊。放手放手。阿呀！你若抵死相纏,我便喚起爹娘,只怕你有虧行止。

(生放手介)小娘子不要聲張。

(背介)且住,他若當真叫喊起來,蹤跡必然敗露。不如留箇地步,再覷機緣。

(轉介)既是小娘子病體未痊,小生也不敢相強,只求示一佳期,再圖良晤。

(貼)妾望郎君,明諧婚配,桑間濮上,斷斷不能從命。

(生)阿呀！小娘子嗄。

【江神子】笑你矯情不見機,料指日舉案眉齊。(抱貼,貼急避,誤將手帕拂生面,生急搶介)什麽東西？(嗅介)阿呀妙吓！休嫌經絡無媒,鮫綃感謝手親貽。(內打二更介,貼)褻物已入君手,量來不肯見還。夜色已深,恐人知覺不便,郎君速速去罷。(生)咳！小生在此無益,也只得告別了。早枉却偷香奇計。(下)

(貼)咳！我只道王生是箇讀書君子,故此傾心向慕,誰想竟是箇輕浮子弟,我卞芳芝早則錯認了人也。

【尾聲】私情悔向鄰娘啟,早逗引狂生遊戲。日後就央人到此呵,我也守定貞心不認伊。(下)

第十一齣 失 帕

（搽旦上）箇也奇哉,那説革冤家去子弗來哉！

【玉抱肚】三更過矣,怪情郎如何不至？閃教人恨剔銀釭,數更籌愁報金雞。（生上）桃源已入仙姬晤,咫尺巫山雲障迷。（作嗽介,花旦）咦,箇革聲音,像是俚來哉,且開門出去看看介。（開介,生）鶯娘,小生來了。（搽旦）啐！没良心箇,那説直到箇歇來,教我冷清清等吘介半夜。（生）不要動氣,小生實因為了一莊極要緊的事,所以來遲了。（搽旦）介嘿弗要説哉,快點困罷。（合）和伊一朝不見便相思,肯把恩情逐絮飛。（遺帕摟下）

（副淨上）阿唷！搞吘箇老娘,今日輪殺哉,那説賊介箇花頭,我竟板板看瞎子,直頭弗服辣𡎺。今夜且居去淌冷尸,明朝到家婆箇搭去。攝俚革夏季工錢,豪豪燥燥甩甩哉。咳！幾里是焦道士𡎺,箇歇辰光,嗜老牢門還戲開拉里來？住𡎺,吾黄昏頭出來報稍,看見焦道士下夜局去哉,箇呷有點邪氣。嘎,前轉怪革娼根,對我嘴硬,今夜頭要次着俚𡎺。弗怕箇,且掩進去。（作踏帕介）吓！奢箇軟鋪鋪箇？（拾介）嘎,原來是一塊手帕子。唫阿唷！倒香噴噴勻,大替就是此人箇。（作袖介）

（生内應介）阿呀！不要睡,一件東西不見了。

（搽旦）啐！弗見子嗜箇了？扛困嘿倒亦要起來哉。

（副淨）吓！箇生氣弗是焦道士,弗要不勾狗賊溜子去,讓我拿箇門來閉上子介。（作推上門介）

（生披衣執燈上尋帕介）不知掉到那里去了？

【香柳娘】為心慌事紛,為心慌事紛,香消粉褪,佳人後會何憑信？（旦單乂褲急上）阿唷！吘箇刁賊,嗜時候哉,弗困来,還要尋奢箇魂。（生）且不要問我,待我尋着了對你講。（旦）箇没吾到弗許吘尋得來。怪伊家弄人,怪伊家弄人,不見是何珍,如此心慌甚？（生）實是不見了一方手帕兒。（旦）嘎,手帕子嘎。啐！介嘿拉我身上還吘嘿是哉,快點去困罷。（生）嘎,這等説,莫非被你拾在那里?(作放燈介)望娘行免嗔,望娘行免嗔,憑伊處分,乞還無吝。

(旦背介)看里賊介着急,一定囉箇贈拉俚箇表記哉。(轉向小生介)拾是我到拾一塊拉里,還哷也容易,只是要老實告訴我,是囉箇贈拉哷箇了,賊介着急法子?

(生)這……

(旦)快點説,弗然吾就一扯兩半哉!

(生)阿呀弗要扯!待我告訴你便了。咳!事已到此,也瞞你不得了。

(旦)好吓,快點説得來!

(生)

【前腔】向伊家對鄰,向伊家對鄰,私探芳信,緣伊俁把人勾引。(旦)賊介説法,哷姜姜竟到卞家裡去歇來。咳!介嘿哷革狗賊,直頭無子淘成乱箇哉。我是無心告訴子哷,那説就去割稻穗頭哉。嘎,怪道一刻弗等兩時辰,箇要緊去。咳!只是哷骨注人,死到仔地獄底頭,無超昇箇哉。(生)阿呀!這却為何?(旦)弗是噲,大都哷没總冒子王又恭箇名勒去箇,卞家裡箇丫頭,亦想得俚極拉乱,況且黑頭裡囉裡認得出面孔,自然總局箇哉,但是箇一來弗打緊,倘然肚裡有子喜,箇箇未完,豈弗要,連我才帶拉哈乱。(生)嘎,這箇鶯娘放心。(旦)那了?(生)哪,只與佳人訂姻,只與佳人訂姻,他不肯做文君,空將帕兒贈。(旦)嘎,弗信俚直頭弗肯,單送子哷一塊手帕子。(生)正是這樣的。(旦)啐,介嘿哷騙嗜人嘎?箇歇瞎貓拖子死老蟲,哷還肯放手來?(副淨)嘎,聽來有點好處拉哈,且弗要捉穿俚乱介。(旦)這情由豈真,這情由豈真?巫山既近,焉能霧隱?(生向搭旦討帕譚介)

(內扮五道士上)請吓。

【前腔】正歸來夜分,正歸來夜分,醉餘昏暈,行來且喜家門近。(衆)焦老二,那光景,直送到子哷門口哉。今日是辛苦子哷哉,再會罷。(淨)住乱,我今夜頭來應酬,阿弗曾倒哷乱碧霄堂箇煤。(衆)啐!好得勢,沾哷革光。(淨)弗是,我姜姜箇套大江東,只怕比哷乱王時中响亮點。(衆)好哉麽,單差弗作自家贊箇,真真大頭厭子,走罷走罷。(衆下,淨)哈哈哈,無得説,倒罵我大頭厭子。罷哉!明朝搭吓講禮。(作開門介,副淨作溜出急下,淨作驚介)吓!嗜人?是六箇打門裡逃走革,弗好哉,賊上哉。(作照介,旦)阿要死哚,嗜箇老支華百叫介?(淨)屋裡有子賊,還弗曉得乩來,吓直脚困殺乩箇哉?(旦)嗜箇賊上勒困殺哉介?我是一直弗曾淌冷尸,拉里等吓嘘。(淨)嘎,吓竟弗曾困箇來?賊介説起來,弗像賊,倒像奸夫哉。娼根,我嚊出去付應做道場,吓倒也請子客師拉屋裡做法事哉。頓教人怒騰,頓教人怒騰,難把這羞吞,須將伊血刃。(作拔法劍斬旦介,旦)做奢?只怕吓癡乩哉,拿子箇把鬼畫符箇劍唬六箇介。(淨)嗜箇鬼畫符?今夜頭直脚收伏吓箇妖怪。(旦)啐!介嚊吓要死呀,常言道捉奸捉雙,捉賊捉贓,奸夫拉乩囉里,吓就要殺我哉介?(淨)姜姜溜出去革,弗是奸夫,倒是門徒?見奸夫駭奔,見奸夫駭奔,若非邪行,怎潛身逃遁?(作趕殺旦,生忽出看介)

(淨)阿呀!那是弗好哉。阿嗙!毡吓箇當當齊革娘,放子一箇抗子一箇,直脚像玄妙觀能箇接衆哉。

(旦)阿呀那没那介!(抖介)

(淨)吷!吓是嗜人,伴拉我罄籠担裡?快點説得來。

(生)嘎,是是是小生。

(淨)既是小生,嗜老弗拉本班做生意,倒來外折?吾對吓説,我是好好能箇扁頭,弗肯白白能做黑頭箇嘘。

(旦)好哉,口氣鬆拉哈哉。(向生附耳介)

(生)有在此!有在此!(作出金付旦介)

(旦)介没捉,賊介阿情願箇來。

(淨)娼根,叫我做烏龜,有嗜情願?

(旦)哪且看嘘。

(淨)嗜物事介,是一隻金錠?嗿欺瞞我道士弗識貨革,是太保手裡拿箇泥錠嗿,要俚做奢?

(旦)泥箇,吓蹭蹭看?

(淨)咳!正是金子。

（旦）那没心裡那哼，去想想看。（旦扯生急下）

（淨）住瓦，等我運籌運籌看。我想要成正果，就拉箇歇辰光哉，吚吚吚，我得子道俚哉，我想弗拿此道，也是箇此道；拿子此道，原不過是此道。何弗拿子此道，讓裡瓦去此道？（轉介）家生婆，竟賊介沒哉？

（旦）嘎，箇歇没肯哉？

（淨）嗜叫肯哉？無非得子道哉。（看介）阿呀！箇箇人呢？

（旦）去哉噲。

（淨）啥時候去箇？

（旦）吚奈得道箇程光去箇哉嘘。

（淨）介嘿拿一碗燈籠得來。

（旦）做奢？

（淨）黑頭裡呀跌壞子没？下轉弗來哉噲。

（搭旦）介嘿吚原來是烏龜胚吓。（下）

（淨）奢箇烏龜胚介？做子道士嘿，生成要伏壇勾哉。（扒下）

第十二齣　商　　祝

（小生上）

【南吕犯曲·單調風雲會】笑青衫蓦地將人賺，早把窮愁擔。嗏，況味本難堪，何分久暫？小生閉户攻書，豈但無志功名，亦且不求知己。好笑那向老，為着幾句詩文，竟要把女兒與我聯姻，也算一椿怪事。他父女論文，一室操衡鑒。未必閨評非指南，只恨無由領塵談。

（老生上）主人不是池中物，來客曾為月下翁。有人麽？

（末上）是那箇？

（老生）是我在此，訪你家公子。

（末）原來是甘老相公，請少待。

（進介）公子，甘二員外相訪。

（小生）説我出來。

（末）公子出迎。
（小生）叔翁。
（老生）賢侄婿。
（小生）叔翁請。
（老生）請吓。（進揖坐介）我前日請教你的考作。（作圈勢介）心靈手敏，意到筆隨，不想風簷寸晷之中，竟有此傑作，哈哈哈，將來一定大魁天下矣。
（小生）叔翁，侄婿讀書萬卷，要做箇名山傳道之人。前日進場，元非本意，偶獲青衿，方切慚愧，叔翁何必過譽。
（老生作正色介）賢侄婿呀，你説那里話來？學生年已望六，死灰尚想復燃，似你這樣青年飽學，當思奮志雲霄，怎麽把功名兩字，看得這等輕忽？
（小生）哈哈哈，叔翁此所謂巢許皋夔，各行其志耳。
【玉枝供】【五供養】前民殷鑑，三徑蓬蒿，寄隱心甘，韜鈐藏秘笈，經濟蘊琅函。（老生）喲喲喲，科第乃君家故物，如果功名到手，做官也盡由得你。若説閉户潛修，一衿終老，阿阿阿，那些炎涼世態，冷暖人情，只我便多已領略過了。【玉交枝】揚名顯親豈戲談，揶揄惡俗吾深感。你若困守寒氊，絶意仕進，不要説別人呵，只怕我家兄嫂，（小生急問介）嗄，便怎麽樣？（老生）【五供養】若見韋皋面定譏讒，豈防持節後時慚。
（末）正要請問老相公，聞得明日是員外六旬壽誕，未知確否？
（老生）原來你們已曉得了，果然明日是家兄的誕辰。
（末）這等説，公子一定要去拜壽的了。
（老生）吓！賢侄婿，你我的情誼，却不在親戚上起見，故好把衷曲直陳。你明日既要去拜壽，一應禮儀，多要從厚便好。
（小生）嗄，為什麽呢？
（老生）哪。
【玉肚交】【玉抱肚】閑中推勘，那人情伊須自諳。原非巧作周旋，都因世味酸鹹。（小生）哈哈，原來如此。叔翁，【玉交枝】我食貧居賤常自甘，家寒只合安清淡。算何妨由他笑談，又何妨憑他笑談？

（雜扮院子持書上）欲訂三生約，全憑一紙書。有人麼？

（末出介）什麼人？

（雜）向老爺有書，要見公子面呈。

（末）少待。（進介）向老爺差人下書。

（小生）他有什麼書？且着來人進來。

（末）來人呢？公子着你進去。

（雜進介）公子，家爺有書呈上。

（小生）取來。（作拆書介）

【海棠醉東風】【月上海棠】試啟函，將他始末從頭覽。呀，怎重提姻事，語句包含。管家，這頭親事，已與你家老爺說明備細，後來會見公子，又再三回絕，怎麼書中重新道及？（雜）家老爺年逾七旬，久將家事，付託兩位少老爺，止有這位小姐，是二夫人所生，素所鍾愛，必要公子成全此事。（小生作連連搖頭介，老生）侄婿，向公有甚姻事來央你麼？（小生）此事一言難盡，有書在此，叔翁請看。（雜背介）元來這人是他叔翁，怎麼把此事當面提破起來？（老生接書看介）嘎，原來此老有此一段苦衷。（作沉吟介）賢侄婿，據學生看來，向公斗山重望，若非仰慕奇才，怎肯把愛女許字？況他門生故舊，俱列要津，兩位令郎，已登顯秩，你將來涉足仕途，正好相與，此事何不從權應允？（雜背白）說得是嘎。（小生）叔翁，你怎麼也是這等講？向公乃先父同年，豈可將他令愛，屈居次室？若說仕途相與，我已絕意功名，何用借光妻黨？（向雜介）管家，你回去拜覆老爺，此事斷然不敢從命。縱通家誼，屬朋簪，聯姻好，鯫生何敢？【沉醉東風】是非素講，豈容浪譚，使君有婦何須強再三？

（雜）公子既然執意不允，老奴去回覆家爺便了。咳！佳人空有意，才子奈無心。（下）

（老生）賢侄婿，學生方纔的言語，原是試你心跡，如今看起來，竟是箇不貪富貴的宋弘了。

【撥棹入江水】將情覘，信浮榮義不貪，慕風詩琴瑟和耽，勝湖陽當年美談。學生告別，明日若來祝壽，方纔所言，不可忘了。（小

生作笑介)不勞叔翁費心,小佺自有主見。(老生)須要着意鋪張,莫使冰媒啣憾。(別下)

(小生)聽叔翁的話,情見乎詞,原來岳父母一向嫌我貧窮,故此他特來相囑。

(末)公子,依甘老相公説,明日去拜壽,禮物必須體面纔好,只是如何置辦?

(小生)不須置辦,明日還他箇極體面的樣子便了。

【尾聲】炎涼常態休生感,我天爵爭榮豈抱慚?還待去遊戲華筵重將世故泰。(下)

第十三齣　悮　戕

(内打二更,丑扮王六訌衣巾靴上)吓!世界天下原有箇樣湊巧事務,我昨夜頭拉焦道士虱門前,拾着子一塊手帕子,掩到裡向去,聽見子多化巧意説話,吙想下家裡箇小娘兒,生得啥等樣箇標緻,若是弄得到手,也弗枉子人生一世,今夜頭作賬去打裡一箇脱帽。(出帕介)把柄是有里哉,就差打扮弗像箇秀才。(笑介)即姜走到押頭店上,恰好有付現成行頭拉虱,不我硬借子俚箇來,趁無人拉里,且拿來試試看。(換介)

【仙呂入雙調・字字雙】方巾闊服賃來裝,行當。(搖擺介)公然大踱走街坊,亂撞。今宵穩穩做情郎,硬上。(笑介)秀才行徑忒荒唐,野放,野放。(下。末扮卞老,雜扮小廝提燈照上)

【仙呂過曲・皂羅袍】謾詡名醫無兩,把奇瘍療治,自挈青囊。(雜)老先生,幾里是府上哉,一箇藥包拉里交代子,我自轉去哉噓。(末)有勞了。(雜)嗜説話?明朝請吙早點來看咭。(提燈下。末)媽媽開門。(老旦持燭上)應門少五尺,視夜近三更。(開門介)為何今日回來恁晚?(末)媽媽,方纔這家患的是怪症,替他醫治,十分費手,故此回來得晚了。多虧肘後有奇方,細心調治期無恙。

(老)這等説,你今日辛苦了。你可用夜膳麼?

(末)已在那邊用過了。

(老)既是這等,我去睡了。事繁嫌日短,人靜怯更長。(下)

(末)待我把藥料配齊,依方修合起來。君臣佐使,應當審詳。温涼燥濕,何須試嘗?飛龍奪命消災障。(場設藥具,末作切藥介。内打三更,丑悄行上)

【前腔】去把陽臺偷上,與佳人摟抱,暗裡成雙。幾里是卞家裡門前哉。(摸介)幸虧是亂石牆,好着脚箇,那邊有箇牆缺拉зи,讓我來不一跳俚使使。(作撩衣跳牆介)須學張生去踰牆,鶯鶯方得同鴛帳。原來是一片空場,跳嘿跳子過來哉,單差弗曉得小娘㕶箇房拉зи里箇首滑?(張介)咦,㕶看東首裡房裡有點火光拉哈,想必俚有心拉зи等漢,介老弗曾困來,且讓我挖仔表記出來介。(出帕介)他銀缸未息,猶餘火光。我花星已照,輕推小窗。(作推窗,末驚介)窗外怎麽有人?一定是賊了。(丑驚介)阿呀!蓬山悮到驚喧嚷。

(末)有賊在此,你們快來。

(丑)弗好哉,走差子門路哉,快點逃走罷。(末拔切藥刀開窗追介,丑作扒牆不及,回身踢落末手中刀,搶刀殺末介)

(老、貼持火急上)忽聽呼聲急,多應賊勢凶。(丑作棄刀越牆遺帕下)

(老)那邊牆上一箇人跳過去了。

(貼驚介)爹爹怎麽跌倒在地?(作照見大驚介)阿呀不好了!爹爹被賊殺死了。

(老看大驚介)果然殺死了,阿呀天吓!如今賊已逃去,如何是好?

(貼哭介)阿呀爹爹吓!(老合)

【商調過曲・山坡羊】痛高年緣何恁般莽撞,遇穿窬怎知霎時身喪?軟怯怯難救援的女流,急煎煎唤不轉的魂飄蕩。(貼)母親快些叫起四鄰,追趕賊人要緊。(老作開門叫介)列位高鄰,快些起來,我家老兒被賊殺死了嗻。(貼)空喊嚷,賊人已脱網,(老合)夜深月黑誰追往?似此没主冤情,何從緝訪?情傷,看嚴親身已僵。心慌,恨强徒氣怎降。

（淨、旦急上）半夜三更，喊得詫異，弗是賊發，就是火起。（見介）老娘娘，啥事務老賊介喊法介？

（老）二位不好了，我家老兒被賊殺死了。

（淨、旦各驚介）那説嘸丑老先生，竟不拉賊殺哉？

（看大驚介）阿呀！真正殺拉里哉。夾勒賊呢？

（老）賊已越牆逃走了。

（淨）阿曾看見那哼箇人介？

（老）是箇帶方巾的。（貼、旦各驚介）

（淨）嘎，帶方巾箇，故也奇哉，竟有介箇斯文賊拉丑？（想介）只是賊介，黑暗頭裡六箇敢去追俚，真正有法無使處丑滑。

（花）拉囉里跳過去箇介？

（老指介）在那邊跳過去的。

（淨拾帕介）咦，牆脚跟倒是一塊手帕子落拉里。

（老接看驚介）呀！這帕兒是你的，怎麽倒在牆下？

（貼）嘎，我曉得了。

（旦急介）姐姐，曉得啥箇介？箇是性命交關箇事務，無本事七搭八搭箇嘘。

（老）我兒，曉得什麽介？

（淨）聽箇口氣，着點邪拉哈。（貼背）

【前腔】恨冤家把人暗中骯髒，為私情為與我爹行相抗。（頓足介）阿呀好恨吓！（老）到底為着什麽，快些説嘘。（貼）哭哀哀説不出的冤愆，亂慌慌撇不清的風流賬。（轉介）大爺，這是不共戴天之仇，事已至此，也不得不説了。（旦着急摇手介，貼）母親，這箇賊是為女兒來的。（老）這是怎麽説？（淨）看來弗是生主客，是熟門徒哉。（貼）母親，方纔見箇帶方巾的，明明是王秀才無疑了。（老驚介）好奇怪，那箇王秀才呢？（貼）母親，情不枉，為吾把禍釀。（淨扯旦介）噲！關得嘸啥事？到像告神打箇能丑哉介。（貼附老旦耳介）偶然瞥見曾懸想，（旦背指淨暗向貼摇手介，貼）豈料花底狂蜂，旋來倏往。（淨扯旦背介）噲！家主婆，聽箇説話，是打過子一壇醮箇哉？（旦）啐！（老大驚介）阿呀！你怎麽瞞了我幹出這様事來？（貼）披猖，因偷期致命戕。乖張，為鍾情翻受殃。

（老旦）若到當官，必要你去與他折辯，這便如何是好？

（貼哭介）這是女兒不肖，致害父親身死，明日指名報官，自有孩兒質對，不怕他不抵命。

（旦）事有三屈，弗知到底阿是俚殺箇？

（淨）既然有子着實，等天亮子勒去報官，且拿老先生扛拉床上子拉介。（同老擡末下）

（貼執帕哭介）阿呀爹爹吓！

【尾聲】無端殞命我心悲愴，怎顧私情醜外揚？王又恭，你這負心賊子，誰教你平地風波搆禍殃。（下）

第十四齣　宴　拏

（丑扮甘院君上）

【菊花新】華堂開宴值花朝。（旦上）寸草心春暉難報。母親。

（丑）罷哉，坐子。因吪，今日是吪㑪爹爹六十歲大生日，聽見說多哈鄉紳纔要來拜壽箇，故歇正㑪外頭忙，等俚進來，我搭吪也替俚拜箇生日拉哈。

（旦）便是，女兒已整治酒筵伺候，與爹媽稱慶。

（淨笑上）金貂堂上開春宴，

（老生上）花萼樓頭捧壽觴。

（丑）阿唷！老壽星進來哉。

（淨）院君，阿曉得我忙得了弗得里哉。

（老生）嫂嫂，今日哥哥壽誕，特來稱祝。

（丑）多謝阿叔。

（淨）阿呀呀！老弟，吪是看我忙得頭昏眼暗勾哉，自家弟兄，阿可以弗要客文子罷。

（老生）這是一定要拜的。（各拜介。老生）

【粉孩兒】欣欣的慶遐齡同拜倒。（合）信人間樂事，永錫難老。（旦）爹媽請上，待女兒拜祝。（淨、丑）罷哉。（旦）嫣然拜福折柳腰。(淨、丑)兒子起來罷。(合)幸承歡有女含嬌。(丑)正是,員外阿有介事,說道今日多哈鄉紳,纔要來拜吼壽勾介。(淨)正是要來勾,只怕即目没才到耶。(丑)介没我拉里愁一箇人哉。(淨)愁六箇。(丑)愁我里勾好女婿,必然要柴得來勾,阿覺得衵眼。(老生)嗳!嫂嫂,你怎麼這等勢利?王家俚婿乃侍御門楣,又是箇新進秀才,有何辱没於你,如此輕薄他?(丑)阿叔,女婿是我勾,嗜要吼弗伏辣?阿曉得是我心上勾栙了,直頭要説説勾。(淨)阿呀!弗要咭,今日是我生日,弗要動我勾壽氣。(付扮院子上)來哉來哉,員外拉虱囉里,員外拉虱囉里!(淨)嗜了,阿是有客人來哉?(付)員外,多哈鄉紳老爺纔來拜壽哉嘘。(淨作喜介)嗄,才來哉,介嘿吼虱且進去。(向老生介)我搭吼溜勢去迎接。(合)辱高軒不棄光臨,須添我多少榮耀。(下。生、丑扮鄉紳上)

【紅芍藥】為朱門華簡相招,笑萍逢朱履同邀。(淨、生接介。生、丑)只羨他風光勝蓬島,玳筵前金銀氣繞。甘兄請上,待小弟等拜祝。(淨)阿唷唷!兩位老先生,革是再弗敢當勾。(生、丑)自然要拜的。(合拜介)麻姑進酒曼倩桃,錦堂春豈殊圓嶠?捧金尊共祝松喬,願介壽青山共老。

(淨)人虱,端正酒席得來。兩位老先生竟請坐便酌,先吃壽麵。

(付)員外,姑爺來哉。

(淨)吓!姑爺來哉。咳!俚慢點來也罷哉。

(小生上)樓上吹簫虛鳳史,筵前獻棗效安期。

(見介)岳父大人請上,待小婿拜祝。

(淨)罷哉,免子罷。

(小生)星輝南極,欣叨半子之榮。

(淨)腹衵東床,幸有全才之目。兩位老先生拉里,唔見禮。

(小生)二位老先生。

(生、丑)請了。

(小生)叔翁。

(老生)賢佐婿,久違了。二位老先生,這就是侍御王公的乃郎，新擢泮元的。

（生）吓！元來就是王兄。好吓！前日學生曾捧讀試卷，真琳琅滿目，兄負此奇才，不久便當聯飛直上了。

（丑）吓，是吓。小弟也見過王兄尊作，真乃大才。

（小生）晚輩拙作何敢當二位老先生過譽。

（生）哈哈哈，二位老先生，舍侄婿非但文才卓犖，抑且品行端方。

（淨）噯，兄弟，唔過星説話，只好騙我，兩位老先生面前，少説子點哉滑。老先生，想我敝親家當初做官，也弗曾作歇孽，為嗜了阿郎弄得賊介意利？

【會河陽】只笑他兩袖清風，自存潔操，把經畬遺訓誤兒曹。（小生背介）呀，聽他重富欺貧，話中暗包，些兒事殊堪笑。（生、丑）甘兄，令婿呵，須有時金榜題名耀，待時廊廟，間把經綸表。

（淨）只看里將來哉。阿呀！啐！只管説閒話，忙記子坐席哉。酒來酒來，第一位自然老先生哉。

（生）王兄是姣客，理應上坐。

（淨）喲，俚没阿敢薦兩位老先生箇，請從直罷。（場上吹打，淨作送席，內忽喊介，淨）外頭嗜了賊介鬧？（二差鎖末急上見眾介）

（末）阿呀！大相公不好了，不知那箇害你，縣裡差人在此拏你了。

（二差）這就是王又恭麼？在這里了，隨我們走。（出鍊鎖小生介）

（淨）呔！呒虱為嗜事務，竟到我裡來捉人？能箇放肆！

（二差）我們奉本官牌票，來拿殺人凶犯，什麼放肆？

（老生）住了，這是王御史老爺的公子，他是讀書人，焉有殺人之理，莫非你們拿差了？

【縷縷金】緣底事氣喧呶，前來尊酒畔，逞凶豪？（二差）呸！他叫王又恭，昨夜殺了卞芳芝的父親，現今他妻子、女兒在縣呈告，這是因奸致死的重犯，我們怎得拿差？（淨、衆各驚介）吓！原來如此。（小生）阿呀住了！如此説，你們果然拿差了，小生並不曾殺人,也從來不認得什麼卞芳芝。(末)是吓,我也説大相公決無此事的。(二差)咳!你們倒説得好笑,差與不差,是與不是,且到當官去辨,與我們講些什麼,快走快走!(小生)阿呀列位慢些!念我青衫輩,須存雅道。(老生)阿呀佐婿吓!料他行怎肯解紛囂,且到公堂自呈告,公堂自呈告。(二差扯小生下。末跟下)

(老生)阿呀哥哥!不想王家佐婿遭此奇禍,可念翁婿之情,和你急急到縣前去打聽。

(淨)呸!俚幹出箇樣事務來,我還要去管俚來?一廳客人拉里,倒叫我甩子拉走?

(生、丑)阿呀!甘兄既有事關心,我等暫且告別。

(淨)豈有此理?那好得罪介。

(生、丑)改日再來領情罷。座上拿人真怪事,筵前捕客寔新聞。(下)

(淨)阿唷氣殺哉!(坐)那説興興頭頭做箇生日,倒弄出仔賊介一件大把戲來,直脚羞殺子我哉。(老生作搖首無策狀)

(丑上)忽聞奇異事,促步到堂前。阿叔,那説王家裡女婿,不俚乱捉子去哉?

(老生)正是,連我也不知什麼緣故。

(丑)哑到弗聽見,差人嘴裡説,我拉後底聽得明明白白,為俚困子人家小娘哑,殺子人老嚛。

(老生)咳!他是讀書君子,那得有這樣事來?

(丑)啐!箇歇辰光還要替俚遮瞞來?哑平常日間説俚人品好,文章好,那間殺子人嘿,阿殺得好介?

(老生)噁,你就信真是他殺的?

(丑)弗曾殺人嘿,嗜了來捉俚?

(作看淨介)咦,員外哑為嗜到默默測測坐乩介?

(淨)嗳!眼阿衵盡哉,再叫我嗜來?

(丑)呸!介没哑直頭是大毂風菱,箇箇事體,只該應快活,有嗜氣拉哈箇?

(淨)嘎,那説倒叫我快活介?

（丑）那哼，我俚多時嫌革頭親事扳差子，故歇俚犯子死罪，正好再扳親哉滑。

（老生作大怒介）噯！嫂嫂你這般講，竟不是話了。

（丑）那了？

（老生）王生雖則犯事，未知真假，如何轉眼間，便想把女兒改嫁？豈有此理！

（淨）住仉，兄弟，我要得罪吽哉，俚既犯子死罪，我里自然改嫁，難道倒叫吽仉佢女守俚勿成麼？

（老生）阿呀呀！哥哥，你是箇男子漢，怎麼也說起這樣話來？咻！我此時且不與你們講，待我到縣前去打聽明白，再來理論。

【紅繡鞋】我從前枉為同胞，同胞。那知反被相嘲，相嘲。從此後，識根苗。嗟同室，竟操刀。罷！吾憑青眼，看伊曹。（徑下）

（丑）呸！阿要弗色頭，因吽是吾革，那說倒要里賊介一相情願作梗介。員外，吽弗要差子主意，趁此機會，我俚直頭改嫁哉。

（淨）咳！院君，且慢點介，說嘿賊介說，阿想因吽箇性格，到搭阿叔是一條跳板上。

（丑）吽弗要愁，若是爺娘捉弗住子徒細，還了得來？

【尾聲】窮酸久恨非同調，堪幸機緣湊巧。（淨）弗差箇，好準備重把姻親對富豪。（下）

第十五齣　冤　　陷

（丑領小生上）快點走，那道理。

（小生）狗才，成什麼規矩？

（丑）好夢生，犯子死罪，還仉發鱇來？（小生）

【北新水令】俺本是彩毫隊裡小英豪，守青箱舊家年少。（丑）弗要擺款哉，走一步罷。（小生）文章堪自賞，魑魅慢相嘲。今日裡縲絏偏遭，倒做了冶長公舊同調。

（付帶貼上）姐姐，今日官府弗坐大堂，宅門口去等罷。

（貼見小生罵介）阿呀！王又恭，你這狠心的賊子，也來了麼？

（小生）吓！你就是卞芳芝麼？我從何處與你識面，便來指攀着我，豈不可笑？

（丑、付）呸！老相與哉，到假詐呆面孔弗認得哉？（貼）

【南步步嬌】你昧天良，輒想行强暴，擺下風波窖。（小生）哈哈，橫逆之加，出於意外，大奇大奇！（貼）無端起禍苗，血濺深閨，寃情誰告。我五嶽恨難消，斬仇衣難把親寃報。

（小生）咳！我原說這秀才是不祥之物，一進了學，就有這樣無妄之災了。

【北折桂令】笑伊家直恁蹊蹺，射影含沙，弄鬼粧妖。俺是箇青霞意氣，白雪襟期，磊落風標。怎把箇莽展禽錯認做蹊牛曾盜，硬逼着俊曾參一謎的殺罪同招。（付）看吥箇身上，就弗是正經路數，弗要魘哉。（小生）狗才，難道我相公這般打扮，就是殺人的？這些俗眼兒曹，皮相賢豪，早難道微服而來，便犯了三尺之條？

（貼）嗳！賊子，你到此地位，還想抵賴麼？

【南江兒水】毒手真堪恨，狼心忒殺嚚。當時悮認蓮花貌，誰知反揖開門盜，今朝弄出行凶調。（小生）只怕你見了鬼了。（貼旦出帕介）阿呀！王又恭，你道沒有証據，竟想脫罪麼？哪，這帕兒是你前晚搶去，豈知昨夜天網恢恢，落在牆下，這是現有焦家夫婦眼同拾取的，還不是箇証據麼？（付、丑）那嘿再無得辯哉。（小生）憑他說得有枝有葉，總與我沒相干。（貼）痛殺嚴親難保，咬斷銀牙，難出我胸中懊惱。

（老旦上）災遭橫禍家無主，

（淨上）叨在鄰居案有名。

（付、丑）焦師太搭老親娘纔來哉。

（淨）大叔，捱着子革注事務，有法也無使處，回頭子道場勒來箇嚇。

（老）我兒，這人可就是王又恭麼？

（貼）正是他。

（老）咏，阿呀！王又恭，你這天殺的，下得好毒手吓。

（淨）慢點慢點，阿是俚就叫王又恭，讓我來懺悔俚。對吥説，大凡看中子人家單條,原要細吹細打弄起來,自然入調哉,那説嘸倒弄起粗家生來,那嘿變子破鑼破鼓哉,好好能一堂懺,不嘸拜摔哉嗆。

（小生）胡説。

（淨）那那那,好意教當教當嘸,倒差哉。

（小生）住了,我想你們必竟着甚來由,把我如此污衊吓。

（指貼旦介）一定是你放走奸夫,所以指攀着我,一則代你情人之罪,二則又替你粧箇體面。吓,哈哈哈！豈知我王相公仰不愧天,俯不怍人,平生行止,久有公論,那能攀害得我？

【北雁兒落帶得勝令】恁指望護奸夫好處逃,把着俺俊書生來相冒,恰不曉口碑兒滿路昭,早已是聖賢心無違拗。呀,一任恁強將粉面拋,喬擺下紅脂套,硬砌上風流罪,生裝成薄倖條。（老生引末上,生）拘囚難解鄒陽獄。（末）縲紲誰知越石冤。（老生）賢侄婿,可知這禍從何而起？（小生）叔翁,説也好笑,哪,就是這箇女子,我與他從無一面,竟把我一口咬定,説是因奸致死,豈非大奇？（老生）有這等事？（向貼介）小娘子,這王公子與你素無一面,怎麼把箇殺人死罪,平空陷害他,良心安在,天理豈容？（內）官府坐堂哉,犯人進來。（付、丑）官府坐堂哉,快點一齊進去罷。（各帶下介。末扯小生）阿呀大相公！你進去打點執辯要緊。（老生）是吓,不要忽略,執辯要緊。（小生）哈哈哈,叔翁放心,且休喧呶,怕什麼狠秦臺當頭照。（末）阿呀大相公吓！（小生）噯！恁休焦,且看俺抱冰心對法曹。

（丑）吥！故歇嘿勿要踱哉嗆。

（小生）狗才,我偏要踱。（作大踱下）

（末）阿呀！甘老相公,我家大相公,這般樣子,到了裡面,一定要得罪問官,三拷六問,看來不能免的了嘘。

（老生頓足介）咳！管家,你家相公,怎麼生成這樣性子？他此刻進去,豈但得罪問官,只怕連這箇殺人重罪,還要公然承認下,這便怎麼處？

（末）噯！蒼天吓,怎麼世上就有這等沒頭的公案？（內喝

問介)

（老生）阿呀不好了！聽這般光景，想是在那里動刑了。

（末）阿呀！我家公子瘦怯怯的書生，怎生承受得起？

（老生）咳！

【南僥僥令】書生真莽撞，憲法怕難逃。（內）犯人畫供。（老生、末）阿呀！痛雞肋如何遭三木，料今日吉網羅鉗怎地銷？

（內）帶去收監。

（丑、付帶小生、貼、老、淨上）

（淨）阿唷好哉，元落子臺哉！直頭散大施食能箇一大淘拉裡。列位，我要去淨一箇宅來，失陪哉，請了。（下）

（老旦）阿呀！王又恭，你害得我女兒好苦吓。

（付）走走走，嘸乜是弗死箇，且到監里坐兩日嚇哉。（扯貼下，老哭隨下）

（老生）阿呀俉婿！

（末）阿呀大相公！

（丑）吺！箇歇是定子案箇重犯哉，還像姜姜來拉，阿看見團牌拉里？

（末）大哥，有箇小意思送與你，容我們略敘片時。

（老生）阿呀賢俉婿！你怎麼把殺人重犯就認下了？

（末）是吓，怎麼就認下了？

（小生）叔翁，士可殺不可辱，我焉肯把父母之遺體，受他非刑拷打，因此權時認下。只看日後查著凶身，那問官怎生對我？

（老生）阿呀！這是什麼事情，可以權認下得的？嘸大欠斟酌了。

（小生）叔翁，你怎麼也是這等講？古來聖賢素患難行乎患難，俉婿居易俟命，這又何妨？（老生頓足連歎介。小生）

【北收江南】呀，俺本是誦詩書守命，呵怎肯去奴顏婢膝乞鴻毛？且休題鉗奴腐史盡英豪，便是文王羑里也相遭。（付急上）箇也奇哉，那説等殺弗來哉？（向丑介）吺！監門嚇開拉乜等俚進去，那説一竟弗來哉介。（丑）啐！我倒忘記哉。（付）忘記哉，官府即刻出來接上司哉。(丑)阿呀！介嘿快點走罷。(付攙小生走介。老生、末扯介。付、丑)呔！血案事體，嗜還來拉拉扯扯？(小生)哈哈哈，叔翁、蒼頭，你們何用如此？(付)好嚕，俚阿索然得勢，吽丑着嗜箇急？(小生)看**投身狴牢，演明夷解嘲**,(丑)禁子交代犯人。(淨上)來哉來哉，進來進來。(丑、付)交代革哉。(下。小生)也不須**范滂祭皋陶**。(禁子帶下)

(老生)阿呀！你看他竟昂然就獄。咳！真正書獃，這便如何是好？

(末)阿呀！甘老相公，我想人命重情，一待通詳，便成鐵案，若不趁此時買告上下，怎好挽回？望老相公在員外跟前，細訴冤枉，可念翁婿之情，救我小主纔好。

(老生)吓！我家哥嫂麼？嗳！這話休提起。老管家，我想你家老爺在日，豈無年家世好，現在仕途，可以解救你公子麼？

(末作想介)吓！有箇揚州向翰林老爺，與先老爺同年至交，待老奴前去求他解救便了。

(老生)好，如此快去！

【尾聲】忙投宦室將情告，冀把書生命保，只願他契重雷陳念故交。(下)

第十六齣 憨慫

(外扮向太虛便服上)宦情閒處冷，詩興老來狂。反訝閨中女，連朝束錦囊。我向太虛，年近古稀，寄情詩酒，所喜幼女采蘋，素性嬌憨，詩才敏妙，老夫無事，便與他聯吟唱和。哈哈哈，雖為父女，却把他當箇閨中小友。不知這幾日為着何事，再不見他到我跟前閒話，吓是了，想為了王生姻事未諧，故在房中納悶，今日不免喚他出來，尋些消遣。書童，傳話後堂，請夫人小姐到書房閒話。(內應介)

(雜引末上)這裡來。

(末)心慌少主見，事急重人情。

（雜）老爺，王相公家蒼頭來了。
（末進跪介）阿呀！向老爺，救命吓。
（外驚介）吓！你是王家蒼頭，為著何事，這等驚慌而來？
（末）阿呀老爺！可憐我家公子，被人陷害，問成死罪，特來求老爺解救。
（外）吓！你家公子被何人陷害，竟致問成死罪？快快起來講。
（末）老爺聽禀。
（外）快講。（末）

【皂角兒】痛無端冤遭鎖拿，涉訟事大關風化。（外）為着什麼事情？（末）被誣奸醫家女娃，為行凶罪名偏大。（外）阿呀！如此說，竟是因奸致死人命了。咳！你家公子，是讀書人，怎麼幹出這樣事來？（末）阿呀老爺！小主何常有這事？一向苦志攻書，足不出戶，真正平空屈陷的噓。怎防他，平白地，搆奇冤，難分辨，竟遭屈打。可憐先老爺，只有這位公子，無辜受禍，望老爺念同年相好分上，搭救則箇。冤情陷殺，求援世家，借吹噓，陽回黍谷，早圖寬假。

（末作哭跪介）

（外作凝思扶末起介）管家，你且起來。咳！若論我與你家先老爺相好，公子有難，理應解救，只是他犯的是人命重情，叫我怎好去託有司狥蔽？

【解三酲】豈不念舊交孤寡，怕難恃玉堂聲價。從來人命如天大，怎說得免拘拿？（末）老爺若不肯救，我小主必無生路了。（外）住了，我聞得你家公子的岳家，乃是箇富翁，從來財可通神，你怎麼不去向他求救？（末）吓！老爺，這話再不要講起。（外）為何？（末）方纔老奴已經去過，咻，可恨！不但不肯救我公子，已喚下媒婆，要把他家小姐改嫁了。（外）吓！有這等事？哈哈哈，豈有此理！這頭親事，是你家老爺在日定下的，怎麼為女婿一旦有事，便想悔親？這也太覺勢利了。人情轉眼堪驚怕，絕似隨風落樹花。（末）老爺吓，念老奴並無別路可求，務要老爺救我小主的噓。（外）起來起來，此事委實關係非輕，我一時斷不能應許，你可暫且回去，待我慢慢商量，或者可以救得你家公子，亦未可知。（末）是，多謝老爺。（作不走介。外）吓！你且去，候我再來喚你便了。（末）是是是，阿呀我那公子吓！（哭下。外）咳！看那蒼頭，倒有一片忠心，只是這椿事，叫我實難區處。真堪唬，殺人重罪，怎私狥官銜？

（丑內）夫人小姐出來哉。（旦、小旦上）

（旦）心驚盜跖能欺世，

（小旦）力保曾參不殺人。

（旦）老爺。

（外）你們出來了。

（小旦）爹爹，方纔王家蒼頭在此，我們在屏後多聽見了。

（旦）老爺，不想王生竟是箇有才無行之人。

（外）便是。大家且坐了講。（各坐介）

（小旦）爹爹，女兒看那王生，不像箇殺人的嚇。

（外作頓介）吓吓吓，你倒在那里見過他？

（丑）故呷落子白哉。

（小旦頓介）不是嚇，女兒是據他的文字而論吓。

（外）吓，文字內竟看得出殺人不殺人的？哈哈哈，我的女兒，這就是你過于賣弄聰明了。

（小旦）爹爹。

【集賢賓】江郎彩筆文似花，那見得儒行爭差？爹爹，你愛才自合憐風雅，免書生受苦刑罰。（外）喲喲喲，你又來了。我前日要招他為婿，原是愛他的文才，如今他做出只樣事來，竟是箇全無行止的人了，還去救他則甚？（旦）是吓，這樣人救他則甚？（小旦）吓，爹爹，當初孔褒懸坐，王成賣卜，也則為着故人之子喲。（外）吓！這些事我怕不知道？（小旦）可又來，念烏衣世家，怎忍見冤遭誣詐？（外）咳！你的話兒都為憐才起見，却不曉得殺人公案，問官關係考成，是不肯狥情的吓。（小旦背介）阿呀！聽爹爹聲口，是斷然不肯救王生的了。暗嗟呀，怕斷送伊人絕代才華。

（雜持帖上）啟老爺，新任理刑廳方老爺差人投帖。

（外念介）方魯山，這是我的門生。他既知道我在此，怎麼不來相見？

（雜）來人說，方纔曉得老爺僑寓在此，本欲就來拜謁，奈因接任交代事羈身，故此先着他投帖稟安。

（外）既如此，就將原帖回他，說我還要在此盤桓幾時，改日相見便了。（雜應下）

（小旦作喜介）好了，爹爹如今有箇好機會了。

（外）有什麼機會？

（小旦）那理刑廳，既是爹爹的門生，便好託他超豁王生了。

（旦）是吓，是箇好機會。

（外）咳！女兒你還不知道，為父的性情耿介，從來不肯出入公門，就是門生面前，我做老師的，只該叫他清廉公正，做箇好官，怎麼反叫他徇情枉法？

【集賢聽黃鶯】專司憲法難見差，怎教他情狗烏紗？人命如何真當假，總難憑俐齒伶牙。（小旦）嗳！爹爹代人訴屈伸冤，何為枉法？饒伊屈打，庶免得含冤招下。（外）阿呀呀！這樣事情，為父的實在沒有計較。小姐，你若有甚法兒，竟去救他便了。任嬌娃，疏財仗義，甘做女朱家。（下。小旦呆介）

（丑）噫，箇沒難得箇，原有一日老爺弗聽小姐說話勾。

（旦）女兒，據你爹爹講來，是不能解救的了，勸你息了這箇念頭罷。

【林花皂】吾語汝，聽無譁，禍淫人，天豈差，難翻鐵案言非假。（小旦）母親，方纔爹說，你若有甚法兒竟去救他。這是父命了，孩兒怎敢有違？（旦）女兒，你不要太作怪了。他行與你如風馬，何事意如麻？（小旦忽作喜介）吓，有了，浣花，你去分付院子，有媒婆喚一箇來。（旦）住了，你要媒婆何用？（小旦）母親，可聽得那老蒼頭說，王生的岳家要悔親了？（旦）吓！他家悔親，與你何干？（小旦）他家悔親，我家正要去求親了。（旦）我又沒有兒郎，求他親事。你雖生性頑皮，只好在父母跟前遊戲，別人家關係終身大事，如何作耍？（小旦）母親，這叫做救人救徹，不是作耍他噱。（旦）吪，怪伊家，翠黛難成連理樹，紅顏怎做並頭花？（小旦）母親不要管，我一定要去喚媒婆來的。(旦)吓,你果然任意胡為,我只得去對你爹爹講,叫他分付院子,不許去喚,看你如何?知音私訝,空推伯牙,俠腸空負,難師押衙,于飛那許輕占卦。(下)

(丑)阿呀!今日直頭約齊子攤鋕小姐,箇倒算奇怪事體虱。

(小旦)咳!老天吓老天,你既付我一片俠腸,便該使我做箇男子,為何閉置閨中,致受許多挾制?

【御林鶯】天公意,直恁差,怎教奴,做女娃,繡幃坑煞真情俠。(作悶坐介。丑)咦,看俚今日原拘住虱哉,讓我來撮上子俚殿罷。小姐,方纔夫人賊介說子,屋里人弗敢去叫媒婆箇哉,我想小姐心裡,原不過為子如此,所以如此,阿要我俚如此,亦是如此,自家去替俚如此。(小旦微笑點頭介)且住,方纔爹爹明明譏誚我不能解救,我如今偏要顯箇手段,去解救他的性命,保他的妻室,此乃扶植綱常、聖賢的大經大法,也顧不得許多小節了。浣花,你竟去取衣巾過來,待我更換前去。(丑)阿是准哉,好嚐,索性外頭去大鬧鬧哉。呢呢呢,衣巾拉里?溜勢就換起來。(小旦)浣花,我把巾遮鬢鴉,衣更繡花,喬粧竟去圖婚嫁。(丑)大替元是我做跟兄哉,讓我也去換起來。(小旦笑介)信非誇,赤繩穩繫,倚玉有兼葭。

(丑)小姐。

【貓兒墜】我把青衣小帽,掩飾女娃娃。小婢而今學管家,只愁少箇木丫叉。哈哈哈,嗻嘸,蛤蜊隨着蚌兒玩耍。

(小旦)浣花。

【尾聲】我風流管取添佳話,只是休洩漏劉郎是假。(丑)曉得勾,自然叫公子哉,只是前門走弗得勾,即好出後門箇哉。(小旦)便是,試看我賺出桃源第一花。(下)

第十七齣　賺　　姻

【梨花兒】(淨上)哈哈哈,僥倖女夫作楚囚,姻緣任我重尋偶。(丑上)自此門闌喜氣稠,(合)今番只望天緣湊。

(淨)院君,那是依子吤,竟替囡兒重扳親哉嘑。

（丑）員外，單差昨日朱媒婆來説革兩家才弗好嘸。

（淨）那了？

（丑）頭一家富家裡，人家是發積虱，即是聞得小官人嫖賭兼全，阿是弗好。

（淨）介嘿第二家貴家裡，老官人現任行人司，没説哉嚕。

（丑）貴家裡實在響當，亦有人説俚虱兒子是革呆大，我心上還弗是來。

（淨）哑！若賊介，要定做一箇女婿拉哸嘿像心適意得來。

（院子上）門前來貴客，堂上報東君。員外，外頭有位揚州向翰林的公子特來拜望。

（淨）揚州向翰林？阿唷！我耳朵裡聽得鬧熱得勢革，只是我搭俚弗曾來往歌，嗜了俚兒子來拜我？

（丑）員外，既是有樣範箇就出去會會俚哉哪。

（淨）自然出去會會哉，哸去説我出來。

（丑）吓！讓我拉遮堂背後張張揚州人箇款式介。（下）

（院子）向公子有請。

（小旦引丑上）紅綃難仗雌磨勒，丹藥須求女押衙。

（淨）公子。

（小旦）老先生。

（淨）阿呀！尊稱勿敢當，請公子裡向坐。

（小旦）老先生請。（各揖介，坐介）

（淨）請問公子幾時到敝地的？

（小旦）兩月前隨家君到此。

（淨）吓！尊翁老先生也拉里，箇呷失候。

（小旦）豈敢。

（淨）今日公子光降，有嗜見教？

（小旦）吓！小生此來，一則專誠奉拜。

（淨）弗敢當。

（小旦）二則為……

（淨）為嗜箇？

（小旦）這箇……（伴作報面以袖遮面會意丑介）

（淨作笑介）既承賜顧，自然有啥説話，為啥欲言不語？

（丑）員外，今日公子來奉拜，其實有句説話。

（淨）既有説話，何弗就請見教？

（小旦）如此小生只……（仍作伴羞狀介）

（淨）吓！到底啥革道理？小管家，倒是吘説子罷。

（丑）吓！只怕要我代説箇哉。弗瞒員外説，我俚老爺嘿有三位公子，大公子二公子才勾京裡做官，這是第三位，前月跟子老爺到蘇州，原想要覓一頭好親事，昨日拉街上走走，聽見兩箇媒人婆拉勾搗鬼，説道府上有位小姐，才情亦好，人品亦好，哪，我里公子就着子麻哉，偏偏老爺到子吳江去哉，所以只得自家來求，及至當子面，亦面嫩説弗出，賊介一箇緣故拉哈。

（淨）吓！原來為子親事了，介嘿何妨直説介。

（丑向小旦介）那嘿自家説罷，弗要弗雌弗雄哉。

（小旦）吓！老先生在上，念小生呵。

【梧桐樹犯】慚顔冒昧求，竊慕金閨秀。仰望高門，冀幸聯婚媾。猜絃雖羨中郎奏，坦腹愁增内史羞。（淨作笑介）哈哈哈，箇是公子太謙哉，來意明白箇哉，讓學生來躊躕躊躕看。（丑上）員外弗要想得箇，竟允子嘿哉。（淨）吓！院君，吘倒拉勾後頭了。（丑）賊介箇小官人，賊介箇大人家，那了吘倒還狐疑不決介？（淨）元是。（扯丑背介）對吘説，我心上總怕王又恭還有出頭日脚，要費口舌，故歇若扳子俚勾，直頭弗怕箇哉。（丑）好猜，我心裡也是箇條念頭。（淨）介嘿弗必説，竟允哉。（丑）允哉，介嘿公子就拜見丈人丈母哉嚀。（小旦）既蒙金諾，岳父岳母二位大人請上，待小婿拜見。（淨）哈哈哈，就拜哉，只怕拜嘿慢點介。（丑）既允子，生成要拜箇哉。（小旦拜介）今朝幸享千金帚，再拜尊前，季諾應知非謬。

（老生上）咳！人情真似秋雲薄，世路還如蜀道難。（見小旦拜作驚異介）哥嫂，此位是誰？

（丑）完哉，偏偏撞箇尷尬人來哉。

（淨）兄弟，吘今日嘿弗要七搭八搭哉，箇是我簇簇新新姜扳箇女婿。(向小旦介)吓且見子叔公。

(小旦)是,叔翁拜揖。

(老生厲聲介)吓!哥嫂,難道你竟把侄女改嫁了?

(丑)阿唷!故呷直頭是冤家哉,那説當面喊穿哉介?

(作向生大喊介)正是改嫁,吓要那了?

(老生)阿呀!哥嫂,你們竟不是道理了,王生雖遭冤陷,尚屬疑案,怎麼你們竟公然把女兒改嫁?阿呀!倘他一旦超雪釋放回來,那時如何料理?

(丑)總有我俚拉里,弗拉吓腰喬浪事。

(老生頓足介)嗳!

【浣溪紗】堪恨你心何謬,轉關兒別締鸞儔。他冶長縲紲冤須剖,你怎把道韞青綾別處酬。(淨)咳!兄弟,嗜老要吓做聞冤家,動箇多哈瞎氣吓?(老生)咻!你真銅臭,羨朱門,忘鳳友,霎時間**拆倒秦樓。**

(小旦)吓!岳父母,原來令愛已許過人家的了?

(丑)吓是弗要管俚,總有我俚拉里做主。

(淨)我里兄弟有點踱箇,勿要理俚。

(小旦)若果如此,怪不得叔翁着惱。(老生點頭介)

(小旦)叔翁不須發怒,此事可以從長計較得的。

(老生)婚姻大事,有什麼從長計較?

(小旦)哪,侄婿是極通融的,倘那姓王的果然出獄,我便把令侄女送還何如?

(老生作怒介)呀呀呀呸!原來也是箇無耻之徒,走來我且問你,你是何等樣人,姓甚名誰,敢來娶有夫之女?

(丑)好吓,吓且問明白子介,説出來嚇,吓一跳乩來。

(淨)兄弟,俚没就是揚州向太虛老先生革令郎哉喲。

(老生)吓!你就是向太虛的兒子?阿呀!虧你名門舊族,不知法度,説出這般没倫理的話來。

(小旦笑介)叔翁,你不要趁着一時迂氣,閉塞了聰明,難道不曉得常則守經,變則達權的麼?

（老生）阿唷唷！竟是一派胡言了，阿呸！

【劉潑帽】聽伊言語真紕繆，論婚姻怎仗權謀？（丑）女婿，吼弗要鬧拉革場勢裡，去罷，改日竟行聘得來沒是哉。（淨）好吓，吼且請回罷。（小旦）是是是，小婿就此告辭。（同丑笑下。老生）衣冠忝竊真禽獸，恁胡為，辱抹煞簪纓胄。吓！這畜生那裡去了？

（丑）去哉，吼掉俚弗落哪了。

（老扮乳娘隨旦上）懿行曾觀中壘傳，貞心願守大姑箴。叔父為何在此與爹媽爭鬧？

（老生）侄女，你出來了，可曉得你父母竟將你改嫁了？

（旦驚介）不信有這等事。

（淨）住呔住呔，因吼，讓我來對吼說，王又恭呢，為子人命勒問子死罪哉。

（丑）慢點慢點，弗賊介說箇，讓我來說，王家裡箇小中生呢，困子人家箇因吼，亦殺子俚虱箇爺，犯子十足箇死罪哉，我俚爺娘重新搭吼扳親，阿是不差。

（旦）阿呀爹娘吓！這箇如何使得？王朗縱然犯罪，死生未卜，豈可就把孩兒改嫁？且聽女孩兒一言相告。

（老生）好好好，你分說與父母聽。

（旦）從來烈女狗人，只憑心許。貞姬盡節，不在恩深。兩姓已附絲蘿，一諾豈渝金石？所以宋王臺畔，不屑偷生；董相車前，寧甘斷首。況今繫鄒陽之獄，方擬上書，豈可奪施氏之妻，遽令失儷？倘爹媽果以盛衰易志，女兒必以生死自期、誓守閨箴、難從庭訓的嚛。

（老生）好，有志氣。

（旦）

【秋夜月】命不猶誓把前盟守，不望天長和地久，白頭甘老閨門舊。望爹娘憐救，免旁人笑口。

（丑）住吼，吼是我革親生徒細，那說爺娘革說話弗聽，倒聽外頭人革說話，弗要惹我做娘革發毛吓。

（老生）侄女，這樣傷風敗俗的話，斷斷聽不得的。

（丑）呕！弗要弗色頭，有爺娘拉里做主，倒怕飛上子天去了，阿要搭吥拍箇手掌子。

（旦）阿呀爹娘吓！你若執意如此，孩兒是情願一死，決不腆顏人世的嘘。

【東甌令】拼截耳，誓刺眸，之死靡他效栢舟。怎教人匪寇求婚媾？須博箇名不朽。冰霜勁節願終酬，肯逐水東流。（哭下）

（丑）吓！吥革小花娘，聽子阿叔革說話，倒拿爺娘挺撞，阿是多時養嬌子吥了。我要放出娘勢來哉，讓我進來收拾吥箇小花娘。（趕下）

（淨）阿呀！院君，弗要賊介，慢慢能勸俚沒是哉。（轉向老生介）咳！吥到底那了？阿是要吵撒我革人家了。（下）

（老生作氣大笑介）好，幸虧佺女有志氣。阿呀且住，看佺女這般貞烈，斷然不從父母之命的了，只是向老乃堂堂翰苑，如何縱子為非？我明日竟到他家，把他面叱一番，看他如何對我？

【尾聲】怒難禁，沖牛斗，怪他世誼結成仇。咏，我如今前去，管教他俯首無辭滿面羞。（氣下）

第十八齣　驚　　悔

（花旦上）

【縷縷金】關心事，夢還驚。情知遭屈陷，怎言明？料想成疑案，終難安靜。怪書生花柳忒多情，冤成這人命，冤成這人命。阿唷！箇兩日我革心直脚急碎哉，就為卞芳芝革事體，我是無心了，告訴子楊巧官，囉里曉得革短壽命革，打子一轉脱冒勿算，第二轉亦去，倒拿俚瓨革爺來殺哉，難間害子王秀才坐監落鋪，阿要真正屈天屈地瓨。我想革件事體，終有一日穿勾，偏生箇兩日狗賊連脚跡頭才弗戳得來，今日熬弗住，打發子人去叫俚，弗知為啥了故歇還弗見來來瓨。

（生）為雲為雨徒虛語，傾國傾城信絕倫。吓！鶯娘。

（旦作怒介）吓！吥革毒心派賴賊，原來哉，害得別人好吓。

（小生笑撫旦背介）鶯娘，小生連日因身子不快，不曾來看得，害得你想念了。

（旦正色介）吘幹子革樣事體，到拿閒話來扯臬我來。

（小生）小生不曾幹什麼事吓。

（旦）噯！

【風入松】你風流狂蕩太輕生，果是文人無行。柔鄉怎好行凶橫，為情急渾忘身命。（小生背介）怎麼他説話中間，帶些醋意？（笑介）吓！是了一定為着那人了。（轉介）鶯娘，小生自從前晚，被你把一番話兒點醒，如今芳芝那邊是絕足沒有去耶。（旦）啐！吘直頭連我纔要瞞拉鼓當中來，緣伊事魂飛夢驚，翻向我假惺惺。

（生）吓！到底為什麼事，何不從直對我講？

（旦）吘，出來！吘自家殺子人，到還一嘴詐呆面孔，阿曉得我為子箇件事務，肚腸根才急斷拉里哉。

（小生驚介）吓！鶯娘，你是真是假，怎麼把殺人兩字與我取笑起來？

（旦）哈人搭吘摟，現在帶累王公子監才下哉，吘還要賴來？

（小生驚介）吓！果然有這事麽？阿呀！如此你且把前後情由，快説與我知道。

（旦）吓！原來真真弗是吘殺勾。介没讓我來告訴吘，就是吘革夜頭去子，明朝夜頭，亦有一箇人跳牆過去，俚吼爺認子賊了，拿子切藥刀追得出來，囉里曉得不俚奪子刀去，到拿俚吼爺斬殺哉。

（小生驚抖介）吓吓吓，竟有這等事麽？

（旦）那亨騙吘介。

（小生）阿呀鶯娘吓！

【前腔】我憐香惜玉枉癡情，幸遇伊家提醒。料書獃怎把干戈競，肯學那强徒行徑？（旦）我心上原想，吘嘿囉里殺得來人，單差除子吘嗒吾，再有啥人曉得噲？（生）鶯娘，莫非竟是箇賊？（旦）啐出來！俚吼有子憑據了，拿王公子出首勾。（小生）有什麼憑據？（旦）就是吘搶芳芝革塊手帕子哉，那剛剛特拉吼牆角根頭，難道弗是革證據？（小生）阿呀！這等説，真正屈殺了王兄了。香羅帕原非證盟,遺失去豈堪憑?

(旦)阿呀勿差,吘骨夜頭原説特脱哉。咳!箇呷勿知不拉囉箇拾子去,害子王公子哉。

【急三槍】真箇是,成三屈。難折辯,空埋怨,怎分明?(生)吓!你且説王兄被陷怎麽樣了?(旦)前日我俚當家革一齊去報官勾,轉來説道,已經問實子死罪,下丑監裡哉。(生)阿呀!王兄怎麽不辯呢?(旦)呸!吘好一相情願,有數説革奸出婦人口,芳芝一口咬定子俚,叫俚辯出啥革來介?(生)阿呀王兄吓!是我楊仲春害殺你了,這件事多因我貪花貌,成冤孼,平白地,害良朋。

(淨提羹,籃内放魚肉上)但憑別人批點,我且吃點着點。家主婆今日革吃局壯浪里哉。(生見淨驚起介)

(淨)請請請,弗要拘,弗要拘,請治正。

(生)鶯娘,我要去了。

(旦)囉里去,那是弗要怕哉,搭里説明白勾哉耶。

(淨)哞哞哞,吾若勿容吘嚛,老早念三不來哉,嗆吘拉施食檯邊現勒現,無非想齩齩革隻斛頭,竟請便嚛哉。

(生)不是不是,鶯娘,我仔細思量,要到縣前自行出首去了。

(旦急扯介)阿呀!那説吘倒要自家去出首哉介?

(淨)為子嗜了?阿是道我要子俚襯錢了。

(旦)啐!弗是。

(生)阿呀鶯娘!我若不去自首,王兄冤罪怎能得脱?

【風入松】一場冤禍自吾生,怎顧得殺人償命?(旦)死耶,吘若去出首,正好帶累我哉。(生)嗳!這情由難免伊干證,好消息楚弓杯影。(旦)阿唷唷!測死箇,我不吘嚇殺俚哉,革是人命事體耶,那説昏天黑地,倒要投拉網裡去箇介?(生)阿呀!這箇你不要來顧我,也説不得了,憑三尺何妨受刑,雖屈陷半真情。

(作走淨攔介)住丑,聽子半日,我纔明白里哉,賊介説,卞家裡箇人命,竟是吘殺箇哉嗆?

(旦)阿呀!測測能,老淫婦種,嗜事務了,支話百叫介?

(淨)呸!那説還勿要響,吘若讓俚去拜子表是,一卷受生經,才劃乩吤面浪哉嘸。

【急三槍】他若是將情訴,難遮掩。伊須去,跪公庭。(旦)勿差勾,吰若果真賊介,害殺子我嘸。(哭介。淨)吙!金一定,怎把我,颷名布?還要我,和伊去,受官刑。

(生)阿呀!住了。鶯娘,今日之事,斷斷不能再顧你了。吓!以我一念之差,害人兩條性命,真死有餘辜矣。(哭介)放我出去。

(淨)阿呀!快點抱住子俚。

(花抱住小生介)去弗得勾。

(生)放我出去。

(淨)勿放吰去勾。

(旦)阿呀!老箇,就賊介搚住子俚,讓我對吰説話。

(淨)那道理,吰且説出來。

(旦)放是直頭放弗得革哉,若是讓里去出首子,非但吃官司,我搭吰下半世那哼做人,放勿得箇哉嘸。

(淨)依吰嘿那介?

(旦)依吾,直頭要拿俚關牢拉屋裡,且等箇件事體結子案,再放俚去。

(淨)咳!竟賊介依吰嘿哉。

(生)阿呀!鶯娘吓,這斷然使不得。

【風入松】教人無故喪殘生,枉負奇冤誰省。你若放我前去,一朝倘得逢明鏡,冀能把凶身執證。(旦)革没直頭勿放吰去箇。殺人罪怎教自承,還要累及我受非刑。(小生掙脱欲逃,二人硬拖下)

(淨)革革楊巧官,直頭標緻乩,怪勿得家主婆中意,我也動子火哉,今夜頭要打一轉脱沙綿帶來撞一撞哉。(下)

第十九齣　夜　　詰

(內起更作扮甘碧雲,老扮乳母隨上)

【越調過曲·綿搭絮】女宗遺範,前事盡堪師。阿呀!爹娘吓,我膝下潛離,望親闈別淚滋,為全貞難戀烏私。(老旦)小姐,你便被員外安人逼迫,思量到二員外家去,暫避幾時,只不知二員外可肯留你?(旦)乳娘,我若困守閨中,倘爹娘受了他家聘物,繼求一死,免不得聲名有玷,叔父是讀書明理之人,自然全我節操,怎說不肯相留?(老)既是這等,夜已深了,待我來扶着你快些走罷。(扶介。旦)他素衿名節,豈吝恩施。痛殺我鎩羽驚飛,難免孤棲借一枝。(下)

(付扮王六訌上)咳,有數說革。日間不作虧心事,半夜敲門不吃驚。我革夜頭一時間着子急,動子一動手,原是驚心吊膽子幾時,幸虧得有箇替死鬼來替仔去,作成我放落子箇條念頭,革兩日夜禁緊急,弗如早點居去罷。(內打二更介)

【黃鐘過曲・畫眉序】餂口本無貲,最喜閒行惹閒事。怕清廉察訪,要吃官司。遭枷責獨力難支,尋黨羽茶坊酒肆。(老旦內)小姐這里來。(付)咦,吓看箇頭有兩箇堂客來哉,且閃拉一邊看看勒去,靜聽聲息行將至,看來必是嬌姿。

(老扶旦上)小姐看仔細。
(付)嗜革小姐,倒要看看革哉。
(老)什麼人,快須閃開,讓我們走。
(付)吓問我啥人,我倒也要問問吓嗜人得來?
(老)我們小姐在此。
(付)弗要管小姐大姐,看看清爽勒放吓去。
(老怒介)唉,那里來的光棍,這等無狀。
(付)啥箇罵吾光棍吓。(老)

【滴溜子】真光棍,真光棍,公然敢爾。街坊上,街坊上,無端狂恣。(付)弗番道,諒來好人家革堂眷,再弗拉黑頭裡亂撞勻。(老)我們尋親來此,如何竟逞凶這般放肆。(旦)奶娘,那邊走了罷。既遇狂且何不避之?(下)

(付)不拉我幾句說話一嚇,就縮子轉去哉,故呷有點邪氣,弗要管,一直釘俚上去。(下。四雜皂役引老生冠帶上)

【出隊子】朱轓行使,糾察刑名敢狗私。蒲鞭示辱洵堪師,十部賢於羣從事。決獄平反,休令怨恣。下官南直理刑方魯山是也,久任鸞臺,初乘驄馬,有一年友在此作倅,蒙他治具相招,不覺盡歡而別。左右,打道回衙去。

(衆應欲行)

(老攜旦急上介)小姐快些走。

(雜)吺!怎麽這等亂撞?

(付追上見介)弗好哉,官府來哉,走罷。(急下)

(老生)什麽人喧嚷?

(雜)啟爺,是兩箇婦女犯導。

(生)帶過來。

(雜扯旦、老跪介)

(老生)那兩箇婦女,為何這等慌張?

(老)老爺,我家小姐到親戚人家去的,不想撞了箇歹人,把我們追趕,故此慌張。

(老生)什麽歹人,拏過來。

(雜)啟爺,已去遠了。

(老生)你這女子是何等人家兒女,怎麽如此夜深,還去望什麽親戚?

(旦)爺爺聽禀。

(旦)

【水仙子】痛犯女,遭冤事。(老生)你有什麽冤情?(旦)緣父母逼我重婚可嗤。(老生)你既已許配過了,父母怎好將你改嫁?(旦)阿呀爺爺吓!只為著婿冤就獄,親行要想奪奴志。(老生)為你丈夫犯了死罪,故此要把你來改嫁麽?(旦)正是。(老生)如今許配的是什麽樣人?(老)老爺,如今新聯姻的是揚州向翰林的公子。(老生驚介)吓!這老婦是你何人?(旦)是乳母。(老生)你今待往那裡去?(旦)爺爺,待往投親叔,因此深昏到茲。(老生)

【啄木兒】看模樣,聽訴詞,不是宵奔紅拂兒。我想向老師素性謹飭,既與他世兄擇配,豈有不問根由,悮娶有夫婦女之理?若論訂婚姻,宜細詢門第,怎漫去幕牽絲?這事倒有些關係。左右,可把這二人帶回衙去,我還要細細問他。(眾應扯旦、老起介。老)阿呀!小姐吓,我原説出來不得的,如今怎麼樣好?(老生)事關奪倫休輕視,帶回衙自當詳行止。再問情詞,跡涉嫌疑應三思。(下)

第二十齣　竇　　認

(老生、末上)

【商調過曲・梧葉兒】傷風化,背倫常,不由我氣難降,如何造次把姻親再講。阿呀管家!(末)二員外。(老生)可恨我家哥嫂,竟將女兒改配向老之子。(頓足介)咳!這邊的敗倫滅理呢,是不必説了,想那向老與你先老爺是同年,前日還要把女兒許配你家公子,怎麼曉得他纔遭冤陷,便來謀娶他的姻事。(末)老奴也在這裡想,不知是什麼緣故?(老生)我想此老或有別情,亦未可知,故此喚你同到他家,與彼理論。(末)老奴心上也急要去問他勾明白,就請前去。(合)事涉荒唐,難任彼從中骯髒。

(末)這裡是了,門上那位在?

(雜上)原來是王大叔,又來何干?

(末)甘老相公在此,奉拜你家老爺。

(雜扯末背介)那箇什麼甘老相公?

(末)便是我家公子的叔翁,你去通報便了。

(雜)如此請少待,老爺有請。

(外上)

【仙吕引子・似娘兒】有女在閨房,緣分淺難遂鸞凰。

(雜)有位甘老相公來拜老爺。

(外)那箇什麼甘老相公?

(雜)便是王相公的叔岳。他家老蒼頭一同在此。

(外點頭介)吓!想必又為王生的事情了,且請進來。

(雜應出介)家爺請相見。(老生、末進介)

(生)老先生。

(外)甘兄。(各揖介)

（外）請坐。（各坐介）

（末）老爺。

（外覷介）你是王相公家的老蒼頭。

（末）正是。

（生）老先生，晚生無事也不敢進謁，只因舍侄婿王景仙，元是貴年侄，他有一樁奇事，故此特來稟告。

（外）可是悞遭人命的事麼？

（老生）這還不足為奇。

（作腐態介）更有奇于此者。

（外）吓！還有什麼奇事，倒要請教？

（老生）老先生吓！

【仙呂過曲·八聲甘州】他冤羅法網，被株連，已駭悞犯刑章。誰知魔障，又重見，拆散鴛鴦。（外）吓！他姻事便怎麼？（老生）老先生，王生的姻事，已被人謀去了。（外驚介）吓！那姻事竟被人謀去了？阿呀且住，他的泰山就是令兄吓！（老生）不差，就是家兄。（外向末介）過來。（末）老奴在。（外）這姻事自你家老爺在日定下的，怎麼公子為了事，便想變更？（末）連老奴也不解。（外）咳！于飛久聞占鳳凰，豈有坦腹重眠逸少床。（合）參商，怎不顧廢棄綱常？

（外）甘兄，令兄處還該勸阻纔是。

（老生）晚生何常不曾勸阻，無奈人微言輕，不能禁止，老先生德尊望重，故此特來相求，維持風化。

（外）老夫苟能解紛，豈有坐視，只不知謀取姻事的，是什麼樣人家？

（老生笑介）吓！那謀取姻事的人家，老先生還不曉得麼？

（外）這箇老夫那裡知道？

（老生）你此話哄誰？

【前腔】〔換頭〕名場，他趨炎俯仰。既訂就姻盟，怎秘行藏？難逃公論，又何須巧作周防？（外）吓！甘兄，和你乍會，有話何妨明講，怎麼含譏帶誚，把老夫奚落起來？（老生）吓！老先生，要我明講,哈哈哈,只得從命了。那謀取姻事的,便是令公子喲。(外大驚介)吓!有這等事?(想介)吓!甘兄,小兒多已婚娶過了,只怕是傳聞之誤。(老生笑介)若是傳聞,或有錯悞,這是我親眼見的,怎麼得差?(外呆介)吓吓吓,是甘兄親眼見的,這又奇了。(背介)如何性情偏鹵莽,竟自私締婚姻舉動狂?(老生扯末私語介,外轉介)甘兄,或者有人假冒小兒,亦未可知。(老生)尊府門前,誰人敢來假冒?這事想必令郎瞞了老先生做的。(合)他行,想從權定約何妨。

(小旦巾服丑扮書童隨上)

(小旦)已向蘭閨援淑女,還須狂獄救才郎。(作見丑驚指介)小姐弗好哉,箇箇甘老老拉㕩廳上,我倻快點走罷。(急下)

(老生指介)老先生,這位是誰?

(外作局蹙介)是是是小兒。

(老生大笑介)我見的就是此人,虧你方纔還要抵賴。

(外作窘狀介)吓!甘兄見過的就是他?

(老生)唔,一些不錯,就是他。

(外背攤手介)咳!這是那裡說起。

(老生)來來來,我想你縉紳名望,怕沒有門當戶對的親事,怎麼偏要娶箇有夫之女,又恰是通家子侄的聘室?咳!我曉得你明明為了王生,不肯做你的女婿,故此啣恨,乘他有事之日,破他婚姻。(頓足介)咻,這樣奸險小人,真乃衣冠禽獸。

(外)阿唷唷了不得,怎麼竟這般痛罵起來?

(末)甘老相公,有話請好好的講。(老生)

【前腔】推詳,你言詞欺罔。笑忝竊衣冠,行止乖張。(外)連城無恙,那些兒歧路亡羊。(又雜急上)一心忙似箭,兩腳走如飛。几里是哉,阿有六箇拉里。(雜出見介)做什麼的?(又雜)我倻是甘家里,阿是我倻二員外拉里?(雜)正是。(雜)要得罪二叔,領我進去,有句要緊說話了。(雜)隨我來。(作進介。雜)阿呀!二員外弗好哉。(老生)為什麼這般大呼小叫?(雜)吾倻小姐,昨夜頭弗見哉。(老生)吓!可曉得那裡去了?(雜)弗知投子河呢奔子井哉。箇歇員外安人着子急,各處差子人拉丑尋勒問,叫我來請吥去,有嗜要緊說話商量了。(老生)咳! 向太虛,你害人不淺。(末合)傳聞量來人已喪,可恨一旦蕭牆起禍殃。(雜)弗要説哉,快點去罷。(老生)向太虛,倘我侄女果然身死,少不得邀了學中朋友,和你到上臺那邊去講箇理。(末合)休慌,那愁伊宦勢豪強。(老生、末、雜下)

(外)夫人快來。(作氣倒坐椅介)
(旦上)忽聽呼聲急,多因好事乖。老爺為何這般著惱?
(外)你生得好女兒,幹出這樣事來,害我受這許多惡氣。
(旦急介)阿呀! 女兒做了什麽事情介?
(外)難道連你也不知道? 他私到甘家去定下親事了?
(旦)吓! 老爺那裡知道呢?
(外)你去喚他出來,自去問他。
(旦)丫環,快請小姐出來。
(内)夫人,小姐是搭子浣花改妝子勒出去革哉。
(外、旦驚介)
(旦)咳! 這便怎麽處?
(外)吓! 難道他方纔竟是這樣出去了? 院子快來。
(雜上)來了,老爺有何吩咐?
(外)我且問你,小姐那裡去了?
(雜看旦慢云)小姐是坐了老爺的官轎,聽説到理刑衙門去了。
(外大驚介)阿呀! 這還了得,他必然為王生的事去説情了。吩咐快些打轎,待我自去。
(雜)阿呀! 老爺的轎,小姐坐去了,這怎麽處?
(外頓足介)咻,這是一定要去的,快去另喚。(雜應下)
(外)夫人,這多是你平日失於教訓,故爾如此放蕩。
(旦)老爺不説自己溺愛,反來埋怨妾身。

【前腔】他喬粧做男兒模樣,早恃愛粧憨不畏高堂。老爺前日原不該叫他去救王生的喲。(外)這是我被他纏繞不過,一時使氣的話兒,怎麽當真起來? 難道我教他胡撞,講人情出入官場?(旦)

他無知不愁人誚讓,竟想濟困扶危自主張。(內)請老爺上轎。(外笑介)旁皇,這行辭盡費參詳。(分下)

第二十一齣　援　合

（白淨扮皂隸上）官清公吏瘦,神靈廟祝肥。區區乃理刑廳一箇皂隸便是。昨夜官府捉一起小娘兒犯夜,我認子弗是奸情,定是拐帶,有吃頭勾生意到哉,囉道竟弗發收管,自家關亐私宅裡,勿知啥緣故,今朝亦發出火簽,差我立提因奸致死王又恭一案聽審。阿唷！革位官府性格,倒難捉拉哈,要小心點伺候亐,所以我先拿案卷交子進去,犯人是關亐班房俚,諸事齊備,無嗒未完箇哉。

　　（丑上）吽亐拿轎子且歇拉箇搭,讓我投子貼子介。要死箇哉,教我逐拉囉箇好介？吓！箇搭有箇皂隸拉亐,上俚一上看。噲！皂隸伯伯。

　　（淨）嗒箇了？

　　（丑）多謝吽通報聲,說揚州向老爺亐三公子特來拜望。

　　（遞貼淨接介）向老爺吓,像道我俚官府箇老師亐。

　　（丑）好噲,正是哉。

　　（淨）請等革等,讓我進去。

　　（院上）各役伺候。

　　（淨）吓！

　　（院）老爺要拜向老爺去了。

　　（淨）咦,大叔請老爺慢點拜,向老爺亐公子來拜老爺哉。

　　（院）向公子來了,如此請少待,待我請老爺出來,老爺有請。

　　（老生上）

　　【夜行船引】吏治何須書上考,平冤獄自勵清操。

　　（院）啟老爺,向公子拜。

　　（老生念帖介）世弟向采蘋。我正要去會他,他到來了。快請。

　　（院）吓！請向公子相見。

　　（淨）請向公子。

（丑）請公子下轎。

（小旦上）翠袖何方為義俠，紅顏亦可作情豪。

（院）家爺出迎。

（老生）世兄。

（小旦）老世臺。（各進介）

（小旦）老世臺請上，小弟拜見。

（老生）下官也有一拜。

（小旦）甘雨隨車，夙仰緋魚令望。

（老生）香名灌耳，久欽繡虎雄才。請坐。

（小旦）有坐。

（老生）弟因接任碌碌，老師處尚未恭候起居，反辱先施，不勝抱疚。

（小旦）豈敢，小弟奉家君之命，有事相求，故敢晉謁。

（老生）不知老師有何事傳諭，乞道其詳。

（小旦）家君有一故友之子，名喚王又恭，不意陡遭縲絏，特命小弟到此相懇。

（老生作驚疑介）吓！老師意中，要把那王又恭如何處置？

（小旦）老世臺聽稟。

【五花陣】【園林好】只為着烏臺舊交，念後裔冤罹法曹，懸一命似秋蒲霜草。素仰老世臺呵。【江兒水】惠露仁風，因此望推情相保。（老生）這又奇了，我想這樁事，在世兄心上，只該把那王又恭置之死地，怎麼老師反又教你來叨情？哈哈哈。（小旦驚介）阿呀！老世臺何以見得小弟心上要害王生？（老生作微怒色介）吓！世兄，要謀他的妻室，豈非要他一死才得了當？【玉交枝】他久聯姻好，怎乘危謀人阿嬌。伊家如果圖偕老，自教他法網難逃。（小旦背介）好奇怪，他怎麼就曉得我謀姻之事？（作想介）吓！（轉介）老世臺這話從何說起？莫非悞聽人言了？（老生）是吓，我若不還世兄一箇証據，自然有許多支飾過來。分付那乳娘同甘家女子出來。（院應下。小旦）呀！怎麼甘小姐也在此？（丑）阿覺道有點尷尬哈哉。（老生）只教你冤家對面兩相照，相逢難逞如簧巧。（老引旦上)欲為全節完名女,反作拋頭露面人。(老生)來來來,世兄,這就是你的原告。(小旦)吓!這箇便是甘小姐。哈哈哈,奇哉怪事了,天下那有未過門的妻子,倒先告丈夫一狀之理?我也有絕妙的訴詞在此。(老生)吓!兩造具備,怎麼還是這等強辯?(小旦)我們這宗公案,不勞有費清心,我與小姐自可私和,世臺休來管我。(老生)怎麼不要管你?(小旦)哪。【五供養】我自向呈告,不用你秦臺剖析分毫。小姐,背人容絮語,攜手訴根苗。便臣罪當誅,也望耽饒。(作攜旦手介,旦急避介,老生怒介)呔,在我跟前,還如此無禮,甘小姐自進去,待我與他論理。(老同作下。小旦)吓!到要請教老世臺了,小弟那一椿有無禮之處?(老生)難道男女授受不親,你多不知道麼?(小旦作噴笑介。老生)怎麼樣?(小旦)哈哈哈,我想家君當日,取足下做箇門生一定道你是箇通品,豈知連授受不親這章書,多解說不出的。(老生)吓吓吓,這成什麼話?(小旦)豈不知下文還有援之以手四箇字?小弟今日便是達權意思耶。(老生)住了,什麼叫做達權?(小旦)這達權的意思,不好與老世臺面講的,只好到後堂去,與世嫂談心的了。(丑)好嗱!搭官太太咬句耳朵箇哉。(老生怒介)哎,好生可惡,怎麼把我也調侃起來?【好姐姐】堪惱,將人調笑,到此際如何怒消?

　　(院子引外上)向老爺請這裡來。
　　(外上)女生外向原非謬,人過中年不任勞。
　　(院子)老爺,向老爺來了。
　　(老生)老師來了,好了。
　　(丑)弗好哉,老爺來哉,那嘿那?
　　(外)賢契。
　　(老生)老師。
　　(老生)老師,門生不知老師駕到,有失遠迎!
　　(外)好說。
　　(小旦)爹爹!
　　(外)咿!
　　(老生)老師請上,待門生拜見。

（外）阿呀呀！賢契不要客套了，哪哪！（指小旦介）我就為了他，受了一場鬱氣，急要告訴你，常禮罷！

（老生）從命！請問老師，可就是為了世兄要娶王又恭聘室，受人鬱氣麼？

（外）吓！這話你怎麼也曉得了？（指小旦介）難道他也告訴你麼？

（老生）不是，只為甘氏在此呈告世兄，所以知道。

（外驚介）吓！甘氏已在此告他了？

（老生）正是。

（外看小旦介）嗳嗳！真正是笑話了！（作想介）也罷！你讓他到內堂去，與令政夫人一會，就知明白了。

（老生）吓吓！怎麼老師也是這等講起來？

（丑）哈哈哈！老爺姜姜！（指小旦介）俚也要進去搭官太太談心，老爺動氣得了弗得，那說嘸貼正也說箇句說話介？

（外）吓！他也要與尊夫人講？哈哈哈，咳！賢契起來，老夫也抱愧無地，只得先與你說明便了。來來來！（作扯老生介）這箇並非小兒，實是小女。

（丑）完了，搿穿豬尿胞！

（老生作異狀介）吓！有這等事？（作看小旦介）哈哈哈！如此說，真乃奇怪文章了。阿呀呀！請世妹內堂寬坐，老荊奉陪。（向內介）丫鬟們，快請向小姐進去！

（小旦）老世臺既承美意，小弟遵命得罪了！（下）

（外）咳咳咳！還要這等，看你怎麼了？（向丑介）吓！你也進去吓！

（丑）我怕方老爺疑心了。

（外）賢契，這是箇梅香，你讓他進去。

（老生）哈哈哈！進去罷。

（丑）介嚇我也得罪哉！（下）

（老生）老師既要解救王生，何不老師自來，却叫世妹喬粧到此？

（外）賢契，此中委曲，一時不便明言，須到密室中方可細談。
（老生）如此請老師到內書房去少坐！
（外）賢契，數載暌違玉筍班，
（老生）今朝重喜覲尊顏。
（外）左家嬌女多奇事，
（老生）聽剖衷情指顧間。（下）

第二十二齣　投　　首

（生急行上）

【仙入雙過曲・六麻令】風情挑逗，一念差萌，貽禍朋儔，害他無故網羅投，須申訴莫遲留。小生被鶯娘閉置家中，倏經數日，想起王兄在獄，如坐針氈，只得覷箇空兒，脫身走出。聞此案已在理刑衙門提審，不免竟到那邊投首去。從今去把冤情剖，從今去把冤情剖。（下）四雜扮皂隸，末扮吏典引老生冠帶上）

【南呂引子・臨江仙】折獄平心難袒右，伸冤不在刑求。帶因奸致死一案聽審。

（衆應介）吠！犯人走動。

（帶小生、貼、老、白、淨上）

（末）聽點，原告卞芳芝。

（貼應。末）被犯王又恭。

（小生）生員有。

（末）屍屬卞陳氏。

（老應介。末）干証焦道士。

（白淨應）

（老生）都帶下去，喚王又恭上來。

（衆退後介）

（小生）憲公祖在上，生員叩見。

（生）你既犯死罪，還稱生員麼？

（小生）生員問心無愧，不曾犯什麼罪。

（老生）先查案內可曾斥革。

（末）雖去衣巾，緣未定案，尚未詳革。

（老生）王又恭，你既係生員，當知禮法，怎麼圖奸室女，又把他父親殺死？

（小生）憲公祖在上，念生員呵！

【南呂過曲·梁州序犯】青箱餘蔭，烏衣末胄，世業一經曾授。逾牆窺穴，閑居深戒輕浮。豈料蛾眉謠諑，少女驚飆，驀地遭誣搆。（老生）據你說來，與卞芳芝竟不曾認識的了。（笑介）天下那有從無一面，把箇殺人死罪，憑空陷害之理？（小生）其實不曾識面，洛川神女伴，縱曾遊，解珮從來情未留。（老生）聽訴語，情非謬，似弓蛇杯影成疑竇，真負屈，合憐救。你且下去，喚焦道士上來。（白淨跪上介）

（老生）焦道士，你與王生是熟識的麼？

（淨）老爺，小人是戴扁巾勾，俚是戴方巾勾，弗是一教，從來勿軋淘箇。

（老生）胡說！那卞芳芝與王生的事，你都知道麼？

（淨）老爺，箇是俚乭私下許乭革原心，叫小人通說弗出啥意旨勾。

（老生）滿口胡柴，且帶下去，喚卞芳芝上來。

（貼上。老生）卞芳芝，你把前後情節，從實供來，倘有半句虛詞，看手梍伺候。

（貼）阿呀爺爺吓！

【前腔】孽因緣種冤由情搆，抱恨終天誰咎？（老生）那日遇見王生，還有何人在彼？（貼）衡門獨倚，其時絕少同遊，牆頭窺宋，陌上逢胡，我自慚中冓。（老生）那晚王生赴約，可曾見他面貌？（貼）阿呀爺爺吓！婚姻雖有約，締鴛儔，月暗宵深面未謀。（老生作想介）吓！那晚月黑，你竟不曾見他的面貌麼？（貼）正是。（老生）這等說，何以見得殺你父親的便是王生呢？（老搶上介）阿呀爺爺！那晚小婦人聞丈夫叫喊，連忙持火去照，只見一箇巾服的人，從牆頭跳出，丈夫已被殺死在地，還在牆下拾得手帕一方，現在鄰人作証。(老生想介)吓!一箇巾服的人,那手帕怎見得是王生的呢?(老)爺爺,手帕原是女兒之物,王生初次來時搶去的。(老生)吓!(衆合)聽訴語,情非謬,似弓蛇杯影成疑竇,眞負屈,合憐救。

(生上)承招不必經三木,訟屈何須望二天。呀!恰好廳尊坐堂在此,不免逕入。(直入跪稟,衆喝介。生)憲公祖在上,生員楊仲春有事投首。

(小生暗驚介)這是楊兄,他來何幹?

(老生)怎麽又是一箇生員吓!你來投首何事?

(生)生員便是王又恭案内的正犯。

(老生大驚介)怎麽你就是凶犯麽?

(生)正是。

(衆各驚介)

(老生)你既來投首,且從實供來。

(生)憲公祖在上,念犯生呵!

【前腔】〔換頭〕愧桑間久已情投,因戲語將情洩漏,把幽期偷赴,負慚良友。(生)吓!這等説,初次逾牆,便是你冒名的了?(生)正是。(老生)你怎麽次夜又將他父親殺死呢?(生)犯生因芳芝矢志不從,深悔一時錯見,以後並不敢再到他家,殺人一事,實是不知情。(老生怒拍案,衆喝堂介)咲!難道你認了箇未成奸的輕罪,便把人命重情支飾過了麽?(生)阿呀!憲天爺爺吓!生員雖未殺人,實乃罪首禍魁,理宜受戮,王生員毫不知情,豈可陷他屈死!故此生員自來投首的嘘!忍使禍延林木,殃及池魚,局外遭冤搆。(老生顧末介)此生素行,雖則不端,但他不忍屈陷王生,尚屬天良未泯。吓!楊仲春,你既來出首,情有可原,本廳自當據你的供詞,把凶身緝訪,只是過限不獲,你就免不得要抵命了。(生)生員自作自受,一死何辭?當前彰孽報,更誰尤,願代南冠作楚囚。

(老生)好。還像箇讀書人本色。左右,可將王生釋放,給復衣巾。楊生去了衣巾,上了刑具。

(衆應介,老扯貼介)女兒,那曉得王生竟是冤枉的!

(貼目視小生,掩淚不語介,生、衆合唱前"廳訴語"四句)

（小生起揖介）憲公祖，生員也不願給復衣巾，楊生員也不便竟加刑具。

（生驚介）吓！這箇為什麼呢？

（小生）公祖聽禀。

【前腔】縱伊行罪犯風流，怎便使殺身絶脰。（向生介）吓！楊兄，我在獄中，到可把殺人償命的事，付之度外，你若公然認下，便是弄假成真了，這箇如何使得？叫我脫身事外，轉難援手。（生）阿呀王兄！只怕生前敗行，死後奇冤，難免蒙羞垢！（二小合）鴻罹魚網也，豈人謀，何日懲凶釋纍囚？

（老生背介）此生竟把人命重情，視同兒戲，老師說他放誕，果然不謬。（衆合前"廳語"四句，雜扭付上）

（付）阿爹弗要哉喲！讓我去劃策兩箇銅錢賠吤嘿哉？

（雜）啥箇？吤即姜賊介凶法，箇歇到子衙門前，到要想脫身哉？（喊介）青天大老爺救命阿！

（皂喝介）

（老生）什麼人叫喊？帶過來。

（皂拉雜、付進介）

（付見淨、衆驚介）阿呀！今日啥到拉里審箇件公案介！

（老生）左右，殺人重犯，帶過一邊。

（付）阿呀！大老爺，我俚是相打官私，弗是殺人公案嘘！

（老生）你們為何廝打？且供上來。

（雜）太老爺，小人是開押頭店箇，俚叫子王六玘，原是地方上一霸，革日趕得來，要搭小人質一件海青，明朝來還，小人一時託大意，勿曾細看，恰好今日有箇主客要買，弗壳道打開來一看，周身纔是血跡，向俚說說，非但弗肯賠還，到拿小人一頓興打，小人情極子老，到太老爺臺下來叫喊箇。

（老生）吓！那衣上竟是一身血跡麼？

（雜出衣介）小人帶拉里，太老爺請看嘘！

（老生）果然多是血跡。（細看介）這是秀才服色，你借來何用吤？我知道了，他住在什麼地方？

（雜）太老爺，俚住氹住氹。

（老生）王六訌，你把卞芳芝的父親，如何殺害，快快招來，免受刑法。

（付）太老爺，小人是弗會殺歇啥箇人嘘！

（老生）哎！本廳了然在意，你若不招，取短夾棍與我夾起來。

（眾應，夾）

（付喊介）受刑弗起，願招。

（老生）且鬆了夾棍。

（眾應，放付起介。老生）從實招來。

（付）阿呀！太老爺，箇椿事體，哪！就是箇革人，搭箇焦道士家婆害我革嘘！

（老生）哎！本廳只問你殺人凶身，再不必枝害他人，你若不招，左右與我再夾起來。

（付）阿呀！太老爺吓！

【節節高】行凶事有由，為陰謀，隔牆有耳風聲漏。圖奸誘，遇寇仇，無從走，只因事急施凶手，真情望乞垂憐救。（老生）既已招承，着他畫供。（付畫供介，老生）楊生員，你假冒王生，圖奸室女，本應詳革衣巾，念爾悔罪自首，姑從寬宥，暫行收管。（生）多謝憲公祖。（老生）把王六訌上了刑具，帶去收監。餘俱釋放寧家，只留卞芳芝母女後堂聽審。（老生、眾合）天網恢恢豈容逃，從今可免冤盆覆。

（眾喝、掩門，老生下，眾、雜、付、生同下）

（雜）衣裳没弗曾賠，還算好俚來，弗曾拖拉人命案件裡。（下）

（淨背介）箇箇小短壽命箇，還算有良心箇來，弗曾拖累吾俚箇箇好老，若然喊穿子，就是當官此道哉，叫我手裡打綿帶，背上駄石碑，軟硬弗調勻，阿要大受累。（笑下）

（雜）王相公恭喜！難是一點未完才無得箇哉！

（貼向小生介）王相公，這都是奴家累你受屈了。

【前腔】深情託寒修，墮奸謀，豈知暗地多訛謬。（老）王相公，可憐我女兒，也是被人朦混的嘘！（小生）媽媽，令愛志在報仇，我也不好去怪他。閨房秀,重父仇,應相詿,公廷難怪伊追究。我如今也還不妨,衣巾不改原如舊。(雜)老娘娘,同子姐官到宅門口去罷,官府弗知還有啥吩咐來。(老)女兒,不要説了,改日同你到王相公府上去負荊請罪罷。(老、貼合)負累書生意難安,憑伊斥辱甘泥首。

(老扯貼,貼顧小生下,雜同下)

(小生)那里曉得此事有這許多冤屈。

【餘文】偷香情罪原非謬,又誰知中藏寇讎,可見債主冤家各有頭。

第二十三齣　巧　　試

(外上)閒談非為師生誼,好事偏經兒女心。好笑我家女兒,為着王生之事,喬扮到此,險些弄出一場笑話。如今門生到公堂審斷,不知王生果能超雪否?等他退衙,自有分曉。

(小旦上)芳草原非男子樹,木蘭本是女兒花。爹爹。

(外)你在內衙與甘小姐講話,又到書房中來何幹?

(小旦)有事關心,不得不爾。

(外)咳咳咳,這是什麼意思?

(老生上向內介)你們把這女子,權在外廂等候。

(內應介)有心昭黑獄,何計庇紅粧?吓!老師。

(外)賢契。(看小旦介)咳咳咳,你還不回避?

(老生)老師,門生正有話兒要請教世妹,且請坐了。

(外)如此,你且權坐一回。賢契,你出去審斷王生一案,其罪果能超雪否?

(老生)王生麼?

(小旦驚問介)便怎麼樣?(外看小旦介)

(老生)哈哈哈,門生看世妹的行為,竟是一尊活神仙了。

(外)吓!莫非王生果然沒有殺人之事?

(老生)説也奇怪,門生正在那裡鞫問王生,忽然有箇秀才,喚作楊仲春,自來投首,王生與他再三爭執,門生看那姓楊的,也不像殺人之輩,正在躊躇,忽然那箇凶犯,為着一領血衣,被人扭禀前來,門生審出真情,遂將此人抵罪。

(小旦)爹爹,孩兒的見識如何?

(外)到也虧你,賢契如此説來,王生已蒙釋放了?

(老生)便是。

(外)既承昭雪,還仗執柯。

(老生)此事門生豈敢推辭,只是老師的門楣,豈可有白衣女婿,方纔給還他衣巾,尚且夷然不屑,諒來是箇無志功名之人,須得大大激勵他一番才好。

(外)怎生激勵他呢?

(老生)這箇全仗世妹。

(外)他是箇女孩兒家,怎好去激勵他?這倒難了。

(小旦)爹爹,天下那有什麽萬難之事。女孩兒呵。

【十二紅】念嬌兒金釵伎倆,假書生青衫模樣。(外)賢契,你看他這樣頑皮,豈不見笑?(老生)胸中大有經濟,真女中豪傑也。(小旦)弄頑皮爹行慢嘲,謊桃花要遊戲天臺上。(外)你終究是女子,如何做得出來?(小旦)孩兒趁著男裝在此,與甘小姐商議,只説在路上救他,歡歡喜喜,一同送他回府,那時甘老不知就裡,自然打點成親。莽裏王送神女歸巫嶂,家廷相遇真歡暢,管教繡幔紅絲牽入春風錦帳。(外)吓!你與甘小姐做了親,難道王生肯罷了不成?(老生)自然有一番爭鬧了。(小旦)我正要他來爭鬧。巧安排香圍粉塲,暗舖陳花筵繡房,逗引箇劉郎莽撞,合卺堂前,定做一番奇況。(老生)只是還少箇挽回之法。(小旦)是吓,到那時誰人挽回呢?(外)你説天下那有萬難之事,只怕你如今的伎倆也窮了。(老生)我到預為計較,安排箇人兒在此。(外)是那箇呢?(老生)便是那箇卞芳芝,他只為注意王生,因此釀成奇禍,我念他伶仃弱質,要撮合這段姻緣,世妹何不借他做箇幫手?(外)這也極妙。(小旦)但不知他心跡若何?怎得試他一試便好。(老生)現在留他母女在此,待我去喚他進來。(小旦)且慢,此事還該與甘小姐計議而行。(老生)這也説得有理。(向內介)甘家奶娘,伏侍小姐出來。(向外介)門生與老師暫且回避。(外)曉得。(同下。旦同老上。旦)已知崇嘏非男子,還把黃衫仗翠鬟。(小旦)姐姐,小妹無知,諸多冒犯,伏乞見原。(旦)荷蒙高誼,保全名節,感德不暇,何有嫌怨?(小旦)既是姐姐不怨小妹,今日不獨保全姐姐,還要保全一人哩。(旦)保全何人?(小旦)便是那卞芳芝。(旦)他已釋放了麽?(小旦)王生已蒙昭雪,故此芳芝也釋放了。(旦)這也可喜。(小旦)小妹因王生無志功名,要與姐姐做成圈套,把他激勵一番,恐他一時氣忿,權把芳芝做了挽回之策。(旦)但憑尊意。(小旦)只是姐姐性格莊嚴,不似小妹這等頑皮,我要試卞芳芝一試,没奈何,相懇姐姐一同遊戲。(旦)只怕露出馬脚來吓。(小旦)依着小妹而行,還你得此中三昧。(向內介)分付外廂請卞家小娘子進來。(貼上)已能全薄命,反悔累書生。(小旦)小娘子拜揖。(貼)你是何人?(小旦)小生向采蘋,揚州人氏,隨父親到此姑蘇擇配,幸得相逢這位小姐,已蒙許為正室,又承他十分賢惠,教小生遴選佳人,粧成金屋,聞得小娘子傾城容貌,無奈被繫獄中,只得相求此間老世臺用情釋放,因此留在衙署,教小生面懇姻盟,料小娘子定然允諾。(貼)阿呀!這話從何而起?(小旦)小娘子吓,**伊休相抗,鑒鰦生周全禍殃。雙眉况未描,張敞又何難許締鸞凰?**(貼)阿呀!公子既知我被繫獄中,自然洞悉緣由。奴家悞陷王生,恨不得粉身相報,倘蒙他收納微軀,願得終身奉事,如遭見棄,奴家也以一死自期,豈肯負却初心,再圖配偶介?**自愧紅顏劣相,波及書生同遭羅網,私心真痛惜,箕帚應相當,便海枯石爛息壤難忘。**(小旦)小娘子的話,也太覺迂闊,此間這位小姐,本是王生的聘室,尚且隨着小生,何况你與王生,並未問名納采,正該與小生為配,着甚來由,守這樣無名的節操?(旦)是吓,到不如歡歡喜喜,也隨了這位公子罷。(貼)人各有志,何必相强?(旦)阿呀!這等説來,分明笑我是没志氣的人了,你這人好不中擡舉。(小旦)小姐責備得極是。(旦)**誇獎,冰霜無兩,譏誚我琵琶過航。只怕貞鸞烈鳳,任你喬裝萬般,千磨和百煉,好難防,看柔條依舊屈韓郎。**(小旦)小娘子,小姐之言,真如金玉,勸你將機就計,順從小生的好嚜。(貼)噯!休來抵捂,貞心一點肯便降,浮詞浪語枉自忙。(小旦)小姐,看他如此執性,說不得小生要用强了,也不怕他飛上了天去。(貼)阿呀!這便怎麼好?(小旦)這書生鹵莽,嚇魂臺何處藏,俏韓生當面偷香,便烈女貞姬怎下塲。(貼)阿呀!他這般用强逼迫,看來性命難保,王郎吓,我卞芳芝今生不能相報,來生與你相會罷。怎教人昧却天良,怎教人昧却天良,罷,抱恨捐軀强如喪法堂。(作觸牆勢,小旦從後抱住介)阿呀!小娘子不可造次。(貼)放手放手。(小旦)機關須自揣,啞謎要平章。(旦從小旦背後去巾介)把慧眼當塲回頭覷看,一樣的雲鬢着甚慌?

(貼看呆介,小旦拍手笑,旦)哈哈哈,耍得他有趣!

(旦)險些兒吓殺了他。

(貼)請問二位小姐,這是什麽緣故?

(小旦)同你到夫人那邊,從頭細講,方得明白。

(旦)少頃我與這位小姐,一同回去,便着奶娘送你到家叔那裡住下,少不得成就好好的姻緣,又激成王郎的富貴。

(貼)多謝小姐。

(小旦)我們同到内衙門去罷。(合)

【尾聲】一番遊戲華堂上,險做出風魔月障。(小旦)小娘子,若不是方纔這番遊戲,怎識你偷折桃花為阮郎。(笑下)

第二十四齣　彙　　計

(老生上)莫近彈碁局,中心最不平。咳!可恨我家兄嫂,逼勒女兒改嫁,害他不知避到那裡去了,連日找尋,並無蹤跡。我想此女知書達禮,兼且性子決烈,料他暗地出門,必然尋了短見了。雖曾差人四下尋訪,我到底放心不下,不免再到他家去一問,不知可有下落?(作出門介)

(老、貼上)尋知世事都如夢,細念姻緣盡是魔。(見介)

(老生驚介)吓!你是卞小娘子,幾時出獄的?

（老）甘員外，此案已蒙刑廳方老爺審結，非但小女出獄，連令親王秀才也釋放了。

（老生）嘎，連秀才也釋放了？（拍手大笑介）哈哈哈，我説此事必然昭雪的。（作停想頓足歎氣介）咳！只是王生雖喜出獄，那知我姪女反遭此變。

（貼）員外且免愁煩，令姪女現在安然無恙，着我母女先來員外處報信，他們即刻便一同來了。

（老生）嘎，我姪女竟安然無恙？

（老、貼）正是。

（老生狂喜介）好了好了，既承報信，請到裏邊來細談。（同進，老、貼進福介，老生答揖介）

（老生）請坐。（老、貼坐介）

（老生）請問舍姪女今在何處？

（老）員外，令姪女麼。

【黃鐘過曲·降黃龍】 自出閨門，道遇刑臺，署內潛身。（老生）原來他遇見理刑，帶回衙內去了。（老）**相逢女伴，有意周全，噓氣回春。**（老生）吓！在廳尊處講分上的，竟是一箇女子，這也奇吓。且問令愛王生如何脱累？（老）**冤伸，**（貼掩淚介）**幸逢秦鏡，驀地把凶徒刑訊。**（老生）嘎，有了凶身，所以把王生與令愛都釋放了？（老）便是。（老生）不知舍姪女怎得與令愛相會？（老）員外，這都是方老爺的恩意，為憐他伶仃弱質，許附婚姻。

（老生）嘎，原來有這許多委曲。

（旦、小旦、丑同上）

（旦）常疑好事皆虛事，

（小旦）莫遣佳期更後期。

（旦先見介）叔父。

（老生見喜介）姪女果然來了。

（小旦）叔翁拜揖。

（老生驚介）住了。

（丑）員外，吾俚公子搭吤會過歇箇哉，那倒弗認得哉？

（老生向作旦介）侄女，這位便是向老的兒子，你怎麽與他一同到此？（衆各匿笑介）

（旦）叔父，侄女被爹媽苦苦相逼，事急潛逃，不想撞着理刑帶回衙署，（指小旦介）恰好遇見了他，彼此說明來歷，因此與他並心合意，弄成一路了。

（小旦笑介）老先生休怪，令侄女與小生已弄成一路了。

（老生大怒介）喲喲喲吥！我只道你有些志氣，不肯順從父母，怎麽竟與他做成一路，還有何顏前來見我？

（小旦、丑、老旦、貼各私語背笑介）

（旦）叔父不必動怒，聽侄女分剖。

（小旦）是阿，叔翁不消動怒，且聽令侄女分剖嚎。

（老生）有有有話快講。

（旦）

【前腔】〔換頭〕聽來因，請慢生嗔。出罪明冤，（指小旦介）是他情懇。（老生惱介）就使他救了你丈夫，難道男女之間便不要避嫌了？（丑）就弗避也弗碍事箇嚎。（衆笑介。旦）叔父，你道他真是箇男兒麽？（老生）吓！不是男兒，難道倒是女子？（丑）差也不多。（旦）感金閨仗義，暗地喬粧，巧賺姻親。（老生笑介）豈有此理，你不要把這些諢話來哄我。（旦）叔父既然不信，請來看嚎。（扯小旦，小旦避介。旦）賢妹，怎麽到害羞起來！（旦笑，代小旦解衣。老生看大笑介）哈哈哈，不意天地之間，竟有此奇人奇事！吓！向小姐，老夫前日，不但悞把你來唐突，連尊翁老先生也是錯怪的。（小旦笑介）這怪不得叔翁着惱。（丑）箇生没罷子叫哉嚘！（老生笑介）你看這般摸樣，儼然是一位美男兒，叫老夫那里疑想得出，怪不道向老先生在我面前，有這許多支飾。奇聞！生全季布，反全賴蛾眉蟬鬢。（老生扯旦背介）侄女，我還在此疑心，那向小姐縱具俠腸，着甚來由，拋頭露面，成全你們姻事呢？（旦）也只為，憐才念切，願結朱陳。

（老生點頭介）原來這箇緣故。

（旦）如今還有一事，要叔父周全。

(老生)嗄,還有何事?

(旦指貼介)卞家妹子,只因悞墮奸謀,以致釀成冤獄,廳尊細鞫真情,道他貞心孝行,甚屬可嘉,不忍使他伶仃失所。

(指小旦介)要我兩人成全他的名節。

(老生點頭介)這也見得極是。

(旦)故此侄女來懇求叔父。

(老生)要我怎麼?

(旦)

【黃龍滾】緣伊不辱身,緣伊不辱身,孝行堪憐憫,望賜矜全,恩撫藏閨閫。(老生)哈哈哈,你們尚且如此仗義,難道我就不能成全此事?待我竟把他認做繼女,日後一併嫁與王生便了。(丑)日後?只怕有點等弗及阿。(小旦)既蒙金諾,賢妹可就此拜認。(貼)是。爹爹請上,受女兒一拜。(老生)哈哈哈,如此說,老夫斗膽了。(貼拜介)自慚孤女,受冤難隱,幸今日,拜高堂,親庭訓。

(老福介)多謝員外,恩撫孤女。

(老生)好說。

(老)方纔與方老爺一同商議,因那王秀才無意功名,特地想箇法兒,把他激勵。

(老生)是阿,王生果然把功名看得甚淡,只是把什麼法兒去激勵他呢?

(老)員外。

【前腔】英才志未伸,英才志未伸,鼓勵方能奮。務令姻緣,兩下無憑准。(生笑介)妙極妙極,必須如此,方能使他發憤。(小旦)還仗鼎力,曲意周全。(老生笑介)你們有甚設施?老夫竟依計而行便了。(合)計成花燭,一時合巹,倘來見,定觸機,難容忍。

(老生)如今是一家了,且請到裡邊去,與老荊一敘,再送你們回去。

(旦)侄女正要一見嬸娘。

(眾合)

【尾聲】女元戎暗地排營陣,埋伏須遵閫令。(老生)哈哈哈,

我想王生已經知道我兄嫂把女兒改嫁,諒他此刻出獄,必然就來淘氣,管取他受困重圍娘子軍。(下)

第二十五齣　罵　　婚

(生急上)

【端正好】敗倫常,傷風化。咻!平白地敗倫常,沒來由傷風化。(末跟蹌上)阿呀呀,大相公,是不是且聽老奴一言?想甘員外既把女兒改嫁,就去爭鬧,也無濟於事,況且有向府的勢頭,決無善言相待,斷斷去不得的。(小生)嗳!他就仗了向老賊的勢頭,敢奈何了我咻!想我堂堂七尺,豈可受人如此欺侮,且讓我前去。(末急扯介)阿呀呀,大相公還是不去的好。(小生)阿呀蒼頭,激得人咬碎鋼牙,便是俺鬼名兒罪犯如天大。吓吓吓,怎就的重婚嫁。放手放手。

(末)阿呀,這是老奴決不放大相公去的。

(小生)唉,誰要你來管我。(推跌末,急下介)

(末)阿呀,你看大相公竟自去了,此時我就趕上前去,斷然不肯回來,嘎,不免急急到甘二員外家中,教他勸轉大相公便了。正是只為冤遭挫狃,咻!致興意外風波,不免就去,不免就去。(下)

(淨上)哈哈哈,好快活,早完婚嫁事。

(丑上)杜絕是非門,員外事體真正殼弗定吼,那說我俚因呒,出去尋尋死路,恰好碰着子向公子,救子轉來,箇歇看里到心願誠服肯嫁勾哉?箇呷天從人願吼嘘!

(淨)正是,即是向親家昨夜來會我,說王又恭倒出子罪,放子出來哉!恐防俚曉得子要來淘氣,所以叫我趁勾今朝好日,就拿俚阿郎入舍子進門罷。我已經打發樂人儐相去接新官人哉,即勿知吼裡向勾事體,阿曾才端正吼來。

(丑)勿勞吼費心,老太婆主分得停停當當吼哉。

(淨)好極哉,介嘿我搭吼專等新官人到門。

(小生上)阿唷,好惱吓好惱!

【滾繡毬】笑他行井底蛙,敢陰含鬼蜮沙。吓!滅人倫目無王法,逼嬌兒另抱琵琶。(丑)箇歇辰光也該來噲!(淨)雄新婦,没嗜担攔勾,即目到耶!(小生)來此已是甘家了,吓!怎麼張燈結綵在此?嘆,一定知我出獄,故此急急的把女兒改嫁了,不要管他,我且進去。(作急進介,淨、丑作驚介)吓!是囉箇?直闖箇進來哉。(小生)老甘,難道你不認得我王相公了麽?(淨)咦!吓是王又恭,吓今日再到我里來做嗜?(丑)對吓說,自從吓犯了死罪,我里搭吓割斷勾哉噓。(小生)哈哈哈,你們道我犯了死罪,所以公然竟把女兒改嫁麽?(淨丑)介嘿勿是嗜。(小生)我雖然被捉拿,也不曾受刑罰。(丑)完哉,貼准要緊頭上,剛剛摻箇冤家來哉!(淨)原是,那嘿那處。(小生)恁只道下蠶室已同司馬,那知死灰燃安國還家。(淨)小中生,實在我俚因吓重新扳仔向翰林丑哉,就算吓放子出來,我也弗怕吓。(丑)好噲,老實說,諒吓也使弗出嗜法來。(小生)阿呀呀哦,老甘,我把你這勢利小人!(淨)阿唷好壯罵!(丑)而且罵得觸心。(小生)敢把紗帽勢頭來壓量我王相公麽,一任恁妖狐遇虎威能假,只看俺赤手何曾畏爪牙。吓!笑殺恁諂附豪華。

(雜上)員外員外,向老爺來哉!

(淨)親家公來哉?

(丑)好哉,箇勾大勢頭來子,就弗怕箇小中生哉。

(小生背介)原來這老賊來了,正要他來。

(外吉服上)緣合何妨真作假,情癡反使喜成憂。

(淨)親家老先生。

(外)親家。

(淨作悄語)王又恭拉丑裡向,箇嘿那處。

(外)嘆,他已來了,不妨,有我在此。

(淨)嘆嘆極好箇哉,院君,親家老先生進來哉。

(外)親母。

(丑)阿呀親家公。

(小生)吓吓,好箇老無耻!

(外)吓,王年侄,怎麼也在此吓?敢是你知道小兒今日入贅,特來作賀？

（小生作大怒介）吓吓,向太虛,你這老賊,我因你是箇父執,故此暫停片刻辱罵,怎麼反來奚落我？呀呸！真乃衣冠禽獸,狗彘不若也！

（外）吓吓吓！我有何罪過,竟罵我衣冠禽獸？

（小生）老賊,你縱子為惡,謀娶我的原聘,還不是衣冠禽獸？

（外）嘎,哈哈哈,如此説,你罵差了,這樣事情,正是我衣冠中人才幹得出,哈哈。

（小生）阿呀,你這喪心病狂的老賊！

（丑向淨）奇怪哉,那説向親家説話,有點没頭爛舌勾？

（小生）

【叨叨令】恁休將面目佯妝假,在人前巧説出癡呆話。誰不知使奸謀暗地通姻婭。笑衣冠敗類一味價行奸詐。（淨）噲,小畜生,唔看看人勒罵咭。（外）哈哈哈,親家不要管,由他罵。（小生）兀的不氣殺人也麼哥,兀的不惱殺人也麼哥。怎教俺把姻緣一旦兒輕撇下。

（内吹打,衆扮樂人,儐相擁小旦紗帽、員領、金花、披紅,丑仍扮書童上）

（小旦）纔喜開籠飛彩鳳,還思投餌釣神鰲。（進見介）岳父母請上,待小婿拜見。

（小生）哇,小畜生,誰是他家女婿,誰是他家女婿？

（小旦）阿呀,原來是王兄,只為你做不成這裡的女婿,因此費盡心機,特來代勞,怎麼反來罵我,豈不可笑？

（小生）哇,好畜生,你把我聘定的妻室,公然謀娶,還敢這等強辯！

（小旦）吓！只因你犯了死罪,故此岳翁把小姐許配與我,怎説是我謀娶？

（小生）哇,還説不是謀娶的。

【脫布衫】恁只待赴天臺偷折桃花,不顧俺舊劉郎合飯胡麻。（小旦）住了,便算我謀娶了你的妻子,諒你一箇窮措大,怎生奈何得我？(小生大怒介)阿唷！可恨他莽張騫硬犯星槎,敢只怕俏天孫鵲橋愁駕。

(小旦笑搖擺介)不敢欺,小弟此刻便要與令正成親了。

(淨丑)賢婿弗要理箇主窮鬼,裡向去拜堂罷。

(外)親家請。(齊下)

(小生呆看大怒介)阿喲喲,罷了罷了。

【小梁州】他拆散連枝重開並蒂花,賦《桃夭》宜室私誇。(內細樂拜堂,小生指恨介)激得我怒氣填膺四體麻,這情魔難禁架,真箇是路窄遇冤家。我如今也顧不得了,直趕進去罵他。

(二雜)啥箇,吓還想逗進去來。(作推小生出,小生奮力推二雜跌地,竟奔下。二雜)勿好哉,快點去扯俚出來。(進下,內奏樂,眾持燭引旦、小旦上,坐席揭方巾介。眾樂人作唱"攀桂步蟾宮"二句)

(小生沖上作打樂人介)狗才,不許唱,不許吹。(樂人逃下)

(小生)嘎嘎嘎,你竟失身從賊了。(頓足介)咻！我原想這花面老兒,生不出什麼好女兒來。

【么篇】恨文姬忍恥竟把單于嫁,玷芳名枉譜胡笳。怎不效望夫石山頭化煞,抹煞千金聲價,那些箇美玉點無瑕。

(小旦)咳！我看你自己一身,尚且這般偃蹇,還要與人爭什麼妻子？

(小生大怒介)哎！難道我王相公是久居人下的麼？

(小旦)看來也不見得十分發達。

(小生)

【滿庭芳】伊休恁粧孤做大,俺一似龍潛淺水,受困魚蝦。(小旦)你這樣人,焉有出頭之日！(小生)禁聲,看指日趁扶搖萬里風雲駕,徙南溟鵬運堪誇。管取宴紅綾玉鞭驕馬,看遍了上苑名花。那時節,春風無價,纔顯得文光千丈舊是秀才家。

(小旦離位介)我想你此時縱然誇口,徒增笑柄。

(小生)吓！你道我徒增笑柄？走來,你敢與我打箇掌兒麼？

(小旦)我怎麼不敢！(打掌介,小旦)你若果然有日衣錦榮歸,罷！我那日便把妻子加倍還你。

（小生）呀呀呀呸！

【上小樓】恨狂夫將人挩攬,俺若果玉堂金馬,怕沒有閬苑仙姝,繡閣嬌娥,肯重尋敗柳殘花！我若不報此仇呵,怎見得舊書痴乘驄馬,英雄志大！（小旦冷笑介）只怕沒有這一日。（小生）伊休得似淮陰甘心辱胯。

（淨上）那說做花燭革時節,放仔俚裡向來,快點趕俚出去。

（眾應,推小生）

（小生喝介）哎！誰敢動手！老賊,你恃著一班狼僕,將我淩轢,我王相公有日功名到手,把你們這些傷風敗俗的禽獸呵。

【么篇】乞恩綸盡數拿,一箇箇刑法加,剗除你狗黨狐羣,管甚麼蠑首蛾眉,象簡烏紗,非見差,纔把咱胸中怒雪。（淨氣介）箇是落里說起,將新人送入洞房,一面叉俚出去。（眾應,吹打引小旦、旦齊下。小生）笑煞他逞雄威兀自將人叱咤。

（二雜扯小生出介,二雜下）

（老生上）七縱七擒成妙計,一真一假結奇緣。（見介）阿呀賢侄婿,為何這般模樣？

（小生作生氣喧介）老老老伯,我我我如今不是你的侄婿了。

（老生伴驚介）嘎,為什麼呢？

（小生）阿呀,老伯,他們已成了親了。

（老生）嘎,有這等事？

（小生）

【朝天子】恨狼心女娃,做他人渾家,惱得俺一晌痴魂化。（老生）這箇怪不得你着惱,咳！如今生米已成熟飯,與他們說也無益了。（小生歎氣介）歎從前空將玉樹倚蒹葭,今日裡羞慚煞。算只為帶鎖披枷聽候隨衙,因此被他行使奸猾。（老生）既如此,老夫也不進去了,此地不是講話之處,且到舍下去從容商議。（小生）老伯,我難道還與他爭此失節之婦？只可恨這些狗男女。（指內介）一般笑咱,一般慢咱,幾時得請上方,鹹斬了諸奸詐。

（老生扯小生下）

第二十六齣　疊　賺

（老扮卜母上）草没鷺鷥飛始見，

（貼上）柳藏鸚鵡語方知。母親。

（老）我兒，方纔蒙員外分付，今日將你招贅王生，他已親自去賺王生來了，你可到裡面去梳妝起來。

（貼）母親，此事雖承向甘二位小姐與繼父周全，仔細想來，斷然成不得。

（老）這却為何？

（貼）爹爹因我遭此慘死，今屍骨未寒，豈可遽行吉禮，於心何忍。

（老）兒吓！此話雖是正理，但那王生與你的姻緣，你便有意於他，他却無心於你，此時若推辭不允，只恐伶仃母女，要想這頭親事就難了。

（貼）阿呀母親吓！

【漁燈兒】我不為恥中冓釁兆戈矛。（老）我們小户人家那裡對得出這樣好親事，休得自愧。（貼）也不為賦小星愧抱衾裯。（老）從來女生外向，依我意見，從權些也罷。（貼）阿呀爹爹吓！痛只痛音容杳使我心憂，切齒的春暉未報，感終天寸草難酬。

（老）兒吓！王生想必要到門了，我和你且到裡面去。喜極還如夢，

（貼）悲深益自憐。（同下）

（老生上）賢侄婿，這裡來。殷勤休把癡情負。

（小生上）嗔怒難教笑靨開。（作看大門介）吓！老伯怎麼尊府門闌，也是一般喜氣？

（老生）景仙，你道方纔與向生成親的是那箇？

（小生）噯！這就是令侄女了，還要提他怎麼？

（老生作笑介）喲！那裡是舍侄女！

（小生）不是令侄女是那箇？

（老生）舍侄女不肯順從父命，乘夜潛逃，一向寄居舍下。（小生喜介）嗄，原來令侄女竟不肯改嫁，避在叔翁府上？

（老生）正是。

（小生）阿呀且住，我方纔明見他與向家畜生成親的，這又是何人呢？

（老生）這是我哥嫂失却女兒，恐怕向家淘氣，故此把箇丫環改扮哄他們的。

（小生拍手笑介）嗄，竟有這等的事，哈哈哈，可笑向家父子，使盡奸謀，反受哄騙，可見天網恢恢，疏而不漏。

（老生）賢侄婿，老夫因此女志行可嘉，已將他認為繼女，今日竟斗胆做主招你入贅了。

（小生）叔翁雖承厚愛，終始玉成，只是婚姻大事，不宜造次，還是另選吉期的好。

（老生）不可。景仙，這段姻緣，內中還有許多不測，誠恐遲則有變，不如作速成親的為妙。

（小生）叔翁語意含糊，小侄一些不解。

（老生）這也不難，你成了親，自然就明白了，進去更衣。

（小生）咳！方恨秦樓成去鳳，豈知楚岫遇歸雲。（下）

（老生）過來付侍姑爺西廳更衣，喚賓相樂人伺候。（雜應介）

（付上）儐相見。

（生）就請新人。

（付）是哉。（照常云云，請上，拜堂畢）

（生）送入洞房。（眾送小生、貼下介）

（老生）哈哈，你看王生已入彀中矣。

【錦上花】那嬌女已寓眸，諒欣然詠好逑，他縱然疑惑，定向那春風錦帳細追求。（小生急上）老伯在那裡？老伯在那裡？（老生）吓！景仙為何這等慌張？（小生）老伯，你是老成人，怎麼也哄起我來？（老生）吓！哄了你什麼？（小生）嗄！還說不曾哄，我只道你憐節操，作塞修。豈知假仁義，使詭謀，把蜃樓幻化作秦樓，弄巧似藏鬮。

（老生）景仙，你且不要着惱，待我喚他母女出來，與你説明原委，女兒快來。

（老、貼同上）閨中無笑語，堂上有傳呼。

（生）景仙，你可知此女的來因麼？

（小生）我那裡曉得！

（老生向老介）你可説與他知道。

（老）公子聽老身一言，我母女昨蒙刑廳審斷，已釋放回家，誰想有箇向公子，在刑廳衙内，見我女兒貌美，便差人來強要我兒作妾，我女兒只因負累公子，情願仰託終身，不肯別嫁，阿呀，只是碍着他們官勢，可憐我母女欲訴無門，幸蒙員外見憐，把我女兒收養。

【錦中拍】感不棄把螟蛉女收，許恩報前仇。因此上仍前約冒稱閨秀，將宿願償計諧夗偶。（老生）景仙，你如今明白了？我恨那向家小畜生，謀奪你的妻子，又見此女一段癡情，真心向你，不忍使他重遭淩逼，故此留在家中，認做女兒，無非要把你胸中怒氣，稍為寬解吓！（小生）嘎，元來老伯一片熱腸，尚為周全此女，阿呀，既然有心作合，何不與我明言？（老生）這箇麽，我怕你嫌他門户寒微，不肯俯就，故此略施狡獪，成就良緣。哈哈哈！（小生）如此説，竟是小侄冒昧，錯怪老伯了！（老生）既已講明，請入洞房罷。（貼）阿呀，這箇決然不可。（老生）吓！這又為什麼？（貼）爹爹，郎君如果有意報仇，一旦功名得志，必然抗疏鳴冤，那時你説他改嫁，他道你重婚，只怕彼此理屈，便有口也難分辨了。（小生）吓！果然見得不差。（老生）嘎，如今依你便怎麽？（貼）據女兒的愚見，不如虛此一席，以為異日報仇之地。（小生）説得極是。（貼）只把那玉鏡臺一座虛留，且耽延畫眉高手，怕巧合流紅御溝。（小生作拍手介）妙妙妙！哈哈哈！不意小姐有此過人的智量。（向貼揖介）我王景仙甘拜下風矣！縱然他覆水難收，如何輕宥？倘使我理先虧，怎窮究！

（貼）郎君受此一番奇辱，若不臥薪嘗膽，豈能吐氣揚眉！不但忝列衣冠，被人耻笑，就是賤妾，也無顔侍奉巾櫛的嚇。

【錦後拍】縱使伊負奇才，數名流，難免人前自包羞。倘只是這青衫依舊，這青衫依舊，怕相見徒資人笑口。似還家季子敝貂裘,不下紙難好埋怨匹偶,真箇掬西江浣不盡這番垢。(小生作猛醒介)阿呀老伯,他一介女流,尚有這般志氣,難道我堂堂男子,竟甘心忍辱不成? 也罷! 我明日便結束行裝,上京應試,倘得功名到手,把這些狗男女是,

【尾聲】奸謀一一從頭究,顯書生功名立就。(老生)好! 聽了你們一番議論,連我的老興也勃然發起來了,哈哈哈!(小生)阿呀岳母。(老)公子。(小生)小姐。(貼)郎君。(小生作連揖介)那時節共效于飛,天長和地久。

(老、貼笑下)

(老生)景仙,明日我竟陪你去。

(小生)極妙的了!(同下)

第二十七齣　反　　勸

(生扮楊仲春上)咳! 為有情痴添懊惱,最無益事是風流。我楊仲春幼讀詩書,頗思上進,只因一念風魔,墮入千層孽障,圖北里之奸,既失身於蕩婦,摟東家之女,復貽累於良朋。仔細思之,殊堪痛悔,我想古來那些登科及第之人,大半從陰騭而來,似我這樣耽戀溫柔,貽羞名教,還想甚功名富貴,為此今日把那些揣摩的文稿,付之一炬,然後披髮入山,懺悔我半生的罪孽,吓文字吓文字。

【憶多嬌】慚愧你宵伴藜,曉聽雞,玳瑁親裝綵筆題。我指望揣摩純熟,取青紫猶如拾芥,誰知一念風流,早折盡平生之福。望斷青雲何處梯? 咳! 楊仲春吓楊仲春,這不是文章負你,多是你負文章也。懊恨情迷,懊恨情迷,說甚文齊福齊!

(花旦上)老勾,跟我進來嘿哉!

(淨上)哄來哉!

(旦)世間無難事,

(淨)只怕老面皮。

(旦進見介)好極,貼准阿巧拉屋裡。

(生)是那箇?

（旦）我哉耶。

（淨）老門徒，六箇介？

（生）阿呀呀，你們還到此怎麼？

（旦）哪哼！阿巧，吪勾没良心勾，阿是害得我尿出痾出子勒，倒想搭我斷哉呢啥？

（生）噯！我只為一念之差，悔之無及，不能再與你來往了。

（淨）住子，吪箇口氣，是念退鬼咒哉！介嘿吪也該拏勾斛頭得來乱乱，淨水得來灑灑，退子我骨勾烏龜咭？

（旦）啐！嗜箇烏龜介，苦鬼。

（生）也罷！（作想介）也罷！想我富貴功名，尚且置之度外，要這錢財何用？書童，裡面取我那只銀箱出來。（丑內應介）

（生）我如今贈你些銀兩，以為謀生之計。

（淨）只要還子懺錢，就搭吪拜送没哉。

（丑取箱上）相公，銀箱拉里。

（生）此中約有千金，你們拏去營運，自今以後，再不要來纏我了。

（淨作開箱看介）好！骨嘿贊還子吪，原是勾大施主。

（旦）阿呀阿巧，吪真正搭我斷哉？我到捨勿得吪來嘘？（哭介）

（生）阿呀！不要如此了，請便罷，請便罷。

（淨）哑！堂阿散哉，拔步哉嗿！

（旦）吪乃有子銀子，自然才是勾哉。（同下）

（生）好了，去了，書童快些取火來。

（丑）相公吪要火做啥？

（生）要把這些窗稿，付之一炬。

（丑）關得文章啥事，要燒落俚介？

（生）阿呀書童吓！

【前腔】只為桑下期，紅袖攜，回首青雲路已迷。（丑）箇是吪自家弗摟得了，當初老爺原再三勾管吪勾。（生）咳！當初祖父教我讀書，原望高登雲路，顯耀門閭，誰想我這不肖，有虧陰騭，絶意功名。鶯燕空將鴻鵠羈。快取火來。(丑)咳！相公,呓嗜了賊介執性,即要收子心,原有好日勾。(生)嗳！勾却前題,勾却前題,再休想鵬程奮飛。(作恨頓足,丑勸坐介)

(老生上)上國開科試。

(小生上)相邀共契人。楊兄在家麽？

(丑)客人來哉。(下)

(生)呀！原來是二公,請坐！

(老生、小生)有坐。

(老生)仲春兄,試期在邇,我與景仙擇定今日起身,你可曾打點行裝,三人同舟了。

(生)二公請便,我是不去。

(小生)奇哉！小弟平日無志功名,尚且要去赴考,兄自來有志功名,何反作此矯情之語？

(老生)是吓！這是什麽意思？

(生)不瞞兄説,弟自問與陰騭有虧,此生功名無望,為此焚燒筆硯,正待遁跡山林,不敢再作痴想。

(小生)兄不是這等講,自占一念回頭,便登彼岸,佛門有懺悔之條,儒家有自新之路,你從此洗心革面,便是立身修行的君子,何必苦心執前非,灰頹志氣？

(老生)是吓！又道人孰無過,改之為上。似我這樣老秀才,尚且有興,何況你青年美才,怎麽反不前去？(老生、小生合)

【鬥黑麻】年少襟期,鳳林自飛,休為前非,把功名似泥。從今後,醒舊迷,待詔金門,高步雲梯。

(生)嗄,既承相勸,且請書房少坐,待我收拾行李,勉强追隨便了。

(老生、小生)好吓！快些收拾起來。

(合)前情慢提,重誇試策奇。從此長安,從此長安,鞭絲共攜。

(遜下)

第二十八齣　串　譃

（小旦扮卞采蘋上）閨閣奇謀莫浪傳，移花換月締良緣。賺他已上夗央簿，索性夗央再倒顛。我卞采蘋，前日喬扮到此，與甘家姐姐成親，已曾激怒王生，上京應試去了。我又悄地寄信與卞家妹子，叫他一徑前來，妝圈做套，好一同居住，為此與甘家姐姐說明，來到堂前相等，怎麼還不見來？

（丑假書童上）卞小姐請罕來？

（貼上）傳來心上稿，同覷眼前人。

（丑進介）卞小姐來哉！

（小旦）來了麼，你自迴避。（丑應下。小旦）吓妹子！

（貼）姐姐，小妹聞召而來，只不知姐姐有何妙策，哄那甘老？

（小旦）一些也不難，你假意稟知此老，只說你是我的元配，等他們出來，大大擺佈他一番。先替王生出口氣兒，此計何如？

（貼笑介）此計甚妙。

（小旦）如此要妝狠些纔好。

（貼）這箇小妹在行。

（小旦急喊介）阿呀娘子不須發怒，待我去請他們出來。岳父岳母快來！

（淨上）幸贅乘龍婿，

（丑上）門楣增我光！

（小旦照會貼，貼作大喊介）卞采蘋，你好忘恩負義也！

（小旦）阿呀娘子有話好的說。

（淨、丑作忙問介）吓！吘是嗜人？賊梗亂嚷亂喊？

（小旦）嘎，小婿正要稟知岳父母，前日入贅，未及言明，家有原聘，他如今知覺，倒來尋我了！

（淨、丑作驚介）嘎，那說吘有原聘勾？拉甚囉里？

（小旦）哪！這就是我的原聘了。

（貼喊介）阿呀！卞采蘋，你瞞我幹得好事吓！

（小旦）阿呀娘子吓，有話好坐了説嚧！

【繡帶兒】香閨裡幾多歡耍！（淨）阿呀！我俚上子黨哉嚌？（丑）直頭大上其黨哉！（小旦）不知那箇不積善的走漏風聲了？（貼）鴛鴦誓不爭差。你怎生學柳絮隨風，枉教人尋遍了陌頭花。（淨向小旦介）噯！吥胃日來求親，説道弗曾攀親勾來，那説箇歇进出一箇原聘來哉介？（丑）箇是直脚安心騙我俚。老勾，那嘿那處？（小旦作不採，只顧向貼）阿呀！娘子請暫息雷霆，容小生分辯嚧！卿家畫屏中結下風流社。（貼）你還有什麽分辯？（小旦）今雖伴裙釵幾曾挑達？（貼）這箇我那裡知道。（小旦）偶然違閨約，背了春風繡榻，怎勞你弓鞋獨自行踏？

（貼）噯！你休得假意寒温，我只問你。

（丑）阿唷！好一箇撒潑堂客！

（淨）咳！革革事體大訓哉？

（貼）

【太師引】恁因何做下這虛頭話？（小旦）小生不是虛話嚧！（貼）莽書生風流調法，怎撇我月邊仙桂，倒别尋他牆外閒花？（小旦）是是是，娘子見教得極是，但今此事，實非小生有意，多是他們強逼我成親的。（淨）吓！那倒説我俚強逼？（丑）索性骯髒煞我俚哉？（貼）吓！不信天下有這樣村牛，一箇女兒没處嫁人，定要招你這有妻子的做女婿？文君直恁廝趕上乞漿司馬？（小旦）娘子，小生並非虛言嚧！（貼）胡説！你這招風嘴胡謅浪喳！阿呀天吓！恁擔雲攔雨便想别去會巫峽。（小旦）阿呀娘子，你且不要動怒，可憐小生是，

【前腔】〔換頭〕本性兒呆守鴛鴦，怕兩頭船無心趁他。偶然我閒窺花徑，湊着他别抱琵琶無端繡帶虛結下，相懇你暫停羞罵。（貼）噯！這箇斷難饒恕，快快與我休掉了。（淨）嗜説成，倒要休我俚因兒？（丑）直頭拉㞗放屁哉！（小旦）娘子，你是箇正房妻室，這裡只算得偏房小妾，不與你並立的耶！（丑）阿呀！越發弗是説話哉，吥阿聽見介？（淨）聽見勾，且再聽俚那説。（小旦）不過是衾稠伴相隨鳳榻，敢專房篆印别處撐達？

（淨、丑）住子女婿,吼當初來求親,分說起有正室勾,革歇那拏我里小女當起小來,革是我勿依勾?

（貼）吼我也弗許他娶妾。向采蘋,快與我寫下休書,竟讓他去嫁人。

（淨、丑）阿呀箇是越發使弗得。（合）

【三換頭】我也是青衫舊家,硬逼着迴車却馬,生勒我嬌兒醮也。豈不成一場話靶!（貼）向采蘋你不言不語,還想什麼念頭?快快同我回去。（作扯小旦走介。淨、丑）阿呀呀!住瓶!吼扯子俚去,難道叫小女真正再嫁人勿成?（貼）這也是你們的常事。（淨、丑）罷哉!生米已經煮成熟飯。此事望你恕他,您那裡要同歸去,我這里鶯愁燕詫。（貼）我只管我的丈夫,你家的事情,不與我相干。（淨）那也弗要說哉,我俚分打聽明白,担子點差哉!革歇竟是姊妹相稱,求吼全子捨下勾臉面罷?（丑）是吓!（合）你若肯官斷饒初犯,我情願私和到貴衙,只望姊妹排連,便感今朝恩德加。

（淨連揖介）學生拉里唱喏哉!

（小旦暗笑介）吓!娘子,他在那裡作揖了,求你寬恕了罷!

（貼）罷!我聞得這裡小姐到也賢惠呣,姑且恕這一遭。

（小旦）阿呀呀,多謝娘子!

（淨、丑）阿呀好哉!我里進去報拉因兒曉得,端正和事酒席去。（同下）

（小旦看淨丑下笑介）阿呀妹子,倒虧你做得出來!

（貼）險些急煞了這老東西!

（小旦）把這些話,進去告訴了甘家姐姐,他還要笑不了。

（貼）姐姐先請!

（小旦）禁聲,此處耳目眾多,還須圈套而行。

（貼）是吓!我倒忘了。

（小旦高聲介）娘子請吓!

（貼）吓!官人先請,奴家隨後。

（小旦）娘子這裡來。（同笑下）

第二十九齣 鼓　　捷

（老生）

【引】老氣橫秋，試策董醇賈茂。我甘守約年近五旬，未得一第，久欲拋棄書卷，近因朝廷特開博學宏詞科，搜羅賢俊，不覺老興勃發，拉了楊、王二人，一同到京應試，且喜場期已過，試策萬言，十分愜意，只是王家侄婿，受了女伴牢籠，他却信以為實，每飯不忘，切齒痛恨，若使一朝得志，必然要把此事抗疏上聞，他們許多作用，可不弄巧成拙了？幸有老夫在此，緩急可以分解。今日乃揭榜之期，未知三人中誰當獲雋，好生委決不下。

（生上）玉京有路愁難到，

（小生上）金榜無名誓不歸。（相見各坐介）

（小生）老伯，今日正當揭榜，我們何不把三人得失懸擬一番？

（生）我們兩箇，得失尚在未定，似你這樣試策，條對詳明，指陳愷切，再無不入彀之理。

（小生）小侄此番若不中式，也不想腆顏人世了。

（老生）阿呀呀，何出此言？

（生）王兄一向把功名置之度外，今乃如此熱中，可謂大返前轍。

（小生）兄吓！小弟熱中，却不為功名起見。

（老生、生）嗄，為什麼呢？

（小生）

【畫眉序】矢志把名求，不為雲衢競馳驟，恨淮陰年少故辱韓侯。（老生）原來為此！咳！從來世情反覆，你若衣錦榮歸，他們自然把女兒送上門來了，何必介意？（小生）阿呀老伯！你是目擊情形的，怎麼也說出這般渾話來？緣已斷怎續鸞膠，姻早悔難諧鳳偶，重提此事眉兒皺。（作頓足介）仇深肯便干休？

（生）此話且不要提起，只是眼下便要揭曉，倘若有得有失，未免一人向隅，舉座不樂，怎生想箇法兒，捱過這一回才好？

（小生）我已準備下了，蒼頭。

（末扮蒼頭上應介。小生）着你整治酒餚，可去取來，待我們暢飲，再着你在門首等候，倘有報錄的到來，一概不許傳稟，只在門前擊鼓一通便了。

（末應下）

（老生、生）此法甚妙！我們且來飲酒。（合）

【前腔】共擬廣寒遊，折桂終須待高手。怎得似芙蓉人鏡，穩步瀛洲。（內擊鼓一通。小生）呀！聽鼓聲驟發，已有一人入彀了。（合）聽着那戶外鼉鳴，真不異蝸中蠻鬭。三人契重金蘭友，知誰箇擅龍頭。

（內又鼓一通介）

（小生）哈哈哈，鼓聲又作，竟中了兩箇了！

（老生起，背介）阿呀且住，他們多是青年飽學，必然俱已高捷。（作急狀介）呸！只怕又是我這倒運的老頭兒當這悔氣了。

【雙聲子】年衰朽，年衰朽，滿指望功名就。心內憂，心內憂！怕落在孫山後。似拙鳩，似拙鳩，惹笑口，惹笑口！笑劉蕡下第，壯志難酬。

（小生）楊兄為何愀然不樂？

（生）小弟自問有傷陰騭，功名之念，已如槁木死灰，適聽鼓聲，不過為二公欣羡耳！

（老生）咳！你們多是少年英俊，自然同步青雲，那落第的不消說是我這老無恥了。（內又鼓介）呀！難道三人多得中第？這又奇了！

（末上）一連三報捷，喜上兩眉尖，恭喜三位老爺，俱得高中了。

（小生）蒼頭，你快把三人的名次說來。

（末）我家老爺是第一甲第一名。

（生、老生）哈哈哈，吾兄竟中了狀元了，恭喜恭喜！

（小生）豈敢！

（生）我們呢？

（末）甘老爺是探花。

（老生）我竟中了探花！哈哈哈！

（小生）楊老爺中了幾名？

（末）老爺中在三甲十名，有吏部送的朝報在此。

（生）取來。奉聖旨，甘守業指陳時政，不避權貴，可任言官，着即補授京畿道監察御史。王又恭條對精詳，學有根柢，授翰林院修撰。以下俱賜同進士出身。

（生）我自知作事不端，滿擬功名無分，今日得附驥尾，已是僥倖的了。

（衆扮四小軍上）有人麽？

（末）什麽人？

（衆）禮部送有冠帶宮花，請各位老爺，入朝謝恩，瓊林赴宴。

（末稟衆進介）儀從人們叩頭，請更衣。

（吹打更衣介。合）

【前腔】文如繡，文如繡，看鼎足都入彀。欣狀頭，欣狀頭，真不愧掄元手。開笑口，開笑口，功名就，功名就。喜紅綾筵宴，盡是名流。

（小生）老伯，小侄謝恩回來，便連夜草成奏疏，彈劾那向家父子了。

（老生）嘎，我為言路，這事自應我代你申奏了。

（小生）如此足感，帶馬！（衆作上馬介。合）

【尾聲】今朝得第誇輻輳，同向雲程馳驟。一路笙歌迎狀頭。（下）

第三十齣　道　喜

（花旦笑上）哈哈哈，有數說"運退黃金失色，時來鐵也生光"。真正勿差勾！我出生出世，就相與得勾楊巧官，再弗売革夜頭說說閒話，到纏出賊梗一勾大案件來，難聞俚就為害殺子人，傷子陰騭老，恨氣要想出家，非但風月事體弗辦，連搭功名才弗想哉？前日拉我面上過意弗去，送子一千銀子，我俚革好老，日夜打算，別樣生意呢做弗得,放拉別人,亦怕落水,倒拿點去捐子一箇道紀司,揀勾今日到任。我想俚做子老爺,我就是奶奶哉,革勾款倒就要打今日擺起乩,恐防有人來道喜,且去端正子呷茶湯水勒介。(下。衆執事引淨法冠罡衣上。合)

【出隊子】旛幢前導,今日黃冠意氣豪,成仙了,道事虛杅,爭似為官都顯耀,名利兼收,全在這遭。

(吹打謝恩,衆下)

(花旦上)阿呀老爺回府哉!恭喜老爺!

(淨)恭喜奶奶!

(旦)老爺!嘸今日之下,賊梗勾體面,到底虧子啥人?

(淨)故弗消說得,自然虧子姓楊勾哉嚄!

(旦)哼!俚無緣無故,為啥肯把銀子拉嘸?只怕到底虧子俚嘘!(指下身介)

(淨)阿呀,賊梗說起來,是我直脚拉里獻屄勢哉喂!

(旦)弗是勒啥?

(付、丑、雜扮四道士上)洞裡仙人新出道,碑趺力士近為官。恭喜道老爺榮任哉!今日是要庭參勾?

(淨扶介)多謝多謝!革是勿敢當勾!

(衆)道奶奶恭喜!

(旦)罷哉!

(衆)阿唷倒大得收弗小拉哈!

(旦)老爺骨星人嘿!阿才是我里該管勾百姓介?

(淨)管是該管。到底是老朋友,弗好頂真勾!

(旦)啥說話?做此官行此禮,無本事烏糟糟勾?

(丑)阿唷!倒要行官體乩來?

(淨)道老爺,我本來要做頂六塊頭帽子送拉嘸戴戴,弗得知嘸頭寸大小?

(付)我要做件瓦爿背搭拉嘸着着,弗得知嘸背心勾厚薄?

(雜)我俚兩家頭,要置辦勾金漆馬桶,送拉奶奶哺哺,弗曉得屁股勾大小?

（合）介了湊勾公分拉里奉賀！

（淨）阿呀呀！革是弗好領情勾！

（旦）承俚丑意思嘿！生成要受勾哉，推啥介？

（衆）好煞！生成要受勾！

（丑）道老爺，我俚奉賀子吙？就奉擾子吙？賽過烏龜擡轎子，硬扛扛哉！

（淨）阿呀！偏生今日是辛日，我主人家先吃素嘿那。

（丑）啐！我朝晨頭看見吙拉丑陽溝灘上啄壯蜓蜢吃當面説鬼話。

（旦）吓！老爺！即姜僧網司丑送革素菜拉里，倒弗如請俚丑吃落子罷！

（淨）極是勾！各位丑信老實，現成素菜拉里，吃勾一杯喜酒。

（衆）到吃素菜，也罷噓！

（旦）老爺！酒拉里哉？

（淨）各位丑請坐。

（旦）讓我再去燉得來。（下）

（衆）道老爺，雖然拉里府上，今日是弗好僭吙勾！

（淨）哪倒叫我上底坐，阿覺道自誇其大介？

（衆）弗必謙虛，我俚才是屬下。

（淨）夾嘿遵命哉，請阿。

【駐雲飛】野蔌山肴，家釀頻傾飲興豪。（衆）往日稱同調，今日伊榮耀，嗏！道行豈真高？只須錢鈔。（淨）吙丑還弗曉得，目今時勢，有錢為上。財旺生官，常例休相笑！（衆）弗差勾！我里且吃拉哈。（合）一醉能將萬慮消。

（淨）我里賊梗吃法，阿覺道無趣，倒弗如行革令罷？

（衆）好得勢！就請教道老爺施行哉？

（淨）夾嘿先吃勾令杯。各位丑，我里纔是同道中，弗拘酒底酒面，總要説勾道字，弗如式勾嘿罰。

（衆）請教噓！

（淨）夫道一而已矣。

（付）道二。

（丑）君子所貴乎道者三。

（雜）君子之道四。

（又雜）天下之達道五。

（淨）才好！難是亦挨着我哉，儒釋道。

（付）我説勾畜生道。

（丑）夾嘿索性餓鬼道。

（雜）我是六頭道。

（又雜）阿呀！倒説勿出哉！咦！嘎，有里哉，黑頭道。

（淨）住丑！骨呷要罰哉？

（又雜）那了？

（淨）只有六頭道，無啥黑頭道勾滑！

（又雜）那説無得？吭箇主老爺弗是黑頭道？

（淨）呔！放屁。

（旦急上）洛里骨勾拉丑誑言亂語，超里勾耳光。

（淨）阿唷唷！氣殺哉！氣殺哉！

（又雜）我説勾，吭阿敢打？

（旦）就打吭革瘟扁頭灰角蜢。（打介。淨、花合）

【四邊靜】你無端罵座成何道，難容恁囉唕！怪把竹篦敲，升堂再枷號。（丑）錯娘，真勾行官勢呢啥？（淨）吓！多時無子管頭，吭革屄養勾，竟賊梗無法無天，連我老爺纏得罪起來哉？（衆勸介）弗要動氣，差弗多點罷！（淨）奶奶，且看衆人面上，恕俚箇初次。（旦）啥勾？狂徒桀驁，把人要笑，若不重懲他，（指淨介）誰人奉遵教？

（丑）吓！箇革堂客，倒賊梗撒潑勾，即配得一卵毬殺革娟根。

（衆）弗要多説哉，去罷去罷！（推丑下）

（旦）老爺，吭難間做子官哉！那倒賊梗怕事起來哉介？

（淨）弗是啥怕事，不俚拿我勾履歷才通誠子出來，要想搭里認真，實在倒有點口軟哉！

（旦）啐！夾嘿吭只好常縮頭箇哉。（下）

（淨）阿聽見，倒叫我縮頭乩。看來骨革官銜要實受乩噓！（下）

第三十一齣　奇　奏

（小生冠帶上）

【黃鐘引子·翫仙燈】蘭省榮登，把冤訟寸心私幸。（生冠帶上）悟前因窮通任命。王年兄，從來鼎甲，例入翰林，怎麼甘老伯竟授職諫曹，是何緣故？

（小生）聖上道他策內，指陳時政，不避權貴，故此特擢京畿道監察御史。

（生）這等說是特恩了？（笑介）只是他昨日進院，今日便去上疏，太覺風勵了！

（小生）年兄，甘老伯這疏，是小弟託他代奏的喲！

（生）吓！兄有何事上聞？

（小生）小弟自被甘家老賊悔賴姻盟，恨入骨髓，本欲自行陳奏，因甘老伯說此事風化攸關，他職居言路，理應彈劾，況又是他家事，曾執斧柯，不便隱諱，所以小弟竟託他代奏了。

（生沉吟介）只怕此本，在他令兄面上，有些難處。

（小生）此老生性古執，況且提及他哥嫂，深恨痛疾，決然不肯庇護，只等旨意一下，小弟便要回去和他質訊。（大笑介）把這些狐羣狗黨，一一從頭究治，纔出我胸中的惡氣。

（二雜排軍引老生冠帶上）

【前引】驄馬初乘，乞恩旨暗操媒柄。

（退下。二雜應下。各揖坐介）

（小生）老伯面有喜色，想必聖上已經准奏了？

（生笑介）果然准奏了。

（生）嗄，竟准奏了，倒要請教，令兄的過失，如何委曲周全？

（老生）家兄此事，原覺欠通，論我蒙恩司諫，理應據實奏明，只是景仙分上，誼關翁婿，叫我怎好盡情彈劾？

(小生驚介)阿呀！我與他恩斷義絕，還講什麼翁婿？這等說，老伯此本，必然徇私袒護了？

(生)兄慢些發惱，且問向家父子，如何處置？

(小生)是阿！難道向家老賊，老伯也去袒護他麼？

(老生大笑介)唷唷唷！這位令岳是有恩於你的，我一發不好得罪他了。

(小生怒介)噯！向老要把女兒許我，久已回絕，怎麼說此諢話？

(生)向老是王年兄的仇人，怎說也是令岳，這是老伯有心取笑他了？

(老生)婚姻大事，怎好取笑？(出旨介)現有聖旨在此，你拿去看便曉得他兩箇都是令岳了。

(小生接着念介)據奏王又恭聘妻甘氏碧雲，貞節可嘉。(大怒介)喲喲喲呸！你侄女久已改嫁，還說什麼貞節，豈不可恥？

【黃鐘過曲·啄木兒】看恩詔，心頓驚，何故重將姻事請？豈不知覆水難收，怎便去搜風拿影？(老生笑介)你且看完了，埋怨我未遲嘎？(小生又念介)向氏采蘋，阿呀！向采蘋便是向太虛的少子，怎麼把他認做女人？(指介)如此為非，反說他成人之美，豈不益發荒唐了？他奪人聘妻多凶橫，奸謀久恨成機穽。為甚謊上封章瀆聖明。

(生)王年兄，這是奉旨賜婚，豈同兒戲。據小弟看來，甘老伯本上，必然另有隱情。

(老生大笑介)哈哈哈！真箇聰明一世，懵懂一時。景仙，我也要得你毅了。

(出疏介)疏稿在此，與你釋了疑罷。

(小生接疏細看，點頭，忽大笑介)哈哈哈！原來向采蘋就是向年伯的女兒，我此時真乃如夢方醒，承叔翁大德，終始玉成，小侄不知就裡，多有冒犯！(揖介)望乞海涵！

(老生笑介)賢侄婿，這也怪不得你著惱。

【三段子】那因怎省，做冤家無情有情，却賴女英。免羈囚憐孤保貞。(小生)叔翁,令侄女不從親命,果然難得,只是向小姐,既承他的美意,成全好事,何苦設此詭計,將我這般奚落嗄?(老生笑介)這箇麼,只因你一向放誕不羈,全不以功名為念,所以他們合計激勵你成名。(小生大笑介)原來如此,雖承他們好意,只是太刻毒了些!(生笑拍小生肩介)景仙,虧你讀破萬卷,不識陰符秘妙。如今回去畢了姻,只該謹守閨中約束,不要賣弄聰明了。(各大笑介。老生、生合)自今合遵閨中令,七擒七縱難爭勝。這是璧返連城真僥倖。

（小生）小侄一向非但辜負了向小姐的深情,連向年伯暗中培植,幾致恩將仇報。

【歸朝歡】蒙恩顧,蒙恩顧,苦苦與爭,似睡夢今朝得醒。承丹詔,承丹詔,許諧舊盟。(揖老生介)荷周全把誥敕雙嬌並請。只是小侄心上,令兄令嫂,到底放他不過。(生笑介)咳!這看尊嫂分上,忍耐些罷!(老生)依你待怎麼?(小生笑介)小侄意中,要通箇信與向小姐,怎生設箇法兒大大的擺佈他一番才好。(生笑介)如今怪不得你興頭,有了內應了。(老生笑介)不瞞你說,向公處,老夫早已寄信與他了。(生)妙阿!可見人有同心。(老生)老夫已曾告假,明日與你一同回去。(合)少不得做成圈套宣王命,勾通女伴將伊儆。纔把往日恩仇一旦明。(下)

第三十二齣　鼎　　圓

（外上）

【簇林鶯】【簇御林】炎涼輩,識見偏。(旦上)賴閨中智計全,移花接木都機變。(外)夫人,可喜王生已登榜首,那甘守約寄信與我,說甘家小姐,與我女兒,奉旨一同賜婚,其間緣故,已向王生說明,只可恨那甘菊泉重富欺貧,把姻盟悔賴。我待悄地通箇信與我女兒,叫他們暗中關照,等候女婿回來,一同裝圈做套,着實擺佈他一場,你道如何?(旦)專怪此老作事乖張,也教他受些驚恐。(外)不是我女兒這番作用,此時甘老只怕置身無地了。(旦)老爺!【黃鶯兒】喜紅絲暗牽,喜青雲占先,泰山行理屈應遭譴。(外)夫人,快快着人知會女兒要緊。(旦)是。(合)氍毹前,安排圈套,訕笑勝蒲鞭。(同下。小生、末隨上)

【步步入園林】欣占鰲頭承天眷,得報恩和怨,窮途憶往年,今日榮歸,前程錦片。下官王又恭,蒙聖恩欽授翰林院修撰,與甘、楊二公,一同告假回籍,又奉聖旨榮歸完聚。下官雖則洞悉其中委曲,但岳父母的初心,殊為可笑,為此先拜刑廳,屬他通信與甘家,使彼驚惶無措,然後各人把他訕笑一場,稍出我胸中之氣。左右打導。【園林好】須勝是瓊林春宴,簇擁著俊絲鞭,早完就巧姻緣。(齊下)

(淨上)事不關心,關心者亂。我甘菊泉,自從招贅子向家裡女婿,自道是好得勢哉!落里曉得奔子一位家主婆來尋渠,倒費子幾哈口舌,故喲罷哉!今日我拉外頭走走,聽得多化人說,王又恭中子啥狀元,亦做啥翰林院修撰,連吾里兄弟,也做子啥御史哉!弗知阿有介事?吾想蘇州人最會缸頭泛勻,料想故倒運人,落俚有革一日。

(淨上)員外,箇勾箇勾!
(淨)啥事務?
(淨)理刑廳到門哉!
(淨)故是啥箇意思?快點跟我出去迎接。(衆引老生上)

【園林通江水】記前番憐才雪冤,喜今朝珠還鏡圓。(淨跪接介)治晚生迎接公祖老爺。(老生忙扶介)阿呀呀請起!(淨)公祖老爺請!(老生)僭了!(淨)公祖老爺請臺坐,待治晚生參見。(老生)豈敢!先生是侍御的令兄,又是殿元公的令岳,下官理應叩賀,怎麼反行此禮?(淨)治晚生並沒有狀元的女婿吓!(老生)原來先生還不知道。(自坐,以手指淨坐,淨告坐介)令坦王公中了狀元,欽授翰林院修撰,奉旨結假完姻,下官一來叩賀,二來親押執事人等到門,三來致意速備花燭酒筵伺候。他是新科狀元,又是奉旨賜婚,非同小可,下官回衙理事,不能久停,明日到府恭賀。(淨)是是是!(老生)【江兒水】早整備團圓歡宴,倘若躭延,怕抗敕難逃刑

憲。(下)

(淨)弗好哉！弗好哉！呒乩男男女女才替我走得出來？

(小丑上)忽聞堂上喚，

(三旦上)同出繡幃來。

(小丑)員外，啥了急得賊梗樣式拉乩？

(淨)方纔理刑廳押執事到門，説道王又恭中子啥狀元，點子啥修撰，亦是啥奉旨完姻，即目要到門哉！拏啥物事不拉渠，我肚腸根直頭要急斷哉！

(小丑)弗要急！且大加女婿商量商量看嘘！

(小旦)阿呀！岳父母吓！小婿不過是箇秀才，便家君也是退居林下之人，那裡當得新科狀元的威勢來嗄？

(小丑)那説燈草做得主拐箇介？

(淨)竟賊介無行用勾？(小旦)

【江兒水供養】釋褐知何日投簪，奈有年，玉堂人物慭相見。(淨)到底大家呒乩爺斟酌斟酌看嘘！(小旦)阿呀！他是奉着聖旨前來就婚，那里還有什麽斟酌介？他煌煌聖旨來金殿，教人何計尋方便？(小丑)故是筆管裡煨鰍，直死哉滑？(淨)難道叫我原叫勾因兒搭里做親勿成？(旦)阿呀爹娘阿！這都是你害了我了嘘！(小丑)亦是一革埋怨得來哉！(淨)故是捉埋怨。(旦)既已欣諧姻眷，【五供養】因何把前盟更變？門楣生折倒，事急有誰憐，教奴空自怨椿萱。

(淨)真正差盡差絶哉？

(貼)你們早知今日弄得這般光景，何苦把我丈夫強逼在此成親吓？

(小丑)小姐，呒嘿阿可以少説子我俚兩句罷？

(貼)吓！怎麽不要説吓！

【供養交枝】伊家愧覥，悞把劉郎，引入仙源。(指旦介)他花封應受領，此際費週全。看你如何排遣？(淨)今日箇件事務纔是呒弗好？(小丑)那説纔是我弗好！(淨)啥箇王又恭是無得出頭日脚革哉，快點拏革因呒得來改嫁，那間嘿改嫁得阿好？(小丑)當初讓我説丑歇嚇是哉,啥了一時鶻突勒依子吾嘎!(淨)噯!男兒為何聽婦言,今番有口難分辯!(小丑)弗要相埋怨,少停故姓王革到子門嚇,大家纔是死!(淨)故是落里説起吓!(合)禍臨頭憑誰救援,恁冤讎何辭解免?

（內）二老爺居來哉!

（淨）唔丑且進去。（三旦下介。老生上）

【玉交枝海棠】烏臺司憲,下鶿班歸來故園。吓!哥嫂。（淨）恭喜兄弟!（小丑）恭喜二阿叔!（生）哥嫂為何這般光景?（淨）兄弟!唔弗要假詐呆!故王又恭中子狀元居來,奉旨完姻,故歇即目要到門哉,吾正是急得昏天黑地革拉里,要唔做一箇救星丑。（小丑）好阿!要二阿叔挽回挽回丑嚄!（老生）你們當日不聽吾言,致有今日,如今事已弄拙,還有什麽挽回?怪你敗盟奪志將他賤,全不慮三尺當前。（淨）唔那間做子官哉,難道一勾無用阿哥纔遮護弗來?（老生）這是奉旨完姻,我怎麽還蔽護得你?【月上海棠】既然他奉敕完婚,我怎仗同官相勸。（淨）介嚇直脚要死勾哉?（小丑）故喲命裡註定勾哉!（外上）已排心上藁,且看眼前人。吓!親翁親母。（淨、小丑）親家公!（外）御史公!恭喜賀喜!（老生）豈敢!（淨）親家公,唔來得正好,阿曉得吾俚革事體纏訓拉里哉?（外）老夫也為此事而來。御史公,前日小兒承令兄招贅在家,今日王年侄奉旨完姻,倘然弄出事來,連老夫都有些干涉,你怎麽想箇計較周全一二?（老生）你我都是讀書明理之人,這事怎生計較?（外）難道眼睜睜置令兄於死地不成?（淨、小丑）好吓!唔看死埋滅弗得勾嚄!（老生）噯!事到臨頭,你們相懇我也無用,非我無情面,是你孽由自作怎樣周全?

（雜急上）那是大弗好俚哉!員外介!

（淨）亦是啥箇?

（雜）狀元老爺到門哉!

（淨）完哉完哉!那是要了食肚革哉!

【海棠姐姐】禍事連,三曹對案今難免。我箇歇還有啥商量,倒弗時尋子死路罷!（小丑）要死嚇一淘去。（淨）喲吥!恨閨中長舌,釁起微言。(內鳴鑼介。小丑)真正到門哉!那嘿那處?(生)此時還有什麼計較,且出去迎接,看他如何發付?(外)是吓!還是以禮相求,或者尚有生路。(外、老生)【好姐姐】好向馬前匍匐,甘心認罪愆。(小丑)勿差勾吾搭哄到門前去迎接俚。(淨)只怕求俚也勿中用嘘!真憋覷,相逢狹路何顏見,只索低頭共乞憐。

(小生上)已消心上恨,且結意中緣。(淨、小丑跪接介)

(淨)甘菊泉領妻金氏迎接大老爺。

(小生)阿呀呀!岳父母請起!

(淨)咦!口氣倒鬆拉哈!

(小丑)只怕故意拉哄開心嘘!

(淨)請大老爺裡向坐!

(小生進介)岳父母請上!待小婿拜見!

(淨、小丑)阿呀呀!故是弗敢當箇!(私對小丑)啥了倒賊介一團和氣拉哄?

(小丑)真正丈二革和尚,摸弗着頭路哉!

(小生)小婿日前諸多冒犯,伏乞鑒原!

(淨)啥説話!啥説話!(揎生介)叔翁!

(生)賢侄婿!

(淨)兄弟!哄倒原認革脉親哉啥?(揎外介)岳丈!

(外)阿呀呀賢婿!

(小丑)那説俚也是啥丈人?吾倒弗懂哉!

(淨)直頭解説勿出!

(外、老生拍手介)哈哈哈!

(淨)哄哄到底葫蘆裡賣啥药吓?

(小丑)倒奇怪拉里哉!

(小生)吓!岳父母吓!

【姐姐撥棹】此時愁眉可展,且成就三生姻眷。(小丑)二阿叔,哄對吾説明白子罷?(老生)連我也不知就里。(淨)親家公,哄來説拉我聽子罷?(外)吓!你要曉得這些緣故,問我家小兒。(淨)介嘿哄替我進去問問女婿看。(小丑)是哉!直脚走子鬼窠路裡來哉?(下。小生)岳丈,你這一問不打緊。【川撥棹】縱廬山面目依然,縱廬山面目依然,坦東床應難似前。(外、老生合)喜今宵鼎足圓,把從前隙盡捐。

(小丑急上)那是好拉里哉!員外員外!

(淨)那説?

(小丑)裡向革女婿,竟是革西貝勾。拉里頂缺勾,就是走來革位女眷,也是拉里侯選勾?

(淨)阿唷!向老先生,呒作樂得我好吓!

(外)得罪得罪!

(淨)兄弟,呒嘿弗該應?

(生)若不是這般作用,今日俇婿到此完姻,只怕你置身無地了!

(小丑)介嘿倒算叨呒乩光乩來。

(小生)話已説明,前情不必提了。

(淨)弗差勾,今日是好日,呒進去收拾收拾,就拉幾裡做親哉!

(小丑)是哉!今日做親,大約無變局勾哉!(下)

(生上)安排翠帳三杯酒,待卸夗央八寶鬟吓!王年兄恭喜賀喜!

(小生)多謝年兄!(各見介)

(生)小弟知兄完姻吉期,特送樂人儐相在此!

(外)楊兄可謂曲體人情矣!

(淨)既然賊介,纔請書房裡坐。(下介。淨)喚儐相。

(儐上)來哉來哉,儐相叩頭!

(淨)就請新人!

(儐)是哉!伏以新郎官人自壳大,擅撥別人擺佈,丈人魂靈才嚇落,自家倒拏好人做。奉請新貴人。(小生上。儐)伏以小姐弗聽爺娘話,偷伴嫁子小老媽,賊介一團好意思,到受家公一場罵。奉請新人。(小旦上。儐)伏以革位小姐能介巧,扮子官客真討好,今朝蓋老做弗成,仍舊即好做底老。奉請新人。(貼上。照常喝拜介。儐相)送入洞房。(儐下,卜小姐上,相見介)

（小生）甘小姐十分亮節，卞小姐一片深情，多虧向小姐美心慧膽，仗義周全。今日花燭筵前，夗央鼎足，真僥倖也！（合）

【尾聲】今朝得遂于飛願，石上三生盟誓堅，從此後榜上文星照綺筵。（同下）

寇萊公思親罷宴

（雜劇）

清·楊潮觀

【作者簡介】楊潮觀(1710—1788)，字宏度，號笠湖，江蘇金匱(今無錫)人。清代戲曲作家。乾隆元年(1736)中舉，出任地方官。先後在山西、河南、雲南和四川等地任縣令，後官至四川瀘州府知府。為政清廉，頗得民眾好評。他精音律，善詞曲，任職四川邛州時，在卓文君遺址上構築"吟風閣"，與三二知己吟詠其間，並把自己創作的戲曲作品結集為《吟風閣雜劇》。他的劇作皆從古代歷史或神話傳說中取材，然折射出現實的社會生活，對於官場積弊、民間疾苦多有描寫，反映了當時的社會矛盾，歌頌了清廉的節操，表達了對於賢明政治的嚮往。其劇作的情節起伏跌宕，文字通俗流暢，深受戲曲藝人與觀眾的歡迎，有的劇目久演不衰，流傳至今。《吟風閣雜劇》共收短劇三十二種，每劇只有一折，但情節完整，與後世的獨幕劇相似。除了本劇外，還有《快活山樵歌九轉》、《黃石婆授計逃關》、《新豐店馬周獨酌》、《大江西小姑送風》、《溫太真晉陽分別》、《邯鄲郡錯嫁才人》、《賀蘭山謫仙贈帶》、《夜香臺太君訓子》、《開金榜朱衣點頭》、《魯仲連單鞭蹈海》、《荷花蕩將種逃生》、《李衛公替龍行雨》、《魏徵破笏再朝天》、《荀灌娘圍城救父》、《信陵君義葬金釵》、《勸文昌狀元配瞽》、《華表柱延陵掛劍》、《下江南曹彬誓眾》、《韓文公雪擁藍關》、《偷桃捉住東方朔》、《換扇巧逢春夢婆》、《西塞山漁翁封拜》、《諸葛亮夜祭瀘江》、《凝碧池忠魂再表》、《大葱嶺隻履西歸》、《翠微亭卸甲閒遊》等等。

【劇情概要】"寇萊公"即宋初陝西渭南人寇準。寇準一生五度為宰相，朝廷特賜爵號"萊國公"。他的生活，有奢侈與儉樸兩種截然相反的說法。《宋史・寇準傳》云："準少年富貴，性豪奢，喜劇飲，每宴賓客，多闔扉脫驂。家未嘗爇油燈，雖庖宴所在，必然(燃)炬燭。"然邵伯溫《邵氏聞見前錄》却這樣說："寇萊公既貴，因得月俸，置堂上。有老嫗泣曰：'太夫人捐館時，家貧，欲絹一匹作衣衾而不可得，恨不及公之今日也。'公聞之大慟，故居家儉素，所臥青幃二十年不易……或曰公頗專奢縱，非也。"楊潮觀綜合這兩種說法，構思了此劇。劇寫寇準幼年喪父，家貧，母親每夜於燈下以女紅助子讀書。後來，寇準入仕，任揚州節度史。做壽時，大事鋪張，極盡豪奢。家僕誤碎珍品，寇準大怒，欲嚴懲之。曾侍候過寇母并一起經歷過艱苦生活的乳母劉媼見此，為寇準忘本而傷心。寇準問劉媼為何哭泣，劉媼便和他回憶起了寇母當年艱辛的生活，寇準深受觸動，愧疚不已，當即罷宴。

【版本流傳】《吟風閣雜劇》有嘉慶刊本和六藝書局排印吳氏寫韻樓本。本書據嘉慶刊本標點。

【演出情況】此劇簡稱"罷宴"，問世之後，為昆劇常演之劇目。焦循在其《劇說》卷五中說："《寇萊公罷宴》一折，淋漓慷慨，音能感人。阮大中丞巡撫浙江，偶觀此劇，中丞痛哭，時亦為之罷宴。蓋中丞亦幼貧，太夫人實教之；太夫人久已下世，故觸之生悲耳。"京劇和其他劇种亦常搬演。

（朱恒夫）

罷宴,思罔極也。長言不足而嗟歎之,不自知其淚痕漬紙,哀絲急管,風木增聲,恐聽者輿蓼莪俱發爾。

【北中呂・粉蝶兒】(老旦扮劉婆扶杖上)白髮青裙,書堂前尚蒙恩養。想當初獨伴孤媚,今日個受黃封、膺紫誥,偌大風光!怎知道孟母先亡,倒是咱賤殘生,趁着他暮年安享。

梅花雪壓深難見,誰道春來香已遍?繞樹還依畫棟飛,舊時王謝堂前燕。自家寇丞相府中一個老婢子劉婆便是。我家相爺,官居一品,祿享千鍾,纔辭了軍國平章,又拜了相州節度,出將入相,蔭子封妻。你們只見他富貴當前,豈知他幼年孤露。當日太夫人青年守節,零丁孤苦,把他教養成名,不想今日榮華,太夫人早已辭世。如今府中,只有老婢子還是當初服侍太夫人的,因此上,相爺夫人念其舊日,留養府中,多蒙另眼相看,倒也十分自在。只是咱酒星照命,最是貪盅,雖則相府存身,實乃醉鄉度日,終日釅釅,不省人事,因此府中上下,都叫我是個女劉伶,這也不在話下。明日是相爺千秋大慶,文武官僚,齊來上壽。聽得今番的酒筵歌舞,比前異樣豐華。你看笙歌醉飽僮奴隊,羅綺光華婢妾身。眼見得咱又有一番僥倖了也!

【上小樓】清閒一向,幸衰鬢依然無恙。看到他貴子賢孫,蘭桂齊芳,春滿華堂。只笑我靠糟床,聞酒鄉,便喉嚨瘙癢。這是俺女劉伶,半邊也那風樣。

(副淨扮院子跑上)宰相家人七品官,官不算,還要短一段。宰相肚裡好撐船,船不軟,還要轉一轉。

(老旦)院子,為何這樣慌張?

(副淨)老媽媽,你還不知道我的慌張,其實郎當。只因相爺慶壽,比前異樣鋪張。色色翻新換舊,差我前往蘇揚。廣徵水陸千品,妙選妓樂成行。舞女珠圍翠繞,歌童玉琢金裝。不是貴人誇耀,怎得奴輩倡狂。領了雪花一萬,嫖賭去了半方。誰知幹事停當,小夥恨未分贓。攛掇相爺火發,帶怒下了教場。回來就要發放,險些性命存亡。媽媽,煩你通個內信,夫人解勸徒勞。但肯周旋則個,謝你手帕一方。

（老旦）你是説些什麽？我已醉的糊塗，聽不明白，等我醒過來，你再説罷。

（副淨）好話！你的酒也難醒，我的事也難等。（下）

（老旦）你看那院子，倉皇而去。我想起來，相爺福祿齊天，如此豪華，怎生還不知足？雖則貴人性大，也不該十分忘懷了。不免從回廊走將過去，看是如何？你看潭潭府第，畫棟珠簾，列幕張燈，如同白晝。別院笙歌乍起，滿階珠翠齊迎，想是相爺教場回來了。（作跌介）阿呀！是甚麽將吾滑倒？一連跌了幾交。

【么篇】穩不住齊眉拄杖，猛將咱玉山頹放。原來是歌舞連宵，蠟淚千行，堆遍迴廊。滑溜溜扒的忙，跌的慌，幾乎把老身停當。咱正要借因由，去把那舊情來講。聽得相爺夫人同在後堂，正好上前廝見。只怕的酒逢知己千盅少，話不投機半句多。（下）

（外扮寇萊公戎裝擁衆上）赤手擎天一着高，生平從此顯英豪。澶州事業相州節，不覺蟬冠已二毛。下官萊國公寇準。現在節度相州。今日，教場合營大操，事畢回來，不覺已是上燈時侯。退下！（衆下）（更衣介）不如意事，十常八九。只因下官初度，文武官僚，合當加禮酬答，歡宴軍門，筵宴所需，都令翻新換舊，不料為採辦家奴所誤，以致不能成禮，因此心中十分不快，已曾吩咐將那廝綁出轅門，定當一頓處死。請夫人出堂！

（旦扮寇夫人上）夫君鎮大藩，象服稱河山。治國難而易，齊家易却難。相公，當此千秋大慶，百福俱全，正該燕喜開懷，緣何却生煩惱？就是家奴無禮，處治何難。今當家慶之辰，且請停刑造福。

（外）夫人有所不知，下官入參朝政，出總兵權，無令不行，無人不服，今乃家奴賤才，玩縱如此，家之不齊，豈能治國乎？（內老旦哭介）你聽是何人啼哭起來？喚他過來。（老旦上）

（旦）原來是這風婆子。你是風了？醉了？怎到此啼哭起來？

（老旦）老邁龍鍾，在迴廊走過，被幾堆蠟燭油滑倒，一連跌上兩交。只為老婢子，是從不曾經過跌踏的，大意了些。

（旦）想是跌痛了？

（老旦）痛是不曾很痛。因此一跌，想起太夫人，不覺掉下淚來,失聲一哭,剛被相爺夫人聽見,合該萬死。

（外）你是怎地想起太夫人來也？

（老旦）相爺,你自然忘了。老婢子還記得你幼年時節,自從先太爺亡後,並無遺下田園,太夫人百般哀苦,把你教養成名。那時節燈火寒窗,停針課讀,就是你讀書的燈油,都是太夫人十指上做出來供應你的。你如今功成名遂,富貴榮華,每夜府中輝煌燦爛,四壁廂高燒絳燭,遍地裡蠟淚成堆,真那彼一時此一時,可憐當日太夫人的苦楚,竟不曾受享你一日！

【滿庭芳】想當初辛勤教養,他挑燈伴讀落葉寒窗,那有餘輝東壁分光亮。單仗着十指縫裳,繼膏油叫你讀書朗朗,拈針線見他珠淚雙雙。真悽愴,到如今,怎金蓮銀炬照不見你憔悴老萱堂？想到其間,老婢子不覺的老淚交流,不能自止了。你休怪我！

【快活三】不由人遇繁華更慘傷,不由人提往事獨淒涼,也只為小來看覷感恩長,剩今日頭白還相傍。

（外背立揮淚介）

（旦）既是你為太夫人弔淚,也不怪你。只是今朝歡慶,你休說得相公感傷起來。你且到後廂自在罷！

（外）夫人且住。下官聞言,悲感煩惱頓消,倒要他把舊時甘苦,細細說一番也。左右,可將綁出那廝,暫且押回,聽候另行發放者！（內應介）

（外）老婆子你且說來,下官不嫌絮煩也。

（老旦）當日太夫人守着孤孀,千辛萬苦,如今已日久年深,連老婢子也漸漸相忘了。

【朝天子】則記得太夫人呵,撫孤兒暗傷,代先人義方,為延師盡把釵梳當。只要你成名不負十年窗,倚定門閭望。怎知他獨自支當,背地糟糠。要你男兒志四方,又怕你在那廂,他在這廂,眼巴巴,巴到你學成一舉登金榜。

（旦）那年太夫人泥金報信,可也歡喜？

（老旦）他就此開顏一笑。爭奈他筋力已枯,淹淹一病,空費了無限勤劬,你後來的富貴,都不及見了。

【四邊靜】今日呵，他身先黃壤，博得你富貴夫妻同受享。你如今縱玉盎瑤觴，熱騰騰親捧着三牲養，恁羹香酒香，也滴不到泉臺上。老婢子語言顛倒，衝撞貴人，望乞恕罪。

（外）呀，你説那裡話！

（老旦）老婢子還想起一事來，當日太夫人曾有一個遺念，留在老婢子處。

（外）快去取來！（老旦下）（末、生扮院子上）

（末）稟相爺，朝内王侯卿相，各路節將監司，擡送壽山福海等物，禮單一一呈上。

（生）稟相爺，合屬文武官員，率領將吏耆民，稱觴制錦，預祝千秋，明早都在轅門伺候。

（外）正要盼咐中軍，明日罷宴。一應賀儀賀客，俱免傳宣。壽樂壽筵，概停伺侯。（末生應下）（老旦取畫上）

（旦）這畫如何説？

（老旦）掛起來看。你看這畫中，母子二人，孤燈一盞，是那個來？可不太夫人音容如在！當初你在京新科及第，太夫人已得病在家，不起的了，記得他臨危之際，特叫老婢子到跟前，

（外揮淚介）那時有何説話來？

（老旦）那時他也沒多説話，就把這軸畫兒交付於我，也不知什麼意思，他只説道：你的小官人，將來前程自然遠大，只是沒爹的孩兒，從小任性，我又失教，怕他一朝得志起來，就這一件，我做娘的放心不下。話猶未了，只見他幾聲嗚咽，雨淚分流，竟是回首了。我的太夫人呵！你好苦也！

【耍孩兒】你眼穿但把孩兒望，怎知道臨去也莫話衷腸。只這一幅舊形相，費他無限思量。則為你小來心性無拘檢，反着我禿尾烏鴉教鳳凰。（指畫介）你開圖像，看這儀容蕭瑟，怎禁仔細端詳！

（外哭倒，衆救介）感念亡親慈訓，畫中之意，何敢刻忘！

（旦）可將此像懸掛中堂，我夫婦好朝夕展拜。

（外）正該如此。可奈下官忘親縱欲，劉婆，怎生把我盡盡數説一番，只當我自家怨艾也！

（老旦）老婢子怎敢。

【五煞】則是你受君恩，恩可酬；受親恩，親已亡，故園攀柏真堪愴。早知道鼎鐘不逮團圞日，反不如菽水親供田舍郎。你休回想，今日個朱門酒肉，（指畫介）當日個白髮糟糠。

（旦）先姑如此恩勤，怎生這般命苦？

（外）樹欲靜而風不寧，子欲養而親不逮。真是古今同此一恨也！

（老旦）相爺，你富貴當身，原該享用，因此罷宴，足見你夫婦的孝思。

【四煞】一霎時喜宴開，一霎時怒氣張，歡娛煩惱都勞攘。他那裡亡親骨冷荒郊草，你這裡貴子笙歌畫錦堂。怎不成悲愴！親在日，受不起你萊衣半綵；親亡後，消不盡那介酒千觴。

（外）聽你說來，令人不堪回首。下官真乃忠孝兩虧也。

（老旦）話到其間，教你如何不要痛苦。但似你的顯親揚名也就彀了。

【三煞】他做慈親願已酬，他撫孤兒名已揚，一重重紫泥封誥來天上。雖你含悲捧土情難塞，早知他含笑歸泉恨已忘。人長往，畢竟是顯揚為大，更何如忠孝成雙。

（外）生前缺養，死後邀榮，瞻仰禮碑，令人徒增悲痛耳！

（旦）每念先姑早亡，今得劉婆話舊，相公既不勝哀感，賤妾亦無限傷情。只是欲報無從，空悲何益，依妾愚見，既是明日壽辰，停筵罷宴，何不廣延僧衆，設醮修齋，且慰孝思，庶資冥福。相公意下如何？

（外）言之有理，就請過遺容，供在明日齋壇之上。（收畫介）

（旦）明日太夫人靈位前，換水添香，須得劉婆去也。

（老旦）這個當得。

【二煞】淨瓶兒佛座前，繡幡兒慈位傍，看源頭一滴楊枝上。早知他塵根淨處無磨劫，只怕你鐘磬聲中帶慘傷。空悲仰，千鍾粟盛來齋缽，一品衣披在靈床。夫人，明日修齋設醮，自然合府中斷酒除葷，但老婢子是一天斷不得酒的，合先稟告。

（旦）風婆子，你不比別人，不來管你。

（外）能有幾個舊人！諸凡由他適意便了。

（老旦）感謝不盡。

【一煞】你則為念微勞注意深，感慈親遺愛長，恩波似酒苦俱無量。不嫌我趨承不入時人隊，不嫌我老朽無知醉後狂。還只是含悲向，他拋我，似遺簪棄舄，你憐我，知物在人亡。（外旦同哭介）

（老旦）相爺夫人，請且寬懷，憑仗佛筵，太夫人自當早昇天界。老婢子嘮叨了一會，口渴難熬，要到廚房下，討三盅去也。

【煞尾】看家雞，還繞廊。看飛雏，便远颺，問人生誰沒有娘親想，怎到頭來，偏是有禄的人兒不逮養？（老旦下）（外揮淚不止介）

（旦）劉婆婆這番說話，聽者都要傷心，只是子孝無窮，親年有盡，相公若哀感傷和，反不是仰體先人的意兒了。

（外）咳！教我心中如何過得也！夫人，我孤苦娘親骨已寒，如今縱榮華富貴也徒然。

（旦）相公，我在家不敢常提起，也只怕你孺慕終朝淚不乾。